Open space

JOSHUA

FERRIS

Open space

ROMAN

Traduit de l'anglais (États-Unis)
par Hannah Pascal

J'AI LU

Titre original :
THEN WE CAME TO THE END

Éditeur original :
Little Brown

À Elizabeth

N'est-ce pas la plus grande des disgrâces, de ne pas exister comme unité ; – de ne pas posséder d'individualité ; – de ne pas produire le fruit particulier que chaque homme a été créé pour porter, mais d'être fondu dans la masse, indiscernable des centaines, des milliers de membres de la section, du groupe auquel nous appartenons...

RALPH WALDO EMERSON

Tu ne sais pas ce que j'ai dans le cœur

Nous étions des râleurs trop bien payés. Nos matinées n'avaient rien d'exaltant. Seuls les fumeurs trépignaient en attendant dix heures et quart. Nous nous entendions tous à peu près bien ; quelques-uns se détestaient, d'autres avaient l'air d'aimer tout le monde. Ceux-là étaient payés en retour d'un mépris unanime. Nous raffolions des bagels gratuits du matin. On aurait pu nous en donner plus souvent. Notre mutuelle prenait tout en charge et nous versait des sommes ahurissantes. Parfois, nous nous demandions si tout cela en valait la peine. Nous rêvions de partir pour l'Inde, de reprendre des études d'infirmière, d'aider des handicapés ou d'apprendre un travail manuel. Personne ne cédait jamais à ces impulsions, qui se répétaient pourtant tous les jours, voire toutes les heures. Au lieu de cela, nous nous retrouvions en salle de réunion pour aborder les questions du jour.

En général, on nous chargeait d'une mission et nous l'accomplissions dans les plus brefs délais, avec le plus grand professionnalisme. Ce qui ne nous évitait pas toujours les bourdes. Fautes de frappe, chiffres mal recopiés : nous travaillions dans la publicité et chaque détail comptait. Si un six se substituait malencontreusement à un huit après le deuxième tiret dans le numéro vert d'un client, et que la pub était publiée telle quelle dans le *Time*, les lecteurs pouvaient toujours essayer d'appeler dès la parution pour commander : c'était mort… Peu importait qu'ils aient eu la possibilité d'aller sur le site Internet du client : nous n'avions plus qu'à oublier notre rémunération. Vous bâillez déjà ? C'était notre lot quotidien. Un ennui constant, collectif, et éternel, comme nous.

Lynn Mason agonisait. Rongée par le cancer. C'était l'une des directrices de l'agence. Agonisait ? Pas sûr. Elle avait une petite quarantaine. Cancer du sein. Personne ne savait exactement comment tout le monde était au courant. Au courant de quoi au juste ? Certains parlaient de rumeur. Mais en fait, chez nous, les rumeurs, ça n'existait pas, nous étions trop sûrs de nos sources. Le cancer du sein se soignait s'il était détecté assez tôt, mais Lynn avait peut-être attendu trop longtemps. Chacun avait en tête le souvenir de Frank Brizzolera ; à le regarder, nous lui donnions six mois au plus. Ce bon vieux Brizz. Il fumait comme un pompier. Qu'il pleuve ou qu'il vente, il sortait devant l'immeuble sans rien d'autre sur le dos qu'un pull-over sans manches, et tirait sur ses Old Golds. Alors et alors seulement, il semblait invincible. À son retour, un parfum de tabac froid le précédait, qui s'attardait dans le couloir longtemps après qu'il eut refermé la porte de son bureau. Il s'est mis à tousser ; de nos places nous l'entendions cracher ses poumons encrassés. Certains le mettaient chaque année sur leur Liste des Célébrités en Danger de Mort à cause de sa toux, même s'il n'était pas une véritable célébrité. Lui-même savait très bien qu'il était en danger, et que quelques parieurs sans scrupule allaient tirer profit de sa mort. Il le savait parce qu'il était l'un des nôtres, et que nous savions tout.

En revanche nous ignorions qui s'amusait à voler les affaires des autres. Toujours de petits objets : des cartes postales, des photos encadrées. Il y avait des soupçons, mais pas de preuve. Sans doute le butin du larcin n'était-il rien, pensions-nous, comparé au frisson d'adrénaline que le geste devait procurer au voleur, à moins qu'il ne s'agisse d'un cri de désespoir. Hank Neary, l'un des seuls rédacteurs noirs de l'agence, n'en revenait pas : « Attendez, ce n'est pas possible – qui pouvait bien m'envier ma brosse à dents de voyage ? »

Nous ne savions pas non plus qui avait caché un maki sushi derrière la bibliothèque de Joe Pope. Les premiers jours, Joe n'avait rien remarqué. Puis il avait commencé à se renifler furtivement les dessous de bras et à placer la main devant sa bouche pour vérifier son haleine. À la fin de la semaine, il était sûr que ce n'était pas lui. Nous sentions, nous aussi. Une odeur âcre, persistante, bientôt pire que celle d'un animal en train de crever. Joe avait un haut-le-cœur chaque fois qu'il entrait dans son bureau. La semaine suivante, la puanteur était tellement atroce que les gardiens de l'immeuble s'en sont mêlés et ont fouillé la pièce de fond en comble jusqu'à découvrir le corps du délit : un maki Soleil levant – thon, hareng, saumon, germes de luzerne. Mike Boroshansky, le chef de la Sécurité, n'arrêtait pas de se coller la cravate sur le nez, comme un vrai flic sur les lieux d'un meurtre.

Nous nous sommes remerciés mutuellement. C'était la règle après chaque échange. Nos remerciements n'étaient jamais hypocrites ou ironiques. Nous nous disions merci d'avoir réglé ça si vite, merci d'y avoir mis tant d'efforts. À la fin d'une réunion, nous remerciions ceux qui avaient organisé la réunion de l'avoir organisée. Nous ne critiquions presque jamais la tenue d'une réunion. Nous avions bien conscience que ce n'était que du blabla – une réunion sur trois ou quatre se révélait presque entièrement inutile – mais comme beaucoup nous dévoilaient quand même *la* chose à savoir, nous y assistions et ensuite nous nous remerciions les uns les autres.

Karen Woo avait toujours une nouvelle à nous apprendre, et franchement, rien que pour ça, nous la détestions. Dès qu'elle ouvrait la bouche, nous serrions les dents. Se pouvait-il, comme nous nous en inquiétions parfois le soir sur le chemin du retour, que nos poitrines n'abritent que des cœurs de pierre, incapables de compassion et pleins de hargne contre le reste du monde, à qui nous n'avions rien d'autre à reprocher que d'être trop proche et trop familier ? Parfois, nous réalisions que la routine était en train de nous rendre vraiment mauvais. Fallait-il démissionner ? Cela pouvait-il résoudre le problème ? Ou s'agissait-il d'un vice inné, qui nous condamnait à la méchanceté et à l'indigence spirituelle à perpétuité ? Nous espérions que non.

Marcia Dwyer était connue à l'agence pour l'e-mail qu'elle avait envoyé à Geneviève Latko-Devine. Marcia écrivait souvent à Geneviève après les réunions. « C'est vraiment agaçant de travailler avec des gens agaçants », avait-elle noté en conclusion de son fameux message. Puis elle l'avait expédié et avait attendu la réaction de Geneviève. D'habitude, quand Geneviève lui répondait, Marcia, plutôt que de lui réécrire, ce qui aurait pris trop de temps, car enfin elle était directrice artistique, pas rédactrice – Marcia la rejoignait dans son bureau, fermait la porte, et elles discutaient. La seule chose qui rendait supportable l'incident agaçant avec la personne agaçante, c'était la perspective de tout raconter à Geneviève, qui comprendrait mieux que personne. Marcia aurait pu appeler sa mère, elle l'aurait écoutée. Elle aurait pu appeler l'un de ses quatre frères, n'importe laquelle de ces grosses buses des Quartiers Sud se serait fait un plaisir de régler son compte à la personne agaçante. Mais aucun d'eux n'aurait compris. Ils auraient compati, oui, mais ce n'était pas la même chose. Geneviève, elle, prouvait à Marcia d'un simple hochement de tête qu'elle voyait parfaitement ce qu'elle voulait dire. Qui pouvait faire mine de ne pas comprendre ce besoin fondamental d'avoir quelqu'un qui vous comprenne ? Mais la réponse que reçut Marcia ce jour-là ne venait pas de Geneviève. Elle venait de Jim Jackers. « C'est de moi que tu parles ? » demandait-il. Et d'Amber Ludwig : « Pas de Geneviève à cette adresse. » Et de Benny Shassburger : « Je crois que tu as gaffé, là. » Et de Tom Mota : « Ha ! » Marcia était mortifiée. En deux minutes, elle reçut soixante-cinq e-mails. Dans l'un d'eux, la DRH la mettait en garde contre les risques liés à l'envoi de messages personnels. Dans un autre, Jim à nouveau : « Tu peux me répondre, Marcia, s'il te plaît ? C'est moi que tu trouves agaçant ? »

Marcia haïssait Jim à lui en bouffer le cœur parce que parfois, quand il nous croisait le matin devant les ascenseurs, il nous saluait d'un souriant : « Ça va, mes nègres ? » C'était ironique, il voulait juste être drôle, mais venant de lui ça tombait à plat. Et ça nous hérissait tous, surtout Marcia, et surtout si Hank était présent.

À cette époque, il n'était pas rare de voir quelqu'un pousser un collègue dans le couloir, à toute vitesse, sur une chaise à roulettes. En dehors de ces jeux, nous passions la plus grande partie de notre temps penchés, en silence, sur nos bureaux, occupés à quelque tâche plus ou moins pressante, perdus dans nos pensées – jusqu'à ce que Benny, mort d'ennui, vienne se planter à l'entrée de notre bureau et lâche à la ronde son « Tu fais quoi ? ».

Ça pouvait s'adresser à n'importe lequel d'entre nous. « Je travaille », répondions-nous en général.

Alors Benny donnait un petit coup de sa bague de diplômé en topaze sur le cadre de la porte et repartait d'un pas nonchalant.

Comme nous détestions nos mugs à café ! Et nos tapis de souris, nos horloges de bureau, nos calendriers, et tout le contenu de nos tiroirs ! Même les photos de nos proches, scotchées autour de nos écrans et censées nous apporter soutien et réconfort, ne faisaient finalement que nous rappeler le temps que nous perdions au travail. Par contre, si l'on nous donnait un nouveau bureau plus grand où nous installer, comme toutes ces affaires, soudain, nous semblaient adorables, et quelle application nous mettions à les disposer ! Quel plaisir quand, à la fin de la journée, nous nous retournions pour les admirer une dernière fois, resplendissantes au milieu de ce nouvel espace tellement plus beau et plus digne ! Pour une fois, nous étions certains d'avoir pris toutes les bonnes décisions, alors que d'ordinaire nous étions plutôt du genre à douter. Dans les couloirs et aux toilettes, à la cafétéria et au coffee bar, dans le hall d'entrée et dans les salles d'impression, partout, nous trimballions nos doutes.

Apparemment, il n'y avait qu'un seul taille-crayon électrique pour toute cette foutue boîte.

Les cyniques nous faisaient rapidement perdre patience. Il nous arrivait à tous d'ironiser à l'occasion, mais nous n'allions pas non plus nous plaindre de notre incroyable bonne fortune. Au niveau national, les choses marchaient plutôt bien pour nous et l'argent des investisseurs coulait à flots. Les nouvelles voitures qu'on nous proposait, presque trop larges pour nos allées de garage, nous séduisaient par leur aspect solide, imprenable : la promesse qu'une fois à l'intérieur, nos enfants seraient en sécurité. Partout, on ne parlait que d'OPA, et tout le monde fréquentait au moins un banquier. Et comme nous aimions nous promener à vélo dans les sentiers forestiers, tous les dimanches de mai, avec nos VTT, nos casques, et nos bouteilles d'eau ! La criminalité avait atteint son niveau le plus bas depuis des années et le cas d'anciens assistés sociaux désormais en CDI nous revenait régulièrement aux oreilles. Tous les jours, de nouveaux produits capillaires arrivaient sur le marché et se retrouvaient aussitôt coquettement alignés sur les étagères en verre de nos coiffeurs ; nous les surveillions dans le miroir tout en bavardant, avec cette même conviction : *il y en a un, là-bas, rien que pour moi*. Cela dit, certaines avaient parfois du mal à trouver un petit ami. D'autres à baiser leurs femmes.

De temps en temps, nous allions déjeuner dans la cuisine du soixantième. On ne pouvait s'y asseoir qu'à huit. Si tous les sièges étaient pris, Jim Jackers devait manger son sandwich à côté de l'évier, d'où il essayait quand même d'engager la conversation. L'intérêt, c'était qu'il pouvait nous passer une cuillère ou un sachet de sel en cas de besoin.

« C'est vraiment agaçant, remarqua Tom Mota à l'intention de toute la table, de travailler avec des gens agaçants.

— Va te faire foutre, Tom », dit Marcia.

Les chasseurs de têtes nous harcelaient. Les promesses de titres et de salaires un peu plus à la hauteur de nos mérites pleuvaient. Certains se laissaient tenter, mais, pour la plupart, nous restions. Les perspectives à l'agence nous convenaient et nous n'avions pas du tout envie de nous adapter à une nouvelle équipe. Il nous avait fallu du temps pour connaître tout le monde et nous sentir à l'aise. Le premier jour, les noms rentraient par une oreille et sortaient par l'autre. On vous présentait un type avec des cheveux rougeoyants et un visage pâle couvert de taches de rousseur, et immédiatement on passait à quelqu'un d'autre, puis encore à quelqu'un d'autre. Quelques semaines s'écoulaient, petit à petit vous commenciez à mettre des noms sur les visages, et un beau jour ça rentrait, et vous ne l'oublieriez plus jamais : le rouquin fayot s'appelait Jim Jackers. Vous ne risquiez plus de le confondre avec « Benny Shassburger », dont vous aviez repéré le nom sur des e-mails et des documents mais que vous n'identifiiez pas encore à ce juif pâlot, bouclé, un peu gros, et très bon public. Tant de gens différents ! Tant de types de corps, de couleurs de cheveux, de styles.

La coupe de cheveux de Marcia Dwyer sortait tout droit des années quatre-vingt. Elle écoutait de la soupe, des groupes braillards que personne n'écoutait déjà plus au lycée, et dont certains n'avaient même jamais entendu parler. Nous n'arrivions pas à comprendre comment elle pouvait apprécier ce genre de vacarme. D'autres n'aimaient tout simplement pas la musique et se rabattaient sur les émissions de radio, alors qu'un large contingent restait branché sur la station qui diffusait les succès d'antan. Nous rentrions chez nous le soir, nous allions nous coucher, les lumières de la ville s'éteignaient, mais dans le bureau désert une radio continuait à jouer de vieux tubes. Imaginez la scène – rien qu'un rectangle de lumière près de la porte. À deux, trois heures du matin, les Drifters fredonnent un air gai dans l'obscurité, tandis qu'au-dehors des hommes tuent, dealent, se livrent à des agressions monstrueuses. La criminalité avait baissé, mais elle n'était pas encore tout à fait démodée. Le matin, nos présentateurs préférés étaient de retour à l'antenne avec une sélection de nos succès préférés. La plupart d'entre nous grignotaient leur muffin en commençant par le chapeau. Quant aux chansons qui passaient à la radio, on les aurait crues destinées à remonter le moral du pays pendant un hiver nucléaire.

Nous engrangions des souvenirs précis, viscéraux, de milliers d'heures grisâtres et interminables. Mais, parfois, une journée s'écoulait, harmonieuse. Nos projets, notre famille et nos collègues ; tout roulait et nous n'arrivions pas à croire qu'on nous payait pour ça. Nous décidions alors de fêter ça le soir, autour d'une bonne bouteille. Certains avaient leurs habitudes dans un restaurant en particulier ; d'autres sillonnaient la ville pour tout goûter et tout noter. De ce point de vue-là, nous étions comme le hérisson et le renard d'Archiloque, fidèles à une valeur sûre ou à l'affût de la nouveauté. Pour Karen Woo, c'était vital d'être toujours la première au courant de l'ouverture d'un nouveau restaurant. Si quelqu'un mentionnait un nouvel endroit que Karen ne connaissait pas, on pouvait parier qu'elle y serait le soir même pour tout goûter et tout noter, et que le lendemain matin elle nous parlerait (à ceux qui ne savaient pas que quelqu'un d'autre savait déjà pour le nouveau restaurant) de cette nouvelle table qu'elle venait de découvrir, un lieu génial, où il fallait absolument aller. Ceux qui suivaient la recommandation de Karen conseillaient la même chose à ceux qui avaient manqué la recommandation de Karen, et bientôt nous nous croisions tous au nouveau restaurant. Karen, elle, n'y mettait plus les pieds depuis longtemps.

Au début de cette ère d'équilibre des budgets et de remarquable hausse du Nasdaq, on nous avait offert à chacun un polo en coton supérieur avec le logo de l'agence cousu à gauche sur la poitrine, lors d'un événement quelconque. Nous l'avions tous enfilé, fiers d'appartenir à cette entreprise. Ensuite, personne ne l'avait remis – pas tant parce que nous ne nous sentions plus fiers, mais parce que nous trouvions un peu embarrassant d'être vu dans un vêtement dont tout le monde savait qu'on nous l'avait donné. Après tout, nos portefeuilles d'actions étaient pleins à craquer de titres du Nasdaq, et même si jadis nos parents, par économie, nous avaient habillés dans les supermarchés, nous avions désormais les moyens d'aller chez Brooks Brothers et n'avions donc nul besoin de polos gratuits. Ils avaient fini aux bonnes œuvres ou relégués au fond d'un tiroir, dont nous ne les sortions que pour tondre la pelouse. Deux ou trois ans plus tard, Tom Mota a exhumé le sien d'un carton de vêtements rangé sous son lit. Il l'avait probablement retrouvé au moment du partage, ordonné par le juge, des biens meubles de son ménage. Il est venu avec au bureau. Comme nous tous, il l'avait étrenné le jour de l'événement, mais depuis sa vie avait changé de façon dramatique, et le fait qu'il n'hésite pas à se montrer à l'agence dans un polo que beaucoup d'entre nous utilisaient pour laver leur voiture était pour nous un indice de son égarement. C'était vraiment un coton très pratique pour astiquer la carrosserie. Le lendemain, pourtant, Tom portait encore son polo. Mais où donc avait-il dormi ? Au troisième jour, tout le monde se demandait s'il pouvait se laver. Quand, au bout d'une semaine, Tom ne s'était toujours pas changé, nous nous attendions à ce que le polo se mette à sentir. Mais il avait dû faire une lessive, et nous l'imaginions à la laverie, torse nu, en train de regarder son unique polo tourner dans un sèche-linge à pièces, parce que sa femme ne voulait pas le laisser rentrer dans leur maison de Naperville.

À la fin du mois, il était clair que tout ça n'avait rien à voir avec son divorce. Trente jours d'affilée dans le polo de l'agence : c'était le début de sa campagne d'agitation.

« Mais tu vas te changer, un jour ? lui a demandé Benny.

— J'adore ce polo. Je veux qu'on m'enterre avec.

— Tu accepterais que je te passe le mien, au moins, pour que tu puisses alterner ?

— Oh oui, ce serait super. »

Alors Benny lui a donné son polo, mais Tom ne s'en est pas servi pour alterner. Il s'est mis à porter le polo de Benny par-dessus le sien. Deux polos, l'un sur l'autre. Il est venu nous voir pour nous demander de lui donner les nôtres, nous aussi. Jim Jackers a sauté sur cette occasion de se faire bien voir, et bientôt Tom se baladait à l'agence avec trois polos superposés.

« Lynn Mason commence à se poser des questions, l'a averti Benny.

— Je suis fier de ma boîte, a répondu Tom.

— Mais enfin, trois à la fois ?

— Tu ne sais pas ce que j'ai dans le cœur, a lancé Tom en se frappant la poitrine, trois fois, à l'endroit du logo. Je suis fier, fier de mon entreprise. »

Parfois le polo vert se retrouvait sur le dessus, parfois le rouge, parfois le bleu. Plus tard, nous avons découvert que c'était Tom qui avait scotché le maki sushi au dos de la bibliothèque de Joe. Il était responsable de pas mal de coups ; il avait notamment déréglé toutes les radios, élaboré des écrans de veille pornographiques, et laissé sa semence sur le sol des toilettes des hommes au soixantième et au soixante et unième. Nous l'avons su parce que après son renvoi personne n'a plus tripoté nos postes et que la direction a cessé de recevoir des plaintes des employés de ménage.

C'était aussi l'ère des échantillons offerts et des petits cadeaux. Tout le monde avait monté sa start-up et gagnait un fric fou, et nous en récupérions une bonne partie. Nous estimions qu'un logo bien conçu avait tout autant d'importance que la qualité du produit ou le système de distribution. Nous qualifiions de « mortels » nos logos et de « travail d'amateur » les logos des autres agences, à moins qu'ils ne soient vraiment bien designés, auquel cas nous nous prosternions devant eux, un peu comme les antiques Mayas devant leurs dieux païens.

Nous aussi, nous croyions notre monde éternel.

ENTREZ
DANS UN NOUVEAU SIÈCLE

1

LICENCIEMENTS – LA DERNIÈRE HEURE DE TOM – LA TRAGÉDIE DE JANINE GORJANC – LA BAISSE D'ACTIVITÉ – MESURES DRASTIQUES – DÉBAT AUTOUR DE TOM – PHOTOGRAPHIES LUGUBRES – HISTOIRE DU FAUTEUIL DE TOM MOTA – MARCHER À L'ESPAGNOLE VERS LE BOUT DU COULOIR – SANDERSON – DEUX E-MAILS – HISTOIRE DU FAUTEUIL DE TOM MOTA, DEUXIÈME PARTIE – LA CAMPAGNE D'APPEL AUX DONS – ACIDE RESTIF – LYNN MASON

Les licenciements menaçaient. On en parlait depuis des mois, mais à présent c'était officiel. Avec un peu de chance, on pouvait engager des poursuites. Si vous étiez noir, âgé, de sexe féminin, catholique, juif, homosexuel, obèse ou handicapé, vous teniez là un argument de poids. Nous avons tous témoigné à un moment donné. Nous devrons sûrement recommencer pour le procès de Tom : il va leur en faire un, c'est sûr. Même s'il n'a aucun motif, à moins que quelqu'un n'ait ajouté trou-du-cul à la liste des critères de discrimination. Et nous ne sommes pas les seuls à voir les choses comme ça. Son ex-femme le hait. Décision restrictive. Il n'a plus le droit de voir ses deux gosses sans médiateur. Elle a déménagé à Phoenix rien que pour prendre ses distances. Nous ne le traiterions pas de trou-du-cul si nous n'avions pas atteint un haut degré de consensus. Amber Ludwig rejette ce qualificatif parce que, depuis qu'elle est enceinte, elle condamne la grossièreté en général, mais il n'y a vraiment pas d'autre mot, et, au fond, elle s'abstient juste de le prononcer.

Quand il a su qu'on le licenciait, Tom s'est mis en tête de balancer son ordinateur à travers la vitre de son bureau. Benny Shassburger se trouvait avec lui à ce moment-là. Benny n'était pas à proprement parler un ami de Tom, il déjeunait seulement avec lui de temps en temps et nous tenait au courant de ses délires. La nouvelle du renvoi de Tom n'avait pas mis longtemps à se répandre et, tout naturellement, Benny était parti évaluer les dégâts. À son retour, il nous a raconté qu'il avait trouvé Tom arpentant son bureau comme un homme qu'on vient de jeter en prison. Il a avoué n'avoir désormais plus aucun mal à se l'imaginer ce fameux soir où il était retourné chez lui à Naperville avec une batte en aluminium et que la police avait dû intervenir. Nous n'avions jamais entendu parler de cette histoire. Le récit de la dernière heure de Tom pouvait bien attendre, il nous fallait d'abord l'histoire de la batte en aluminium. Benny n'en revenait pas d'être le seul au courant, il était sûr que nous la connaissions. Non, pas du tout. « Allez, vous me charriez. Bien sûr que vous la connaissez, cette histoire. » Mais non. Ces conversations se déroulaient toujours ainsi. Alors Benny nous a raconté l'histoire de Tom et de la batte, puis l'histoire de la dernière heure de Tom. C'étaient deux bonnes histoires, qui ont tué une bonne heure. Certains adoraient tuer une heure de temps de travail mais d'autres, après, se sentaient coupables. Quel que soit notre sentiment sur la question, nous devions justifier l'emploi de l'heure tuée, nous la facturions donc toujours à un client. À la fin de l'année fiscale, les heures passées à raconter des conneries nous avaient rapporté un sacré paquet d'argent, que nos clients regagnaient ensuite sur votre dos à vous, consommateurs. Tout a un prix dans le monde des affaires, mais on commençait à s'inquiéter : ne fallait-il pas voir dans cette luxuriance, semblable à la prodigalité qui précéda la chute de l'Empire romain, l'annonce d'une fin prochaine ? Il y avait tant d'argent en jeu. Le peu qui nous échoyait en partage nous assurait une place parmi le centième de la population le plus riche de la planète ; nous nous amusions comme des fous. Et puis les licenciements ont commencé.

Tom avait décidé de balancer son ordinateur à travers sa baie vitrée, mais pas avant d'avoir la certitude que l'impact la briserait et que l'ordinateur tomberait dans la rue. À quatre pattes sous son bureau, il débranchait des câbles. « Ça fait quand même soixante et un étages, Tom », lui fit remarquer Benny. Tom était bien d'accord : ça n'avait aucun intérêt s'il n'arrivait pas à briser la vitre. S'il n'y avait pas de verre brisé, ils diraient tous que Tom Mota ne savait même pas déconner correctement, et il n'allait sûrement pas leur faire ce plaisir, à ces connards. Nous étions les connards en question, du moins quelques-uns d'entre eux. « Mais je ne crois pas que ça va briser la vitre », dit Benny. Tom cessa un instant de tripatouiller son ordinateur. « Il faut bien que je fasse *quelque chose* », répliqua-t-il.

Chez nous, le besoin d'agir n'était jamais aussi vital. Notre immeuble se situait sur le Magnificent Mile, dans le centre-ville de Chicago, à quelques blocs du lac Michigan. L'immeuble regorgeait de détails Art déco et on y entrait par deux portes à tambour dorées. Chaque jour, nous gravissions sans conviction les marches menant à ces portes, effrayés par ce qui nous attendait à l'intérieur. Les premiers temps, ils ont licencié en masse. Puis, de façon plus pointue, un par un, au feeling. Nous avions peur de finir sur Lower Wacker Drive. Sans travail, nous serions sans ressources, sans ressources nous serions expulsés, et expulsés nous finirions sur Lower Wacker à pousser un Caddie, nos pieds couverts de crasse emmitouflés dans de grosses chaussettes en laine. Au lieu de nous démener pour être promus Senior, nous traînerions dans les ruelles à la recherche de mégots fumables. C'était marrant, d'imaginer notre possible déchéance. Déprimant, aussi. Nous ne pensions pas sérieusement qu'un jour nos anciens collègues, roulant vers leurs pavillons de banlieue dans leurs Lexus, nous klaxonneraient en nous croisant sur Lower Wacker Drive. Ni que nous serions forcés d'agiter la main en retour depuis nos poêles de fortune. Mais nous aurions peut-être à remplir un formulaire de demande d'emploi sur Internet. La perspective de devoir lutter pour payer notre loyer ou rembourser notre crédit nous terrifiait.

Enfin, nous étions encore en vie, il ne fallait pas l'oublier. La lumière du soleil inondait encore nos bureaux. Certains jours, il nous suffisait de regarder les nuages et le sommet des immeubles. Ça nous redonnait espoir, pour quelque temps. Ça nous rendait « heureux ». Et même, parfois, étonnamment gentils. Prenez, par exemple, le jour où nous avions introduit clandestinement des Old Golds dans la chambre d'hôpital de Frank Brizzolera. Ou celui des funérailles de la fille de Janine Gorjanc, qui avait été retrouvée étranglée sur un terrain vague. Nous avions du mal à croire qu'une chose pareille ait pu arriver à quelqu'un que nous connaissions. Tant que vous n'avez pas vu une mère à l'enterrement de son enfant assassiné, vous ne savez pas ce que c'est que quelqu'un qui pleure. La petite avait neuf ans. Enlevée chez elle, un soir, par une fenêtre ouverte. Tous les journaux en avaient parlé. On avait passé un avis de recherche. Puis on avait découvert le corps. De voir Janine aux funérailles, entourée des photos de Jessica, sa famille auprès d'elle qui essayait de la soutenir, même Tom Mota en avait eu le cœur brisé. Après la cérémonie, comme nous discutions lugubrement sur le parking du funérarium, il s'est mis à cogner sur sa Miata de 1994. Il n'a pas fallu longtemps pour que tout le monde le remarque. Il frappait les vitres du poing en hurlant « Merde ! » d'une voix terrible. Puis il a bourré de coups de pied les portières et les pneus. Il a fini par s'effondrer près du coffre, secoué de sanglots. Ce genre de réaction n'était pas déplacé étant donné les circonstances, mais nous ne nous attendions pas à ce que Tom soit le plus affecté. Il était étendu sur le parking du funérarium dans son costume-cravate, et il pleurait comme un enfant. Quelques personnes se sont approchées pour le réconforter. Nous supposions que son désespoir avait en partie à voir avec la décision de son ex-femme d'emmener ses enfants à Phoenix. Nous étions sûrs d'une chose : malgré toutes nos certitudes, nous ne connaissions rien de plus difficile que de lire dans les pensées des autres.

Nous étions tout aussi persuadés que la technologie ingénieuse sur laquelle reposait la nouvelle économie avait rendu obsolète la notion de baisse d'activité. Les fermetures d'usines en Iowa ou au Nebraska, où des inconnus se retrouvaient sans ressources, avec un toit pourri à faire réparer et un découvert à combler, ne nous concernaient pas. Nous voyions ces cols bleus interviewés à la télé. Pendant ces reportages, nous ne pouvions pas ne pas ressentir la peine et l'inquiétude qu'ils devaient éprouver pour eux-mêmes et pour leur famille. Mais le bulletin météo et la page sport du journal nous faisaient vite oublier le problème, et quand nous y revenions, il s'agissait d'une autre usine dans une autre ville, et l'État proposait des programmes d'aide aux chômeurs, des stages de réadaptation et de recyclage des compétences, et des ateliers de formation. Tout allait s'arranger. Dieu merci, nous n'avions pas nous-mêmes à redouter ce genre de malheur. Nous étions des cols blancs, nous avions de bons diplômes et toutes sortes d'avantages garantissant notre sécurité. Nous étions au-dessus des fluctuations du marché provoquées par la surproduction ou la mauvaise gestion de stocks.

Nous n'avions pas réfléchi qu'en cas de baisse d'activité les stocks mal gérés, ce serait *nous*, et qu'on nous jetterait aux ordures comme un vieux surplus de circuits imprimés. Le soir, au volant, nous essayions de deviner qui était le suivant sur la liste. Scott McMichaels. Sa femme venait d'avoir un bébé. Sharon Turner. Elle venait d'acheter une maison avec son mari. Des noms, rien que des noms pour n'importe qui d'autre, mais pour nous c'étaient des individus à part entière, et ils éveillaient en nous une immense compassion. C'étaient ceux qui rangeaient leurs affaires dans un carton, serraient quelques mains et s'en allaient sans un mot de récrimination. Ils n'avaient pas le choix, et ils affichaient une résignation silencieuse face à l'adversité. Leur départ nous apparaissait presque comme un sacrifice. Ils partaient, pour que nous puissions rester. Et nous restions, ça oui, même si nos pensées les plus chaleureuses les accompagnaient. Puis est venu le tour de Tom Mota, qui a voulu balancer son ordinateur par la fenêtre.

Il portait un bouc et était bâti comme un bouledogue, râblé, avec des membres trop courts et des plis à l'arrière du cou. Il n'avait pas sa place parmi nous. Ne voyez là aucune condescendance, il s'agit plutôt d'une tentative pour lui trouver une excuse. Il aurait été plus heureux ailleurs – dans une forêt, à couper des arbres, ou sur un bateau en Alaska, à pêcher au filet. Au lieu de ça, il était assis sur un canapé modulable dans un pantalon à pinces et buvait un café au lait en discutant de la meilleure manière de faire rimer le nom d'une marque de couches avec « plus absorbant ». Enfin ça c'était à l'époque où ladite marque de couches ne nous avait pas encore lâchés. Quand Tom abandonna finalement l'idée de faire traverser la vitre à son ordinateur, il se mit à faire une fixette sur ses magazines. « Faut que t'ailles me chercher mes magazines dans le bureau de Jim, mec, dit-il à Benny. Ça fait deux mois que ce blaireau se les garde. Je veux pas partir sans eux, mais je peux pas sortir, là, je supporterais pas de croiser qui que ce soit. » Quand Benny nous a répété cela, nous avons ressenti de la pitié. Tom, bien sûr, n'en aurait pas voulu. Il nous aurait recraché notre pitié au visage. On ne veut jamais de pitié, dans ces moments-là ; on veut juste foutre le camp loin des regards et tout oublier le plus vite possible. On n'a même plus le courage de s'aventurer dans les couloirs pour aller récupérer ses magazines. Benny revint dix minutes plus tard avec de vieux numéros de *Rolling Stone* et des revues sur les armes et les voitures. Il trouva Tom assis sur la moquette, en train de remonter sa montre. « Tom », dit-il.

Pas de réponse. « Tom ? » Tom continua de remonter sa montre. Puis il se leva, ouvrit un tiroir et en tira l'un des polos de l'agence, le rouge. Le bleu (celui de Benny) et le vert (celui de Jim) se trouvaient aussi dans le tiroir. Tom ôta sa chemise et passa le polo rouge.

« Ils me prennent pour un clown, lança-t-il.

— Mais non, dit Benny, personne ne te prend pour un clown. Ils t'ont coincé et tu ne pouvais rien faire. Tout le monde le sait, mec.

— Passe-moi les ciseaux », dit Tom.

Benny se retourna et vit une paire de ciseaux posée sur la bibliothèque. Il préféra ne pas la lui donner. « Ils me prennent pour un clown », répéta Tom en allant chercher les ciseaux lui-même. Il se mit à découper son beau pantalon à pinces au niveau du genou. « Mais, qu'est-ce que tu fais ? » lui demanda Benny avec un petit rire inquiet. Il tenait toujours le paquet de vieux magazines à la main. Il regarda Tom faire le tour de son genou avec les ciseaux, jusqu'à ce que le bas de son pantalon se détache et tombe sur sa chaussure. Alors Tom s'attaqua à la manche de son polo, du côté opposé à la jambe de pantalon qu'il venait de découper. « Tom », fit Benny. Bientôt, le bras mi-blanc mi-bronzé de Tom était visible jusqu'à l'épaule. Un tatouage de fil barbelé serpentait autour de son biceps. « Tom, sérieusement... Qu'est-ce que tu fous, là ?

— Tu veux bien me rendre un service et découper un bout de ma chemise dans le dos ?

— Mais enfin, Tom, pourquoi tu fais ça ? »

Certaines situations appelaient des mesures drastiques. Parfois, l'un de nous devait prendre sa voiture et rouler jusqu'à Palatine, jusqu'au bureau FedEx qui offrait les heures de levée les plus tardives *de tout l'État*, rien que pour garantir la livraison d'un paquet le lendemain matin. Un reco pour un nouveau client potentiel, à présenter un lundi, signifiait du travail jusqu'à plus de minuit pendant toute la semaine et quelques heures de sommeil sur le premier canapé qu'on trouvait le dimanche. On appelait ça une Alarme, et quand ça se déclenchait il fallait tout abandonner. Pas de cours de gym qui tienne. Ni de soirée au théâtre : on annulait ses billets. On ne voyait personne, ni ses enfants, ni son conseiller conjugal, ni son parrain aux AA, pas même son chien. Ces Alarmes nous terrifiaient. En même temps, nous étions tous dans le même bain, et nous étions parfois surpris, après cinq jours de travail acharné, de voir à quel point l'équipe s'était transformée. À prendre nos repas au bureau, à rire tous ensemble dans un box, à unir nos efforts face aux problèmes, nous nous laissions forcément gagner par la camaraderie. Ces gens avec qui nous passions nos journées – malgré leurs manies, leurs croyances et leurs limites –, ils n'étaient pas si mal, il fallait bien le reconnaître. Mais comment pouvions-nous penser une chose pareille ? D'où nous venait cette *bienveillance* ? « L'amour qui pour ton frère t'inonde », avait dit Hank Neary, citant on ne sait quoi. Il avait toujours une citation en réserve et, pour ça, nous le détestions, sauf si nous nous trouvions au beau milieu d'une Alarme, auquel cas nous l'aimions comme un frère. Cette atmosphère se dissipait au bout d'une semaine. Mais tant qu'elle subsistait, le travail était source de vie et de lumière, nourriture d'une communauté bien-aimée.

Puis, avec la baisse d'activité, il n'y a plus eu d'Alarmes. Plus de voyages pied au plancher vers Palatine, plus de départs du bureau à une heure du matin, plus d'amour pour nos frères.

Tom monta dans l'ascenseur avec Benny sur les talons. Dans ses vêtements tout découpés, il ressemblait à un naufragé qui aurait passé plusieurs heures cramponné à une planche avant de s'échouer sur le rivage, en loques. Il était pieds nus : il avait laissé ses chaussures et ses chaussettes dans son bureau avec ses magazines, les portraits de ses enfants sur les genoux du Père Noël et les chutes de tissu.

« Qu'est-ce que tu vas faire ? lui demanda Benny.

— À ton avis ? dit Tom, comme ils atteignaient le rez-de-chaussée. Je vais me trouver un nouveau boulot.

— Non, je veux dire : là, maintenant, qu'est-ce que tu vas faire ? »

Ils sortirent de l'ascenseur. Tom avait vidé un mug dont il se servait d'habitude comme pot à crayons et il le tenait à la main comme si c'était le seul bien qui lui restait. Il se retourna et attendit l'arrivée des autres cabines. « Tu as déjà lu Emerson ? » demanda-t-il à Benny. Benny ne savait pas quoi penser. Il se demandait pourquoi ils restaient là. « Qu'est-ce que tu as derrière la tête, Tom ?

— Écoute ce que dit Emerson, continua Tom. "Malgré votre sagesse de deux sous, malgré les habitudes qui vous enchaînent et rongent votre âme, il ne fait aucun doute que tous les hommes nourrissent des pensées sublimes." Tu as entendu ça, Benny ? Tu as entendu, ou tu veux que je répète ?

— J'ai entendu.

— Ils ne m'ont jamais compris, soupira Tom en secouant la tête et en désignant du doigt tous ces connards, là-haut. Jamais. »

Les portes du premier ascenseur s'ouvrirent pour laisser sortir des employés du cabinet d'avocats qui partaient en pause-déjeuner. Tom leur fourra son mug sous le nez. « Un petit coup de main aux sans-emploi ? demanda-t-il en agitant la tasse. Eh, un petit coup de main aux chômeurs ?

— Tom, dit Benny.

— Putain, lâche-moi, Benny ! Eh, mec, tu veux pas m'aider ? Je viens de perdre mon boulot. »

Ainsi se déroula la dernière heure de Tom.

Benny nous en a fait le récit détaillé juste après avoir raconté comment Tom avait rappliqué à Naperville avec une batte en aluminium un soir où il savait ses enfants chez leur grand-mère, et comment, ce soir-là, tout ce que le juge avait décrété « propriété de Tom », tout ce qui lui appartenait officiellement et pouvait être fracassé à coups de batte en aluminium, avait fait les frais de sa colère jusqu'à ce que la police arrive pour le maîtriser.

Amber Ludwig, qui avait un corps de phoque, large et compact, avec de très petites mains et de grands yeux sombres et rapprochés, avait peur que Tom ne revienne un jour ou l'autre et n'ouvre le feu, comme dans les faits divers qu'on entendait aux infos. « Non, mais sérieusement. Je crois qu'il a perdu la tête. En fait je crois qu'il n'a jamais *eu* toute sa tête. »

Ça ne se voyait pas encore, son ventre, mais tout le monde savait. Elle avait songé à se faire avorter, mais, à la plus grande déception de Larry Novotny, elle semblait avoir changé d'avis. Il allait devoir prendre une décision par rapport à sa femme, qui avait elle-même eu un bébé peu de temps auparavant. Tout le monde plaignait Larry, qui, ce printemps-là, passa son temps à tripoter nerveusement la visière incurvée et salie de sa casquette des Cubs, mais en même temps, il ne tenait qu'à lui de garder son outil au chaud. Nous plaignions aussi Amber, mais comme chacun sait, c'est un jeu qui se joue à deux. Nous espérions juste qu'ils n'y avaient pas joué sur nos bureaux.

Est-ce qu'Amber croyait vraiment, honnêtement, que Tom pourrait être à l'origine d'un bain de sang ?

« Oui, a-t-elle répondu. Ce type-là est capable de tout. C'est un malade. »

Nous avons essayé de la convaincre que ce genre d'incident se produisait seulement dans les usines et les entrepôts, et encore, seulement dans les Quartiers Sud. Un débat houleux avait suivi. Tom était-il bon pour l'HP ? Ou n'était-il qu'un clown ? Que dire de la fois où il avait pleuré, à l'enterrement de la petite fille de Janine, et même ensuite, au bar où nous avions passé le reste de la soirée ? N'était-ce pas la preuve que ce type avait un cœur ?

« OK, a dit Amber, peut-être, mais alors toutes les fois où il a grimpé sur le radiateur pour montrer son cul aux nageurs, c'est la preuve de quoi, ça ? »

La fenêtre du bureau de Tom donnait sur la piscine sur le toit de l'Holiday Inn, et c'est vrai qu'il avait un peu tendance à coller ses fesses contre la vitre quand l'envie lui en prenait. Mais c'était pour rigoler ! C'était marrant ! Ça n'avait rien à voir avec de la folie. Amber pouvait aller se rhabiller. Nous connaissions bien Tom. Nous connaissions Alan Glew, Linda Blanton, Paul Saunier. Nous connaissions Neil Hotchkiss, Cora Lee Brower et Harold Oak. Aucun d'entre eux n'allait revenir avec un cauchemar dans le sac à dos. Ils avaient été licenciés. Ils avaient rangé leurs affaires. Et ils étaient partis, pour de bon.

Le retour de Janine a surpris tout le monde. Bien sûr, il coulait de source qu'elle gardait sa place parmi nous. Simplement, après tout ce qu'elle avait vécu, revenir ici, reprendre le train-train... Quel réconfort allait-elle y trouver ? Mais peut-être que c'était justement ce qu'il lui fallait : quelque chose qui lui change les idées. Elle avait vieilli, surtout les yeux. Ses chemisiers étaient tout chiffonnés. Elle ne se coiffait plus, ses cheveux étaient devenus plats et secs, et parfois elle sentait mauvais. Le premier jour, elle nous a remerciés pour les affichettes. Quand elle avait appris la disparition de la petite, Lynn Mason avait eu l'idée d'imprimer des avis de recherche. Geneviève Latko-Devine, probablement la plus gentille d'entre nous, était partie à North Aurora pour emprunter une photo de Jessica, et avant midi, elle était de retour à l'agence avec un portrait de classe de CM1. Nous l'avions scannée, transférée sur le serveur, et nous nous étions mis au travail.

Geneviève était à l'ordinateur. Sur l'écran, Jessica, petite fille sans charme aux cheveux clairs et à la peau pâle, esquissait un sourire tordu, pas très réussi. Nous avons dit à Geneviève que les couleurs étaient trop fades.

« Qu'est-ce que vous voulez que j'y fasse ?

— On va arranger ça, a dit Joe Pope. Balance-la sur Photoshop. »

Nous travaillions sur Mac. Certains possédaient de nouveaux modèles, parfois des portables ultra-puissants, et quelques malheureux devaient pédaler frénétiquement pour maintenir en vie des antiquités. Nous utilisions QuarkXPress pour la mise en pages et Photoshop pour tout le traitement d'images. Geneviève a ouvert la photo de Jessica dans Photoshop et a intensifié la couleur de ses cheveux et de ses taches de rousseur. Nous avons jeté un œil au résultat et tout le monde a convenu que c'était toujours trop fade.

« Essaie d'assombrir cette zone-ci, a suggéré Joe en circonscrivant du doigt le visage de la petite. Oh la vache, il est répugnant, ton écran. » Il a tiré un Kleenex de la boîte de Geneviève et a nettoyé le verre. Il a regardé si ça changeait quelque chose. « Maintenant elle est plus fade que jamais. »

Geneviève a tenté quelques retouches. Nous nous sommes rapprochés pour mieux voir. Joe a secoué la tête. « On dirait qu'elle a pris un coup de soleil. Reviens un peu en arrière.

— Je crois qu'on perd de vue notre véritable objectif », a dit Geneviève.

Mais nous craignions que si la photo n'était pas jolie, les gens ne fassent pas attention à l'affiche.

Nous y sommes tous allés de notre suggestion. « Gonfle un peu le "DISPARUE", a dit Jim Jackers.

— Ouais, et mets bien en valeur le "Récompense : $10 000", a suggéré Tom. Je sais pas... change la typo, un truc dans le genre.

— Et pense à réduire l'espace entre les lettres », a dit Benny.

Nous voulions tous participer. Geneviève a passé encore une heure sur la photo, à modifier deux ou trois choses, jusqu'à ce que quelqu'un lui recommande de retoucher le sourire de la petite pour qu'il ait l'air moins de traviole. Elle serait plus mignonne comme ça. « Allez, a dit Geneviève. Maintenant, c'est bon, on arrête. »

Nous avons passé l'après-midi à faire des tirages couleur et à les découper dans la salle de montage. Puis plusieurs d'entre nous sont partis à North Aurora pour coller les affiches : à la bibliothèque municipale, à l'auberge de jeunesse, en tête de gondoles dans les supérettes, dans les Starbucks, les cinémas, les Toys'R'Us, et sur tous les poteaux téléphoniques. Trois jours plus tard, le corps de la petite était retrouvé sur un terrain vague, enveloppé dans une bâche en plastique.

Nous avons fêté le retour de Janine avec des guirlandes et du gâteau. Le lendemain, Joe Pope l'a trouvée dans les toilettes des hommes, en train de pleurer devant le miroir. Elle s'était trompée de porte. C'était rare que les nouvelles arrivent par Joe Pope, parce qu'il ne parlait pas à grand monde ; *a priori*, donc, nous n'aurions rien dû savoir de cette histoire. Mais Joe l'a racontée à Geneviève Latko-Devine, et Geneviève l'a racontée à Marcia Dwyer, et Marcia l'a racontée à Benny Shassburger, et Shassburger l'a racontée à Jim et Amber, qui l'ont racontée à Larry, Dan et Karen, et Karen ne croisait jamais personne sans lui raconter la dernière. Tôt ou tard, nous étions tous au courant, et nous savions que Janine n'avait pas surmonté sa peine, loin de là, puisqu'elle avait réussi à se tromper de porte et à entrer dans les toilettes des hommes. Nous l'imaginions, devant les lavabos, les mains crispées sur le rebord en marbre, la tête baissée, les yeux cernés et ruisselants de larmes, indifférente aux urinoirs reflétés dans la glace. Au déjeuner, elle ne participait presque plus aux conversations.

Entre nous, nous discutions de l'incident des toilettes. Personne ne pensait qu'il devait rester secret, mais nous prenions soin de ne pas le minimiser ni de le tourner en plaisanterie. Quelques-uns, une minorité, s'y sont risqués. Mais dans l'ensemble nous avions bien conscience que Janine vivait une tragédie. Nous savions ce qui s'était passé, mais comment imaginer ce qu'elle ressentait ? Certains évoquaient l'épisode pour rompre la routine, mais la plupart d'entre nous s'en servaient pour expliquer le silence de Janine à table. Nous avons fini par classer l'affaire et cesser d'en parler. C'est-à-dire, jusqu'au jour où Janine s'est mise à apporter des photos de Jessica et à les disposer partout dans son bureau : sur le rebord de la fenêtre, les étagères de la bibliothèque, les murs. Les images pullulaient, serrées les unes contre les autres. Une centaine de photos de sa fille décédée dans huit mètres carrés. Les trois grands portraits accrochés au mur en face d'elle étaient d'une tristesse insoutenable. Et l'ensemble nous donnait carrément la chair de poule. C'en est arrivé au point que nous évitions d'entrer dans son bureau. Quand nous y étions forcés, pour le travail, nous ne savions jamais où poser les yeux.

Un mardi de mai à midi et quart, Lynn Mason nous a convoqués pour un brief, et nous nous sommes hâtés vers son bureau pour y assister. Les briefs nous mettaient de bonne humeur : ils signifiaient que nous avions du travail. Nous étions des créatifs, chargés de concevoir des campagnes, et nous considérions cela comme une tâche créative, mais ça l'était bien moins que le remplissage, chaque lundi matin, des cases vides dans nos plannings depuis le début des licenciements. Un brief annonçait du vrai travail, et donc des plannings moins dangereusement vides la semaine suivante. Cela dit, tout le monde n'aimait pas les briefs, surtout quand ils avaient lieu à midi et quart. « Elle n'a pas remarqué que c'est *justement* l'heure où on va déjeuner ? » a pesté Karen Woo. Pour Karen, le déjeuner était sacré. « Pourquoi est-ce qu'elle ne nous a pas convoqués plutôt à onze heures et quart ? Ou même à treize heures ? » Pour la majorité, pas de problème : nous déjeunerions une heure plus tard, voilà tout. « Mais j'ai faim, moi », a dit Karen. Elle ne semblait pas plus émue que ça par le fait que Lynn venait juste de se découvrir un cancer et avait sûrement d'autres choses à l'esprit. En plus, elle avait le droit d'organiser des briefs n'importe quand : elle était directrice. « Bien sûr qu'elle a le droit, dit Karen. Mais est-ce qu'elle *doit* ? La voilà la vraie question. Est-ce qu'elle *doit* ? » Nous nous sommes tous dit que Karen avait vraiment de la chance de ne pas encore être au chômage.

En attendant Lynn, nous avons tué le temps en écoutant Chris Yop nous raconter l'histoire du fauteuil de Tom Mota. Nous adorions tuer le temps et nous avions mis au point plusieurs techniques pour y parvenir. Nous arpentions les couloirs, quelques papiers d'aspect professionnel à la main, en faisant semblant d'être occupés, alors qu'en fait nous cherchions juste un bol de bonbons gratuits. Nous allions remplir nos mugs à café à d'autres étages que le nôtre. Hank Neary préférait bouquiner. Le matin, il arrivait en avance, dans son manteau en velours côtelé marron, avec un livre emprunté à la bibliothèque ; il en photocopiait toutes les pages, puis il s'asseyait à son bureau pour lire ce qui, de loin, ressemblait à des documents très sérieux. Il terminait un roman de trois cents pages tous les deux ou trois jours. Billy Reiser, qui travaillait dans une autre équipe et marchait en traînant la jambe, était un vrai fan de base-ball et avant tout des Chicago Cubs. Un de ses amis posait des antennes satellites. Ensemble, ils avaient trouvé un moyen de monter sur le toit et fixer une parabole sur l'immeuble voisin, dans un coin discret, en l'orientant de façon que le signal arrive chez Billy. Ensuite, son copain lui avait installé un poste sous son bureau, légèrement incliné pour que Billy puisse voir l'image sans avoir à se reculer de plus de trente centimètres sur son fauteuil. À la fin de l'opération, il avait deux cents chaînes et pouvait suivre les matchs des Cubs même quand ils jouaient à l'extérieur. Nous lui rendions visite par petits groupes à l'époque où Sammy Sosa se préparait à battre le record des coups de circuit. Le problème, c'était que Billy avait peur que quelqu'un ne découvre la parabole, alors chaque fois que Sammy frappait un coup de circuit et que nous hurlions de joie, il nous faisait dégager.

Ça faisait une semaine que Tom Mota avait été renvoyé quand Chris Yop nous a raconté l'histoire de son fauteuil. Il nous a expliqué qu'il était en train de mettre un peu d'ordre sur son bureau quand, en levant les yeux, il avait découvert l'intendante dans l'embrasure de sa porte. Notre intendante sentait la lotion astringente et la moquette en synthétique, elle avait un poireau assez impressionnant sur la joue gauche et ne disait jamais bonjour à personne. On prétendait que, telle une fourmi, elle pouvait porter sur son dos des charges plusieurs fois supérieures à son poids. Elle se tenait appuyée contre le jambage de la porte, les bras croisés, et examinait la bibliothèque de Yop d'un air suspicieux. Elle lui demanda si c'était celle de Tom Mota. « Alors, nous a dit Yop, je lui dis : "Celle de Tom Mota ? Quoi ? Celle-ci ?" "Cette bibliothèque, qu'elle me dit. Est-ce que c'est celle de Tom Mota ?" "Ah non, je lui dis, c'est pas celle de Tom, celle-là, c'est la mienne." "Bon, qu'elle me fait, quelqu'un a pris la bibliothèque de Tom, et il faut que je la récupère." Ça devait faire quoi, allez, vingt-quatre heures qu'ils avaient viré Tom. C'était mardi dernier. Et voilà : son cadavre n'est même pas encore froid qu'il y a l'autre qui se pointe pour me traiter de voleur. Alors, je lui répète la même chose, je lui dis : “Ce n’est pas la bibliothèque de Tom, c’est la mienne.” Mais alors là, elle entre dans mon bureau, ouais, nan mais attendez… Elle entre dans mon bureau et elle me dit : “Et ça, c’est son fauteuil ? C’est sur le fauteuil de Tom que vous êtes assis ?” en me le montrant du doigt. Mais enfin qu’est-ce qu’elle croit ? C’est *mon* fauteuil. Bon, la bibliothèque, c’est celle de Tom, d’accord. Je l’ai prise dans son bureau quand ils l’ont viré. Mais le fauteuil, je peux vous assurer que c’est pas le sien ! C’est mon fauteuil ! Alors je lui dis : “Ça ? Non, ça, c’est mon fauteuil. Ce fauteuil est à moi.” Et là elle me dit, elle s’approche tout près de moi, elle me dit, elle doit être à trente centimètres, pas plus, elle me dit, en désignant mon fauteuil : “Ça vous ennuie si je vérifie le numéro de série ?” Alors ça, je ne savais même pas que ça existait. Vous le saviez, vous ? » Aucun d’entre nous n’en avait jamais entendu parler. « Ouais… les numéros de série, a-t-il repris. Il y en a sur tous les meubles. C’est comme ça qu’ils savent toujours qui a quoi et dans quel bureau ça se trouve. Vous saviez ça, vous ? »

Nous l’avons laissé déblatérer contre les numéros de série parce qu’à l’époque tout le monde s’indignait de tout. Chris était un homme nerveux, et comme il parlait, tous ses traits semblaient vibrer de rage, et ses mains tremblaient un peu, trahissant le manque de caféine. Il nous avait encouragés à l’appeler Yop, ça l’aidait à se sentir plus jeune, plus cool, et mieux accepté. Ses cheveux grisonnants lui arrivaient aux oreilles, mais il se dégarnissait sur le dessus. Il était marié à une femme qui s’appelait Terry et passait ses week-ends à reprendre les pires chansons des années soixante-dix avec son groupe de rock. Il n’arrêtait pas de demander aux autres ce qu’ils écoutaient en ce moment, et nous entendions souvent du rap quand nous passions devant son bureau, ce que nous trouvions à la fois noble et pathétique, sachant tous que du Bob Dylan l'aurait cent fois plus ravi. Appuyés sur la table en verre de Lynn, assis sur son canapé en cuir blanc, adossés aux murs ou à l'encadrement de la porte, nous suivions son récit, l'histoire du fauteuil de Tom Mota. Karen Woo soupirait en consultant sa montre, scandalisée que Lynn puisse arriver en retard à sa propre réunion.

« Et donc je lui dis : "Le numéro de série ?" a continué Yop. Et elle me dit, elle est juste derrière moi, hein, elle me dit : "Oui, regardez, là." Alors je me lève, je regarde, et qu'est-ce que je vois ? Un numéro de série ! Sur le dossier de mon fauteuil ! "Mais ça vient d'où, ça ?" que je lui demande, mais elle ne me répond pas. Elle dit juste : "Je peux vous emprunter un stylo ?" Elle veut m'emprunter un stylo pour noter le numéro de série ! Attends, c'est quoi ce fascisme ? "Eh mais, eh, je lui fais, vous comprenez pas ce que je dis ? C'est *mon* fauteuil." Mais elle ne m'écoute même pas, et elle se met à recopier le numéro de série ! Et ensuite elle s'approche de la bibliuthèque, elle note le numéro de série, aussi, et elle me dit : "Et cette bibliuthèque, alors ?" Là je suis dans le pétrin, parce que c'est vrai que j'ai menti pour la bibliuthèque, mais pas pour le fauteuil. Franchement, je m'en tamponne de cette bibliuthèque. Prenez-la si ça vous fait plaisir, mais laissez-moi mon fauteuil. »

Nous avons fait remarquer à Yop qu'il voulait dire *bibliothèque*.

« Qu'est-ce que j'ai dit ? » nous a-t-il demandé.

Nous lui avons répondu : bibli*u*thèque.

« Bibliuthèque ? »

Oui, voilà. Au début il avait bien dit biblio*o*thèque, et puis il s'était mis à dire bibli*u*thèque.

« Écoutez, ne faites pas attention à ça, a-t-il répliqué. C'est juste que je prononce mal. Ce qui compte, c'est : qu'elle prenne la bibliothèque, et qu'elle me laisse le fauteuil. C'est mon fauteuil. "Mais, est-ce que c'est la *vôtre* ?" qu'elle me demande. C'est une question de morale, un truc dans le genre. Alors je lui dis : "Oui, c'est la mienne, mais c'est bon, vous pouvez la prendre. Je m'en passerai très bien." Je m'en passerai... Tu parles. Qui peut se passer d'une bibliothèque aussi chouette ? Seulement, comme je veux pas perdre mon fauteuil, mon fauteuil *légitime*, je lui dis : "Allez-y, prenez-la." »

Nous ne voulions pas l'interrompre à nouveau, mais il fallait quand même lui rappeler que c'était le travail de l'intendante de déterminer dans quel bureau devait se trouver chaque meuble.

Yop a ignoré notre remarque. « D'abord c'est quoi, le machin qu'elle a sur le poignet ? » nous a-t-il demandé.

Il parlait du tatouage de l'intendante. C'était un scorpion, enroulé autour de son poignet gauche.

« Sérieusement, qu'est-ce qui peut pousser une femme à s'infliger ça ? Et qu'est-ce qui nous a poussés, nous, à embaucher une femme capable d'un truc pareil ? »

C'était une bonne question. Nous supposions qu'il connaissait la plaisanterie.

« Quelle plaisanterie ? »

Le scorpion était là pour protéger son alliance.

« Ouais, elle est marrante, mais laissez-moi vous dire une bonne chose : cette alliance n'a pas besoin de protection. Enfin bon, d'accord, si vous voulez : elle fait son boulot. Comment on a *pu, un jour*, engager quelqu'un avec un scorpion sur le poignet, ça je n'en ai pas la *moindre* idée, mais bon, d'accord, elle fait son boulot. N'empêche que c'est mon fauteuil légitime. Il est à *moi*, ce fauteuil. Elle n'a pas le droit de me le prendre comme ça. Et alors elle me dit : "Pourquoi m'offrir votre bibliuthèque si c'est vraiment votre bibliuthèque ? Si c'est la vôtre, vous pouvez la garder, qu'elle me dit, moi c'est celle de Tom que je veux. Toutes ses affaires ont disparu et c'est mon travail de les retrouver." Alors là, moi, avec mon air le plus innocent, je lui demande : "Ah bon, quelles affaires ?" Et elle me dit : "Voyons voir… son bureau, elle me dit ; son bureau, sa bibliuthèque, son…" »

Nous étions désolés de l'interrompre, mais il recommençait.

« Quoi donc ? »

À dire bibli*u*thèque.

Yop a levé les mains d'un air exaspéré. Il portait une chemise hawaïenne miteuse, les poils de ses bras viraient au gris. « Mais vous allez *m'écouter* une seconde ? s'est-il écrié. Vous voulez bien me laisser parler ? J'essaie de vous dire quelque chose de très important, là. *Ils savent tout !* Tout ce qu'on a pris, ils le savent ! Alors qu'est-ce que je pouvais faire ? "Embarquez la bibliuthèque, d'accord !" je lui dis. *Pas mon fauteuil.* "Mais est-ce que c'est celle de Tom ?" qu'elle me demande. C'est vraiment *ça* qui la turlupine. Elle veut savoir : "Est-ce que vous avez pris cette bibliuthèque dans son bureau ?" Et là, d'un coup, je réalise. Je suis sur le point de me faire virer pour une putain d'histoire de bibliuthèque. »

Bibli*o*thèque ! avons-nous hurlé.

« C'est ce que j'ai dit ! Et j'allais perdre mon boulot pour un truc aussi bête que ça ! Sérieusement, j'ai le crédit de ma maison à payer. J'ai une femme. Avec mon métier, si je me fais virer à ce stade de ma carrière, je suis mort. Faut être jeune pour s'en tirer, dans ce milieu. Je suis trop vieux, moi. Qui est-ce qui irait m'embaucher ? Donc je me rends compte de tout ça, et je comprends que la seule façon d'arranger les choses, c'est d'avouer ma faute. Alors je lui dis : "OK, écoutez. Cette bibliuthèque, hein ? Eh bien, je vais la rapporter dans le bureau de Tom. C'est promis. Je suis désolé." Et alors là elle me dit : "Mais vous n'avez pas répondu à ma question. Est-ce que c'est la *sienne* ? Est-ce que vous l'avez prise chez lui, *oui ou non* ?" Bon, je crois que je n'ai pas besoin de vous dire ce que je pense à ce moment-là. J'ai essayé de me montrer un tant soit peu honnête avec elle. J'ai essayé de remuer ce qu'elle a d'humanité et de sensibilité au fond de son cœur. Ça ne marche pas. Alors voilà ce que je lui dis, je lui dis : "Tout ce que je sais, c'est que quand je suis revenu de ma pause-déjeuner, elle était là." Et elle me dit, elle regarde sa montre, et elle me dit : "Il est dix heures et quart." Et je lui dis : "Ah ouais ?" "Dix heures et quart du matin, elle me dit. Vous avez pris votre pause-déjeuner à... quoi ? neuf heures et demie ?" Puis elle me montre la bibliuthèque et elle me dit : "Et tous ces livres, j'imagine qu'ils sont apparus comme par magie quand vous êtes revenu de votre pause, mhmm, c'est ça ? De votre pause-déjeuner de neuf heures et demie ?" Je ne réponds rien, et elle me dit : "Et votre fauteuil ? Lui aussi, il est sorti de nulle part ?" Je ne réponds toujours rien, et elle me dit : "Je repasserai une fois que j'aurai vérifié vos numéros de série. Je suggérerais que, si c'est la bibliuthèque de Tom, vous la rapportiez dare-dare dans son bureau. Idem pour toutes les autres choses qui lui appartiennent." Et c'est là que je lui dis : "Eh, oh, pas si vite, ma petite dame. Vous croyez quoi, là ? Vous déraillez complètement.

Rien *n'appartient* à Tom. Il travaillait ici, c'est tout. Rien ne lui a *jamais* appartenu. Rien n'appartient à *personne*, ils peuvent tout vous reprendre du jour au lendemain, comme ça." » Il a claqué des doigts. « Et écoutez ce qu'elle me répond : "Je regrette, mais c'est vous qui vous trompez, qu'elle me dit. Tout ceci m'appartient, à moi." »

Les bras tendus, les yeux exorbités, Yop a mimé le désespoir. Il avait l'air de s'attendre à ce que nous trouvions révoltant le discours de l'intendante, mais, à la vérité, nous n'étions nullement surpris. D'une certaine façon, tout lui appartenait vraiment. Et elle ne risquait pas de se faire licencier. On a toujours besoin d'une intendante.

« Ah, je l'aurais bouffée, a-t-il repris. Ça me *dégoûte* quand des gens aussi mesquins ont *autant* de pouvoir, et qu'ils en abusent comme ça, en te faisant bien sentir qu'ils pourraient t'écraser d'un coup de talon. Et voilà, maintenant elle va aller vérifier ses numéros de série et se rendre compte que j'ai le fauteuil d'Ernie Kessler. »

Une seconde. Ce n'était pas son fauteuil ?

« De quand il a pris sa retraite, a ajouté Yop d'une voix plus calme. L'année dernière. »

Nous n'arrivions pas à croire que ce n'était pas son fauteuil.

« Mais si, c'est le mien. C'était celui d'Ernie, *avant*. Avant sa retraite. »

Nous nous sentions trompés. Il nous avait laissé croire jusqu'au bout que c'était son fauteuil.

« Mais *c'est* mon fauteuil, a-t-il protesté. Il me l'a donné. Ernie. Je lui ai demandé s'il voulait bien me le passer, alors il me l'a apporté dans mon bureau, et il a emporté mon fauteuil dans le sien. Le jour où il a pris sa retraite. On a juste échangé nos fauteuils. On n'était pas au courant pour les numéros de série. Mais quand j'ai su, je me suis dit, je suis mort. Cette intendante, elle va aller raconter à Lynn que j'ai pris la bibliuthèque de Tom, et le fauteuil d'Ernie, aussi, même si c'est lui qui me l'a donné. Alors qu'est-ce que je peux faire ? Si je veux garder mon boulot, je n'ai plus qu'à faire semblant que c'est *vraiment* le fauteuil de Tom et à le rapporter dans son bureau ! Ce n'est pas son fauteuil – son fauteuil à lui est chez quelqu'un d'autre – n'empêche que la semaine dernière, c'est quand même ce que j'ai fait. Un soir, j'ai attendu que tout le monde soit parti et j'ai rapporté le fauteuil dans le bureau de Tom. Je me suis mis à *faire semblant* que c'était son fauteuil, et ça fait une semaine que je passe mes journées assis sur un autre, une vraie cochonnerie, pour éviter de me faire virer. C'était mon fauteuil *légitime* », a-t-il articulé, les poings serrés et tremblants d'angoisse.

Nous comprenions son émotion. Son fauteuil était merveilleux : ajustable, et pourvu d'une assise rembourrée qui s'enfonçait très légèrement quand on s'y installait.

Les mesures d'austérité ont commencé dans le hall d'entrée, plus de fleurs ni de bols de bonbons. Benny aimait bien respirer le parfum des fleurs. « Ça me manque, les beaux bouquets », disait-il. Puis, nous avons reçu un mémo collectif : nos congés d'été étaient suspendus. « Je crois que mes congés d'été vont encore plus me manquer que les bouquets », a remarqué Benny. Le mois suivant, au cours d'une assemblée générale de l'agence, la direction a décrété le gel des embauches. Immédiatement après, ils ont sucré nos primes. « Mes congés d'été, passe encore, a dit Benny. Mais ma prime, maintenant ? » Finalement, les licenciements ont commencé. « Les bouquets, les congés d'été, les primes : pas de problème. Qu'ils me laissent mon boulot, c'est tout. »

Au début nous appelions ça, banalement : être licencié, congédié. Et puis au fur et à mesure, nous sommes devenus plus créatifs. Nous disions qu'il s'était fait virer, qu'elle s'était fait lourder, qu'ils étaient tous passés à la trappe. Depuis peu, nous n'employions plus qu'une expression : « marcher à l'espagnole vers le bout du couloir ». Quelqu'un avait pioché ça dans une chanson de Tom Waits, mais il s'agissait en fait, comme nous l'apprit notre *Dictionnaire étymologique Morris des mots et des expressions*, d'une formule très ancienne. « À l'époque de la piraterie dans la mer des Caraïbes, alors sous le contrôle de la couronne espagnole, écrivait Morris, l'un des tours préférés des pirates consistait à soulever leurs captifs par la peau du cou, de façon à ce que leurs orteils touchent à peine le sol, et à les faire marcher ainsi sur le pont du bateau. » L'image nous semblait parfaite. La chanson parlait d'un type qui marche vers son exécution. C'était tout à fait ça. Nous suivions des yeux le condamné qui, précédé de l'intendante, traversait le long couloir avant de disparaître derrière la porte de Lynn Mason, et quelques minutes plus tard, nous voyions la lumière diminuer à cause de la baisse de tension, nous entendions le grésillement de l'électricité, et l'odeur de la chair brûlée gagnait nos box.

Assis à nos bureaux, nous détournions les yeux vers les fenêtres pour regarder les avions descendre vers l'aéroport de O'Hare. Ou bien nous mettions nos écouteurs. Tête en arrière, paupières closes. Nous pensions tous la même chose : *Dieu merci, ce n'est pas tombé sur moi.*

Jim alla frapper à la porte de Benny. « Dis-moi, tu as vu Sanderson, récemment ?

— Qui ça ?

— Sanderson. Will Sanderson. »

Benny ne voyait toujours pas de qui Jim voulait parler.

« Mais enfin, Benny. Sanderson. Le moustachu.

— Ah oui, d'accord. Will Sanderson ? Je croyais qu'il s'appelait Bill.

— Non, il s'appelle Will, dit Jim.

— Je n'ai pas vu ce type depuis... des semaines.

— Tu ne crois quand même pas que... »

Ils se turent.

« Sanderson, dit Benny. Ah, la vache... Ils ont eu Will Sanderson. »

Un truc qui nous amusait et nous permettait de décompresser après les premiers licenciements, c'était de nous glisser dans le bureau de quelqu'un d'autre pour envoyer un message à toute l'agence depuis son ordinateur. Ça pouvait dire très simplement : « Je m'appelle Shaw-NIE ! Tu es mon prisonnier, Ha ha ! Caca prout caca prout caca prout. » Les gens lisaient ça le matin en arrivant et l'on ne savait jamais comment ils allaient réagir.

Un jour, Jim Jackers tomba sur l'un de ces messages et répondit aussitôt : « Manifestement quelqu'un s'est introduit dans mon bureau hier soir pour y rédiger un e-mail et l'adresser en mon nom à toute l'agence. Je prie ceux qui ont pu s'en trouver gênés ou offensés de croire que je regrette cet incident, même si je n'en suis pas responsable, et j'invite le coupable à se dénoncer et à présenter des excuses publiques. J'ai relu le message en question cinq fois et je n'ai toujours pas réussi à en comprendre le sens. »

Nous savions qui avait fait le coup. Il n'y a jamais eu d'excuses. Jim savait, lui aussi, parce qu'il était des nôtres, et il a fini par aller demander des comptes à Tom Mota. C'était quelques mois avant que Tom ne se fasse virer. À votre avis, comment a-t-il réagi ? Benny nous a répété ce que Tom lui avait raconté un midi : à quel point ça l'avait fait marrer de voir Jim dans cet état, et comme il l'avait titillé pour qu'il le frappe – il l'appelait Le Gnome, bien qu'il fasse à peu près la même taille que lui. « Vas-y, frappe-moi, Le Gnome, frappe-moi, espèce de petit merdeux, *je t'en prie* » : voilà ce que Tom, entre deux éclats de rire, dit à Benny qu'il avait dit à Jim. On n'en était encore qu'au troisième mois de licenciements. Jim n'est plus jamais parti le soir sans fermer sa messagerie.

Les e-mails de Tom ne consistaient pas toujours en ce genre de provocation bouffonne ; il en écrivait aussi de sérieux, qu'il envoyait de son propre poste, et qui nous amusaient par leur sincérité et leurs références à l'infinie valeur de l'homme. Ces missives verbeuses et sentimentales, empreintes d'un romantisme en contradiction totale avec le comportement de Tom, étaient ridiculement déplacées, schizophréniques dans leur style comme dans leur teneur, mais toujours bienvenues puisqu'elles venaient rompre la monotonie de nos journées. Leur grossièreté et le fait que Tom les rédige pendant son temps de travail lui valurent un blâme de la direction, parce qu'il avait le cran de les adresser non seulement à tout notre service, Lynn Mason incluse, mais aussi aux autres directeurs associés, organisant toujours la liste des destinataires en fonction de leur place dans la hiérarchie, selon une règle tacite. Il les envoyait aussi en CC aux gens de la compta, de l'achat d'espace, de la production, des ressources humaines, du service informatique, et à la serveuse du coffee bar. « J'ai mal dormi la nuit dernière, disait le dernier message rédigé dans cette veine, intitulé "Je Vous Condamne, Vous et Vos Souliers de Golf, à L'Errance Éternelle sur Lower Wacker Drive." Les tomates de mon jardin ne veulent pas sortir, continuait-il. Peut-être en serait-il autrement si j'avais plus de temps pour m'en occuper, ou si ces foutus Hispaniques, chargés d'entretenir le parc de la résidence dans laquelle je vis depuis que l'État m'a forcé à vendre ma maison de Naperville et que Barbara a emmené les enfants à Phoenix chez Bob le Pilote, arrêtaient un peu de ratiboiser ma pelouse. Est-ce que j'ai un vrai jardin ? La réponse est non, oh non, parce que ma garce de gardienne refuse d'entendre raison. Elle passe son temps à me répéter que je ne suis que *locataire* et que le jardin *ne m'appartient pas*. Je dois me contenter de bordures de fleurs. Des œillets d'Inde : voilà ce que ces foutus Hispaniques sont payés pour planter. Alors que moi, comprenez-vous, je vous parle de tomates grasses, mûres, juteuses, délicieuses, que je veux faire pousser de mes mains, avec l'aide de notre mystérieuse et féconde Mère Nature ! Mon rêve est mort quand Barb a couché avec Bob le Pilote et qu'on a vendu Naperville. Enfin bon : aimerais-je avoir un jardin ? oui. À vrai dire, je voudrais même une ferme. Mais pour l'instant, tout ce que j'ai, c'est l'appartement 4H du Manoir du Port aux Cloches, qui n'est ni un port ni un manoir et ne contient PAS UNE SEULE CLOCHE. Où se cache l'inventeur génial du nom "Manoir du Port aux Cloches" ? Sans doute parmi vous : vous avez la langue si bien pendue. Puisse-t-on vous l'arracher d'un coup de pique, et laisser ce trophée de chair rouge et moelleuse sécher sous le soleil d'une terre cannibale. Ha ! Je parie qu'on va me convoquer pour celle-là, mais je la laisse parce que ce que j'essaie de vous dire, c'est qu'à mon avis PERSONNE NE SAIT VRAIMENT à quel point nous nous sommes éloignés non seulement de la nature mais aussi des conditions de vie naturelles qui, depuis des siècles, forçaient les hommes à repousser encore et encore les limites de leurs capacités physiques pour satisfaire des besoins aussi basiques que nourrir leur famille, la vêtir et prendre soin d'elle, et leur garantissaient chaque nuit un sommeil doux, paisible, réparateur et bien mérité, que nous ne connaîtrons jamais plus. Aujourd'hui il y a Phoenix, et des avions qui vous y emmènent, et Bob le Pilote qui s'occupe de TOUT, alors que, tu parles, je suis sûr que ce n'est même pas lui qui tond la pelouse. Mais n'oublie pas, Bob – et ça vaut pour tous les Bobs de la terre – que "Le travail manuel est l'étude de la Nature". Et ça, je pense que c'est ce qu'il y a de plus important. La question que vous devez tous vous poser, c'est qu'est-ce qu'il fabrique ici, alors, Tom Mota ? Pourquoi perd-il son temps dans un bureau moquetté à essayer de dissimuler la tache de café sur son pantalon à pinces ? En quoi est-il meilleur que Bob le Pilote ? Malheureusement, je ne me crois pas meilleur que lui. Je ne me consacre pas à l'étude de la Nature. J'essaie juste de faire gagner un dollar à un client, afin de faire gagner vingt-cinq cents à l'agence, afin d'en gagner moi-même cinq, et qu'il m'en reste un quand j'aurai versé à Barbara la somme fixée par la Cour. Pour cette raison, j'aime mon travail et je ne veux jamais le perdre, et j'espère que personne, en lisant ces lignes, ne me jugera suffisant ou ingrat. J'insiste simplement sur la nécessité de garder à l'esprit, à cette époque particulièrement désespérante, immorale et à côté de la plaque, que l'homme conserve de nobles penchants, que toute une partie de son caractère le porte non pas vers le profit mais vers l'amour, l'héroïsme, l'échange, l'extase, la bonté et la vérité. Quel sacré paquet de conneries, me direz-vous. Et tant mieux pour vous. Je vous invite à m'abattre à bout portant d'une balle dans la tête. Peace, Tom. »

Peu après avoir appuyé sur Envoi, Tom fut remercié, et, sans les dérisoires indemnités qu'il reçut, nous aurions été tentés de penser qu'il ne s'agissait pas d'un nouveau licenciement économique, mais plutôt d'une mise à la porte délibérée. La vérité, c'est qu'il était sûrement déjà trop tard pour lui. Son e-mail ne fit qu'accélérer les choses, à la façon d'une pneumonie chez un malade du cancer.

Lynn Mason n'était toujours pas arrivée à la réunion de midi et quart ce mardi de mai et Chris Yop a donc continué à nous raconter l'histoire du fauteuil de Tom Mota. Le matin même, comme il faisait de l'ordre sur son bureau, il avait levé la tête et découvert une nouvelle fois l'intendante dans l'embrasure de la porte, les bras croisés. « Alors, nous a-t-il dit, elle me dit : "Je vois que vous avez restitué la bibliuthèque de Tom." Moi, je fais comme si je ne comprenais pas l'allusion, je lui dis : "Désolé, je ne vois pas du tout de quoi vous voulez parler", et je me remets à ranger mon bureau, mais elle reste là, alors je relève la tête et elle me dit : "Je vois que vous n'avez plus son fauteuil, non plus." Alors je lui dis : "J'aimerais bien que vous arrêtiez de me harceler maintenant. Il y a des règles contre ce genre de comportement dans le Manuel de l'Employé." Et elle me dit : "Vous pensez que je vous harcèle ?" Et je lui dis : "Oui, et je n'aime pas ça." Et elle me dit : "Peut-être qu'on devrait en discuter avec Lynn." Et je lui dis : "J'en serais ravi", et elle me dit : "Vous faites quoi, là, tout de suite ?" et je lui dis : "J'essaie de travailler, contrairement à d'autres. Il faut bien qu'il y en ait qui fassent tourner la boîte, hein, espèce de glandeuse." Je n'aurais pas dû dire ça, je voulais juste, vous voyez, quoi, souligner la différence entre une intendante et un rédac comme moi, qui fait quand même un peu plus tourner la boîte. Et alors elle me répond : "Oui, c'est vrai que vous, vous jouez un rôle *capital*, et que tout *s'écroulerait* si vous nous quittiez, mais bon, en attendant, si vous voulez bien me suivre." Et je lui dis : "Comment ça, vous suivre ? Où ça ?" Et elle me dit : "Lynn aimerait vous parler." "Quoi, maintenant ?", je lui dis. Et elle me dit : "Si vous pouvez vous libérer quelques minutes." Et je lui dis : "Elle veut me voir *maintenant* ?" Elle ne répond rien, me fait juste signe de la suivre. Alors je me lève de mon siège, de cette cochonnerie, là – non mais franchement, il m'anesthésie les miches, ce truc – et on part tous les deux vers le bureau de Lynn. Je veux dire, qu'est-ce que je pouvais faire ? Elle me dit que Lynn veut me parler : qu'est-ce que je pouvais faire ? »

Nous avons demandé à Yop quand tout cela avait eu lieu.

« Je ne sais pas, il y a une heure, peut-être. Bon, et donc on part voir Lynn dans son bureau. Je ne vais pas vous mentir : j'ai le cœur qui s'emballe. J'ai quarante-huit ans. Faut être jeune pour s'en sortir, dans ce milieu. Qui est-ce qui va m'embaucher si je me fais virer ? Je ne maîtrise pas Photoshop. Parfois, je ne suis même pas sûr de bien comprendre comment marche Outlook. Qui est-ce qui va me verser le salaire que je mérite ? Je suis vieux, maintenant. Je suis trop bien payé. Enfin, je n'ai pas le choix, il faut que j'y aille. L'intendante entre en premier. Je la suis et je referme la porte. "Bon", dit Lynn, et vous savez la façon qu'elle a de se pencher sur son bureau et de vous regarder comme si elle allait vous découper le crâne avec ses yeux laser ? "Qu'est-ce qui se passe ?" qu'elle demande. Là, l'intendante démarre au quart de tour : d'abord, j'ai volé la bibliuthèque de Tom. "Mais quelle preuve vous avez ?" je m'exclame. Je veux dire, elle ne me laisse même pas parler. "Hein ? Quelle preuve ?" Elle ne répond pas. Ensuite, elle dit à Lynn que je la harcèle. Moi, je la harcèle ? J'en crois pas mes oreilles. Mais le plus dingue, c'est qu'elle ne dit rien, pas une phrase – *pas un mot* sur le fauteuil. Alors que tout tourne autour du fauteuil ! Sans le fauteuil, on n'en serait pas là ! Tout ce que je voulais, c'était protéger mon bien. Donc je lui dis : "Et le fauteuil, alors ?" Et elle me dit, vous voulez savoir ce qu'elle me dit ? Elle me dit : "Quel fauteuil ?" Comment ça, quel fauteuil, attends. Alors je lui dis : "Allez, faites pas semblant. Quel fauteuil... *Le* fauteuil. Mon fauteuil, quoi." Et elle dit : "Je ne sais pas de quoi il parle." Elle dit ça à Lynn ! Elle nie toute l'histoire du fauteuil ! Alors je dis, je suis tellement dégoûté, je lui dis : "MAIS ALLEZ, ARRÊTE AVEC TON QUEL FAUTEUIL ! Tu sais très bien quel fauteuil, bon sang !" Là, il y a un silence, et puis elle dit : "Je suis désolée, Lynn, je ne vois pas du tout de quoi il parle." Et moi : "MAIS NOM D'UN CHIEN TU SAIS TRÈS BIEN QUEL FAUTEUIL ! Elle sait, Lynn ! Elle a essayé de me prendre mon fauteuil. Mon fauteuil légitime." Il y a encore un silence, et Lynn dit : "Kathy..." Vous saviez qu'elle s'appelait Kathy ? "Kathy, vous voulez bien nous laisser une minute ?" Et "Kathy" dit oui je m'en vais, et Lynn dit : "Vous pouvez fermer la porte, Kathy, s'il vous plaît ?" et "Kathy" dit "Bien sûr", et on entend la porte se refermer, et mon cœur s'emballe, et Lynn me dit : "Je suis désolée, Chris, mais nous allons devoir vous licencier." »

Yop s'est tu. Il secouait lentement la tête. « Je ne savais pas quoi dire, a-t-il repris plus bas après un moment. Je lui ai demandé si ça avait quelque chose à voir avec le fauteuil d'Ernie Kessler. Elle m'a dit que non. Que ça n'avait rien à voir avec le fauteuil d'Ernie. "Parce que je peux m'en passer, de ce fauteuil, je lui dis. Honnêtement. J'en ai un en plastoc, là, depuis une semaine, et tout se passe très bien. J'en suis très content." Et elle me dit : "Ça n'a rien à voir avec le fauteuil d'Ernie." J'arrive pas à y croire. J'arrive pas à croire ce qu'elle est en train de me dire. Alors je lui demande : "C'est à cause des fautes ? Parce que je m'améliore, je lui dis. C'est juste que mon cerveau fonctionne bizarrement, parfois, mais je m'améliore. Et puis, il y a la correction automatique, de toute façon. Je sais que ce n'est pas idéal pour un concepteur-rédacteur, et je vous remercie de vous être montrée si patiente, mais je vous assure, je m'améliore." Et elle me dit : "Ce n'est pas à cause des fautes, Chris." "Alors, à cause de quoi ?" je lui demande. "Ne le prenez pas pour vous, elle me dit. C'est une décision économique." "Est-ce que c'est parce que je gagne trop d'argent ? C'est pour ça ?" Et elle me dit : "Non, pas exactement." "Est-ce que ça arrangerait les choses si on diminuait mon salaire ?" Je lui demande : "Est-ce que je peux garder ma place, si j'accepte un plus petit salaire ?" "Ce n'est pas exactement une question d'argent, Chris", elle me répond. Mais alors, bon sang, c'est quoi, à la fin ? "Écoutez, elle me dit, nous allons vous donner un mois d'indemnités, et vous conserverez votre assurance-santé jusqu'à la fin de l'année. Vraiment, il ne faut pas le prendre pour vous", elle me dit. Elle n'arrête pas de répéter ça – ne le prenez pas pour vous, Chris – donc je finis par croire que je dois le prendre pour moi. "Pourquoi, alors, Lynn ?" je lui demande. Et peut-être que ma voix déraille un peu. "Je veux bien ne pas le prendre pour moi, mais alors dites-moi pourquoi..." "Chris, je vous en prie", elle me dit, parce qu'à ce moment-là, je commence à craquer... »

Nous lui avons demandé ce qu'il voulait dire par là.

« Je me suis mis à pleurer. Pas qu'à cause du boulot, a-t-il ajouté. Ça me fichait le cafard, d'être moi. D'être vieux. De penser à Terry. De pas avoir de gosse. Et maintenant, de même plus avoir de job. » Sa femme et lui avaient essayé d'avoir un enfant pendant des années, et quand ils y avaient finalement renoncé, ils étaient trop âgés pour adopter. « Je m'imaginais en train de rentrer à la maison ce soir et d'expliquer à Terry que je m'étais fait virer. Je voulais pas pleurer, dit-il, vraiment pas, mais c'était plus fort que moi. J'ai baissé la tête et c'est venu tout seul. Je contrôlais plus rien. Alors, vous comprenez, il a fallu que je parte. J'avais jamais chialé devant quelqu'un comme ça. Je pouvais pas rester là. "Voyons, Chris, qu'elle me dit. Revenez. Vous allez vous en sortir. Vous êtes un excellent rédacteur." Elle me dit ça, alors qu'elle vient de me virer. Je ne l'ai pas revue depuis. »

Nous ne pouvions pas lui reprocher son émotion, même si bon, c'était bien son genre, à Yop, avec ses airs de gros dur, d'abandonner le fauteuil pour lequel il s'était tellement battu si ça lui permettait de sauver sa peau, et que c'était bien son genre, si ça ne marchait pas, de mendier une réduction de salaire, et qu'il serait bien le premier à craquer s'il ne parvenait pas, malgré tout, à garder son boulot. Tom Mota avait voulu jeter son ordinateur par la fenêtre ; Chris Yop se jetait aux pieds de Lynn.

Juste avant que Lynn n'arrive, en retard d'un quart d'heure à sa propre réunion, nous avons demandé à Yop ce qu'il faisait encore là.

« Je ne sais pas, nous a-t-il répondu. Je ne peux pas rentrer chez moi, pas tout de suite. Ça me semblerait trop bizarre. »

Mais tu ne trouves pas ça bizarre d'être *ici*, lui avons-nous demandé. Dans le bureau de Lynn ?

« Lynn et moi, a-t-il dit, on n'a pas fini de discuter. J'ai craqué. Je suis parti. Vous ne croyez quand même pas que je devrais partir *partir*, alors qu'on n'a pas fini de discuter ? »

Personne n'a répondu, sous-entendu ben, oui, Yop. Tu devrais sûrement partir.

« Je ne sais pas, a-t-il murmuré en regardant autour de lui. Ça fait un moment que j'ai cette réunion sur mon calendrier. »

L'arrivée de Lynn a mis fin à nos bavardages. Quand le moment venait de se remettre au travail, nous nous y mettions sérieusement. Nous ne faisions pas les andouilles pendant les briefs. Nous faisions les andouilles avant, et parfois après, mais pendant, même si quelqu'un pouvait toujours sortir une vanne à l'occasion, l'ambiance était aussi solennelle qu'à l'église. Nous risquions notre place à chaque instant, et cette idée ne nous quittait pas.

Lynn Mason se distinguait par son allure intimidante, ses humeurs, sa froideur, son sens du style et son professionnalisme à toute épreuve. Elle n'était pas très imposante – plutôt petite, en fait – mais le soir, dans notre imagination, elle prenait des proportions gigantesques. Mal lunée, elle se montrait froide et peu loquace. Elle mangeait comme un moine bouddhiste et s'habillait comme un mannequin de chez Bloomingdale. Le jour du brief de midi et quart, elle portait une jupe vert olive et un chemisier à fleurs assorti. Mais ce qu'on admirait vraiment chez elle, c'étaient ses chaussures. En tant qu'aficionados du design, nous – surtout les femmes parmi nous – étions époustouflés par leur originalité, leur couleur exquise, leur élégance et la pureté de leurs lignes, et nous nous extasions devant elles comme d'autres devant l'accoudoir d'un fauteuil de Charles Eames ou l'aile noire d'un chasseur du Pentagone. Chaque paire – et elle devait en avoir une cinquantaine – aurait mérité sa propre vitrine en polyéthylène au musée d'Art contemporain, à côté du machin en plexiglas et des enseignes fluorescentes. Quand quelqu'un a finalement trouvé le courage de lui demander quelle marque c'était, le nom ne disait rien à personne, et nous en avons conclu qu'elles étaient l'œuvre d'un petit créateur italien qui refusait d'exporter sa production, et que Lynn se les faisait rapporter par ses amis voyageurs, car tout le monde savait qu'elle ne prenait jamais de vacances.

Elle est entrée, chargée d'une pile de documents fraîchement photocopiés ; il flottait derrière elle un parfum de toner. Sans un mot, elle a déposé les feuilles sur son bureau et, s'humectant l'index, a assemblé un premier dossier qu'elle a agrafé et remis à Joe, assis directement à sa droite. Joe l'a fait passer, et le dossier a serpenté jusqu'à Karen Woo, à l'autre bout de la pièce. Lynn en a fait encore quelques autres, puis elle s'est arrêtée pour retirer ses escarpins en cuir. « Qu'est-ce qui me vaut ce silence ? a-t-elle demandé en levant finalement les yeux vers nous. Quelqu'un est mort ? »

Pas de réponse. « J'espère que ce n'est pas quelqu'un que je connais », a-t-elle repris. Et elle s'est remise à humecter, assembler et agrafer ses feuilles.

Nos informations provenaient de sources fiables, mais elles se limitaient aux détails les plus minces. Lynn devait se faire opérer le lendemain. La tumeur avait envahi sa paroi thoracique. Une mastectomie totale s'imposait. Nous voulions savoir : est-ce qu'elle avait peur ? Est-ce qu'elle avait confiance en ses médecins ? Quelles étaient ses chances de rémission complète ? Comme elle n'en avait encore parlé à personne, nous ne savions pas du tout dans quel état d'esprit elle se trouvait. Mais quand même, qu'est-ce qu'elle faisait à l'agence la veille de son opération ? Certaines choses doivent passer en priorité, pensions-nous. En même temps, personne ne faisait jamais passer ces choses en priorité. Nous avions tous l'illusion que le plus infime relâchement de notre part aurait des conséquences catastrophiques pour toute la boîte. Alors qu'est-ce que c'était que cette fantaisie, ce rêve irréalisable de faire passer certaines choses en priorité ? D'ailleurs, qu'est-ce que Lynn avait de mieux à faire que de continuer à vivre sa vie ? En venant à l'agence, elle refusait de laisser le spectre de la mort la distraire d'une routine qui, sûrement, la rassurait et l'aidait à se sentir plus forte. Elle avait on ne peut plus raison de venir à l'agence la veille de son opération. Ou peut-être qu'elle aurait dû rester chez elle, se faire livrer à déjeuner et passer la journée sur son canapé à jouer avec ses chats. Ce n'était vraiment pas à nous de le dire.

Sans faire le moindre commentaire sur la présence de Chris Yop, Lynn continua de distribuer les dossiers. Tout le monde en prit un ; Chris Yop aussi. Avait-il vraiment l'intention de rester pendant tout le brief, alors qu'il n'était plus censé travailler là ? Lynn a ôté sa veste et l'a jetée sur son fauteuil, puis elle s'est assise et a déclaré : « Bon ! Que les funérailles commencent. » Elle s'est mise à lire le dossier. Quand nous avons tourné la page, Yop a tourné la page lui aussi. Nous avions du mal à nous concentrer sur autre chose. D'un côté, il y avait Lynn, qui lisait le dossier ; de l'autre, Yop, qui lisait le même dossier, et l'une venait de mettre l'autre à la porte, mais ils étaient là tous les deux, à se comporter comme si rien ne s'était passé. Nous pensions qu'elle n'avait sans doute pas remarqué sa présence. Nous pensions qu'elle avait sans doute d'autres choses à l'esprit.

Le brief portait sur une campagne de sensibilisation au cancer du sein que nous allions réaliser à titre bénévole. L'agence avait offert nos services aux organisateurs d'un grand événement caritatif consacré à la maladie et sponsorisé par l'Association Contre le Cancer du Sein. Notre mission, nous a expliqué Lynn en lisant le dossier, consistait à promouvoir l'événement et à encourager les dons à travers tout le pays. Nous allions donc faire passer des annonces publicitaires dans des journaux à tirage national et au dos de paquets de céréales.

Nous nous demandions : était-ce juste une étrange coïncidence ? Peut-être qu'elle se préparait à aborder le sujet de sa maladie. Nous l'observions, aux aguets, mais elle restait imperturbable, plongée dans sa lecture. Rien dans son attitude n'indiquait que le projet pût différer en quoi que ce soit d'un autre projet. Nous échangions des regards, puis tentions à nouveau de nous concentrer sur le dossier. À la fin de sa présentation, Lynn a donné quelques précisions annexes, et nous a demandé si nous avions des questions. Nous lui avons dit que le projet nous semblait formidable. Par simple curiosité, avons-nous ajouté, qu'est-ce qui nous avait amenés à y participer ? « Oh, je connais bien la présidente du comité, a-t-elle répondu. Ça fait deux ans qu'elle m'en parle, deux ans que je refuse, mais elle a fini par m'avoir à l'usure. » Elle a eu un haussement d'épaules résigné. Remarquant quelque chose du coin de l'œil, elle a tourné la tête et a retiré une peluche de la manche de son chemisier en soie. « D'autres questions ? » Personne n'a pipé mot. « Bon ! a-t-elle conclu. Fin des funérailles. » Là-dessus, tout le monde s'est levé et s'est dirigé vers la sortie. Yop était presque dehors quand Lynn l'a rappelé. « Chris, je peux vous parler un moment ? Joe, fermez la porte en sortant, voulez-vous ? » Yop est revenu sur ses pas, l'air abattu et hésitant. Lynn s'est levée pour tirer les stores. Yop s'est avancé vers le bureau, et la porte s'est refermée sur eux, les dissimulant à nos regards.

À peine arrivés dans nos bureaux et box respectifs, nous les avons désertés à nouveau, nous rassemblant en petits groupes dans l'embrasure des portes et dans les salles d'impression pour discuter du projet surréaliste que nous avions sur les bras. Pendant le brief, Lynn nous avait demandé d'imaginer le cancer du sein diagnostiqué chez un être cher – une épouse, une mère – pour nous aider à ressentir une véritable empathie avec les malades et stimuler notre créativité. Mais enfin, elle l'avait, *elle*, ce cancer. Qui mieux qu'elle pouvait éveiller en nous cette empathie créative ? Et pourtant, pas un mot. Nous savions qu'elle était plutôt secrète. Et c'est vrai que notre réputation de commères n'était plus à faire. Évidemment, personne ne s'attendait à ce qu'elle claironne sur tous les toits la nouvelle de sa maladie. Mais c'était une publicitaire zélée, et, de ce point de vue, il était tout de même curieux qu'elle ne fasse pas un effort pour nous raconter, par exemple, l'horreur éprouvée à l'annonce du diagnostic, ou les souffrances occasionnées par les traitements, si cela pouvait nous aider à concevoir une bonne campagne. Nous ne savions pas si nous devions croire qu'elle connaissait simplement la présidente du comité, laquelle l'aurait harcelée jusqu'à ce qu'elle accepte de lui donner de notre temps.

Lynn comprenait mieux que personne les ficelles du monde des affaires. En 1997, elle s'était disputée avec Roger Highnote ; il avait quitté l'agence, et ça nous avait changé la vie. Elle était l'ennemie du nivellement par le bas. La règle cardinale en publicité a toujours été de faire passer son message de façon assez bête pour qu'un enfant de douze ans le saisisse. Le mentor de Lynn, la légendaire Mary Wells, avait pour mentor le légendaire Bernbach, et Bernbach a dit un jour cette phrase restée célèbre : « Bien sûr que beaucoup d'Américains ont douze ans d'âge mental. Tous les Américains de six ans. » Comme Wells et Bernbach, Lynn respectait l'intelligence américaine, et cela avait permis la réussite de plusieurs campagnes : celle du lama qui parle, celle de l'Homme au Bouton de Fièvre. Bien sûr, c'était elle qui faisait marcher tout le monde à l'espagnole vers le bout du couloir, mais elle ne nous avait pas fait marcher *nous*, pas encore : c'était un détail important.

Lynn était scrupuleuse comme pas une. À un moment donné, elle avait chargé Karen Woo et Jim Jackers de modifier l'emballage d'un paquet de gâteaux produit par un gros conglomérat qui, plus tard, devait nous briser le cœur en nous quittant pour une autre agence. C'était un paquet standard, avec dans tous les coins des personnages en forme de biscuit et des petites phrases accrocheuses comme « Chocolicieux ! » et « Croustimiam ! » en lettres colorées et élastiques. Ces éléments-là ne devaient pas bouger : ils figuraient dans le gros cahier rouge qui posait les bases sacrées de la stratégie de marque du client, applicables au design de tous ses packagings et matériaux publicitaires. Le travail de Jim et Karen était donc plutôt simple : on leur demandait juste de trouver un moyen de mettre en avant la valeur nutritionnelle des biscuits. Face à des consommateurs de plus en plus soucieux de leur santé et de leur ligne, c'était ce que faisaient tous les fabricants. Karen avait donc écrit un texte qui insistait bien sur l'importance de la niacine et de l'acide folique, puis elle était allée trouver Jim dans son box et, penchée sur l'écran de son ordinateur, lui avait dit d'insérer en petites lettres, en bas sur le devant du paquet, la mention : « 0 g d'acide restif ». Jim s'était exécuté.

« C'est quoi, de l'acide restif ? lui avait-il demandé.

— Quelque chose dont tu ne veux pas dans ton corps », avait répondu Karen.

Tous deux étaient allés montrer le paquet à Lynn, qui avait scruté les changements. Il n'y avait rien de nouveau à part l'encadré sur le côté du paquet qui énumérait les bienfaits de la niacine et de l'acide folique, et Lynn en était satisfaite jusqu'à ce qu'elle arrive au passage qui disait, et elle le relut à voix haute :

« "Sans oublier que nos chocolicieux biscuits contiennent zéro gramme d'acide restif, ce qui fait d'eux le choix idéal pour un goûter diététique et super croustimiam." Qu'est-ce que c'est, de l'acide restif ?

— Je pensais que c'était un genre de... enfin, vous voyez... quelque chose de mauvais pour la santé, dit Karen.

— Mais qu'est-ce que c'est ?

— En tout cas, ça a un sale nom, dit Jim.

— C'est sûrement quelque chose dont on ne veut pas dans son corps, reprit Karen. Avec un nom pareil. Acide restif. Ça fait encore plus définitif que le formol. »

Pendant ce temps-là, Lynn avait sorti le dossier du client et s'était mise à le feuilleter.

« Je ne vois rien là-dedans sur l'acide restif, remarqua-t-elle, levant vers Karen un regard interrogateur.

— Non, c'est moi qui ai trouvé ça. »

Le visage de Lynn, qui avait atteint le milieu de la quarantaine sans grande altération de sa froide beauté, était architecturalement conçu pour recevoir ce genre d'aveu outrancier. Les contreforts de ses pommettes protégeaient son regard perçant contre l'affaissement d'un front incrédule, ses yeux presque dépourvus de pattes-d'oie ne disparaissaient jamais sous des plis accusateurs, et les coins de ses lèvres, flanqués chacun d'une délicate parenthèse gravée par ses sourires, demeuraient parfaitement immobiles face à des révélations qui, chez de moins grands professionnels, auraient provoqué un décrochement dégoûté de la mâchoire ou un flot de reproches ininterrompu. Elle planta son regard dans celui de Karen et déclara sobrement :

« Vous l'avez carrément inventé.

— Euh, pas qu'il y en a zéro gramme.

— Karen, dit Lynn – et plus tard Jim nous a raconté que la seule marque d'irritation qu'elle s'était autorisée avait été de rapprocher son fauteuil de son bureau et de poser deux doigts sur sa tempe.

— J'essayais de penser hors du paquet, expliqua Karen.

— Je... Moi-même, Lynn, je ne savais pas... », bégaya Jim.

Lynn se tourna brièvement vers lui.

« Jim, vous voulez bien nous laisser une minute en tête à tête ? »

C'était dans ce genre de situation que nous pouvions le mieux apprécier l'éthique que Lynn avait faite sienne dans le domaine de la pratique publicitaire, et à laquelle elle se pliait quoi qu'il arrive. Nous respections son exigence vis-à-vis d'elle-même, elle nous rendait plus exigeants vis-à-vis de nous-mêmes. Chaque fois que nous faisions quelque chose d'irréfléchi ou de stupide, ou simplement que la qualité de notre travail sur un projet ou sur un autre se révélait inférieure à nos espérances, nous nous efforcions, chacun à notre façon, de lui laisser entendre que notre médiocrité nous décevait autant qu'elle, et que nous faisions tous les efforts imaginables pour nous améliorer. Peut-être ne comprenait-elle pas ces excuses subtiles – il est vrai que, ne voulant pas faire de la pub à nos défauts, nous les admettions rarement de façon directe – mais en général elle ne répondait pas, et quand elle le faisait, c'était bref, flou et plutôt déconcertant. Elle pouvait par exemple nous laisser un message sur notre répondeur : « N'y pensez plus », ou nous envoyer un e-mail : « Ne vous inquiétez pas tant Lynn. » Nous passions des heures à essayer de les décrypter. Nous nous invitions dans les bureaux des autres et exigions qu'ils abandonnent leur activité du moment pour nous aider, tâche désespérée, à comprendre les implications contenues dans ces réponses profondément inadéquates à nos demandes d'encouragements. « "Ne vous inquiétez *pas tant*" ? répétions-nous, perplexes. Pourquoi pas "*pas du tout*" ? » Nous aurions voulu le lui demander franchement, mais personne n'osait, à l'exception de Jim Jackers, que son besoin insatiable de s'entendre assurer qu'il n'était pas un crétin irrécupérable envoyait dans le bureau de Lynn avec la régularité de rendez-vous chez le psy. Comment trouvait-elle le temps de le recevoir, et pourquoi elle l'aimait bien, restait un mystère du même ordre que ses messages, et quand quelqu'un a émis l'idée absurde qu'elle se montrerait peut-être tout aussi réceptive avec nous si seulement nous avions le courage de frapper à sa porte, nous lui avons ri au nez.

La preuve, c'était qu'elle semblait bien décidée à ne rien nous dire de sa maladie. Nous aurions aimé qu'elle s'ouvre de ses soucis, même dix minutes. Pourquoi étions-nous là ? Juste pour le travail ? Nous espérions que non. Et pourtant elle ne nous lâchait rien. Pas même dans le but de stimuler notre créativité. Elle ne nous avait toujours pas prévenus qu'elle ne viendrait pas travailler pendant sa convalescence. Officiellement, elle serait là toute la semaine, et le moment venu, nous devrions lui présenter des concepts pour ce qu'elle nous avait vendu comme une campagne caritative casse-bonbons acceptée à contrecœur.

2

MATINÉES – LE DÉFI DE BENNY –
QUI EST JOE POPE ? – CARL GARBEDIAN –
PREMIÈRE INTERRUPTION – LES ARGUMENTS
DE KAREN WOO – RAMÈNE-MOI À LA MAISON –
DEUXIÈME INTERRUPTION – LA POUPÉE
JOE POPE – BENNY TÉLÉCHARGE – LE LEGS
DE BRIZZ – PASSER GAIEMENT DEVANT LE BUREAU
DE BRIZZ – LE CADEAU DE TOM À CARL –
L'AVEU DE CARL – LA « COLÈRE » DE TOM –
DIEU AU TRAVAIL – L'HOMME AU BOUTON
DE FIÈVRE – LE MOT SUR LE MUR

Le meilleur moment, c'était tôt le matin. Nous savourions le calme dans les couloirs, la douceur des néons tout juste allumés, et le sentiment confortable que rien ne pressait. C'était aussi le pire moment, parce que nous anticipions la fin de toutes ces bonnes choses.

Nous aimions bien nous réunir dans le bureau de Benny. Il revenait avec son mug plein de café et commençait : « Donc, hier… »

Nous n'arrivions pas à le regarder. « Quoi ? », nous demanda-t-il. Il avait quelque chose. « Où ? » Au coin de la lèvre. Il l'a cherché du bout des doigts. C'était de l'autre côté. Nous n'en pouvions plus. Finalement il l'a décollé d'un coup de pouce et l'a examiné. « Cream cheese », a-t-il constaté. Comment ça, il y avait des bagels ? « Dans la cuisine. » Certains parmi nous aimaient vraiment trop les bagels. Ceux qui préféraient les histoires sont restés. « Bon, donc hier, a repris Benny, j'ai eu envie de voir si je pouvais passer toute une journée sans toucher ma souris ou mon clavier. » Il s'est installé dans son fauteuil avec un enthousiasme contenu, en faisant attention de ne pas renverser sa tasse. « Toute une journée sans toucher ma souris ou mon clavier, vous voyez le topo : impossible. Je veux dire, combien de fois par jour est-ce qu'on se sert de ces deux trucs-là ? Si vous êtes comme moi et que vous faites de la maquette, vous cliquez ou vous tapez peut-être dix mille fois par jour. Vingt mille fois. Je sais même pas, j'ai jamais compté. En tout cas, beaucoup. Vous commencez à penser qu'avec chaque clic le temps qu'il vous reste à vivre diminue. Alors hier, je me suis dit : et si j'essayais de m'en passer pendant toute une journée ? Qu'est-ce que je dois faire ? Cliquer pour ouvrir, cliquer pour faire glisser, cliquer pour mettre en couleur, cliquer pour aligner, cliquer pour redimensionner, cliquer pour créer une ombre portée… »

Il a continué à énumérer toutes les manipulations possibles, en comptant sur ses doigts potelés.

« Et puis il y a les fonctions clavier. Pomme-X, Pomme-C, Pomme-V, Pomme-F… »

Nous lui avons dit d'en venir au fait. Perdre du temps, d'accord, mais il n'y avait rien de plus agaçant que de perdre notre temps à perdre à quelque chose qui n'en valait pas la peine.

« Alors, écoutez comment je m'y suis pris, a enchaîné Benny, un sourire sarcastique fendant son visage cireux.

— Tu n'as pas travaillé de la journée, a dit Marcia.

— Faux, a objecté Benny avec une gravité inhabituelle. J'avais un truc à rendre à Joe. Je devais utiliser ma souris et mon clavier. Alors écoutez comment je m'y suis pris. »

Benny nous a donc raconté comment il avait réussi à ne pas cliquer de la journée, en donnant un cours de Photoshop à Roland. Roland pensait qu'il fallait beaucoup de temps pour apprendre à se servir du logiciel, mais Benny lui avait assuré qu'avec le bon professeur il pouvait le maîtriser en deux ou trois heures. Roland travaillait à la Sécurité. Il était chargé de surveiller les entrées et les sorties dans le hall du rez-de-chaussée et de faire des rondes à l'extérieur dans son costume bleu marine de vigile. Toute la journée, il restait assis à son poste solitaire dans le hall, ou bien tournait et retournait autour de l'immeuble sur ses pieds douloureux. Passer quelques heures dans un bureau avec Benny était un plaisir. La seule condition qu'il avait posée avant d'accepter, c'était que si Mike Boroshansky le bipait sur son Motorola, Benny devrait le laisser y aller. Nous attendions si peu de la Sécurité à cette époque.

« Alors, ce que je veux que tu me dises, avait commencé Benny, c'est laquelle de ces photos marche le mieux pour cette annonce. » Roland examina l'écran et dit : « Je ne sais pas. Celle-ci ? » et Benny dit : « Attends, Roland, tu as un choix de plus de mille photos, là, et t'en as regardé que six. Scrolle vers le bas, mec ! Clique sur "page suivante" ! » Roland scrolla et cliqua ainsi pendant environ une heure tandis que Benny, à côté de lui, regardait défiler les photos sans toucher à la souris. Pour Roland, c'était un vrai bonheur : un peu de temps en bonne compagnie et un siège rembourré.

« Non, pas celle-ci, lui répétait Benny. T'as pas un grand sens artistique, sans vouloir te vexer.

— Eh, répliqua Roland sur la défensive. Je te ferais remarquer que je suis pas allé à l'école pour ça, moi, hein... »

Mais ça ne l'empêcha pas de cliquer vers la page suivante, et de scroller, et de cliquer vers la page suivante et de scroller encore. Chaque fois que Roland arrivait à une photo qui plaisait à Benny, Benny notait la référence sur un Post-it. Quand il en eut noté assez, il vira Roland de son bureau et appela le représentant de la banque d'images, qui lui envoya par e-mail les photos qu'il avait choisies. Ensuite, il alla déjeuner. Quand il revint, comme il était temps de passer à la réalisation, il décrocha son téléphone, appela la Sécurité et demanda qu'on lui envoie Roland.

Roland remonta, ravi de se retrouver dans le bureau de Benny et de pouvoir reposer ses pieds. « Tu sais combien de kilomètres je marche par jour autour de cet immeuble ?

— Combien ?

— Je ne sais pas. J'ai jamais compté.

— Tu devrais t'acheter un de ces podomètres portables », lui dit Benny.

Deux heures plus tard, ils avaient fini la maquette de l'annonce que Benny devait rendre à Joe Pope le lendemain matin à la première heure. D'ici là, son moratoire sur les clics aurait expiré et il pourrait y mettre lui-même la dernière touche. C'était donc comme ça qu'il s'y était pris. Toute une journée sans un seul clic. Sauf qu'il avait tout gâché à cinq heures moins le quart en s'autorisant à consulter le site de *fantasy base-ball* pour voir combien il avait gagné de points avec son équipe imaginaire.

« Tu sais, lui dit Amber Ludwig, je ne la trouve pas très drôle, ton histoire. Et si Tom Mota revenait pendant qu'un de nos gardiens est dans ton bureau en train de faire une maquette ? » Ça faisait seulement quelques jours que Tom était parti. « Merci, Benny, grâce à toi je me sens *vraiment* en sécurité.

— Oh, Amber, a soupiré Benny, arrête de te persuader que Tom Mota va revenir. »

À cet instant précis, Joe Pope est apparu dans l'embrasure de la porte.

« Bonjour.

— Joe ! » a glapi Amber en portant instinctivement les mains à son ventre.

Ça ne se voyait pas encore, sa grossesse, nous n'aurions pas dû savoir, mais nous savions quand même parce que nous savions tout.

« Tu m'as fait peur !

— Désolé », a dit Joe.

Il se tenait à l'entrée du bureau, la jambe droite de son pantalon encore retroussée pour éviter les taches de cambouis. Il venait à vélo tous les jours, sauf s'il pleuvait des cordes. En général, il arrivait comme un coursier avec son casque fluo, son revers au pantalon et sa sacoche. Il montait son vélo dans son bureau et le garait contre le mur. Puis il attachait la roue avant au cadre. *Dans* son bureau, il faisait ça, comme s'il se croyait encerclé de voleurs et de barbares. Et la pièce ne contenait pas un seul autre objet personnel. Pas de posters, de cartes postales, de gadgets, de globes à neige, de cadres, de reproductions, de pêle-mêle, pas de livres humoristiques sur ses étagères, et rien qui puisse encombrer son bureau. Il l'occupait depuis trois ans, et il donnait encore l'impression de ne pas vouloir s'y installer. Il ne se passait pas un jour sans que nous nous demandions : au fond, qui est Joe Pope ? Non pas que nous eussions quoi que ce soit contre lui. Il mesurait peut-être juste deux centimètres de moins que ce qu'il aurait dû. Il écoutait de la musique bizarre. Nous ne savions pas ce qu'il faisait le week-end. Quel genre d'homme arrive le lundi matin et n'a même pas envie de raconter ce qui s'est passé pendant les deux seuls jours de la semaine où sa vraie vie prend le relais ? Ses week-ends restaient deux longues zones d'ombre mystérieuse. Selon toute vraisemblance, il les passait à l'agence, à peaufiner son plan pour devenir maître du monde. Nous revenions le lundi, tout frais et innocents, et il était déjà là, prêt à nous sauter dessus pour nous mettre au travail. *Peut-être qu'il ne partait jamais*. Une chose était sûre : il ne se joignait jamais à nous pour le café du matin. Nous n'y trouvions rien à redire, tant qu'il ne trouvait rien à redire à notre façon de nous couler en douceur dans chaque nouvelle journée de travail.

Quand il s'est finalement joint à nous ce matin-là, c'était juste pour dire : « Désolé de t'interrompre, Benny, mais est-ce que par hasard tu aurais l'annonce que tu devais me terminer hier ?

— Oui ! La voilà ! » a trompeté Benny en lui tendant le travail de Roland, avec un clin d'œil sournois dans notre direction.

La présence de Joe a agi comme un agent dissolvant, et nous nous sommes tous levés pour regagner nos postes, le pas lourd, en bâillant. La matinée avait officiellement commencé.

Pourquoi, un matin sur cent, trouvions-nous si terrifiant, presque autant que d'affronter la mort, de repartir vers nos bureaux et d'en passer, seuls, le seuil ? Pourquoi l'effroi nous coupait-il à ce point le souffle ? Les autres jours, aucun problème.

Du travail à faire. Une petite pâtisserie. Des nuages d'orage, derrière la vitre, sublimes dans leur menace. Mais un matin sur cent, impossible de respirer. Notre café avait le goût de poison. La vue de nos fauteuils nous oppressait. La lumière des néons nous brûlait les yeux.

Nous nous battions contre la dépression. L'un ou l'autre de nos projets échouait, et il nous fallait longtemps pour surmonter notre déception. Nous en arrivions à prendre nos douches assis et à ne plus sortir du lit le week-end. Finalement, nous allions nous renseigner auprès de la DRH sur les modalités pour voir quelqu'un, et ce quelqu'un nous prescrivait un traitement. Marcia Dwyer était sous Prozac. Jim Jackers était sous Zoloft et autre chose. Une demi-douzaine d'autres avalaient des pilules à longueur de journée, que nous avions du mal à identifier, il y en avait tant, de toutes les couleurs et de toutes les tailles. Janine Gorjanc prenait un cocktail de plusieurs médicaments, dont du lithium. Après la mort de Jessica, Janine et son mari, Frank, avaient divorcé. C'était, nous le savions, une répercussion fréquente de ce genre de drame. Il n'y avait aucun ressentiment entre eux, chacun préférait simplement continuer son chemin de son côté. À présent, ils vivaient tous les deux seuls avec leurs souvenirs. Il y avait des photos de Frank et Jessica accrochées dans le bureau de Janine, et, pour être honnête, les images de Frank nous émouvaient presque autant que celles de la petite. Frank avec Jessica sur ses genoux, Frank avec un tablier et des maniques un jour de fête : cet homme avait disparu tout aussi définitivement que Jessica. Tout en lui avait disparu, ses favoris laineux, et ses lunettes à épaisse monture noire, et il n'avait plus ni femme ni enfant. Il suffisait de passer deux minutes dans le bureau de Janine à contempler ces photos et à considérer le destin des gens heureux qu'elles avaient immortalisés pour se précipiter sur l'une des boîtes de cachets éparpillées dans la pièce.

Nous avions beau tous être en dépression, nous ne démissionnions pas. Quand certains le faisaient, nous n'arrivions pas à y croire. « Je deviens moniteur de rafting sur le fleuve Colorado », disaient-ils. « Je pars faire la tournée des villes universitaires avec mon groupe de garage rock. » Nous étions sidérés. D'où leur venait tant de bravoure ? Comment allaient-ils se débrouiller avec le crédit de leur voiture ? Nous nous réunissions pour un pot d'adieu le jour de leur départ et nous efforcions de cacher notre envie tout en nous rappelant que nous, au moins, nous avions encore la liberté et le luxe d'acheter ce que nous voulions quand nous voulions. Invariablement, Tom se soûlait et portait des toasts agressifs et déplacés au héros de la soirée. Invariablement, Marcia dénichait des groupes de chevelus sur le juke-box et nous infligeait leurs ballades sirupeuses en se remémorant les jours heureux de son adolescence au lycée des Frères-de-La-Salle. Invariablement, Janine sirotait silencieusement son jus de canneberge, l'air dolent et maternel, et Jim Jackers sortait des blagues lourdes qui ne faisaient rire personne, et Joe était encore à l'agence, en train de travailler. « Tout bateau est un objet romantique, marmonnait Tom, sauf celui dans lequel nous sommes. » Pour conclure, il repoussait sa chaise et levait son verre. « Donc bonne chance, déclarait-il en finissant sa vodka, et va te faire foutre. »

Notre agence avait de larges couloirs. Certains étaient bordés par deux rangées de bureaux, d'autres par une rangée de bureaux et une de box. Le box de Jim Jackers se distinguait par son emplacement unique, dans un coin du soixantième étage. Pour y aller, il fallait passer près de la tache de toner sur la moquette. La vue y était magnifique. Jim partageait cet espace exceptionnel avec une dénommée Tanya, qui travaillait dans l'équipe d'un autre directeur associé. Ils étaient séparés par une cloison escamotable en verre translucide similaire à celui qu'on utilise pour les fenêtres de salle de bains. Derrière cette cloison, chacun voyait bouger une ombre qui semblait récurer et faire briller, alors qu'en réalité elle rangeait des dossiers, ou tapotait sur son clavier.

Les licenciements avaient commencé depuis quelques semaines quand Benny nous a raconté comment Carl Garbedian avait dit au revoir à sa femme. Nous étions réunis dans le bureau de Jim pour une raison nébuleuse – certains se retrouvaient souvent ainsi au même endroit au même moment, mais le pourquoi et le comment de ce phénomène nous échappait. Les histoires de Benny étaient plus fréquentes avant la baisse d'activité, quand nous nous sentions encore indispensables et pleins aux as. À l'époque, cela nous dérangeait moins qu'on nous surprenne pendant ces réunions informelles. Mais l'activité avait baissé, notre charge de travail avait disparu, et même si, du coup, nous avions plus de temps pour écouter les histoires de Benny, nous redoutions désormais qu'on nous surprenne pendant ces réunions informelles, car elles indiquaient que notre charge de travail avait disparu et que des licenciements s'imposaient. Nous étions bien embêtés : comment faire pour les histoires de Benny ? Nous décidions de continuer à nous réunir pour les entendre, mais nous n'en profitions pas bien, trop angoissés à l'idée que quelqu'un, passant par là, ne nous voie. Nous les écoutions d'une oreille, en surveillant toujours d'un œil ce qui se passait derrière nous, prêts à filer à nos bureaux au moindre signe de danger et à passer l'habit de l'employé modèle, écrasé sous une charge de travail plus lourde que jamais.

Carl Garbedian était dans la mi-trentaine. Il avait une brioche, équivalent masculin d'un cinquième mois. Il portait des jeans sans marque trop serrés et des baskets de supermarché, ce qui, pour nous, indiquait à quel point il avait baissé les bras. Un matin, comme sa femme allait le déposer devant l'immeuble, il avait refusé de sortir de la voiture. Benny avait en partie assisté à la scène ; les informations qui lui manquaient, il les avait obtenues de Carl, plus tard, en l'interrogeant sur l'incident. Presque tout le monde se confiait à Benny parce que tout le monde l'adorait, raison pour laquelle certains le haïssaient.

Juste avant que Carl n'ouvre la portière pour sortir, au moment où Marilynn aurait dû l'embrasser et lui souhaiter une bonne journée, son mobile avait sonné. Elle était cancérologue et se sentait toujours le devoir de répondre au téléphone, parce qu'il pouvait toujours s'agir d'une urgence. « Allô, dit-elle. Vas-y, Susan, je t'entends. »

Carl s'était tout de suite senti excédé. Il détestait, nous a raconté Benny, la façon dont sa femme assurait toujours aux gens qu'elle les entendait. Il détestait son habitude de s'enfoncer un doigt dans l'autre oreille, éliminant effectivement tout bruit parasite. Et il détestait l'idée que ses obligations professionnelles passaient avant lui. Ils étaient sur le point de se dire au revoir, nom de Dieu. Il ne comptait donc pas, il n'avait donc aucune importance, leur baiser du matin ? Ce qu'il détestait le plus, mais qu'il n'avouerait jamais à

Marilynn, c'était de sentir qu'il valait moins qu'elle parce qu'il n'avait pas d'obligations comparables aux siennes qu'il puisse faire passer avant *elle*. Elle, on l'appelait au sujet de patients agonisants, et il fallait regarder les choses en face, les chances pour que l'un d'entre nous appelle Carl pour lui poser une question vitale étaient nulles. Quelle que soit la question que nous lui réservions, elle pouvait attendre jusqu'à ce que nous le croisions dans le hall. Carl était donc convaincu que le travail de sa femme avait plus de sens que le sien, et, parce que c'était comme ça qu'il réfléchissait à l'époque, que la vie de sa femme avait par conséquent plus de sens que la sienne. Sérieux, Carl avait les idées *noires*. Ça n'arrangeait pas son mariage. Si seulement vous aviez entendu les fragments de conversations téléphoniques que nous saisissions parfois au vol en passant près de son bureau...

Benny nous raconta que quand Marilynn avait décroché son téléphone, Carl avait pensé sortir de la voiture et claquer violemment la portière, mais qu'en fait il avait choisi de rester et de regarder par la fenêtre. Il avait alors aperçu l'homme qui faisait la manche devant l'immeuble. Il était toujours là, cet homme, assis en tailleur près de l'une des portes à tambour, à attendre que nous passions par là pour tendre vers nous, en l'agitant, son gobelet Dunkin Donuts, sans jamais bouger les jambes ou décoller les fesses du sol. La vue de cet homme, la simple vue de ce seul homme, qui cinq ans plus tôt aurait convaincu Carl de vider toute la monnaie de ses poches, était devenue un instrument de torture mnémonique qui en un éclair projetait sur ses épaules, avec une angoisse foudroyante, le souvenir accablant d'innombrables journées de travail. Il avait réussi à les oublier la veille au soir, pendant une heure ou deux. Mais à présent, avant même d'entrer dans l'immeuble – bon sang, avant même d'avoir une chance de s'enfuir en hurlant devant un nouveau ragot de Karen Woo, ou de poser des yeux épouvantés sur le front éternellement luisant de Chris Yop –, elles réapparaissaient, toutes les journées de boulot de Carl, augmentées du poids écrasant d'une nouvelle journée, encore une.

Fais quelque chose ! avait-il voulu crier au clochard. Vraiment, il était sur le point de baisser sa vitre pour l'interpeller. Il trouvait scandaleux que cet homme reste là à attendre son argent. D'autres clochards avaient pris position. Ils affichaient leurs slogans : « Vétéran du Vietnam malade du sida » ; « Au chômage et mère de trois enfants » ; « J'essaie de rentrer à Cleveland ». Ce type-là n'avait rien, pas un mot sur un carton, même pas un chien ou des bongos. Pour une raison ou pour une autre, ça mettait Carl hors de lui. Ouais : il y avait peut-être eu une époque où il aurait donné à ce type tout ce qu'il avait dans ses poches, mais maintenant il était prêt à lui offrir la moitié de son compte épargne pour qu'il *choisisse un autre immeuble* !

En arrivant, Benny, qui avait remarqué la voiture des Garbedian stationnée près du trottoir, s'était approché par-derrière et avait cogné à la vitre de Carl. Carl l'avait chassé d'un geste agacé de la main. Benny en avait conclu qu'ils étaient en train de se disputer et s'était donc éloigné. Mais, Benny étant Benny, il s'était attardé à l'entrée de l'immeuble, dans un coin discret, derrière la boîte aux lettres. De là, il voyait très bien la voiture.

À l'intérieur, Marilynn était encore au téléphone. Elle discutait d'une question médicale cruciale dans un langage que Carl enviait. Il décida de passer lui aussi un coup de fil. Il prit son mobile dans sa poche de pantalon, appuya sur une touche flash et colla l'appareil contre son oreille. Sa femme dit dans son téléphone : « Tu peux ne pas quitter une minute, Susan ? J'ai un autre appel. » Elle regarda l'écran pour voir le numéro, puis elle regarda Carl, qui regardait par la fenêtre, son mobile à l'oreille.

« Qu'est-ce que tu fais ? » lui demanda-t-elle.

Il se tourna vers elle. « Je passe un coup de fil, répondit-il.

— Carl, pourquoi est-ce que tu m'appelles ? » demanda Marilynn, perplexe, sur un ton ferme et prudent.

Depuis peu, les échanges matinaux entre les Garbedian étaient devenus hargneux, parfois même carrément perfides. « Attends une seconde, lui dit Carl en levant un doigt, je laisse un message. Hello Marilynn, c'est moi, Carl. Je t'appelle à environ... (il regarda sa montre avec beaucoup de sérieux), environ huit heures et demie. Et je sais que tu es très occupée, mon ange, mais si tu voulais être gentille et me rappeler, j'aimerais vraiment bien... avoir de tes nouvelles. Bavarder. Tu as mon numéro, mais juste au cas où, je te le redonne. Alors c'est le... »

Marilynn reprit sa communication interrompue. « Susan, je vais devoir te rappeler plus tard.

— Voilà, au revoir, mon ange », conclut Carl.

Ils raccrochèrent tous les deux en même temps. Un instant plus tard, le voyant de la messagerie se mettait à clignoter sur le portable de Marilynn.

Joe Pope a passé la tête au-dessus de la cloison du box de Jim Jackers juste au moment où Benny en arrivait à la meilleure partie de l'histoire. Certaines de nos cloisons, en panneaux de particules recouverts de stratifié orange ou beige de mauvaise qualité, étaient si légères qu'elles vacillaient dès que quelqu'un passait à côté. D'autres, comme celles du box de Jim, dataient d'avant la baisse d'activité et pouvaient résister à un ouragan. En voyant Joe, Benny s'est tu. Certains sont partis sans demander leur reste, les autres ont fixé sur Joe un regard nerveux. Il a demandé à Jim si les maquettes sur lesquelles il travaillait seraient prêtes pour la levée de cinq heures.

Joe avait tendance à interrompre nos conversations. Parfois, c'était une bonne chose. Nous nous laissions emporter par une histoire, le temps filait, et il valait toujours mieux que Joe passe et nous découvre plutôt que quelqu'un de plus important. Nous l'aimions bien au début, au tout début. Puis un jour Karen Woo nous avait dit : « Je n'aime pas Joe Pope » et nous avait donné ses raisons. Elle avait déblatéré sur le sujet pendant une demi-heure, très remontée, et nous avions dû l'interrompre pour retourner travailler. Après cet épisode, plus personne ne s'interrogeait sur les sentiments de Karen Woo à l'égard de Joe Pope, et pas mal de gens estimaient que son aversion était légitime, et que les choses étaient exactement telles qu'elle les décrivait : Joe n'était pas quelqu'un de sympathique du tout. Il nous est difficile, aujourd'hui, de nous rappeler sur quoi reposait cette aversion. Voyons voir... un petit effort... eh non, ça ne vient pas. La plupart du temps, nous ne nous souvenions pas de ce qui s'était passé trois heures plus tôt. Notre mémoire, en ce lieu, différait peu de celle de poissons rouges. Des poissons rouges qui chaque soir s'en allaient dans leur petit sac en plastique, et retrouvaient leur aquarium au matin. Ce dont nous nous souvenons, c'est que Karen a renouvelé sa harangue, avec la même véhémence, jour après jour, pendant une semaine entière, et qu'à la fin de cette semaine nous avions de Joe une idée bien plus précise que celle que nous nous étions faite de lui au cours des trois ou quatre mois précédents.

Jim Jackers a levé les yeux de son écran. « Oui, Joe, elles seront prêtes, a-t-il répondu. Je suis justement en train d'y mettre la touche finale. »

Nous espérions que, là-dessus, Joe s'en irait satisfait, mais au lieu de cela, il s'est attardé derrière la cloison du box. C'était quelque part entre sa première et sa deuxième promotion. « Merci, Jim », a-t-il dit. Il s'est tourné vers nous. Nous n'avons pas lâché pied. Nous ne voulions pas nous laisser intimider par Joe et retourner à nos bureaux alors que Benny était en plein milieu d'une bonne histoire. « Tout le monde va bien ? » a demandé Joe. Nous avons interrogé les autres du menton. Nous avons haussé les épaules. Pas mal, avons-nous répondu. « Tant mieux », a-t-il dit. Finalement, il est parti, et nous avons échangé des regards perplexes.

« Quelle répugnante démonstration de pouvoir », a lâché Karen Woo.

Nous avons dit à Jim qu'il ne pouvait pas rester si c'était lui qui attirait l'attention de Joe Pope. Si c'était à cause de lui que Joe Pope venait fouiner de notre côté, il devait partir.

« Mais, c'est mon box, a dit Jim.

— Peut-être qu'il essaie juste d'être gentil ? » a suggéré Geneviève Latko-Devine.

Geneviève avait les cheveux blonds, les yeux cobalt et une grâce élancée et glaciale. Même les femmes reconnaissaient la supériorité de sa beauté. Une année, à Noël, nous lui avions offert des fausses dents en plastique, gâtées et déchaussées, en la priant de les porter toute l'année pour essayer de rétablir l'équilibre avec nous. Mais quand elle les avait essayées, nous – enfin surtout les hommes parmi nous – nous étions soudain découvert un violent désir pour les dents pourries. Nous avons pressé Benny de continuer son histoire.

Il a repris là où il s'était arrêté. Après avoir raccroché leurs mobiles respectifs, Carl et sa femme restèrent longtemps silencieux. Finalement, elle se tourna vers lui. « Carl, tu as besoin d'aide », lui dit-elle avec une tendre fermeté. Il secoua la tête, l'air résolu. « Non.

— Tu as besoin d'une attention médicale, insista sa femme, et tu refuses de l'admettre, et tu es en train de détruire notre mariage à cause de ça.

— Je ne suis pas dépressif, dit Carl.

— Tu es l'exemple type du dépressif, répliqua Marilynn, et il faut *vraiment* que tu te soignes…

— Mais comment est-ce que tu peux le savoir ? » s'exclama-t-il.

Il s'était enfin tourné vers elle et la dévisageait avec une expression indignée et blessée. « Tu n'es pas psychiatre, Marilynn, si ? Tu ne peux pas maîtriser *tous* les aspects de la médecine, si ? Vraiment ?

— Crois-le ou non, Carl, riposta-t-elle sur un ton où montait l'exaspération, mais les malades du cancer ne sont pas les gens les plus heureux du monde. Je prescris des antidépresseurs à beaucoup, beaucoup de mes patients. Je sais qui est dépressif et qui ne l'est pas, je connais les symptômes, je sais quels dégâts ça peut causer dans les familles, dans les… »

Carl laissa la voix de Marilynn s'éloigner vers les limites de sa perception. À quelques mètres de lui, Janine Gorjanc s'apprêtait à traverser la rue et à passer devant leur voiture pour rejoindre le parvis de l'immeuble. Elle lui sembla la parfaite image de la mère. Pas jolie, mais pas laide non plus. Large de hanches sans être grosse. Le visage bouffi, mais encore empreint, à bien y regarder, de quelque chose de frais et de charmant qui avait dû, un jour, donner à un garçon une folle envie de l'inviter au bal du lycée. Un accouchement, songea Carl, ce n'est pas seulement la naissance d'un enfant. C'est aussi celle d'une mère. On en voit tous les jours, de ces femmes quelconques, avec un petit ventre et un léger double menton. Toujours l'air d'être entre deux âges. La mère de quelqu'un, pense-t-on. Il y a un enfant, quelque part, qui a fait de cette femme une mère, et pour l'amour de cet enfant, elle a altéré son apparence pour mieux coller à son rôle. Isolé de Janine par les vitres de la voiture, Carl pouvait l'observer sans ressentir l'envie de fuir, et c'était comme s'il la voyait pour la première fois depuis des mois, peut-être même des années. « Carl ? appela Marilynn. Carl ?

— Dis, Marilynn, lui demanda-t-il, tu vois cette femme ? Cette femme, là, avec le chemisier chiffonné. Elle a bien une tête de mère, tu ne trouves pas ? »

Marilynn suivit son regard.

« C'est Janine Gorjanc, continua Carl. C'est elle, tu sais, je t'ai parlé d'elle. Sa fille a été tuée. Tu te rappelles ? Elle avait été enlevée. Je t'ai parlé d'elle. J'étais allé à l'enterrement.

— Je me rappelle.

— Elle pue, dit Carl.

— Elle pue ?

— Elle dégage une odeur bizarre, je ne sais pas ce que c'est. Pas tous les jours. Mais parfois, je crois qu'elle se laisse aller. Elle ne prend pas de douche ou un truc dans le genre. »

Il la regarda entrer dans l'immeuble. Marilynn le regardait lui, pas Janine. Elle l'écoutait, en tentant de comprendre où il voulait en venir.

« Je la déteste de puer autant, reprit Carl.

— Est-ce que tu as essayé de lui en parler ?

— Mais je me déteste encore plus, continua-t-il en commençant à déboutonner sa chemise, de la détester. Est-ce que tu peux seulement imaginer ce qu'elle a vécu ?

— Carl, dit Marilynn, qu'est-ce que tu fais ?

— L'enlèvement, continua Carl sans lui prêter attention, puis l'attente, l'horrible attente.

— Mais enfin *qu'est-ce* que tu fais ? s'écria Marilynn.

— Puis la découverte du cadavre. Marilynn, tu imagines la découverte du cadavre ? »

À présent il était nu jusqu'à la taille. Il avait ôté sa chemise et s'était débarrassé de son maillot de corps. « Je ne veux pas aller travailler aujourd'hui », déclara-t-il. Il respirait fort, le bide à l'air, offrant aux regards ce monticule vaguement poilu de chair pâle et luisante. Il avait dit plus tard à Benny qu'à ce moment-là il avait espéré que Lynn Mason passerait près de leur voiture, aviserait ce détail peu ragoûtant de son anatomie et le ferait marcher à l'espagnole, pour le principe.

« Rhabille-toi ! cria Marilynn.

— Je ne veux pas être le type qui déteste Janine Gorjanc, dit Carl. Si je sors, je vais être ce type-là parce que je vais sentir son odeur. Je ne veux pas sentir son odeur. Si je sens son odeur, je vais la détester, et je ne veux pas être ce type-là. Il faut que tu me ramènes à la maison.

— Est-ce que tu as *complètement* perdu la tête ? » lui demanda-t-elle en le regardant retirer ses baskets, puis baisser la fermeture Éclair de son jean avant de le faire glisser sur ses chevilles.

Il se redressa. « Je suis las, Marilynn », lui dit-il. Il était assis en slip sur le siège avant. « Je suis vraiment très las. Si tu m'obliges à sortir, j'y vais comme ça.

— Alors ça, hurla-t-elle, la voix tremblante de colère, non mais j'hallucine... »

Elle secoua la tête en riant.

« Ce n'est pas *moi* que tu vas punir en faisant ça, Carl.

— Je suis si las, répéta-t-il.

— Carl, rhabille-toi, dit Marilynn, va travailler, et dès cet après-midi je t'aurai pris un rendez-vous avec un excellent psychanalyste.

— Je ne me rhabillerai pas tant que tu ne me ramèneras pas à la maison.

— Carl, hurla-t-elle, je dois être au bloc dans dix minutes ! Je ne peux pas te ramener à la maison !

— Ne m'oblige pas à sortir, dit-il. Je t'en prie, Marilynn, ne m'oblige pas à sortir.

— Oh, Jim, juste une chose... »

Nous avons levé les yeux et découvert Joe Pope qui, pour la seconde fois, venait de passer la tête par-dessus la cloison du box. Benny l'a bouclée, Amber a sursauté et Marcia Dwyer a profité de l'occasion pour attraper sa canette de Coca light et se carapater, tandis que Joe informait Jim, en présence des plus courageux d'entre nous, qu'il sortait tout juste du bureau de Lynn Mason. Ils avaient discuté des maquettes qui devaient être soumises au client en fin d'après-midi, et ils s'étaient dit que ce ne serait peut-être pas mal de changer deux ou trois petites choses. Quand nous avons entendu *ça*, nous nous sommes levés les uns après les autres pour partir, parce que nous savions ce que signifiaient ses changements pour Joe : davantage de travail. En sortant, le dernier d'entre nous l'a entendu dire : « Je suis désolé de t'avoir interrompu, Jim. C'est bon, tu as un peu de temps ? » Et Jim de répondre : « Bien sûr, bien sûr, Joe, tout le temps que tu veux. Je t'en prie, entre, assieds-toi. »

Plus tard, ce jour-là, la nouvelle s'est répandue comme une traînée de poudre : Joe avait reçu une nouvelle promotion.

C'était notre nouveau Roger Highnote. Il avait un sens du style unique qui ne collait jamais tout à fait avec la tendance de la saison, et nous nous demandions où il trouvait l'inspiration. Dans *quels* magazines allait-il chercher ça ? L'année suivante, nous portions tous les mêmes jeans à moustaches, mais ça n'avait plus rien d'extraordinaire. En attendant, pendant toute une année, il avait eu l'air idiot. « Beau ? disions-nous à Geneviève. Joe Pope ? » Non, il lui manquait vraiment deux centimètres. Il nous rendait la vie infernale. Et il était vraiment trop maladroit en société. Mais, comment expliquer ? Ce n'était pas la même maladresse que Jim Jackers. Dans les couloirs, Jim saluait tout le monde en disant : « Ça va, ma poule ? » – question qu'il avait eu un jour la témérité de poser à Lynn Mason en passant à côté d'elle. Jim ne savait pas ce qu'il faisait. Une fois, à une fête où nous étions allés tous ensemble, il avait apporté sa propre bouteille de piquette et ne l'avait pas lâchée de la soirée. Il parlait aussi ouvertement de ses selles, qu'il appelait Mme S. « Excusez-moi, disait-il avant de partir aux toilettes, mais je sens que Mme S. a envie de sortir. »

La maladresse de Jim nous hérissait, mais nous étions plus inquiets pour lui que pour nous. La maladresse de Joe était d'un genre entièrement différent, très difficile à cerner. « "Il n'était pas seulement la maladresse incarnée, déclara Hank Neary, notre intellectuel de service, mais la maladresse s'incarnant dans tous les autres hommes." » Et comme d'habitude, nous n'avions pas la moindre idée de ce que Hank voulait dire. Ou alors, peut-être, que la maladresse de Joe était contagieuse. Ce qui était très vrai. Joe ne se sentait jamais obligé de parler. Il vous saluait et se laissait saluer comme un être humain ordinaire, mais ensuite il demeurait stoïquement, effrontément silencieux. Même au cours d'une réunion ou d'une conférence téléphonique, il pouvait laisser le silence s'installer pendant qu'il réfléchissait à ce qu'il allait dire, sans même agrémenter notre pénible attente d'interjections hésitantes et de raclements de gorge nerveux. Certains auraient appelé ça du flegme, mais ça nous mettait tous très mal à l'aise, à tel point que Hank, déterminé à mettre le doigt sur le problème, a retenté sa chance avec une nouvelle citation tirée de son inépuisable réserve de connaissances inutiles : « "Il inspirait le malaise. Voilà ! Le malaise ! Pas vraiment la méfiance – le malaise, rien de plus." » Et quand elle a circulé parmi nous par e-mail, nous avons félicité Hank de s'être enfin exprimé avec clarté. Le malaise. C'était ça, exactement.

Il vous tombait dessus sans prévenir. Ça arrivait beaucoup du côté des salles d'impression. Un jour que Tom Mota patientait devant l'une des imprimantes couleur, Joe s'était glissé près de lui en disant : « Bonjour. » Juste à ce moment-là, Tom était en train d'imprimer quelque chose d'embarrassant. Disons simplement que ce n'était pas tout à fait du travail. C'était avant les restrictions introduites dans le cadre des mesures d'austérité, qui empêchèrent aussi Hank Neary de continuer à photocopier ses livres de bibliothèque pour lire à son bureau leurs doubles innocents. La tâche d'impression de Joe était *forcément* officielle, et elle se retrouvait en attente derrière celle de Tom. Pas de chance pour Tom. Ses copies devaient sortir avant celles de Joe. Il lui demanda donc : « Tu vas rester là à attendre ? Tu vas vraiment poireauter là jusqu'à ce que tes pages s'impriment ? » Joe conservait un silence imperturbable. Alors, Tom vida son sac : « J'ai un truc qui arrive, là, dit-il, et pour être honnête, Joe, je préférerais que tu voies pas ce que c'est. Ça contient du nichon, et de ce côté-là, je peux te dire que je plaisante pas. De toute façon, quel besoin t'as de te ruer sur l'imprimante quand tu vois que ta tâche est en attente derrière quinze mille autres ? Pourquoi t'es si impatient ? Tu sais bien, pourtant, qu'il faut un certain temps pour que toutes les tâches soient traitées quand il y a une file d'attente pareille, non ? »

Qui sait comment Joe réagit à cela. Il était plusieurs échelons au-dessus de Tom dans la hiérarchie, mais toléra sans doute l'affront avec plus de calme que Tom n'en aurait montré dans la réciproque, attendant patiemment ses copies. Peut-être essaya-t-il de jeter un coup d'œil sur ce que l'autre était en train d'imprimer, comme le prétendit Tom, ou peut-être garda-t-il le regard braqué droit devant lui, en pensant : « Comme si ça m'excitait de savoir ce que ce pauvre type est en train d'imprimer. » Dans les deux cas, il demeura probablement impénétrable.

Impénétrable : c'était le mot qui le résumait le mieux. Son impénétrabilité créait chez tous un malaise insidieux. Pourquoi persistait-il à s'envelopper de ce voile de mystère barbifiant ? Rien sur les murs de son bureau, rien d'autre dans la pièce qu'une bicyclette. Qu'il *attachait*. Nous entendions l'antivol cliqueter tous les matins et essayions de ne pas nous vexer. À notre avis, Joe était trop jeune pour être impénétrable. À trente ans, on a des *intérêts*. On dialogue avec le monde. Qu'est-ce qui clochait chez ce type pour qu'il passe tout son temps assis à son bureau, entouré de murs nus ? « Il faut qu'on te montre un truc, regarde : c'est notre poupée Joe Pope. » Voilà comment nous aurions présenté le personnage à un nouveau venu. Non pas que nous risquions d'embaucher qui que ce soit, au point où nous en étions. Mais si nous l'avions fait, nous aurions sans doute précisé : « On la range dans le bureau de Karen Woo. Elle déteste Joe Pope. Viens voir. Maintenant, regarde, notre poupée va faire une parfaite imitation. Regarde bien. T'as vu ?

— Mais… elle n'a pas bougé, aurait dit le nouveau.

— *Exactement !* Joe passe sa *vie* assis à son bureau. Et maintenant, regarde-le plier les genoux et avancer son fauteuil ! Regarde Joe Pope nous interrompre par-dessus la cloison du box ! Tire sur la ficelle et écoute Joe Pope ne rien dire ! C'est le super nouveau GI Joe Pope, L'Impénétrable, de Hasbro ! »

Parmi nos clients, nous avions un fabricant de jouets, un constructeur automobile, un opérateur longue distance et le propriétaire d'un magasin d'animaux. Nous travaillions sur différents supports : télévision, presse, mailing, Internet. Nous étions organisés en branches spécialisées. Nous buvions trop le week-end. Nous avions la vie insouciante et les faiblesses de caractère typiques de toute génération qui n'a pas connu la guerre. Si seulement nous avions pu, de temps en temps, ressentir les effets secondaires d'une campagne exceptionnelle, décisive mais exténuante, nous aurions sûrement apprécié d'être là où nous en étions. Mais notre seul combat, c'était celui que nous menions pour monter d'un cran dans la hiérarchie. Nous comptions nos dalles de plafond pour déterminer qui avait le plus grand territoire. Sean Smith avait servi pendant la première guerre du Golfe, mais ça ne nous impressionnait pas vraiment, parce que tout ce qu'il avait fait, c'était balader un tank sur un champ de sable désespérément vide d'ennemis ; quand nous avions insisté pour en savoir plus, il n'avait rien trouvé d'autre à nous dire. Frank Brizzolera se souvenait peut-être de la Seconde Guerre mondiale, mais il était mort avant que nous ayons pu lui poser la question. Quant à notre seul vétéran du Vietnam, il n'avait jamais parlé de son expérience avant de démissionner, au bout d'un an à peine. Peut-être avait-il vécu les combats de jungle en aveugle décrits dans nos manuels d'histoire, peut-être le fracas des charges héroïques résonnait-il encore dans sa tête, peut-être, quand il voyait par la fenêtre la fière rangée de drapeaux flottant au vent sur le pont enjambant la Chicago River, se remémorait-il des sacrifices précis, les noms d'hommes disparus, et se répétait-il ces noms à voix haute, en soupirant de gratitude, heureux de passer ses journées au creux d'un fauteuil, dans un immeuble où il ne risquait plus rien. Imaginez les histoires qu'il aurait pu nous raconter ! Villages en flammes au cœur de la nuit, fusées explosant au-dessus des rivières, hélicoptères atterrissant dans les champs de paddy. Nous étions toujours à l'affût d'histoires plus intéressantes que la nôtre, d'aventures plus excitantes se déroulant ailleurs qu'entre les pages d'un catalogue Office Depot. Mais il ne parla jamais de son expérience, et deux mois après qu'il eut démissionné, personne ne se souvenait plus de son nom.

Comme histoire plus intéressante que la nôtre, on nous proposait celle de deux cadres rivaux, un homme et une femme, qui trouvent l'amour, le vrai, à travers la compétition – histoire écrite par notre propre collègue Don Blattner. Blattner avait la tête à Hollywood et les pieds à Schaumburg, dans l'Illinois. Un autre de ses scénarios mettait en scène un rédacteur rebelle et cynique qui se morfondait d'ennui dans un décor de bureau – rien d'autobiographique, à ce qu'il prétendait. Il était toujours à parler d'investisseurs potentiels et ne nous laissait lire ses textes qu'après nous avoir fait signer des contrats de confidentialité, comme si nous nous étions nichés intentionnellement dans ces petites vies étroites pour lui voler ses scénarios et filer avec à Hollywood. Comme Jim, Blattner nous hérissait, surtout quand il appelait Robert De Niro « Bobby ». Il étudiait très sérieusement le box-office du week-end. Si un film ne faisait pas autant d'entrées que prévu, il débarquait dans votre bureau le lundi matin, son *Variety* à la main, et disait : « Les gars de chez Miramax vont être *drôlement* déçus de voir ça. » Il racontait vraiment n'importe quoi, et pourtant, tout le monde ressentit comme une perte le jour où il nous annonça qu'il abandonnait. « Il faut regarder la vérité en face, déclara-t-il d'une voix lucide et résignée. Les stages, les ateliers, les livres d'apprentissage ne me sont d'aucune aide, et personne ne veut de mes scénars. » Nous oubliions alors toutes nos moqueries et le suppliions presque de persévérer, mais il s'accrochait avec une fermeté pathétique à sa conclusion désabusée : il ne serait jamais rien d'autre que rédacteur. Des mois entiers passaient, puis un jour, avec soulagement, l'un d'entre nous le surprenait à son bureau en train de quitter en douce son logiciel d'écriture de scénario. L'espoir, comme une plante vivace, venait de renaître.

Il *fallait* qu'il y ait une histoire plus intéressante que la nôtre, et c'était la raison pour laquelle nous étions si nombreux à nous réfugier dans nos petits mondes imaginaires. Don Blattner n'était pas le seul. Hank Neary, notre rédacteur noir qui portait le même manteau marron en velours côtelé jour après jour, si bien que, soit il ne le lavait jamais, soit il en avait un plein placard, travaillait à un roman raté. Il le décrivait comme petit et en colère. Nous lui avons demandé de quoi ça parlait. « Du travail », a-t-il répondu. Un petit livre en colère sur le travail. Alors ça, c'était un best-seller assuré... Le parfait bouquin à lire sur la plage, vraiment sympa. Nous avons essayé d'orienter Hank vers des sujets qui nous plaisaient plus. « Mais ça ne m'intéresse pas, nous répondait-il. Le fait qu'on passe la plus grande partie de notre vie à travailler, c'est ça que je trouve fascinant. » Noble, vraiment noble, concédions-nous. Nous préférions encore un scénar de Blattner.

À l'université, Dan Wisdom avait reçu des encouragements de Carter Shilling, l'artiste, qui lui avait assuré qu'en vingt ans d'enseignement il n'avait jamais eu d'élève aussi talentueux. Puis Dan était entré dans le monde du travail où, assis derrière un Mac, il manipulait des pixels pour la publicité d'une marque d'édulcorant en se demandant si le compliment du professeur Shilling n'était qu'une ruse pour essayer de coucher avec lui. Il continuait quand même à peindre, le week-end, et si ses portraits étaient un peu grotesques, nous y distinguions néanmoins une vision unique et un trait expert. Peut-être allait-il réussir. Il disait que non. Il affirmait que la peinture figurative était morte, mais nous aimions bien ce qu'il faisait avec les poissons.

Délivrez-nous ! On entendait presque cette supplication jaillissant des profondeurs de notre âme, parce que aucun d'entre nous ne voulait finir comme le vieux Brizz.

Brizz fut l'un des premiers ; il marcha à l'espagnole comme personne d'autre avant lui ni depuis. La saison des renvois semblait interminable ; pour vous donner une idée, le congédiement du vieux Brizz eut lieu un an avant qu'ils ne mettent Tom Mota à la porte. Mais Brizz l'accepta avec beaucoup plus de sang-froid. Il alla saluer chacun dans son bureau. En général, les licenciés déguerpissaient le plus vite possible pour ne pas avoir à affronter nos regards. Brizz, lui, ne voulait pas partir sans dire au revoir. Il restait courtois dans la mouise, agissant avec fierté et dignité. Ça ne le dérangeait pas de savoir que nous savions qu'aux yeux de la direction nous avions plus de valeur que lui. Parce que c'était ce qu'ils vous disaient, en gros, quand ils vous faisaient marcher à l'espagnole vers le bout du couloir. En général, après avoir entendu ça, on ne voulait plus parler à personne ; Brizz, lui, ne semblait même pas contrarié. Mais peut-être qu'il ne voyait pas les choses comme nous. Peut-être qu'il n'aurait pas compris nos histoires de valeur. « Ça n'a rien à voir, aurait-il pu affirmer, avec qui est meilleur que qui. C'est ça que vous pensez ? Croyez-en un vieil homme qui a roulé sa bosse bien longtemps dans le métier : ça n'a rien à voir avec une volonté de virer les moins bons d'entre nous pour ne garder que les plus doués et les plus productifs. Voyons, ne vous voilez pas la face. Ha, ne soyez pas si bêtes ! Ha ha, ne soyez pas si naïfs ! » Son rire se frayait un chemin hoquetant à travers ses mucosités. Cette façon qu'il avait de venir nous faire ses adieux, très calme, parfaitement maître de lui-même, c'était un peu déroutant. Comment se faisait-il qu'à peine quelques instants après avoir marché à l'espagnole vers le bout du couloir il trouve le cran de venir nous rassurer sur son propre sort ? Il passa dans chacun de nos bureaux, fit le tour des box, n'oublia pas les réceptionnistes. Nous le vîmes même en grande conversation avec l'un des types de l'entretien. Même entre eux, ils ne discutaient pas, les types de l'entretien. Montés sur leurs échelles, ils se passaient des outils en marmonnant. L'occasion ne se présentait jamais vraiment de faire leur connaissance. Pourtant le vieux Brizz était resté là, près de l'ascenseur, à discuter avec ce type de l'entretien en particulier pendant une demi-heure, son carton d'affaires personnelles dans les bras. L'un parlait, l'autre acquiesçait de la tête. Puis ils riaient. Allez savoir de quoi on peut rire avec un type de l'entretien. Brizz savait, lui, il avait trouvé ce qui pouvait les réjouir tous les deux, même le jour où il s'était fait virer. Deux ou trois mois plus tard, il n'avait toujours rien retrouvé. Il a touché le chômage pendant un moment. Il a accepté quelques jobs en free-lance. Puis il a disparu de nos radars, jusqu'à ce qu'on nous apprenne qu'il était à l'hôpital. Pas d'assurance. C'est allé vite. C'était triste de voir à quel point nous avions visé juste en lui donnant six mois. Nous lui rendions visite : de fleurs, point d'autres que les nôtres. Nous voulions lui demander : Brizz, mon vieux, où est ta famille ? Mais nous nous contentions de lui apporter des cigarettes en cachette. Nous lui posions sur la poitrine un de ces cendriers antifumée qui retenait bien les volutes, comme ça il pouvait tirer trois bouffées avant que le vieux dans le box d'à côté ne se mette à râler et que l'infirmière ne vienne nous réprimander. Quand il est mort, nous eûmes du mal à croire qu'il était parti. Pas seulement traîné à l'espagnole vers le bout du couloir. Parti parti.

Benny est venu réclamer ses gains. Nous n'en revenions pas. Il n'allait quand même pas se faire du blé là-dessus, si ?

« Il était sur ma liste », déclara-t-il innocemment.

Alors nous, en chœur : Benny ! Ça va pas ou quoi !

« Comment ça, ça va pas ? s'est-il écrié. Il était en tête de ma liste. C'est la règle. »

Il n'avait pas tort. C'était la règle du jeu des Célébrités en Danger de Mort. Nous lui avons tous donné ses dix dollars.

À la veillée funéraire de Brizz, nous avons découvert qu'en fait il avait de la famille : un frère aux airs de sportif qui respirait la santé. Nous l'avons baptisé Bizarro Brizz parce que, contrairement à son frère, il avait une belle peau d'une belle couleur. Sûrement jamais fumé une cigarette de sa vie. C'était comme si notre vieux Brizz flasque et grisâtre avait ôté un terrible masque. Nous lui avons présenté nos condoléances. Après s'être préparés un moment sur les bancs, certains se sont courageusement avancés vers le cercueil. Brizz couché là semblait en bien meilleure forme que Brizz à son bureau. Puis nous nous sommes rassis en essayant de nous rappeler les moments passés en sa compagnie. Nous nous souvenions d'une seule chose : du jour où nous avions attendu avec lui, dans le parking de l'immeuble, que les Latinos en nœud papillon nous amènent nos voitures. Nous avions notre pourboire de un dollar plié dans notre poing serré. Bon Dieu qu'il faisait froid ! Nous étions à l'abri du vent, sous la lumière vive du parking, mais Chicago au mois de février était plus froid qu'un téton de sorcière dans une glacière, comme disait Brizz. Un frigo, il appelait encore ça une glacière. Un jour, assis à son bureau, il nous avait raconté le souvenir qu'il gardait des blocs de glace que ses parents se faisaient livrer à la maison quand il était enfant. « Vous imaginez si je suis vieux, avait-il ajouté, dans un rare moment d'intimité. Je me souviens de quand on se faisait livrer des blocs de glace.

— Est-ce que tu appelais l'Australie "Terre de Tasmanie" ? demanda Benny.

— Pas si vieux que ça », dit Brizz.

Juste à ce moment-là, Joe Pope s'était pointé pour lui demander si elles étaient prêtes, ces accroches. C'était de ça que nous parlions avec le vieux Brizz, en attendant nos voitures dans le froid glacial du dernier mois de février qu'il devait passer parmi nous : de certains aspects du caractère de Joe Pope. Mais malgré tous nos efforts, nous n'arrivions pas à nous faire de Brizz une idée définitive. Sa voiture fut la première à arriver. C'était une Peugeot grise, sûrement une jolie bagnole en son temps, mais désormais rouillée sur les bords et cabossée de partout. Le plus beau, c'était l'intérieur. Un bazar de trucs – de merdouilles – de cochonneries accumulées – comment décrire ça ? – bloquait les vitres arrière *jusqu'au toit*. Il y avait surtout des papiers, mais nous distinguions aussi, écrasés contre le carreau, un bonnet, un couvre-bière isotherme, un paquet de collants chair encore scellé – ce genre de choses. Le vide-poches de la portière était rempli à ras bord de pièces de monnaie et de maisons en plastique rouge du Monopoly. « Dis donc, Brizz, c'est le concessionnaire qui t'a filé tout ça en prime ? a dit Benny.

— Vous n'avez jamais vu ma voiture ? a demandé Brizz avec fierté.

— Ah, c'est ça alors ? a dit Larry Novotny. C'est une voiture ? »

Il s'est penché et, renfonçant sa casquette des Cubs sur ses cheveux de plus en plus rares, a examiné le tas d'ordures à l'intérieur. Le siège passager ne valait guère mieux que les sièges arrière, mais, derrière le volant, une niche confortable avait été aménagée pour le conducteur. Quand même, ça nous intriguait : qu'est-ce qui pouvait le pousser à trimballer tout ça ? Est-ce qu'il faisait vraiment partie de ces gens-*là* ? Le type du parking est sorti de la voiture et a laissé la place à Brizz, mais Brizz ne lui a pas donné de pourboire. Il n'en donnait jamais. C'était une autre de ses particularités : en général, il s'apportait des sandwichs à la bolognaise et restait déjeuner au bureau, mais quand il nous accompagnait au restaurant, nous devions toujours payer nous-mêmes sa part de pourboire pour ne pas gruger la serveuse, ce qui lui valait momentanément toute notre haine. « Je vais te dire une bonne chose, avait-il répondu quand quelqu'un lui avait demandé pourquoi il était si radin. Il n'y a pas de petites économies. »

Il répétait ça sans arrêt, « Il n'y a pas de petites économies », jusqu'à nous donner envie de lui taper sur la tête avec un maillet. Si l'on mettait de côté sa voiture de SDF et sa conversation d'une demi-heure avec le type de l'entretien le jour où il s'était fait virer, le vieux Brizz était épuisant de prévisibilité. Il arrivait le matin, chaussait une paire de lunettes années cinquante pour faire de la relecture, descendait à dix heures et quart pour la première pause-clope de la journée. Ah ! là là ! nous le revoyions encore, debout devant l'immeuble en plein mois de janvier dans son pull-over sans manches tout miteux, avec ses bajoues de chien de chasse, tirant sur sa cigarette. Il remontait avec un parfum assez proche de celui de cinquante vieux mégots oubliés dans un cendrier. Il sortait ses sandwichs à la bolognaise à midi et quart et les faisait descendre avec un thermos de café noir qu'il se préparait chez lui parce que soi-disant celui du distributeur était trop fin pour son goût.

Un jour, peu de temps après sa mort, Benny s'est mis à nous appeler dans son bureau. Le bureau de Benny était rempli de trucs chouettes. Machine à boules de gomme, voitures téléguidées. La pièce maîtresse était un squelette suspendu qu'il avait installé contre le mur, tout près de l'entrée, de façon à l'avoir juste en face de lui quand il s'asseyait à son bureau. Tout le monde lui demandait tout le temps d'où venait le squelette. À chaque fois il répondait : « D'un type mort. » Il lui avait scotché à la main le pistolet sonique de Buck Rogers et avait coiffé son crâne lisse d'un chapeau de cow-boy.

Il était en train de télécharger sur le serveur un travail fini quand Jim est passé devant sa porte.

« Jim, viens voir par là. J'ai une nouvelle à t'annoncer. »

Jim est entré et s'est assis en face de lui.

« Je télécharge un truc, a dit Benny.

— C'est ça, ta nouvelle ?

— Brizz m'a désigné comme bénéficiaire dans son testament. Blattner ! Viens voir par là, j'ai une nouvelle à t'annoncer. »

Blattner est entré et s'est assis à côté de Jim.

« Écoute ça, a dit Benny. Brizz m'a désigné comme bénéficiaire dans son testament.

— Arrête, a dit Blattner. C'est marrant parce que…

— Marcia ! »

Marcia est passée sans s'arrêter puis est revenue sur ses pas. Elle est entrée et s'est immobilisée à côté de Burt, le squelette cow-boy de l'espace.

« Brizz l'a désigné comme bénéficiaire dans son testament », a dit Jim en tordant le cou pour la voir.

Marcia est allée s'asseoir sur le tabouret de bar.

« C'est marrant parce que c'est la même histoire que dans le scénario sur lequel je travaille, a dit Blattner.

— Geneviève ! » a crié Benny.

Geneviève s'est arrêtée sur le pas de la porte.

« Geneviève, a dit Blattner, tu te souviens du scénario dont je t'avais parlé ? La même histoire est arrivée à Benny dans la vraie vie.

— Quel scénario ? a demandé Geneviève.

— Peu importe, a dit Benny. Écoute plutôt ça. »

Pendant que son ordinateur finissait de télécharger, il nous a expliqué qu'il avait reçu une lettre d'un juriste établi dans le sud de Chicago. Geneviève avait l'air gênée.

« Je suis désolée, Benny, je ne peux pas rester, a-t-elle dit en agitant le paquet de corrections qu'elle tenait à la main. Il faut que j'apporte ça à Joe. »

Elle s'est éclipsée.

Un instant plus tard, Hank débarquait dans la pièce.

« Qu'est-ce qui se passe ? a-t-il demandé en ajustant ses grosses lunettes à monture noire.

— Brizz a désigné Benny comme bénéficiaire dans son testament, a dit Marcia.

— Et Blattner a volé l'idée pour un scénario, a dit Jim.

— Mais non, a dit Blattner. Non, c'est pas du tout...

— Attendez de savoir ce qu'il m'a laissé, a dit Benny.

— Pourquoi est-ce qu'il devrait te laisser quoi que ce soit ? a demandé Karen Woo, qui était entrée en même temps que Hank. Sa mort t'a profité financièrement.

— Karen, a répété Benny pour la millième fois, les règles sont les règles. Qu'est-ce que tu aurais voulu que je fasse ? »

Benny était arrivé à l'heure devant la vitrine du cabinet juridique sur Cicero Avenue. Bizarro Brizz était la seule autre personne présente pour la lecture du testament. Benny et lui se reconnurent, ils s'étaient vus à l'enterrement. Après leur avoir serré la main et offert du café, le juriste prit place derrière un grand bureau en cerisier. « Le testament de Frank », dit-il en soulevant une enveloppe. Il en sortit une lettre qu'il examina à travers ses loupes. Puis, relevant les yeux, il expliqua que le testateur avait écrit quelques mots préliminaires.

La vie avait été très généreuse avec lui, commençait-il. Elle lui avait donné des parents aimants, et un merveilleux compagnon d'enfance en la personne de son frère cadet, qu'il avait aimé, même s'ils s'étaient un peu éloignés à l'âge adulte. Il avait aimé sa femme, avec qui il avait passé dix-sept délicieuses années. Ce qu'il aimait le plus dans la vie, continuait-il, c'étaient les petits détails du quotidien : le *Chicago Tribune* devant sa porte le matin, une tasse de café noir bien chaud et une bonne cigarette, et les journées d'hiver, être seul dans sa maison douillette.

« Brizz était marié ? a lancé Marcia.

— C'est ça, le sens de la vie ? a demandé Hank. Du café, un journal, et une cigarette ?

— Et une maison douillette en hiver, a ajouté Blattner. "Une maison douillette en hiver", la vache, c'est un bon titre, ça. Benny, passe-moi un stylo.

— Mais écoutez, a dit Benny, le meilleur reste à venir. »

Le juriste avait commencé la lecture. « "Je, soussigné Frank Brizzolera, domicilié à Chicago, dans l'Illinois, en pleine possession de mes facultés mentales..." Il sauta quelques paragraphes. "À mon frère, Phil Brizzolera, je lègue les biens suivants : tous les avoirs financiers détenus par moi au jour de ma mort, incluant toutes mes actions, obligations, fonds mutuels, compte d'épargne et compte-chèques, ainsi que le contenu de mon coffre. Je lègue aussi à mon frère Phil ma voiture..." »

« Laissez-moi vous dire, nous a dit Benny, à quel point j'étais soulagé d'entendre que Frank ne m'avait pas laissé la voiture avec toutes ses saloperies à l'intérieur. »

« "... et ma maison, continua le juriste, ainsi que son contenu, à l'exception de ce que je lègue à Benny Shassburger." »

L'ordinateur de Benny a émis un son indiquant que son téléchargement était terminé. Il était probablement temps pour lui de se remettre au travail. Il était temps pour nous tous, à vrai dire. Les licenciements se multipliaient depuis six mois, et la tendance ne semblait pas près de s'inverser.

« "À Benny Shassburger, dit le juriste, je lègue mon totem." »

Benny s'était penché en avant, l'oreille tendue vers le juriste. « Excusez-moi... Son quoi ? »

Le juriste le regarda, puis retourna au texte qu'il relut en silence à travers ses loupes. « La lettre dit : "mon totem" », répondit-il.

Dans le jardin de la maison de Brizz, un pavillon situé dans les Quartiers Sud de la ville et dont le juriste avait dû donner à Phil, et les clés, et l'adresse, s'élevait un énorme totem d'environ sept ou huit mètres. Benny et Phil en firent le tour en silence. Toutes sortes de têtes y étaient sculptées : têtes d'aigle, têtes à faire peur, têtes de créatures hybrides. Certaines avaient des oreilles pointues, d'autres des groins allongés, et toutes étaient ciselées avec précision et peintes d'une myriade de couleurs vives. Le totem avait été planté en terre si profondément que quand Benny lui donna un coup d'épaule – il était à lui maintenant, après tout – il ne bougea pas d'un poil. Benny nous a expliqué que, quand il était enfant, son père et lui faisaient partie des Guides indiens, seul organisme qui donnait la possibilité aux Juifs de jouer aux boy-scouts. Il s'appelait Étoile filante et son père Étoile brillante. Il avait aussi collectionné avec assiduité les objets indiens, et avait possédé quelques petits totems bon marché de facture médiocre qui, avec le temps, avaient perdu toute magie à ses yeux. Mais celui dont il venait d'hériter, avec son rayonnement écarlate et les bruns profonds de son bois, possédait un pouvoir véritable. Sa taille y était pour quelque chose, le détail de ses sculptures aussi, mais surtout le fait qu'il se dresse dans un jardin, au cœur d'un vieux quartier irlandais, au milieu des câbles téléphoniques, des chaises pliantes et des mangeoires à oiseaux. Il y avait un trampoline dans le jardin d'à côté : une petite fille avait rebondi dessus, en haut, en bas, en haut, en bas, sous le regard impénétrable et résolu du totem de Brizz. Des hommes en débardeur blanc avaient tondu leur pelouse, dans un sens, dans l'autre, s'efforçant d'ignorer cet objet muet et primitif, toujours présent dans le coin de leur œil. On l'apercevait entre les maisons quand on arrivait dans la rue. Les garçons à vélo s'arrêtaient sûrement pour le regarder. Les voisins étaient obligés de retenir leurs chiens. Et pendant ce temps-là, bien au chaud à l'intérieur de la maison, un homme lisait le journal à la table de la cuisine avec, tout près de lui, un cendrier où se consumait une cigarette, satisfait de savoir qu'il avait planté dans la terre de son jardin la relique, le symbole, l'avatar de... de quoi ?

« Qu'est-ce qu'il fichait avec un totem ? a demandé Marcia.

— Ça n'a rien plus à voir avec mon scénario, au fait, a dit Don Blattner.

— Franchement, Benny... », a dit Jim.

Il avait posé ses pieds de geisha, chaussés de nouvelles Nike rutilantes, sur le bureau de Benny.

« Un totem ?

— Il était là, devant moi, a dit Benny en se levant brusquement et en désignant le vide avec une expression d'admiration stupéfiée, comme devant la pleine lune ou un vaisseau extraterrestre. Et je ne pouvais pas faire semblant de ne pas le voir. Alors, j'ai demandé à Phil : "Dites-moi, votre frère, il avait une passion pour les Indiens ?" "Pas que je sache", il a répondu. "Alors, j'ai dit, c'est peut-être qu'il y a du sang indien dans votre famille ?" Il avait les bras croisés, comme ça, a dit Benny en nous mimant la scène, et il regardait le totem comme ça, fixement, et sans le lâcher des yeux il a secoué la tête, lentement, comme ça, en disant : "Brizzolera. On est cent pour cent italiens." »

Ils étaient entrés dans la maison. Dans la cuisine, les plans de travail étaient encombrés de toutes sortes d'assiettes, bols et plats de service qui donnaient à la pièce des allures de brocante. Des couverts propres, plus qu'un homme n'aurait pu en utiliser en six mois de repas, reposaient en pile sur un torchon. Il y avait aussi deux grille-pain disposés côte à côte, tout près d'un minifour-gril. La fumée de cigarette avait jauni les murs, au bas desquels le linoléum commençait à se décoller. Curieusement, alors que ce bazar de vide-grenier caractérisait non seulement la pièce où ils se trouvaient, mais toutes les autres, il n'y avait qu'une seule chaise à la table de la cuisine.

Benny regarda Phil ouvrir des tiroirs pleins d'ustensiles, de maniques, de couvercles de casseroles. « On ne s'était pas juste un peu éloignés, expliqua Phil, ou je ne sais plus comment il dit ça dans sa lettre. Je l'appelais tous les deux ou trois mois, mais sans ça je suis à peu près sûr qu'on ne se serait pas parlé du tout. Pas parce qu'il ne m'aimait pas, juste parce que... il était comme ça.

— C'est très étrange, dit Benny, parce que comme collègue c'était vraiment un type charmant.

— Oh, ça, il était adorable, mon frère, ce n'est pas moi qui vous dirai le contraire, n'empêche qu'il était aussi très distant. Mais racontez-moi un peu. C'était comment, de travailler avec Frank ? »

Benny s'accorda quelques secondes de réflexion : c'était comment, de travailler avec Brizz ? « Comme je vous ai dit, il était toujours vraiment charmant, déclara-t-il finalement. Il ne faisait pas partie de ces gens avec qui vous travaillez et qui créent toujours des tensions, vous voyez ? »

Alors ça, se dit-il, dans le genre réponse à deux balles... Il aurait voulu trouver une histoire qui donne à Phil une bonne idée de ce que son frère défunt avait été au travail, quelque chose dont nous nous serions souvenus en pensant : Ha ha, du Brizz tout craché, et que Phil aurait pu se représenter et garder en mémoire. Mais il ne trouvait rien.

« Qu'est-ce que j'aurais dû lui dire ? nous a demandé Benny, longtemps déjà après la fin de son téléchargement, et l'image qui nous est venue à tous, c'était celle de Brizz en train de fumer devant l'immeuble, sans rien d'autre sur le dos que son pull-over sans manches. Cette histoire-là n'appartenait qu'à Brizz, mais est-ce que c'était vraiment une histoire ? Sinon, nous aurions pu lui parler de sa conversation avec le type de l'entretien, mais ce n'était pas génial non plus, comme histoire. Pour être honnête, ce dont nous nous souvenions le mieux, c'était de sa participation, en même temps que nous tous, aux étapes routinières du bouclage d'un projet : Brizz en conférence téléphonique, écoutant les nouvelles directives d'un client et emplissant la salle de son parfum de tabac froid, Brizz assis à son bureau, ses lunettes sur le nez, relisant ses textes avec une attention méthodique avant d'envoyer une annonce à l'impression. Difficile d'en tirer une anecdote. Bon sang, pourquoi est-ce que personne ne l'avait interrompu ? Pourquoi est-ce qu'aucun d'entre nous, en passant devant son bureau, n'avait jamais pilé, fait volte-face et dit : Toc toc. Désolé de te déranger pendant ta relecture, Brizz. Pourquoi n'étions-nous pas entrés, ne nous étions-nous pas assis ? D'accord, tu fumes des Old Golds, ta voiture est une vraie poubelle, mais quoi d'autre, Brizz, quoi d'autre ? Est-ce que tu veux qu'on ferme la porte ? Qu'est-ce qui t'a foutu en l'air quand tu étais gamin, et quelle femme a changé ta vie, et qu'est-ce que tu as fait que tu ne te pardonneras jamais ? Dis-nous quoi, Brizz, quoi ! Par pitié ! Mais nous passions sans nous arrêter. Brizz ne levait jamais la tête. Combien de fois nous sommes-nous retrouvés dans nos bureaux, à faire à peu près la même chose que lui, en préparation d'une échéance aujourd'hui loin derrière nous, tandis qu'à trente mètres, au bout du couloir, il était là, bien vivant, avec toutes les réponses ?

« Il mangeait deux sandwichs à la bolognaise tous les midis, dit Benny à Phil. C'est le souvenir le plus marquant que je garde de lui. »

Geneviève est réapparue dans l'embrasure de la porte, débarrassée de ses corrections. « Qu'est-ce que j'ai raté ? » a-t-elle demandé.

Certains essayaient un nouveau restaurant tous les jours et faisaient du déjeuner un événement. D'autres, comme le vieux Brizz, restaient à l'agence et mangeaient la même chose jour après jour. Parfois c'était pour faire des économies. D'autres fois, c'était pour fuir la compagnie des gens à qui, de neuf heures à midi et de treize heures à dix-sept heures, nous devions nous dévouer de façon inconditionnelle. Pendant une heure, au milieu de la journée, nous redevenions maîtres de notre temps, et parfois nous en profitions pour fermer notre porte et déjeuner tout seuls.

Carl Garbedian fermait sa porte tous les jours pour manger sa barquette de *penne alla vodka* achetée chez l'Italien d'à côté et ne nous accompagnait jamais au restaurant, sauf pour les déjeuners d'équipe offerts par l'agence. Comme la coutume avait disparu, cela faisait des semaines que nous n'avions pas vu Carl se glisser sur une banquette, ouvrir un menu et faire son choix.

Environ six mois avant de se faire virer, Tom Mota avait frappé à la porte de Carl et, s'excusant de le déranger, lui avait demandé s'il avait une minute. Carl l'invita à entrer et Tom alla s'asseoir en face de lui. « En fait, commença-t-il, j'entendais Benny parler de toi la dernière fois, et de comment tu te sentais en ce moment, et ce qu'il disait m'a rappelé ma propre expérience, alors je t'ai acheté quelque chose. » Il lui tendit un livre. « Faut pas que t'en veuilles à Benny, tu sais comme il aime parler. Et ça, ajouta-t-il en désignant le livre, c'est rien du tout. Juste un bouquin que tout le monde devrait avoir dans sa bibliothèque. Tu connais ce type, un peu ? »

Carl baissa les yeux vers le livre – le recueil des poèmes et essais de Ralph Waldo Emerson – et fit non de la tête.

« Personne ne le connaît, reprit Tom, mais tout le monde devrait. Je sais que ça fait con et prétentieux de dire ça, mais je le pense vraiment. » Carl examina le livre puis releva les yeux vers Tom comme s'il attendait qu'il lui explique comment s'en servir. « Et je sais que ça peut te sembler un peu bizarre que moi je t'achète ce livre, continua Tom. On ne s'offre pas de livres les uns aux autres, ici. Mais Benny disait que tu avais l'impression de ne pas être toi-même en ce moment, et quand je lui ai demandé pourquoi et qu'il a essayé de m'expliquer, je me suis dit que ce qu'il te fallait, c'était peut-être quelques conseils de ce type-là.

— Merci, Tom », dit Carl.

Tom secoua la tête en signe de refus. « Ne me remercie pas, c'est un livre à six dollars. Et il y a de grandes chances que tu ne l'ouvres même pas. Il va prendre la poussière sur ton étagère, et de temps en temps tu poseras les yeux dessus et tu te demanderas : Mais qu'est-ce qui a pu pousser ce blaireau à m'acheter ce bouquin ? Je sais ce que c'est, crois-moi, de recevoir un livre dont on n'a rien à foutre *a priori*, mais écoute... Laisse-moi t'en lire un passage pour que tu comprennes mieux où je veux en venir. D'accord ?

— Si tu veux », dit Carl.

Il lui tendit le livre.

Tom hésita un instant. « Enfin, tu préfères peut-être que je te laisse à ton déjeuner. »

Carl retira la serviette de ses genoux et s'essuya les mains. « C'est bon, dit-il, tu peux m'en lire un bout maintenant si tu veux. »

Tom ouvrit le livre. « Ça peut peut-être t'aider, je sais pas », dit-il. Il le feuilleta nerveusement, à la recherche du passage qu'il voulait lire. Ça avait dû être un moment tendu pour tous les deux, empli d'un silence gêné, incertain. Enfin, Tom avait trouvé son passage, mais à peine avait-il commencé à lire qu'il s'interrompait de nouveau. « Écoute, dit-il en se projetant en avant sur sa chaise avec une ferveur soudaine, je sais que ça doit te sembler un peu bizarre, que moi, là, je sois en train de t'expliquer comment rendre ta vie plus heureuse, alors que, regarde-moi, j'ai tout raté. Cette année a été… disons simplement que je me rends compte de mes erreurs. Mais le truc avec moi, c'est bizarre ; en fait je me rends compte de mes erreurs, mais faut croire que je suis trop complètement à la masse pour réagir, en gros, et c'est comme ça pour tout depuis que ma femme m'a quitté. Alors, je t'en prie, pardonne l'hypocrisie du non-converti qui te prêche la bonne parole, mais je sais que quand je lis Emerson, moi, au moins, ça me calme.

— Tom, dit Carl, je trouve ça très gentil, vraiment. »

Tom fit signe que ça lui était égal. « "Que tout homme, donc, connaisse sa valeur, et maîtrise le monde sous ses pieds" », commença-t-il. Tom faisant la lecture à Carl – le malaise devait être *palpable*. « "Qu'il n'épie ni ne vole, ni ne se dérobe en se prétextant charitable, inférieur ou importun, dans ce monde qui existe pour lui. Mais l'homme de la rue, qui ne voit en lui nulle valeur…" Je vais juste sauter quelques lignes… OK, voilà le passage qui m'intéresse. “La célèbre fable de l'ivrogne ramassé ivre mort dans la rue, transporté jusqu'à la demeure du duc, lavé, vêtu, couché dans le lit du duc, traité à son réveil avec toutes les marques de respect obséquieux, et à qui l'on assure qu'il a été en proie à une fièvre délirante, doit sa popularité au fait qu'elle symbolise parfaitement la condition de l'homme qui, dans le monde, est une sorte d'ivrogne, mais de temps à autre se réveille, exerce sa raison, et découvre en lui un vrai prince.” » Tom arrêta là sa lecture et referma le livre.

« Enfin voilà, conclut-il, je trouve qu'il dit beaucoup de choses très justes. “Découvre en lui un vrai prince.” Pas facile d'y croire, par ici, hein ? Mais il essaie de nous rappeler, à toi comme à moi – à tout le monde en fait – que malgré les apparences, si on exerce notre raison, on est tous des princes. Je sais que je perds ça de vue la moitié du temps et qu'en général la seule envie que j'ai, c'est d'ouvrir le feu sur ces enfoirés. Tu vois, le problème avec les bouquins de ce mec-là, c'est le même qu'avec ceux de Walt Whitman. T'as déjà lu des trucs de lui ? Ces deux crétins n'auraient pas tenu deux minutes dans cet endroit. Mais il se trouve que justement ils n'avaient pas à aller au bureau. C'était une autre époque. Et c'étaient des génies. Mais quand je lis ce qu'ils ont écrit, je finis toujours par me demander ce que *moi* je fais ici. Pour te dire la vérité, ça m'aide pas à venir travailler le matin, au contraire. » Tom rendit le livre à Carl. « Ça te donne envie de le lire, hein ? ajouta-t-il avec un gloussement amer. Enfin bon, je te laisse à ton déjeuner. »

Tom était presque à la porte quand Carl le rappela. « Je peux te parler de quelque chose qui doit rester entre nous, Tom ? » Il lui fit signe de revenir s'asseoir.

Un soir, commença-t-il, plus tôt dans la semaine, il s'était glissé dans le bureau de Janine Gorjanc après que tout le monde était reparti chez soi, et il avait volé un flacon d'antidépresseurs dans le tiroir de son bureau. Depuis ce jour, dit-il à Tom, il prenait une pilule par jour. « Est-ce que c'est bien sérieux ? lui demanda Tom.

— Probablement pas, mais la dernière chose que je veux, c'est qu'elle sache que je suis déprimé.

— Tu ne veux pas que Janine sache que tu es déprimé ?

— Non, pas Janine. Ma femme. Marilynn. Je ne veux pas qu'elle sache que je suis déprimé.

— Ah, dit Tom. Pourquoi ça ?

— Parce qu'elle pense que je suis déprimé.

— Ah, dit Tom. Et tu ne l'es pas ?

— Si, je le suis. Mais je ne veux pas qu'elle le sache. Elle sait que je suis déprimé. C'est juste que je ne veux pas qu'elle sache qu'elle a raison quand elle dit que je suis déprimé. Elle a déjà raison trop souvent à mon goût, tu vois.

— C'est une histoire de fierté, alors ?

— J'imagine », dit Carl.

Tom réfléchit un instant. « Tu vois, Carl, dit-il, je te comprends. Je te comprends parfaitement, parce que j'ai moi-même été marié pendant un certain nombre d'années à une bonne femme qui réussissait toujours à avoir raison sur tout. Mais le truc, là, c'est que tu prends un médicament qui ne t'a pas été prescrit à toi en particulier...

— Ouais, je sais, le coupa Carl. Je sais tout ça, crois-moi. Ma femme est médecin.

— D'accord, dit Tom. Donc justement, ce que je te demande, c'est pourquoi tu voles ces médicaments ? Pourquoi tu ne t'en fais pas prescrire qui te conviennent ?

— Parce que je ne veux pas être obligé de voir un médecin, dit Carl. Je hais les médecins.

— Ta femme est médecin.

— C'est un problème, admit Carl. En plus, elle risquerait de l'apprendre d'une manière ou d'une autre, et alors elle saurait qu'elle avait raison quand elle disait que j'étais déprimé. C'est plus facile d'aller me servir dans le bureau de Janine. Elle en a des tonnes. »

Il ouvrit le tiroir de son bureau et en sortit un flacon de pilules sur ordonnance qu'il tendit à Tom. « Est-ce que t'as la moindre idée de ce qu'il y a là-dedans ? » lui demanda Tom en agitant doucement le flacon. Il contenait des pilules pour trois mois. « Trois cents milligrammes, ajouta-t-il. Ça fait beaucoup, ça, non ?

— J'ai suivi les instructions sur l'étiquette », dit Carl.

Tom lui demanda s'il avait remarqué des changements dans son humeur.

« Ça fait seulement une semaine, répondit Carl. Il est sûrement trop tôt pour dire. »

Quelqu'un frappa à la porte. En silence, Tom rendit le flacon à Carl. Il le rangea dans son tiroir puis lança : « Entrez. » Joe Pope ouvrit la porte. « Excuse-moi de te déranger pendant ton déjeuner, Carl, dit-il.

— Pas de problème.

— En fait, je suis ici pour Tom. »

Tom se retourna sur son fauteuil et lança à Joe un regard de crotale.

« Je voulais savoir si tu pouvais te joindre à nous pour un brief cet après-midi, lui dit-il.

— Bien sûr, dit Tom. Quelle heure ?

— Quinze heures trente, dans le bureau de Lynn ?

— Et comment ! »

Quand cette histoire-*là* a fait le tour de l'agence – ce : *Bien sûr, quelle heure ? Et comment !* – nous ne savions pas *du tout* comment l'interpréter. « Qu'est-ce que j'étais censé dire : "non" ? répondait Tom quand nous l'interrogions. "J'en ai rien à foutre de ton brief, Joe, tu peux te le mettre où je pense" ? J'ai la pension de mes gosses à payer, moi. Ça vous paraît peut-être fou, mais j'en ai besoin, de ce boulot. »

Ça, nous n'en doutions pas. C'était juste que tout le monde avait en tête ce jour où, dans la salle Michigan, Tom semblait franchement moins bien disposé envers Joe Pope. Toutes nos salles de réunion portaient le nom de rues parallèles au Magnificent Mile, et la vue depuis la salle Michigan était à couper le souffle. La ville entière s'étalait sous nos yeux, avec ses nappes immenses de bâtiments petits et grands, larges et minces, matrice géante à l'architecture bigarrée coupée par les voies rapides scintillantes de taxis, les petites ruelles et le lit serpentin de la Chicago River, et dont chaque surface, du verre poli à la brique ancienne, se couvrait d'or sous le soleil d'août. L'ironie de cette vue, c'était qu'elle nous donnait follement envie de sortir, de flâner sur les trottoirs de la ville, le nez en l'air, fondus dans le flot des passants, mais que nous ne ressentions ce désir que lorsque nous étions coincés en réunion dans la salle Michigan. Parce que le soir, en partant, nous ne souhaitions qu'une chose : nous frayer un chemin au milieu de ces foutus touristes et rentrer chez nous aussi vite que possible.

Le jour où ça a vraiment chauffé entre Tom et Joe, un mois environ avant que Tom n'offre le livre à Carl, des ragots – colportés au cours d'un déjeuner, avant une réunion – étaient manifestement revenus aux oreilles de Joe. Oh, juste des spéculations oiseuses. Nous en tirions parfois matière à débat ; une conversation équitable à laquelle tout le monde prenait part. Le plus souvent, pourtant, il s'agissait juste de blaguer un peu. C'était comme ça : nous *parlions*. Nous ne faisions rien que les Grecs ne faisaient déjà dans la promiscuité et la semi-obscurité de leurs veillées autour du feu. Et Joe Pope non plus, apparemment, car au moment où nous recapuchonnions nos stylos, ayant pris toutes les notes nécessaires et posé toutes les questions, et nous sachant, grâce au ciel, à seulement une demi-minute des toilettes ou du téléphone ou du coffee bar, selon ce qui nous appelait avec le plus de force, Joe, qui à l'époque organisait déjà ses propres briefs, s'est exclamé : « Oh, une dernière chose. » Il s'est tu un instant avant de reprendre : « Désolé, j'aurais besoin que vous m'accordiez encore juste une minute. » Nous nous sommes rassis. « Il y a un point sur lequel j'aimerais attirer votre attention, a-t-il dit. Écoutez, je comprends qu'on ait besoin de parler. La plupart du temps, c'est une bonne chose. On parle, on rit. Ça fait passer le temps. Mais je ne suis pas sûr qu'on ait toujours conscience de l'impact de certains propos. Peut-être qu'on ne les pense pas vraiment, qu'on veut juste blaguer, mais la blague devient rumeur, la rumeur court, et quand la personne concernée l'intercepte, elle peut s'en trouver peinée. Ce n'est pas toujours le cas. Elle peut aussi en rire. Regardez, moi, par exemple, je sais qu'on en raconte beaucoup sur mon compte. Ça m'est égal. Je ne m'en formalise pas. Mais il y a des gens que ces choses touchent d'une manière différente. On ne peut pas leur en vouloir. Ça les ennuie, ça les blesse, ça les gêne... Ce genre de rumeurs, je préférerais qu'on les limite au strict minimum. Je ne vous dis pas d'arrêter de parler. Simplement, si vous pouviez baisser un peu le volume, et vous assurer que ce que vous dites ne blesse personne, ce serait mieux. OK ? »

Il y a eu un silence interminable tandis que Joe parcourait la pièce du regard pour voir si nous avions des questions. « OK, j'ai fait mon petit discours. Merci d'avoir tenu jusqu'au bout. » Enfin, il nous relâchait. Nous avons recommencé à nous lever. Alors comme ça, Joe avait des aspirations réformatrices ? Les réformateurs nous inspiraient des sentiments mitigés. Certains jugeaient leurs efforts nobles, et probablement inutiles. D'autres leur étaient carrément hostiles. *Putain, mais pour qui il se prend* – ce genre de réaction.

« Tu sais, Joe, lui a dit Tom Mota, juste comme nous commencions à sortir de la salle en file indienne. Y a rien de mal à être homo. »

Joe a tendu l'oreille vers lui, en le regardant droit dans les yeux. « À être quoi ?

— Hank Neary l'est bien, lui », continua Tom, éludant la question.

Hank venait juste de se lever et repoussait sa chaise contre la table. « Pas vrai, Hank ? Et il a aucun problème avec ça.

— Tom, a dit Joe. Tu n'as pas dû entendre tout ce que je viens de dire.

— Si, si, j'ai entendu, Joe. J'ai parfaitement entendu. »

Ceux d'entre nous qui s'apprêtaient à passer la porte se sont figés.

« Alors, peut-être que tu n'as pas bien compris ? a repris Joe. L'idée, c'était qu'il y a de bons sujets de discussion, et de mauvais sujets de discussion, et qui est homo et qui ne l'est pas, c'est un mauvais sujet de discussion, compris ? On pourrait considérer ça comme des propos diffamatoires.

— Diffamatoires ? a dit Tom. Oh ! là là ! Joe, diffamatoires, c'est un mot qui coûte cher, ça. Est-ce que tu veux qu'on prenne des avocats ? Tu sais, j'en ai, moi, des avocats. J'en ai tellement, de ces connards, que je pourrais très bien en mettre un sur cette affaire.

— Tom, a dit Joe. Ta colère.

— Pardon ? a dit Tom.

— Ta colère, a répété Joe.

— Attends, ça veut dire quoi, "Ta colère" ? C'est ça que t'as dit : "Ta colère" ? »

Joe n'a pas répondu.

« Non mais attends, ça veut dire quoi ? »

Joe a quitté la pièce.

« Putain, quelqu'un sait ce qu'il entend par "Ta colère" ? »

Nous le savions, parce que cette même colère nous faisait tous souffrir de temps à autre. Nous souffrions d'ailleurs de toutes sortes de maux : problèmes cardiaques, tics nerveux, lumbagos... Les pires migraines de la terre s'abattaient sur nous. Les moindres variations météorologiques nous affectaient, nos sautes d'humeur devenaient chroniques et, régulièrement, de vieilles angoisses adolescentes revenaient nous hanter. Mais surtout, nous nous faisions un sang d'encre en nous demandant qui était le prochain sur la liste, et sur quels critères les directeurs associés fondaient leurs décisions de renvoi. Un matin, Billy Reiser s'était pointé avec la jambe cassée. Au début, tout le monde était très excité. Qu'est-ce qui avait pu lui arriver ? Nous avions convergé vers son bureau, comme guidés par une voix ou un signal ultrasonique. L'envie de parler, c'était comme la grippe : quand quelqu'un l'avait, il la refilait immédiatement à tout le monde. Mais quand un bruit courait, à la différence de la grippe, nous ne pouvions pas nous permettre d'être épargnés. Nous voulions que Billy nous raconte ce qui lui était arrivé. « Softball », avait-il expliqué. C'était tout ? Et d'ajouter : « Mauvaise chute. » Comment ne pas se sentir déçus ? Nous lui avons souhaité un prompt rétablissement et sommes repartis vers nos bureaux. Pour une histoire pareille, franchement, autant rester assis. Mais pendant les dix ou douze mois qui ont suivi, Billy a continué à clopiner sur ses béquilles, et sans mentir, on l'entendait arriver à dix kilomètres. Mais enfin, avons-nous fini par lui dire, comment ça se fait que t'as encore besoin de ces trucs-là ? « Complications », a-t-il répondu. Il a subi plusieurs opérations. Une histoire de broches. Les médecins n'excluaient pas qu'il boite toute sa vie, alors il envisageait un procès. Nous le plaignions, mais en même temps, de l'entendre tous les jours se traîner sur ses béquilles avec les grincements d'un baleinier du XVIIIe siècle, ça n'a l'air de rien, comme ça, mais ça commençait à taper sur les nerfs de l'équipe. Nous comprenions ce fameux « Ta colère » chaque fois que nous entendions Billy se rapprocher : une colère irrationnelle et impitoyable qui poussait certains à le traiter de tous les noms dégradants associés aux handicapés, des noms méchants et insensibles comme « le polio », « le branlant » ou « le béquillard », et d'autres de notre invention. « Ce mec s'appelle Reiser, a dit Larry Novotny, mais il n'arrive même pas à se tenir sur ses deux jambes[1]. » Amber poussa une exclamation outrée et le reste de l'assemblée un soupir désespéré

1. Jeu de mots intraduisible sur l'homophonie entre *Reiser* et *riser*, substantif de *rise*, « se lever, s'élever ». *(N.d.T.)*

devant la faiblesse du jeu de mots, mais, à compter de ce jour, plus personne n'a appelé Billy par son prénom. C'était toujours Reiser. Bien sûr, en général, nous nous efforcions de lui dissimuler notre agacement. En général, nous essayions de nous montrer charitables, comme Jésus nous l'ordonnait. « Que celui qui est sans péché lui jette la première pierre », nous rappelions-nous, car nous comptions quand même dans nos rangs pas mal de croyants. Il y avait même un groupe de réflexion biblique dans la boîte. Ses membres se réunissaient à la cafétéria tous les jeudis, à l'heure du déjeuner. Une équipe bigarrée de cadres présidents de copropriété, de résidents des Quartiers Sud, d'anorexiques en rémission, d'agents d'entretien, de réceptionnistes. Une foule fluctuante, comme la foi elle-même. La Parole était la source qui nous rassemblait. Certains s'y joignaient de façon sporadique, en essayant de comprendre comment la Parole pouvait enrichir leurs vies personnelles et professionnelles, mais pour la plupart, nous gardions nos distances. Si ça leur plaît, tant mieux pour eux. Qu'est-ce que nous sommes en train de rater ? nous demandions-nous la nuit dans notre lit. Quel ennui, toutes ces tartines sur Dieu, pensions-nous tous les jeudis aux alentours de midi. Quand même, la question se posait : était-ce *vraiment* le lieu pour parler de Dieu ? La vue des dizaines de bibles ouvertes sur la table de la cafétéria et de ces visages familiers en pleine transformation, révélant des êtres si différents de ceux que nous croyions, avec le temps, avoir cernés, nous troublait un peu, comme si elle nous forçait à envisager la possibilité que nous ne sachions rien, absolument rien, des vies intérieures de qui que ce soit. Mais cette inquiétude disparaissait bien vite. Notre science était infinie, notre clairvoyance toute-puissante, personne n'avait de secret pour nous. Nom de Dieu, parfois nous avions l'impression d'*être* Dieu. Était-ce un si grand blasphème ? Nous savions tout, nous avions de terribles pouvoirs, nous étions éternels. Était-il si étonnant que la plupart d'entre nous ne voient pas d'intérêt à faire partie d'un groupe de réflexion biblique ?

« J'en ai pas grand-chose à foutre qu'il soit homo ou pas, marmonnait Tom Mota environ une semaine après son accrochage avec Joe Pope dans la salle Michigan. Je veux juste savoir ce qu'il entend par "Ta colère". » Il y avait, entre deux groupes de box, un espace assez grand pour contenir quelques tables rondes et pas mal de chaises. Nous nous y réunissions de temps en temps le matin, autour d'une boîte de donuts Krispy Kreme ou d'un sac de bagels que quelqu'un, séduit par la possibilité d'égayer la matinée, avait apporté pour le partager avec nous. Nous étions donc en train de prendre tranquillement notre petit déjeuner et de boire nos premiers cafés de la journée quand Joe est arrivé, une annonce fraîchement imprimée à la main, et a demandé qui avait apporté les bagels. « Je peux en prendre un ? » a-t-il ajouté. Geneviève Latko-Devine a dit « Oui bien sûr » et il l'a remerciée, et après ça nous nous attendions à ce qu'il parte, mais il est resté pour tartiner son bagel de cream cheese, et ensuite il s'est assis avec nous, en remerciant encore une fois Geneviève. Il a fait tout ça de façon très décontractée, comme si c'était la routine, rien d'extraordinaire. Pourtant, nous la sentions, juste *là*, la présence inhabituelle de Joe Pope. La bonne humeur a mis les bouts.

Le silence s'est installé, jusqu'à ce que Joe lui-même brise la glace. « Au fait, a-t-il dit, ça avance, de votre côté, les spots sur les boutons de fièvre ? »

Nous travaillions à ce moment-là sur des spots télévisés pour l'un de nos clients qui fabriquait un analgésique destiné à atténuer la douleur et le gonflement des boutons de fièvre. Nous avons digéré la question de Joe avec lenteur, sans vraiment réagir. Nous avons peut-être même échangé un ou deux regards. C'était peu de temps après sa deuxième promotion. Oui, ça avance plus ou moins, avons-nous fini par répondre. Puis nous avons sûrement hoché la tête, un demi-geste, évasif, vous voyez le genre. Le problème, c'était que sa question – « Ça avance, de votre côté, les spots sur les boutons de fièvre ? » – ne nous faisait pas l'effet d'une question simple appelant une réponse simple. Si tôt après sa promotion, cela ressemblait plutôt à une ruse raffinée pour affirmer sa supériorité. Il feignait de s'intéresser à notre travail pour nous planter dans le cul ses nouveaux éperons.

« Tu sais, Joe, a finalement lâché Karen, il n'est que neuf heures et demie. Crois-le ou non, mais on *va* s'y mettre, aux spots sur les boutons de fièvre. »

Joe a eu l'air sincèrement désolé du malentendu. « Ce n'est pas pour ça que je demandais, Karen, a-t-il dit. Je sais bien que vous allez vous y mettre. Je demandais parce que moi, j'ai du mal à trouver un truc qui marche. »

Nous restions suspicieux. Il avait rarement du mal à trouver quoi que ce soit.

« Le problème que j'ai, a-t-il expliqué, c'est qu'ils nous demandent d'être drôles, impertinents et tout, mais qu'en même temps ils ne veulent pas qu'on vexe les gens qui ont des boutons de fièvre. À mon avis, ce sont deux impératifs incompatibles. Moi, en tout cas, dès que j'essaie de les respecter, je n'arrive plus à trouver la moindre idée potable. »

À midi, nous savions que cet enfoiré avait *raison*. Il était extrêmement difficile de plaisanter sur les effets disgracieux des boutons de fièvre sans risquer de vexer les téléspectateurs qui souffraient justement de ces effets disgracieux. C'était l'une de ces demandes insensées, impossibles à satisfaire, que seule une table ronde de responsables marketing empestant l'after-shave avait pu formuler. Dans un temps et un Orient lointains, ces pauvres mecs auraient inventé les *koans* préférés de la dynastie au pouvoir. Il fallut bien admettre que Joe Pope ne cherchait rien d'autre, en nous posant sa question ce matin-là, qu'à savoir si nous avions autant de mal que lui à trouver des idées pour les spots sur les boutons de fièvre, et que nous l'avions jugé trop vite. Néanmoins, beaucoup continuaient à se méfier de lui, et les détails de l'histoire s'estompant avec le temps, l'épisode, en définitive, ne joua probablement pas en sa faveur.

Pour ne rien arranger, quand deux jours plus tard, nous nous sommes tous réunis dans le capharnaüm du bureau de Lynn Mason pour lui présenter nos idées de spots, Joe et Geneviève ont dévoilé l'Homme au Bouton de Fièvre. Nous avons su à la seconde même que ce serait non seulement l'un des trois concepts que nous enverrions au client, mais aussi celui que le client retiendrait et passerait et repasserait en boucle jusqu'à ce que vous et moi et tout le monde aux États-Unis soyons devenus intimes avec l'Homme au Bouton de Fièvre. Ce salaud avait mis *dans le mille*, en duo avec Geneviève à la direction artistique : ils avaient résolu avec génie le grand *koan* des responsables marketing du produit contre les boutons de fièvre. Une porte s'ouvre sur un décor de banlieue résidentielle et dans l'embrasure lumineuse se tient un jeune couple d'amoureux pimpants. « Bonjour,

Maman ! dit la jeune fille. Je voudrais te présenter quelqu'un de très important pour moi. » L'Homme au Bouton de Fièvre tend la main à Maman. Il a en effet un vilain bouton d'herpès un peu exagéré au coin de la lèvre supérieure. « Bonjour, Madame, je suis l'Homme au Bouton de Fièvre. » « Vous êtes exactement comme je vous imaginais ! s'exclame Maman en lui serrant la main. Entrez donc ! » Cut. Décor cuisine. Père à l'air sévère. « Papa, dit la jeune fille, je te présente l'Homme au Bouton de Fièvre. » « Bouton de Fièvre, enchanté... » dit Papa, sévèrement. « C'est un plaisir de faire enfin votre connaissance, Monsieur », dit l'Homme au Bouton de Fièvre. Cut. Décor salon. Grand-mère frêle, à l'air gâteux, perdue dans ses pensées. « Grand-mère ? dit la jeune fille en la secouant vigoureusement. Grand-mère ? » Grand-mère revient à elle, se redresse, lève les yeux vers l'Homme au Bouton de Fièvre et dit : « Ah, mais vous devez être l'Homme au Bouton de Fièvre ! » « Bonjour, Grand-mère », dit l'Homme au Bouton de Fièvre. Une voix off détaille les caractéristiques et les bienfaits du produit. Signature : « Ne faites pas comme cet homme, ne laissez pas les boutons de fièvre régir votre vie. » Final cut. Décor salle à manger. Père à l'air sévère : « Encore un cornichon au vinaigre, Bouton de Fièvre ? » « Oh oui, Monsieur, volontiers. » Fondu.

À ce moment-là, nous n'avions encore que le storyboard, mais l'immédiateté du message était déjà là, et nous savions qu'ils avaient mis dans le mille, Joe et Geneviève. Toute la famille se montrait accueillante avec l'Homme au Bouton de Fièvre. Ils l'aimaient bien. Ils lui serraient la main. C'était drôle, mais pas moqueur. L'Homme au Bouton de Fièvre était le héros. Et il pouvait manger des cornichons au vinaigre. Personne ne peut manger des cornichons au vinaigre avec un bouton de fièvre pareil, mais l'Homme au Bouton de Fièvre, le super héros super courageux, lui, pouvait le faire. En plus, *à aucun moment la pub ne laissait entendre que le produit guérissait les boutons de fièvre*. C'était toujours la manœuvre la plus compliquée avec ce client. Nous avions le droit de dire que nous pouvions traiter les boutons de fièvre, jamais que nous pouvions les guérir. Le spot de Joe ne mentionnait ni traitement ni guérison – il réussissait juste à faire de l'herpétique un personnage sympathique. Le client a adoré. Et ils ont confié le rôle au bon acteur, qui a joué l'Homme au Bouton de Fièvre de façon hilarante et l'a rendu encore plus sympathique, et la pub a circulé sur Internet et a décroché des prix et tout le tintouin.

Le lendemain matin, comme tous les jours, Joe est arrivé dans son bureau avec son vélo et a trouvé le mot PÉDÉ écrit sur son mur au marqueur noir. Les lettres, mal alignées, semblaient avoir été tracées par un enfant ou un homme pressé, et formaient une inscription assez semblable, en fait, à celles qu'on trouve dans les toilettes de la plupart des bars. Maintenant, au moins, il y avait quelque chose sur son mur, pas très gros, mais bien visible. Nous nous sommes dit : d'accord, notre équipe a ses dysfonctionnements, mais personne parmi nous ne ferait une chose pareille. Peut-être était-ce quelqu'un qui nourrissait une rancœur contre Joe dans une autre sphère de sa vie, et qui, un soir, avait déjoué la surveillance des gardes, trouvé son bureau, et avait arraché son âme d'un coup de marqueur. Mais ça semblait quand même peu probable, et il fallut bien conclure que Joe, apparemment en mal d'attention, l'avait écrit lui-même avant de partir la veille au soir.

3

NOUVEAUX LICENCIEMENTS – POURQUOI LES ACHETEUSES D'ESPACE CRAIGNENT – L'AFFICHE – YOP DANS LA SALLE D'IMPRESSION – LA RÉUNION POST-RÉUNION – LYNN À L'HÔPITAL – NOUS SAVONS CE QUE SAIT JOE – LE DÉJEUNER AUX DEUX MARTINIS – CE QUI INQUIÈTE VRAIMENT AMBER – DU TRAVAIL HONNÊTE – UN TYPE PARLE À BENNY – L'ACCUSATION DE GENEVIÈVE – JANINE GORJANC DANS LA PISCINE À BALLES – LE PIÈGE – NOS EXCUSES – PAINTBALL

Dans les premières semaines de 2001, ils ont licencié Kelly Corma, Sandra Hochstadt et Toby Wise. Toby possédait un bureau qu'il s'était fait confectionner sur mesure à partir d'une de ses planches de surf préférées : c'était un grand fan de surf. Il lui a fallu un certain temps pour le démonter, et il est resté à l'agence plus longtemps que ne l'autorisait normalement le protocole. Puis il nous a demandé de l'aider à descendre les bouts de bureau au parking. Nous avons tout chargé dans le coffre de son nouveau 4 × 4 Chevrolet et nous sommes préparés à lui dire adieu. C'était toujours le moment le plus inconfortable. Tout le monde devait décider ce qu'il allait faire : poignée de main ou accolade ? Quand le hayon de la voiture a claqué, nous nous attendions à ce que Toby vienne vers nous. Mais en fait, il a sauté dans son 4 × 4 et a baissé la vitre teintée. « Bon bah, à un de ces jours, comme on dit », nous a-t-il lancé sans la moindre cérémonie. Puis il a remonté la vitre et démarré. Nous étions un peu vexés. Est-ce que même une poignée de main c'était trop lui demander ? Tout ça n'était peut-être que du bluff, juste un masque de joueur de poker, mais alors un masque drôlement enjoué. Il s'est arrêté à la sortie du parking pour vérifier qu'aucune voiture n'arrivait, puis s'est engagé dans la rue avec un petit crissement de pneus. Nous ne l'avons plus jamais revu.

Dans les semaines qui ont précédé le renvoi de Tom Mota, au printemps de la même année, il n'était pas rare de croiser Tom sortant du bureau de Janine. Nous nous demandions bien de quoi ils pouvaient parler. Rien ne nous enchantait comme de perdre une demi-heure à spéculer sur la possibilité d'une romance entre deux collègues, et ces deux-là formaient un couple des plus étranges. Le pétulant Napoléon exilé sur l'île d'Elbe de ses délires, et la mélancolique mère en deuil. L'amour était un drôle de mystère. Nous oubliions qu'ils avaient une chose en commun : ils avaient perdu leurs enfants. Ils se consolaient l'un l'autre, peut-être. Ils traversaient tous les deux le même cauchemar éternel causé par le fardeau d'un amour omniprésent qui refuse, malgré les supplications, de s'émousser, de se briser, de disparaître enfin, et se trouvaient donc soulagés de pouvoir diriger cet amour l'un vers l'autre. Enfin, tout ça, c'était juste une façon pour nous de tuer le temps. En réalité, il n'y avait pas d'histoire d'amour. Tom voulait seulement faire enlever l'affiche.

Nos acheteuses d'espace, comme Jane Trimble et Tory Friedman, étaient en général des petites femmes guillerettes, bien habillées, qui portaient des parfums capiteux et savaient faire la conversation. Elles avaient toujours des paquets de bonbons dans les tiroirs de leur bureau et ne prenaient jamais un gramme. Elles passaient la plus grande partie de leur temps au téléphone avec des vendeurs d'espace, activité dont la seule idée nous donnait la nausée, et recevaient pour leurs services des cadeaux en tout genre et des billets pour des événements sportifs, faveurs qui, par leur scandaleuse injustice, nous emplissaient d'une jalousie aveugle et meurtrière. Parce qu'elles passaient les ordres et parlaient d'une voix amicale, on les couvrait de largesses comme des gardes-frontières véreux, alors qu'à notre avis elles méritaient au mieux de pourrir dans un des cercles de l'enfer : celui réservé aux maires corrompus, aux lobbyistes et aux acheteuses d'espace. C'était notre opinion, en tout cas, tant que nous étions dans le système. Quand l'un d'entre nous marchait à l'espagnole et sortait du système, ces acheteuses d'espace loquaces et souriantes comptaient dans son souvenir parmi les personnes les plus charmantes de l'agence.

C'était après Jane que Tom en avait. « C'est plus possible, il faut qu'il enlève cette putain d'affiche », lui dit-il après être entré dans son bureau sans frapper ni dire bonjour. Malheureusement, Jane savait très bien à qui Tom faisait référence : au vendeur auprès de qui elle avait passé commande. Nous avions fait plus qu'imprimer des affichettes pendant les quelques jours où Janine et Frank Gorjanc avaient eu l'espoir de retrouver leur petite fille. Avec l'argent qu'ils nous avaient donné, complété par des fonds collectés à la hâte, nous avions fait imprimer en grand la même photo de CM1 de Jessica, avec le mot DISPARUE et un numéro de téléphone, et loué un panneau d'affichage sur l'autoroute I-88 en direction de l'ouest. Longtemps après que la petite avait été retrouvée morte, l'immense avis de recherche était toujours là. Jane essayait d'expliquer à Tom qu'elle-même souhaitait plus que quiconque que cette affiche disparaisse, mais que ça pouvait prendre du temps si le panneau n'était pas réservé immédiatement après.

« Immédiatement après ? s'écria Tom. Ça fait six mois !

— Il m'a promis qu'il essayait de la faire remplacer, lui dit Jane avec la courtoisie et la patience qu'on attend d'une acheteuse d'espace.

— Eh ben, c'est pas suffisant ! aboya Tom. Au moins, demandez-lui de la décoller.

— Malheureusement, décoller une affiche, expliqua Jane d'une voix timide, sachant à quel point elle devait sembler terre à terre, ça coûte de l'argent, Tom. »

Ce n'était pas un panneau très demandé, c'était ça le problème. Il était situé loin sur l'I-88, à l'ouest de la Fox River, juste à l'endroit où l'on sortait vraiment de la métropole de Chicago, où les parcs industriels et les lotissements pavillonnaires laissaient place à des champs de luzerne et à de petites villes où les stations essence n'avaient qu'une seule pompe. Dans ce coin-là, les panneaux publicitaires étaient bons pour les bateaux-casinos et les marques de cigarettes, et, à l'occasion, une campagne de sensibilisation contre le sida, mais pas pour grand-chose d'autre. Le vendeur nous avait peut-être fait un prix, mais pour lui le simple fait de louer l'emplacement était sûrement une aubaine. En même temps, aucun de ses clients n'avait jamais dû lui reprocher que son affiche reste exposée après la fin du bail. C'était de la pub gratuite : qui pouvait se plaindre de ça ?

À l'agence en revanche, dès que nous trouvions une occasion de nous plaindre, nous nous plaignions. Les créatifs se plaignaient des commerciaux. Les commerciaux se plaignaient de l'annonceur. Tout le monde se plaignait des Ressources humaines à un moment ou à un autre, et au sein des Ressources humaines tout le monde se plaignait de chacun d'entre nous. Les acheteuses d'espace étaient à peu près les seules à ne pas se plaindre, parce qu'on les arrosait de pots-de-vin sous forme de places de spectacles et de petits cadeaux, mais quand Janine s'était plainte à Tom au sujet de l'affiche, c'est à elles que Tom était allé se plaindre. L'affiche, dit-il à Jane, décrivait Jessica comme disparue, alors que ce n'était plus le cas depuis des mois. Jessica avait été retrouvée. Jessica avait été enterrée. Et pourtant, tous les jours, en rentrant chez elle, Janine devait endurer la vue de l'énorme avis de recherche sur le bord de l'I-88, et revivre à chaque fois le souvenir de la semaine qu'elle avait passée à attendre, paralysée par l'angoisse et l'espoir violent que cette affiche lui permette de retrouver sa petite fille, puis complètement anéantie quand elle avait compris que cela n'arriverait jamais. À présent, l'affiche n'était plus qu'un rappel sadique et démesuré du cruel destin de la fillette. Tom Mota ne pouvait le tolérer. Il se plaignait de ce salopard de vendeur qui mettait un temps fou à réagir, ainsi que de la gaieté et de la patience inébranlables d'acheteuses d'espace comme Jane Trimble : il s'en plaignit tant et si bien que Jane finit par appeler le vendeur pour se plaindre. Puis, dès qu'elle eut raccroché, elle appela Lynn Mason pour se plaindre de Tom Mota

– une plainte de plus sur la longue liste de celles qui contribuèrent à son renvoi final.

Le matin de mai où Lynn Mason avait rendez-vous pour son opération, le lendemain du jour où elle avait viré Chris Yop, Marcia Dwyer est tombée sur lui dans une des salles d'impression. La journée n'avait pas encore vraiment commencé, Marcia était juste venue photocopier le formidable récit d'une survivante du cancer du sein qu'elle avait trouvé dans un vieux numéro de *People*. Quand Yop la vit, il tressaillit comme une bête prise au piège. « Bon Dieu, dit-il, j'ai cru que c'était Lynn.

— Lynn est à l'hôpital aujourd'hui, dit Marcia. Tu te rappelles ? »

Marcia avait un accent des Quartiers Sud à couper au couteau et la miraculeuse permanente gonflée-laquée, frange en suspension et boucles noires figées, qui allait avec. Pour parfaire le tableau, tandis qu'elle parlait à Yop, elle avait sûrement une main à plat sur la hanche.

« Qu'est-ce que tu fais ici, Chris ? lui demanda-t-elle.

— Je travaille sur mon CV », répondit-il, sur la défensive.

Marcia nous raconta leur entrevue une demi-heure plus tard, juste comme la journée commençait officiellement. Nous nous étions rassemblés près des canapés pour une réunion post-réunion. Le lendemain des briefs, nous avions toujours une deuxième réunion animée par Joe où nous discutions des derniers détails du projet sans faire perdre plus de temps à Lynn. Depuis peu, elle passait ses journées avec ses associés – Les Douze Salopards – à essayer de sauver la boîte ; ne pas lui faire perdre son temps était donc devenu un impératif.

C'était tout nous, d'organiser deux réunions pour un même projet ! Ça ne venait jamais à l'idée de personne que, peut-être, ces réunions à répétition ne pouvaient que pousser Lynn à tenir de nouvelles réunions sur l'avenir en péril de la boîte ; si c'était le cas, du moins, personne n'en disait rien. Après tout, nous aimions bien les réunions post-réunion. C'était le seul moment où nous pouvions poser les questions que nous avions gardées pour nous lors de la première réunion de peur d'avoir l'air idiot devant Lynn. Mieux valait mourir que d'avoir l'air idiot devant Lynn, mais devant Joe, ça nous était égal.

À l'époque, le bruit courait qu'une agence, à San Francisco, avait demandé à des architectes de leur dessiner des locaux intégrant de vrais arbres, des cibles pour jouer aux fléchettes, des dalles en pierre, des panneaux solaires, des kiosques à café, et un demi-terrain de basket assez grand pour une partie à trois contre trois. Les foutus veinards qui bossaient là-bas n'avaient jamais vu de salle de réunion ni de porte en verre dépoli. Nous, nous endurions de tels affronts, mais en récompense, on nous avait offert du mobilier hétéroclite et ludique, destiné à stimuler notre inspiration créatrice, et dans lequel on nous incitait à nous prélasser. Installés dans des espaces ouverts où les fenêtres, plus grandes, laissaient entrer beaucoup de lumière, ces petits salons nous changeaient agréablement des couloirs et des box, et c'était là que se tenaient nos réunions post-réunion. Marcia était perchée sur l'accoudoir d'un des fauteuils de relaxation, les cheveux encore plus gonflés et sculpturaux que d'habitude.

Elle nous raconta que Yop avait pris une mine offensée quand elle lui avait demandé ce qu'il faisait dans la salle d'impression. « Il avait l'air de croire que j'allais faire ma garce et ameuter les gardiens, mais je voulais juste savoir ce qu'il faisait là. Je veux dire, ce mec s'est fait virer hier, on est bien d'accord, et aujourd'hui il revient quand même ? Ça veut dire quoi, franchement ? »

Nous n'arrivions pas à croire que Yop était revenu.

« Je lui dis : "T'es pas censé être ici, non ?" et il me dit : "Non, pas vraiment, non." Alors je lui dis : "Et qu'est-ce qui va se passer si tu te fais choper ?" et il me dit : "Bah, je serai foutu." "Comment ça, foutu ?" je lui dis, et il me dit : "Violation de la propriété privée !" »

Nous n'arrivions pas à y croire. Violation de la propriété privée ? Est-ce qu'il risquait de se faire arrêter ?

« Ouais, c'est pas incroyable, franchement ? avait dit Yop à Marcia. C'est ce que Lynn m'a dit juste après le brief quand elle m'a retenu dans son bureau, tu te rappelles ? Que ma présence dans l'immeuble serait considérée comme une *action criminelle*. Alors moi je lui ai dit : "Attendez, Lynn, vous plaisantez ? Après tout ce que j'ai fait pour cette boîte, vous allez me faire arrêter pour violation de la propriété privée ?" Elle a lâché le store qu'elle était en train de tirer, mais ouais, parce qu'elle m'avait dit tout ça sans même me regarder ! Enfin bon donc elle s'assoit, et tu sais la façon dont elle peut te fixer parfois, et t'as l'impression qu'elle te brûle la cervelle avec les rayons laser de ses yeux ? Elle rapproche son fauteuil et elle me fixe comme ça, et elle me dit : "Je suis désolée, Chris, mais vous n'avez pas le droit de rester ici, vous avez été licencié." Alors je lui dis : "Oui, je sais, Lynn, mais quand on en a discuté tout à l'heure et que j'ai craqué, vous vous rappelez ? Et que j'ai dû sortir ? Je ne pensais pas que je devais partir

partir tant qu'on n'avait pas eu l'occasion de terminer notre conversation, comme on fait maintenant. Parce que j'ai encore une chose importante à dire." Alors elle me dit : "Chris, dites-moi ce que vous avez à me dire, mais ensuite vous devrez partir. C'est compris ? Je ne peux pas prendre le risque de vous laisser vous promener dans l'immeuble." Mais qu'est-ce qu'elle raconte, franchement ? Elle peut pas prendre le risque de me laisser me promener dans l'immeuble ? Qu'est-ce que je vais faire, je vais voler la chaise d'Ernie ? Peut-être qu'à la limite je réussirais à l'emmener jusqu'au monte-charge, mais ensuite, il faudrait encore que je passe le poste de Sécurité. Comment je pourrais sortir de l'immeuble avec la chaise d'Ernie ? "Alors, allez-y, me dit-elle. Qu'est-ce que vous voulez me dire ?" "OK, je lui dis, je veux juste savoir une chose. Est-ce que vous savez, est-ce que vous avez jamais su quoi que ce soit concernant des numéros de série ?" Voilà ce que je lui demande. "Est-ce que l'expression *numéros de série* a la moindre signification pour vous, personnellement ?" Et qu'est-ce qu'elle me répond ? Elle me dit : "Des numéros de série ?" Ouais, et elle me regarde comme si j'étais cinglé. "Je ne vois pas de quoi vous voulez parler, Chris." Et voilà, JE LE SAVAIS ! » clama Yop dans un chuchotement frénétique, avant de jeter un coup d'œil furtif vers l'entrée de la salle d'impression. Puis, plus doucement : « *Je le savais, putain.* Cette salope d'intendante a tout inventé. C'est son système à *elle*. Ça n'a rien d'officiel du tout, ces numéros de série. Elle a un tampon encreur. Tu vois de quoi je parle, avec les chiffres qui tournent ? C'est de là qu'ils viennent ! Les numéros de série ! *Lynn ne savait même pas qu'ils existaient !* Elle était là : "Quoi, quels numéros de série ?" Alors je lui explique tout, comment l'intendante les a inventés pour tout suivre à la trace comme Big Brother ou un truc dans le genre. Enfin bon donc elle m'écoute, très poliment, mais ensuite elle me dit : "C'est tout ?" Et moi : "Bah oui, mais..." Je pensais qu'au moins elle rappellerait l'intendante, qu'on reprendrait la discussion à zéro et que cette fois-ci je serais traité de façon équitable. Mais tout à coup j'ai bien compris qu'elle n'avait aucune intention de me rendre mon boulot. Et c'est là qu'elle me dit que si elle me trouve encore dans l'immeuble, elle devra prévenir la Sécurité, qui appellera la police, qui m'arrêtera pour violation de la propriété privée. C'est pas incroyable, franchement ? » Les globes de ses yeux gonflés et chassieux dardaient vers Marcia. Il n'était vraiment pas en très bonne santé. « Après tout le temps que j'ai passé ici, continua-t-il. C'est à ce moment-là que j'ai pensé : "Ah oui, c'est comme ça ? Attends un peu que je revienne demain imprimer mon CV sur tes machines." Tu sais combien ça coûte, ce genre d'impression, chez Kinko ? Pas question que je dépense ma dernière paie là-bas. J'ai beaucoup donné à cette agence, j'estime que j'ai bien le droit d'économiser quelques dollars en imprimant ici. Tiens, d'ailleurs. Tu pourrais me le relire ? »

« Alors je lui dis : "Te relire quoi ?" nous a raconté Marcia juste avant le début de la réunion post-réunion. Il voulait que je lui relise son CV ! J'arrivais pas à y croire. J'étais là : "Chris, je suis directrice artistique. C'est toi le rédacteur. Les relectures, c'est ton boulot, tu te rappelles ?" Je veux dire, honnêtement, j'ai l'orthographe d'une attardée mentale. Mais il me répond : "Ouais, je sais, mais j'ai besoin que ce soit revu par d'autres yeux que les miens." Et là, il me tend un stylo. Il veut que je fasse ça là, tout de suite, dans la salle d'impression ! »

Marcia a donc relu le CV de Yop à côté de la photocopieuse, en jetant de temps en temps un regard vers la porte parce qu'elle ne voulait pas qu'on la surprenne en compagnie d'un individu susceptible d'être arrêté pour violation de la propriété privée. Tandis qu'elle travaillait, Yop engagea la conversation. Il lui demanda si elle voulait savoir ce que c'était, le truc tordu quand on se faisait virer. « Le truc vraiment tordu et malsain, lui dit-il. Tu veux savoir ce que c'est ? »

« J'essayais de me concentrer sur son CV, nous a-t-elle dit, et en même temps je surveillais la porte parce que je ne voulais pas que quelqu'un arrive et me voie avec ce type. Je savais déjà ce que c'était, le truc tordu et malsain. C'était que cette grosse lavette soit revenue à l'agence. Mais ça, je ne lui ai pas dit, parce que j'essayais d'être gentille. »

« Le truc tordu et malsain, dit Yop, c'est que je *veux* travailler. T'arrives à y croire ? Je *veux* travailler. C'est pas tordu, ça, franchement ? Tu comprends ce que je suis en train de dire, Karen ? Je me suis fait virer, mais dans ma tête je travaille encore !

— Oh mon Dieu, dit Marcia, en relevant les yeux du CV de Yop. Moi, c'est Marcia. »

« À partir de ce moment-là, nous a dit Marcia, c'était *fini*. Attendez, ce type ne connaît même pas mon nom ? »

« Qu'est-ce que j'ai dit ? demanda Yop.

— Tu m'as appelée Karen, dit Marcia.

— Karen ? »

Yop secoua la tête en regardant ailleurs. « Vraiment, j'ai dit Karen ? Je suis désolé, dit-il. Je sais que c'est pas toi, Karen ; toi c'est Marcia, je le sais bien. On a travaillé longtemps ensemble, toi et moi, je sais qui tu es. Tu es Marcia, tu viens de Berwyn.

— Bridgeport, dit Marcia.

— Je sais qui tu es, dit Yop. Karen, c'est quelqu'un d'autre. C'est la Chinoise.

— Coréenne, dit Marcia.

— J'ai les neurones en compote ce matin, c'est tout. J'espère que tu ne m'en veux pas. Enfin bon, ce que j'essayais de te dire...

— QUOI ? a hurlé Marcia depuis son fauteuil de relaxation. QU'EST-CE que t'essayais de me dire, espèce de bafouilleur débile ? »

« *Berwyn ?* J'arrivais pas à *croire* qu'il s'était trompé de nom. »

« Ce que j'essayais de te dire, continua Yop, c'est que je continue à réfléchir à la campagne d'appel aux dons. C'est pas incroyable, ça, franchement ?

— Quelle campagne d'appel aux dons ?

— La campagne d'appel aux dons. Celle pour laquelle on doit créer des annonces.

— Ah, pour le cancer du sein, dit Marcia, en hochant la tête. Le truc qu'on fait à titre bénévole. »

Cela lui rappela qu'elle avait une réunion post-réunion dans seulement quelques minutes.

« Et alors je me suis souvenue que *lui*, non ! s'est écriée Marcia. J'avais tellement envie de lui dire : "Oh, bon Dieu, Chris, tu ne travailles *plus* ici. Laisse tomber les annonces pour la campagne d'appel aux dons. Barre-toi. Relis ton foutu CV toi-même." Mais je vous assure, il ne voulait plus s'arrêter de parler. Il me fait : "C'est pas incroyable, franchement, que j'arrive pas à arrêter de travailler dans ma tête ? Je continue à travailler, travailler, travailler – c'est pas complètement tordu ?" Ben si. Si, c'est tordu. *Tu ne travailles plus ici !* Enfin je l'ai pas dit. J'essayais d'être gentille. J'essaie, des fois. Donc même si cet abruti ne savait pas comment je m'appelais, j'ai continué à relire son CV à la noix, qui était mais *bourré* d'erreurs. Comment on a fait pour embaucher ce type comme rédac ? Je les lui signale les unes après les autres, toutes ces fautes et ces coquilles, et tout à coup il me balance, comme ça, j'ai pas compris d'où ça sortait. Bon, j'avais bien remarqué que quelque chose clochait, parce qu'il n'était plus là à parler parler parler : il me regardait avec l'air d'attendre quelque chose. Alors je lève les yeux de son CV et je dis : "Quoi ?", et il me dit : "Ça va t'arriver à toi aussi, tu sais. Faut pas que tu te croies à l'abri." Alors je lui demande : "Qu'est-ce qui va m'arriver ?" "De te faire renvoyer, qu'il répond. Ça va t'arriver à toi exactement comme c'est arrivé aux autres, et à ce moment-là t'arrêteras peut-être un peu de te comporter comme si t'étais supérieure à tout le monde." J'en croyais pas mes oreilles, nous a dit Marcia. J'étais là à relire le CV de ce connard – *moi !* – à lui *améliorer* son truc, et il me dit que je vais me faire virer ? Et attends, et que je me crois supérieure à tout le monde ? C'est pas parce que je me crois supérieure à ce pauvre crétin que je me crois supérieure à tout le monde. J'étais en train de l'aider à trouver un nouveau boulot, nom de Dieu. C'était pas gentil, ça ? Je veux dire, quel salopard, franchement ! Faut pas être complètement salaud pour dire un truc pareil ? "Euh, au fait, tu sais, ce qui m'arrive ? Ben, ça va t'arriver à toi aussi." Vous imaginez, si Brizz avait fait ça ? Si Brizz nous avait dit : "Merci de venir me voir à l'hôpital, les amis, mais je veux juste que vous sachiez, vous mourrez tous un jour, vous aussi, et quand ce jour arrivera, vous ne pourrez plus respirer, vous non plus, et vous souffrirez le martyre, et puis finalement vous mourrez. Donc bon courage, bande de cons." Du coup, j'ai déchiré son CV en petits morceaux et je les lui ai jetés à la gueule, et il y en a un qui est resté collé à son front, tellement il suait. Et je lui ai dit quelque chose de vraiment méchant. J'ai pas pu me retenir, je lui ai dit : "C'est dégueulasse ce que tu sues, ça me donne envie de vomir." J'aurais pas dû dire ça. Mais j'y ai pris plaisir, parce que c'est *vraiment* dégueulasse, quand il sue. Quel enfoiré total ! À me balancer que je vais me faire virer. Parce que en plus, il y a un truc qu'il faut que vous sachiez. Un truc que vous devez comprendre. Depuis le brief d'hier, je marche sur des œufs. »

Nous lui avons demandé pourquoi. Elle a regardé autour d'elle d'un air suspicieux, ce qui était surprenant de sa part parce que en général, elle se fichait complètement de ce qu'on pouvait l'entendre dire. Marcia ne marchait jamais sur des œufs. Elle avait grandi à Bridgeport, elle faisait ses vidanges elle-même, elle écoutait Mötley Crüe.

« Parce que c'est *moi* qui ai pris la chaise de Tom Mota, nous a-t-elle avoué. Vous comprenez ? La chaise de Tom est dans *mon* bureau. La règle, ça a toujours été que quand quelqu'un part, sa chaise revient au plus rapide. Et là, la plus rapide, c'était moi. Je savais pas pour les numéros de série, jusqu'à ce que cette andouille nous raconte son histoire hier avant le brief. Depuis, je marche sur des œufs. Ça me rend folle. Je veux m'en débarrasser, mais comme Yop a apporté la chaise d'Ernie dans le bureau de Tom pour faire croire que c'était vraiment celle de Tom et pas celle d'Ernie, je peux pas rapporter la vraie chaise de Tom dans son bureau, parce qu'à ce moment-là Tom aurait *deux* chaises. Ça paraîtrait bizarre, non ? Mais en même temps, s'ils font un contrôle et qu'ils découvrent que j'ai la chaise avec le numéro de série de Tom – enfin vous voyez, quoi : j'ai la chaise avec le numéro de série ! Qu'est-ce que je dois faire ? Qui est-ce qui savait, pour les numéros de série ? Moi je savais pas. Vous saviez, vous ? »

Elle était aussi haletante et fébrile que Yop. Nous lui avons dit de se reprendre. Chris Yop ne s'était pas fait virer uniquement parce qu'il avait volé la chaise de Tom. Il s'était fait virer parce qu'il ne pouvait même pas rédiger son propre CV sans le consteller de fautes et de coquilles. Lynn Mason et ses associés ne pouvaient pas confier des campagnes de plusieurs millions de dollars à des rédacteurs ignares. C'était pour ça qu'il s'était fait virer.

Cela dit, tout le monde lui a quand même conseillé d'échanger la chaise de Tom contre celle d'Ernie. Dans une période délicate comme celle que nous traversions, toute précaution était bonne à prendre. Mieux valait se faire choper avec la chaise d'Ernie qu'avec celle de Tom. Ce conseil à peine prononcé, nous nous sommes rendu compte que nous étions en train de parler de la chaise avec laquelle il valait mieux que Marcia se fasse choper, et, soudain, nous avons pris la mesure de notre déchéance.

Joe est arrivé à la réunion post-réunion avec son agenda-planning, ce qui ne nous surprenait guère mais ne nous agaçait pas moins. Nous ne supportions plus la vue de ce foutu organizer. C'était à croire que nous aurions presque pu aimer Joe s'il était, rien qu'une fois, venu sans son agenda. Les canapés, les deux causeuses et les fauteuils de relaxation en cuir étaient tous pris, il a donc dû s'asseoir par terre.

Les réunions post-réunion avaient toujours quelque chose d'excitant. Joe nous divisait en binômes : un directeur artistique pour chaque rédacteur. En théorie, à la fin de ces réunions, chacun devait faire un brainstorming avec son partenaire. Mais en pratique, les choses fonctionnaient toujours un peu différemment. Le rédacteur partait d'un côté, le DA de l'autre, et ils produisaient des idées de façon complètement indépendante. Puis ils revenaient l'un vers l'autre et se livraient bataille. C'était à qui serait le plus spirituel, à qui montrerait le plus d'astuce, à qui enverrait tout le monde au tapis. Nous avions tous la même prière : faites que ce soit moi. Qui que soit ce moi, en définitive, il ou elle s'efforçait de rester très modeste, mais sa victoire était indéniable et il passait la journée auréolé de gloire tandis que nous retournions nous autodénigrer en silence dans nos bureaux. Nous avions perdu, et notre échec, indice de notre bêtise, nous faisait redouter le mépris des autres, leurs critiques chuchotées, et la terrible perspective d'être les prochains sur la liste.

Alors imaginez notre surprise, et notre chagrin, quand nous nous sommes installés sur les canapés avec nos mugs de café pour la réunion post-réunion – laquelle ne servait normalement qu'à préciser quelques détails, qu'à demander des clarifications – et que Karen nous a annoncé qu'elle avait déjà des concepts. Elle avait même toute une campagne. « Vous savez quoi, nous a-t-elle dit, j'en ai marre des belles femmes de soixante ans qui sourient à la caméra et qui disent : "Regardez-moi, je suis une survivante. J'ai vaincu le Cancer du Sein." Tout ça, c'est n'importe quoi. Ce qu'on doit faire, c'est laisser tomber l'approche "La vie est belle" et balancer les vérités que personne n'a envie d'entendre. »

Nous l'avons regardée, le menton flottant devant nos mugs de café. Attends un peu, voulions-nous crier. Tu ne peux pas avoir de concepts, pas déjà ! La réunion post-réunion n'a même pas commencé !

« Vas-y, explique-nous ton idée », a dit Joe.

Son idée ? On va te dire ce que c'est, son idée, Joe. Nous massacrer. Personne n'en parle, personne n'en dit un mot, mais le vrai moteur de cette équipe, c'est l'instinct meurtrier. Le besoin d'être le meilleur, de susciter la jalousie, d'écraser tous les autres. La menace des licenciements n'est que l'huile dans nos engrenages.

« Je suis surpris que tu aies déjà des concepts, Karen », a dit Larry Novotny.

Karen et Larry n'étaient pas les meilleurs amis du monde. « Vraiment, je suis surpris.

— Il faut savoir prendre des initiatives, a répliqué Karen avec suffisance.

— Je ne voudrais pas parler pour les autres, a repris Larry, mais pour être honnête, on est tous vachement surpris. »

Karen, sur son canapé, s'est penchée pour regarder Larry, assis au fond d'un fauteuil de relaxation, les yeux presque invisibles sous l'auvent courbé de sa casquette des Cubs. Il portait l'une de ses assommantes chemises en flanelle. « Comment est-ce que tu peux dire ça, Larry ? Quelqu'un t'a nommé porte-parole ?

— Karen, a dit Joe, parle-nous de ton idée. »

Les titres voulaient tout dire. Karen et Larry ne s'entendaient pas parce que Larry était directeur artistique et Karen directrice artistique senior. Tous les DA voulaient être DAS. Si vous étiez DAS, vous lorgniez sur le titre d'assdec. Assdec était notre transcription phonétique pour assistant directeur créatif. Les assdecs voulaient être dirtifs, et tous les dirtifs enviaient les viprexs. Les viprexs, qu'ils soient viprexions (vice-présidents exécutifs de la création) ou viprexiaux (vice-présidents exécutifs commerciaux), entretenaient tous le même espoir d'être invités un jour à devenir directeurs associés. Quant aux directeurs associés, leurs rêves ressemblaient assez à ceux de Magellan, Vasco de Gama, Christophe Colomb et compagnie.

Le truc, c'est que nous prenions toutes ces foutaises très au sérieux. Ils nous avaient certes retiré nos fleurs, nos congés d'été et nos primes ; ils avaient décrété le gel des salaires et des embauches, et les gens se faisaient éjecter les uns après les autres comme autant de mannequins désarticulés. Mais il restait une chose qui donnait encore envie à tous de se lever le matin : la perspective d'une promotion. Un nouveau titre. D'accord, ça n'impliquait aucune augmentation, et le pouvoir qu'on croyait y gagner était souvent illusoire, en bref, ça n'était qu'un moyen faussement généreux dont usait la direction pour se préserver de la mutinerie. Mais quand la nouvelle circulait que l'un des nôtres était monté d'un acronyme, tout le monde constatait invariablement que la personne en question restait un peu plus silencieuse ce jour-là, qu'elle prenait une pause-déjeuner plus longue, revenait avec des sacs de courses, passait l'après-midi à parler doucement au téléphone et rentrait chez elle quand elle voulait, tandis qu'entre nous fusaient les e-mails sur de nobles sujets comme l'Injustice et le Doute.

« Jetez un coup d'œil », a proposé Karen. Elle nous a dévoilé trois maquettes impeccables qui déclinaient ce qu'elle appelait la campagne des « Êtres Chers ». Elle avait trouvé dans une banque d'images trois photos d'hommes, de face, en plan rapproché : le premier était un jeune Noir, le deuxième un Asiatique d'âge moyen, le troisième un vieil homme blanc. Tous trois fixaient l'objectif, le visage sans expression. Nous pensions : elle a dû passer les dix-huit dernières heures sur Photonica pour dénicher des bijoux pareils. Les accroches témoignaient d'une belle maîtrise de l'art de la concision et de l'intrigue. Grâce à quelques manips sur Photoshop, Karen avait placé entre les mains du jeune Noir une pancarte qui disait : « Ma tante », celle de l'Asiatique disait : « Ma mère » et celle du vieil homme blanc « Ma femme ». Une accroche, une image, c'était tout. C'était assez frappant, estimait Karen, pour pousser quiconque remarquant l'affiche à s'approcher pour lire le corps de texte, lequel consisterait en un témoignage à la première personne, insistant sur la peur de voir mourir un être cher du cancer du sein et sur le besoin urgent de trouver un traitement.

« Ouais. Tu trouves pas ça un peu indigeste ? lui a demandé Larry.

— Non, Larry, je ne trouve pas. C'est honnête, intrigant et motivant, voilà ce que c'est.

— Mmm... Pas très appétissant.

— Mais si, au contraire !

— C'est comme de voir des petits Africains mourir de faim à la télé, Karen. Tu aimerais peut-être qu'on implique Sally Struthers ?

— Joe, a dit Karen.

— Larry, a dit Joe.

— Oh, je dis ça comme ça », a dit Larry.

Nous détestions Karen Woo. Nous *détestions* détester Karen Woo parce que nous craignions d'être racistes. Les mecs blancs parmi nous, surtout. Mais pas seulement. Benny, qui était blanc, mais juif, et Hank, qui était noir, la détestaient eux aussi. Peut-être que nous la détestions, non pas parce qu'elle était coréenne, mais parce que c'était une femme qui défendait ses opinions dans un monde dominé par l'homme. Mais ce n'était pas seulement ça non plus. Marcia était une femme, et elle ne la supportait pas davantage. Pourtant elle aimait beaucoup Donald Sato, elle ne pouvait donc pas être raciste. Donald n'était pas coréen, mais il était bien asiatique, et tout le monde l'aimait autant que Marcia, même s'il ne parlait pas beaucoup. Un jour quand même, Donald avait dit, en se détournant brièvement de son ordinateur pour faire face à un groupe de quatre ou cinq d'entre nous : « Mon grand-père avait cette bizarre collection d'oreilles chinoises. » Dans le contexte, ça avait du sens, ça ne sortait pas de nulle part. Mais c'était quand même surprenant de la part de Donald, qui était plutôt du genre à laisser s'écouler toute une journée sans dire autre chose que : « Oui, peut-être », jamais plus de trois ou quatre fois, et la moitié du temps sans même quitter des yeux son écran, jusqu'à ce que dix-sept heures sonnent, et alors, plus de Donald. Et maintenant il nous parlait de son grand-père.

« Comment ça, une collection d'oreilles ? lui a demandé Benny. Tu veux dire des vraies oreilles, genre vraies de vraies ?

— Des oreilles coupées sur la tête de vrais Chinois, oui, a dit Donald, qui s'était retourné vers son écran d'ordinateur. Tout un sac. »

Le mystère s'épaississait.

« Un sac ? Quel genre de sac ? »

Sam Ludd, qui fumait beaucoup d'herbe et sentait souvent les chips à l'oignon, s'est tourné vers Benny pour lui communiquer quelque chose dans le langage secret du rire.

« Non mais sérieusement, a insisté Benny en pivotant sur le rebord de la fenêtre pour mieux voir Donald, de quoi tu parles, Don ?

— Et comment est-ce qu'une collection d'oreilles pourrait être autre chose que bizarre ? a demandé

Sam, qui a tenu à peu près deux secondes et demie quand les licenciements ont commencé.

— Elles datent de la guerre, a dit Donald à son écran. Il n'aime pas en parler.

— Mais tu l'as vu ? a demandé Benny.

— Il y en a plus d'une, a dit Donald.

— Non, le sac, le sac », a dit Benny.

Don l'a regardé et a acquiescé de la tête. « Ouais.

— Et alors, enfin, est-ce qu'il les a coupées lui-même ? Est-ce qu'il les a achetées ? Est-ce qu'on lui en a fait cadeau ? Don, parle-moi.

— Vraiment, je n'en sais pas beaucoup plus. Je sais qu'il a fait la guerre. Peut-être qu'il les a coupées lui-même, je ne sais pas. C'est pas vraiment quelque chose qu'on peut demander à son grand-père.

— D'accord, mais... »

Benny était en ébullition. « ... Tu devrais pas en parler, mec, si t'as pas plus d'informations.

— Je pense que tu as tort, Don, a dit Sam. Je pense qu'on peut très bien demander à son grand-père s'il a coupé les oreilles à des Chinois.

— À quoi elles ressemblaient ? a demandé Benny. Tu peux me dire ça, au moins ? »

Don a dit à son écran qu'il ne savait pas vraiment. Elles ressemblaient à des oreilles. À de vieilles oreilles mortes et ratatinées. Et le sac, c'était juste un truc en feutre avec un cordon. Benny avait hoché la tête et s'était mordu la joue, contrarié.

Enfin bon, revenons à Karen Woo. La détestions-nous parce que nous étions racistes, misogynes, parce que son sens de « l'initiative » nous horripilait, parce qu'elle ne cachait pas son ambition, parce qu'elle arborait son titre de Senior comme une bague flamboyante, ou parce qu'elle était qui elle était et que nous devions la supporter toute la journée ? Étant donné notre diversité, il y avait de grandes chances pour que la réponse consiste en une combinaison de toutes ces propositions.

« En fait, Joe, a dit Benny, à califourchon sur l'accoudoir d'un canapé, le problème que j'ai avec ce projet, c'est que je n'arrive pas à comprendre quelle approche on est censé adopter. Est-ce qu'on doit juste rappeler gentiment aux gens que la recherche a besoin de fonds, ou est-ce qu'on doit les secouer comme Karen avec ses morts, là, et les convaincre d'envoyer un chèque le jour même ?

— Peut-être quelque chose d'intermédiaire, a répondu Joe, après un instant de réflexion. Ça ne veut pas dire que je rejette ton concept, Karen. Je l'aime bien. On n'a qu'à faire deux groupes qui travailleront chacun dans une direction. »

Nous avons discuté des dates d'impression, des gens qui allaient s'occuper de la réalisation, et nous avons formé des binômes. Puis Joe s'est levé. Juste avant de partir, il nous a annoncé que ce serait à lui, et non à Lynn, que nous présenterions nos maquettes. Nous voulions tous savoir pourquoi. Joe nous a répondu que Lynn serait absente toute la semaine.

« Toute la semaine ? a demandé Benny. Elle est en vacances ?

— Je ne sais pas », a dit Joe.

Mais il savait très bien. Il savait comme nous que Lynn se faisait opérer ce jour-là et qu'elle serait encore à l'hôpital le jour où nous devions lui rendre les maquettes – la seule différence étant qu'il avait sûrement obtenu ses informations de la bouche de Lynn elle-même, alors que nous tenions les nôtres d'autres sources. Nous ne détestions jamais plus Joe que quand il refusait de partager avec nous des informations que nous avions déjà.

« Est-ce qu'on peut parler d'autre chose que de Joe Pope pendant deux minutes ? » a demandé Amber Ludwig. Nous nous étions attardés près des canapés après le départ de Joe pour discuter du fait que nous savions ce qu'il croyait que nous ne savions pas, et de l'agacement que ça nous causait.

« De quoi est-ce qu'on devrait parler, Amber, a demandé Larry, des morts de Karen ?

— Ils s'appellent les Êtres Chers, Larry. »

Amber, nous le savions tous, était préoccupée par l'histoire que nous avions découverte la semaine précédente, quand l'ex-femme de Tom Mota avait appelé Lynn Mason pour la prévenir que Tom semblait avoir disparu.

Barbara, l'ex-femme, avait reçu de lui d'étranges communications – messages vocaux, e-mails, lettres manuscrites – remplies de citations issues de textes variés : la Bible, Emerson, Karl Marx, *L'Art d'aimer* d'Erich Fromm, mais aussi, source un peu déconcertante, *La Philosophie de l'anarchiste*, une publication McLennox. En allant sur le site de cet éditeur, Amber avait découvert qu'il publiait des titres tels que *Cachettes sous-marines et souterraines* et *Comment créer un faux extrait de naissance sur votre ordinateur personnel*.

Dans ses messages, Tom expliquait à sa femme, avec une étrange lucidité, comment il espérait sortir de la situation invivable dans laquelle il s'était embourbé, avec de nombreuses références à l'amour, la compassion, la tendresse, l'humilité et l'honnêteté, ainsi que des allusions moins lucides à une action qui « choquerait le monde », comme il disait, et lui permettrait de laisser son nom dans l'Histoire. « "Toute l'Histoire se résout très facilement dans la biographie de quelques personnes courageuses et convaincues", citait Tom dans un e-mail qui, dès trois heures le vendredi précédent, avait été transféré à tout le monde à l'agence. Barbara, concluait-il, tu ris, mais j'ai l'intention d'être l'une de ces personnes. »

Barbara avait appelé Lynn pour savoir si quelqu'un au bureau avait des nouvelles de Tom. « Et puis aussi, quelque part, pour vous mettre en garde, avait-elle ajouté. Je déteste présenter les choses comme ça, parce que avant, jamais je n'aurais pensé à lui de cette manière. Mais voilà, un beau jour, il se ramène à la maison avec une batte de base-ball et il réduit tout en miettes, et après ça on se dit : peut-être que je n'ai jamais vraiment su qui était cette personne. Je ne sais plus qui est Tom, je ne sais pas de quoi il est capable, et je n'ai pas vraiment envie de le découvrir.

— J'aurais du mal à vous en blâmer, avait dit Lynn.

— Voilà, donc j'appelais juste pour vous dire que j'avais essayé de le joindre, simplement pour m'assurer... enfin vous comprenez. Mais bon... je ne veux pas que vous pensiez qu'il va faire quoi que ce soit de... d'inattendu. Je voulais juste vous tenir au courant.

— C'est très aimable à vous. »

Après avoir raccroché, Lynn avait appelé Mike Boroshansky, le Polonais des Quartiers Sud responsable de la sécurité de l'immeuble. Mike avait expliqué la situation à toute son équipe, et ils avaient scotché une photo de Tom sur le bureau du poste de Sécurité dans le hall. Pendant la journée, Roland, le copain de Benny, comparait le faciès de Tom avec celui des visiteurs qui passaient les portes à tambour, et la nuit, l'autre gardien faisait de même.

Nous étions les seuls à avoir du recul. Tom Mota n'allait rien faire de grave. Il était cinglé, mais il n'était pas *cinglé*. Nous n'arrivions pas à comprendre pourquoi ils s'inquiétaient tous autant. Afficher une photo de Tom ? Tout le monde savait que c'était ridicule.

Tout le monde, sauf Amber Ludwig, qui se souvenait, avec une angoisse caractéristique, de Tom quand il se sifflait deux martinis au déjeuner. Il était déjà rare de voir qui que ce soit s'en siffler un. Regarder Tom en descendre deux, c'était un vrai régal. « Qu'est-il arrivé à l'Amérique », commençait-il, puis il s'arrêtait. « Eh ! Je suis en train de parler, là. » Nous devions interrompre nos conversations pour l'écouter. « Qu'est-il arrivé à l'Amérique, reprenait-il, pour que le traditionnel déjeuner aux deux martinis soit remplacé par ce... cette... » – il nous regardait les uns après les autres avec dédain, en secouant par à-coups sa tête de bouledogue – « ... cette tablée de femmelettes qui sirotent toutes le même thé glacé dans leurs beaux pantalons à pinces ? Hein ? disait-il. Qu'est-il arrivé ? » Il voulait vraiment savoir. « Est-ce que General Motors, continuait-il en levant son deuxième verre avec délicatesse pour ne pas le renverser, IBM et les agences de pub de Madison Avenue n'ont pas établi la puissance américaine, après la guerre, sur le déjeuner aux deux martinis ? »

L'alcool commençait seulement à parler en lui. « Santé, disait-il. Je bois à vos Dockers et à vos K-Way. » Il tendait ses lèvres charnues vers le verre en s'efforçant de le tenir droit.

De retour à l'agence, pendant les heures mornes de l'après-midi, nous ne savions jamais à quoi nous attendre de la part de Tom. Parfois, il allait faire une sieste sur le siège des toilettes des hommes. Parfois, il montait sur son bureau en chaussettes et retirait les néons encastrés dans son plafond. Nous passions devant sa porte et nous lui demandions ce qu'il fichait là. « Et si tu t'occupais de ton cul ? » suggérait-il. C'était toujours charmant. Mais ce n'était pas le comportement d'un désaxé, à notre avis. Il était juste prisonnier d'une vie qu'il maudissait, étranglé par la frustration et en grand besoin de défoulement, ce qui, après tout, justifiait le déjeuner aux deux martinis. Nous passions beaucoup de temps à discuter de la façon dont son boulot et son divorce étaient en train de transformer Tom en alcoolique.

La question de savoir qui était alcoolique – débutant, confirmé ou ivrogne titubant – revenait souvent dans la conversation. Celle de qui couchait avec qui, aussi. Personne n'ignorait qu'Amber Ludwig couchait avec Larry Novotny. Amber aurait bien aimé qu'on arrête de parler de ça, maintenant. Mais c'était vrai, pourtant, non ? Si ce n'était pas vrai, nous n'en dirions plus un mot. Alors ? Amber ? Pas de réponse. OK, alors de quoi on parle ? Si on ne peut aborder ni le sujet de qui couche avec Larry, ni celui de Joe Pope, alors de quoi on peut parler ? Après tout, c'est le principe démocratique qui régit cette logorrhée. Vas-y, fais-toi plaisir. Répète-nous, pour la énième fois, que tu ne te sens plus en sécurité ici, que Tom Mota t'a toujours filé les jetons, et que ce qu'on qualifie de bouffonnerie, toi, tu appelles ça de la folie meurtrière.

« La nuit dernière, je n'ai pas pu fermer l'œil, a-t-elle dit. J'étais trop inquiète. »

Nous avons essayé de lui expliquer pour la cinquantième fois qu'il n'allait pas revenir. Elle nous a jeté un regard à la Marcia, comme si elle avait le pouvoir de nous changer d'un seul coup d'œil en misérables cafards. Mais quand c'était Amber qui le jetait, son regard se retournait contre elle, nous laissant voir qu'elle se sentait incomprise et blessée.

« Mais de quoi vous parlez ? nous a-t-elle demandé. Vous êtes encore sur Tom Mota ? Comment est-ce que vous pouvez parler de lui à un moment pareil ? »

Mais de qui elle parlait, *elle* ?

« À votre avis ? a-t-elle dit. De qui je pourrais bien être en train de parler, là, maintenant ? »

Il était sûrement temps pour nous de nous lever, de retourner à nos bureaux et d'essayer de rattraper Karen dans la course au meilleur concept pour la campagne caritative, mais pour une raison ou pour une autre personne n'a bougé. « Franchement, ce n'est pas incroyable de penser qu'en ce moment elle est peut-être sur la table d'opération ? nous a demandé Amber. Je veux dire, à cette seconde même ? Est-ce que quelqu'un sait pour quelle heure c'était prévu ?

— Non, je ne crois pas que qui que ce soit le sache, a dit Geneviève.

— La nuit dernière, a continué Amber, je ne sais pas pourquoi, je me demandais si elle avait un petit ami.

— Ah, là-dessus, par contre, je sais quelque chose », a annoncé Geneviève.

Amber était stupéfaite. « Quoi, qu'est-ce que tu sais ?

— Qu'elle sortait avec un avocat.

— Comment tu sais ça ? C'est elle qui te l'a dit ?

— Oh non. Je les ai croisés au restaurant avec mon mari. Il connaissait le type. Ils avaient plaidé l'un contre l'autre.

— Tu les as croisés au restaurant ? demanda Amber. Il ressemblait à quoi, le type ?

— Du genre costaud, si je me souviens bien. Mais pas gros. Plutôt sexy. J'ai trouvé qu'ils formaient un beau couple.

— Et alors, qu'est-ce qui s'est passé ? Ils sont toujours ensemble ?

— Oh, ça, je ne sais pas, répondit Geneviève. Je les ai juste croisés au restaurant. »

Il y eut un silence. Il était clair que nous nous demandions tous ce que faisait Lynn, le soir, quand elle rentrait chez elle. Est-ce qu'elle regardait la télé, ou est-ce qu'elle considérait ça comme une perte de temps ? Quels étaient ses loisirs ? À moins qu'elle n'ait sacrifié ses loisirs à son ambition professionnelle ? Est-ce qu'elle faisait de l'exercice ? Est-ce qu'elle se nourrissait particulièrement mal ? Est-ce qu'elle avait eu des cancers dans sa famille ? Qui était sa famille ? Qui étaient ses amis ? Que s'était-il passé entre elle et l'avocat ? Et qu'est-ce que ça lui faisait d'avoir quarante ans et de ne jamais s'être mariée ?

« Je voulais l'appeler hier soir et lui proposer de l'emmener à l'hôpital, a dit Amber. Vous imaginez ? Elle m'aurait répondu un truc du genre : "Amber, je vous remercierais de ne pas m'appeler chez moi à onze heures du soir." Clic.

— Oh, je ne suis pas sûre, a dit Geneviève. Tu te souviens, à son anniversaire ? »

Nous lui avions concocté un infomercial dans lequel nous avions tous témoigné en disant combien nous la trouvions formidable. « Elle était très touchée, a continué Geneviève. Je crois qu'on a un peu tendance à oublier qu'il y a un être humain en elle.

— Mais c'est normal, a dit Benny. Elle est flippante.

— Je n'arrive pas à l'imaginer à un rendez-vous galant », a dit Larry.

Il y eut un nouveau silence, jusqu'à ce que Geneviève demande : « Vous croyez vraiment qu'elle avait besoin que quelqu'un l'emmène ? »

Nous nous sommes dispersés, repartant vers le cinquante-neuvième et le soixante-troisième et tous les étages entre les deux. Nos radios n'étaient pas allumées, ou alors très bas, et le temps, à en juger depuis nos fenêtres, était couvert mais pas froid. Le printemps était enfin arrivé. Nous nous sommes attelés aux annonces pour la campagne d'appel aux dons. Nous avons ouvert un nouveau document Quark, ou sorti nos crayons. De temps en temps, une mine trop bien aiguisée se brisait en touchant le papier et nous devions partir à la recherche de l'unique taille-crayon électrique. C'était pénible. De retour à nos bureaux, nous faisions tambouriner la gomme entre nos dents. Si un trombone se trouvait à portée de main, il y avait des chances pour qu'on lui fasse un sort. Certains savaient transformer un trombone en projectile assez puissant pour toucher le plafond. Si notre attention était attirée vers le plafond, en général, nous recomptions nos dalles. Quand nous revenions à notre écran d'ordinateur, nous effacions systématiquement toutes les ébauches qui s'y trouvaient, soudain embarrassés d'en être les auteurs. Nous avions toujours le sentiment que nos mauvaises idées étaient sûrement pires que les mauvaises idées des autres. Ceux qui travaillaient sur papier s'adonnaient de leur côté à ce grand passe-temps trop méconnu de la vie de bureau américaine : le lancer de boules de papier dans la corbeille. Rien ne résumait mieux le sens du terme « heure facturable ». C'était toujours agaçant quand l'une de nos paupières se mettait à cligner. Nous faisions un peu de glisser-déposer sur

Quark. Ce qui nous manquait, c'était un bon code couleur : nous nous renversions donc dans notre fauteuil pour y réfléchir. Quel Pantone serait parfait pour un événement caritatif ? Personne ne l'admettait jamais ouvertement, mais nous connaissions des jours d'extrême frustration sexuelle. Le téléphone sonnait. Ce n'était rien. Nous vérifiions nos e-mails. D'un clic, nous retournions sur Quark pour ouvrir un nouveau projet. Parfois, nos ordis plantaient et nous devions passer un coup de fil au service informatique. Ou alors nous avions besoin de quelque chose dans la salle des fournitures. Récemment, le stock de fournitures semblait avoir diminué de moitié, et la vue des étagères tristement dégarnies nous rappelait certains documentaires sur les saisons sèches et les mauvaises récoltes qui avaient marqué l'histoire de gens morts depuis longtemps. Mais en général nous n'avions besoin de rien dans la salle des fournitures. Nous sortions notre paquet de chips du tiroir de notre bureau, ou bien nous nous rongions les ongles. Tout à coup, l'évidence nous frappait dans un éclair aveuglant, et du couloir on entendait s'emballer les touches de notre clavier. « Ce n'est pas une mauvaise idée du tout », pensions-nous. Nous n'avions besoin de rien d'autre que de ce petit déclic. Très vite, le visuel le plus brut, le message le plus grossier commençait à s'affiner et à se faire plus cohérent. Invariablement, à ce moment-là, nous nous arrêtions pour aller aux toilettes.

Quelle était la probabilité, honnêtement, pour que cette campagne caritative en particulier, celle-là entre toutes, nous rapproche vraiment, quel que soit le montant des dons qu'elle susciterait, d'un traitement contre le cancer du sein ? Qui sait, peut-être que ce serait le cas. Personne ne comprenait très bien comment fonctionnaient les progrès de la médecine. Peut-être que les chercheurs n'avaient besoin que de un dollar de plus et que ce seraient nos annonces qui leur permettraient de triompher.

Et puis, ce jour-là, nous voyions notre travail comme une façon d'aider Lynn, même si nous ne pouvions nous empêcher de penser qu'en choisissant de ne pas nous dire qu'elle avait un cancer elle nous avait dépouillés d'une de nos plus chères illusions : l'idée que nous n'étions pas là que pour l'argent, mais aussi les uns pour les autres.

Voici peut-être pourquoi elle ne nous a rien dit :

Peu de temps après le début des licenciements, des objets se sont mis à disparaître de nos postes de travail. Les menottes de Marcia, les perles de Mardi gras de Jim. Au départ, nous pensions que nous les avions mal rangés. Nous avions dû les prêter, ou peut-être qu'ils étaient tombés derrière une bibliothèque. Don Blattner travaillait entouré de toute une série de photos de film, avec une prédilection pour les scènes de *Génération perdue* et de *Tant qu'il y aura des hommes*. Larry Novotny possédait une collection de fanions des World Series de base-ball de 1984. Qui pouvait expliquer d'où nous venait le besoin d'exposer de tels objets dans nos bureaux ? Pour certains, c'était une façon de dire : Bonjour, voici qui je suis. D'autres aimaient juste avoir leurs merdouilles avec eux dans la pièce où ils passaient la majeure partie de leur temps. Quand ces merdouilles ont commencé à se volatiliser, ça nous a mis en rogne.

Nous n'avons jamais suspecté les équipes de nettoyage. Ces âmes paisibles n'allaient pas courir le risque de perdre leur carte de séjour pour un presse-papiers et quelques jouets mécaniques en plastique. C'était incroyable : jamais un Discman, jamais un portefeuille oublié sur un bureau pour la nuit ne disparaissait. Mais en revanche, le globe à neige de Karen, souvenir de Hawaï, si. La plaque dorée vissée sur la porte de Chris Yop aussi. Idem pour les cadres bon marché contenant les photos de nos gros parents en vacances. Des objets auxquels nous étions les seuls à trouver la moindre valeur sentimentale ou pratique.

À cette époque-là, Roland, l'ami de Benny, était de service de nuit une fois par semaine, le jeudi. Un vendredi matin, Benny lui a demandé : « Alors, tu y es allé ? Qu'est-ce que tu as trouvé ?

— Eh bien, a dit Roland, j'ai regardé un peu partout. D'abord, dans les bacs à dossiers. Il n'y avait rien dedans. J'ai même ouvert les dossiers. Ensuite, j'ai vérifié la bibliothèque, mais y a pas beaucoup de livres dessus. »

Il parlait de la bibliothèque de Joe. Certaines personnes avaient convaincu Benny de suggérer à Roland le nom de Joe dans l'affaire des objets disparus, juste pour voir ce qui se passerait, et Roland avait pris Benny au sérieux.

« Et j'ai aussi fouillé ses six tiroirs, a-t-il continué. Y avait rien dedans non plus, à part cette patte de lapin porte-bonheur.

— Une patte de lapin ? a dit Benny. Je peux la voir ? »

Roland lui a tendu un porte-clés au bout duquel pendait une patte de lapin. Avant la fin de la journée, Benny l'avait montrée à tout le monde et nous lui avions tous répondu que non, aucun de nous n'avait jamais eu le moindre porte-clés patte de lapin dans ses merdouilles.

« Il devait appartenir à l'occupant précédent », a conclu Roland quand Benny le lui a rendu.

Peu de temps après, quelqu'un dont on taira ici le nom est allé trouver Benny dans son bureau : il voulait lui parler de quelque chose. Benny l'a écouté et a trouvé ça très drôle. Alors le type a dit : « Mais attends, Benny, on ne plaisante pas. On est sérieux. » Et Benny, en continuant de glousser : « Oui, c'est marrant, c'est bien imaginé. » Le type l'a coupé. Benny *n'écoutait pas*, Benny n'avait pas l'air *d'entendre*. « On est très sérieux », a dit le type. À présent, Benny voyait bien que l'autre ne rigolait pas. « Vous êtes sérieux ? a-t-il dit.

— Tu m'écoutes ou quoi ? Nous sommes très très *très* sérieux.

— Oh, a dit Benny, je croyais que vous plaisantiez.

— Non, nous ne plaisantons pas. Nous ne plaisantons pas du tout.

— Mais c'est qui, "nous" ?

— Benny, arrête de faire ton crétin. Je veux une réponse, t'es avec nous sur ce coup-là ou pas ?

— Tu es en train de me proposer de le piéger délibérément.

— Pour rigoler ! Juste pour lui faire une blague, bon sang !

— Ça ne me semble pas une très bonne idée.

— Pourquoi ?

— C'est juste pas quelque chose que j'ai envie de faire. » Le type a fait claquer ses mains sur ses cuisses et s'est levé. « OK, a-t-il dit. C'est comme tu veux. »

Une fois le type parti, Benny a appelé le poste de Sécurité. « Qu'est-ce que je peux faire pour toi, Benjamin ? a demandé Roland.

— Écoute, a dit Benny, je crois qu'il faut que tu arrêtes de fouiller le bureau de Joe. Combien de fois tu y es allé, jusqu'ici ? »

Roland lui a dit qu'il y passait chaque fois qu'il était de service de nuit, c'est-à-dire tous les jeudis soir. « Et est-ce que t'as déjà trouvé quoi que ce soit ?

— Rien, a dit Roland. À part la patte de lapin porte-bonheur.

— Écoute, a dit Benny, ça nous amusait de raconter, comme ça, que c'était peut-être lui le voleur, parce qu'il est vraiment le seul à rester ici jusqu'à neuf ou dix heures du soir. Il nous donne l'impression qu'on ne travaille pas assez parce qu'on ne reste même pas ici la moitié du temps qu'il y passe, lui. Mais on plaisantait, Roland. Ce n'est pas lui que tu cherches. Ce n'est pas lui qui pique nos babioles.

— Mais alors, si c'est pas lui, a dit Roland, c'est qui ?

— Eh, Roland, c'est toi qui t'occupes de la sécurité, ici. C'est à toi de me le dire.

— Mais je croyais que tu m'avais dit que tu savais qui c'était ?

— C'était une blague ! s'est écrié Benny. Une blague ! Ce n'est pas lui !

— Bon, je n'irai plus dans son bureau, alors, si tu me dis que je dois chercher ailleurs.

— Je peux te l'assurer, a dit Benny. Tu ne trouveras rien dans son bureau. »

Un jour ou deux après cette conversation, Joe partit à la recherche de Paulette Singletary. Paulette était une adorable femme noire d'une quarantaine d'années, dont les cheveux gris, coiffés avec une raie au milieu, ressemblaient presque à s'y méprendre à un toit de chaume. Elle disait toujours bonjour à tout le monde. Ça n'a peut-être pas l'air de grand-chose, de dire toujours bonjour à tout le monde, mais dans un bureau aussi grand que le nôtre, nous voyions tous les jours des gens dont nous connaissions mieux le visage que celui de notre propre mère, et à qui, néanmoins, nous n'avions jamais été présentés. Nous avions pu nous asseoir à côté d'eux à une réunion, ou les voir à un pot organisé par l'agence, mais parce que nous n'avions jamais été présentés, nous détournions le regard quand nous les croisions dans les couloirs. Paulette Singletary était la seule qui arrêtait les gens et leur disait : « Nous ne nous sommes jamais rencontrés, je crois. Je suis Paulette. » C'était peut-être une habitude du Sud. Paulette venait de Géorgie, et en gardait un accent qu'on entendait encore très légèrement. Avec ses bonjours, son sourire chaleureux et son rire communicatif, elle était la préférée de tout le monde. Il était difficile de trouver quelqu'un qui fasse l'objet d'une approbation aussi unanime, à l'exception de Benny Shassburger, et Benny lui-même avait ses détracteurs.

Joe partit à la recherche de Paulette, mais, trouvant son box vide, il prit la liberté de replacer sur son mur le petit objet qu'il tenait à la main, un ange en vitrail bleu et roux, dont il savait qu'il appartenait à Paulette pour l'avoir vu accroché là pendant des mois. Dès qu'il avait remarqué l'éclat inattendu du verre dans un coin de son bureau à lui, il avait su de quoi il s'agissait.

Le lendemain, l'un des nouveaux Mac portables ultra-puissants a disparu.

« Vous mijotez quelque chose, nous a lancé Geneviève Latko-Devine en pointant vers nous un doigt soupçonneux, et à mon avis, vous feriez mieux d'arrêter ça tout de suite. »

C'était peut-être un jour ou deux après le vol de l'ordinateur. Difficile de se souvenir si sa remarque – une accusation, en fait, collective et des plus injustes – est tombée avant un brief, au déjeuner, au coffee bar, ou alors pendant un moment de flottement où nous nous étions rassemblés pour quelques minutes dans le bureau de quelqu'un avant de retourner aux nôtres. Joe avait parlé à Geneviève de l'ange de Paulette Singletary, dont il avait du mal à comprendre comment il s'était retrouvé dans son bureau. Il ne l'aurait pas remarqué si la porte était restée ouverte, mais il l'avait fermée cet après-midi-là pour mieux travailler, et l'ange était là, dans le coin de la pièce juste à côté de la porte, reflétant la lumière du soleil.

La plupart d'entre nous, honnêtement, ne comprenaient pas du tout de quoi Geneviève voulait parler. « Voyez-vous ça, a-t-elle dit. C'est la même chose, alors, que quand quelqu'un a écrit "PÉDÉ" sur son mur ?

— Ça, c'est Joe qui l'a écrit lui-même, a dit Karen.

— Oh, arrête un peu, Karen. C'est ridicule et tu le sais très bien.

— Je ne trouve pas ça si ridicule, a dit Tom.

— Vous êtes tous des malades, a dit Geneviève.

— Prouve-le, a répliqué Tom.

— D'accord. Qu'est-ce que tu penses de la fois où vous avez décoré son bureau avec du ruban "Danger biologique" ? »

Quelques personnes, un peu plus tôt cette année-là, s'étaient procuré un rouleau de ruban en plastique jaune imprimé « Danger biologique » et avaient entièrement redécoré le bureau de Joe. Personne ne savait s'il avait compris ce qu'insinuait ce ruban : qu'en tant que « PÉDÉ » il était porteur d'une dangereuse maladie. En fait, il n'a pas mentionné l'incident. Il s'est contenté de retirer le ruban de l'entrée de son bureau et de sa chaise, puis il a garé sa bicyclette, l'a attachée et a continué sa journée comme si rien ne s'était passé. Il n'a pas cherché le responsable, n'a pas couru chez

Lynn Mason. Il a simplement jeté le ruban dans sa corbeille.

« Ou bien de la fois, a continué Geneviève – et alors là, vraiment, vous avez fait fort – où vous lui avez bloqué l'accès au serveur ? »

Parce que tous nos travaux en cours se trouvaient sur un serveur central, si quelqu'un ouvrait l'un d'entre eux sur son ordinateur, personne d'autre ne pouvait l'ouvrir. C'était une question de protocole : il ne devait jamais y avoir plus d'une personne à la fois travaillant sur un document donné. De cette façon, nous évitions les redondances et autres pertes de temps. Un jour, le bruit s'est répandu que Joe avait un projet à rendre pour le lendemain matin. Tout ce que nous avions à faire pour l'empêcher d'accéder au document dont il avait besoin pour le terminer, c'était de nous assurer que quelqu'un d'autre l'ouvrait avant lui. Quand il s'est rendu compte que son accès était bloqué, il nous a envoyé un e-mail, puis un autre, puis encore un autre, demandant à celui ou celle qui avait ouvert le document de bien vouloir le fermer : il n'avait plus que quelques heures pour boucler son projet. Personne n'a répondu. Il a été forcé de faire le tour de l'agence pour vérifier les ordinateurs de tout le monde. Quand il a finalement trouvé le responsable, ce dernier s'est excusé, a quitté le document, et a appelé quelqu'un d'autre à un autre étage sur un ordinateur lointain pour qu'il l'ouvre à son tour : le temps que Joe regagne son siège, son accès était à nouveau bloqué. Il devait retourner voir le premier type, qui plaidait l'innocence, et une demi-heure plus tard il trouvait le deuxième type, qui s'excusait, quittait le document et appelait quelqu'un d'autre, relançant un nouveau cycle. Selon eux, l'idée, c'était que si Joe

Pope aimait travailler tard, on allait le faire travailler tard.

« Des malades », a dit Geneviève.

Attends un peu, avons-nous répliqué. Premièrement, nous n'y étions pour rien du tout dans l'histoire du vitrail de Paulette Singletary. Deuxièmement, le graffiti ? Mike Boroshansky avait mené son enquête et fini par innocenter tout le monde, y compris Tom Mota. Est-ce que c'était si fou que ça de croire que Joe l'avait fait lui-même ? Peut-être qu'il cherchait à attirer l'attention, ou qu'il souffrait d'un délire de persécution. En plus, sans chercher à excuser le comportement de personne, Joe Pope n'était pas le type le plus sociable du monde. Un petit verre convivial après le boulot pour Joe Pope ? Aucune chance. Joe, ça te dit qu'on déjeune ensemble ? Oublie.

« Rappelez-moi, nous a dit Geneviève avant de secouer la tête d'un air écœuré et de tourner les talons, c'était *quand*, la dernière fois que vous l'avez invité à déjeuner ? »

C'est dans la semaine où Geneviève a lancé son accusation que Karen Woo s'est arrêtée à l'entrée du box de Jim Jackers et a fait sa déclaration tristement célèbre.

« Je reviens tout juste, a-t-elle annoncé, de chez McDonald's. »

Elle a dit ça comme s'il s'agissait d'une sorte de révélation. Jim a levé les yeux. « La vache, a repris Karen en s'approchant de lui et en s'asseyant sur la chaise en plastique à côté de son bureau. Je reviens tout juste... » – elle s'est tue pour ménager son effet – « de chez McDonald's.

— Qu'est-ce qu'il se passe chez McDonald's ? » a demandé Jim.

Pour sa défense, il faut dire qu'il était impossible d'ignorer Karen quand elle engageait la conversation. Sa voix était une force de la nature, son verbe un torrent impétueux semé de tourbillons fatals. Comparable à celui de Hitler, sans l'antisémitisme, ou à celui de Martin Luther King, sans la compassion ni la noble cause. En même temps, Jim était une cible facile. Il arrêtait ce qu'il était en train de faire pour écouter n'importe qui.

« OK, je ne vais *jamais* chez McDonald's, a dit Karen. La dernière fois que j'y ai mis les pieds, ça devait être à la fac. Mais alors, ce matin, va savoir pourquoi, je me réveille et je suis complètement en manque de filet O'Fish.

— C'est bizarre, a dit Jim.

— C'est fou, hein ? Mais *d'où* ça sort, franchement ? Il est sept heures du matin et je suis complètement en manque. Donc, OK, je me dis qu'il faut que j'attende jusqu'au déjeuner. J'arrive à me contrôler jusqu'à onze heures et demie. Mais c'est encore trop tôt ! Je peux pas aller au McDo à onze heures et demie et commander un filet O'Fish. Ce serait répugnant.

— Ça s'appelle vraiment un filet O'Fish ? a demandé Jim.

— Hein, comment ça ? Tu croyais que c'était quoi, un Fish O'Filet ?

— Non, je croyais qu'on disait McFilet.

— Non, on ne dit pas *Mc*Filet, Jim. Faut être crétin pour croire un truc pareil. Franchement crétin. On ne dit pas *Mc*Filet. Bon, tu écoutes mon histoire ? Donc, j'attends encore une demi-heure, ça me *tue*, mais j'attends. J'y vais. Ils n'ont plus de filet O'Fish. Je suis devant le comptoir, je suis là : "Euh... euh...", et là, en gros, je craque et je m'écroule, anéantie.

— Et alors, qu'est-ce que tu as commandé ?

— Non, Jim, c'est pas là que je veux en venir. J'ai rien commandé. Je *hais* McDonald's. Y a pas moyen que je commande un de leurs produits à base de viande. C'est dégueu. Je *voulais* un filet O'Fish.

— Alors tu as déjeuné où, du coup ? »

Karen a levé les yeux au ciel et a renversé la tête en arrière pour suggérer l'exaspération la plus monumentale.

« Jim, a-t-elle dit, tu comprends rien. C'est pas là que je veux en venir. Tu veux bien, juste, écouter mon histoire ? J'avais super envie de faire pipi, alors je suis partie vers le fond de la salle, et t'as déjà été dans ce McDo, hein ? Tu sais que sur la gauche il y a les toilettes et sur la droite le coin jeux. Tu vois ce que je veux dire par le coin jeux ? Là où il y a les bonshommes McFry, le tourniquet cheeseburger et tout ça ?

— L'aire de jeux, a dit Jim.

— L'aire de jeux, si tu veux. Tu vois ce que je veux dire. »

Jim a hoché la tête.

« OK, dans l'aire de jeux, a repris Karen, il y a cette zone fermée par un filet avec toutes les balles en plastique à l'intérieur. Tu vois de quoi je parle ?

— Bien sûr, a dit Jim. La piscine à balles.

— Ah, tu la connais ?

— Oui, très bien.

— Bon, donc je vais aux toilettes, je ressors ; par hasard, je regarde à travers la porte de l'aire de jeux, et là, quelque chose attire mon attention. Je m'arrête, je regarde : c'est Janine Gorjanc.

— Comment ça, c'est Janine ?

— Dans la piscine à balles.

— Comment ça, dans la piscine ?

— Elle était *à l'intérieur*, avec les balles. Assise dedans. Avec des balles jusque-là.

— Attends, attends, elle était assise à l'intérieur de la piscine à balles ?

— À l'intérieur, a confirmé Karen. Ouais, avec des balles jusque-là.

— Mais qu'est-ce qu'elle faisait ?

— Elle restait assise.

— D'accord, mais pourquoi ?

— Tu me demandes ça à moi ? a dit Karen. Comment tu veux que je sache ?

— Tu es sûre que c'était elle ?

— C'était Janine Gorjanc, je te dis. Et elle était assise dans la piscine à balles. »

Le lendemain, Karen a convaincu Jim de l'accompagner au McDonald's. Ils ont commandé à déjeuner – Karen a enfin eu son sandwich au poisson – et ils se sont assis à une table au fond de la salle. Avant même de commencer à manger, Karen s'est levée. « Je reviens. » Quelques instants plus tard, elle réapparaissait. « Va voir, a-t-elle dit à Jim.

— Elle est là ?

— Va voir. »

En poussant la porte des toilettes des hommes, Jim a jeté un coup d'œil du côté de l'aire de jeux, mais il n'a rien vu. En ressortant, il s'est rendu compte qu'il n'avait pas été assez attentif. Il devait regarder à travers la porte en verre, puis à travers le filet noir, jusque dans l'espace un peu sombre où, d'ordinaire, des enfants s'élançaient dans tous les sens, se jetaient des balles et se raccrochaient aux cordes pour ne pas perdre l'équilibre dans cette mer de plastique aux remous chamarrés. Ce jour-là, l'habituelle frénésie avait cédé la place à la présence silencieuse et dolente de Janine, à cette tristesse pesante qu'elle traînait partout à l'agence. Jim la sentait, même à travers la porte. Aucune balle ne remuait. Aucun enfant ne s'ébattait joyeusement derrière le filet. Janine n'était pas submergée, comme l'avait dit Karen : les balles lui arrivaient seulement aux genoux. On aurait dit qu'elle prenait un bain de pied, et c'était le cas, d'une certaine manière, même si sa silhouette voûtée et immobile n'exprimait nul plaisir, nulle relaxation. Sa tête baissée, ses épaules arrondies plongeaient désespérément vers la foultitude de balles multicolores qui l'entourait, et sur son visage mélancolique coulaient des larmes bariolées. Jim a deviné qu'elle avait retiré ses chaussures avant d'entrer dans la piscine car une paire de petits escarpins noirs reposait au bas du minuscule escalier qui y menait.

Il est retourné à la table où l'attendait Karen et s'est glissé sur la banquette.

« Je l'ai vue.

— C'est pas la chose la plus bizarre que t'aies jamais vue ?

— Je ne sais pas, a-t-il dit en hochant lentement la tête. J'ai encore du mal à croire que c'est vrai. »

Le lendemain, Karen et Jim ont convaincu Benny Shassburer de les suivre au McDonald's. Ils ne lui ont pas dit pourquoi, ils se sont contentés de lui assurer qu'il y avait quelque chose là-bas qui valait le coup d'œil. Ils ont commandé à déjeuner. « Alors, pourquoi vous m'avez traîné ici ? a demandé Benny.

— Parce que Janine Gorjanc..., a commencé Jim.

— Chut ! s'est écriée Karen en lui donnant une tape sur la main. Ça n'aura pas le même impact s'il sait à l'avance ce qu'il va voir.

— Qu'est-ce que je vais voir ? a dit Benny.

— OK, a dit Karen. Je veux que tu ailles aux toilettes, et sur ton chemin, je veux que tu regardes à travers la porte du coin jeux. Tu vois ce que c'est, le coin jeux ? Bon. Ne reste pas trop longtemps, n'ouvre pas la porte. Jette juste un coup d'œil à travers. C'est compris ? »

Benny est revenu et a dit : « Attendez, mais qu'est-ce que c'est que ça ?

— C'est Janine Gorjanc, a dit Karen.

— Ouais, j'ai bien vu, a dit Benny. Mais qu'est-ce qu'elle fait là ? »

Jim et Karen ont haussé les épaules sans répondre.

« Il faut que je retourne voir ça », a dit Benny en se relevant.

Il s'est attardé devant les toilettes. Janine était assise, le dos courbé, les jambes enfouies dans les balles de couleur. Elle en avait ramassé une qu'elle se lançait doucement d'une main à l'autre. Puis elle l'a lâchée et en a rassemblé plusieurs au creux de ses bras qu'elle a laissées dégringoler sur ses genoux, et quelques-unes sont restées coincées là quand elle s'est penchée pour enlacer ses cuisses.

Benny est retourné à la table. « On dirait une gamine de cinq ans.

— C'est pas la chose la plus bizarre que t'aies jamais vue ? » lui a demandé Karen.

Le troisième jour, ils ont emmené Marcia Dwyer.

Ils lui ont donné les mêmes instructions, et quand elle est revenue des toilettes elle a dit : « Ouais, c'est un peu bizarre.

— *Un peu* bizarre ? a dit Karen. C'est plus qu'un peu bizarre, Marcia.

— Bande de crétins, a dit Marcia en dévisageant les abrutis avec lesquels un destin impitoyable l'obligeait à passer ses journées. Elle fait son deuil.

— Son deuil ? a dit Jim.

— Ouais, son deuil, a dit Marcia. Elle pleure sa fille. Tu savais pas que ça arrivait ?

— C'est ça qu'elle fait, vraiment ? a dit Jim. Son deuil ?

— *Bien sûr,* qu'elle fait son deuil, a dit Karen. Mais qui fait son deuil comme ça ? »

Marcia a répliqué avec sagesse que chacun fait son deuil à sa manière. « Certaines personnes ne pleurent même pas. Et certaines ne peuvent pas s'arrêter de pleurer. Ça dépend complètement.

— Ouais, mais tu n'as pas l'air de comprendre, Marcia, a dit Karen. Peut-être qu'elle fait son deuil, mais elle est dans une piscine à balles au milieu d'un McDo. Et ça, c'est franchement bizarre. »

Le lendemain, Jim s'est défilé, et Benny aussi, mais Karen a réussi à convaincre Amber de venir déjeuner avec elle au McDonald's, et qui disait Amber disait Larry Novotny. Quand Amber est revenue des toilettes, elle était en larmes. Le lendemain, c'est Dan Wisdom qui a accompagné Karen chez McDonald's. Puis il y a eu le week-end, et le lundi c'était au tour de Chris Yop. Le mardi, Reiser a clopiné jusque là-bas. Personne ne voulait vraiment y aller. C'était McDonald's, après tout, et on ressortait toujours des déjeuners avec Karen les oreilles rebattues. Mais elle insistait tellement que les gens cédaient juste pour qu'elle leur fiche la paix. Et c'est là qu'ils voyaient Janine, assise dans la piscine à balles, et alors ils savaient pourquoi ils étaient venus.

Au cours des semaines suivantes, presque tout le monde a fait le voyage jusqu'au McDonald's. Si Karen ne pouvait pas y aller, ils y allaient sans elle. Autrement dit, *nous* y allions. Le sujet, voyez-vous, était sur toutes les lèvres. Ce n'était pas quelque chose qu'on pouvait se permettre de manquer. Il *fallait* y aller. D'abord, on en entendait parler, puis on voulait le voir de ses yeux. On s'arrêtait devant les toilettes comme si on avait l'intention d'y entrer, mais au lieu de cela, on tournait la tête vers le coin jeux, on regardait à travers la porte, à travers le filet, et l'on discernait, sans méprise possible, la silhouette recroquevillée de Janine Gorjanc, qui parfois fixait le vide, parfois jouait avec les balles, les serrant, les lançant, ou effleurant leur surface ondulée de la paume des mains. On y allait pour pouvoir dire, en rentrant à l'agence, qu'on l'avait vue – Janine Gorjanc dans la piscine à balles – et quel étrange spectacle c'était.

Joe Pope est sorti de l'ascenseur avec son vélo et l'a fait rouler jusqu'à son bureau, où il a trouvé Mike Boroshansky, en blazer bleu marine, le derrière appuyé contre le bac à dossiers noir, et Roland, le copain de Benny, adossé au mur, qui l'attendaient. L'ordinateur portable qui avait disparu une semaine plus tôt reposait sur le bureau impeccable de Joe, à côté des babioles qui s'étaient révélées assez minces pour glisser entre son mur et sa bibliothèque : des plaques d'immatriculation vertes du Vermont, une photo encadrée de Burt Lancaster et Frank Sinatra en uniforme de marin, réunis avec d'autres dans un bar. Les gens qui passaient par là reconnaissaient ces objets parce qu'ils avaient l'habitude de les voir dans d'autres bureaux.

« Pourquoi tu ne fermes pas la porte, Joe ? a suggéré Mike Boroshansky. Lynn devrait arriver d'une minute à l'autre. » Il ne fallut pas plus d'une demi-heure pour classer l'affaire. Peu de temps après que Lynn fut entrée, on vit Geneviève Latko-Devine frapper à la porte du bureau. Le suspect habituel fut convoqué : c'était des mois avant son renvoi, mais Tom était déjà sur la corde raide. Nous entendions ses protestations assourdies à travers les fines cloisons. Elles furent interrompues par l'arrivée de Benny Shassburger. Benny, et c'est tout à son honneur, a spontanément avoué son implication dans l'histoire. Rien ne l'y obligeait. Roland n'avait pas rapporté que c'était lui, Benny, qui le premier avait suggéré que le bureau de Joe pouvait être digne d'intérêt. Lynn Mason voulait connaître le responsable. « Donnez-moi un nom, Benny. » Il a esquivé sa demande. « De ce que j'en sais, ce n'était personne en particulier, a-t-il dit. C'était plus une sorte de *Zeitgeist*.

— *Zeitgeist ?* Je ne comprends pas bien, qu'est-ce que c'est, un *Zeitgeist*, Benny ?

— Vous savez..., a dit Benny.

— Non, je ne sais pas, a répliqué Lynn. Sans vouloir vous manquer de respect, Benny, je pense que les directeurs artistiques devraient éviter d'utiliser des mots fantaisistes. Si vous connaissez le nom de l'auteur de cette plaisanterie, j'aimerais que vous me le donniez.

— Je n'ai pas de nom, a dit Benny. C'était une idée dans l'air, beaucoup de gens en parlaient. C'était censé être une blague.

— Vous devez avoir un sacré paquet de noms pour moi, dans ce cas.

— Oui, mais pas un en particulier. Honnêtement : je ne sais pas qui a eu l'idée, et je ne sais pas qui l'a fait. Je peux juste vous dire que ce n'est pas Tom.

— Je vous jure que je suis pas coupable sur ce coup-là », a dit Tom.

Lynn ne l'a même pas regardé.

« La prochaine fois, Benny, que vous avez connaissance d'un *Zeitgeist* au sein de cette agence, la première personne à qui vous venez en parler, c'est moi. Autrement, le responsable, je le désignerai moi-même, et je ne suis pas sûre que mon choix vous plaise. C'est compris ? »

En quittant la pièce, Benny l'a entendue grommeler : « Il faut vraiment qu'ils soient tous stupides pour faire des trucs pareils.

— On aura au moins retrouvé votre portable, a dit Mike Boroshansky.

— Joe, a dit Lynn, je suis désolée. »

Joe a fait signe que ça lui était égal. « Qu'est-ce que vous allez faire ? lui a-t-il demandé.

— Qu'est-ce que vous pensez de tous les renvoyer ? » a proposé Lynn.

À midi, ce jour-là, Benny est allé voir Roland. « Je t'avais pourtant bien dit de ne plus entrer dans son bureau, non ? Je ne t'avais pas dit que ce n'était pas lui le voleur ?

— Si, a dit Roland.

— Alors, qu'est-ce que tu avais besoin d'y retourner ?

— On s'ennuie, en service de nuit, a répliqué Roland, sur la défensive. Tu as déjà travaillé la nuit ? On fait ce qu'on peut pour tuer le temps. Je ne m'attendais pas à trouver quoi que ce soit. Mais tout était là ! Qu'est-ce que j'étais censé faire ?

— Tu n'aurais pas dû y retourner, c'est tout. Si tu m'avais écouté, rien de tout ça ne serait arrivé, et je n'aurais pas eu d'ennuis avec Lynn.

— Mais enfin, Benny, comment j'étais censé deviner qu'ils lui tendaient un piège ? »

Nous trouvions ça chic de la part de Benny de n'avoir donné aucun nom. C'était rassurant de savoir que si l'un d'entre *nous* faisait quelque chose de stupide, il le garderait sûrement aussi pour lui.

Un peu plus tard cet après-midi-là, nous avons vu Joe Pope prendre la direction du coffee bar, c'est-à-dire notre direction – nous étions quelques-uns attablés là, à profiter d'une pause – et cela a éveillé notre intérêt : qu'allait-il commander ? Que peut prendre l'insondable Joe Pope quand il a besoin d'un remontant ? Mais au lieu de s'arrêter devant le comptoir, il a continué son chemin, vers nous. Il est venu se planter juste à côté de notre table, interrompant notre conversation. Merde, avons-nous pensé. Ça y est, il a atteint un point de rupture. Notre cœur s'est mis à battre. Nous avons eu un éclair d'incertitude : avec quel degré d'indignation devions-nous réagir ? Quel degré d'hypocrisie ? Nous avions l'habitude de faire preuve avec Joe d'une hypocrisie éhontée, en général sur les questions de qui était responsable de ci, ou de ce qui s'était passé avec ceci ou cela pour qu'on en arrive là. Une fois qu'il était parti, néanmoins, notre boussole morale retrouvait le nord, et nous regrettions un peu de nous être montrés si malhonnêtes. Bien sûr, il ne tardait pas à revenir et nous, pauvres pécheurs à la mémoire courte et à la volonté de pacotille, nous laissions à nouveau notre hypocrisie prendre le dessus. Mais peut-être que ce ne serait pas le cas cette fois-ci. Peut-être qu'en fait nous lui devions des excuses. Après tout, il avait failli perdre son boulot à cause de cette histoire : il avait toutes les raisons d'être en colère. Et quand il s'est mis à parler, d'une voix calme et sûre, en nous regardant dans les yeux chacun à notre tour, chacun aussi longtemps – « J'ai fait de mon mieux pour ne pas m'offenser de certaines choses, et pour me comporter avec vous de façon aussi impartiale que possible, en tenant compte des particularités de chacun » – nous ne pouvions nier que ce qu'il disait était vrai et qu'il méritait probablement des excuses, même si rien ne garantissait que nous allions lui en faire. Nous avions déjà dû endurer les reproches de Lynn et les regards dégoûtés de Geneviève qui avait déclaré encore une fois qu'elle ne voulait plus jamais entendre parler de nous. « Mais je perds toute impartialité, a continué Joe, à l'instant où vous faites de Janine Gorjanc la cible d'un de vos jeux.

— Janine Gorjanc ? a répété Hank Neary, aussi surpris que nous tous d'entendre Joe prononcer son nom. Qui ferait du mal à Janine ? »

Joe nous a fixés avec l'impassibilité muette qui nous mettait si mal à l'aise. Il ne paraissait plus deux centimètres trop petit, à ce moment-là. Il n'a pas offert d'explication, n'a formulé aucune menace. Il n'était pas là pour demander réparation du tort qu'on lui avait causé. Il nous a juste dit : « Vous arrêtez. Vous arrêtez de l'embêter pendant sa pause-déjeuner. Vous arrêtez de faire mine d'aller aux toilettes pour l'espionner. Vous la laissez vivre. »

Tom Mota était allé répéter à Joe ce que nous fabriquions au McDonald's. Tom Mota ! Nous n'arrivions pas à y croire. Puis nous avons appris qu'il l'avait dit aussi à Janine. Nous avons dû lui rendre visite les uns après les autres pour lui faire nos excuses. Amber Ludwig, Larry Novotny, Benny et Jim. Don Blattner lui a glissé quelques mots pendant qu'elle faisait des photocopies. Geneviève Latko-Devine lui a téléphoné chez elle. Puis, à nouveau, c'était lundi, et lundi nous avons réitéré nos excuses.

« C'est vrai que c'est bizarre », a reconnu Janine.

Nous lui avons dit qu'elle n'avait pas à se justifier auprès de qui que ce soit.

« Non, mais c'est vrai, a-t-elle insisté. Je sais que c'est bizarre. Mais c'était un de ses endroits. Elle n'avait que neuf ans, alors c'est normal. Elle avait ses endroits. Je vais encore au Toys'R'Us, et au centre d'activités parents-enfants. Là-bas aussi, ils me prennent pour une folle. Au McDonald's, ils sont tous sûrs que je suis fada. Mais tous ces endroits, ce sont aussi les miens, maintenant. Ce sont devenus les miens. J'étais toujours avec elle quand elle y était. Et je n'arrive pas encore à les abandonner. De toute façon, c'est là que je serais, non, si elle était encore en vie ? »

Nous nous sentions pires que minables. Nous nous sommes encore excusés. Nous avions fait de la vie de Janine, et de son chagrin, un spectacle, et nous avons juré solennellement – du moins pour la plupart – que ce spectacle était le dernier.

Tom escalada les barreaux pourrissants en se tenant fermement aux rampes rouillées qui longeaient le poteau en bois. La vétusté de l'échelle était encore un signe du délaissement dont avait souffert le panneau dans ce coin perdu, si loin à l'ouest sur l'I-88, où la chaussée passait de huit à quatre voies et où les sorties se faisaient plus rares, distantes de plusieurs kilomètres. Mais ç'aurait été une erreur d'attribuer la décrépitude du panneau à son seul emplacement. Tout aussi loin à l'ouest, on trouvait, occupées notamment par les affiches des bateaux-casinos, des structures neuves et robustes, en acier, sans un millimètre de peinture écaillée, éclairées parfois vingt-quatre heures sur vingt-quatre. C'était surtout la faute de ce foutu vendeur si ce panneau-là était dans un tel état, et en montant l'échelle, Tom essayait de comprendre pourquoi cet espace n'était pas mieux utilisé. Avec les bons arguments, il n'y avait rien qu'on ne puisse refiler à quelqu'un. Que le vendeur ait laissé cette photo de Jessica Gorjanc, agrandie à des dimensions inhumaines, se décolorer là-haut pendant aussi longtemps n'était pas seulement le signe d'un mépris cruel de la souffrance humaine. C'était un choix commercial absurde.

Quand Tom était arrivé, il faisait encore nuit noire. Il avait garé sa vieille Miata à couvert, à une centaine de mètres du bord de l'autoroute, dans un petit bois. Son ascension fut longue et difficile, en raison de l'équipement volumineux qu'il transportait dans son sac à dos, lequel incluait, de façon non négligeable, un thermos à moitié plein de martini, dont il avait fait tinter les glaçons avant de refermer son coffre et de suivre la piste illuminée par sa Maglite. Des grillons crissaient dans la nuit calme. De ses lectures sur les techniques de survie, Tom avait retenu une astuce : du ruban de masquage, enroulé autour de la base d'une lampe puissante mais compacte, lui permettait de la tenir confortablement entre les dents pendant son escalade, éclairant son chemin et libérant la main dont il avait besoin pour tenir le rouleau. Arrivé au dernier échelon, il posa le rouleau sur la plate-forme. Puis il se hissa dessus et fit glisser de ses épaules son énorme sac à dos de randonneur. Balayant la plate-forme du faisceau de sa lampe, il vit qu'elle consistait en trois planches grises n'offrant pas plus d'espace que ce dont disposait un laveur de carreaux suspendu derrière la vitre de son bureau au soixante-deuxième étage. Juste avant que la première lueur rose n'apparaisse à l'horizon, Tom dévissa le couvercle de son thermos et s'y versa un martini, tâche immensément facilitée par la Maglite qu'il tenait toujours entre ses dents. Puis il retira la lampe et prit une gorgée.

Il déballa son matériel : deux pots de peinture blanche, un bac, deux têtes de rouleau de rechange et une perche télescopique. En continuant à boire son martini, il mélangea la peinture et la versa dans le bac, et les vapeurs s'élevèrent jusqu'à lui.

Sous les premiers rayons qui le frôlaient à peine, il commença à peindre à grands coups de rouleau, avançant sur la plate-forme au fur et à mesure qu'il recouvrait, avec application et rapidité, l'image délavée de la fillette. Affichée là depuis plusieurs mois, elle avait traversé le rude hiver du Midwest et les premières pluies de printemps, s'était plissée en certains endroits, déchirée en d'autres. Grâce à la perche, Tom couvrit une surface plus importante qu'il ne l'avait escompté, mais le travail était loin d'être fini, alors il posa le rouleau, vida son gobelet et sortit un fusil de paintball de son sac à dos. Il se servit un deuxième martini avant de charger le fusil. De la plate-forme, il n'avait du visage de la petite fille qu'une vue oblique, ce qui l'empêchait de savoir exactement comment viser. Mais il avait apporté toute une réserve de billes assorties à la peinture en pot, et sous le ciel qui annonçait le début d'un nouveau week-end vide, interminable, il attaqua son nouveau martini et se mit à parcourir les planches, dans un sens, dans l'autre, chargeant et tirant, recouvrant l'image de la fillette disparue d'une série d'éclaboussures amères, parce que malgré ses plaintes à Jane Trimble, l'affiche était toujours là, et parce que la veille, dans la conversation, Janine lui avait dit qu'elle ne pourrait pas supporter de poser les yeux dessus un jour de plus.

4

LES ACTIVITÉS EXTRACURRICULAIRES DE CARL – UN AVEU À LYNN – TOM RAPPELÉ SANS DÉLAI – DOUBLE ET ROUGE – PLUS BAS QUE JAMAIS – LE BLABLA SUR L'ÉQUIPE – LA SOURCE – CONVERSATION AVEC CARL – LYNN À L'AGENCE – CONVERSATION AVEC SANDY – LA NOUVELLE PORTE DE DEIRDRE – LAISSER ROBBIE STOKES EN DEHORS DE TOUT ÇA – EST-CE QUE MARCIA POURRAIT APPELER ? – VOUS LA FERMEZ

Un jour, Carl Garbedian décida de positionner son écran d'ordinateur de l'autre côté de son bureau. Le résultat ne lui plaisait pas, et, avant la fin de la journée, l'écran avait retrouvé sa place initiale. Mais dans l'intervalle, Carl avait remarqué à quel point son bureau était poussiéreux, et, le lendemain, il apportait des produits d'entretien pour le nettoyer, époussetant dans un même élan sa bibliothèque et son bac à dossiers. Au lieu de rentrer chez lui à la fin de la journée, il s'attarda à l'agence et nettoya les meubles dans les bureaux voisins du sien. Marilynn travaillait tard, évidemment, et il n'avait rien de mieux à faire ; d'ailleurs, curieusement, il trouvait la tâche agréable. Le soir suivant, il continua son ménage à d'autres étages, jusqu'à ce que Hank Neary, qui était resté pour travailler à son roman raté, revienne des toilettes et le surprenne en train d'astiquer les pieds de son fauteuil. « Qu'est-ce que tu fais à mon fauteuil, Carl ? » lui demanda-t-il.

Depuis peu, Carl s'abritait les yeux sous son bloc-notes pendant les briefs. Un jour, en salle de réunion, il l'avait posé sur la table pour prendre des notes et en avait plissé les yeux d'éblouissement. « La vache, elle est forte, la lumière », avait-il dit en plaçant la main là où quelques instants plus tôt se trouvait le bloc. Il avait passé un moment à cligner des paupières en essayant de s'habituer, mais avait fini par replacer le bloc en visière. « Oh ! là là ! qu'est-ce que c'est lumineux ! On peut éteindre les néons ? » Du coin de l'œil, nous avions échangé des regards perplexes. Finalement, Tom avait dit : « Mec, ils *sont* éteints. » Et c'était vrai : parfois, il entrait par les fenêtres une lumière assez belle pour nous convaincre de ne pas allumer les plafonniers. Mais ça n'avait rien changé, Carl avait quand même terminé la réunion sous son bloc-notes.

Un peu plus tard, il était passé en courant dans le couloir. Puis une deuxième fois, dans le même sens. La troisième fois, il a bien fallu admettre qu'il faisait des tours ou un truc dans le genre. Nous étions quelques-uns à bavarder à l'entrée du bureau de Benny. Quand Carl a réapparu pour la quatrième fois, Tom lui a crié : « Carl ! Non mais oh ! qu'est-ce que tu fous ? » Carl s'est arrêté et a regardé Tom en secouant la tête, trop essoufflé pour articuler quoi que ce soit. Puis, comme un chat dans son quart d'heure de folie, il a détalé.

« Qu'est-ce qui lui prend ? » a demandé Benny.

Tom a haussé les épaules. « Qu'est-ce que tu veux que j'en sache ? »

À la fin de la semaine, Carl avait obscurci toutes ses fenêtres avec du papier à dessin noir. Le papier, en tant qu'accessoire de décoration, n'était pas officiellement autorisé par la direction ou l'intendante, mais faisait partie des fantaisies généralement tolérées à l'agence : en nous laissant personnaliser librement notre environnement et en respectant nos excentricités de créatifs, on espérait favoriser en contrepartie la production de slogans accrocheurs et de visuels marquants. Cela dit, ils ont quand même demandé à Carl de se justifier, et il a expliqué que du jour au lendemain il avait acquis une extrême sensibilité à la lumière, avec pour preuve une paire de grosses lunettes noires semblable à celle qui orne communément le nez des personnes âgées, et dont il prétendait qu'il la portait partout à présent, y compris, parfois, à l'agence. La soudaine délicatesse des yeux de Carl faisant planer au-dessus de la tête de Lynn le spectre d'un arrêt maladie, elle chargea l'intendante de lui dire que le papier pouvait rester. Puis, dès qu'elle trouva deux minutes, elle alla le voir.

« Une soudaine sensibilité à la lumière, ça me paraît un peu inquiétant », lui dit-elle. Elle était appuyée au chambranle de sa porte. « Vous devriez peut-être aller voir un ophtalmo.

— Oh, non, dit Carl.

— Je ne veux pas être indiscrète, Carl, mais à combien de temps remonte votre dernier contrôle médical ?

— Oh, je n'ai pas besoin de contrôle médical. »

Il ajouta qu'en dehors de cette sensibilité à la lumière et de quelques atroces migraines, de vertiges et d'une transpiration inhabituellement abondante, il ne s'était jamais senti aussi bien de sa vie. « Ça m'a débarrassé, dit-il, de toutes mes idées de suicide. »

Lynn était trop stupéfaite par la franchise de cet aveu pour demander à Carl : « Quoi, ça ? Qu'est-ce qui vous en a débarrassé ? » Elle entra dans le bureau et tira la porte derrière elle. « Carl, vous aviez des idées de suicide ?

— Oh oui, dit-il. Oh oui, vraiment. J'avais fait des recherches. J'avais trouvé… enfin, ça m'étonnerait beaucoup que vous vouliez connaître les détails. Mais je peux vous dire que j'étais prêt. »

Lynn l'a écouté comme elle savait si bien le faire, comme quelqu'un de payé pour ça. Elle s'est assise sur le coin du bureau et, le front creusé par l'inquiétude, a écouté Carl lui raconter les longues soirées d'hiver où Marilynn travaillait tard, et la jalousie qu'il éprouvait vis-à-vis de son choix de carrière, et la façon dont toute activité avait soudain perdu son éclat. Puis il a dit quelque chose qui a révélé à Lynn la profondeur ineffable du désespoir qui l'avait étreint.

« Je ne veux pas que ça vous alarme, dit-il, parce que je peux vous garantir que ça m'est passé, mais l'une des raisons – et j'ai tellement honte quand j'y pense –, l'une des raisons pour lesquelles je voulais me tuer, c'était pour qu'elle trouve mon corps. » Brusquement, il éclata en sanglots. « Ma femme, dit-il. Ma femme chérie ! Elle est si aimante, si gentille. » Il tentait de réprimer ses larmes. « Vous n'avez pas idée à quel point elle est gentille, Lynn, et à quel point elle m'aime. Et vous savez, elle a un métier tellement difficile. Elle voit des gens horriblement malades. Ils n'arrêtent pas de mourir. Mais elle les aime, et moi aussi, elle m'aime, et je voulais lui faire ce coup épouvantable. »

Lynn s'était approchée de lui et avait posé la main sur son épaule. Elle la caressait doucement, et tout ce qu'on entendait, c'étaient les pleurs étouffés de Carl et le frottement de la main de Lynn sur le tissu de sa chemise.

« Comment j'ai pu vouloir faire une chose pareille ? lui demanda Carl. Est-ce que c'était pour attirer l'attention ? Quelle honte. Je suis dégueulasse, je suis vraiment dégueulasse. » Lynn continua à le réconforter, et, au bout d'un moment, Carl fit rouler sa chaise en arrière, se leva, et la serra dans ses bras – il avait besoin de ça. Lynn le serra en retour sans hésiter, et probablement sans se soucier des gens qui passaient par là et pouvaient les surprendre dans les bras l'un de l'autre, parce que la porte, après tout, était seulement à moitié fermée. Ils étaient debout dans le bureau de Carl et se serraient dans les bras.

« Oh, Carl », dit Lynn en lui tapotant le dos, et quand ils se détachèrent, il avait cessé de pleurer et commençait à essuyer ses larmes.

Ils ont discuté encore un peu, et c'est à ce moment-là que Lynn lui a demandé ce qui avait changé pour qu'il se sente mieux maintenant, et qu'il lui a dit qu'il prenait des médicaments. Il n'a pas précisé les médicaments de qui, mais ça n'avait pas d'importance. Quand Lynn est repartie, elle s'est sans doute fait la réflexion qu'elle en savait bien peu sur la vie des personnes qui travaillaient pour elle, et qu'il était bien difficile de mieux les connaître malgré les petits efforts qu'on faisait ici et là ; elle a probablement aussi ressenti une très légère gêne en repensant à la façon dont Carl l'avait serrée dans ses bras pendant peut-être un peu trop longtemps, comme il avait serré tant d'entre nous en ces temps de folie furieuse et d'actes imprévisibles.

Quand Tom Mota a découvert le papier sur les fenêtres de Carl, il a compris que le moment où il aurait dû parler à quelqu'un de ce qu'il savait était définitivement passé. Il ne voulait rien dire à personne. D'abord, parce que ce n'étaient pas ses affaires. Ensuite, parce que Carl s'était confié à lui, et qu'il n'avait aucune envie de trahir cette confiance. Et puis il y avait une troisième raison, déplaisante, inavouable : une haine familière, rageuse, implacable. Carl lui avait dit qu'il ne voulait pas que sa femme sache qu'il était déprimé parce qu'elle lui avait dit qu'il était déprimé et qu'il ne voulait pas qu'elle sache qu'elle avait raison. Tom avait vécu ça avec sa propre femme, il comprenait donc le désir de priver la personne qui vous aime le plus de la satisfaction de savoir qu'elle avait raison depuis le début. Il se tenait à l'entrée du bureau de Carl et contemplait les fenêtres masquées, quand, soudain, un cri retentit. C'était pire qu'un cri, en fait : un hurlement, un grognement assourdissant qui se transforma en un sifflement étranglé. Si ce n'avait été une journée tranquille et l'heure du déjeuner, ce bruit horrible aurait précipité les gens dans les couloirs.

Tom avait cru que le bureau de Carl était vide. De l'endroit où il se trouvait, il ne voyait personne à l'intérieur. « Carl ? » a-t-il appelé en passant le seuil.

Carl était étendu sur la moquette râpeuse derrière son bureau et s'agrippait les cheveux. Il semblait près de se les arracher, et même dans la faible lumière, Tom voyait à quel point son visage était rouge et crispé. Il n'a pas ouvert les yeux à son approche.

Tom est retourné dans son bureau, a décroché son téléphone, et avant de coller le combiné contre son oreille, tandis que la tonalité bourdonnait dans l'air, il a secoué la tête en murmurant : « Putain. »

Il a laissé son nom et ses coordonnées pour la femme de Carl, qui travaillait dans le service de cancérologie du Northwestern Memorial, dans l'immeuble voisin du nôtre. Puis il s'est souvenu qu'avant que son attention ne soit détournée par Carl, il était en train d'apporter un travail à Joe. Il s'est levé, mais avant même qu'il ait passé la porte, le téléphone a sonné.

« La vache, a-t-il dit à Marilynn, c'est la première fois de ma vie qu'un médecin me rappelle aussi vite.

— Je suis inquiète pour Carl, a-t-elle expliqué.

— Mais alors, si j'étais un patient lambda, s'est demandé Tom à voix haute, vous m'auriez fait attendre combien de temps ?

— Je vous en prie, dites-moi ce qui se passe », a insisté Marilynn.

Tom lui a tout raconté : les raisons pour lesquelles il avait offert le livre à Carl, l'aveu que Carl lui avait fait ce jour-là à propos des médicaments de Janine, le flacon qui contenait assez de pilules pour trois mois de traitement – tout. Il lui a dit que Hank l'avait surpris en train d'astiquer les pieds de sa chaise, qu'il s'abritait les yeux sous un bloc-notes pendant les briefs, qu'il faisait son jogging au soixantième étage, et qu'assez récemment, un jour où il était allé le voir dans son bureau, il l'avait trouvé en train de regarder sa main avec une expression pensive et quasi scientifique, et de la tourner lentement, dans un sens, dans l'autre, en la scrutant comme s'il s'agissait d'une trouvaille exceptionnelle ou d'un objet exotique. Puis Tom a dit à Marilynn : « En ce moment, il est couché par terre dans son bureau, il a recouvert toutes les fenêtres de papier. Je crois qu'il a besoin d'une assistance médicale. »

Marilynn était bien un médecin ; elle vous assaillait immédiatement de questions de détail. Qu'est-ce que c'était comme médicament ? Depuis combien de temps le prenait-il ? Tom n'avait pas vraiment de réponses. Les questions qu'il redoutait le plus sont venues en dernier, en cascade, sans lui laisser une chance de répondre – elles étaient rhétoriques et accusatrices. « Ça fait combien de temps que vous êtes au courant ? Pourquoi, pourquoi est-ce que vous n'avez rien dit plus tôt ?

— Vous voulez savoir pourquoi ? a dit Tom. Parce que je hais ma femme, voilà pourquoi. »

Marilynn était interloquée, il s'en rendait compte, même au téléphone.

« Parce que vous haïssez votre femme ? Ça veut dire quoi, ça ?

— Parce que, a répondu Tom avec une logique merveilleuse, c'est une putain de salope, et si vous étiez un homme, je dirais bien pire encore. »

Marilynn, de façon compréhensible, n'a pas su quoi répondre, et il y a eu un long silence.

« Écoutez, a finalement dit Tom, je n'en suis pas fier, mais quand il m'a dit qu'il faisait ça derrière votre dos parce qu'il détestait quand vous aviez raison, j'ai compris ce qu'il ressentait. Parce que ma salope d'ex-femme, c'en était une aussi qui avait toujours raison, ou en tout cas une bonne partie du temps, sauf quand elle a décidé d'emmener les GOSSES à PHOENIX et de les laisser appeler CE PUTAIN DE PILOTE D'UNITED AIRLINES *PAPA BOB*, COMME S'ILS AVAIENT *DEUX* PAPAS, *ALORS QUE C'EST MOI, LEUR SEUL PUTAIN DE PAPA ! ALORS VOILÀ POURQUOI ! ET MAINTENANT, COLLEZ-MOI UN PROCÈS AU CUL !* »

Il a raccroché. Il s'est repris. Elle a rappelé.

« J'ai juste besoin de savoir si vous pensez qu'il viendra de lui-même, ou s'il vaut mieux que j'envoie quelqu'un.

— Vous voulez dire, pour le forcer ?

— Il n'est pas rentré à la maison depuis deux jours, a dit Marilynn. Je n'ai pas arrêté de l'appeler, mais il ne décroche pas. Je n'ai aucune idée de l'état dans lequel il est en ce moment.

— Il n'a pas besoin qu'on le force, a dit Tom. Il a besoin qu'on l'aide à se lever. »

Il est retourné dans le bureau de Carl et lui a demandé s'il voulait bien l'accompagner à côté, à l'hôpital. Voyant que Carl restait sans réaction, il l'a mis debout et l'a traîné jusque là-bas.

Le médecin a diagnostiqué une intoxication médicamenteuse. Quand nous avons rendu visite à Carl dans l'après-midi, il avait les lèvres toutes gercées et le visage comme brûlé par le vent. La dernière fois que nous nous étions tous réunis à l'hôpital, c'était autour de Brizz. « J'espère que tu ne finiras pas comme lui, Carl, a dit Jim Jackers.

— Jim, a dit Marcia, si tu comptes faire des blagues lourdes, débrouille-toi pour qu'elles soient au moins à moitié drôles. »

Elle s'est tournée vers Carl. « Fais pas attention à lui, il est complètement débile. Comment tu te sens ? »

Carl était adossé à plusieurs gros oreillers blancs, il avait une perfusion dans le bras.

« Tout le monde a l'air double, a-t-il dit. Et rouge. »

Nous trouvions excessivement difficile de réagir à ça. Tout le monde a l'air double et rouge ? Oh, ça va passer, Carl. C'est juste un petit effet secondaire d'une *lésion cérébrale irréversible*.

« T'en fais pas, Carl, a dit Benny. Tu seras sur pied en un rien de temps.

— Est-ce que je pourrai jouer du piano ? » a demandé Carl d'une voix fatiguée.

Il s'était comporté de façon si étrange ces derniers temps, et avait fait des commentaires si bizarres, qu'aucun d'entre nous n'a reconnu la blague et que quelqu'un a répondu très sérieusement :

« Bien sûr, Carl. Bien sûr que tu rejoueras du piano.

— Je plaisantais, a dit Carl en levant les mains avec mollesse, peut-être pour suggérer que ces mains-là ne jouaient pas de piano. Eh, est-ce que Janine est là ? »

Tout le monde savait, à présent, que Carl avait volé les médicaments de Janine.

« Elle n'a pas pu venir, a dit Geneviève qui se tenait près de lui, juste en face de Marcia. Mais elle m'a demandé de te faire ses amitiés. »

En réalité, Janine était restée à l'agence pour essayer de déterminer exactement dans quels flacons Carl s'était servi. Les trois mois de réserve du premier médicament ne lui avaient visiblement pas suffi : il avait dépassé la posologie et était retourné plusieurs fois, tard le soir, dans le bureau de Janine pour en prendre d'autres, conduisant sur lui-même, sans aucune surveillance, une dangereuse expérience.

De la même façon qu'on observe chez un enfant qui vient de se cogner la tête un instant de flottement avant que son visage ne se transforme lentement en un pauvre masque de douleur, nous avons vu Carl prendre conscience que Janine n'était vraiment pas parmi nous et lutter pour ne pas fondre en larmes.

« Tu veux qu'on revienne plus tard, Carl ? » lui a demandé Geneviève d'une voix douce. Comme elle se penchait vers lui, une mèche a glissé de derrière son oreille et s'est déployée devant ses yeux ; elle l'a relevée d'un geste plein de grâce, comme tous ceux par lesquels elle tentait de gouverner ses cheveux surnaturels. « Carl, a-t-elle répété. Tu préfères qu'on revienne ?

— Je voulais lui dire quelque chose, a dit Carl en se mordant la lèvre.

— Tu veux que je lui transmette un message ? lui a demandé Geneviève.

— Je voulais lui chanter une chanson.

— Tu voulais lui chanter une chanson ? a répété Geneviève.

— Je voulais lui chanter une chanson », a dit Carl.

Après avoir quitté sa chambre, nous avons expliqué au médecin que Carl avait dit et fait un certain nombre de choses étranges ces dernières semaines. « Ça ne m'étonne pas, a dit le médecin. Ces médicaments l'ont complètement détraqué : les doses étaient incroyablement élevées. » Il s'est retourné pour rassurer Marilynn : ils étaient en train de nettoyer tout ça et n'anticipaient pas de lésions irréversibles. Une fois qu'il serait désintoxiqué, ils lui prescriraient le bon traitement avec les bons dosages, et le vrai Carl reprendrait vite le dessus.

Nous pensions que c'était comme dire que Carl rejouerait du piano. Y avait-il jamais eu un vrai Carl ?

Marilynn, elle aussi en blouse blanche et badge d'identité – c'était une jolie blonde aux cheveux courts –, a remercié le docteur en l'appelant par son prénom. Il a souri et lui a pressé l'épaule avec douceur.

Quand il est parti, Marilynn s'est tournée vers Tom Mota et lui a dit : « Merci de votre aide.

— Je ne vais pas m'excuser de n'avoir rien dit plus tôt, a répliqué Tom. Ni de vous avoir crié dessus au téléphone. »

Il lui parlait comme un enfant boudeur, en refusant de la regarder dans les yeux. « Je ne vais pas m'excuser de quelque chose que je ne regrette pas.

— Je ne vous demandais pas d'excuses, a dit Marilynn, qui était assez grande pour le regarder de haut. Je voulais juste vous remercier. »

Elle a tourné les talons.

« Je peux vous poser une question ? » a dit Tom. Marilynn a fait volte-face. Tom s'est avancé, un peu trop près d'elle, à notre avis, en inclinant son crâne rasé sur le côté, comme il avait tendance à le faire quand il commençait à s'échauffer. Il portait un trench-coat beige dont il devait penser qu'il le grandissait. La ceinture pendait derrière lui. « Par simple curiosité... », a-t-il continué, et un horrible sourire narquois s'est dessiné sur ses lèvres. Son obstination à garder les yeux fixés sur le cou de Marilynn commençait à nous mettre mal à l'aise. « Qu'est-ce qui a pu le pousser à se gaver comme ça d'antidépresseurs, quasiment au point d'y rester ? Vous en pensez quoi, vous, en tant que médecin ? Qu'est-ce que quelqu'un peut faire qui puisse donner envie à quelqu'un d'autre de *s'empoisonner* ? » Marilynn était trop abasourdie pour répondre. « Par pure et simple curiosité... », a répété Tom en levant les épaules. Finalement, il l'a regardée dans les yeux.

Nous n'arrivions pas à le croire. Il était souvent à côté de la plaque, mais cette fois-ci il battait tous ses records.

« Vous êtes... extrêmement grossier, a finalement répondu Marilynn, les lèvres tremblantes. À un moment où mon mari est très malade...

— Oh, allez vous faire foutre, a dit Tom en se détournant avec un geste d'exaspération.

— Quand tout ce que j'ai fait... (elle faisait tous les efforts du monde pour ne pas éclater en sanglots)... c'est essayer de l'aider. J'ai *vraiment* essayé de l'aider.

— Eh, du calme, a dit Tom en se retournant. J'essaie juste de comprendre pourquoi (pointant un doigt vers elle) vous nous haïssez. Et pourquoi *nous*, on vous hait. »

Tout le monde est allé dire au revoir à Carl, tout le monde sauf Tom. Lynn Mason est arrivée. Ça, c'était une surprise. « Je croyais que vous ne fréquentiez pas les hôpitaux, a dit Benny, en référence à sa phobie.

— Tant que je ne suis pas le sujet d'investigation, ça va », a dit Lynn.

Elle s'est tournée vers le lit. « Carl, bon sang, mais qu'est-ce qui vous a pris ? Qu'est-ce qui vous a pris, franchement ? »

Ses mots étaient accusateurs, mais prononcés avec tendresse et inquiétude.

« J'ai déconné », a dit Carl.

L'arrivée de Lynn semblait lui avoir redonné un peu de lucidité. Nous traversions une période délicate, étant donné la multiplication des licenciements, mais ce détail semblait pour l'instant relégué au second plan, et pendant dix minutes nous avons eu l'impression d'être à nouveau une équipe unie et en bonne santé. Quelqu'un a même dit quelque chose dans ce sens-là : Dan Wisdom, peintre de poissons, qui s'était reculé contre le mur pour ne pas être dans le chemin. Il a dit à Carl qu'il allait devoir se rétablir rapidement parce que l'équipe avait besoin de lui. Lynn s'est tournée vers Dan et a secoué la tête.

« Non, j'aimerais bien qu'on laisse de côté le blabla sur l'équipe, là. Hein, on laisse le blabla à l'agence, et on parle un peu du fait que vous, si vous avez besoin de quelque chose – de n'importe quoi, je m'en fiche –, vous venez me voir, nom de Dieu, avant de faire une chose pareille. Nom de Dieu, Carl.

— J'ai déconné, a-t-il répété.

— Vous allez vite vous rétablir ?

— Je vais essayer.

— Je vous ai acheté ces fleurs pourries », a dit Lynn.

C'était en effet un bouquet assez pathétique. Nous avons tous pensé : *Merde, on a oublié les fleurs !* Lynn s'est tournée vers Geneviève. « Vous vous rendez compte, ils sont fleuristes dans un hôpital, et c'est tout ce qu'ils ont. »

Quand Lynn est partie, nous avons demandé à Dan si la façon dont elle avait rejeté sa remarque l'avait vexé.

« Vous rigolez ? a-t-il répondu. J'ai trouvé ça formidable. »

Six mois plus tard, Carl était guéri de son intoxication et suivait un régime d'antidépresseurs taillé sur mesure. Nous ne pouvions pas dire que nous avions remarqué beaucoup de changement. Il était redevenu comme avant : c'était peut-être déjà une victoire en soi. Il ne passait plus ses pauses à faire le ménage dans le bureau des autres, ne courait plus dans les couloirs. Mais à côté de ça, il continuait de porter des jeans sans marque et des chaussures moches et de s'enfermer dans son bureau à la pause-déjeuner pour manger la même chose jour après jour.

« Excuse-moi de te déranger, Carl », a dit Amber en passant la tête par la porte. Nous étions quelques-uns à l'avoir accompagnée, et nous attendions derrière elle à l'entrée du bureau. Nous l'avions élue porte-parole.

« C'est pas grave, a dit Carl. Qu'est-ce qui se passe ? »

Amber a fait un pas à l'intérieur. Elle a attrapé le dossier d'une chaise et a hésité. Elle s'est tournée vers nous. Nous étions là : Vas-y, vas-y !

Finalement, elle a expliqué à Carl que Karen Woo avait informé tout le monde que c'était lui, la source.

Carl s'est essuyé la bouche avec sa serviette. Il a haussé les épaules. « La source de quoi ? »

Le jour où Lynn Mason devait se faire opérer, elle s'est pointée à l'agence comme si de rien n'était.

C'est Karen qui l'a vue la première. Karen était toujours la première à tout savoir. C'était devenu normal pour nous, tout aussi normal que le fait que Jim Jackers soit toujours le dernier au courant de tout. Et ce jour-là ne faisait pas exception : Lynn Mason était à l'agence, et Karen avait été la première à la voir. Elle l'avait croisée aux toilettes.

Puis ç'a été au tour de Geneviève. En allant voir Marissa Lopcheck des Ressources humaines, elle a aperçu Lynn debout devant la baie vitrée de la salle Michigan. « Au début, j'ai pensé que c'était quelqu'un d'autre, parce que je ne voyais pas comment ça pouvait être elle. Puisqu'elle est censée se faire opérer aujourd'hui. Mais quand je suis repassée, en revenant du bureau de Marissa, elle était toujours à la fenêtre. Ça faisait bien, je ne sais pas, vingt minutes qu'elle était là ! Et elle a dû sentir mon regard parce qu'elle s'est retournée, alors moi bien sûr j'ai filé en espérant qu'elle n'avait pas vu que je la regardais, mais c'est là qu'elle m'a dit bonjour. Le truc, c'est que moi, à ce moment-là, j'étais déjà loin dans le couloir, du coup il a fallu que je revienne en arrière pour lui répondre parce que je ne voulais pas paraître impolie, mais le temps que j'arrive, elle s'était déjà retournée vers la fenêtre et, oh ! là là ! j'étais tellement mal à l'aise. Qu'est-ce qu'elle fait ici ? »

Dan Wisdom est passé devant le bureau de Lynn et l'a vue en train de faire du rangement. L'intendante l'aidait à remplir des cartons. Nous avons demandé à Dan ce qu'elles y mettaient et il a commencé à nous faire la liste : des albums de photos libres de droits, des ordinateurs vétustes, des magazines de pub en décomposition, des bouteilles de soda à moitié vides... C'était le droit et le privilège des directeurs associés de laisser le désordre s'installer dans leur bureau, et nous avions pris l'habitude, à chaque fois que nous nous réunissions dans celui de Lynn, de déplacer certains objets afin de pouvoir nous asseoir. « Vous ne le reconnaîtriez pas, a dit Dan. Il y a un des gardiens qui est monté avec un chariot : il a redescendu... je pourrais même pas vous dire combien de cartons de saloperies. » Nous lui avons demandé pourquoi Lynn faisait du rangement. « Je n'en ai aucune idée, a-t-il répondu. Je croyais qu'elle devait se faire opérer aujourd'hui. »

Benny l'avait vue, lui aussi. Il y avait, dans nos locaux, des zones inoccupées depuis un certain temps, laissées vides par ceux qui avaient marché à l'espagnole vers le bout du couloir. Benny avait découvert Lynn, assise sur un bureau, au milieu d'une des grappes de box les plus désertiques de toute l'agence.

« Vous connaissez cet endroit, au cinquante-neuvième ? »

Nous le connaissions comme notre poche : un espace aux murs vides, aux radios muettes, aux imprimantes débranchées, avec pour seul espoir de résurrection ses néons au plafond, encore jamais éteints – nous aussi, nous avions souffert de l'essor des start-up. Personne n'aimait descendre dans ce coin-là : c'était un rappel trop cru de la décadence de l'époque. Mais si vous aviez besoin d'un endroit tranquille pour vous entendre penser, il n'y avait pas meilleur refuge que cette section abandonnée du cinquante-neuvième.

« Elle était assise sur un bureau dans l'un des box, les jambes dans le vide, a continué Benny. C'était bizarre de la voir comme ça. Je me suis vraiment demandé ce qu'elle faisait là. Enfin, en fait, j'étais tellement surpris de voir quelqu'un qu'au début je ne me suis pas rendu compte que c'était elle. Mais bon, je l'ai vite reconnue. Vraiment étrange. Je lui aurais bien dit quelque chose, mais franchement elle avait l'air complètement partie. Elle était à des *kilomètres*. Elle m'avait forcément entendu, mais elle n'a pas levé les yeux. Alors vous savez ce que j'ai fait ? Je me suis tiré de là aussi vite que j'ai pu. »

Marcia Dwyer est tombée sur Lynn dans une salle d'impression. Elle était adossée contre le mur, à côté du bac de recyclage et des cartons de papier vierge. Marcia venait photocopier quelque chose pour nous : une liste de faits intéressants sur le cancer du sein, trouvée sur Internet. Elle a dit bonjour à Lynn, et c'était comme si le son de sa voix venait de lui tirer la tête de l'eau.

« Hein, quoi ? a dit Lynn.

— Oh, pardon, a dit Marcia. Je vous disais juste bonjour.

— Ah. Bonjour. »

Marcia s'est avancée vers la photocopieuse. Lynn n'a pas bougé. « Oh, vous alliez vous en servir ? » a brusquement demandé Marcia.

Lynn a secoué la tête.

« Ah bon, a dit Marcia. Bon... »

Elle a fait ses photocopies. « À plus tard », a-t-elle dit quand elle a eu fini.

Lynn a levé les yeux. « C'est bon ?

— Oui, oui.

— OK. »

« Je crois que je m'étais jamais sentie aussi mal à l'aise », nous confia Marcia. Nous étions réunis dans son bureau et discutions de toutes ces rencontres avec Lynn. « Qu'est-ce qu'elle fichait là, adossée contre le mur ?

— Peut-être qu'en fait, tout ça, c'était hier », a suggéré quelqu'un.

Ce n'était pas si absurde que ça. Parfois, le temps passait beaucoup trop lentement à l'agence, et d'autres fois beaucoup trop vite, si bien qu'un événement datant du matin pouvait nous paraître à des années-lumière, tandis qu'un autre, vieux de six mois, était aussi frais dans nos mémoires que s'il remontait à moins d'une heure. Il était donc bien naturel qu'en certaines occasions nous prenions ce qui s'était passé la veille pour ce qui s'était passé le jour même.

« Non, c'était bien ce matin, nous a assuré Karen. Vous pouvez me croire. Je l'ai vue. Elle est là.

— Ce qui s'est probablement passé, a dit Amber, c'est qu'elle s'est arrêtée à l'agence pour finir un truc urgent, et qu'ensuite elle est repartie pour l'hôpital. Donc elle n'est pas *vraiment* là. Elle a juste fait un saut.

— Pour ranger son bureau ? a dit Larry. Et passer une demi-heure devant la fenêtre de la salle Michigan ? C'étaient des trucs urgents, ça ?

— Je ne sais pas, peut-être.

— Ou peut-être qu'elle n'a jamais eu d'opération de prévue, a dit Larry.

— Comment ça, jamais d'opération de prévue ? Mais bien sûr que si.

— Parce que, a continué Larry, elle n'a pas de cancer.

— Comment tu peux dire ça, Larry ? Bien sûr qu'elle a un cancer.

— Et comment tu peux savoir que ce n'est pas juste une rumeur, Amber ?

— Parce que je le *sais*, c'est tout.

— Enfin bon, a dit Karen, de toute façon, elle avait rendez-vous à neuf heures pour son opération. Ce n'est pas possible qu'elle ait récupéré en aussi peu de temps, donc ça veut dire qu'elle n'y est pas allée.

— Elle avait rendez-vous à neuf heures ? a dit Geneviève. Je croyais que personne ne savait à quelle heure elle avait rendez-vous. Tu tiens ça d'où, Karen ?

— Je puise toujours mes informations directement à la source. »

Nous n'avions pas grand-chose d'autre à faire, voyez-vous. Bien sûr, il y avait les annonces pour la campagne caritative, mais qu'étaient-elles comparées à notre charge de travail d'antan ? Nous les avions déjà bien avancées : elles seraient finies en un rien de temps. Le plus urgent, ce matin-là, c'était de comprendre pourquoi Lynn avait choisi de venir travailler plutôt que de s'occuper de soigner sa maladie mortelle. Quand Karen Woo nous a révélé l'identité de sa source, nous sommes donc naturellement partis en quête de réponses.

« Je ne suis pas la source de cette information », nous a dit Carl, attablé devant ses *penne alla vodka*. Il a affirmé ne pas savoir que Lynn devait se faire opérer à neuf heures. Et d'ailleurs, a-t-il ajouté, s'il l'avait su, il n'en aurait parlé à personne, et sûrement pas à Karen Woo.

« Mais Lynn a bien un cancer, n'est-ce pas ? lui a demandé Amber.

— De ce que j'en sais, oui, a-t-il répondu. Mais je ne suis pas la source de cette information-là non plus, et si Karen dit que je le suis, c'est sûrement juste parce que Marilynn est cancérologue à Northwestern. Mais ce que Karen ne sait pas, c'est que j'ai quitté la maison il y a six semaines, et puis même, à supposer que Marilynn ait Lynn comme patiente, elle ne me parlerait de rien. »

C'était la première fois que nous entendions parler de leur séparation. Par discrétion, nous n'avons pas posé de questions. Nous nous sommes contentés de demander à Carl, de façon très générale, comment il tenait le coup, et il a répondu sur un ton impassible que c'était mieux comme ça, pour elle comme pour lui. Nous en avons déduit que ce n'était sûrement pas lui qui avait pris la décision.

« Je ne voudrais pas changer de sujet, a dit Amber.

— Mais je t'en prie, a dit Carl.

— Donc, ce n'est pas toi, la source.

— La source de quoi ? a répété Carl, un peu plus crispé cette fois-ci.

— De l'information selon laquelle elle a un cancer. »

Carl a secoué la tête. « C'est Sandy Green qui me l'a dit. »

Certains considéraient Sandy Green, la responsable des Paies, comme le Messie revenu sur terre, d'autres comme le diable incarné : tout dépendait de combien nous étions payés. Sandy avait les cheveux gris et l'index toujours moulé dans une de ces capotes à doigt striées qui permettent aux comptables d'améliorer leur temps de feuilletage. Son bureau, avec ses piles de papiers à classer dans tous les coins, constituait un risque d'incendie à lui tout seul. Situé au bout d'un couloir peu fréquenté, tout au fond du soixante et unième étage, et dépourvu de fenêtres, il était connu sous le nom de la *grotte* en raison de son isolement et de l'obscurité qui y régnait. « Carl, je l'ai vu il y a deux ou trois jours, et j'ai discuté à peu près cinq minutes avec lui de ses cotisations sociales, a dit Sandy. Ça m'étonnerait franchement qu'en cinq minutes j'aie trouvé le temps de lui parler du cancer de Lynn.

— OK, a dit Geneviève, mais ce qu'on essaie de savoir, c'est si Lynn a vraiment un cancer, et si tu te trouves être la personne qui le sait de source sûre. »

Sandy a eu l'air sincèrement perplexe, puis soudain ses traits se sont détendus et elle a agité trois fois son doigt plastifié. « Je me souviens, maintenant, a-t-elle dit. Je lui ai dit quelque chose comme : "Tu devrais en parler à Lynn", et il a dit "OK, je vais faire ça", et j'ai dit "Mais tu ferais bien d'aller la voir aujourd'hui parce que..." Et j'ai rien dit d'autre. J'ai attendu qu'il dise quelque chose, *lui*. Et c'est ce qu'il a fait, il a dit : "Ah oui, t'as raison, je vais y aller aujourd'hui alors, oui." Et donc c'est *là* que j'ai dit "Pauvre Lynn" et qu'il a dit "Ouais, c'est vraiment pas de chance". Donc il savait déjà. C'est quelqu'un d'autre qui lui a dit.

— Mais *toi*, lui a demandé Geneviève, qui est-ce qui te l'a dit ?

— Qui est-ce qui me l'a dit ?

— Oui, c'est ça qu'on essaie de savoir. »

Sandy a posé le coude sur son bureau et la joue dans sa main, et tout le monde s'est tu pendant qu'elle essayait de se rappeler. « Une seconde », a-t-elle dit. Elle a décroché son téléphone. « Deirdre, est-ce que c'est toi qui m'as dit, pour le cancer de Lynn ? Ou est-ce que c'est Michelle qui nous l'a dit à toutes les deux, j'arrive pas à me souvenir. Tu es sûre ? OK, ma biche. » Il y a eu un long silence. Sandy nous a fait sursauter avec un gloussement sardonique. « Fais gaffe aux courants d'air, la prochaine fois, ma biche ! OK, à plus tard. » Elle a raccroché et s'est tournée vers nous. « Deirdre dit que c'est elle qui me l'a dit. »

Deirdre nous a dit que c'était Robbie Stokes, le commercial, qui lui avait dit pour le cancer de Lynn. « Ah, parfait, s'est-elle exclamée. Voilà ma nouvelle porte. »

Sur ce, les types de l'entretien sont entrés avec sa nouvelle porte et tout le monde est sorti pour les laisser l'installer.

Le bureau de Robbie Stokes était vide. Chose étrange pour un commercial, il avait pendu au mur autre chose que du Monet : une enseigne lumineuse Yuengling, destinée à la vitrine d'un bar. Elle ronflait et clignotait dans le silence assourdissant. De l'intérieur d'un box, quelqu'un a crié : « À moi le monde ! »

En partant en pause-déjeuner, Amber et Larry ont croisé Robbie. « On m'a dit que vous me cherchiez, leur a-t-il dit. Ce n'est pas moi qui ai lancé cette rumeur. C'est Doug Dion qui m'en a parlé. »

Larry lui a assuré que personne ne l'accusait d'avoir lancé quoi que ce soit. Nous essayions juste de trouver quelqu'un qui pourrait démêler le vrai du faux dans cette histoire.

« Bon, eh bien faites-moi une faveur, a dit Robbie : ne dites jamais que c'est moi qui l'ai lancée, d'accord ? Parce que je ne voudrais pas avoir d'ennuis avec Lynn à cause de ça. »

Amber lui a assuré que nous étions très discrets.

« Non, mais vraiment, a-t-il insisté, laissez-moi en dehors de tout ça. Ne mentionnez même pas le nom de Robbie Stokes. »

Certains sont retournés voir Marcia dans son bureau pour lui expliquer ce que nous pensions qu'elle devait faire.

« Attendez, vous avez *pété* les plombs ou quoi ? »

Benny, qui venait voir Marcia pour autre chose, est entré à ce moment-là.

« Benny, écoute un peu ce que ces andouilles me demandent de faire. »

Dan Wisdom, peintre de poissons, est arrivé à son tour et a fait tout un foin pour que nous l'écoutions d'abord. Il nous a raconté qu'il avait croisé Yop dans une salle d'impression et l'avait prévenu que Lynn était à l'agence.

« Il était en train d'imprimer quelque chose comme cinquante CV sur du papier épais, vous savez, le super beau papier. Vous auriez dû voir sa tête quand je lui ai dit que Lynn n'était pas à l'hôpital. Il me fait : "Mais je me balade dans les couloirs depuis ce matin !" Alors moi je lui demande : "Mais t'avais pas peur que les gardiens te voient, de toute façon ?" et il me fait : "Les gardiens ? Pff, c'est une vraie blague, les gardiens. Ils ne montent jamais jusqu'ici." Là-dessus, il n'a pas tort. »

Nous étions tous bien d'accord.

« Mais alors voilà, maintenant qu'il savait que Lynn était là, il avait une de ces trouilles ! Il a regardé des deux côtés avant de sortir de la salle d'impression, on se serait cru dans une parodie de film d'espionnage. Je n'ai jamais rien vu d'aussi drôle.

— Tu as déjà vu *Top Secret* avec Val Kilmer ? lui a demandé Don Blattner. Parce que ça, dans le genre drôle...

— Hank ! » a appelé Marcia. Elle a fait rouler son fauteuil, qui était en fait le fauteuil de Tom Mota, jusqu'au bout de son bureau pour avoir une meilleure vue du couloir. « Hank ! »

Hank est revenu sur ses pas et s'est planté à l'entrée du bureau de Marcia. Il a remonté ses grosses lunettes, c'était un de ses tics, et elles lui sont immédiatement retombées sur le bout du nez.

« Écoute ce que ces andouilles me demandent de faire, Hank, a dit Marcia. Ils veulent que j'appelle l'hôpital – ouais, écoute ça – et que je me fasse passer pour Lynn, genre : “Oh, je suis un peu déboussolée, machin, blablabla, et je sais plus trop : est-ce que c'était aujourd'hui que j'avais rendez-vous pour mon opération ?” Ouais, ils veulent que j'appelle et que je me fasse passer pour ma patronne alors que, pardon, hein, mais non seulement on est en pleine période de licenciements, *et il se trouve que j'ai le mauvais fauteuil*, mais en plus, on est en train de parler d'une femme qui est peut-être gravement malade. Et ils veulent que j'appelle et que je dise : “Oh, et au fait, peut-être que vous, vous pouvez me dire : vous savez si j'ai un cancer, par hasard ?”

— Ça ne m'a pas l'air d'être une très bonne idée », a dit Hank.

Nous avons essayé de lui expliquer que c'était la seule option qui nous restait si nous voulions être fixés.

« En temps normal, a dit Amber, qui était revenue avec Larry et mangeait une salade au poulet sur ses genoux, je crois que moi aussi j'aurais trouvé que c'était une mauvaise idée. Mais si Lynn avait rendez-vous ce matin et qu'elle n'y est pas allée, vous ne pensez pas qu'on devrait s'inquiéter pour elle ?

— D'accord, alors c'est *toi* qui appelles, a dit Marcia.

— Je ne crois pas que..., a dit Hank.

— Ce n'était pas mon..., a dit Amber.

— Il n'y a aucune chance que..., a dit Don Blattner.

— ... entretenir la rumeur, a dit Larry. Et tu rendrais à tout le monde un grand...

— TAISEZ-VOUS », a dit Joe Pope.

Il se tenait à l'entrée du bureau, juste derrière Hank, mais personne ne l'avait remarqué. Tout le monde a tourné la tête vers lui et, quand il a passé la porte, certains se sont levés et l'air s'est rafraîchi. « Je vous entends depuis l'intérieur de l'ascenseur », a-t-il dit. Il y avait dans son ton une autorité nouvelle, et sur son front la menace d'un possible mépris. « Maintenant, s'il vous plaît, vous la fermez. »

5

L'INCONCEVABLE FAIT DIVERS – DE NE PAS SAVOIR – FAUTEUILS – LE DÉBAT SE POURSUIT – LES OPTIONS DE BENNY – PENSER À BRIZZ – LE GARDE-MEUBLE – LA TRIBU YOPÉWOO – LA RÉUNION POST-POST-RÉUNION – LE PROJET CHANGE – JIM TOUJOURS LE DERNIER AU COURANT – LA MÈRE DE TOM MEURT – MISSION TORDUE – ONCLE MAX – JIM FICHU – LA DEMANDE DE YOP – NOUS NOUS REBELLONS CONTRE KAREN

Quelqu'un, un jour, a envoyé à toute l'agence un lien vers un article, paru sur un site d'informations très respectable, que nous avons tous lu avec attention et qui nous a occupés ensuite pendant des jours. Un homme, qui travaillait dans des locaux assez semblables aux nôtres, avait fait une crise cardiaque à son bureau. Ce n'était pas ça, l'important : il y a, quoi, cent cinquante millions de cols blancs dans le pays ? Il fallait bien que ça arrive à quelqu'un. Non, ce que nous ne pouvions pas imaginer, ce qui faisait de la mort banale de cet homme la nouvelle du siècle, c'était le détail improbable mentionné dans la première phrase de la dépêche : « Vendredi, un employé d'une compagnie d'assurances d'Arlington, en Virginie, a été victime d'un infarctus fatal à son bureau, et n'a été découvert que quatre jours plus tard, quand des collègues se sont plaints d'une odeur de fruit pourri. »

La suite de l'article expliquait que la journée de vendredi s'était écoulée, puis le week-end, sans que personne découvre l'homme effondré dans son box. Personne : ni un collègue, ni un type de l'entretien, ni quelqu'un venu vider la corbeille. Et on voulait nous faire croire qu'ensuite le lundi était arrivé, un lundi avec ses réunions et ses gens à rappeler, où l'on reprenait la routine, où l'on retrouvait le sens du devoir, que ce lundi donc s'était écoulé sans que personne se rende compte de rien non plus. Ce n'était que mardi, mardi après-midi, quand ils étaient tous partis à la recherche d'une banane pourrie, qu'ils avaient trouvé le corps de l'un des leurs étendu par terre à côté de son bureau, caché par son fauteuil. Nous n'arrêtions pas de nous demander comment c'était possible. Quelqu'un était *forcément* passé pour le prévenir qu'une réunion allait avoir lieu. Ou alors pour lui demander pourquoi il avait manqué une réunion. Mais non, visiblement, même un bonjour le matin, c'était trop demander aux voisins de box de ce pauvre crétin. Nous ne savions vraiment pas comment on pouvait en arriver là.

Nous détestions ne pas savoir. Nous détestions ne pas savoir qui serait le prochain à marcher à l'espagnole vers le bout du couloir. Comment ferions-nous pour payer nos factures ? Et où retrouverions-nous du travail ? Nous connaissions le pouvoir des compagnies de cartes de crédit et des agences de recouvrement, et les conséquences d'une insolvabilité. Les décisions de ces institutions étaient sans appel. Elles rentraient votre nom dans un système et, dès cet instant, certains aspects vitaux du rêve américain vous devenaient inaccessibles. Une piscine dans le jardin. Un long week-end à Vegas. Une petite BMW. Ce n'étaient peut-être pas des idéaux jeffersonniens, comparables à la vie et à la liberté, mais à ce stade avancé de l'Histoire, l'Ouest étant conquis et la guerre froide terminée, ces bonheurs-là aussi semblaient faire partie de nos droits inaliénables. C'était juste avant la chute du dollar, avant le houleux débat sur la délocalisation des cols blancs et l'avancée irrépressible et menaçante des jeunes mastodontes chinois et indiens dans le domaine des technologies haut débit.

Marcia détestait ne pas savoir ce qu'elle risquait si elle se faisait pincer en possession du fauteuil de Tom Mota, avec un numéro de série qui ne correspondait pas à celui figurant sur la liste de l'intendante. Elle a donc échangé le fauteuil de Tom contre celui d'Ernie, que Yop avait apporté dans le bureau de Tom. Mais elle avait encore peur que l'intendante ne fasse un tour dans l'ancien bureau d'Ernie pour vérifier le numéro de série de son fauteuil – que Chris Yop avait échangé contre le sien quand Ernie avait pris sa retraite –, qu'elle ne remarque qu'il s'agissait non pas du numéro d'Ernie mais de celui de Chris Yop, et qu'elle ne parte, là-dessus, à la recherche du vrai fauteuil d'Ernie, que Marcia s'était approprié. Tôt ou tard, Marcia en était persuadée, l'intendante allait découvrir la vérité. Elle a donc ressenti le besoin de récupérer son premier fauteuil auprès de Karen Woo, qui en avait hérité quelques mois plus tôt quand Marcia avait pris le fauteuil de Reiser, que Reiser lui avait offert après avoir pris celui de Sean Smith quand Sean Smith s'était fait virer. Mais Karen ne voulait pas se séparer de son fauteuil, dont elle prétendait que ce n'était pas celui de Marcia mais celui de Bob Yagley, qu'elle avait échangé un soir contre celui de Marcia après que le doux, le calme Bob eut été licencié. L'ancien bureau de Bob était à présent occupé par une femme du nom de Dana Rettig, qui avait été promue de box à bureau moins par mérite que parce que la direction avait le sentiment que trop de bureaux vides risquaient de faire mauvaise impression aux visiteurs potentiels. Quand elle avait déménagé, Dana avait apporté son propre fauteuil, anciennement propriété d'un commercial et bien plus confortable que celui de Bob – qui était en fait celui de Marcia. « C'était quoi le problème, avec mon fauteuil ? » lui a demandé Marcia. Dana lui a répondu qu'il n'y avait pas de problème à proprement parler : elle s'était juste attachée à celui du commercial. « Et le mien, il est où, alors ? » Dana lui a dit qu'il était sûrement là où elle l'avait laissé, dans son ancien bureau. Mais quand elles s'y sont rendues ensemble, elles ont trouvé le box occupé par quelqu'un de la production, un petit jeune à peine sorti de l'école – il avait franchement l'air d'avoir quinze ans –, qui leur a expliqué que quelques mois plus tôt, il avait vu un type passer dans le couloir, puis revenir sur ses pas et entrer dans son box, et que ce type, faisant valoir sa supériorité hiérarchique, avait exigé qu'il lui cède son fauteuil, et l'avait remplacé par la cochonnerie en plastique dont il se contentait depuis. Toute tentative pour obtenir du sous-fifre au teint frais une description un peu précise du courageux qui l'avait viré de sa chaise s'est néanmoins révélée vaine, jusqu'à ce que Marcia lui demande brutalement comment il espérait sortir de l'enfer de la production et devenir assistant directeur artistique s'il ne pouvait même pas dessiner un visage sur un bloc-notes. Le gamin leur a donc fait un croquis rapide de l'homme qui lui avait pris son fauteuil, et quand il a eu fini de colorier ses cheveux et mis la dernière touche à ses yeux, Marcia et Dana étaient d'accord pour dire que c'était le portrait craché de Chris Yop. Était-il possible que Yop se soit lassé du fauteuil d'Ernie, en ait remarqué un autre qu'il aimait mieux, l'ait racketté au microbe de la production qui était assis dessus et soit reparti avec ce qui était en fait le fauteuil de Marcia, qu'il avait gardé jusqu'à ce que l'intendante vienne l'enquiquiner et ne lui laisse d'autre choix que de l'apporter dans le bureau de Tom comme si c'était vraiment celui de Tom, si bien que quand Marcia était allée échanger le vrai fauteuil de Tom contre celui d'Ernie Kessler, ce n'était pas avec le fauteuil d'Ernie qu'elle était repartie, mais avec le sien, l'original. Avait-elle donc récupéré son propre fauteuil ? « Tu es absolument sûr que c'est lui qui t'a pris ton fauteuil ? » a-t-elle demandé au sous-fifre. Le sous-fifre a répondu que non, qu'il n'était pas sûr du tout. Marcia n'avait donc plus aucune idée d'à qui appartenait le fauteuil qui était dans son bureau à elle. Ce pouvait être le sien, ce pouvait être celui d'Ernie, et ce pouvait être celui d'un tiers non identifié. La seule personne qui le savait avec certitude, c'était l'intendante, qui possédait la liste officielle. Marcia est retournée à son bureau, écrasée par une angoisse intense, typique de l'époque.

Larry Novotny détestait ne pas savoir s'il allait réussir à convaincre Amber Ludwig que c'était dans leur intérêt à tous les deux qu'elle se fasse avorter, parce qu'il détestait ne pas savoir comment sa femme le punirait si elle découvrait leur liaison, tandis qu'Amber détestait ne pas savoir comment Dieu la punirait si elle se faisait avorter. Amber était une catholique qui détestait ne pas savoir à quoi s'attendre de la part de Dieu. Était-il possible, par exemple, qu'Il envoie Tom Mota à l'agence avec toute Sa colère pour réparer les péchés qu'Amber y avait commis sur certains bureaux, dont nous espérions de tout cœur que ce n'étaient pas les nôtres ?

Nous aussi, nous détestions ne pas savoir exactement comment Tom comptait changer l'Histoire. Nous pensions majoritairement qu'il n'était pas psychopathe, et que s'il avait voulu revenir, il l'aurait fait un ou deux jours après avoir été licencié. Depuis, il avait eu le temps de se calmer et de reprendre ses esprits. Mais certains se rappelaient aussi comment il avait traité Marilynn Garbedian à l'hôpital le jour où son mari y avait été admis dans un état critique, cette façon qu'il avait eue de s'avancer vers elle dans son trench-coat, un sourire narquois sur les lèvres et les yeux fixés sur son cou comme s'il s'apprêtait à envoyer un direct dans cette zone délicate, et ne pouvaient s'empêcher de penser qu'il s'agissait là d'un comportement complètement psychopathe. D'autres soutenaient que c'était juste de la bonne vieille misogynie. Tom confondait simplement Marilynn Garbedian avec Barb Mota, son ex-femme, et passait sur elle la colère qu'il aurait voulu passer sur Barb. Mais si c'était le cas, arguait alors l'autre camp, sur qui allait-il la passer la fois d'après ? Il était abonné à *Guns & Ammo*[1]. Il possédait un nombre considérable d'armes à feu. La plupart, cela dit, étaient des pièces de collection qui ne fonctionnaient probablement même plus. Peut-être, mais qu'est-ce qui l'empêchait d'aller s'en acheter de nouvelles ? Il n'y avait rien de plus simple que d'entrer dans une armurerie, de passer commande et de se retrouver trois jours plus tard

1. « Armes à feu et munitions ». (*N.d.T.*)

en possession des fusils d'assaut idéals pour le genre d'action que nous imaginions. Mais c'était oublier qu'à cause de la décision restrictive obtenue par Barb il devrait sûrement attendre quelque chose comme quatre-vingt-dix jours pour récupérer son permis. En plus, nous nous rappelions très bien l'avoir entendu dire qu'il ne voyait pas l'intérêt de ce genre d'articles. « Les armes automatiques, franchement : où est le sport, là-dedans ? » se plaisait-il à répéter. Certains n'étaient pas rassurés pour autant. Tom ne voyait pas l'intérêt de tirer avec autre chose qu'un bon pétard à l'ancienne, par conséquent, il ne nous tuerait pas. L'argument n'avait rien de très convaincant. Aigri par un quotidien de plus en plus pourri, Tom pouvait tout à fait avoir changé d'avis, et il lui suffisait d'entrer quelques informations moyennement véridiques sur le site Internet d'un vendeur douteux pour recevoir des mains d'un livreur UPS quelques-uns de ces articles dont il ne voyait pas l'intérêt au moment même où notre débat faisait rage. Certains pensaient que c'était absurde. Tom n'allait pas revenir. Tom essayait de tourner la page. Mais d'autres leur ont fait remarquer que nous avions aussi eu la certitude que Lynn ne viendrait pas à l'agence le jour où elle avait rendez-vous pour son opération, et regardez ce qui s'était passé.

Nous détestions ne pas savoir ce que Lynn faisait à l'agence le jour où elle avait rendez-vous pour son opération.

Jim a passé sa pause-déjeuner dans la salle d'attente du service de cancérologie du Rush Presbytarian, au milieu de gens très malades. Quelques parents en bonne santé étaient présents eux aussi : quand ils n'allaient pas chercher un verre d'eau pour l'être cher qu'ils accompagnaient, ils restaient assis bras croisés, les yeux dans le vide, Jim attendait le médecin avec lequel son père l'avait mis en contact. Son père vendait du matériel médical, et quand Jim lui avait parlé du projet sur lequel il travaillait, il avait contacté un cancérologue de la part de son fils, et avait prévenu Jim que le médecin avait accepté de lui parler. Jim espérait que cette rencontre l'aiderait à mieux comprendre la maladie et à trouver le concept gagnant pour la campagne caritative, mais à cette heure-là, le médecin était en fait trop occupé pour le recevoir ; Jim a donc remercié l'infirmière et est rentré à l'agence.

Il avait pris l'ascenseur pour le soixantième étage, où se trouvait son bureau, quand, au cinquante-neuvième, la cabine s'est arrêtée et les portes se sont ouvertes pour laisser entrer Lynn Mason. Ils ont discuté brièvement de la chemise de Jim ; Lynn a dit qu'elle l'aimait bien. Jim s'est alors retourné pour lui montrer ce qu'il préférait dans cette chemise : la danseuse de hula cousue sur le dos. Le code vestimentaire des services de Création a toujours été décontracté ; la direction se réserve le droit de nous prendre nos boulots, mais jamais nos chemises hawaïennes, nos blousons en jean, nos tongs. Lynn a dit qu'elle aimait bien la jupe de la danseuse, que Jim pouvait faire aller et venir en bougeant les épaules. Il s'est retourné encore une fois pour lui faire une démonstration.

« Je l'ai été, danseuse de hula, a dit Lynn. À l'université. »

Jim s'est retourné vers elle. « Vraiment ? »

Lynn lui a souri et a secoué la tête. « Je plaisante.

— Ah bon. » Jim a souri. « J'ai cru que vous étiez sérieuse.

— De temps en temps, je plaisante, Jim. »

La clochette de l'ascenseur a tinté et Jim est sorti sur le palier. Il a pris le couloir qui menait à son box en pensant à quel point c'était stupide d'avoir demandé à Lynn si elle avait vraiment été danseuse de hula. Arrivé à son bureau, il s'est mis à angoisser pour les annonces de campagne caritative : il n'avait pas la moindre piste. Il était déçu de ne pas avoir pu parler au cancérologue ; il avait espéré que cela lui donnerait de l'inspiration. Il s'est assis, mais il ne savait pas par où commencer. Il a vérifié s'il avait des e-mails et s'est relevé pour aller manger à la cuisine un vieux biscuit rassis qui restait dans un plat. Mais quand il est revenu, le gros œil fixe de son écran d'ordinateur était toujours là. Punaisé sur le mur du box de Jim, il y avait cette citation : « La page blanche a peur de moi. » Tout le monde savait qu'il l'avait mise là parce qu'il manquait de confiance en lui, et que dans son cas, rien n'était plus vrai que le contraire. Mais chaque fois qu'il se trouvait dans une situation comme celle-ci, à contempler la page blanche avec une échéance qui se rapprochait et un manque total d'inspiration, il levait les yeux et relisait la citation, et ça le réconfortait. « La page blanche a peur de moi », s'est-il dit. Puis il s'est dit : « Qu'est-ce que Lynn Mason faisait dans l'ascenseur avec moi le jour où elle avait rendez-vous pour son opération ? »

Il est allé trouver Benny dans son bureau. C'était toujours lui qu'il allait voir en premier quand il apprenait quelque chose. Nous avions tous quelqu'un comme ça, à qui nous réservions nos informations les plus intéressantes, et qui, ensuite, allait habituellement les répéter à quelqu'un d'autre. Benny était au téléphone. Jim est entré, s'est assis et a écouté la fin de sa conversation. Il parlait de prix : il essayait de convaincre la personne à l'autre bout du fil de lui faire une petite remise. Il répétait encore et encore que c'était trop cher pour lui. Jim s'est demandé pendant quelques instants de quoi il était question, mais il en est vite revenu au fait qu'il avait pris l'ascenseur avec Lynn Mason le jour où elle avait rendez-vous... et ce n'était pas une petite intervention, en plus. Une mastectomie, ça ne se fait pas en hôpital de jour, ce n'est pas le genre d'opération où l'on arrive le matin, ils nous rafistolent et on est de retour au travail à treize heures. Il fallait des jours pour se rétablir. Jim ne savait pas grand-chose sur le cancer du sein, mais il savait au moins ça. Il voulait que Benny raccroche. Nous passions des heures et des heures dans les bureaux des autres, comme ça, à attendre qu'ils raccrochent.

« C'était le garde-meuble, a dit Benny après avoir raccroché. Ils m'augmentent mes frais.

— Merde alors, a dit Jim. Ça monte à combien ? »

Jim a écarquillé les yeux quand Benny lui a dit le prix. « Ils s'embêtent pas, hein ? a commenté Benny. Mais franchement, je ne vois pas ce que je peux faire. Il faut bien que je le stocke quelque part. »

Quand nous avions appris que Benny avait hérité d'un totem du vieux Brizz, nous avions fait le point avec lui sur ce qu'il pouvait en faire. Il pouvait laisser les prochains propriétaires de la maison de Brizz s'en occuper – c'était sans doute le plus simple. Ou bien il pouvait chercher un collectionneur, qui viendrait et l'en débarrasserait probablement pour rien. Chris Yop lui suggéra de le laisser au coin de Clark et d'Addison et d'attendre que l'un des SDF l'emporte dans son Caddie. Karen Woo lui conseilla de payer un élagueur pour qu'il le passe à la broyeuse de souches et le transforme en copeaux multicolores. Tom Mota aimait bien l'idée de le scier en morceaux et de nous donner à chacun une tête pour décorer notre bureau en mémoire de Brizz.

« Vous ne vous demandez pas du tout pourquoi Brizz avait ça dans son jardin ? » a dit Benny.

Bien sûr que nous nous le demandions. Mais il y avait sûrement une explication très simple. Brizz lui-même en avait hérité des précédents propriétaires, ou quelque chose du genre.

« Alors pourquoi il me l'a légué, a demandé Benny, si c'est juste un truc qu'il a trouvé dans son jardin quand il a acheté la maison ? Pourquoi me le laisser à moi, délibérément ? »

Un soir, nous avons pris l'apéro dans un bar en sous-sol à côté de l'agence. Nous avions rapproché plusieurs tables recouvertes de nappes à carreaux et bavardions autour de quelques pichets de bière plus ou moins pleins. Nous commencions à nous sentir un peu pompettes, intoxiqués davantage par les vapeurs moites qui emplissaient le bunker que par notre biérasse aqueuse, quand Karen Woo nous a demandé si nous savions ce que Benny faisait avec son totem. Nous lui avons refait la liste de nos suggestions.

« Non, a-t-elle insisté, non, ce n'est pas ça que je vous demande. Est-ce que vous savez ce qu'il fait *avec* ? »

Nous ne savions pas.

« Il va le voir. »

Nous lui avons demandé ce qu'elle voulait dire par là.

« Il retourne chez Brizz, a-t-elle répondu, pour passer du temps avec le totem. »

Il y avait plusieurs explications plausibles. Le totem était un gadget géant et parfaitement inutile, et Benny allait le voir parce qu'il adorait ce genre de truc. Ou bien il prenait des mesures pour le faire enlever. Ou bien il avait rendez-vous pour le faire expertiser. Peut-être que ce truc avait de la valeur.

« Non, vous ne comprenez pas, a repris Karen, ce n'est pas arrivé qu'une seule fois. Il y est allé... Jim !, a-t-elle lancé en voyant revenir ce dernier, qui s'était absenté pour régler une affaire urgente avec Mme S., dis-leur combien de fois Benny est allé voir le totem.

— Je ne sais pas, a dit Jim en haussant les épaules.

— Mais bien sûr que tu sais, Jim... Combien de fois ? »

Jim ne voulait pas trahir son copain.

« Dix fois ! s'est écriée Karen. En un mois ! Pas vrai, Jim ? »

Nous avons demandé à Jim ce que Benny faisait là-bas.

« Il le regarde, c'est tout, a dit Jim. C'est quand même impressionnant, comme objet. Ça m'a filé la chair de poule la première fois que je l'ai vu.

— À l'Art Institute aussi, il y a plein de trucs qui te fileraient la chair de poule, a répondu Karen. Ce n'est pas pour autant que les gens y vont dix fois par mois. »

Le lendemain, nous avons demandé à Benny s'il retournait vraiment chez Brizz pour voir le totem. Si oui, avons-nous ajouté, pour quelle raison ? Jim Jackers nous avait dit qu'il y était allé dix fois le mois passé. Est-ce que c'était vrai ?

« Je ne sais pas, je ne compte pas, a dit Benny. Qu'est-ce que c'est que cet interrogatoire ? »

Nous lui avons demandé s'il y allait pour un rendez-vous avec un expert, parce qu'il pensait que le totem pouvait avoir de la valeur. Ou bien parce qu'il prenait des mesures pour le faire enlever. Ou bien parce que c'était un gadget géant et parfaitement inutile, et qu'il adorait ce genre de truc.

« Qu'est-ce que ça peut vous faire ? a-t-il répliqué. J'y vais, et puis voilà. Je ne vois pas où est le problème. »

Nous ne comprenions pas : c'était ça, le problème. Parce que en plus, peu après, nous avons découvert qu'il n'y allait pas juste comme ça. Il y allait directement après le travail. Autrement dit, il prenait la route à l'heure de pointe. Nous lui avons demandé ce que ce totem avait de si exceptionnel pour qu'il se tape des heures d'embouteillages dans le seul but d'aller le regarder. Il a marmonné une réponse évasive et a refusé d'en dire plus. Est-ce qu'il avait un peu réfléchi à ce qu'il allait faire du totem quand Bizarro Brizz mettrait en vente la maison de son frère ? Le plus sage était de le laisser aux futurs propriétaires, non ? Benny a répondu qu'il ne pensait pas faire ça. Dans ce cas, insistions-nous, quels étaient ses projets ? Quelqu'un a suggéré qu'il y avait peut-être quelque part de vrais Indiens qui seraient contents de récupérer leur totem, et qui sauraient mieux que lui quoi en faire. La réponse de Benny ?

« Brizz m'a donné ce totem à moi. Pas à un vrai Indien. »

C'était la chose la plus bête que nous ayons jamais entendue. Un mois plus tôt, le totem n'était pas à l'ordre du jour. L'idée même d'en posséder un aurait sans doute semblé complètement absurde à Benny. Mais voilà que Brizz lui lègue le sien, et tout à coup il se tape des heures d'embouteillages pour aller voir l'objet. Nous voulions juste savoir pourquoi.

« Mais vous n'avez pas de vie, de votre côté, ou quoi ? » a dit Benny.

Nous avons fini par demander à Dan Wisdom qu'il nous rende un service. Il vivait dans le même quartier que Brizz. Nous lui avons demandé de prendre quelques heures, un soir, sur le temps qu'il consacrait à peindre des poissons, pour passer en voiture derrière chez le vieux Brizz et voir ce que faisait Benny – comment il occupait son temps, quoi.

« Il nous a dit comment il occupait son temps, a répondu Dan. Il regarde son totem. »

Oui, mais c'était forcément un peu plus compliqué que ça. Sors de ta voiture, Dan, observe ce qui se passe entre lui et le totem, puis demande-lui à quoi il pense.

« Qui sait à quoi il pense ? a répliqué Dan. Il pense à ce qu'il veut, c'est ses oignons. De toute façon, je n'habite pas vraiment dans le même quartier que Brizz. J'habite dans le sud, mais c'est grand, le sud, vous savez. »

Nous avons dit à Marcia Dwyer que Benny était amoureux d'elle depuis longtemps. Demande-lui si tu peux l'accompagner là-bas, avons-nous suggéré, non sans insistance. Dis-lui que tu veux voir le totem. Il sera super content d'y aller avec toi. Et puis, une fois que vous serez là-bas, demande-lui ce qui le passionne autant dans ce truc.

« OK, alors primo, a dit Marcia, vous êtes vraiment des gros nazes. Secundo, ça ne m'intéresse pas vraiment de savoir ce qu'il fait là-bas. Peut-être qu'il essaie de découvrir quelque chose sur lui-même. Peut-être – et je suis sûre que vous trouvez ça ridicule, comme idée, hein –, mais peut-être qu'il cherche quelque chose. Un signal de Brizz. Un signe. »

Nous avions oublié que Marcia donnait à fond dans le bouddhisme sentimental – la réincarnation, les lois du karma : des fantaisies religieuses dont la véritable signification lui échappait sans doute complètement.

« Et tertio, a-t-elle continué, comment ça Benny Shassburger est amoureux de moi ? »

Nous ne savons pas ce que vous savez exactement, avons-nous commencé un jour où, par un hasard heureux, nous sommes tombés sur le père de Benny qui attendait son fils dans le hall d'entrée de l'immeuble. Certains l'avaient reconnu pour l'avoir vu en photo dans le bureau de Benny : un homme imposant avec une barbe et une kippa. Mais à peu près un mois plus tôt, avons-nous continué, son fils avait reçu un étrange petit legs d'un type qui avait travaillé ici. Est-ce qu'il savait à quoi nous faisions référence ?

« Le totem ? » a demandé le père de Benny.

Oui, le totem. Est-ce qu'il savait aussi qu'au cours des six dernières semaines Benny était retourné le voir douze fois, si ce n'est plus ? À la fin de la journée, quand la route était plus bouchée que jamais, il descendait jusqu'à la 115ᵉ Rue pour aller regarder le totem. Nous avons demandé à son père s'il était au courant de ça.

« Je sais qu'il y va, oui. Je ne savais pas que c'était aussi souvent, mais je savais qu'il y allait, bien sûr. J'y suis allé avec lui. »

Il y était allé avec lui ?

« Bien sûr. »

Et qu'est-ce qu'ils avaient fait, là-bas, tous les deux ?

« On a regardé le totem. »

C'était tout ? Ils l'avaient regardé, rien d'autre ?

« Enfin, non : ensuite on a mis nos coiffes en plumes et on a dansé pour que la récolte soit bonne. C'est ça que vous vous imaginez ? »

Nous avions notre homme. C'était le genre de réponse qui serait sortie de la bouche de Benny Shassburger lui-même avant qu'il ne se ferme comme une huître et ne refuse de nous dire un mot des raisons pour lesquelles ce totem le fascinait tellement, laissant le mystère s'épaissir au point de nous rendre fous. Nous avons demandé au père de Benny s'il ne trouvait pas ça bizarre qu'un juif comme Benny se passionne autant pour un objet païen comme un totem.

« Si vous voulez savoir si je crois que mon fils prie ce totem, a répliqué le père avec un changement de ton, la réponse est non, je ne crois pas. Je crois juste qu'il l'aime bien. »

Oui, avons-nous avoué à Benny le lendemain, nous avions eu une conversation avec son père. Non, nous ne lui avions jamais demandé s'il priait le totem. Nous ne cherchions pas à offenser qui que ce soit. Nous voulions juste savoir, honnêtement, lui avons-nous dit, nous voulions juste savoir pourquoi il allait si souvent voir le totem, et à quoi il pensait quand il était là-bas.

« J'y vais, a-t-il répondu très simplement, pour penser à Brizz. »

Alors ça, c'était marrant. Pendant que Benny pensait à Brizz, nous pensions à Benny. Qu'est-ce que Benny pouvait bien faire là-bas, dans le jardin de Brizz, et à quoi est-ce qu'il pouvait penser en regardant le totem, voilà ce que nous nous demandions. Tandis que Benny, lui, se demandait... quoi donc, exactement ? Penser à Brizz, c'était penser à quoi, en fait ? À ses cigarettes, son pull-over sans manches, sa discussion avec le type de l'entretien, et toutes les journées sans intérêt passées en sa compagnie. Ça prend à peu près dix secondes. Et après, on pense à quoi ? À quoi est-ce qu'on aurait bien pu penser ?

« Écoutez, a dit Benny, dont la patience avait des limites. Ce n'est pas moi qui l'ai acheté, ce truc. Ce n'est pas moi qui l'ai planté dans mon jardin. Moi, je vais le voir, c'est tout. Qu'est-ce que vous auriez fait à Brizz si vous aviez découvert qu'il avait un totem dans son jardin et qu'il avait refusé de vous dire pourquoi ? »

Nous l'aurions traqué, menacé, torturé, tué. Tout ce qu'il fallait pour lui faire cracher le morceau.

Mais l'important, ce n'était pas Brizz. Brizz ne risquait pas de nous apprendre quoi que ce soit. Brizz était parti. Benny, par contre, était toujours là. Benny pouvait nous dire ce que nous voulions savoir.

« Je ne vous le dirai jamais, a-t-il dit. C'est un secret entre Brizz et moi, et vous, vous n'êtes qu'une bande de merdeux. »

« Il est devenu fou, ou quoi ? » a demandé Karen à Jim.

Sans explication, Benny s'est mis à nous donner à tous dix dollars. De bureau en bureau, de box en box, il distribuait ses billets. C'est pour quoi ? lui demandions-nous.

« Un remboursement. Je ne veux pas de votre argent de la mort. »

En fait, il nous rendait ce qu'il avait gagné au jeu des Célébrités en Danger de Mort en pariant sur Brizz.

« Il est devenu fou », a dit Jim.

Bizarro Brizz a fini par mettre en vente la maison de son frère ; à présent, la situation, pensions-nous, allait forcément changer. Benny n'aurait plus de jardin, plus de... comment appeler ça ? Plus de lieu du souvenir, où passer du temps en repensant au disparu et à tous les mystères qu'il laissait derrière lui, si c'était bien là-dessus qu'il méditait là-bas. Naturellement, nous pensions qu'il allait renoncer au totem. Il allait le laisser aux futurs propriétaires, le donner à quelqu'un, le faire expertiser, ou payer un élagueur pour qu'il l'en débarrasse à la broyeuse de souches. Mais non : il a engagé des déménageurs pour le transférer dans le plus grand box disponible du garde-meuble au coin de North et de Clybourn, où il reposait depuis dans un fourreau de papier bulle, couché sur le sol en ciment, parce qu'il ne tenait pas dans son appartement.

Quand nous avons appris que Benny avait choisi, contre notre avis, de garder le totem, allant même jusqu'à dépenser une fortune pour le stocker, nous n'avons pas arrêté de lui demander pourquoi. Pourquoi, Benny. Pourquoi ? Benny, Pourquoi ? Comme il refusait toujours de nous répondre – peut-être se trouvait-il lui-même incapable de s'expliquer son comportement –, nous avons laissé éclater notre colère. Nous n'aimions pas ne pas savoir. Nous ne pouvions tolérer de rester dans le noir. Et nous trouvions que c'était le comble de l'hypocrisie que Benny, qui passait son temps à raconter à tout le monde les histoires de tout le monde, essaie de nous cacher quelque chose. Nous sommes donc devenus insupportables, une vraie volaille en furie. Nous exécutions de fausses danses rituelles devant la porte de son bureau. Un jour, nous avons même passé aux ciseaux un vieux postiche que Yop avait retrouvé dans sa cave, et nous l'avons déposé sur son bureau, tout déchiqueté et arrosé d'une demi-bouteille de faux sang issue de la réserve personnelle de Karen Woo, si bien que ce que Benny a découvert à son retour avait toutes les apparences d'un scalp fraîchement tranché. Quelqu'un avait suggéré qu'on trouve une kippa à poser dessus, mais nous étions tous plus ou moins d'accord pour dire qu'il y avait des limites à ne pas dépasser.

Pour notre défense, c'était une idée de Chris Yop et Karen Woo, le faux scalp, et ce sont eux qui se sont vraiment chargés de sa réalisation. Hank Neary l'a très bien résumé en déclarant : « Ouais, c'était vraiment juste une production Yop et Woo. » L'expression nous a plu, et c'est devenu le nom de la tribu de Benny : les Yopéwoo. Nous disions : Eh, Benny, comment vous faites, les Yopéwoo et toi, pour ne pas crever de froid en hiver ? Au fait, Benny, est-ce que le gouvernement vous a restitué vos terres ? Et les hommes de ta tribu, Benny, est-ce qu'ils ne sont pas un peu trop portés sur l'eau de feu ? Benny se contentait de hocher la tête d'un air amène et, sans un mot d'explication, continuait à dépenser trois cent dix-neuf dollars par mois pour stocker le totem de Brizz.

L'après-midi où Lynn Mason aurait dû être en train de se remettre de son opération, Benny a découvert que ses frais de stockage augmentaient de trente dollars. Ce n'était pas exorbitant en soi, mais s'il l'ajoutait au reste, il allait débourser tous les mois une somme absolument grotesque.

« Il est temps que je m'en débarrasse, a-t-il dit à Jim. Je ne vois pas l'intérêt de le garder enfermé dans un box, surtout à ce prix-là. »

Jim rongeait son frein, impatient de lui annoncer qu'il avait pris l'ascenseur avec Lynn Mason le jour où elle devait être à l'hôpital. Mais il a été surpris de l'entendre parler de se séparer du totem.

« Tu as toujours dit que Brizz t'avait donné ce totem pour une bonne raison. Maintenant tu parles de t'en débarrasser ?

— Est-ce que j'ai le choix ? Je ne vais pas dépenser trois cent cinquante dollars par mois pour un totem. C'est de la folie.

— Ce n'était pas de la folie à trois cent dix-neuf dollars ?

— Si, déjà. Au fait, tu veux savoir combien il vaut ? J'ai demandé à un expert de l'examiner. Il m'a dit que sur le marché des antiquités, je pouvais en tirer jusqu'à soixante mille dollars. »

Jim n'en revenait pas. Il a émis quelques grognements sceptiques.

« Ah, et il y a autre chose, a dit Benny. Lynn Mason est là aujourd'hui. »

L'incrédulité a laissé la place à la déception sur le visage de Jim quand il a entendu Benny lui annoncer ce qu'il avait patiemment attendu de lui révéler lui-même.

« Ah, nan ! s'est-il écrié. C'était justement ce que je voulais te dire ! »

Joe Pope est soudain apparu dans l'encadrement de la porte, son agenda en cuir à la main.

« Réunion au coin-canapés dans dix minutes, les gars. »

L'annonce d'une réunion post-post-réunion n'était jamais bon signe. Surtout quand elle arrivait si prestement sur les talons d'une post-réunion. Cela pouvait seulement signifier que le projet avait été annulé ou repoussé, ou qu'il y avait des changements. Nous avions dix minutes pour ruminer la situation et décider laquelle de ces deux éventualités nous redoutions le plus. Annulé ou repoussé, notre seul projet se faisait la malle, et avec lui tout espoir de paraître occupés. Paraître occupés restait essentiel si nous voulions nous sentir indispensables à l'agence, sans parler d'être perçus comme tels par Lynn et ses associés qui, nous voyant suer à la tâche, en concluraient qu'ils ne pouvaient pas nous licencier. (Nul besoin ici de préciser que notre unique projet, de nature caritative, ne rapporterait pas un sou à l'agence.) Si le projet était modifié, tout le travail que nous avions fourni jusque-là pour trouver des concepts partait à la corbeille. C'était toujours rageant. Autant la perspective d'une réunion post-réunion nous mettait le cœur en fête, autant celle d'une réunion post-post-réunion suscitait en nous anxiété et malaise.

Et, cette fois-ci, non sans raison. Après un détour par les toilettes, puis par le coffee bar pour reprendre des forces, et enfin par la cafétéria pour une canette de soda, nous avons traîné les pieds jusqu'aux canapés pour apprendre la mauvaise nouvelle. La campagne d'annonces pour la campagne caritative avait changé du tout au tout.

Joe s'est assis sur un des canapés et a essayé de nous expliquer. « Bon, voilà ce qui se passe, a-t-il dit. Ce n'est plus vraiment une pub pour quoi que ce soit. » Il s'est immédiatement repris, reconnaissant que bien sûr, c'était une pub pour quelque chose. Ou plutôt, pour *quelqu'un*. Enfin non, dans le sens traditionnel d'une pub, ce n'en était pas vraiment une. Enfin si, bien sûr que c'en était une, mais plutôt dans le sens d'une annonce de service public.

« Je sens que ce n'est pas clair, a dit Joe. Je vais recommencer depuis le début. Ce que le client nous demande, c'est une pub qui s'adresse d'abord aux malades elles-mêmes. On n'essaie plus de toucher les donateurs potentiels en suggérant que la recherche a besoin de leur argent. On parle directement aux personnes malades. Et notre objectif, c'est de les faire rire.

— Les faire rire ? a répété Benny. Je ne comprends pas.

— Moi non plus, a dit Jim, depuis le sol.

— Il faut que vous créiez une annonce, a dit Joe, qui fasse rire les malades du cancer du sein. C'est aussi simple que ça.

— Qu'est-ce qu'on vend ?

— Rien du tout.

— Alors à quoi ça sert ?

— Pensez-y... a dit Joe en se penchant, coudes sur les genoux. Pensez-y comme à une campagne de sensibilisation, OK ? La différence, c'est que vous ne sensibilisez pas la cible à quelque message que ce soit : vous vous contentez de la faire rire. »

Voyant que nous restions très perplexes, il a ajouté : « OK, si on doit vendre quelque chose, on vend du réconfort et de l'espoir à la malade à travers le pouvoir du rire. Qu'est-ce que vous pensez de ça ?

— C'est un produit inhabituel, a dit Geneviève.

— Ça, c'est sûr, a reconnu Joe. En fait, on n'a pas de produit. Pas de bénéfice consommateur, pas d'incitation à l'achat, pas de concurrence sur le marché. Et on n'a pas non plus de directives pour le design, le format, les couleurs, les typos, les images ou le texte.

— Mais qu'est-ce qu'on a, alors ? a demandé Geneviève.

— On a une cible : les femmes qui souffrent d'un cancer du sein, et un objectif : les faire rire.

— Pourquoi est-ce que le projet a été modifié ?

— Je ne sais pas. Lynn m'a juste envoyé un e-mail avec les changements en me demandant de vous les communiquer.

— Qui est-ce qui finance le projet, maintenant que ce n'est plus une campagne caritative ? a demandé Dan Wisdom.

— Bonne question. Les mêmes, j'imagine. L'Alliance Contre le Cancer du Sein.

— Joe, a dit Karen, comment ça se fait que je ne trouve aucune mention de cette Alliance sur Internet ?

— Je ne sais pas. Tu ne trouves rien ? »

Karen a secoué la tête. « Il y a des œuvres de bienfaisance, des institutions caritatives, des centres de recherche et à peu près un millier d'alliances, mais aucune qui porte le nom "Alliance Contre le Cancer du Sein". »

Joe a suggéré qu'il s'agissait peut-être d'une sorte d'organisation mère regroupant plusieurs associations régionales avec chacune leur propre site.

« Et alors on est censés faire quoi des concepts qu'on avait trouvés pour la campagne caritative ?

— Vous les mettez de côté pour l'instant.

— Ah ben d'accord, a dit Karen. Super.

— Ouais, enfin bon, ce n'est pas comme si on avait trouvé quoi que ce soit de potable, a dit Larry.

— Mais bien sûr que si, a dit Karen. On avait "Les Êtres Chers", OK ? Tu es au courant depuis quand, Joe, pour ces changements ?

— Je vous dis : Lynn vient de me faire suivre l'e-mail.

— Je croyais que Lynn ne devait pas être là aujourd'hui.

— Changement de programme, j'imagine.

— Mais alors tout le monde sait que Lynn est là aujourd'hui ? a demandé Jim en nous interrogeant du regard. Pourquoi c'est encore moi le dernier au courant ?

— Parce que t'es un crétin, a dit Marcia.

— OK, a dit Joe. Allez, on s'y met. »

En quittant le coin-canapés, sachant qu'il fallait mettre à la poubelle nos débuts d'idée pour la campagne caritative et consacrer les heures les plus pénibles de l'après-midi – qui tendaient à s'étirer à l'infini – à tout recommencer de zéro, nous nous sentions un peu épuisés. Tout ce travail pour rien. Il nous arrivait, pour nous donner du courage, de repenser aux jours passés et aux travaux achevés. Oh ! quelle erreur ! car à quoi tout cela avait-il servi au final ? Quant à la perspective de nos soirées et de nos week-ends soi-disant reposants, elle nous rendait l'instant présent encore plus insupportable. Il y avait déjà tant de désagréments dans la vie de bureau ; la dernière chose que nous souhaitions, le soir, c'était rentrer à la maison pour faire la vaisselle. Et la simple idée de devoir sacrifier notre dimanche à la vidange et aux lessives nous donnait envie, surtout quand nous avions mal digéré notre repas, de nous allonger en travers du couloir et de forcer toute personne assez idiote pour ne pas nous imiter à nous contourner. Ce ne serait peut-être pas si désagréable. Les autres pourraient nous jeter de la nourriture, ou, si cela n'était pas possible, des miettes de leurs PowerBar et de leur pop-corn micro-ondable finiraient tôt ou tard par tomber à portée de main. Les gens de service, pour passer l'aspirateur, seraient obligés de nous tourner sur le côté – ainsi nous n'aurions pas d'escarres – et nous pourrions nous fabriquer de petits jouets avec des rognures de moquettes que, dans des moments d'extrême régression, nous sucerions pour nous réconforter.

Mais trêve de rêveries. Nos bureaux nous attendaient, nous avions du travail. Et le travail, c'était tout. Nous aimions penser que ce qui comptait, c'était plutôt la famille, ou Dieu, ou le football à la télé le dimanche, ou le shopping avec les copines, ou un petit verre le samedi soir, que c'était l'amour, le sexe, une retraite confortable. Mais à deux heures de l'après-midi, avec nos factures à payer et la menace des licenciements au-dessus de nos têtes, la seule chose qui comptait, c'était le travail.

Néanmoins, les événements de cet après-midi-là ne nous ont pas aidés à nous concentrer. Benny Shassburger a demandé à Joe de venir dans son bureau et l'a informé qu'il avait reçu un e-mail de Tom Mota. Le message avait pour objet : « Jim m'a dit que vous bossiez sur une campagne bénévole contre le cancer. »

« Alors il est en contact avec Jim, aussi ? a demandé Joe en s'asseyant en face de Benny.

— Apparemment. Je te dis, j'ai reçu ça il y a quelques minutes à peine.

— Lis-le-moi. »

Benny s'est tourné vers son écran. « C'est un peu long.

— Ne t'inquiète pas. Lis-le.

— OK. Ça commence comme ça :

"Donc Jim m'a dit qu'à l'agence, là, vous bossiez sur une campagne bénévole contre le cancer. YAAA-HOOOU ! Je suis sorti de tout ça, moi !!! Mais puisque toi, tu ne l'es pas, je me suis dit que, pour ce qu'elle vaut, j'allais te raconter l'histoire du cancer de ma mère, et que tu pourrais t'en servir si tu veux. Ma mère était une putain de saleté. Quand elle faisait pas sa putain de saleté, elle faisait sa sourde-muette. Et quand elle faisait pas sa sourde-muette, elle chialait dans la baignoire. Et quand elle chialait pas dans la baignoire, elle partageait une bouteille avec Mr Hughes. Et celui-là je peux te dire, avec son œil de verre, c'était un sacré dégueulasse. Enfin voilà : ce sont les quatre souvenirs que j'ai de ma mère. Elle ressemblait à Rosie la riveteuse, tu vois de qui je parle, la femme au foulard rouge à pois blancs qui dit : We can do it !? Elle avait la même tête pas sympa. Mais la ressemblance s'arrêtait là, parce que ma mère ne savait rien faire, elle avait des X sur les yeux comme les morts dans les BD. Je ne lui ai jamais acheté de carte pour la fête des Mères, mais je ne suis pas sûr qu'il y en aurait eu une adaptée à son cas, en fait. T'imagines ? 'Joyeuse fête des dépressifs, Ma. Gros bisous, Tommy.' Mais c'est là qu'elle est tombée malade. Aucun d'entre nous ne voulait s'occuper d'elle, même pas en RÊVE. J'ai un frère dans un ranch à Omaha : il ne voulait pas la prendre chez lui. J'en ai un autre à Newport Beach, à Orange County en Californie – là-bas, tout ce qu'ils veulent, ces connards de richards, c'est leur décapotable rouge et leur yacht. Enfin bon, et sinon, il y a ma sœur, qui disputait à ma mère le titre de plus grande garce du monde dans le Tenderloin. C'est un petit coin de paradis plein de putes et d'ivrognes à San Francisco. Pas moyen qu'ELLE, elle accepte de prendre la vieille chez elle. (Ma sœur, c'est un roman à elle toute seule. Je te parlerai d'elle un jour.) Enfin bon, et donc ma mère était restée dans l'appartement où on avait grandi – imagine-toi vivre toute ta foutue vie dans le même deux-pièces à Roméoville. Vu que j'habitais à environ dix bornes de là, c'est moi qui ai dû aller la chercher et la ramener chez nous. MAIS PAS SES PUTAINS DE CHATS ! PAS MOYEN. PAS DE CHATS. Barb n'arrivait pas à croire que je refusais de m'occuper de ma mère alors qu'elle allait bientôt mourir. Mais c'est parce qu'elle a jamais vu cette garce, dans sa foutue robe de chambre, jeter des assiettes contre les murs. Tout ça pour dire que c'est Barb, en fait, qui m'a convaincu d'aller la chercher, et franchement, Benny, entre nous, j'ai VRAIMENT, VRAIMENT tout fait foirer. Avec Barb, je veux dire. Ça te dirait pas qu'on aille se boire une bière un de ces quatre ? Elle me manque et j'aimerais en parler un peu. Enfin bon : on a installé ma mère au grenier jusqu'à ce qu'elle agonise, et ça, pour agoniser, elle a bien agonisé, et c'était même pénible à voir. Elle a refusé catégoriquement d'aller à l'hôpital, et ensuite elle a refusé de se laisser soigner par l'infirmière qu'on avait engagée. Mais alors par contre, et ÇA, j'arrivais pas à y croire : elle a demandé un prêtre. Jamais de ma vie je ne l'avais vue s'intéresser à la religion. Donc on en a fait venir un, et je te raconte pas l'effet que ça m'a fait de voir ma mère tenir la main d'un prêtre. Elle était déjà bien moche, à ce moment-là, sans son dentier : on l'aurait crue sortie de l'ENFER. Je plaignais l'Être suprême qui était sur le point de la recevoir, mais je dois avouer que je me sentais aussi un peu envieux de la facilité avec laquelle Dieu ou je ne sais quoi la convainquait de tenir la main de Son serviteur, alors que je ne me souvenais même plus de la dernière fois où elle avait tenu la MIENNE, de main, peut-être jamais, en fait. Et tout ça parce que c'était une vraie saleté, mais aussi parce que son père était un connard d'ivrogne qui la battait, comme te l'expliqueraient ces FOUTUS psychologues de talk-show. Enfin bon, je vais trop vite, là, parce qu'avant qu'elle demande le prêtre, entre le moment où je suis allée la chercher à Roméoville (SANS LES CHATS) et le moment où elle s'est mise à agoniser, je montais la voir tous les soirs dans le grenier en rentrant du boulot et on regardait la Roue de la fortune ensemble. On se contentait de regarder la télé, on ne disait pas un mot, mais tu vois c'était bien plus que tout ce que j'avais fait avec elle quand j'étais gamin. On regardait la Roue de la fortune alors que Barb préparait le dîner en bas, et pendant les quatre ou cinq mois que ça a duré, je me suis rendu compte que peu importe le genre de saleté que t'as pour mère, c'est dur de la voir mourir, parce que le cancer des ovaires est une saleté bien pire que la pire des saletés qu'il dévore. Ça l'a RAVAGÉE, Benny. Je ne la reconnaissais même plus. Elle ressemblait plus au squelette dans ton bureau qu'à ma mère. Oh ! là là ! qu'est-ce que j'ai pu pleurer quand elle est morte. J'arrêtais pas de demander POURQUOI à Barbara, POURQUOI est-ce que je pleurais ? Et elle me répétait : c'est normal que tu pleures, c'est ta mère. Mais POURQUOI ? Je ne lui avais pas parlé depuis dix ans. Et j'en avais rien à foutre de sa gueule. Mais voir quelqu'un DÉPÉRIR comme ça… Et s'il y avait UNE CHOSE que je pouvais changer, UNE CHOSE, dans toute ma vie, que je pouvais retirer, ce serait ce que j'ai dit quand on traversait cette sale période au moment du divorce, quand j'ai VRAIMENT pété les plombs et que j'ai hurlé à Barb : J'ESPÈRE QUE LE CANCER DES OVAIRES TE BOUFFERA LA CHATTE ! Je ne le pensais pas. J'ai honte, maintenant. Non, c'est même trop faible, comme mot. Tu es le premier à qui je raconte ça. Est-ce que tu peux me dire CE QUI M'EST PASSÉ PAR LA TÊTE, PUTAIN ? Oh ! là là là là ! Enfin bon. Sers-toi de ça dans ta pub si tu veux, et passe le bonjour à tous ces connards. Tom." »

Cet e-mail a vite fait le tour du service, et certains d'entre nous, victorieux, l'ont érigé en preuve du pacifisme de Tom. Il parlait de prendre une bière avec Benny, et regrettait d'avoir souhaité un truc aussi horrible à Barb. Ça ne ressemblait pas aux divagations pré-homicides d'un ancien employé décidé à régler ses comptes. Même Amber, bien qu'horrifiée par à peu près tout ce que Tom avait écrit, a fini par admettre à contrecœur que le contenu de son message laissait peut-être supposer un Tom plus stable que celui qu'elle avait imaginé entrant et sortant des armureries de Tinley Park depuis le jour où il avait marché à l'espagnole. Il y avait une question, cependant, avec laquelle elle nous bassinait : elle voulait absolument savoir ce qu'il avait fait des chats de sa mère.

« Est-ce qu'il les a laissés là-bas quand il l'a emmenée chez lui ? a-t-elle demandé. Il n'a quand même pas laissé les chats tout seuls dans l'appartement, si ? »

Elle voulait que Benny renvoie un e-mail à Tom pour lui demander ce qui était arrivé aux chats, mais personne d'autre ne pensait que c'était une bonne idée. « Mais qu'est-ce qu'ils sont devenus ? » a-t-elle insisté.

« Oh, tu vas la fermer avec tes foutus chats ? » a dit Larry.

Nous savions qu'il y avait une certaine tension entre eux en raison de leur désaccord sur la question de l'avortement, mais pas à ce point-là. *Trouble in paradise*, les amis. Ceux d'entre nous qui se trouvaient dans le bureau d'Amber à ce moment-là se sont hâtés de partir.

Joe est allé demander à Jim quelles nouvelles il avait reçues de Tom. « On doit transmettre tous ses messages à la Sécurité, a-t-il ajouté.

— Ah bon ? Mais je ne savais pas, moi. Personne ne me l'a dit.

— Ne t'angoisse pas. Fais suivre son e-mail à Mike Boroshansky, c'est tout.

— Pourquoi est-ce que je suis toujours le dernier au courant de tout, ici ? »

Joe ne savait pas quoi lui répondre. Jim s'est tourné vers son ordinateur et a ouvert l'e-mail de Tom. « Tu veux vraiment que je te le lise ?

— Oui, s'il te plaît. Dis-moi d'abord ce qu'il a mis en objet.

— Ce qu'il a mis en objet, a dit Jim. Il a mis : "J'ai besoin d'un téton plein de lait."

— Pardon ?

— C'est ce qu'il a écrit. "J'ai besoin d'un téton plein de lait."

— Est-ce que c'est un code entre Tom et toi ?

— "J'ai besoin d'un téton plein de lait" ? Non, j'ai aucune idée de ce que ça veut dire, moi. Qu'est-ce que ça peut vouloir dire ? Comment je pourrais savoir ?

— Jim, calme-toi. Vas-y, lis-moi son e-mail.

— "Dis, Le Gnome, tu te rappelles quand on a tourné cette pub pour la lessive ? Celle avec les mecs qui jouent au football américain et rapportent leurs vêtements tachés d'herbe à leur petite femme aimante. Bon, eh bien, tu es d'accord que quand ces mecs se faisaient plaquer, ils ne s'écrasaient pas vraiment dans l'herbe. C'étaient des acteurs. On leur avait mis des matelas. Ils tombaient sur des matelas ! Tu es démasquée, Télé America ! Enfin bon, la question que je voulais te poser à toi, JIMBO, la voici : quand le capitaine Murdoch lance des grenades sur les MÉCHANTS et que les MÉCHANTS sont balancés dans les airs, est-ce que ces MÉCHANTS retombent sur des matelas, eux aussi ? Tu n'aurais pas peur de te faire mal, toi, JIMBO, si tu sautais sur une grenade dans un coin où il n'y a pas le MOINDRE matelas ?" »

Quand cet e-mail-*là* a fait le tour du service, tout ce que nous nous sommes dit, c'est que Tom avait eu envie de s'amuser un peu avec son vieil ami Le Gnome. Mais impossible, bien sûr, d'en convaincre Amber. Ça nous a renvoyés directement à la case départ avec elle. Elle nous a même harcelés jusqu'à ce que nous admettions que la différence de ton entre les deux e-mails indiquait tout au moins que l'humeur de Tom n'était pas toujours au beau fixe.

Après avoir appris les changements dans le cahier des charges, Geneviève est sortie acheter quelques livres au Borders de Michigan Avenue, près de la Water Tower. De retour à l'agence, elle s'est mise à lire. Elle en était à la moitié des mémoires d'une rescapée du cancer du sein quand Joe est arrivé. « Hello », a-t-il dit en frappant sur sa porte ouverte.

« Oh ! là là ! c'est *vraiment* trop triste, ce truc, a dit Geneviève. Oh, il faut que j'arrête de le lire. »

Elle a posé le livre. Elle s'est passé les mains sur le visage et, de ses deux index, a essuyé les larmes prêtes à couler. « Oh ! là là ! » a-t-elle répété. Elle a poussé un profond soupir.

« Ça va ? a demandé Joe.

— Oui, c'est bon.

— Je passais juste pour m'assurer que tu avais bien compris ce qu'on devait faire. »

Ils travaillaient toujours ensemble, Joe et Geneviève, et leur équipe fonctionnait mieux que la plupart des autres. « Oui, je pense, a répondu Geneviève. Même si, honnêtement, je me sens très mal partie pour trouver quoi que ce soit. »

Joe s'est assis en face d'elle. « Pourquoi ça ?

— Eh bien, je suis en train de lire ce témoignage », a-t-elle expliqué en soulevant brièvement le livre pour lui montrer. « Et en fait, tout ce qui en ressort, c'est de la tristesse. Il y a de la panique, de la peur, de l'angoisse, beaucoup de courage. Des larmes, aussi. Dans sa famille, tout le monde est merveilleux. Son frère démissionne pour s'occuper d'elle. C'est un saint. Et elle, c'est une héroïne. Parce qu'elle ne reçoit que des mauvaises nouvelles, toujours et encore des mauvaises nouvelles. Mais de temps en temps, il y a une petite lichette d'humour. Heureusement, je peux te dire, parce que sinon, tu finirais par te tirer une balle. Par exemple, à un moment, il y a le frère qui entre dans la chambre. Elle, elle vient de découvrir à peu près deux pages plus tôt que son cancer ne répond pas au traitement. Et donc le frère entre – il s'est rasé le crâne pour qu'elle ne soit pas la seule à être chauve. Et il entre avec une énorme perruque blonde sur la tête, et sa sœur est morte de rire tellement il est ridicule. Et toi aussi tu es mort de rire, et ça fait vraiment du bien. Mais bien sûr, deux secondes plus tard, elle éclate en sanglots parce qu'elle l'aime tellement, et qu'il s'occupe tellement bien d'elle... Je veux dire, ce n'est que son *frère*, nom de Dieu. Rien ne l'oblige à... à... Oh, et voilà, c'est reparti. »

À nouveau, elle a chassé ses larmes du bout des doigts et a soupiré. « Ce que j'essaie de dire, a-t-elle repris en tirant violemment un mouchoir de la boîte posée sur son bureau, c'est que c'est très, très difficile de trouver quelque chose de drôle dans le fait d'avoir un cancer. Et que ce qui est drôle l'est seulement dans le contexte d'une tonne de tristesse. Comment ils veulent qu'on rende ça avec une photo et un titre en dix mots ? »

Joe s'est renversé dans son fauteuil. « Oui. Je suis d'accord.

— C'est vrai ? »

Personne ne s'attendait jamais à ce que Joe Pope trouve quoi que ce soit difficile car, dans l'art de la communication, il était plus ou moins expert.

« Faire rire les malades du cancer... », a-t-il repris. Puis, en baissant la voix : « Ce n'est pas un peu tordu, comme mission ? »

Sans doute, mais c'était *notre* mission tordue, et nous n'en avions pas d'autre. En fin d'après-midi, Geneviève avait fini son livre, et Hank Neary, après avoir épluché tous les sites Internet sur le sujet, aurait pu se faire passer pour un spécialiste du cancer. Benny Shassburger avait choisi l'approche opposée. Il avait trouvé une photo de stock représentant une belle jeune femme langoureusement étendue sur une table de billard en feutre rouge, à laquelle il avait administré un petit traitement Photoshop, couvrant ses seins avec deux masques chirurgicaux. Là, avait-il pensé, il tenait une image formidable. Les malades du cancer riraient vraiment une fois qu'il aurait trouvé la bonne accroche. Deux heures étaient passées avant qu'il ne condamne cette image formidable à la corbeille des mauvaises idées et ne descende, plus ramolli que jamais, au coffee bar pour un petit *latte* de fin d'après-midi.

Jim Jackers avait passé un certain temps au téléphone. Face à son manque d'inspiration et à son angoisse de la page blanche, il ne connaissait qu'un seul recours : l'imagination des autres. Il avait réussi à avoir sa mère en appelant le bureau d'accueil de la bibliothèque publique de Woodridge, où elle travaillait.

« Imaginons que tu aies un cancer du sein, a-t-il commencé.

— Oh, Jim, ne parle pas de malheur. »

Elle a changé de sujet en lui demandant ce qu'il voulait pour le dîner. C'était une femme émotive et superstitieuse, convaincue que mentionner la maladie, même de façon désinvolte, c'était flirter avec la mort, et qu'il fallait donc à tout prix éviter de le faire sous peine d'attirer le mauvais œil. Il aurait dû y penser avant de l'appeler.

« Imaginons que tu aies un cancer du sein, a-t-il dit ensuite à son père. Qu'est-ce que ça pourrait avoir de drôle ? Comment est-ce que tu veux qu'on te remonte le moral ? »

Son père y a réfléchi un instant. « Tombe-moi dessus avec un scénario où j'ai un cancer du sein et où tu me demandes ce que ça a de drôle, a-t-il répondu. Ça devrait faire son effet.

— Je suis sérieux, papa, a insisté Jim. Qu'est-ce qu'il y a de drôle, dans le cancer du sein ?

— Ce qu'il y a de drôle ? Pas grand-chose, mon fils. »

Jim a essayé d'expliquer sa mission à son père, mais, comme il ne parvenait à lui en donner qu'une description confuse, il a fini par lui dire qu'il le rappellerait après avoir éclairci quelques détails. « Je ne sais pas ce que c'est que cette histoire, lui a dit son père, mais il faudrait que tu comprennes un peu mieux de quoi il s'agit si tu veux trouver quelque chose.

— Oui, mais ce n'est pas facile à comprendre.

— Parles-en avec ton grand-oncle, a suggéré son père. Il devrait pouvoir t'aider. »

Tout le monde savait que Jim devait son unique triomphe créatif à une suggestion de son grand-oncle Max, qui vivait dans une ferme de l'Iowa. Il nous avait expliqué que le vieil homme payait des Mexicains pour faire tourner sa ferme et passait ses journées dans sa cave à construire un vrai wagon de train, seul projet pour lequel il montrait de l'intérêt depuis la mort de sa femme. Il allait chercher les pièces sur de vieilles voies de garage. Quand, à une fête de famille, quelqu'un lui avait demandé pourquoi il faisait ça, il avait répondu que c'était pour que personne ne puisse sortir le wagon de la cave après sa mort. Quand on lui avait objecté qu'on pourrait toujours le sortir en le démontant pièce par pièce, répétant, à rebours, les étapes de sa construction, il avait répondu qu'aucun Jackers vivant n'était prêt à travailler aussi dur pour quoi que ce soit. À nous représenter ce vieux fermier revêche à sa tâche insensée, nageant, en pleine campagne, dans les délires de l'âge et du chagrin, nous avions sûrement ri un peu trop fort, incitant Jim à défendre le singulier passe-temps de son oncle.

« Quoi, avait-il répliqué. C'est comme les Legos, mais pour les adultes. »

Ce qui avait eu pour effet de nous faire rire encore plus fort.

« Eh ! Il a perdu sa femme », avait dit Jim.

Un jour, Jim était tellement en panne d'inspiration qu'après avoir épuisé sa liste d'amis habituelle, il avait craqué et appelé son oncle Max. « Tu sais, quand tu achètes une voiture... », avait-il commencé, et Max l'avait immédiatement interrompu.

« Ça fait trente-cinq ans que je n'ai pas acheté de voiture. »

Jim s'était dit que cet homme-là n'avait sans doute pas le doigt sur le pouls des consommateurs. Patiemment, il avait quand même essayé de lui expliquer sa mission. Quand les gens achètent une voiture, avait-il dit, en général, ils choisissent celle dont l'image correspond le mieux à l'idée qu'ils se font d'eux-mêmes. Jim voulait savoir comment Max aurait aimé se percevoir en achetant une cartouche d'encre.

« Une cartouche d'encre ?

— Ouais. Tu sais, pour ton imprimante.

— Mmhmm », avait dit Max.

Nous avions un client, à l'époque, dont l'objectif marketing était de convaincre les consommateurs qu'acheter une cartouche d'encre de sa marque faisait d'eux des héros. Notre travail à nous, c'était donc de glorifier aux yeux de l'acheteur potentiel les possibilités héroïques de l'homme-se-servant-d'une-cartouche-d'encre.

« Je veux avoir l'impression d'être Shakespeare, avait répondu Max. C'est pour quoi que tu veux savoir ça, d'abord ? »

Shakespeare, avait pensé Jim. Shakespeare. C'est pas mal, ça.

« C'est pour un de nos clients, avait-il répondu. Il fabrique des imprimantes et des cartouches d'encre, ce genre de choses. J'essaie de trouver une idée qui donne envie aux gens d'acheter nos cartouches quand ils voient notre affiche parce qu'elle les exalte et leur donne l'impression d'être des héros. Est-ce que tu peux m'en dire un peu plus sur ton envie d'être Shakespeare ?

— C'est des cartouches d'encre que tu essaies de vendre, tu dis ?

— Oui, c'est ça. »

Silence. « Tu as un stylo ? » avait enfin demandé son oncle. Il s'était mis à citer : « "C'était la meilleure des périodes, c'était la pire des périodes, c'était l'âge de la sagesse, c'était l'âge de la sottise, c'était l'époque de la foi, c'était l'époque de l'incrédulité..." »

Finalement, Jim avait saisi un stylo. Il avait essayé de tout noter. À un moment donné, Max avait arrêté de citer et lui avait dit que le texte devrait commencer à s'effacer, juste un peu d'abord, et finir par disparaître complètement. Puis il avait suggéré un titre : « Un grand écrivain a besoin d'une grande cartouche d'encre. » Un texte en plus petits caractères pourrait expliquer comment, si les cartouches d'encre avaient été utilisées au cours des siècles passés, l'emploi d'un article de mauvaise qualité aurait pu affecter l'histoire de la littérature.

Jim était non seulement stupéfié d'entendre son oncle citer, apparemment de tête, ce qu'il pensait être du Shakespeare, mais aussi abasourdi par la vitesse et l'ingéniosité de son esprit créatif. Y avait-il plus grand héros que Shakespeare ? Et la personne qui poserait les yeux sur l'affiche que son oncle venait de lui pondre pourrait immédiatement se mettre dans la peau du grand dramaturge. Max venait de donner à des millions d'Américains l'impression d'être Shakespeare. Jim lui dit qu'il avait raté sa vocation. « Tu aurais dû être créatif.

— Créatif ? » répéta Max.

Jim lui expliqua que dans le monde de la pub, les directeurs artistiques comme les concepteurs-rédacteurs s'appelaient des *créatifs*.

« Je n'ai jamais entendu un mot employé de façon aussi stupide », dit Max.

Jim ajouta que le produit publicitaire, qu'il s'agisse d'un spot télé, d'une annonce dans un magazine, d'une affiche ou d'un message à la radio, portait le nom de *création*. Avant de raccrocher, il demanda à Max deux autres exemples de chefs-d'œuvre de la littérature, sentant qu'il pourrait décliner toute une campagne à partir de son concept. Puis il alla trouver Hank, qui, à ce moment-là, était plongé dans la lecture d'un manuel de l'imprimeur. « "La meilleure des périodes, la pire des périodes..." C'est bien du Shakespeare, ça ?

— Du Dickens, dit Hank. *Un conte de deux villes*.

— Et "Être ou ne pas être" ? Shakespeare ?

— Shakespeare, confirma Hank. *Hamlet*.

— C'est bien ce que je pensais », dit Jim.

Un peu plus tard cet après-midi-là, de manière surprenante, Max Jackers rappela Jim. « Tu dis que vous, là, dans ton agence, vous vous donnez le nom de *créatifs*, c'est bien ça ? Et que le travail que vous faites, vous appelez ça la *création*, c'est bien ce que tu as dit, hein ? » Jim acquiesça. « Et je suppose que vous vous considérez tous comme des gars plutôt créatifs ?

— Je suppose, oui, dit Jim, en se demandant où Max voulait en venir.

— Et ce que vous faites, vous pensez sûrement que c'est du travail très créatif aussi, je me trompe ?

— Qu'est-ce que c'est que toutes ces questions, oncle Max ?

— Eh bien, si c'est vrai, dit le vieil homme, ça fait de vous des créatifs créatifs créant des créations créatives. »

Max se tut pour laisser à Jim le temps d'assimiler ce qu'il venait de dire.

« Et voilà pourquoi, reprit-il, je n'ai pas raté ma vocation. Ce n'est même pas imaginable d'employer un mot de façon aussi absurde. »

Là-dessus, il raccrocha.

Jim a écouté son père et a appelé Max au sujet des annonces pour le cancer du sein. Quand Max a décroché, Jim lui a demandé d'imaginer qu'il était une femme qui venait d'apprendre qu'elle avait un cancer du sein. En prononçant les mots « cancer du sein », il a eu la conviction qu'il avait encore une fois appelé la mauvaise personne. Les rares fois où Jim l'avait consulté, Max s'était révélé d'une grande aide, mais qu'est-ce qu'un homme ayant passé toute sa vie dans une ferme de l'Iowa rural pouvait savoir d'une maladie essentiellement féminine ? Il a quand même continué à lui expliquer ; son oncle, à l'autre bout du fil, restait silencieux. Jim voulait savoir sur quoi Max, en tant que femme atteinte d'un cancer du sein, aimerait tomber, qui le ferait rire, en feuilletant par exemple un magazine dans la salle d'attente de son médecin. Comme Max ne disait toujours rien, Jim a ajouté que la femme attendait probablement son tour avec impatience, qu'elle pensait sûrement un peu à autre chose, mais que l'annonce attirerait son attention et la ferait rire. « Ce qu'on cherche, c'est ce qu'il y a de drôle dedans », a conclu Jim. Puis il s'est tu : à présent, c'était à son oncle de jouer.

« Ce qu'il y a de drôle dans quoi ? a finalement dit Max.

— Dans le cancer du sein, a dit Jim. Enfin, pas dans le cancer lui-même, mais tu vois, ce qu'il y a de drôle pour une femme avec un cancer du sein qui feuillette un magazine. »

Max s'est raclé la gorge. « Jim, a-t-il dit, est-ce que tu te souviens d'un amour de fille, le sel de la terre, vraiment, sans doute la femme la plus adorable que tu aies jamais rencontrée – elle s'appelait Edna.

— Edna, a dit Jim. Edna... Edna... Non, je ne crois pas, oncle Max.

— Tu ne te souviens pas de ta tante Edna ?

— Ah, *tante* Edna. Bien sûr que je me souviens de tante Edna, oncle Max.

— Edna est morte d'un cancer du sein, a dit Max.

— C'est vrai ? Tante Edna ? »

À présent, Jim comprenait pourquoi son père lui avait suggéré d'appeler Max. Ça n'avait rien à voir avec son génie publicitaire. C'était parce que sa femme était morte de cette maladie. Tout d'un coup, il s'est rendu compte qu'il aurait dû lui présenter les choses différemment. Il s'était peut-être exprimé de façon un peu trop directe.

« Je suis désolé, oncle Max. Je... je crois que je ne savais pas que tante Edna était morte d'un cancer.

— J'ai même l'impression que tu ne sais rien de rien sur le sujet, a dit Max.

— Je me souviens de l'enterrement, a dit Jim. J'avais dix-sept ans.

— Elles ne passent pas leur temps assises dans la salle d'attente du médecin à feuilleter des magazines. Elles ne pensent pas *un peu* à autre chose.

— En fait, tu vois, on... on fait une, euh, une campagne bénévole, a bafouillé Jim.

— Mais je n'ai jamais, jamais rien vu de drôle dans tout ça.

— Et ce qu'on essaie de faire, en fait, on essaie juste de leur remonter un peu le moral.

— Et je n'ai rien à ajouter. »

« Bon, ben je suis fichu, a déclaré Jim en arrivant au coffee bar.

— C'est mission impossible, a confirmé Benny en lui tirant un tabouret.

— J'ai quelques idées, a dit Marcia en prenant le thé *chai* au lait que lui tendait le serveur. Merci. »

Elle a posé sur le bar un dollar de pourboire. « Mais elles sont toutes pourries.

— J'ai un truc drôle, a dit Larry. Un truc. Mais je crois que ce n'est drôle que si tu es mort.

— Il y a deux choses que la publicité ne peut pas vendre, a commenté Hank sur un ton détaché. Les gros et les morts.

— C'est une citation, Hank ?

— Elles ne sont pas mortes, Hank, a dit Amber. Juste malades.

— Les gros et les mourants, alors.

— Les suicidés, c'est dur aussi », a dit Larry.

Chris Yop a débarqué, l'air furtif et mal à l'aise, sur ses gardes dans cet environnement pourtant familier, avec à la main plusieurs roughs sur du papier esquisse. Des auréoles considérables tachaient sa chemise hawaïenne, indiquant un niveau de dysfonctionnement cardio-vasculaire plus élevé qu'à l'accoutumée. Il avait manifestement travaillé d'arrache-pied. « J'aurai besoin que quelqu'un apporte ça à Lynn », a-t-il annoncé en posant ses roughs sur le bar. Nous lui avons demandé ce que c'était. « Mes concepts pour la campagne caritative, a-t-il répondu. Je pense qu'ils sont plutôt bons.

— Dieu fait grâce aux humbles », a dit Larry en ramassant les concepts pour y jeter un œil.

C'était déjà complètement anormal que ce type soit encore à l'agence un jour entier après son licenciement, mais qu'en plus, il ponde des concepts ? Quelque engrenage essentiel à la compréhension du contrat qu'on signe quand on entre dans le système capitaliste devait s'être détraqué chez lui, comme tant d'autres de ses mécanismes.

« Mon problème, a-t-il repris en jetant un regard derrière lui comme s'il craignait de voir apparaître un fantôme, c'est que je ne peux pas en assumer la paternité, parce que, enfin, vous savez, officiellement…

— Tu es cinglé ? a suggéré Marcia.

— Non, *Marcia*, pas parce que je suis cinglé. Juste parce que officiellement, je ne travaille plus ici.

— Ah, oui, c'est vrai, a dit Marcia en prenant une gorgée de son thé. J'avais oublié ce détail. Mais à ta place, je ne m'inquiéterais pas, Chris. J'ai vu ton CV. Tu ne resteras pas deux secondes sur le marché de l'emploi.

— Pourquoi tu me dis des méchancetés, Marcia ?

— Parce que tu m'as appelée Karen !

— Chris, a dit Benny. Écoute. Le projet a changé. »

Toute l'attention de Chris s'était soudain concentrée sur les portes de l'ascenseur en train de s'ouvrir.

« Chris ? Tu m'écoutes ?

— Pardon, a dit Yop en revenant brusquement à la conversation. Benny, est-ce que Lynn est vraiment là aujourd'hui, ou est-ce que Dan Wisdom voulait juste me faire marcher ?

— Chris, écoute. On ne fait plus d'annonces pour une campagne d'appel aux dons. On fait autre chose, maintenant.

— Comment ça, autre chose ?

— Le projet a changé.

— Mais j'ai passé un temps fou sur ces annonces. J'espérais que vous pourriez apporter mes concepts à Lynn et, enfin vous voyez quoi, glisser que c'était moi qui les avais trouvés.

— À ta place, je ne revendiquerais pas la paternité de ces trucs-là, a dit Larry.

— Et maintenant tu me dis que le projet a changé ? Va te faire foutre, Larry. Benny, j'ai passé beaucoup de temps sur ces annonces. Franchement, j'ai travaillé *dur*. J'essaie de récupérer mon job, là. »

Il a tourné la tête pour demander un déca au serveur.

« Chris, a dit Benny, tu ne ferais pas mieux de rentrer chez toi ? Tu ne ferais pas mieux d'arrêter de t'inquiéter pour ces annonces et de rentrer chez toi pour parler à ta femme ? »

Yop a détourné le regard, pensif. Il a pris une serviette en papier dans le distributeur du bar et a essuyé son front en sueur. Puis il a posé la tête entre ses bras repliés et a poussé un profond soupir. Il est resté comme ça un moment. Quand il s'est redressé, le serveur lui ayant touché le coude pour lui donner son café, il avait les yeux injectés de sang. « Merci », a-t-il dit en prenant la tasse. Il lui a tendu un dollar. « Est-ce que l'un d'entre vous pourrait me rendre un service ? a-t-il demandé.

Est-ce que quelqu'un peut m'envoyer un e-mail pour m'expliquer en quoi le projet a changé ? Est-ce que quelqu'un veut bien faire ça pour moi, s'il vous plaît ? »

Avant de partir, il s'est tourné vers Marcia. « Je suis désolé de t'avoir appelée Karen ce matin, a-t-il dit. Je sais bien que toi, c'est Marcia. J'ai les neurones en compote, je me suis juste trompé. »

Il est parti d'un pas rapide, en rasant les murs, et a disparu au bout du couloir.

« "Demain, il y aura du linge à laver, a dit Hank, mais c'est un autre appel, ailleurs, qu'il entendra." »

Karen Woo est arrivée de la direction opposée.

« Suivez-moi tous », a-t-elle lancé.

Elle a fait demi-tour et est repartie vers son bureau. Quand nous l'avons rejointe, elle était assise dans son fauteuil, le combiné du téléphone contre l'oreille. Elle aurait souhaité, informait-elle la personne à l'autre bout du fil, parler à une infirmière du service de cancérologie. Personne n'a pipé mot pendant qu'on transférait son appel. Nous n'arrivions pas à y croire : elle le faisait, elle appelait. Elle agissait avec un aplomb stupéfiant, surnaturel et quelque peu sinistre. Quand l'infirmière a répondu, elle n'a rien perdu de son assurance et a continué à jouer son rôle. Nous la regardions faire avec un respect mêlé d'effroi.

Mais à un moment donné, comme si un vent de clairvoyance avait balayé la pièce, nous apportant tout d'un coup une révélation collective, nous avons compris l'ampleur de notre erreur. Personne ne manquerait ainsi une opération vitale. Aucun rendez-vous pour aucune opération n'avait jamais été pris. Pourquoi n'avions-nous pas accepté l'hypothèse éminemment plus raisonnable qu'il n'y avait pas de cancer ? Que c'était juste une rumeur, comme l'avait suggéré Larry ? Et même si Lynn avait vraiment un cancer et un rendez-vous à l'hôpital ce jour-là, il y avait mille façons très simples d'expliquer que l'opération n'ait pas eu lieu. Un chevauchement dans l'emploi du temps du médecin, un détail du diagnostic à éclaircir, de nouveaux tests à faire, une prise de sang, un médecin souffrant, le courant coupé à l'hôpital. L'intrigue qui nous avait occupés toute la journée n'était qu'une invention minable destinée à rendre nos vies un peu plus excitantes. Pourquoi ne nous étions-nous pas rendu compte de ça *avant* que Karen n'appelle l'infirmière ? Ah ! penser que nous nous étions laissé séduire par cette fouineuse, cette vipère ! Que nous l'avions soutenue dans son imposture rien que pour satisfaire notre amour hystérique et poltron du sensationnel ! C'était méprisable. *Nous* étions méprisables. Nous aurions dû nous lever immédiatement pour dénoncer d'une seule voix ses actes écœurants, et exiger qu'elle...

Elle a raccroché le téléphone. « Elle avait rendez-vous à neuf heures, a-t-elle dit. Tout était prêt, le médecin l'attendait. Ils l'ont appelée chez elle, ils l'ont appelée à l'agence. L'infirmière avait l'air à cran. Elle m'a demandé quand je voulais reprendre rendez-vous. »

L'endroit où il faut être et la chose qu'il faut faire

La veille de son opération, elle n'a aucun dîner d'association où se rendre, aucune cérémonie de remise de prix, aucune soirée de networking. Une idée lui vient impromptu comme elle monte à l'arrière du taxi et demande au chauffeur de prendre la voie intérieure. Elle s'imagine sur son canapé avec ses deux chats, un bon dîner livré à sa porte et la bouteille de vin qu'elle gardait en réserve. Ils vous disent d'arrêter de manger douze heures avant, mais enfin, ce n'est pas raisonnable, n'est-ce pas – renoncer à sa dernière chance de faire un repas normal pendant Dieu sait combien de temps...

Elle n'a pas apporté de travail avec elle, pas aujourd'hui, car ce n'est pas le genre de soirée qu'on passe à travailler. Pourtant, chaque fois qu'elle se retrouve sans ses dossiers, même pour la durée d'un trajet en taxi, elle se sent anxieuse. Par chance, le trajet ne dure pas longtemps. Elle paie le chauffeur et descend devant un immeuble très luxueux. Elle habite dans l'appartement du dernier étage qui donne sur la rive serpentine du lac Michigan.

Le portier est à son poste dans le hall ; ils se saluent et elle prend l'ascenseur. Arrivée chez elle,

elle fait glisser à terre l'un de ses escarpins tout en suspendant ses clés au crochet. Elle fait glisser l'autre et, ses deux escarpins à la main, s'engage dans le couloir, direction : son pyjama. Se mettre en pyjama : voilà, ça, c'est approprié. C'est ici que je suis bien, se dit-elle, ici même, et enfiler son pantalon rose d'infirmière et son sweat zippé, oui, c'est exactement ce qu'il faut faire.

À la cuisine, elle s'assoit et se sert un verre de vin. Elle repense à sa journée, elle ne peut pas s'en empêcher. Chris Yop s'est effondré quand elle lui a annoncé la nouvelle. Si Martin était là, elle lui dirait : Un homme, pleurer comme ça ! Tu ferais ça, toi ? Mais non, je sais bien que non. Je vais te dire quelque chose : je crois que je suis immunisée, maintenant, tout ça ne m'émeut plus du tout. Il pleurait ? Ça ne m'a pas décontenancée une seconde. Tu veux savoir ce qui me touche ? C'est la personne qui me dit : Lynn, ça a été formidable de travailler avec vous, et je sais bien que vous faites juste ce que vous avez à faire – c'est cette personne-*là* qui m'émeut. Là, ça me fait mal. Mais un homme qui pleure ? Ah non, désolée. Et écoute ça ! Une heure après, il se pointe à une réunion. J'entre, et je le vois assis dans mon bureau. Je lui dis : « Chris, vous devez partir. » Dieu sait que je ne peux pas me permettre de les laisser rester comme ça !

Une seconde, est-ce qu'elle venait de dire ça à voix haute ? Danger de la vie en solitaire... L'un des chats la contemple amoureusement depuis le sol. Ou est-ce que c'est juste un regard d'affamé ? Elle se répète : Martin n'est pas *vraiment* là, Lynn. « Mais toi tu es là, hein, Vendredi », dit-elle en se penchant pour gratter la nuque du chat. Il se frotte contre sa main et en redemande. « Oh, oui, tu es là, dit-elle, et moi aussi, alors pourquoi on aurait besoin de lui, hein ? » Elle se redresse et prend une nouvelle gorgée de vin. Regardez-moi toutes ces chaises ! *Quatre* chaises en tout à la table de la cuisine ! Pourquoi est-ce que j'ai besoin de quatre chaises ? Elle ne doit surtout pas se torturer l'esprit, maintenant qu'elle est chez elle. Elle est chez elle, elle est rentrée. Arrête de penser, arrête de penser, arrête de penser.

Elle se demande où est Martin. Au travail ? Quelle heure est-il ? Sept heures moins le quart, bien sûr qu'il est au travail. Arrête de penser. Il y est encore pour des heures. Arrête. Lynn Mason, en revanche, est partie tôt aujourd'hui. Deux nouveaux budgets à gagner, absolument cruciaux pour l'avenir de l'agence, deux stratégies à définir avec le Commercial, mais Lynn est partie à une heure raisonnable pour rentrer chez elle et retrouver ses chats, pour passer sa dernière soirée avant son opération de manière détendue, en se délassant un peu devant la télé, en se couchant tôt et en s'offrant une bonne nuit de sommeil. Qu'y avait-il de mieux, de plus désirable que cela ? Ne pense pas à Martin. Et si la tentation est trop forte, souviens-toi : c'est Martin *au travail*. Un type grincheux, malodorant en cette fin de journée, occupé à quelque ennuyeuse besogne juridique. Imagine comme sa compagnie serait déplaisante en ce moment. Comment pourrait-elle vouloir ça, avec tout ce qu'elle a ici pour lui plaire – ses plats chinois qui arrivent, et quatre chaises pour elle toute seule.

Le portier appelle du hall. Le livreur est là. Ah, enfin, envoyez-le. S'il est mignon, elle va le séduire. Sans blague. C'est dit, c'est décidé. Vous croyez qu'elle a le temps de plaisanter *ce soir* ? Non, s'il est un tant soit peu mignon, elle lui fait une gâterie dans le couloir. Enfin, pas *dans* le couloir. Entrez donc. Vous pouvez fermer la porte pour moi s'il vous plaît ? Les livreurs doivent rêver de ça. Changer de pyjama, peut-être ? Le pantalon rose d'infirmière et le sweat zippé : pas très Belle de Nuit comme tenue. Elle a besoin d'une robe de chambre, rien en dessous. Parce que tout a l'air d'une plaisanterie, jusqu'à ce que l'on comprenne que quelqu'un sera forcément le dernier à avoir pris son sein dans sa bouche – après ce soir, ce sera fini – et elle aimerait vraiment mieux que ce ne soit pas Martin.

Finalement, il repart comme il est venu. Jeune, asiatique, avec du charme, mais elle se dégonfle. Elle s'installe sur le canapé avec son repas. Rien que ça, le moelleux des coussins – oui, c'est bien ici qu'il faut être, ici même, et allumer la télé, c'est exactement ce qu'il faut faire. Elle mange son poulet au satay et boit son vin devant un épisode des Simpson, et une demi-heure plus tard sa conviction est encore presque intacte.

Au troisième verre de vin, elle se le répète : C'est très bien, ici, comme endroit, et ce que je fais, c'est exactement ce qu'il... je me demande où est Martin ? Au travail. Lynn, tu sais bien. Il y est encore pour des heures. Pense à autre chose. Je me demande... je me demande ce qui se joue au cinéma. Elle aime bien y aller, quand elle a le temps. Toujours mieux d'y aller *avec* quelqu'un, cela dit. Seule, il y a ces dix minutes inconfortables entre le moment où l'on arrive et le moment où les lumières s'éteignent, où l'on est persuadée, contre toute vraisemblance, que la salle entière a le regard braqué sur vous, une femme seule au cinéma. C'est sûrement une bonne chose qu'elle soit ici, sur son canapé, plutôt qu'au cinéma, à attendre, mal à l'aise, le début d'un film. Oui, c'est ici qu'il faut être, pas de doute. À moins que ce ne soit au cinéma avec Martin.

Finalement, la télévision, ce n'était pas une bonne idée. Elle l'éteint, se lève, passe avec un frisson de la moquette au carrelage, mais qu'y a-t-il dans la cuisine pour qui cherche à se faire plaisir ? À jeun pendant douze heures, mes fesses. C'est peut-être la *dernière* fois. Voyons voir – dans le congélateur, un vieux reste de glace. Et dans le placard ? Un paquet de mini-marshmallows vidé aux deux tiers. Elle n'a aucun souvenir d'avoir acheté ça, aucun. Ni l'un ni l'autre ne lui font envie, mais, quand elle décide de ranger le placard de sa chambre, elle prend quand même la glace avec elle. Elle est dure comme du bois. Qu'est-ce qui la pousse à faire *ça*, à ranger ? Elle plante la cuillère dans la glace à chaque fois qu'elle tire une brassée d'affaires du placard. Ce sera agréable, pense-t-elle, de trouver mon placard bien rangé en rentrant de l'hôpital.

Quinze minutes plus tard, elle en a assez de ranger son placard. Ce soir, entre tous, ranger son placard ? Manque-t-elle à ce point de fantaisie qu'elle ne puisse rien trouver d'autre à faire ? Imaginez qu'on examine une soirée dans la vie d'un être humain comme un scientifique pourrait le faire, ou quelque extraterrestre étudiant notre espèce, et qu'on déduise de cette unique soirée la valeur de toute sa vie. Eh bien, elle n'aimerait pas que les critères pour évaluer la sienne se limitent à la télé qu'elle a regardée et au placard qu'elle n'a pas rangé. En plus, c'est d'un pic qu'elle a besoin pour manger cette foutue glace. Elle abandonne tout sur place, retourne à la cuisine et finit la bouteille de vin.

Martin a quarante-cinq ans et n'a jamais été marié. Ses parents ont divorcé quand il était enfant, le dégoûtant du mariage et de ses joies illusoires. Il déblatère sur le sujet jusqu'à ce qu'elle lui dise : « OK, j'avais compris les huit cents premières fois : le mariage, ce n'est pas ton truc. » Mais il avait quand même besoin de quelqu'un pour l'accompagner à Maui. Son cabinet louait des places à l'année au stade de Wrigley, il n'y avait pas un restaurant où il n'ait les moyens de dîner : il n'allait certainement pas y aller tout seul. Il avait besoin de compagnie, il avait besoin de sexe. Mais peut-être brosse-t-elle là un portrait trop sévère de Martin. Il aurait pu ne sortir qu'avec de très jeunes femmes, des jeunes filles, en fait, assistantes juridiques et secrétaires sans cervelle attirées par son statut d'avocat associé, son argent, son torse musclé sous ses chemises amidonnées. Mais c'était elle qu'il avait choisie, quelqu'un de son âge, dont il admirait la réussite professionnelle. Et en août dernier, il avait passé une semaine en Floride, une semaine entière à Cocoa Beach, avec elle, chez son vieux père. L'emmener en promenade, dîner à dix-sept heures trente, parler fort pour qu'il entende et tout le tralala – il avait tout fait. Sans jamais se plaindre. C'était quelque chose, ça, non : donner de son temps de vacances, rencontrer sa famille ? Et de temps en temps, il arrivait avec des fleurs, il se glissait derrière elle et l'embrassait dans le cou, et cela suffisait à lui faire oublier l'anniversaire qu'il avait laissé passer, ou les plans pour le week-end – dîners, cancers, voyages – qu'il avait annulés à cause de son travail.

Concerts. Elle voulait dire concerts.

En général, il l'appelait à la toute dernière minute. « Déposition... juge a avancé la date d'audience... réunion importante. » Quelle qu'elle soit, son excuse la laissait seule face à la morne perspective de deux longues journées à la maison, ravalant aux oubliettes les trois bouteilles de merlot sur l'île de Mackinac et des draps réchauffés par les corps. « Oh, merde, Martin, pas encore. » « Je regrette vraiment, disait-il. Mais c'est pour mon travail, Lynn. C'est important. » « Ouais, eh ben tu sais quoi ? Va te faire foutre, parce que c'était prévu. On avait prévu ce week-end, toi et moi – et maintenant, qu'est-ce que je fais ? J'appelle Sherry, *maintenant* ? J'appelle Diane et je lui dis : Ce connard de Martin m'a encore plantée, on se loue un film ? » « Ça ne compte pas, alors, demandait-il, ça ne change rien du tout que je sois désolé que ça se passe comme ça ? » Ce qui la désolait, elle, c'était que Sherry, avec ses jumeaux de dix ans, ne serait jamais en mesure de tout laisser tomber pour l'écouter lui raconter encore une fois ses histoires avec Martin, et qu'elle avait plus envie de se pendre que de regarder un film avec la grosse, la triste Diane. De temps en temps, elle en venait presque à souhaiter qu'il fût marié : elle coucherait avec le mari d'une autre et ça simplifierait tout – plus facile de vivre avec un cliché qu'avec les obsessions de Martin. Il était plus que *pas du genre* à se marier. Son rejet de l'engagement tenait de la pathologie. « Je ne peux plus continuer comme ça », disait-elle. Et il y avait un silence à l'autre bout du fil. « Comme quoi ? » « Comme *ça*. » Et voilà, de nouveau, ils n'étaient plus ensemble.

Puis il arrivait un soir – un soir un peu comme celui-ci, en fait – où assez de temps avait passé pour que les détails de leur dernière dispute s'estompent, et où Lynn découvrait que sa colère avait laissé la place à de la compréhension, laquelle montait souvent en bouillonnant vers le remords.

C'est pourtant quelque chose qu'on comprend tous les deux, pensait-elle, l'importance du travail, et quand on se voit, c'est de ça qu'on parle – des difficultés que je rencontre sur un projet, de l'affaire fascinante qu'on lui a confiée, de nos réussites, de nos échecs et de nos efforts. Elle repensait à ce qui s'était passé, à quel point elle s'était montrée égoïste, et un peu puérile, aussi, et elle l'appelait. Ou bien quelques jours passaient et c'était *lui* qui appelait. « Tu avais raison, je n'ai pas assuré, on avait prévu ce voyage, disait-il. Est-ce qu'on peut le faire ce week-end ? » Comme c'était bon de poser à nouveau les mains sur son torse, de trébucher à nouveau sur ses chaussures en allant à la salle de bains.

Mais pas ce soir – hors de question de l'appeler ce soir. Pas après leur dernière conversation. Cette fois-ci, les détails, trop clairs, trop marquants, ne s'altéreront pas dans sa mémoire. Leur valse-hésitation est figée comme un mastodonte pris dans les glaces, et le cavalier, tout en haut, avec sa lance et ses pulsions animales, c'est leur année ensemble, gelée pour l'éternité, la bouche ouverte, réduite à jamais au silence.

Hé ! tout d'un coup c'est comme dans un film de science-fiction : comment est-ce qu'elle est arrivée *là* ? Il y a une seconde, elle se reposait sur son canapé avec ses chats et son plat chinois. Il y avait la télévision, le reste de glace. Et voilà qu'elle se retrouve assise en vêtements de ville dans un lieu public, occupée à voir et à être vue. Un bar à vins lambrissé et délicatement éclairé qui vient d'ouvrir près de chez elle. Elle se sent gênée en constatant soudain qu'elle est la seule assise au bar. La foule est au fond de la salle. Qu'est-ce que c'était, ce qu'elle se répétait sans arrêt ? C'est ici qu'il faut que je sois, seule à ce bar, et ce que je suis en train de faire, de boire mon quoi, mon quatrième ?... mon quatrième ou mon cinquième verre de vin de la soirée, c'est vraiment une idée sage et prudente. Pas beaucoup plus convaincant ici qu'à la maison. Elle n'arrive même pas à engager la conversation avec le barman, qui semble absorbé dans l'étude du contenu de son porte-monnaie. Ouh ! là là ! je ne veux surtout pas vous distraire. Un échange, quelques mots, un peu ce qu'on appelait jadis le contact humain : c'est vrai, qui a besoin de ça ? Surtout, continuez d'éplucher vos reçus de cartes bancaires. Elle se contentera de remâcher encore et encore la même idée : qu'il y a *un* endroit, elle en est absolument certaine, où elle devrait être ce soir, et *une* chose qu'elle devrait être en train de faire. Est-ce vraiment de rester assise dans le bureau de Martin Grant, sous des néons très familiers, au milieu d'un nombre oppressant de boîtes d'archives, à le regarder lire des textes téléchargés sur Westlaw, rien que pour être près de lui ? Non, bon Dieu, non : c'est n'importe quoi, ça. Il y a quelque chose d'autre, quelque chose qui est à Lynn Mason, qui lui appartient en propre et ne dépend en aucune manière de l'existence de Martin Grant. Mais quoi ? Elle n'a qu'une seule certitude : *ce n'est pas ici que je vais le trouver.* C'est fou ce qu'un verre de vin se vide vite quand on est seule au bar. Mesdames et messieurs, je vais me retirer à présent, vous ne me verrez pas demain. « Un autre ? » demande le barman. « Juste la note », répond-elle.

Un jour, elle lui avait dit – ils étaient de nouveau ensemble : « Dis, tu veux bien venir ici et tâter ça pour moi ? » Elle était sous la douche. C'était un jour de travail, une des rares fois où il avait dormi chez elle pendant la semaine. Il s'était approché de la porte de la cabine. « Eh, j'y vais, moi. Faut que je rentre chez moi prendre une douche. » Il attendait derrière la vitre opaque. « Tu n'as pas entendu ? » avait-elle dit. « Quoi ? » « Je t'ai demandé de tâter quelque chose. » Il n'avait pas bougé. « Qu'est-ce que c'est ? Je vais me mouiller. » Et aussitôt une pensée lui avait traversé l'esprit. Une pensée soupçonneuse. C'était le fait qu'il dise : « Je vais me mouiller » – qu'est-ce que c'était que cette excuse ? *Remonte ta foutue manche, alors, espèce de crétin !* Ça lui avait fait penser qu'en fait il l'*avait* entendue, trop bien entendue, même. C'est comme ça ; quand une femme, sous sa douche, dit : *tu veux bien venir tâter ça*, elle le fait forcément sur un ton particulier. Pas de peur, pas encore. Mais d'inquiétude, dont elle cherche à se délivrer. Elle attend que quelqu'un lui dise : *écoute, je tâte, je ne sens rien du tout*. Mais Martin, Martin était rapide. Martin était du genre à comprendre au quart de tour les implications d'une requête comme *tu veux bien venir tâter ça*, et à remarquer le ton, aussi ; et comme il savait ce que ce ton signifiait, ce à quoi il pouvait mener et ce que cela risquait de lui demander comme efforts, il s'approchait de la porte de la cabine avec son propre programme. *Rentrer chez moi, prendre une douche*. Était-ce la vérité, ou un simple délire de son esprit suspicieux ? « Qu'est-ce que c'est, Lynn, avait-il dit. Qu'est-ce que tu veux que je tâte ? » « Laisse tomber. » « Non, dis-moi ce que c'est », avait-il repris avec une impatience destinée à présent à lui faire croire que ça l'intéressait, qu'il voulait vraiment tâter. « Rien du tout, oublie, va-t'en. » Il l'avait fait sursauter en ouvrant la porte de la cabine. Elle l'avait refermée aussi sec. « Va-t'en ! Rentre chez toi prendre ta douche ! » Il avait déjà ses clés à la main. Il les avait fait tourner, cliquetantes, sur son doigt. « OK », avait-il dit, et il n'avait pas protesté plus que ça. Elle se détestait de se sentir aussi déçue quand, juste après avoir arrêté l'eau, elle avait entendu claquer la porte d'entrée.

Il a passé le mois suivant en Californie pour un procès. Il lui a laissé des messages auxquels elle n'a pas répondu, puis il a cessé d'appeler. Il était rentré depuis deux semaines quand ils se sont revus, et l'on aurait pu croire qu'ils allaient s'embourber dans une dispute avant même d'avoir posé le pied dans le restaurant – à propos des coups de téléphone restés sans réponse, du long mois de silence, de l'insulte des deux dernières semaines d'attente. Mais elle était heureuse d'être là, assise en face de lui. Sa conversation lui avait manqué. Tellement manqué. Elle n'avait pas dû se rendre compte à quel point. C'était toujours la même chose : juges exaspérés, procureurs incompétents, problèmes juridiques auxquels elle ne comprenait rien. Mais la façon dont il parlait, ses manières, ses inimitables manières masculines – tout cela lui avait manqué. Et sa compagnie à elle lui avait manqué à lui aussi, apparemment. Il l'a écoutée lui raconter les difficultés que traversait l'agence, et l'horreur que c'était de devoir licencier des gens. Ce soir-là, ils sont rentrés chez elle, et c'était encore meilleur de le sentir en elle que de l'avoir en face au restaurant. Elle a dû l'interrompre brièvement pour lui dire de ne pas la toucher là, sur le sein gauche, de concentrer son attention sur le sein droit mais de ne pas toucher l'autre, et, jugeant de façon tout à fait appropriée que ce n'était pas le moment de lui demander : « Pourquoi ça ? », il a obéi sans rien dire.

Mais le lendemain matin, comme ils prenaient leur petit déjeuner dans la douce lumière printanière, assis à une table en fer forgé dans la cour d'un restaurant du quartier, il a dit quelque chose qui l'a surprise. « Je fais le rapprochement entre plusieurs détails qui m'intriguent, a-t-il commencé, et peut-être que je me trompe complètement, mais je préfère te demander. Comment tu te sens, côté santé ? » « Pourquoi est-ce que tu me demandes ça ? », a-t-elle répliqué. « Parce que la dernière fois qu'on s'est vus, tu m'as demandé de tâter quelque chose. Et cette fois-ci tu me dis de ne pas tâter quelque chose. Est-ce que c'est juste qu'à ce moment-ci du mois... est-ce que c'est juste que je tombe mal ? Ou est-ce qu'il y a autre chose ? »

Martin, qui n'aimait parler que de droit. Et quand ce n'était pas le droit, c'était le jazz : l'histoire du jazz, la bonne manière d'écouter le jazz, l'enregistrement qui avait changé le jazz pour toujours. « Tout le monde dirait que j'ai tort, mais c'est "St. Louis Blues", de Louis Armstrong. Personne n'avait jamais rien fait de pareil. » Elle connaissait tout ça par cœur, maintenant. Oh non... Avait-elle mal interprété son comportement ? Si elle avait décidé de ne pas le rappeler après son départ en Californie, c'était avant tout parce qu'elle était convaincue qu'au moment où il s'était approché de la porte de la douche il avait pensé : *Si je tends la main, je suis perdu*. Trente secondes d'examen sans arrière-pensée sexuelle de l'objet qu'il couvrait, en des moments choisis, de toutes les attentions, et ce serait parti pour des mois, peut-être même des années. Rencontrer les médecins, apprendre la terminologie, l'emmener et la ramener en voiture et lui tenir la tête pendant qu'elle vomirait. Si un engagement susceptible de lui apporter sécurité, amour et protection le rebutait, que pensait-il d'un engagement comme celui-là ? Mais était-il possible, tout simplement, *qu'il n'ait vraiment pas entendu* ? « J'ai une grosseur dans le sein, a-t-elle dit. Je me suis trouvé une grosseur. » Il a haussé les sourcils. « Une grosseur..., a-t-il répété en baissant les yeux et en se mettant soudain à jouer avec un pot de crème vide. Qu'est-ce que... Qu'est-ce que ça veut dire, une grosseur ? » *Qu'est-ce que ça veut dire, une grosseur ?* Il ne s'attendait pas à ce qu'elle lui annonce ça, n'est-ce pas, même si ça paraissait évident – pas ici, pas au petit déjeuner sous le soleil. « Tu sais quoi ? Laisse tomber », a-t-elle dit. « Non, enfin, bien sûr que je sais ce que ça veut dire, une grosseur, a-t-il repris. Mais qu'est-ce que tu dois faire, alors ? C'est ça que je voulais te demander. Qu'ont dit les médecins ? » « Je vais bien », a-t-elle répondu. « C'est ça, qu'ils ont dit ? » « Martin, a-t-elle insisté, je vais bien. » « Mais tu ne comptais pas m'en parler ? » « Je te l'ai dit hier. » Illico, il s'est mis à plaider. « Non, tu ne me l'as pas dit hier. Hier, tu m'as dit de ne pas toucher. Tu ne m'as pas dit que tu t'étais trouvé une grosseur. » « Pourquoi tu n'arrêtes pas carrément de penser à ça, Martin ? Je suis sûre que tu serais plus heureux comme ça. » « C'est moi qui ai abordé le sujet, non ? Ce n'est pas moi qui ai abordé le sujet ? » Une seconde, a-t-elle pensé. Mais oui, c'était lui. Comment Martin se situait-il, exactement, dans toute cette histoire ? Qui était vraiment cet homme avec qui elle couchait depuis un an, et comment réagirait-il si elle le mettait au pied du mur ? On allait voir ça tout de suite. « OK, a-t-elle repris, accompagne-moi chez le médecin. » Il s'est remis à triturer le pot de crème. Il n'a pas relevé les yeux pendant un moment. « Ça veut dire que tu n'es *pas* allée chez le médecin ? » « Je viens de te demander de m'y accompagner, a-t-elle répliqué. Donc non, de toute évidence, je n'y suis pas allée. » « Pourquoi pas ? » a-t-il demandé. « Parce que j'ai besoin que quelqu'un m'y accompagne. » De nouveau, il a reporté son attention sur le pot de crème. « Pas de problème, a-t-il dit sans la regarder. Je t'accompagnerai. Évidemment. » Elle lui a souri. Il a levé les yeux. « Quoi ? » a-t-il dit. « Je vais bien », a-t-elle dit.

Mieux qu'avant, en tout cas, parce que ici, c'est parfait, comme endroit – pas mal du tout, en fait – et que cette chose qu'elle est en train de faire, c'est peut-être un peu banal, mais ça vaut toujours mieux que de se prendre une cuite dans un bar à vins. Elle se gare dans le parking souterrain, prend l'ascenseur et pénètre dans ce lieu lumineux et apaisant. La maison, puis un bar, et maintenant, une demi-heure avant la fermeture, un grand magasin : pas très fertile, mon imagination, conclut-elle. Elle aimerait tellement se souvenir de ce qu'elle devrait être en train de faire. Ce n'est sûrement pas du shopping, mais, comme elle se le disait sur le chemin, le shopping n'est pas un mauvais interlude. Et regardez-moi toutes ces chaussures. Elle déambule à travers les stands. Escarpins à talons hauts, à talons plats, tennis, sandales – mais en fait (repensant à toutes les paires qu'elle a tirées de son placard il y a de cela des années-lumière, quand elle se disait que c'était une bonne idée de faire du rangement), je n'ai pas vraiment besoin de chaussures. Elle n'a pas vraiment besoin de quoi que ce soit. Mais tout de même, regardez comme ces braves gens ont travaillé dur pour vous donner l'impression que rien ne peut aller mal dans un monde où il y a tant de chaussures à acheter ! Elle n'a encore vu que les premiers stands, et c'est déjà si charmant, si agréable.

Et tout cela gâté par l'absence de l'unique chose qu'elle désire. Peu de chances de tomber sur Martin au rayon chaussures pour femmes. Ou d'ailleurs à n'importe quel rayon de Nordstrom ou de n'importe quel autre grand magasin à cette heure-ci. Vingt et une heures trente : en ce moment, Martin est dans le couloir et se dirige vers le bureau d'un de ses associés. Est-ce qu'elle voudrait vraiment vivre *ça* avec lui ? Elle abandonnerait cet espace ouvert et plein de lumière, rempli des plus beaux articles du monde : chaussures, vêtements, parfums et accessoires – et pour tout le reste, il y a Mastercard – rien que pour rejoindre Martin dans un couloir aux murs nus et à la moquette hideuse et l'accompagner jusqu'au bureau de son associé pour régler une question sans intérêt ? Voyons, sois raisonnable. D'accord, c'est Martin, c'est le corps de Martin, et alors ? Il est encore debout dans l'embrasure d'une porte à discuter, avec un raseur, de documents confidentiels et de divulgation. Fais ton shopping, nom de Dieu ! Achète quelque chose ! Rends cette soirée inoubliable en faisant des achats exceptionnels : c'est futile, mais c'est mieux que rien. Elle aimerait quelque chose d'extravagant, quelque chose de honteusement cher. Qu'on porte une fois et qu'on range pour toujours dans sa penderie. Non, pas *ça*, pas une robe de mariée. Elle ne veut pas épouser Martin, croyez-le ou non. Elle veut juste le suivre dans les couloirs de son cabinet et rentrer avec lui dans la salle des fournitures pour chercher des étiquettes, ou n'importe quoi. Rien à voir avec des vœux de mariage. Ce n'est *pas* l'idée de ne pas avoir Martin avec elle pour toujours qui la rend momentanément dingue de Martin, c'est celle de ne pas l'avoir avec elle *ce soir*.

Elle passe près de l'homme au piano. Qu'est-ce qu'il joue ? Impossible de retrouver le titre. Elle longe les stands de parfum et de maquillage auxquels elle jette un œil distant, repoussant les hyènes en blouse blanche qui veulent la vaporiser, la peindre, la faire belle. Je regarde, merci. Ce qui résume aussi ce qu'elle fait, depuis vingt ans à peu près, avec les hommes. Ça ne la dérange pas d'être restée célibataire, ça s'est trouvé comme ça, c'est tout, et elle n'a aucun désir de se marier *juste* pour se marier. Seuls les individus les plus obtus et les plus soucieux des conventions la considéreraient avec suspicion ou la plaindraient de n'être pas mariée à quarante-trois ans. Est-ce qu'ils plaindraient un homme ? Non : un homme, ils *l'envieraient*. Lynn prend l'escalator. Elle ne va pas nier que, quand ses amies se marient, elle a parfois des moments de... pas de jalousie, mais d'envie, pas par rapport au mariage lui-même, mais plutôt par rapport à la conviction que semblent partager les deux futurs époux que, eh bien, ils ont raison de faire ce qu'ils font. D'où leur vient cette conviction ? À un moment donné, elle avait bien pensé que Douglas et elle se marieraient, et quand l'inverse s'était produit, parce que en fin de compte Douglas ne correspondait pas à ce qu'elle voulait, elle s'était réveillée un matin en se disant, un peu comme dans le bar à vins : « Hé ! j'ai trente-huit ans ! Qu'est-ce qui tourne pas rond, là ? » Et l'espace d'un instant elle avait, elle aussi, vu les choses à travers le prisme des conventions, s'inquiétant de ce qu'elle perdrait si elle ne se mariait jamais, et, si elle se mariait, de l'âge qu'elle aurait alors – pas moins de quarante ans, si elle avait de la chance –, un âge peut-être trop avancé pour avoir des enfants, et qu'est-ce qu'elle perdrait, là aussi. Mais il faut quand même préciser – à quel étage est-elle ? – préciser, à l'étage Vêtements Femme, à vingt et une heures trente – un livreur arrive probablement au cabinet de Martin avec son dîner –, la veille du jour où elle a rendez-vous à l'hôpital pour une lourde opération, et à l'âge de quarante-trois ans, qu'elle n'a jamais placé son statut marital, pour quelque raison que ce soit – parce qu'elle est « cérébrale », parce qu'elle est « froide », parce qu'elle est « ambitieuse » –, qu'elle ne l'a *jamais* placé au centre de sa vie. Si elle avait mis de côté un dixième de l'énergie qu'elle a consacrée à bâtir l'agence avec ses associés pour trouver l'homme idéal, elle serait en ce moment dans une maison d'Oak Park, en train de ranger des assiettes dans le lave-vaisselle. *Tu as fini tes devoirs ? Tu veux que j'emmène la voiture chez le garagiste demain ?* Avec une certaine circonspection, avec de saines réserves, elle peut dire qu'elle est mieux ici, chez Nordstrom, et que ce qu'elle est en train de faire, c'est mieux que de charger un lave-vaisselle à Oak Park. Et ces gens qui pensent, oh ma chère, oh ma vieille, oh mon petit, tu n'as pas idée de ce que tu rates, il va falloir qu'on renonce à s'entendre, eux et moi, parce que la vie que je me suis construite me convient parfaitement. Je sais très bien quoi faire de ma vie. Je ne sais juste pas quoi faire de *cette soirée-ci*.

Elle finit au rayon lingerie. Si ce truc est invasif, comme ils le craignent, et si certains autres facteurs l'exigent, elle a accepté de subir une mastectomie. En gros, ils lui ont présenté les choses comme ça : on ouvre, et si on trouve ci et ça, en fait, vous n'avez pas vraiment le choix. Si elle subit une mastectomie, elle doit aussi commencer à penser à une reconstruction mammaire. Ils vont en garder autant que possible, et ils lui ont demandé de venir demain avec son soutien-gorge préféré, qui leur servira à définir l'emplacement de la ligne d'incision. Ils couperont juste en dessous de la bordure, de façon à ce que le chirurgien plastique puisse faire du beau travail quand elle aura terminé ses six mois de chimio et de rayons X, s'ils se révèlent nécessaires, ce qui est probable. *Parce qu'elle ne reçoit que des mauvaises nouvelles, toujours et encore des mauvaises nouvelles*. Donc venez, lui ont-ils dit, avec un soutien-gorge que vous aimez beaucoup, et c'est avec cette idée en tête qu'elle gravite vers les Dessous Femme. Elle a le choix parmi une infinité de modèles : seconde peau, rembourrés, en voile, en coton, à strass, à motifs, imprimés léopard, satinés, rose bonbon. Mais c'est ce qui fait la grandeur de ce pays, non ? Et c'est ce qui lui a permis de faire sa vie dans la publicité, cette surabondance, parce qu'elle oblige chaque fabricant à promouvoir son produit de façon à se démarquer de la concurrence. Elle saurait exactement quoi faire pour chacune de ces marques, si l'agence avait la chance d'en gagner le budget. Mais comment se convaincre elle-même, ce soir, qu'un de ces modèles est fait pour elle ? Se peut-il que dans ce pullulement de soutiens-gorge, il y en ait un qui, en cachant la ligne d'incision, lui permette, quand tout cela sera terminé, de se sentir à nouveau sexy ? Même elle, elle n'en est pas sûre. Elle en prend un sur un portant. Peut-être celui-ci ? Un autre – peut-être. Bientôt, elle a dix cintres à la main, elle en a douze, quinze. Elle les emporte en cabine, et, malgré la douleur que lui cause le frottement du tissu contre sa peau, elle en essaie quelques-uns. Elle se regarde dans la glace. L'idée, c'est de rester sexy. *Et pour qui exactement ?* Pour toi-même, bien sûr. Oui, bon, d'accord, c'est merveilleux, cette affirmation de soi, ce côté très indépendant – c'est l'attitude que toute femme devrait adopter de nos jours –, mais soyons honnête une seconde : quand une femme, non, quand une *personne* a envie d'être sexy, elle a toujours quelqu'un d'autre en tête. Quelqu'un qui dit : « C'est fou ce que tu es sexy là-dedans. » Et qui est-ce, dans son cas ? Ça ne peut être, malheureusement, que tu-sais-très-bien-qui-putain, et c'est hors de question. La sensualité avec Martin en tête, c'est fini. Et la sensualité *après* Martin ? C'est là que ça se complique, parce que d'abord elle aura les points de suture. Puis, très vite, elle n'aura plus que les cicatrices, et, pendant les six mois de traitement postopératoire, elle portera la prothèse. Puis le chirurgien plastique entreprendra la reconstruction mammaire en plusieurs étapes – qui sait combien de temps cela prendra. Alors, ça va durer quoi ? Un an, un an et demi ? Comment est-ce qu'elle va se sentir sexy pendant tout ce temps ? Qui va regarder ses cicatrices, sa prothèse, et lui dire : « C'est fou ce que tu es sexy là-dedans. » Comprenez-vous, il n'y a *pas* d'homme après Martin, pas avant longtemps, très longtemps, et tout d'un coup, elle hurle. Elle est dans une cabine minuscule avec quinze mille soutiens-gorge et elle hurle tout ce qu'elle peut. Ça donne quelque chose comme AAAAAAAARRRRRRRRRRRRHHHHHHHH !!! Quand elle se tait, le sang bat dans son sein douloureux, et elle sent dans sa gorge comme une écorchure. La tête lui tourne atrocement à cause du vin et du cri. Elle s'assoit sur le banc. Des vendeurs se précipitent. « QU'EST-CE QUI NE VA PAS DANS LA CABINE ? VOUS VOULEZ QU'ON APPELLE LA SÉCURITÉ ? » Elle ne pleurera pas. Non. Elle se relève et commence à tendre des soutiens-gorge par-dessus la porte. « Je n'en veux pas ! dit-elle. Reprenez-les ! » Au début, elle les rend par deux ou trois, puis elle en ramasse toute une brassée et les balance de l'autre côté. « Je n'en veux aucun ! Je veux juste sortir d'ici ! » Quel endroit stupide, cette cabine, et cette chose qu'elle vient de faire, d'essayer des soutiens-gorge, d'essayer d'être sexy, quelle idée ridicule !

Après leur petit déjeuner au soleil, il lui avait laissé de longs messages sur son répondeur à l'agence. Qui sait dans quel but. Elle les écoutait systématiquement trente secondes après qu'il avait raccroché et dialoguait avec sa voix enregistrée. « Ce que je ne comprends pas, disait-il dans l'un des premiers, c'est comment une personne intelligente et sensée peut attendre tout ce temps en sachant très bien que quelque chose ne va pas, en se sentant malade, et refuser obstinément de voir un médecin. Ça, je n'arrive pas à comprendre, je ne m'explique pas ce comportement venant d'une personne intelligente. » « C'est parce que, a-t-elle dit dans le combiné par-dessus la voix de Martin, les gens intelligents ne sont pas *toujours* guidés par leur intelligence, Martin. Parfois, quelque chose qu'on appelle la peur prend légèrement le dessus. » Il connaîtrait ce détail élémentaire de la psychologie humaine, a-t-elle pensé, s'il travaillait dans la pub, mais en juriste accompli, il croyait que la solution la plus rationnelle, ou du moins la plus prudente, triompherait toujours si la survie de l'intéressé en dépendait. « C'est vrai, j'aurais dû m'en préoccuper plus tôt, s'excusait-il dans un autre message. J'étais absorbé par mon travail, je ne faisais pas attention. Mais maintenant, disait-il, maintenant que je sais, je ne peux plus ne pas savoir, Lynn, je ne peux pas juste désapprendre la nouvelle, et maintenant que je sais et que je ne peux pas ne pas savoir, je me sens… enfin tu vois… une sorte d'obligation… » « Une obligation ! » s'est-elle exclamée. « … je m'inquiète pour toi, Lynn, pour ton bien-être… » « Oh, Martin, que deviendrais-je sans toi ? » « … et je ne peux pas… enfin qu'est-ce que tu veux que je fasse, exactement, hein ? Que j'arrête d'y penser ? Est-ce que c'est un de ces sujets dont… on se voit, on sort ensemble, mais ce sujet-là, on n'en parle pas, c'est tabou, alors que franchement, Lynn, tu es peut-être très, très… Euh, oui, donnez-moi une minute, OK ? » disait-il à quelqu'un qui venait sans doute d'apparaître dans l'embrasure de sa porte. Puis, retournant au message, il continuait : « … que tu devrais, euh… » Il avait perdu le fil. « Écoute, reprenait-il, ce qui est sûr, c'est que tu *dois* voir un médecin. OK ? Bon, je dois te laisser, là. J'aurais préféré te dire tout ça directement, mais tu refuses de décrocher ton putain de téléphone. Rappelle-moi s'il te plaît. »

Dans un de ses derniers messages, il disait : « Il y a une question que je me pose depuis un moment et qui me turlupine beaucoup : est-ce que je suis le seul à être au courant ? Est-ce que tu en as parlé à ton père, ou à un seul de tes amis ? Parce que sinon, si je suis le seul à savoir, tu peux comprendre que je me sente une sacrée responsabilité. En fait, je trouve même que c'est un peu injuste de ta part… » « Voyez-vous ça, a-t-elle dit. Vas-y, développe, ça m'intéresse. » « … parce que maintenant, je sais, continuait-il, et tu refuses de suivre mon conseil et de voir un médecin, et du coup, moi, je m'angoisse pour toi… » « Oh, pauvre Martin ! » « … et je n'ai aucun moyen d'apaiser cette angoisse. Ce n'est pas juste, ça, Lynn... » *Tu n'avais qu'à garder tes foutues mains dans tes poches ! Tu n'avais qu'à rentrer chez toi au lieu d'essayer de me mordre le téton !* « ... je ne suis pas en train de me plaindre, je ne veux pas que tu croies ça. J'essaie juste de plaider ma cause : il faut que tu ailles voir un médecin. Si tu ne veux pas le faire pour toi, merde, Lynn, fais-le pour moi. »

Il a fini par la convaincre, ou elle a simplement cédé – à présent, une semaine plus tard, elle ne se rappelle plus si elle a accepté parce qu'elle a trouvé en elle quelque réserve de courage ou parce que, désespérément faible, elle s'est laissé user par ses messages. Il l'accompagnerait, c'était la condition. Dans la voiture, en allant au rendez-vous, elle a tenté de mettre des mots sur sa phobie des médecins, des hôpitaux, des examens, mais impossible de l'articuler. « J'ai passé beaucoup de temps à l'hôpital quand ma mère était mourante. J'étais toute petite. C'est peut-être là que ça a commencé.

— De quoi est-ce qu'elle est morte ?

— Devine. »

Il y a eu un blanc. Puis il a parlé de façon générale des incroyables avancées que la médecine avait réalisées au cours des dernières décennies, avec l'optimisme qui caractérise toute conversation de ce type, et elle n'en revenait pas qu'il soit assez naïf pour croire qu'un tel discours la rassurerait alors qu'elle avait toujours été imperméable à ce genre d'espoir. Le progrès technologique n'abolirait jamais la peur instinctive de l'homme. L'angoisse de la mort serait toujours la plus forte.

Martin s'est garé sur le parking de l'hôpital. Il a passé une demi-heure à essayer de la convaincre, par des cajoleries, de sortir de la voiture. Elle voulait qu'il reste près d'elle pendant l'examen, est-ce que ce serait possible ? Il a répondu que oui. Elle ne voulait pas qu'il la quitte une seule seconde, c'était bien compris ? Il lui a assuré que oui, il avait déjà très bien compris la première fois qu'elle le lui avait demandé, et la deuxième, et la troisième. « Pourquoi est-ce que tu tergiverses ? » a-t-il ajouté. Ça alors, depuis quand Martin était-il si… impliqué dans leur relation ? Est-ce qu'elle l'avait mal jugé depuis le début ? Ou bien est-ce qu'il avait besoin de ça pour s'impliquer : qu'elle fasse ce voyage en enfer ? Car elle était en enfer, dans cette voiture sur le parking de l'hôpital, et aucune main glacée ne l'avait encore effleurée. Alors qu'elle avait renoncé, un peu plus tôt, sur le chemin de l'hôpital, à verbaliser sa peur, elle finit par avouer à Martin : « Je crois que j'ai enfin compris le problème. Oui, voilà. Et je t'assure, c'est tellement simple, je n'arrive pas à croire que je n'y aie pas pensé plus tôt. » « Bon, et qu'est-ce que c'est, alors ? » a-t-il demandé. « Je suis physiquement incapable d'entrer dans ce bâtiment, a-t-elle répondu. Je ne peux pas sortir de cette voiture et entrer dans ce bâtiment. Tu vois ce bâtiment ? Je ne peux pas. Je n'irai pas. » Il y a eu un silence. Puis il a dit : « Bon, alors c'est de la peur. » Mais il ne comprenait toujours pas. « De *quoi* est-ce que tu as peur, exactement ? De la mort ? Non, tu m'as dit que ce n'était pas ça. Tu n'as pas peur de la mort. Qu'ils te disent que quelque chose ne va pas ? Tu le sais déjà. Ce n'est pas ça non plus. Alors qu'est-ce que c'est ? La plupart des gens, quand ils sentent qu'il y a un problème, ils s'angoissent. C'est naturel. Mais ensuite, ils essaient de régler le problème. Ils ont *hâte* de le faire. Toi, c'est tout le contraire. Tu sais qu'il y a un problème : ça ne te fait pas peur. Tu laisses même les choses empirer pendant des semaines ! C'est *l'idée de le régler* qui te fait peur. J'ai raison, non ? Ce n'est pas comme ça que tu fonctionnes ? » Voilà comment il est devenu avocat associé, a-t-elle pensé. Sagacité, bonnes capacités de raisonnement. « Si, a-t-elle répondu. Je ne m'étais jamais rendu compte à quel point c'était tordu jusqu'à ce que tu me le présentes comme ça, mais si, c'est ça. » Nouveau silence. « Tu crois que ça a un nom ? » a-t-elle demandé. « Je suis sûr que je pourrais trouver quelques jolis mots pour ça », a-t-il répondu. Un instant d'ironie joyeuse. Puis le regard de Martin s'est fait vague ; il réfléchissait. Soudain, il s'est tourné vers elle. « Je reviens tout de suite. Tu ne bouges pas d'ici, d'accord ? » « Où est-ce que tu vas ? a-t-elle demandé. Tu m'as promis de ne pas me quitter. » « Une fois qu'on serait *à l'intérieur*, a-t-il dit. On est encore sur le parking. » Il lui a pris la main. « Fais-moi confiance. » Alors elle l'a laissé partir et il est entré dans l'hôpital. Dix minutes plus tard, il en ressortait avec la nouvelle que le rendez-vous était reporté. Quand Martin a précisé qu'il était seulement reporté à plus tard dans la journée, la vague de soulagement qui l'avait d'abord submergée s'est immédiatement retirée pour laisser place à un désespoir sans fond. « Quelle heure ? » a-t-elle demandé. « Ne t'occupe pas de l'heure. Contente-toi de mettre ça. » « Qu'est-ce que c'est ? » « À ton avis ? C'est un mouchoir. » « Mais comment tu veux que je le *mette* ? » Il a démarré la voiture et engagé la marche arrière. « Comme si tu étais la prisonnière des pirates, a-t-il répondu, et qu'ils venaient de te condamner au supplice de la planche. »

Elle entre dans le premier bâtiment en lui tenant la main. Ils prennent un ascenseur, ses oreilles se bouchent. Elle se sent ridicule parce que l'ascenseur est plein et qu'elle, elle est là avec ses yeux bandés. À un moment, elle entend Martin dire : « Ça ne se fait pas de fixer les gens comme ça. » « Je ne fixe personne, répond-elle. Je ne vois pas comment je pourrais. » « Je ne te parlais pas à toi. » Après ce qui lui semble une éternité, les portes s'ouvrent et tout le monde descend. Elle se laisse mener. Quand ils s'arrêtent, il lui ôte le bandeau et, aussitôt, elle sait où ils se trouvent : dans l'observatoire du John Hancock Building, à des centaines de mètres au-dessus de la ville. Elle est surprise et ravie. « Qu'est-ce que tu mijotes, Martin ? » lui demande-t-elle, souriante, avec un regard en coin. Il hausse les épaules d'un air innocent et lui désigne la vue. « Je te fais voir la ville », dit-il. La Sears Tower s'élève juste devant eux, le lac Michigan est là, sur la gauche et, sur la droite, on aperçoit la banlieue, colossale et clinquante. Ils se montrent les immeubles où ils travaillent et ceux où ils habitent et ceux dont ils connaissent le nom. Ils mettent de l'argent dans le télescope et l'orientent sur le stade de Wrigley. Ils scrutent l'horizon à l'ouest sans réussir à voir le bout de l'immense métropole. Martin lui remet le bandeau. Ils reprennent l'ascenseur, puis la voiture. Ils roulent un certain temps. Enfin, il se gare, et, de nouveau, la prend par la main. Cette fois-ci, il lui fait monter des marches, et elle sait qu'il n'y a pas de marches à l'entrée d'un hôpital et qu'ils doivent donc être ailleurs, et quand il ouvre la porte et la guide à l'intérieur, elle ne voit rien, mais elle sent, et elle devine tout de suite où ils sont. Elle entend un homme dire : « Deux ? » « Deux », répond Martin, qui la fait marcher jusqu'à leur table les yeux bandés. « Vas-y, retire-le », lui dit-il. « Je le savais ! s'écrie-t-elle. Je savais où on était ! » Ils passent vingt minutes à attendre une pizza moelleuse, assis dans un box obscur sous la faible lumière de chez Gino's East, où le plafond en planches noires leur donne l'impression de déjeuner sous le pont supérieur d'un très vieux bateau pirate. Ces planches sont absolument constellées de graffitis et parsemées de billets de un dollar agrafés sur le bois. Quand ils ressortent à la vive lumière du jour, il lui remet le bandeau. Jusqu'ici, elle a eu de la chance ; elle se demande si c'est sur le point de changer.

Mais le nouveau trajet dure, lui semble-t-il, trop peu de temps pour qu'ils soient déjà de retour à l'hôpital, et quand il lui retire le bandeau, elle sourit. « J'aurais dû m'en douter. » Ils sont au Jazz Record Mart, le supermarché du jazz, sur Illinois Street. « Oui, explique-t-il, plein d'une ironie qu'elle adore, j'ai pensé qu'une fan de jazz comme toi méritait qu'on lui fasse ce plaisir un jour comme aujourd'hui. » « Je t'en prie, répond-elle, voici ma carte de crédit, achète ce que tu veux – *surtout, prends ton temps*. » Il passe presque vingt minutes à fouiller dans les bacs poussiéreux à la recherche de ses obscurs enregistrements. « Pas assez long », lui dit-elle quand il revient. Puis, encore une fois, c'est le bandeau, la voiture, Martin qui se gare et vient la prendre par la main. De nouveau, des marches, et pas juste six ou sept : trois longues volées, presque assez pour l'essouffler. Elle n'arrive pas à croire qu'il soit en train de faire ça, de lui tenir la main et de la guider, qu'il ait imaginé ce plan qui lui ressemble si peu ou qui, du moins, ressemble si peu à l'idée qu'elle s'était faite de lui : celle d'un homme sans fantaisie, allergique à tout ce qui s'éloigne de la raison pure et dure. Si cette journée lui a révélé quelque chose, c'est qu'elle juge les gens de façon bien hâtive et définitive. Ils sont à l'intérieur, à présent, dans un endroit vaste et résonnant d'échos – rumeur de voix étouffées, claquements de pas sur des marches en marbre. Il lui ôte le bandeau et ils passent une heure à admirer les plus belles œuvres de la collection d'art moderne de l'Art Institute. « Je croyais que tu ne t'intéressais pas à l'art, Martin, remarque-t-elle.

— Pas à l'art de bas étage, répond-il, mais à ce niveau-là, il y a des choses que j'apprécie.

— Vraiment ?

— Bien sûr.

— Préviens-moi, dit-elle d'un air sceptique, quand tu en vois un qui te plaît, d'accord ?

— Eh bien, celui-ci, par exemple.

— Celui-ci ?

— Oui, celui-ci, il est superbe, dit-il. Tu n'es pas d'accord ? »

Ils se tiennent devant le gigantesque *Un dimanche après-midi à la Grande Jatte* de Georges Seurat. « Si », répond-elle. Elle est d'accord.

Il était quinze heures quand ils sont repartis et maintenant elle sait, comme elle ressort de la voiture, comme elle marche à côté de lui, que c'est fini. « Ne l'enlève pas », dit-il. « Martin », chevrote-t-elle. Ils traversent un parking qui a tout d'un parking d'hôpital. « Lynn, dit-il. Ne l'enlève pas. » Ses mains se mettent à trembler, comme dans la voiture ce matin-là. « Continue à marcher », dit-il. Et elle y parvient, parce qu'elle arrive à se persuader : *peut-être pas, peut-être pas encore*... Mais il n'y a pas d'escalier, et quand Martin ouvre la porte et que l'air se fait légèrement plus chaud, la lumière au-dessus d'elle plus blanche et fluorescente, elle n'a plus aucun doute quant à l'endroit où elle est et ça la terrifie. « Continue à marcher », dit Martin. Ils s'arrêtent et il la fait asseoir, sur une chaise dure, en plastique, une chaise de salle d'attente d'hôpital, et ça la terrifie. « Je ne te laisse pas, lui dit-il. Je vais juste à trois mètres pour parler deux secondes à quelqu'un, et je reviens. » « Je suis là », dit-il en revenant. Ils restent assis là longtemps. Au bout d'un moment, il lui dit : « Pourquoi tu ne retires pas le bandeau, maintenant ?

— Ah non, hors de question.

— Fais-moi confiance. Retire-le.

— Je ne préfère vraiment pas.

— Allez. Tu peux le faire. »

Elle s'exécute et regarde autour d'elle en plissant un peu les yeux. Il y a des employés derrière une cloison de verre et des numéros lumineux au-dessus de chaque guichet. « Le DMV[1] ? dit-elle. Salaud ! » Elle le fouette avec le bandeau. « Tu vois ! s'écrie-t-il. Tu peux faire le plus dur ! » Elle pousse un soupir de soulagement. « Mais maintenant, ajoute-t-il, tu ferais aussi bien de te résigner. Tu ne sauras jamais quand on y sera vraiment. »

Ce n'est probablement pas le meilleur endroit pour l'occasion, c'est probablement même le plus mauvais endroit, en fait. À vrai dire, si le mauvais endroit pouvait être indiqué sur une carte – « Vous êtes ici » – il serait sans doute fléché là. Et cette chose qu'elle va peut-être faire, d'entrer dans l'immeuble et de demander au gardien de nuit de l'appeler pour l'informer qu'il y a quelqu'un pour lui dans le hall ? *Pas* la chose à faire. Mais elle vient d'user la moitié d'un plein d'essence à rouler sans but et, ô surprise, c'est ici qu'elle atterrit. Le cabinet se trouve dans une rue située à un bloc à l'est de Michigan Avenue. Le Mag Mile est désert,

1. Department of Motorized Vehicles (Département des véhicules motorisés), qui délivre entre autres les permis de conduire. (*N.d.T.*)

comme toujours à cette heure-ci. Elle est mal garée, mais le seul véhicule qu'elle voit passer en vingt minutes est un taxi au voyant éteint. Qui rentre chez lui, sans doute. Sage décision, taxi – grosse journée demain, rentre, repose-toi. Pourquoi ne peut-elle pas avoir le bon sens d'un taxi ? Lynn Mason dans sa Saab devant le cabinet de Martin Grant a moins l'impression d'être une femme de quarante-trois ans qu'une gamine de quatorze, affolée par la violence de ses sentiments. « Attends, attends, attends, attends, attends, attends, attends, *attends* ! » s'écrie-t-elle en donnant de grands coups sur le volant avant de l'empoigner et de le secouer. Elle ne peut pas *vraiment* être là où elle est ! Comment cette soirée, qui a commencé au sommet de la montagne avec le dîner chinois devant la télé, s'est-elle précipitée comme un torrent de merde dans ce ravin, là ? Est-ce qu'elle veut vraiment monter et se retrouver dans des bureaux ? Il n'y a aucun mystère, aucun glamour, aucune gratification, aucune surprise dans les couloirs vides d'un bureau à dix heures du soir – elle le sait d'expérience. Passer sa dernière soirée dans des bureaux : il faudrait être cinglée. Mais est-ce que ça vaut pour ces bureaux-*là* ? Parce que dedans, il y a Martin. Il y a *Martin*. Et la vérité absolue, c'est qu'il pourrait être n'importe où, en train de se noyer dans l'océan ou de brûler vif dans un incendie, son amante voudrait y être avec lui. Peu importe, donc, qu'il s'agisse d'un homme cracra, maussade, débordé, abruti, l'estomac ballonné et l'œil clignotant, marchant, sous une lumière de purgatoire, dans des couloirs déserts au milieu des téléphones muets et des croûtes suspendues aux murs. C'est avec lui qu'elle veut être. Comment pouvait-elle espérer ne pas se retrouver ici à un moment donné, en dépit de ce qu'elle s'est répété toute la soirée : qu'il était hors de question qu'elle appelle Martin, qu'elle lui parle ? La cohérence à tout prix est l'obsession des petits esprits[1], et à cette heure-ci, elle y a de toute façon renoncé.

Et pourtant, quelque chose la retient. Pendant vingt minutes, elle reste assise sans bouger dans sa voiture. Si vous étiez le gardien de nuit, et que vous aviez écouté attentivement, au bout d'un moment, vous auriez entendu la voiture redémarrer de l'autre côté de la baie vitrée. La conductrice a attiré votre attention parce qu'elle a passé vingt minutes à attendre là sans rien faire. Et puis tout d'un coup elle s'est mise à taper de toutes ses forces sur son volant, on aurait dit une folle ! Forcément, vous vous êtes demandé : Qu'est-ce qu'elle nous prépare ? Et voilà qu'elle s'en va ! Demi-tour, direct. Rester assise vingt minutes dans sa voiture, pour repartir ? Qu'est-ce qui peut pousser quelqu'un à faire un truc pareil ?

C'est le fait de revenir à la raison, pense-t-elle en s'éloignant. Parce que Martin lui a bien expliqué les termes du contrat, et qu'elle ne peut pas les accepter. C'est aussi simple que ça. Il a fait toutes ces choses merveilleuses : l'emmener au sommet du John Hancock Building, chez Gino's East, à l'Art Institute, et puis, le moment venu, il l'a ramenée à l'hôpital, et même si elle se disait bien qu'ils devaient être arrivés cette fois-ci, il l'avait bernée tellement de fois auparavant qu'elle a réussi à se dire, *mais peut-être que c'est un autre DMV*, et c'était tout ce dont elle avait besoin, ça et le bandeau, pour le suivre à l'intérieur et s'asseoir avec lui et tenir le coup dans l'enfer où elle était. Et il

1. « A foolish consistency is the hobgoblin of little minds », R. W. Emerson. (*N.d.T.*)

ne l'a pas quittée. Et quand le médecin a dit, en substance, ça va mal, en employant des mots comme « avancé », « agressif », « pour de meilleures chances de rémission », c'est Martin, parce qu'elle était, elle, trop sonnée, qui a posé les questions. Il *a* été adorable avec elle, elle avait *toutes* les raisons d'être garée devant son cabinet. Mais il a aussi fait quelque chose de terriblement, terriblement inattendu, quelque chose de vraiment surprenant, révélateur de sa vraie nature : quelque chose de terriblement *honnête*.

Le rendez-vous chez le médecin avait eu lieu un vendredi, et, après le choc initial, elle s'était trouvée en proie à une angoisse profonde, et soulagée que Martin pût rester dormir avec elle. Le samedi, à son réveil, l'angoisse avait disparu, remplacée par un besoin brûlant de savoir un millier de choses. Toutes les questions qu'elle aurait posées au médecin si elle en avait eu la force la veille se bousculaient sur ses lèvres. Martin avait dû lui répéter beaucoup des choses que le médecin avait dites. Il lui avait pratiquement retracé tout le pronostic, les différentes solutions dont elle disposait et leurs conséquences respectives. Mais comme ses connaissances sur le sujet étaient limitées, il avait profité du moment, en milieu de matinée, où il était sorti faire des courses pour le petit déjeuner pour passer à la librairie du quartier et acheter un livre qui accompagnait la malade du cancer du sein, pas à pas, à travers toutes les étapes de la maladie, du diagnostic jusqu'à la rémission. Il le lui a rapporté, et, ensemble, ils ont mangé, lu et débattu, et ils en sont venus à une conclusion : elle devait choisir la solution qui lui offrait les meilleures chances de rémission totale. Ce ne serait pas sans conséquences.

« Donc tu penses que je devrais opter pour la mastectomie ? a-t-elle dit.

— Non, je pense qu'il faut que tu attendes que les médecins voient ce qu'ils trouvent, mais oui, je pense que tu devrais leur donner à l'avance l'autorisation de le faire s'ils jugent que c'est nécessaire.

— Et qu'est-ce que je fais, sans mes seins ?

— Je... Je ne sais pas. Tu n'allaites pas pendant un certain temps. »

Il a dû noter immédiatement le changement dans son expression. *Tu n'allaites pas ?* N'avait-il pas conscience que ses chances d'avoir des enfants diminuaient de jour en jour, et était-il trop insensible pour se dire que, peut-être, cela l'attristait ? Non que ça l'attriste – ça ne la dérangeait pas – mais de là à enfoncer le clou comme ça ! Qu'est-ce qui lui prenait ?

« Non, c'était une mauvaise blague, s'est-il empressé de dire. Une très mauvaise blague. Excuse-moi. J'essayais de faire un peu d'humour.

— Je crois que tu devrais t'en tenir à l'analyse de la situation. »

Ce qu'elle avait espéré qu'il dise, bien sûr, c'était : *Ce que tu vas faire sans tes seins ? Je ne sais pas. Moi, en tout cas, ça ne me dérangera pas.* Mais ils ne parlaient pas d'eux à ce moment-là. Ils parlaient d'elle seule, ils tentaient d'aider une malade du cancer à accepter un état de fait, si pénible soit-il, pour lui permettre de prendre les bonnes décisions. Samedi, en fin de soirée, ils avaient réussi, plus ou moins. La mauvaise blague était pardonnée. Elle l'a remercié de nombreuses fois. Il est rentré chez lui. C'était ce qu'elle voulait. Ces deux dernières journées l'avaient épuisée.

Ce n'est que le dimanche, soit trois jours avant son rendez-vous pour l'opération, que le sujet de leur relation s'est retrouvé sur le tapis. Martin était arrivé en avance et restait debout dans l'entrée, dans son manteau de mi-saison. Elle est sortie de la cuisine. « Qu'est-ce que tu fais encore debout ? » « J'ai réfléchi à quelque chose, a-t-il répondu, et je pense qu'il faut que je t'en parle. » Elle a senti venir la mauvaise nouvelle. Malgré toutes les choses dont elle avait eu à s'inquiéter depuis l'annonce du diagnostic, elle n'avait pas oublié qu'un homme occupé, un accro du boulot, un célibataire endurci ne jugerait probablement pas dans son intérêt de jouer l'infirmière pour une petite amie occasionnelle. Ces deux derniers jours, il s'était comporté comme un gentleman – un roi, même – mais ça devait arriver tôt ou tard, et elle savait ce qu'il allait dire : « Je te souhaite toute la chance du monde, Lynn, mais je n'ai pas les épaules pour t'accompagner là-dedans. J'espère vraiment que tu me rappelleras quand tout ça sera terminé. » « Est-ce que tu peux au moins retirer ton manteau ? » lui a-t-elle demandé. « Bien sûr. » Il l'a fait, et elle lui a tendu sa tasse de café. « Allons en discuter sur le canapé. »

Et là, il lui a expliqué : il était à elle. Tout entier. Elle pouvait lui demander n'importe quoi, il le ferait. Il prendrait des jours de congé. Il irait avec elle à tous les rendez-vous. Il serait à ses côtés tout au long de cette épreuve. « Du début à la fin. Si tu préfères que ce soit Sherry ou Diane ou n'importe qui d'autre, pas de problème. Je me rends juste disponible. » « Merci, Martin. » Elle était sonnée de nouveau, sans voix – quelle surprise. « Je suis touchée.

— Je n'ai aucune *expérience*, mais je suis prêt à essayer – quoi qu'il m'en coûte.

— Ça me fait très plaisir, a-t-elle dit. Vraiment, ça me touche beaucoup.

— Mais il y a une chose qui doit être claire, a-t-il continué. C'est une sorte de condition, j'imagine. Et je sais que ça tombe à un très mauvais moment, mais je ne peux pas... Tu sais, je t'ai observée, ces deux derniers jours, Lynn. Tu m'as surpris, surtout hier. Hier, on aurait dit que tout d'un coup, tu te réveillais. Tu voulais tout savoir. Et tu as reçu toutes ces... toutes ces foutues informations tellement dures avec un sang-froid incroyable. J'étais vraiment impressionné. Du coup, ça m'a fait réfléchir, quand je suis rentré chez moi hier soir, et ça m'a fait penser que tu pouvais tout affronter. Tout.

— Pourquoi tu ne me dis pas ce que tu as à me dire ? » a-t-elle demandé.

Il a posé sa tasse sur la table basse et lui a pris les mains. « C'est une chose qui me trotte dans la tête depuis longtemps, maintenant, a-t-il dit. Ça date d'avant... d'avant tout ça. Et je sais que ce n'est pas le moment idéal pour te le dire, mais c'est encore moins le moment de mentir. Moins que jamais. Donc voilà, je le dis : ça fait un certain temps que je pense que toi et moi, on n'est pas faits l'un pour l'autre. Sur le long terme, j'entends. Et ça me désolerait vraiment que je traverse tout ça avec toi et que de ton côté tu penses que... enfin, que je ne sais quoi, que je le fais parce que je suis prêt à m'engager. Je *m'engage* à rester près de toi et à te soutenir jusqu'à ta guérison, mais ça n'a rien à voir avec...

— Oui, j'ai compris, je sais ! s'est-elle écriée. Tu n'es pas du genre à te marier, j'ai compris !

— Non, ce n'est pas que ça. C'est que, toi et moi... j'essaie juste d'être honnête, là. Je serai là pour toi jusqu'au bout de cette épreuve. Mais en tant qu'ami. Seulement en tant qu'ami. »

Eh bien, est-ce que ce n'était pas déjà quelque chose ? Martin Grant était honnête, elle ne pouvait plus en douter, maintenant. C'était un homme honnête. Bien sûr, il avait fallu qu'il lui fiche un bon coup de pied au derrière pour qu'elle s'en rende compte. Il avait fallu qu'il la mette K-O pour qu'elle reconnaisse à quel point il était honnête. Veiller sur elle, la soigner : il le ferait. Le cancer du sein, ce n'était pas ça qui lui posait problème. C'était elle qui, en fin de compte, ne correspondait pas à ce qu'il voulait. Elle lui a dit qu'elle ne pourrait pas faire ça comme ça, qu'elle ne voulait pas s'imposer à lui comme ça s'il... et il a essayé d'objecter que... mais elle a dit je suis désolée, je ne peux pas... et il a dit tu y réfléchiras... et elle a dit non. Il est parti peu de temps après. Elle a passé un triste dimanche après-midi en solitaire.

Et maintenant, il faudrait peut-être qu'elle lève un peu le pied. Descendre Lake Shore Drive à cent cinquante kilomètres-heure, c'est du suicide, ce qui révèle parfois un désir d'être secouru. Ils ne comblent plus les nids-de-poule, si loin au sud. Les intervalles entre les lampadaires qui fonctionnent se font aussi de plus en plus longs, et la nuit noire s'engouffre par le toit ouvrant, l'avalant tout entière, jusqu'à ce que, après le capot, puis le tableau de bord, puis sa main sur le volant, elle se retrouve de nouveau, à son tour, dans une lumière beaucoup trop vive. Elle évite son visage, dans le rétroviseur, et tout l'apitoiement larmoyant qui y est gravé. C'est ridicule. Et pour ceux qui pensent que Lynn Mason, en plus de son cancer, souffre du mal identifié par les présentateurs de talk-shows comme « Le syndrome de l'homme qui manque », si vous croyez que c'est pour ça qu'elle était garée devant le bureau de Martin, alors vous n'avez pas encore compris ce qui se passe ce mardi soir, ce qui a fait naître en elle ce désir désespéré si parfaitement étranger à son caractère. Elle n'a jamais – ou pas souvent – souffert du Syndrome de l'homme qui manque. L'autonomie a toujours été son premier et son dernier commandement. Et pas parce qu'elle est issue d'une génération de filles encouragées à rejeter la dépendance endurée par leurs mères et leurs grand-mères. Ce n'était pas juste en se donnant à un *homme* qu'elle avait peur de se perdre. C'était en baissant la garde devant n'importe qui. Ça n'était pas de l'ambition, cette détermination acharnée à ne rendre de comptes à personne, à réussir, à diriger, à gagner de l'argent et à le mettre dans son bas de laine, à jurer comme une foutue charretière si l'envie lui en prenait, à manger riche, à se taper qui elle voulait se taper et à virer qui elle devait virer, même si la personne en question se mettait à pleurer. C'était *personnel*. Ça ne la tentait pas d'accrocher son chariot[1] à qui que ce soit parce qu'elle savait que la vérité, le bonheur, la réussite, toutes ces choses sacrées et fondamentales, elle les possédait déjà. Elle ne pouvait simplement pas y accéder ce soir, et elle aurait aimé avoir quelqu'un près d'elle sur le siège du passager.

Parce que la peur de la mort, mon vieux, il n'y a rien de mieux pour ébranler vos convictions et vous plonger dans la solitude. La mort a un sacré talent pour ruiner vos plans et vous envoyer au trente-sixième dessous un soir où vous devriez être en train de travailler. Vraiment, Lynn, tu ferais mieux de ralentir, se dit-elle. Sinon pour ta vie, du moins pour économiser le prix d'une amende. Elle jette un œil à l'horloge du tableau de bord :

1. Parodie d'une citation célèbre de R. W. Emerson : « Accroche ton chariot à une étoile. » (*N.d.T.*)

minuit. Elle *adore* cette Saab. Qu'est-ce qu'elle va devenir, la Saab, si, au bout du compte, elle meurt ? Question plus judicieuse : vers quoi fonce-t-elle à cent cinquante kilomètres-heure au volant de la Saab, à minuit, sur Lake Shore Drive ? À bien y réfléchir, ce n'est probablement pas l'endroit idéal, ce club qu'elle connaît dans les Quartiers Sud, ce club que Martin lui a fait découvrir, où ils ont passé du temps ensemble, le Velvet Lounge. Et cette chose qu'elle a décidé de faire, d'aller écouter le dernier set, ce n'est pas une chose qu'elle fait par véritable amour du jazz, elle le reconnaît. Elle y va pour Martin, pour se souvenir de Martin, pour pleurer Martin. Elle y va par nostalgie. Dans ce cas, est-ce que ça ne tombe pas à pic que le Velvet Lounge soit fermé le mardi ? Elle reste assise dans sa voiture, devant le club, et écoute « St. Louis Blues » sur un CD que Martin a oublié dans la boîte à gants. *J'ai le blues de Saint Louis !/ Jamais été aussi triste !/J'ai le cœur comme une pierre qu'on aurait jetée à la mer*[1] *!* Heureusement, c'est une chanson très courte. Ces stupides souvenirs – un club, une chanson – qui persistent longtemps après que l'amant a jeté son cœur à la mer, ils réconfortent autant qu'ils désespèrent. On cherche en eux la promesse d'un recommencement, mais, ce faisant, on s'enlise plus profondément dans la peine.

Il est plus de minuit. Elle est à des kilomètres de chez elle. Il faut qu'elle rentre, parce que demain martin... matin, elle voulait dire matin. Elle ne croit pas qu'elle aura le courage de s'abandonner aux médecins s'il n'est pas là. Dans un éclair de lucidité, elle se demande : est-elle vraiment

1. *Got the St. Louis Blues!/Blue as I can be!/Man's got a heart like a rock cast in the sea!* (N.d.T.)

amoureuse de Martin, de *Martin*, ou n'est-ce qu'une impression créée par les circonstances ? Éprouverait-elle à son égard des sentiments aussi forts si elle n'allait pas à l'hôpital le lendemain, s'il n'avait pas organisé sa première visite chez le médecin avec tant de compassion, s'il n'était pas le dernier homme à avoir caressé son corps avant qu'il ne soit profondément mutilé ? Et la réponse s'impose d'elle-même : tout chagrin d'amour est le produit des circonstances. Derrière chaque ridicule cœur brisé, il y a la combinaison de coïncidences malheureuses, de bonnes intentions et des mauvaises décisions de quelqu'un d'autre. Elle ferait aussi bien de l'admettre : oui, elle aime Martin, et elle l'a découvert au pire moment possible – après qu'il lui a brisé le cœur. Dans un brusque revirement, oubliant la conviction qu'elle avait, en s'éloignant de l'immeuble sur les chapeaux de roue, que le bureau de Martin était le pire endroit où elle puisse être, et appeler Martin la pire chose qu'elle puisse faire, elle part à la recherche d'une cabine téléphonique. Elle a son mobile, mais si elle s'en sert il verra son nom s'afficher et elle n'aura pas la possibilité de raccrocher à la dernière seconde sans qu'il sache que c'était elle.

Elle l'appelle de la cabine d'une station-service fermée. Il n'est pas déraisonnable d'espérer le trouver à son bureau. En fait, malgré l'heure tardive, il ne lui vient même pas à l'idée qu'il puisse être ailleurs. La sonnerie familière, le message familier – à présent, parle, ou préserve ta dignité à jamais. Elle raccroche. Sage décision. Elle rappelle. « Martin, je suis à ce numéro, c'est le... » Elle le donne. « Est-ce que tu peux me rappeler quand tu trouveras ce message, s'il te plaît ? C'est urgent. » Elle attend, en profite pour examiner l'endroit. Au-dessus des pompes à essence, un projecteur diffuse une lumière orange, sombre lueur de Halloween presque surnaturelle qui illumine – non, ce n'est pas le mot juste –, qui *anime* les pompes, les flaques d'essence, les trous dans le goudron et les poubelles pleines à ras bord, transformant l'ensemble en quelque chose de laid et de vaguement menaçant, et quand un homme avec un Caddie traverse la route dans un fracas de ferraille, le bruit la fait sursauter, et elle jette autour d'elle des regards nerveux. Super : maintenant, en plus, elle a peur de se faire agresser, peur des violeurs et des assassins et de tous les hommes tapis dans l'ombre à cette heure de la nuit. Ça, pour un torrent de merde, c'est un sacré torrent de merde. Dans cette station-service malsaine, à l'heure du crime, il l'a officiellement engloutie. Tout ce qu'il lui faut, à présent, c'est qu'il se mette à pleuvoir, que son moteur refuse de repartir, qu'une voiture aux vitres fumées s'arrête un peu trop près de la sienne et qu'un nuage de criquets s'abatte sur elle. À une distance équivalente à la longueur d'un terrain de football brillent les lumières de l'autoroute. Elle entend le vrombissement léger des voitures qui filent. Est-ce que ça fait deux minutes ou quatre heures qu'elle a appelé ? Elle réessaie. « Martin, dit-elle, j'ai besoin de parler, rappelle-moi s'il te plaît. » « Martin, dit-elle au troisième essai. Est-ce que tu es *chez toi* ? »

Il *est* chez lui, en train de dormir. « Quelle heure est-il ? » demande-t-il, après la sixième sonnerie. Oh, non... Depuis combien de temps est-il chez lui ? *Pourquoi* est-il chez lui ? *Comment peut-il être chez lui ?* Maintenant, avant de pouvoir lui répondre, elle a besoin de reconsidérer sous ce nouvel angle la soirée tout entière. Elle l'avait imaginé dans un environnement familier – allant se chercher du café, tirant un dossier d'un classeur, avalant une aspirine et réajustant son pantalon après s'être assis. Cela la réconfortait de savoir où il était, même si elle n'était pas avec lui. Mais maintenant qu'elle le découvre chez lui, qu'elle le réveille, elle se rend compte qu'elle ne sait rien de l'endroit où il a passé la soirée ni de ce qu'il a fait, et elle trouve ça très, très déstabilisant. Elle imagine le pire : un verre avec quelqu'un de nouveau, des milliers de choses à se dire, le début de ce qu'il veut *vraiment*. Elle l'a perdu. « Qu'est-ce que tu fais chez toi ? demande-t-elle.

— Qu'est-ce que je fais ? Je dors.

— Quand est-ce que tu es parti de ton bureau ?

— Je ne sais pas, répond-il. À sept heures ? »

Sept heures ? Elle ne le dit pas à voix haute, mais à l'intérieur elle hurle aussi fort que dans la cabine d'essayage. Sept heures ? Ça fait cinq heures qu'elle se le représente dans un endroit dont elle pensait tout savoir, et maintenant elle ne sait plus rien. Ce dont elle a besoin, plus que tout, c'est d'une explication détaillée de tout ce qu'il a fait ce soir. Mais elle ne peut pas lui demander ça. Mieux vaut en venir au fait avant de dire quelque chose de pathétique. Trop tard : « Qu'est-ce que tu avais à faire, pour partir à sept heures ? demande-t-elle. Je veux dire, est-ce que ce n'est pas un peu inhabituel, pour toi, de partir à sept heures ?

— J'étais fatigué, explique-t-il. Je voulais rentrer chez moi.

— Donc tu es rentré chez toi à sept heures ?

— Oui, Lynn. Je suis rentré chez moi à sept heures. J'ai commandé à dîner, j'ai regardé la télé... Qu'est-ce qui se passe ? »

Donc, rien d'extraordinaire, pense-t-elle. Rien qui implique d'autres personnes. D'autres *femmes*. Et il n'est pas du genre à lui mentir, elle le sait maintenant – alors vas-y, dis-lui pourquoi tu l'appelles.

« J'ai changé d'avis, dit-elle. J'ai besoin que tu m'accompagnes. Je ne sais pas comment j'ai pu te dire non. Je ne serai pas capable d'y aller sans toi. »

Silence à l'autre bout du fil. « Mais je croyais... » Puis, une seconde plus tard : « D'accord. Je t'accompagnerai.

— Tu n'as pas à t'inquiéter, dit-elle. Je comprends les conditions. J'accepte pleinement les conditions.

— OK, mais... Qu'est-ce qui a changé ? Parce que dimanche tu disais...

— J'ai peur », dit-elle simplement.

Il ne répond pas.

« C'est juste que j'ai peur.

— OK, dit-il. À quelle heure est-ce que je dois venir te chercher ? »

En repartant en sens inverse sur Lake Shore Drive, elle est aussi calme qu'une colombe en cage. Pas de musique, rien que le vent qui pénètre par le toit ouvrant et le ronron fidèle de la Saab. Sur sa droite, le lac immobile. Elle se remémore la fois où la voiture s'est détraquée. Elle roulait encore, mais on aurait dit que quelqu'un était sanglé sous le châssis et cognait dessus avec une clé anglaise. Elle avançait avec des soubresauts, en bringuebalant, et ce mouvement inhabituel, combiné aux bruits de coups, l'angoissait profondément, comme si elle ne faisait qu'un avec la machine qu'elle aimait. Elle l'avait emmenée chez le garagiste, et quand elle l'avait récupérée trois jours plus tard, tout était réparé : elle avait retrouvé le ronronnement familier du moteur, le glissement doux, palpable, des pneus sur l'asphalte. C'est comme ça qu'elle se sent maintenant : légère, stable, en parfait état de marche, rétablie. Fini de rebondir dans tous les sens comme une balle de flipper. Ces heures-là sont derrière elle, et ce n'est que maintenant qu'elle y voit clair : à minuit quarante-huit, blottie dans la robuste Saab qui remonte vers le nord à une vitesse raisonnable, elle sait exactement ce que c'est, l'endroit idéal qu'elle a cherché toute la soirée, et la chose qu'elle aurait dû faire depuis le début. Ses angoisses lui avaient embrumé l'esprit, l'empêchant de distinguer la seule destination adéquate, et en quinze minutes elle y est. Elle entre dans l'immeuble et salue l'homme qui veille sur lui pendant la nuit. Il la connaît par son prénom. « C'est une surprise de vous voir ici si tard ! » s'exclame-t-il, et à ces mots, elle comprend que sa plus grosse erreur, c'est d'être partie, tout simplement. C'est d'être montée dans ce taxi et d'être rentrée chez elle. Elle prend l'ascenseur jusqu'au soixantième étage et se dirige vers son bureau. Est-ce qu'elle est la seule à avoir pris conscience de l'importance fondamentale de ces deux nouveaux prospects pour l'avenir de l'agence ? Et les stratégies qui ne sont même pas encore définies ! Il reste deux semaines jusqu'à la présentation. Comment peut-elle imaginer qu'elle a ne serait-ce qu'un instant à consacrer à autre chose ? Elle s'assied à son bureau. C'est ici qu'elle est bien, ici même, à se demander : Qu'est-ce que je dois faire ? Qu'est-ce qui presse le plus ? C'est fou ce qu'elle se sent en forme tout à coup, rien à voir avec la fatigue quotidienne des deux ou trois derniers mois. Exactement comme si elle s'éveillait après une longue nuit de sommeil : elle est prête à commencer la journée. Elle pose la main sur la souris, disloquant l'écran de veille. L'horloge affiche un peu plus d'une heure. Elle commence sa journée très tôt, c'est tout. Elle travaille jusqu'à six heures.

Elle est épuisée. Elle se lève de sa chaise et s'approche de la fenêtre. Le soleil est en train de se lever, la ville reprend vie, s'illuminant point par point, révélant les immeubles, les rues, les autoroutes lointaines. Ce mouchetage lui rappelle l'immense tableau de Seurat à l'Art Institute, celui que Martin aimait. Non pas que Chicago, avec son charme dur et ses surfaces grises, encore presque inanimées à cette heure, ressemble en quoi que ce soit à la partie de campagne populeuse et colorée de Seurat. Mais ce ciel qu'elle regarde éclore par la fenêtre, il est d'une beauté qui la bouleverse, surtout après toutes ces heures de travail, et elle reçoit soudain une petite révélation. On fait tout de travers. Les heures de bureau, ce devrait être de neuf heures du soir à cinq heures du matin, pour qu'à la fin de chaque nuit de travail le soleil nous souhaite le bonjour. Tout le désespoir de la veille s'est évaporé, et toutes ces histoires sur le pouvoir régénérateur de la lumière prennent soudain du sens à ses yeux. À nouveau elle est forte, le sol ne se dérobe plus sous ses pieds. Elle a fait les choses du mieux qu'elle a pu, et sa vie ressemble tout à fait à ce qu'elle avait imaginé ; alors d'accord, peut-être que son imagination est pauvre, foncièrement déficiente, et que c'est par défaut qu'elle travaille si dur, si longtemps – par défaut qu'elle a embrassé le rêve américain – mais est-ce que ça n'a pas été malgré tout une poursuite du bonheur ? *Sa* poursuite du bonheur. Et personne, ni Martin ni qui que ce soit, ne peut lui prendre ça. Seule la mort peut l'en priver. Et avec ces nouveaux contrats à obtenir, elle regrette, mais la mort va devoir attendre.

Elle décroche son téléphone. Elle veut juste le prévenir qu'hier soir elle a un peu perdu la tête, Dieu sait pourquoi. Mais avec la lumière du jour, elle a retrouvé la raison, et finalement elle n'a pas besoin qu'il l'accompagne à l'hôpital.

« Qu'est-ce que tu racontes ? dit-il. J'étais sur le point de partir pour venir te chercher.

— Non, dit-elle. Ce n'est pas nécessaire.

— Lynn, dit-il, je viens te chercher.

— Martin, je suis déjà au travail. Je suis à une rue de l'hôpital. Je n'ai pas besoin qu'on vienne me chercher.

— Lynn, pourquoi est-ce que tu fais ça ? »

Elle promet de le rappeler quand elle se réveillera de l'anesthésie. Il continue à protester, mais elle insiste. Elle raccroche et se dirige en chancelant vers le canapé en cuir blanc. Il est encombré d'échantillons offerts par d'anciens clients – huile de vidange, boîte d'ampoules – et de trieurs accordéons bourrés de documents. Elle pose tout cela par terre, puis s'allonge, et, juste avant de s'endormir, elle décide que la première chose qu'elle fera demain – aujourd'hui – en se réveillant, ce sera de ranger ce bureau dégoûtant, et de prendre un nouveau départ.

RETOURS ET DÉPARTS

1

DE NE RIEN COMPRENDRE – BENNY REPÈRE CARL – ARROSER LA RUELLE – LA COUPE DE CHEVEUX DE MARCIA – UNE GAFFE – LES NOUVEAUX CONTRATS – UNE REQUÊTE POUR GENEVIÈVE – LA CAFÉTÉRIA – COULER – LA DIFFÉRENCE ENTRE JOE ET LE RESTE D'ENTRE NOUS – « CES GENS-LÀ » – UN ÉLITISTE – LA WATER TOWER – POURQUOI CE N'ÉTAIT PAS DU MÉPRIS – LES TUYAUX D'ARROSAGE – JOE PREND UNE DÉCISION

Ce matin-là, en arrivant, nous avons pendu notre manteau de mi-saison derrière notre porte, nous nous sommes assis à notre bureau et nous avons parcouru nos nouveaux e-mails à la recherche de quelque chose de chouette. Nous avons bu à petites gorgées notre première tasse de café, nous avons effacé nos messages téléphoniques et nous sommes allés faire un tour sur nos sites favoris. Ç'aurait pu être un jour comme les autres, et nous aurions dû être soulagés, euphoriques, même, de ne trouver aucun avis de faillite dans notre boîte de réception, aucun mémo collectif nous annonçant notre expulsion de l'immeuble. Nous avions toutes les raisons de croire que le service des Paies savait encore que nous existions, qu'Aetna, notre assurance santé, avait reçu nos cotisations et restait soucieuse de notre bien-être, et que personne ne se préparait à venir saisir nos fauteuils.

Pourquoi, dans ce cas, le malaise régnait-il dans les couloirs et les bureaux ? Qu'est-ce qui rendait cette matinée différente des autres ?

Le projet bénévole sur lequel nous avions fait chou blanc la veille, voilà ce qui nous minait. On nous avait demandé – était-ce possible ? – de créer une annonce qui fasse rire les malades du cancer du sein, objectif étrange et contrariant. À quoi ça servait ? Peu importait. Notre travail, ce n'était pas de nous demander à quoi ça servait. Et à supposer que ça soit le cas, nous n'aurions sûrement pas trouvé la réponse dans le baratin que la plaquette de l'agence et son site Internet balançaient à nos clients potentiels. À quoi servait une nouvelle affiche à la sortie de O'Hare ? Un autre mailing sur la table de votre cuisine ? Allez trouver un argument sérieux pour justifier d'en rajouter à cette surabondance ! Si nous avions dû nous demander à quoi servait ce que nous faisions, nous aurions sombré dans une crise existentielle qui nous aurait vite amenés à remettre en question l'ensemble du « monde de l'entreprise américain ». Nous devions sans cesse nous répéter de ne pas essayer de comprendre à quoi tout ça servait et de nous concentrer sur la tâche fragmentaire et isolée qu'on nous avait assignée. Qu'est-ce qu'il y avait de drôle dans le cancer du sein ?

Nous n'en avions aucune idée, et ça nous rendait nerveux. Jim Jackers, avec sa peur de la page blanche et son besoin de reconnaissance, n'était pas le seul à s'angoisser à l'idée de rendre un travail pourri. Un seul concept pourri pouvait faire la différence entre le créatif qu'ils gardaient et celui qu'ils licenciaient. Personne ne pouvait affirmer que c'était le critère, mais personne ne pouvait prouver que ça ne l'était pas.

Et il n'y avait pas que nos jobs en jeu. Quand nous ramions sur une annonce, notre réputation aussi risquait d'en pâtir. Notre confiance en nous-mêmes reposait pour une bonne part sur notre conviction que nous étions de bons vendeurs, que nous savions exactement comment le monde fonctionnait – qu'en fait, c'était *nous* qui lui disions comment fonctionner. Nous avions compris le truc, nous l'avions mieux compris que les autres, nous l'avions si bien compris que nous pouvions le leur expliquer. En utilisant une large palette de médias, nous nous proposions de révéler à nos concitoyens américains leurs angoisses, leurs désirs, leurs carences, leurs frustrations – et la meilleure manière de les apaiser. Nous vous informions en six secondes que vous aviez besoin d'une chose dont vous ignoriez qu'elle vous manquait. Nous vous donnions envie de tout ce que toute personne, disposée à nous payer, désirait que vous désiriez. Nous étions les mercenaires de l'âme humaine. Nous tirions les ficelles du subconscient collectif, et dans tout le pays les gens se levaient et dansaient pour nous.

Que devions-nous déduire, dans ce cas, de la blancheur insistante d'une feuille de bloc ou d'un écran d'ordinateur ? Comment ne pas voir dans notre échec la preuve irréfutable que nous n'étions que des usurpateurs ignorants et déphasés ? Nous étions des ringards, des imitations génériques. Nous ne savions pas vraiment comment provoquer le désir humain. Nous étions fondamentalement ignorants dans l'art de motiver les basses hordes somnambules. Nous ne savions même pas jouer de cet instrument rudimentaire, enraciné dans le cortex primaire du pays, qui génère la peur – un chant fruste sur une seule note. Nos âmes étaient aussi hagardes, avaient autant besoin qu'on leur montre le chemin que celles des autres. Qu'étions-nous, sinon des moutons, comme eux ? Nous *étions* eux. Nous étions tous *nous*, alors que pendant si longtemps nous nous étions crus un tout petit peu au-dessus du lot. Il suffisait d'une annonce inachevée pour nous plonger dans ces paroxysmes de doute et cette angoisse de la médiocrité, et c'était cela – non la soif de commérages ou le manque de caféine – qui nous poussait à quitter notre bureau ce matin-là et à rechercher la compagnie des autres.

« Je n'arrivais pas à y croire », a dit Benny Shassburger en se levant pour partir juste comme nous venions de nous installer dans son bureau. Il nous abandonnait toujours au moment où nous avions le plus besoin de lui ; c'était un de ses vieux trucs pour que nous appréciions sa présence à sa juste valeur. Juste avant de passer la porte, il s'est retourné vers nous. « Attendez-moi deux secondes pendant je vais me chercher du café et je vous raconte toute l'histoire. »

Nous avons discuté entre nous jusqu'à ce qu'il revienne. « OK », a-t-il dit en réapparaissant avec un mug plein et une odeur de vieux grains de café. Il a pris place dans son fauteuil, et l'assise délicate s'est abaissée sous son poids un peu plus qu'elle ne l'aurait fait sous le nôtre. Il s'est rapproché de son bureau et a commencé : « Alors ouais, vous ne devinerez jamais qui j'ai vu garé juste devant l'immeuble ce matin... Quoi ? » Il s'est interrompu. Il avait quelque chose – « Où ? » C'était sur l'autre joue – oh ! là là ! est-ce qu'il allait finir par le trouver ? Il a essuyé son visage imberbe du plat de la main et a jeté un coup d'œil à ce qu'il avait recueilli. « Donut », a-t-il annoncé.

Il y avait des donuts ? L'histoire de Benny attendrait pour ceux qui voulaient des donuts. Nous autres – ceux qui avaient déjà mangé, ou qui surveillaient leur ligne, et Amber Ludwig, qui venait d'éplucher une banane trop mûre et en avait déjà englouti la moitié, emplissant le bureau de Benny de ses uniques effluves musqués nous étions tout ouïe.

Alors Benny nous a dit qu'il avait vu Carl Garbedian, dans une voiture garée dans la zone de dépose-minute devant l'immeuble, avec Marilynn à côté de lui sur le siège du conducteur. Était-ce possible ? Nous croyions que Carl et Marilynn étaient séparés. « Bien sûr, qu'ils sont séparés, a dit Benny avec impatience. Mais vous allez voir, laissez-moi vous raconter mon histoire… »

Carl, sur le siège passager, contemple le jour nouveau au-dehors. Il y a son immeuble, juste là, avec le mendiant qu'il connaît si bien assis en tailleur près des portes à tambour, fatigué, semble-t-il, en cette heure matinale, secouant avec peine son gobelet Dunkin Donuts au passage de tous ceux qui entrent. En observant les alentours, Carl aperçoit des gens de l'agence qui convergent vers l'immeuble, mais personne à qui il ait particulièrement envie de parler. Immédiatement à sa droite, il se passe quelque chose de curieux. Deux hommes en uniforme beige arrosent la ruelle, une petite impasse réservée aux livraisons entre notre immeuble et celui d'à côté. Il les regarde travailler. Une eau blanche jaillit de leurs tuyaux. Ils déplacent le jet sur l'asphalte. La pression doit être forte car ils agrippent à deux mains leurs minces lances noires, du genre de celles qu'on utilise dans les stations de lavage de voitures. Après le sol, ils s'attaquent au bac à ordures et aux murs de brique. Une à une, les salissures disparaissent sous le jet implacable. Il n'y a pas de doute : ils nettoient la ruelle. Une malheureuse petite ruelle ! La nettoyer ! Et de fond en comble, en plus ! C'est le genre de chose qui, six mois plus tôt, lui aurait fait péter les plombs, de voir ces Américains de première génération, qui n'ont pas vraiment le choix, passer leur matinée à nettoyer au karcher l'asphalte et le bac à ordures – bon Dieu, le travail est-il si vide de sens ? La *vie* est-elle si vide de sens ? Ça lui rappelle ces clients qui édulcorent une annonce, et l'édulcorent encore, jusqu'à ce tout ce qui en faisait l'intérêt ait disparu. Carl doit quand même en écrire le texte. Le directeur artistique doit quand même créer l'ombre portée et intégrer le logo au bon endroit. C'est ce qu'on appelle *polir la crotte*. Ces deux pauvres types dans leur ruelle font exactement la même chose. Dans tous les États-Unis, en fait, des gens se sont levés aujourd'hui et se lèveront demain pour polir des crottes. Pour survivre, bien sûr, mais surtout, de façon plus immédiate, pour satisfaire un chef sadique ou un crétin de client dont l'imagination étriquée et les idées abrutissantes de bêtise décolorent le monde, en bannissent toute profondeur et tout espoir. Et pendant ce temps-là, le type à la barbe folle, là, avec ses jambes croisées, n'arrive même pas à se motiver pour lever ses mains graisseuses, histoire de faciliter un peu la tâche à ceux qui voudraient lui jeter une pièce.

« Bon, il faut trouver un moyen de la convaincre de se faire hospitaliser », dit Marilynn dans son mobile.

Carl reporte son attention sur les fous héroïques qui décrassent les briques. Un autre détail qui l'aurait fait partir en vrille, c'est la vitesse à laquelle il peut imaginer le texte publicitaire destiné à vendre des nettoyeurs haute pression à leurs crétins de patrons. « Notre système de distribution du liquide vous garantit un flux ample et uniforme pour un nettoyage intense et une efficacité maximum, commence-t-il en lui-même en regardant les hommes au travail, et l'exceptionnelle puissance d'impact de nos jets vous permet de décrasser n'importe quelle surface en un clin d'œil ! » User avec autant d'aisance de ce langage onctueux, écœurant, de ce faux parler, tandis qu'à côté de lui sa femme discute avec Susan de résultats de mammographie ou d'absence de réaction aux médicaments – il n'aurait pas supporté.

Mais ce matin-ci, ça peut aller, oui, ça va. Oh, il reste lucide, il ne nourrit pas le fol espoir de passer une bonne journée. Il se sait lié par un destin maudit à ce labeur écrasant, ahurissant – le *travail*, le polissage des crottes. Mais tout de même, il sent bien qu'il a changé. Marilynn est au téléphone à côté de lui, et il n'éprouve pas le besoin de l'appeler pour lui laisser un message. Il n'a aucune envie de se déshabiller dans la voiture. Quand son mobile a sonné, Marilynn a décroché, et pourtant c'est un matin particulier : le premier après la première nuit qu'ils ont passée ensemble depuis six semaines. Elle aurait pu avoir le bon sens d'ignorer la sonnerie jusqu'à ce que Carl soit parti. Mais non, elle a répondu, comme à chaque fois, même si c'était un matin particulier, et pourtant Carl ne se sent ni ignoré ni dévalorisé, du moins pas de façon trop pénible. Et pourquoi donc ? Parce que Marilynn a un travail à faire. N'est-ce pas aussi simple que cela ? De la même manière que ces hommes doivent nettoyer des ruelles au karcher, de la même manière qu'il doit polir la crotte de nombreuses annonces, Marilynn doit répondre au téléphone à des moments inopportuns et discuter de récepteurs d'œstrogènes avec cette foutue Susan. Maintenant qu'il a conscience de ce détail, il ne boude plus sur le siège passager en essayant d'imaginer des stratagèmes pour attirer son attention. Et cela, de son point de vue, c'est un progrès. C'est la preuve que, bien dosées, ces petites pilules roses tiennent leurs promesses. C'est une sorte de miracle. Et quand Benny, s'approchant de son pas traînant, cogne à la vitre, la première impulsion de Carl n'est pas de le chasser d'un geste irrité, mais, avec un demi-sourire, de lui adresser un petit signe. Benny étant Benny, il va se cacher derrière la boîte aux lettres pour observer ce couple inattendu.

« Non, dit sa femme, je ne crois pas qu'on puisse se permettre de le mêler à ça. »

À ce moment-là, Carl remarque une femme qui traverse la rue. Il sait qu'il la connaît, même s'il a du mal à la remettre. Soudain, tout s'éclaire. Incroyable : elle est complètement transformée. En une apparition lumineuse. Une véritable beauté. Quand même pas du niveau de Geneviève Latko-Devine, mais, mon Dieu, pense Carl, qui aurait cru qu'une telle chose fût possible ? C'est Marcia Dwyer, et elle s'est fait couper les cheveux. Disparu, le rabat gonflé comme une vague dure et noire qui lui couvrait le front, disparu le mur de bouclettes luisantes qui pendait entre ses omoplates comme un affreux rideau de perles. Elle les a échangés contre une coupe raffinée et pleine de relief, courte derrière, rebiquant sous le menton et libre de flotter au vent. La couleur a changé aussi, un châtain profond a remplacé le noir goudron. Elle ressemble à un mannequin dans une pub pour un shampooing. Carl est médusé. « Je n'arrive pas… non mais… Marilynn, dit-il en tapotant la cuisse de sa femme. Non mais regarde ça, Marilynn. »

Il lui montre du doigt. « Est-ce que tu vois ce que je vois ? »

Marilynn est occupée à ce moment-là, mais l'excitation de Carl a quelque chose d'alarmant. « Susan ? dit-elle. Susan, tu peux ne pas quitter une seconde, s'il te plaît ?

— Marilynn, continue Carl, est-ce que tu vois cette fille, là, cette femme ? »

Il lui montre du doigt. « Regarde, juste là, celle qui vient de monter le trottoir, tu la vois ?

— Celle avec le sac en jean ?

— Oui, dit-il. Mais ignore ça une seconde, si tu peux. Et regarde-la ! Tu *vois* ?

— Voir quoi ? demande-t-elle.

— C'est Marcia ! s'écrie Carl. Marcia Dwyer ! Elle s'est coupé les cheveux !

— Ah d'accord », dit Marilynn.

Ensemble, ils la regardent entrer dans l'immeuble. Marilynn jette un coup d'œil à son mari, attendant qu'il dise quelque chose d'autre. Mais il continue de contempler l'immeuble, perdu dans ses pensées. Elle attend encore un temps avant de reprendre sa conversation avec Susan, juste au cas où Carl aurait autre chose à dire.

Avec quelques subtiles manœuvres pour dissimuler le fait qu'il a passé tout ce temps derrière la boîte aux lettres, Benny redescend jusqu'à la voiture des Garbedian. Il se penche pour parler à Carl, qui baisse la vitre.

« Tu as vu Marcia Dwyer, demande Benny.

— Elle est sublime ! » s'écrie Carl.

Benny se retourne vers l'immeuble comme pour l'apercevoir une dernière fois. « C'est vrai qu'elle est sublime.

— Si j'avais dû parier, j'aurais dit qu'elle la garderait jusque dans la *tombe*, son ancienne coupe. Je n'aurais jamais pensé, jamais, qu'elle se réveillerait un matin et se rendrait compte à quel point elle était moche comme ça. »

Benny regarde Carl, qui continue de parler sans vraiment lui prêter attention.

« Ah bon, dit-il. Tu la trouvais moche ?

— Jamais ! répète Carl, ignorant la question. Mais c'est arrivé ! Elle s'est réveillée, elle s'est regardée dans la glace et elle s'est dit : non, là, vraiment, c'est plus possible.

— Elle a un joli visage, tu ne trouves pas ?

— Et qu'est-ce que ça peut faire, dit Carl, si c'est un coiffeur qui lui a suggéré l'idée. Elle s'est *lancée*. Elle a dit oui ! Elle a dit allez, on change. C'est formidable, ça, Benny, ça me donne envie de l'imiter. Ça me donne envie de perdre un peu de cette graisse, enfin franchement, regarde-moi ce truc », dit-il en considérant son ventre comme s'il s'agissait d'un objet entièrement indépendant de son corps.

Quand il relève les yeux, il s'aperçoit que Benny est parti.

Un instant plus tard, il se rue hors de la voiture et essaie de le rattraper. « Eh, mec, attends-moi ! » crie-t-il. Il a complètement oublié Marilynn. Le baiser du matin, naguère si important pour lui – pas en soi, bien sûr, mais comme indice de l'attention que Marilynn lui porte, de sa disposition à le faire passer avant sa conversation téléphonique – ne doit plus compter tant que ça, car sans même un au revoir, il abandonne sa femme pour courir après son collègue. Marilynn, surprise, interprète Dieu sait comment le brusque départ de Carl. De nouveau, elle prie Susan de ne pas quitter et klaxonne. Carl se retourne, se rend compte qu'il a oublié sa femme – elle lui était sortie de l'esprit ! – et, à mi-chemin entre les deux, demande à Benny de l'attendre pendant qu'il se dépêche d'aller dire au revoir à Marilynn. Curieux de savoir ce que Carl veut lui dire, autant que de ce qui peut encore se passer dans la voiture des Garbedian, Benny pose le pied sur la première des marches qui mènent à l'immeuble et se retourne pour regarder. Carl passe la tête par la fenêtre du côté passager, et Marilynn et lui échangent quelques mots, puis un baiser. Quand Carl émerge de la voiture et repart vers Benny, il le fait presque au galop, comme s'il était pressé – et *ça*, a dit Benny, c'était bien quelque chose qu'il n'avait jamais vu.

« Carl qui se dépêche ? a-t-il dit. C'est bien la première fois que je vois ça. »

C'est là que Benny a arrêté son histoire. Mais nous sentions bien qu'il ne nous racontait pas tout. Alors, à l'heure du déjeuner, trouvant la porte de Carl ouverte pour la première fois depuis des siècles, quelques-uns d'entre nous sont entrés. Il était assis à son bureau, en train de manger un sandwich diététique de chez Subway et de boire un thé glacé light. C'était sidérant. Nous lui avons demandé sa version des faits.

« J'avais complètement oublié son faible pour Marcia, nous a-t-il expliqué en se renversant dans son fauteuil, et je venais de la traiter de moche. Quel imbécile. Alors je lui ai dit : "Excuse-moi si je t'ai offensé tout à l'heure, Benny." Mais il a haussé les épaules. "Tu ne m'as pas offensé, il a dit. Tu as offensé Marcia, je pense, mais pas moi." Alors je lui ai dit : "J'avais complètement oublié ton faible pour elle, mec, je suis désolé." Et il a dit : "Mon quoi ?" »

Il n'a pas fallu longtemps pour que Benny craque et avoue tout à Carl près du lac, qui n'était qu'à quelques blocs à l'est de notre immeuble. Ils ont escaladé les barrières, et là, près de la piste de jogging, tout au bord de l'eau, Benny a reconnu éprouver pour Marcia un amour qu'il qualifiait de paralysant. Il n'en dormait plus la nuit, disait-il. Le simple fait de la croiser dans les couloirs commençait à le faire souffrir. Se retrouver assis en face d'elle en réunion était une torture. Et s'il tombait sur elle, toute seule, dans la cuisine, il ne pouvait plus dire un mot. « Et tu me connais, avait-il dit à Carl, j'ai quand même la langue bien pendue. Mais là, je commence à ne plus trouver ça drôle. » « Alors, qu'est-ce que tu vas faire ? » avait demandé Carl. Benny lui avait répondu ce qu'il répondait toujours, ce qu'il nous avait déjà répondu à tous : que son amour pour Marcia était compliqué parce que Marcia était une *goy*, et qu'il tenait – pour des raisons que des païens comme nous ne pouvions pas comprendre – à épouser une juive. Le mec, il lâche trois cent dix-neuf dollars par mois pour stocker un totem, et c'est *nous* qu'il traite de païens – alors ça, c'est génial, avons-nous pensé. En plus, tout le monde savait que c'était juste une excuse au cas où Marcia aurait découvert qu'il avait un faible pour elle et ne l'aurait pas aimé en retour.

Le fait que Benny en pince pour Marcia, ce n'était pas une grande nouvelle. Il s'était confié à chacun d'entre nous à un moment ou à un autre, sans lésiner sur les détails. La nouvelle, ce n'était même pas la coupe de cheveux de Marcia. Elle avait enfin réussi à s'extirper de son adolescence Megadeth-et-Marlboro pour faire ses premiers pas dans la réalité élégante d'un nouveau siècle, et le résultat était admirable. Elle avait cessé de vivre dans le souvenir de ses jours de gloire clopes-et-cul au lycée George-Washington. Sa coupe de cheveux, c'était comme trois échelons de salaire grimpés d'un seul coup, comme un déménagement à Paris, comme si les trompettes du Jugement dernier venaient de résonner dans les Quartiers Sud, et si, avant, Benny trouvait déjà pénible de la croiser dans les couloirs, là, il allait morfler plus que jamais.

Que Carl ait quitté la voiture sans son baiser du matin, ça aussi, c'était intéressant. Carl se mêlait au monde : c'était nouveau, ça ! Après avoir volé les médicaments de Janine, en avoir pris assez pour finir à l'hôpital et avoir retrouvé sa liberté sous surveillance psychiatrique, Carl était passé de l'insolence réprobatrice à une calme indifférence. Mais quand avait-il renoncé à cette calme indifférence pour galoper et ragoter et courir après Benny ? Si *nous* avions été forcés de parier sur quelque chose, nous aurions tout misé sur l'improbable coupe de cheveux de Marcia plutôt que sur la possibilité que Carl sorte de la voiture sans son baiser.

Mais ce n'était pas ça, la nouvelle.

La nouvelle est venue de Joe, qui est passé dans le bureau de Benny pour nous annoncer que d'ici quelques jours, nous commencerions à travailler sur deux compétitions très importantes. Un fabricant de boissons s'apprêtait à lancer sa première eau caféinée, et une marque populaire de baskets avait vu sa part de marché diminuer au cours des dernières années. Tous deux cherchaient une nouvelle agence et nous avaient gracieusement invités à leur proposer des idées. L'étape suivante, c'était de leur concocter une campagne qui les épate. Joe n'avait pas à insister sur l'importance des enjeux, mais il l'a fait quand même. « Donc il faut qu'on termine ce projet bénévole aussi vite que possible, a-t-il ajouté. Vous présenterez vos concepts demain matin à la première heure.

— Demain matin ? a dit Benny. Je croyais qu'on avait jusqu'à la semaine prochaine.

— Les priorités ont changé, a dit Joe. Maintenant, c'est demain matin.

— Attends, Joe, a dit Larry. Tu es sérieux ? »

En gros, c'était une alarme pour un truc qui n'allait pas nous rapporter un sou.

« Est-ce qu'elle est là, aujourd'hui ? » a demandé Amber Ludwig. Son ton et ses yeux baissés auraient pu indiquer qu'elle parlait d'une personne dans un état critique qui luttait pour s'en sortir.

« Est-ce que qui est là ? » a répliqué Joe.

Il savait très bien qui elle voulait dire. Nous savions tous.

« Écoutez, a-t-il repris en s'avançant un peu, est-ce que qui que ce soit a quoi que ce soit à lui montrer ? »

En temps normal, nous aurions pris cette question, venant de Joe, comme une sorte d'accusation. Mais la réalité, c'était que personne n'avait rien, alors à quoi cela aurait-il servi de faire les hypocrites ? Nous nous sommes contentés de le dévisager sans répondre.

« Je n'ai rien trouvé, moi non plus, a-t-il avoué. Rien de rien. Et j'y ai réfléchi toute la nuit. »

Ça faisait du bien d'entendre que même lui, il peinait à la tâche. Il nous a ensuite offert quelques modestes stratégies auxquelles il avait pensé et dont nous pouvions nous servir comme pistes, ce qui était gentil de sa part. Mais ça n'a pas amorti le coup de sa mauvaise nouvelle, et, au bout du compte, ça ne nous a pas aidés à trouver ce qu'il y avait de drôle dans le cancer du sein.

Geneviève était à son bureau, en train de lire le guide du cancer du sein dans lequel elle s'était plongée la veille après avoir terminé les Mémoires de la survivante, quand Amber est arrivée. Geneviève

présidente de comité. En fait, si fou que cela puisse paraître, nous pensions qu'il n'y avait pas de client du tout, à moins que ce client ne soit Lynn Mason elle-même.

« OK, bon, je ne comprends rien », a dit Geneviève.

Dan Wisdom est arrivé et a fait un pas à l'intérieur du bureau, se collant contre la porte, la main sur la poignée. Hank a rappelé que le « client » avait choisi d'abandonner la campagne d'appel aux dons, avec son objectif clair et son incitation à l'action, en faveur d'une nébuleuse annonce de service public destinée à faire rire les malades du cancer du sein pour une raison obscure qui n'avait rien à voir avec le fait de rassembler des fonds ou de trouver un traitement.

« Le rire, a dit Hank. La chose dont Lynn a peut-être le plus besoin en ce moment.

— Donc tu penses, a répliqué Geneviève avec un sourire moqueur, qu'elle a tout inventé juste histoire de rire un coup ?

— C'est exactement ce qu'on pense, a dit Karen Woo en entrant dans le bureau et en allant se placer devant la bibliothèque en ferraille de Geneviève. Et c'est pour ça que personne ne trouve rien sur Internet au sujet de l'Alliance Contre le Cancer du Sein. Quand même, Geneviève, tu ne peux pas dire le contraire. C'est un peu bizarre que personne n'ait jamais entendu parler de cette soi-disant alliance. Je veux dire, il n'y a pas un truc qui cloche, là, quand même ?

— Ça m'est égal, a dit Geneviève. Je ne vois pas Lynn faire un truc pareil, c'est tout.

— Peut-être qu'elle l'a fait pour nous occuper, aussi, a dit Dan Wisdom. Ce n'est pas comme si on avait eu quoi que ce soit d'autre à faire.

— Tu ne crois pas que Lynn pourrait faire un truc comme ça ? a enchéri Amber. Inventer du travail pour son équipe pendant la baisse d'activité, pour nous protéger ?

— Mais elle l'a fait pour qui, alors ? Pour elle ou pour nous ? »

Nous avons débattu de ce qui était le plus plausible.

« Il faudrait accorder vos violons », a dit Geneviève.

Même Carl Garbedian est venu. Vraiment, Carl nous stupéfiait. D'abord, courir après Benny, et maintenant, ça. Il se tenait à côté de Dan Wisdom, près de la porte. « Je vais vous dire ce que j'en pense », a-t-il proposé. À son avis, Lynn avait inventé cette mission parce que c'était dans le marketing, avant tout, que sa vie trouvait son sens, et que la seule façon pour elle d'accepter sa maladie, c'était de la voir présentée sous forme d'annonce. Dans une période de bouleversement personnel, elle se raccrochait au langage familier de la publicité. Ce cancer, il fallait qu'on le lui vende.

Nous avons aussitôt pris nos distances vis-à-vis de cette théorie. Le mec, il vole les médicaments de Janine Gorjanc, il manque de crever intoxiqué, et six mois plus tard il est expert en troubles mentaux ? Pas très crédible. Son interprétation pseudo psychologique risquait de desservir la cause que nous essayions de plaider devant Geneviève, même si, pour l'instant, Geneviève ignorait tout de nos intentions.

Marcia, avec sa nouvelle petite coupe très chic, s'est glissée entre Carl et Don, dans l'embrasure de la porte. « Qu'est-ce qui se passe ? » a-t-elle demandé en jetant dans la pièce un regard circulaire.

Nous lui avons expliqué que nous essayions de convaincre Geneviève de parler à Joe.

« Parler à Joe ? a répété Geneviève, soudain consciente que nous n'étions pas là que pour passer le temps. De quoi est-ce que je devrais parler à Joe ? »

Tout le monde savait que Joe et Lynn étaient très proches. Nous les voyions discuter le soir quand nous partions, par la porte entrouverte, penchés l'un vers l'autre au-dessus du bureau. Elle lui racontait ses problèmes avec les clients et compagnie, il lui confiait ses impressions sur nous. Ça ne jouait pas en la faveur de Joe, qu'on le voie là, car beaucoup croyaient qu'il jouait un rôle dans le choix de qui marchait à l'espagnole et de qui restait. Mais ce n'était pas ça, l'important. L'important, c'était : s'il y avait quelqu'un, parmi nous, susceptible d'influencer Lynn Mason, c'était Joe Pope. Si quelqu'un pouvait lui parler, si quelqu'un pouvait l'aider à affronter la situation, c'était bien lui.

« Et qu'est-ce que j'ai à voir là-dedans, moi ? » a demandé Geneviève.

S'il y avait quelqu'un susceptible d'influencer Joe Pope, c'était Geneviève.

« Non, a-t-elle répondu en secouant la tête. Non non non. »

De nouveau, elle a secoué la tête et a posé son soda sur le bureau.

« C'est hors de question, a-t-elle dit. Je ne veux même pas en entendre parler.

— Geneviève, a dit Amber. Elle est peut-être en danger de mort. »

Elle a vite cédé. Le coup de fil de Karen prouvait bien que nous avions raison, l'argument était trop fort, et Geneviève avait le cœur trop sensible.

Si Lynn était vraiment malade, Geneviève ne pouvait pas rester là sans rien faire. Elle en a discuté un peu avec Marcia, elle est retournée voir Amber, elle est passée dans le bureau de Benny. À onze heures, elle était convaincue, comme le reste d'entre nous, que le risque d'avoir tort n'était rien à côté de celui que nous prendrions en nous taisant, et quand, vingt minutes plus tard, elle est partie à la recherche de Joe, elle avait l'assurance du nouveau converti, laquelle ne durerait pas éternellement, mais ne souffrirait pour l'instant aucun découragement, aucune remise en question. Elle le trouva à la cafétéria du cinquante-neuvième étage, en train de glisser des pièces dans un distributeur.

Sept tables et trois distributeurs sous une lumière lugubre : c'était notre cafétéria. Nous l'aurions bien appelée notre salle de repos, mais le terme aurait pu impliquer la promesse d'un réconfort. Quand nous y allions – rarement –, nous achetions ce dont nous avions besoin au distributeur et nous nous tirions vite fait. Ce n'était même pas la peine d'imaginer manger là, parce que la lumière, les chaises... C'était aussi déprimant qu'une salle d'attente d'hôpital, mais sans aucun magazine ni aucun appareil qui vous sauve la vie. Personne n'aimait passer du temps à la cafétéria. Le genre d'endroit idéal pour donner rendez-vous à votre groupe d'entraide psychologique : c'était encore la description la plus charitable qu'on pouvait en faire.

Du coup le caractère peu convivial du lieu garantissait à Joe et Geneviève une certaine intimité. Il s'assit à l'une des tables pour boire son soda et elle lui dit ce qu'elle savait. Il l'écouta, et, quand elle lui fit sa requête, il refusa. Ils en parlèrent encore un peu et il réitéra son refus. Ils se levèrent et Joe jeta sa canette dans le bac de recyclage juste au moment où les gens du groupe biblique commençaient à arriver, avec leurs livres défraîchis, pour leur déjeuner du jeudi.

Nous voulions que Geneviève nous explique pourquoi Joe avait refusé d'intervenir. « Il estime que ça ne le regarde pas », a-t-elle répondu. Mais comment pouvait-il refuser d'aider Lynn ? avons-nous demandé. Si elle était mal, et terrifiée ? Le coup de fil de Karen était la preuve irréfutable qu'il y avait un problème. N'avait-il donc pas de cœur ? Ne comprenait-il pas la différence entre fourrer son nez là où il n'avait rien à faire et répondre à un appel à l'aide ? « Je ne crois pas qu'il voie ça comme ça », a-t-elle répondu. Ah bon, et comment est-ce qu'il le voit alors ? « Autrement. »

Vingt minutes après leur conversation à la cafétéria, on a aperçu Joe entrant dans le bureau de Geneviève. Elle posa son crayon et ôta ses lunettes, qu'elle ne portait que pour travailler sur son ordinateur. Il ferma la porte. Il s'assit. Il fit glisser sa chaise en avant et posa les avant-bras sur le bureau. Ses yeux, sous ses sourcils broussailleux, plongèrent droit dans ceux de Geneviève. « Écoute, ce n'est pas parce que ça ne me regarde pas, dit-il. Ça ne me regarde pas, mais si j'étais sûr et certain qu'elle avait besoin d'aide...

— Tu le ferais.

— Oui. Je l'aiderais. C'est juste que j'ai du mal à croire qu'elle soit malade. Je reconnais que c'est bizarre qu'elle ait annoncé, comme ça, qu'elle serait absente toute la semaine, et qu'en fait elle soit venue travailler, sans la moindre explication. Et c'est vrai qu'on la sent préoccupée. Mais bon, et alors ? Ça veut dire qu'elle a un cancer ? C'est peut-être simplement la concurrence sur les nouveaux marchés qui la rend nerveuse. »

Geneviève cessa de se ronger l'ongle du petit doigt. « Ou elle est peut-être vraiment malade.

— Et tu veux que ce soit moi qui aille lui demander ?

— Je ne vois pas qui peut faire ça mieux que toi.

— Pourquoi ? Écoute, reprit-il, ce n'est pas non plus pour cette raison que je refuse, mais essaie de te mettre à ma place. Je suis un homme. Les problèmes féminins, ce n'est pas ce dont on discute le plus, elle et moi. Et tu me demandes d'aller frapper à sa porte avec cette question incroyablement personnelle. Alors que toi, continua-t-il avec un geste qui semblait présenter Geneviève à elle-même, tu es une femme : tu maîtrises beaucoup mieux le sujet. Mais tu veux que ce soit moi qui y aille.

— Joe, je ne te demande pas d'y aller tout seul. »

Elle se souleva à l'aide des accoudoirs de son fauteuil, croisa les jambes et se rassit à l'indienne. « Je serai avec toi.

— Alors pourquoi est-ce que tu as besoin de moi ?

— Eh bien, parce que... »

Elle recommença à se ronger l'ongle en réfléchissant, puis : « Je n'ai pas besoin de toi, à vrai dire. J'irai toute seule, si je n'ai pas le choix. *J'aimerais* que tu sois là parce que je pense que ta présence peut faire la différence. Tout le monde sait quelle opinion Lynn a de toi. »

Il restait sceptique. « Qu'est-ce que tout le monde croit savoir de l'opinion que Lynn a de moi ?

— Qu'elle te respecte. Que tu es la voix de la raison. Qu'elle écoute tes suggestions, qu'elle te délègue des responsabilités, et que parfois elle s'en remet même à ton jugement. Elle ne fait pas ça avec nous.

— Je pense, répliqua-t-il, que la plupart des gens ici nous voient discuter, Lynn et moi ; ils me voient dans son bureau le soir et ils en déduisent tout ce qu'ils veulent.

— Mais enfin, dit-elle, qu'est-ce qu'ils devraient en déduire ? Vous parlez bien en privé, non ?

— Mais de *quoi*, Geneviève, de quoi est-ce qu'on parle ? Ce n'est pas... est-ce que Larry se tape Amber ? Ce n'est pas : qu'est-ce que Carl a encore fait de pathétique aujourd'hui ? On ne parle pas des gens et de leurs problèmes personnels, on parle boulot. On parle de ce qu'on peut faire pour empêcher cette boîte de couler. »

Elle n'insista pas davantage. Il avait dit non. Pas par manque de compassion, mais pour des raisons peut-être valables, et elle préférait renoncer plutôt que de voir la discussion finir en dispute. En plus, ça l'avait déconcertée de l'entendre dire sur un ton aussi sombre : *On essaie d'empêcher cette boîte de couler*. Un aveu aussi alarmant lui faisait oublier momentanément la question de la santé de Lynn. Quand elle nous l'a répété, ça nous a alarmés, nous aussi.

Mais la première chose que fit Joe, de retour dans son bureau, fut d'appeler Geneviève.

« Si c'est si important pour eux, dit-il, s'ils s'inquiètent tant, pourquoi ils ne vont pas lui parler *eux-mêmes* ? Qu'est-ce qui les retient ?

— Elle les intimide.

— Ils sont lâches, quoi.

— Tu es un peu sévère. Tu ne t'es jamais senti intimidé ?

— Bien sûr que si. Mais quand je suis convaincu que quelque chose doit être fait, je me lance, même si j'ai les genoux qui claquent, et j'essaie d'aller jusqu'au bout.

— Et c'est pour ça que tu es à ta place, dit Geneviève, et qu'ils sont à la leur. C'est la différence entre eux et toi, Joe. »

Il raccrocha sans avoir changé d'avis. Moins d'un quart d'heure plus tard, il frappait de nouveau à la porte de Geneviève, la refermait derrière lui, s'asseyait. Son siège était presque encore chaud. « Donc parce que Karen Woo a passé un coup de fil, Lynn a un cancer ? Tu sais de qui on parle, Geneviève ? Ces gens-là s'imaginent des trucs vraiment, vraiment pas possibles. C'est la même bande qui croit dur comme fer que Tom Mota va revenir et massacrer tout le monde.

— Attends, dit-elle, tu es injuste, là. Ils ne sont que quelques-uns à croire ça. Et encore, peut-être juste Amber. La plupart d'entre eux pensent le contraire.

— Mais ça ne les empêche pas d'en parler. Et de parler, parler, parler. Mais bon, d'accord, oublie ça. Un jour, j'ai entendu Jim Jackers dire qu'il était convaincu que les francs-maçons dirigeaient le monde. Jim Jackers ne sait même pas ce que c'est qu'un franc-maçon.

— Il n'y a pas que Jim Jackers, dans l'histoire.

— L'autre fois, j'écoutais Karen Woo donner une explication de la photosynthèse. Dieu sait pourquoi ils parlaient de ça. Et ils étaient tous là à boire ses paroles, comme s'ils regardaient une émission spéciale sur PBS. *Elle n'a pas mentionné une seule fois la lumière du soleil*. Ces gens-là croient n'importe quoi. Ils *disent* n'importe quoi.

— Joe...

— Non mais, Geneviève, tu sais bien comment ça fonctionne, ici. Tu en as un qui fait une allusion au déjeuner, et l'instant d'après, ils débarquent tous dans le bureau de Lynn et la transportent à l'hôpital pour une maladie qu'elle n'a peut-être pas.

Ces gens-là... tu ne peux rien croire de ce qu'ils disent.

— Je ne m'étais jamais rendu compte que tu étais aussi méprisant, Joe.

— Non, dit-il. Ce n'est pas du mépris. »

Il se renversa sur sa chaise. « Crois-moi. Pas du tout. »

Il est parti, et, vraiment, ça aurait dû en rester là. Mais comme elle tentait de se concentrer sur son travail, des petits bouts de leur conversation lui revenaient en mémoire de façon insistante, des objections qu'elle aurait dû formuler lui semblaient soudain évidentes, des détails sur lesquels elle ne s'était pas arrêtée exigeaient d'être reconsidérés à leur juste valeur.

Quand elle est arrivée, il était au téléphone. Sans s'asseoir, elle a attendu qu'il raccroche. « "Ces gens-là", a-t-elle dit alors. Tu n'as pas arrêté de dire ça. Tu l'as répété plusieurs fois : "ces gens-là". Qu'est-ce que ça voulait dire ?

— Comment ça, qu'est-ce que ça voulait dire ?

— Quand quelqu'un dit : "ces gens-là", tu l'entends bien, non, la petite note de condescendance ? Je me demande juste quel genre d'opinion tu as des gens qui travaillent pour toi. »

Il bascula dans son fauteuil et croisa les mains derrière la tête. « Ils ne travaillent pas pour moi, dit-il. Ils travaillent pour Lynn.

— Oh, tu sais très bien ce que je veux dire.

— Mais non, Geneviève, je ne suis pas vraiment leur patron. Je ne suis pas Lynn. Je ne suis pas vraiment l'un d'entre eux non plus, bien sûr. Je me situe quelque part entre un directeur et un mec dans un box, et ils le savent, alors ils viennent me voir pour certaines choses quand ça les arrange, mais à côté de ça, quand quelque chose ne leur plaît pas, c'est souvent de ma faute.

— Et c'est pour cette raison, dit Geneviève en se mettant à compter sur ses doigts, que tu as un titre plus prestigieux, un salaire plus élevé, et beaucoup moins de chances de te faire virer. »

Elle était toujours debout. Ils se dévisageaient sans rien dire. On ne parle pas d'argent ni de sécurité de l'emploi en période de licenciements, pas sur le ton qu'elle venait d'employer, et pas quand on est amis. Le silence est devenu pesant.

« Tu as raison », a-t-il fini par dire.

Il laissa retomber ses mains sur les accoudoirs rembourrés de son fauteuil. « J'ai des privilèges, et je ne devrais pas me plaindre des contreparties qu'ils peuvent impliquer. Excuse-moi si je t'ai donné l'impression de me prendre pour un martyr.

— Et moi, je ne voulais pas être sournoise, dit-elle en s'asseyant enfin et en pressant le bord du bureau de Joe comme elle aurait pressé sa main. C'est vrai qu'ils t'en font baver. Je comprends ta frustration. Mais tu n'as pas arrêté de répéter "ces gens-là", en fourrant tout le monde dans le même sac, et j'ai trouvé ça injuste, Joe. Parce que certains d'entre eux sont des gens vraiment bien.

— Oui, c'est vrai.

— Mais tu vois, tu fourres tout le monde dans le même sac, dans "ces gens-là" qui "disent n'importe quoi" et "croient n'importe quoi", et du coup tu passes pour un élitiste. »

Et c'était la critique qu'on entendait le plus souvent à son propos – qu'il était distant, qu'il avait toujours l'air de ne pas vouloir se mêler aux autres, de ne pas vouloir *s'abaisser à leur niveau*. Plus que les spéculations puériles sur son orientation sexuelle, plus que les allusions exagérées à sa gaucherie en société, c'était son élitisme qui revenait sans cesse sur le tapis – un stéréotype qui devait reposer sur un fond de vérité pour adhérer si bien au personnage. « Un élitiste, répéta-t-il, comme s'il entendait le mot pour la première fois.

— Je ne dis pas que tu en es un, dit-elle. Je dis juste que moi, cette fois-ci, je fais partie de "ces gens-là", parce que je pense qu'ils ont raison : je crois qu'elle a un problème. Alors quand tu me fourres dans le même sac qu'un type qui croit que les francs-maçons dirigent le monde… et d'ailleurs, même là-dessus, j'ai mes doutes. À mon avis, il essayait juste de faire de l'humour. Il ferait tout pour être drôle, Jim. Il ferait tout pour qu'on l'aime. Enfin, quoi qu'il en soit, tu ne peux pas tous nous ignorer à cause d'un seul Jim Jackers. »

Il l'a regardée. Il a pivoté presque imperceptiblement sur sa chaise. « Un élitiste, a-t-il répété sur un ton de curiosité, comme si Geneviève venait de lui apprendre un nouveau mot. Qu'est-ce que *c'est*, un élitiste ? »

La question la surprit par sa franchise enfantine, et elle se mit en devoir de lui expliquer. « Eh bien, je ne connais pas la définition du dictionnaire, mais pour moi, ce serait quelqu'un qui se croit meilleur que les autres, ou supérieur à eux – quelqu'un qui les regarde de haut et qui peut-être ne les aime pas vraiment.

— Alors, je ne suis pas un élitiste, répliqua-t-il. J'aime beaucoup les gens.

— Je sais, et c'est pour ça que moi, je t'aime beaucoup, *toi*. Et c'est *moi* qui te demande d'aller lui parler. Pas Karen Woo, ni Amber, ni Marcia. Moi. Parce que je suis convaincue qu'elle a un problème, et que peut-être elle a peur et qu'elle a besoin d'aide. »

Elle se pencha vers lui, attendant une réponse. Joe soutint sans faiblir son incroyable regard bleu, dont la clarté et la beauté auraient suffi à persuader n'importe qui. « Laisse-moi y réfléchir », dit-il simplement.

Dix minutes plus tard, il était à sa porte. « On déjeune ensemble ? » proposa-t-il.

C'était une journée fraîche pour un mois de mai, balayée par une brise vivifiante venue du lac. Ils partirent vers le nord, longeant les jardins timbre-poste qui bordaient Michigan Avenue jusqu'à la Water Tower. Des tulipes jaunes et rouges subsistaient en ces derniers jours du printemps. Le ciel était clair, mais le soleil avait commencé à redescendre : il était un peu plus d'une heure. Ils progressaient au travers des larges bandes d'ombre et de lumière créées par l'alternance des hauts immeubles et des rues qui couraient entre eux. Ils firent une halte pour acheter des sandwichs. Ils déjeunaient parfois ensemble sur les bancs du square de la Water Tower, où les pigeons picoraient le sol, où un homme peint en or se tenait immobile sur une caisse de lait dans l'espoir qu'on lui donne une pièce, et où les touristes, venus faire les grands magasins du Magnificent Mile, s'arrêtaient pour consulter leur guide ou prendre des photos. Ils avaient déjeuné là si souvent, semblait-il, qu'ils n'avaient même pas besoin de se demander où ils allaient, ce qui, très franchement, témoignait d'une familiarité pour le moins surprenante.

Il avait l'habitude que les hommes la remarquent dans la rue et se retournent sur son passage. Elle était magnétique, même en jean, avec un pull tout simple en coton marron, marchant les mains enfoncées dans ses poches arrière. De temps en temps, elle dégageait une main pour remettre en place une mèche de cheveux dérangée par le vent.

Ils s'assirent sur un des bancs pour manger leur sandwich. À la fin du repas, en revenant de la poubelle, Joe annonça : « J'ai cherché le mot "élitiste" dans le dictionnaire. Est-ce que tu vois vraiment en moi ce genre de connard ?

— Tu es rédacteur, dit-elle. Tous les rédacteurs sont des connards.

— "Personne qui croit que...", attends, c'était quoi déjà ?

— Tu as vraiment cherché ?

— "... qui croit faire partie d'un groupe supérieur et privilégié...", quelque chose comme ça. "Faire partie d'un groupe supérieur et privilégié", je suis sûr de ce bout-là.

— Tu as vraiment cherché. »

Elle était tournée vers lui, jambes croisées, coude sur le genou, une main à plat sur la tête pour maintenir ses cheveux en place. Leurs pointes dorées frémissaient dans le vent.

« Mais oui, parce que d'abord, tu as dit que tu me trouvais méprisant. Mais je ne suis pas méprisant, et je peux le prouver. Je suis revenu te voir, non ? Deux fois. Je suis revenu pour t'expliquer ma réaction. J'étais sceptique : il y a une grande différence entre ça et du mépris. Et la différence, c'est toi qui l'as faite. S'il n'y avait eu qu'eux pour dire qu'elle avait un cancer, là, c'est sûr, j'aurais réagi par le mépris. Mais parce que toi aussi, tu le disais, je me suis retenu de rejeter toute l'histoire en bloc. À côté de ça, tu dois reconnaître qu'ils racontent quand même une majorité de foutaises, dont je préfère ne pas entendre parler. Et parce que je ne veux pas entendre parler de ces foutaises, les gens croient que je suis élitiste. Je n'avais jamais pris l'accusation au sérieux jusqu'à ce qu'elle vienne de toi. Mais je me disais bien qu'il y avait un problème avec ta définition : tu dis qu'un élitiste, c'est quelqu'un qui n'aime pas les autres. Ça, c'est un misanthrope.

— Donc tu as cherché.

— Oui, et je suis heureux de t'annoncer que je ne suis pas un élitiste.

— Ça te tourmentait vraiment.

— Oui, vraiment.

— Je précise quand même que je ne t'ai jamais accusé *d'être* élitiste. J'ai juste dit que tu passais pour.

— OK, mais écoute. Si on se fonde maintenant sur la définition que je viens de citer, celle du dictionnaire, je ne suis pas élitiste non plus, parce que je ne fais partie d'aucun groupe. Je refuse de faire partie d'un groupe.

— Tout le monde fait partie d'un groupe.

— Sur la photo de groupe, peut-être. Ou dans le répertoire du personnel de l'agence. Mais pas au fond de moi.

— Alors, qu'est-ce que ça fait de toi ? Un solitaire ?

— Non, ça, c'est plutôt quelqu'un qui vagabonde la nuit au bord d'une autoroute.

— Donc tu n'es pas un solitaire. Tu n'es pas élitiste, tu n'es pas méprisant. Qu'est-ce qui reste, Joe ? Tu es un saint.

— Oui, un saint. C'est ça, je suis un saint. Non, il n'y a pas de mot pour dire ce que je suis. OK, dit-il en se redressant sur le banc et en détournant le regard. Je vais te raconter une histoire. »

Elle ôta le couvercle de sa boisson et y prit un glaçon. Elle le glissa dans sa bouche, referma le verre et, en frissonnant, ramena la main sur ses cheveux pour éviter que le vent ne les décoiffe.

« Comment tu peux manger ça ? demanda-t-il. Ce n'est pas trop froid ? »

Elle fit tourner dans sa bouche le glaçon cliquetant. « Raconte-moi ton histoire. »

Il resta un moment silencieux, contemplant les pigeons qui picoraient à leurs pieds et les gens qui passaient. Il y avait une exposition dans la Water Tower, et des visiteurs entraient et sortaient sans cesse par groupes de deux ou trois. « En fait, au lycée, j'étais dans une bande », commença-t-il. Il s'était de nouveau détourné et parlait sans la regarder. « J'ai fait pas mal de conneries, à cette époque. Je suivais le mouvement. J'ai beaucoup fumé, je traînais avec des types... des types qui étaient défoncés en permanence. Tu savais que j'étais allé au lycée à Downers Grove ?

— Je croyais que tu avais grandi dans le Maine, dit-elle.

— On a vécu dans le Maine jusqu'à ce que mon père se fasse virer. Ensuite, on est venus habiter ici. Moi, je ne voulais pas déménager. Quel gamin voudrait déménager juste avant d'entrer au lycée ? Être obligé de tout recommencer avec de nouvelles personnes, c'était nul. Les deux premières années ont été nulles. Mais la troisième, je m'étais enfin fait des amis, des pauvres types qui venaient de familles à problèmes. À vrai dire, cette année-là, je me suis vraiment bien amusé. Rien à voir avec les deux autres. Et donc le temps passe, les grandes vacances approchent, et un jour, avec mes potes, on décide de casser la figure à un type parce qu'il appelle sans arrêt la copine d'un mec de la bande. Il l'appelle pour l'inviter à sortir, et, au passage, il dit du mal de notre pote. De ses parents, aussi, parce qu'il faut dire que ces gens-là... »

Il se tut et secoua la tête. « Ce pote à nous, ses parents étaient de sérieux alcoolos. Je suis allé chez lui une fois, et tout ce dont je me souviens, c'est qu'il y avait des chiens partout et des bouteilles de whisky alignées contre le mur de la cuisine. Des crottes dans tous les coins que personne ne ramassait jamais. Enfin bon, c'est revenu aux oreilles de notre pote que l'autre avait dit du mal de ses parents, et, naturellement, on a tous décidé de filer une bonne correction à ce petit merdeux. C'était Henry, son nom, au merdeux. Henry Jenkins. Henry Jenkins de Downers Grove. Il avait fait partie de la bande pendant un mois à peu près, mais il avait fini par emmerder quelqu'un et on l'avait viré. C'était un petit mec maigrichon, avec un côté rabougri : il était de la même année que nous mais il n'avait jamais dépassé la taille d'un élève de quatrième. *N'importe qui* pouvait lui casser la figure. Notre pote n'avait pas besoin de nous. Mais parce que Henry s'était moqué de ses parents et avait essayé de lui voler sa nana, on était tous d'accord pour dire qu'on ne pouvait pas ne pas réagir.

— Des mômes, quoi, dit Geneviève.

— Non, je ne nous appellerais pas comme ça, dit-il en secouant la tête. Certains de ces types étaient déjà des grandes brutes baraquées. Pas des mômes. Et je me souviens avoir pensé : personne n'a besoin d'aide pour casser la gueule à Henry. Ce mec-là, même une paire de chaussures vides aurait pu le rouer de coups de pied. Et donc, le jour où on est censés le suivre jusque chez lui après les cours et lui tomber dessus, j'ai horriblement mal au ventre, parce que je suis nerveux. Je me dis : ce n'est pas possible, je ne peux pas faire ça. On est six mecs, tu imagines, six, contre ce petit gringalet de Henry. Cette histoire ne me regarde pas. Je sais que je devrais refuser d'y aller. Mais même ça, ce ne serait pas suffisant – ce serait juste lâche. Ce qu'il faut vraiment que je fasse, c'est que je me rebelle. Contre mes potes. Mais attends, je suis fou ou quoi ? Ce sont mes potes. On n'a pas tant d'amis que ça au lycée, et moi, je savais ce que c'était de ne pas en avoir du tout. On ne se rebelle pas contre ses potes. On fait ce qu'ils font.

Donc quand je leur ai dit que cette histoire ne me regardait pas...

— Donc tu l'as dit ?

— Oui, finalement. Je les ai prévenus que je ne voulais pas y aller, et je leur ai même dit que ça n'était pas leurs affaires non plus. Ils m'ont jeté de ces regards, pire que si j'étais Henry, parce que au moins Henry n'était pas leur ami, alors que moi, si. Et ils m'ont dit de rentrer chez moi, si c'était comme ça. Va-t'en, trouillard, rentre chez toi. Mais je ne pouvais pas m'en aller. C'étaient mes amis. Et j'avais peur pour Henry, aussi, je pensais qu'il valait mieux pour lui que je reste au cas où... au cas où je ne sais quoi. Si ça allait trop loin, il y aurait quelqu'un pour le protéger. Et donc comment tu crois que ça s'est fini ? Eh ben je les ai regardés plaquer Henry au sol dans le jardin de ses parents et sortir les tuyaux d'arrosage, parce que oui, on avait tout prévu. C'est merveilleux, l'imagination qu'on avait. Ils se sont servis de tuyaux d'arrosage qu'on avait volés dans des jardins du quartier pour ligoter Henry bien serré. Et je peux te dire que quand ils ont eu fini de lui lier les mains et les jambes avec, il ne pouvait plus bouger. Ensuite, ils lui ont fourré un T-shirt dans la bouche pour qu'il ne puisse pas crier. Il se tortillait sur la pelouse, les yeux exorbités, tu sais, et tout le monde rigolait. Ils l'ont mis debout, et ils ont commencé à lui filer des coups de pied. Un coup de pied, et il s'écroulait. Ils le relevaient – bam, un autre. Il tombait, et il ne pouvait pas se rattraper. Je ne sais pas combien de fois ils ont fait ça. Le remettre debout, le frapper, le regarder tomber. Le remettre debout, le renvoyer à terre. À chaque fois, il tombait avec un bruit sourd. Et il pleurait ! Et moi, je regardais. Je ne pouvais pas m'interposer, mais je ne pouvais pas non plus partir, parce que j'avais peur qu'ils ne décident de faire un truc comme lui jeter des pierres à la tête ; à un moment donné, ils en ont parlé. Mais ils ne l'ont pas fait. Finalement, ils l'ont abandonné dans son jardin – *on* l'a abandonné, je veux dire. Je me suis tiré avec les autres. Et quand les policiers sont venus frapper à la porte de chez moi et ont montré à mes parents les Polaroid de ses hématomes, il n'y avait pas moyen que je dise : Oh, mais je n'ai pas participé, je me suis contenté de regarder, ou : J'y étais juste allé pour protéger Henry. Parce que même s'il y avait du vrai là-dedans, j'étais impliqué, et du coup j'ai été jugé devant le tribunal pour adolescents, et j'ai fait ma dernière année de lycée dans un putain d'internat disciplinaire.

— Tu ne m'avais jamais parlé de ça.

— Je n'en parle jamais à personne. Pas parce que j'ai honte. J'ai honte, crois-moi. Mais ce n'est pas pour ça que je n'en parle pas. C'est derrière moi, tout ça, c'est de l'histoire ancienne. J'ai passé une année en enfer, et puis je suis allé à l'université. Je ne suis jamais entré dans aucune fraternité. Je ne voulais même pas en entendre parler. Mais je n'ai pas davantage fait partie d'un groupe anti-fraternités. Parce que c'était exactement la même chose, c'étaient des clubs. Je n'ai jamais dit du mal des *frat boys* en général parce que j'en connaissais que j'aimais bien, beaucoup même, pour certains, et les rares fois où j'ai été tenté de le faire, j'ai senti que ça revenait. Cette sensation d'entrer dans le club, de perdre le contrôle. De perdre mes convictions. C'est de ça que je suis coupable, Geneviève. De me croire meilleur que le groupe. Pas meilleur que chacun de ses membres pris individuellement. Pis, parce que j'ai regardé Henry se faire ligoter avec des tuyaux d'arrosage et tabasser sans réagir. Il n'y a pas de mot pour ce que je suis. Quelqu'un de meilleur, de plus intelligent, de plus humain que n'importe quel groupe. Le contraire d'un élitiste, d'une certaine manière. Mais ce n'est pas pour autant, ajouta-t-il, que je ne suis pas complètement pourri. Et rempli de honte. »

C'était une bonne chose que nous n'ayons jamais invité Joe Pope à se joindre à l'équipe de softball de l'agence. Il n'aimait pas les groupes – est-ce qu'il pouvait nous expliquer ce qu'il faisait dans une boîte de pub, dans ce cas ? Il fallait qu'il revienne sur terre. Il était l'un d'entre nous, qu'il le veuille ou non. Il arrivait à la même heure que nous le matin, devait assister aux mêmes réunions, respecter les mêmes délais. Et quelle étrange profession pour lui, la publicité, où tout le travail consiste justement à convaincre le plus de gens possible d'acheter votre produit, de porter votre marque, de conduire votre voiture, de faire partie de votre groupe. En voilà un qui, pour le coup, n'avait vraiment rien compris.

Nous l'avons prise pour nous, sa réticence à parler en notre nom. Il renversait la vieille blague de Groucho Marx : il ne voudrait jamais faire partie d'un club qui accepterait de *nous* avoir pour membres. Eh bien, si ça ce n'était pas de l'arrogance, si ça ce n'était pas de l'élitisme, qu'est-ce qui en était ? Et puis, avec de tels principes, quel genre d'existence pouvait-il bien mener ? Le genre ennuyeux, probablement. Il pouvait assister à des récitals raffinés, mais pas envisager de jouer lui-même dans un quartette. Il avait le droit de lire des romans du moment qu'il ne faisait partie d'aucun cercle de lecture. Il pouvait promener son chien, mais pas l'emmener dans un parc canin, sous peine de se mêler à d'autres maîtres. Il ne se préoccupait pas de politique. Cela aurait impliqué qu'il prenne parti. Il n'avait pas non plus de religion, car qu'est-ce que la religion sinon les efforts d'un groupe pour obtenir de meilleurs dividendes que les autres ? Il menait une vie rigide, sans joie et sans amis. Fallait-il s'étonner qu'aucun d'entre nous ne l'invite jamais à déjeuner ?

Eh bien tant pis, nous aurions tout essayé. Ce que nous ne comprenions pas, c'était ce qu'attendait Geneviève, maintenant, puisqu'elle avait accepté de parler à Lynn sans lui s'il le fallait. Vraiment, nous n'avions pas beaucoup de temps. Mais quand nous avons voulu la secouer un peu, elle nous a dit qu'elle attendait. Quoi donc ? « Il continue d'y réfléchir », a-t-elle répondu. Nous lui avons dit d'oublier. Nous n'allions rien obtenir de Joe Pope.

Il est entré dans son bureau et s'est assis en face d'elle. « Ce sont des gens très convaincants, a-t-il dit finalement. C'est tout le problème, bien sûr. Ils te convaincraient de n'importe quoi.

— Ils t'ont convaincu ? »

Il a laissé s'écouler quelques instants avant de répondre. « Quand je suis venu te voir, hier, et que je t'ai dit : c'est tordu, cette mission, tu te souviens ? J'étais déjà plus ou moins convaincu. Ce qui me fait hésiter, c'est de savoir à quel point *eux*, ils sont convaincants. Convaincants et convaincus. Ce sont deux choses différentes. »

Geneviève attendait, sentant que la balance commençait à pencher, ne voulant rien dire de peur que le moindre mot n'apporte avec lui quelque contrepoids.

« Le truc, c'est qu'elle est peut-être vraiment malade, reprit-il.

— Oui.

— Et dans ce cas, ce ne serait pas pour eux que je le ferais, n'est-ce pas ?

— Non, dit-elle.

— Je ne leur dois rien, à eux.

— À eux, non. Rien du tout. »

Il s'est penché en avant, a fermé les yeux et a joint les mains devant son front. Il est resté longtemps dans cette position avant de relever la tête.

« Bon, allez, dit-il. On ne va pas remettre à plus tard ce qu'on peut faire maintenant. »

2

PREUVE DE VIE – HISTOIRE DU FAUTEUIL DE TOM MOTA, TROISIÈME PARTIE – LA DIFFÉRENCE ENTRE UNE CLÉ À DOUILLES ET UNE CLÉ ALLEN – SUR LE CHEMIN DU LAC – LE CRÉTIN – MARCIA A DES REMORDS – QUINZE HEURES QUINZE – LE CHEESEBURGER MÉCANIQUE – L'HORLOGE DE PARQUET – UNE ÉVOLUTION PRÉOCCUPANTE – LES VRAIS INDIENS YOPÉWOO – UNE INSULTE INVOLONTAIRE – KAREN DÉPASSE BENNY – JOE PERSISTE – L'E-MAIL DE GENEVIÈVE – COMMENT ÇA FONCTIONNE, ICI COMME AILLEURS

Le cinquante-neuvième étage était une ville fantôme. Il fallait que nous rassemblions les gens du service des Paies qui occupaient encore un tiers de cet étage, que nous leur fassions un peu de place parmi nous et que nous fermions le cinquante-neuvième, que nous le bouclions comme un site contaminé. Nous étions sûrement tenus par contrat d'en payer le loyer jusqu'à la fin de l'année, déboursant de l'argent que nous n'avions pas pour une surface dont nous n'avions pas besoin. Mais qui sait : peut-être gardions-nous ces bureaux et ces box abandonnés dans l'attente d'une reprise d'activité ? Les décisions des dirigeants ne dépendaient pas toujours de facteurs purement comptables. Parfois, comme dans nos vies à nous, c'était une histoire de foi, d'espoir et d'illusions.

Tandis que Joe et Geneviève pesaient le pour et le contre pour savoir s'ils devaient ou non aller parler à Lynn de son rendez-vous manqué, Jim Jackers descendait au cinquante-neuvième pour trouver l'inspiration qui refusait de se manifester quand il était à son bureau. Parfois, quand rien ne venait, il était nécessaire de se déplacer physiquement. Jim abandonnait tout, y compris la page blanche qui avait peur de lui, et descendait au cinquante-neuvième pour mieux penser. Qu'est-ce qu'il y avait de drôle dans le cancer du sein ? Qu'est-ce qu'il y avait de *drôle* ?

Dans le box anonyme où il s'arrêta, la moquette était grise et le plafond blanc, le tissu des murs orange, et il y avait un bureau sans fauteuil. Un des côtés du bureau était écorné, ou entaillé – on l'aurait presque dit rongé –, révélant l'aggloméré à l'intérieur. À part ça, il n'y avait rien de remarquable, et rien d'autre à faire que de réfléchir à ce que le cancer avait de drôle. La pièce bourdonnait d'immobilité et d'absence, ce qui aurait dû aider Jim à se concentrer, mais qui, au contraire, le distrayait. C'était peut-être le bruit des néons au plafond. Il lui semblait que la page blanche l'avait suivi et s'était, par un miracle de la physique, convertie en son pur. Tout le cinquante-neuvième était une page blanche, morcelée par des cloisons de box. Dans l'inquiétante étrangeté de ce lieu solitaire, il sentait le vide et le silence se rapprocher comme un trou noir dans lequel, une fois aspiré, il perdrait non seulement son travail, mais aussi la raison. Pour chasser cette image lugubre, il força son esprit à s'intéresser à des questions plus plaisantes, comme celle de ce qu'il allait manger au déjeuner. Il se réjouit de découvrir, sous le bureau, un gobelet à café en polystyrène, avec un mégot de cigarette pelotonné dans le fond comme un ver de mescal. Une preuve de vie ! Comme il n'avait toujours rien trouvé de drôle, il se mit à agiter le gobelet et regarda le mégot sauter à l'intérieur jusqu'à ce que cette activité libère des vapeurs fétides qui lui rappelèrent le vieux Brizz. Se pouvait-il que ce soit lui, justement, qui ait écrasé là sa cigarette ? Est-ce qu'un jour d'hiver, un jour glacial de trop, il était descendu en douce au cinquante-neuvième pour y savourer trois ou quatre bouffées illicites dans le confort d'un bureau chauffé ? Jim se dit que ce serait grand, quand même, que ce soit le mégot de Brizz : un *memento mori*, humble monument à un instant de plaisir volé qui suffisait peut-être à justifier toute une vie. Mais sa trouvaille le ramena aussi à ses premières pensées : Brizz était mort d'un cancer. Que pouvait-il y avoir de drôle à mourir dans la souffrance, en ne laissant derrière soi qu'un mégot de cigarette ? Pas une preuve de vie : une preuve de mort. Jim était plus perdu que jamais. Soudain, le silence du cinquante-neuvième lui évoquait moins une page blanche que le silence des catacombes. Chaque box vide était un caveau attendant son cercueil.

Un tintement attira son attention. Quel soulagement ! Il tendit l'oreille. Silence. Profond silence. Puis... *cling cling... cling. Cling.* « Harfff », dit quelqu'un. Dieu merci – une preuve de vie. Il se leva et sortit dans le couloir. Il regarda des deux côtés, aux aguets. À nouveau, le silence. Puis, le bruit d'un objet lourd tombant sur la moquette : *Bom.* Cela semblait venir d'un peu plus loin : de ce nid de box, là-bas, sous les fenêtres. Cacophonie d'outils entrechoqués. Elle le guida sur le reste du chemin. Il arriva à l'entrée d'un box dans lequel il découvrit Chris Yop, agenouillé par terre, en train de trifouiller avec une clé un fauteuil retourné.

Quand Yop a levé les yeux et a vu Jim dans l'embrasure de la porte, il n'a rien dit. Il s'est simplement remis à son ouvrage. « Yop, a dit Jim, qu'est-ce que tu es en train de faire, là ? » Yop n'a pas répondu. La base du fauteuil consistait en six branches qui, d'ordinaire, comportaient chacune une roulette à leur extrémité. Les branches faisaient face à Jim, semblables aux pattes écartées d'un insecte renversé sur le dos. Yop était en train de retirer la sixième et dernière roulette. Quand ce fut fait, il la rangea avec les autres. Il avait apporté une grande valise noire – du genre de celles qu'on fait rouler dans les aéroports ; elle reposait à côté de la boîte à outils de Reiser dans le petit bureau encombré. Tout le monde savait que Reiser avait des outils dans son bureau, et, manifestement, Yop les lui avait empruntés. Il avait coincé sa cravate entre deux boutons de sa chemise blanche pour éviter qu'elle ne le gêne. Plus tard, Jim a dit à Benny qu'il ressemblait à un réparateur de photocopieuses, mais un réparateur un peu perturbé, qui avait décidé de dépanner un fauteuil. « C'est le fauteuil de qui, ça ? » avait demandé Jim. Yop n'avait rien répondu.

Nous tenions cette histoire de Marcia Dwyer, qui la tenait de Benny. Quand Jim l'avait raconté à Benny, dans le bureau de ce dernier, Benny lui avait demandé : « Tu n'avais pas peur qu'on te voie avec lui, en train de faire ce qu'il faisait ? » De façon prévisible, Jim avait répondu qu'il n'avait même pas pensé à ça. « J'ai tout de suite su ce qu'il avait derrière la tête, mais je n'ai pas pensé que ça pouvait me causer des ennuis à *moi*. En plus, c'était fascinant à regarder. Tu as déjà vu quelqu'un démonter un fauteuil pièce par pièce, comme ça ? » À un moment donné, après plusieurs minutes de travail assidu, Yop s'était levé et avait retiré sa veste de costume, qu'il avait placée, soigneusement pliée, sur l'arête d'une des cloisons du box. Puis il avait déboutonné ses manchettes, avait roulé ses manches et s'était essuyé le front du dos de ses poignets poilus. « Comment ça se fait que tu es aussi bien habillé, Chris ? » avait demandé Jim. Encore une fois, pas de réponse. Pas même un regard. Comportement étrange de la part de Chris Yop, qui était plutôt du genre à nous casser les oreilles pour tout et n'importe quoi. Ça commençait à mettre Jim mal à l'aise. Pour la première fois, il lui était venu à l'idée que peut-être Yop se taisait délibérément, parce qu'il lui en voulait pour une raison ou pour une autre.

« Pourquoi est-ce qu'il t'en aurait voulu ? demanda Benny. Tu ne lui as rien fait.

— Je sais bien, dit Jim. Mais j'étais là, je lui parlais, et il ne me répondait pas. Alors j'ai commencé à chercher ce que j'avais pu faire pour le mettre en rogne. »

Plus tard, quand Marcia nous a raconté cette histoire après l'avoir entendue de Benny, nous nous sommes dit que c'était vraiment typique de Jim de réagir avec aussi peu de confiance en lui. Il y avait là Chris Yop, qui ne faisait plus partie de l'agence, qui avait reçu l'ordre de quitter les lieux *deux jours plus tôt* sous la menace d'une arrestation, et qui était en train de détruire la propriété de l'agence, et Jim voulait quand même être son ami.

Il demanda à Yop s'il avait fait quelque chose de mal. Yop ne fit même pas l'effort de lever les yeux vers lui. « Tu ne m'as pas envoyé d'e-mail à propos des changements dans le projet », répliqua-t-il finalement. D'après Jim, il lui a dit ça comme s'il était son patron, et que Jim allait sérieusement regretter sa négligence. En même temps, il donnait l'impression que ça l'avait blessé. Jim dut se rappeler qu'il n'avait rien fait de mal et qu'il n'avait aucune raison de se sentir coupable. « J'étais censé t'envoyer un mail ?

— J'avais demandé que quelqu'un le fasse, dit Yop. Tu ne te rappelles pas ?

— Tu veux dire hier, au coffee bar ?

— Personne ne m'a rien envoyé, continua-t-il en s'attaquant aux boulons qui maintenaient en place la base du fauteuil. Et je comprends, hein. Je sais très bien que je me suis fait virer. Ils disent tous que je n'ai pas l'air de le savoir, mais je le sais. Et je sais aussi que je suis vieux et qu'il faut être jeune pour s'en tirer, dans ce milieu. »

Jim lui dit que quand même, quarante-huit ans, ce n'était pas si vieux que ça, et qu'il retrouverait probablement du boulot en un rien de temps. Puis il essaya de lui expliquer que les changements dans le projet étaient si déconcertants – il avait lui-même un mal fou à trouver le moindre concept – qu'il n'aurait pas pris la responsabilité d'envoyer de mail à leur propos à qui que ce soit. « Eh, Jim, lui dit Yop en le regardant pour la première fois depuis son arrivée, avec le visage empourpré, transpirant, tendu de quelqu'un qui s'efforce de dissimuler la colère qui fait trembler sa voix. Tu n'as pas à te justifier, OK ? Tu aurais été débile de m'envoyer un e-mail. Et les autres aussi. Tu crois que je ne sais pas ça ? Attends, ajouta-t-il en écartant les bras, les mains tremblantes, je ne suis pas débile. Je sais que je me suis fait virer. Je sais que personne ne veut se faire choper en train d'échanger des e-mails avec moi. Simplement, je ne m'attendais pas à être traité de la manière dont je l'ai été hier au coffee bar. »

Benny s'étonna. « De quelle manière on l'a traité hier au coffee bar ? » Jim lui dit qu'il ne s'en souvenait plus. Quand il raconta l'histoire à Marcia, Benny lui demanda : « Tu te souviens de l'avoir traité d'une manière particulière hier au coffee bar ? » Marcia était debout à l'entrée du bureau de Benny, à côté du squelette, les mains à plat sur les hanches. « Je crois que je l'ai traité de cinglé », dit-elle.

Jim, debout à l'entrée du box au cinquante-neuvième, voulait que Yop lui explique comment nous l'avions vexé la veille au coffee bar. Yop, agenouillé dans son beau pantalon à plis, ne lui répondit pas directement. « Je ne suis plus payé pour être ici, Jim, dit-il en dévissant un boulon. Tu comprends ce que ça veut dire ? Je reste de mon propre gré. C'est ma décision. Mais franchement, tu crois que j'ai envie d'être là ? J'en ai pas envie, Jim, vraiment pas. Et pourtant, hier, je suis resté deux ou trois heures supplémentaires pour attendre un e-mail qui n'est jamais venu. Ni de toi, ni de Marcia, ni d'Amber – de personne. Au moins, quand elle m'a viré, Lynn m'a versé des indemnités, tu vois ce que je veux dire ? Au moins, l'agence a dit : Chris Yop, nous avons un cadeau d'adieu pour vous. Mais vous tous, là, au coffee bar, vous n'êtes même pas foutus de m'envoyer un e-mail. »

Yop retira les derniers boulons, ce qui lui permit de séparer la base du fauteuil du reste du piétement. Il la plaça dans la valise – désormais, le fauteuil ne ressemblait plus qu'à une grosse sucette, avec son assise et son dossier plantés sur un tube argenté. « Je vous ai *entendus* », lança-t-il tout à coup en jetant à Jim un regard noir. Jim eut un coup au cœur parce qu'un instant plus tôt, Yop démontait tranquillement la base du fauteuil, et à présent il pointait sur lui un tournevis avec une expression furieuse, et il ne l'avait même pas vu ramasser ce tournevis. « Je vous ai *tous* entendus.

— Tu nous as entendus quoi ? » demanda Jim.

Yop refusa d'en dire plus. Il se contenta d'échanger son tournevis contre une clé et retourna à son démontage.

Marcia a quitté l'embrasure de la porte pour entrer dans le bureau de Benny, car l'histoire devenait intéressante. Elle s'est assise en face de lui. « Qu'est-ce qu'il voulait dire par là : "Je vous ai entendus" ? C'est bizarre, non ?

— J'ai posé la même question à Jim, a dit Benny. Il n'avait aucune idée de ce que ça signifiait. Qu'est-ce ça *peut* signifier ? Qu'est-ce qu'on a dit sur lui qu'il a pu surprendre et trouver vexant ?

— "Je vous ai entendus", a répété Marcia en se renversant contre le dossier de sa chaise pour mieux réfléchir. "Je vous ai tous entendus." Qu'est-ce que ça peut bien vouloir dire ?

— Quelque chose qu'on a dit sur le fait qu'il ait pleuré, peut-être, qu'il ait craqué devant Lynn ?

— Peut-être. »

Il fallut environ une demi-heure à Yop pour démantibuler le fauteuil. Il ne perdait pas une seconde, s'interrompant seulement le temps de repérer les outils dont il avait besoin et de vérifier qu'ils étaient de la bonne taille. Ensuite, c'était juste une histoire de desserrage et dévissage. « Et personne ne vous a dérangés pendant tout ce temps ? demanda Benny.

— C'est le cinquante-neuvième, répondit simplement Jim. Personne n'est même passé par là. »

Le service des Paies et les toilettes se trouvant à l'autre bout de l'étage, Benny reconnut l'absurdité de sa question. Yop avait continué à travailler avec concentration et méthode tandis que Jim l'observait, impressionné par sa maîtrise des outils et de leur fonction. « Comment est-ce qu'on appelle ce truc, demanda-t-il à Benny, avec plusieurs chapeaux de tailles différentes qu'on attache au manche selon la taille dont on a besoin ?

— Tu me demandes ça à moi ? dit Benny. Je ne suis vraiment pas expert en outils.

— Je crois que ça s'appelle une clé Allen », dit Jim.

Quand Benny a expliqué à Marcia que ni lui ni Jim ne savait exactement de quoi Yop s'était servi pour désassembler le fauteuil, Marcia s'est exclamée : « Attends, vous ne savez pas ce que c'est qu'une clé Allen ? » Quand Marcia nous a répété ça, nous avons tout de suite pensé que Benny devait être mortifié d'avoir laissé transparaître son manque de culture outillesque devant Marcia, qui pouvait probablement démonter une moto les yeux bandés étant donné toutes les années qu'elle avait passées dans les Quartiers Sud avec ses quatre frères. « Ça s'appelle des douilles, avait-elle repris. Et c'est une clé à douilles, pas une clé Allen. La clé Allen s'utilise pour les vis Allen, qui ont un trou sur le dessus dans lequel la clé s'adapte – oh, c'est dur à expliquer. Tu n'as jamais monté de table ? Ou de bibliothèque ? » « Si, une fois, a dit Benny. À l'université. »

Contrairement à Jim et Benny, Yop était très compétent. « Où est-ce que tu as appris à bricoler comme ça ? » lui demanda Jim. Yop ne répondit pas. Il ne fit qu'une chose : il se mit à siffloter. Comme il n'y arrivait pas très bien, il s'arrêta vite. « En toute honnêteté, dit-il à Jim en faisant des petits pas sur les genoux pour mieux se placer par rapport à ce qui restait du fauteuil, je suis content que personne ne m'ait envoyé d'e-mail. Franchement, je ne voudrais pas travailler dans une équipe où personne n'a de respect pour moi. Enfin ça, c'est personnel, hein. Toi, tu fais ce que tu veux. Tiens, tu peux me tenir ça, s'il te plaît ? » Il sortit de la boîte un outil non identifié et le tendit à Jim.

Benny demanda à Jim s'il l'avait pris. « Oui, je l'ai pris.

— Jim ! s'exclama Benny. C'est pas parce que c'est le cinquante-neuvième que tu dois faire n'importe quoi ! Si quelqu'un était passé par là et t'avait aperçu avec un outil à la main pendant que Yop démontait ce fauteuil, tu crois qu'il aurait compris que tu tenais juste un outil pour lui ?

— J'étais déstabilisé ! s'écria Jim. Je ne comprenais pas pourquoi il disait ce qu'il disait. Il disait qu'il n'aurait pas voulu travailler avec des gens qui n'avaient aucun respect pour lui, mais que moi, je faisais ce que je voulais. Qu'est-ce qu'il sous-entendait, Benny ? Est-ce que personne n'a de respect pour moi, dans l'équipe ? Est-ce que c'est ça qu'il essayait de me dire ? Je veux dire, je sais que Marcia ne m'aime pas... »

Marcia a bondi sur son siège. « Il a dit ça ? s'est-elle affolée, la voix trémulante. Il a dit qu'il savait que je ne l'aimais pas ? »

« ... mais les autres ? » demanda Jim.

Yop avait enfin fini. Il se leva et épousseta son pantalon, remit sa veste. Puis il commença à ranger les pièces détachées dans la valise : les écrous et les boulons, les accoudoirs, les leviers de réglage, le tube hydraulique, l'assise. Mais il avait sous-estimé la taille du dossier, et il eut beau le retourner dans tous les sens et appuyer dessus de toutes ses forces, il dépassait toujours de trois ou quatre centimètres, l'empêchant de fermer la valise. « Merde », dit-il en levant les yeux vers Jim. Alors Jim porta le dossier, emballé dans du papier kraft volé dans la salle de montage.

« Mais, ça va pas, Jim ? s'écria Benny. Qu'est-ce qu'il a fait pour que tu l'aides, ce mec ?

— J'étais embêté qu'il pense qu'on l'avait maltraité au coffee bar, dit Jim.

— Oh ! là là ! Benny, a dit Marcia. J'aurais préféré ne jamais savoir ça. »

Benny a demandé à Marcia pourquoi ça l'ennuyait tant d'apprendre que Jim éprouvait pour Yop cette compassion déplacée. « Parce que je suis *tellement* vache avec lui.

— Avec Yop ?

— Non, a-t-elle répondu, enfin si, avec Yop aussi, mais avec Jim, surtout. Je suis vache avec *tout le monde*, Benny – mais surtout avec Jim. Et ce gars-là... il veut juste qu'on l'aime !

— Tu n'es pas si vache que ça avec lui, l'a rassurée Benny. Pas plus vache que les autres.

— Si, a dit Marcia. Je suis horrible. »

Elle avait vraiment l'air très mal. Elle se cachait les yeux, la main appuyée contre son front plissé, comme si elle avait voulu disparaître, échapper à sa honte. Mais bon sang, pensa Benny, qu'est-ce que sa nouvelle coupe lui allait bien !

« Dis-moi, Benny, honnêtement : est-ce qu'ils ont du respect pour moi ou non ? » lui avait demandé Jim.

« Et qu'est-ce que tu lui as répondu ? lui a demandé Marcia.

— Je suis resté le plus vague possible. Je ne lui ai pas vraiment menti, mais je ne lui ai pas vraiment dit la vérité non plus. »

Marcia lui dit de ne pas s'attarder là-dessus et de finir son histoire.

Yop sortit de l'immeuble avec sa valise, qui roulait sur les dalles en marbre. Dans son costume-cravate, il ressemblait à n'importe quel homme d'affaires en route vers l'aéroport. Personne, au poste de Sécurité, ne le confondit avec Chris Yop, le type aux chemises hawaïennes du département Création. Le choix de sa tenue révélait une préméditation criminelle que nous aurions franchement dû trouver un peu alarmante, mais c'était une époque plus innocente, et nous ne nous en sommes pas inquiétés. Un peu plus tard, Jim sortit à son tour avec dans les bras le dossier du fauteuil enveloppé dans le kraft, et les gardiens ne virent qu'un type qui portait un gros paquet au bureau de poste. Il avait même collé dessus une étiquette d'adresse, pour faire plus vrai.

« Jim... », a dit Benny en secouant tristement la tête.

Ils se retrouvèrent devant la supérette au coin du bloc, et Jim suivit Yop jusqu'au lac. Quand l'envie lui en prenait, c'est-à-dire souvent, Yop faisait volte-face et disait à Jim ce qui lui passait par la tête. « Fini, je ne les offenserai plus, lança-t-il la première fois, si brusquement que Jim s'arrêta net. Dis-leur bien ça, Jim, que Chris Yop n'est plus dans l'immeuble et ne les offense plus de sa présence. Et je ne reviendrai *jamais*. Ils seraient trop contents, je suis sûr. Karen Woo, là. Et cette salope de Marcia. »

« Pourquoi moi en particulier ? a demandé Marcia. Qu'est-ce que j'ai fait ?

— Tu vois bien qu'il a pété les plombs, a dit Benny. Je serais toi, je ne le prendrais pas pour moi. »

Si Yop lui en avait laissé l'occasion, Jim aurait répondu qu'il ne pensait pas que quiconque ait trouvé offensante sa présence dans l'immeuble, juste un peu étrange, étant donné que Lynn l'avait licencié deux jours plus tôt. Mais de toute évidence, Yop n'attendait pas de réponse. Il se détourna brusquement et se remit en marche, obligeant Jim à courir pour le rattraper. Comme il tenait le dossier du fauteuil devant lui, Jim ne voyait pas où il posait les pieds, et il manqua de tomber en trébuchant sur une irrégularité du trottoir. Quand Yop se retourna de nouveau, c'était tout aussi inattendu, et Jim eut un léger mouvement de recul. « Dieu merci, Jim, Dieu merci, il y a des femmes dévouées et aimantes. » Jim crut que Yop allait l'éborgner avec son doigt pointé. « C'est la seule chose qui vaille la peine de vivre. Sans Terry, ce monde n'aurait aucun intérêt. »

Il se remit en marche. Les roulettes de la valise tressautaient à intervalles réguliers sur les dalles du trottoir. Il se retourna une troisième fois et lui dit simplement : « Tes soi-disant amis, quelle blague ! » Il resta un moment à le regarder, il semblait presque attendre une réponse, cette fois, mais Jim était trop déconcerté. Alors, Yop repartit en laissant échapper un rire méprisant, hostile. À deux blocs du lac, ils durent s'arrêter à un feu rouge et patienter côte à côte tandis que les voitures passaient. « Même pas pour donner des nouvelles, dit Yop en se tournant vers Jim. Tu entends ? Dis-leur bien ça. *Même pas pour donner des nouvelles*.

— Donner des nouvelles ? dit Jim. Qu'est-ce que tu veux dire ?

— Je pourrais clamser demain qu'ils en auraient rien à foutre », ajouta Yop.

« Oh ! là là… OK, j'ai déchiré son CV et je lui ai jeté à la tronche, a dit Marcia. Ça veut pas dire que je veux le voir crever.

— Je ne sais pas, a dit Benny, peut-être qu'on aurait juste dû lui envoyer son e-mail. »

À cette heure-là, la promenade sur le front du lac Michigan était presque déserte. La plupart des gens ne s'aventuraient de toute façon pas aussi loin au sud, jusqu'à cet endroit où la terre formait une pointe qui avançait sur l'eau et où la promenade débouchait sur une petite plage. L'air était frais, mais le soleil brillait, et au loin à droite quelques baigneurs réchauffés donnaient au lac ses premiers airs d'été. Mais, autrement, il n'y avait que Jim et Yop et, de temps en temps, quelque retraité adepte de la marche rapide qui passait par là. Yop posa la valise juste devant la rambarde, défit la fermeture Éclair et prit à l'intérieur deux des roulettes du fauteuil, puis il enjamba la rambarde et s'approcha de l'eau. Au moment où il balançait le bras en arrière, un grand vent de mai se leva. Sa cravate, entraînée derrière lui, battait au vent tandis qu'il jetait les deux premières roulettes dans le lac Michigan. Quand il revint vers la valise, il avait encore la cravate sur l'épaule. « Vous croyez que j'avais *envie* de pleurer ? demanda-t-il à Jim. Je ne pleurais pas pour moi. Je pleurais pour Terry. Je pleurais pour Terry *et* moi. » Jim se garda de répondre. Il regarda Yop envoyer à l'eau le reste des roulettes et les accoudoirs. Les accoudoirs flottaient, de même que l'assise et le dossier – que Yop avait lancé comme un frisbee, encore empaqueté – mais le tube argenté coula vite. Penché au-dessus du lac, Yop secoua la valise. Tous les écrous et les boulons tombèrent avec des clapotis. Il revint alors vers Jim et enjamba la rambarde, un pied après l'autre, en tenant devant lui la valise refermée. Aussitôt de l'autre côté, il commença à s'éloigner, mais finalement il s'arrêta et se retourna vers Jim. « Je te remercierais bien pour ton aide, Jim, dit-il, mais je t'ai toujours considéré comme un crétin. »

La dernière réflexion de Yop a mis Marcia dans tous ses états. Elle s'est enfoncée dans son siège, se recroquevillant en une boule de honte et de regret, et a crié : « Oh non, dis-moi qu'il ne lui a pas dit ça ! » Elle a fait le serment de ne plus jamais rien dire de méchant à Jim. De ne plus jamais rien dire de méchant à personne. « Comment il a pu lui dire ça ? a-t-elle demandé.

— Tu lui as dit la même chose l'autre jour, a dit Benny.

— Mais comment est-ce qu'il a pu lui dire et le *penser* ? »

Marcia était la seule parmi nous qui, devant la cruauté des autres, se souvenait soudain de la sienne, et les trouvait toutes les deux monstrueuses. Elle faisait des serments comme celui qu'elle venait de faire à Benny toutes les deux ou trois semaines, et ils tenaient jusqu'à ce que Jim dise ou fasse quelque chose qui la pousse à l'injurier de nouveau, à lui dire de la fermer et de foutre le camp de son bureau. Ce qu'il y avait de rafraîchissant avec Marcia, c'était qu'elle lançait toutes ces piques, mais qu'elle ne les concevait pas, à la différence de Yop, comme des damnations éternelles. C'étaient juste les manifestations éphémères de son exaspération – des choses que nous aurions dites nous-mêmes si nous en avions eu le culot – et elles étaient toujours suivies de violentes crises de remords.

« Crois-le ou non, il n'avait pas l'air si traumatisé que ça, lui a assuré Benny. Il voulait juste savoir si *moi*, je pensais qu'il était crétin.

— Et tu lui as dit que non, hein ? Benny, ne me dis pas que tu es resté dans le vague là aussi.

— Je lui ai dit qu'évidemment il était crétin. J'étais obligé, Marcia. Si je lui avais dit qu'il ne l'était *pas*, il aurait su que je pensais qu'il l'était.

— Mais quel asile de dingues ici ! »

Nous aussi, nous trouvions ça vraiment salaud pour Jim. Le pauvre avait pris des risques pour aider Yop à accomplir sa vengeance contre l'intendante et son système de numéros de série, et tout ce qu'il récoltait, c'était une insulte. Nous sommes allés le réconforter. Nous lui avons dit de ne pas s'angoisser pour cette remarque. Puis nous avons essayé de comprendre ce que Yop pouvait bien avoir contre *nous*. Pourquoi, avons-nous demandé à Jim, parlait-il de nous avec autant de fiel si, comme l'indiquait le fait qu'il ait démonté et jeté à l'eau le fauteuil de Tom Mota, l'objet de son ressentiment était une personne bien précise, à savoir l'intendante ? Jim ne savait pas ; tout ce qu'il pouvait nous dire, c'était que Yop avait trouvé blessant que personne ne lui envoie un e-mail pour lui expliquer les changements dans le projet. Mais enfin, qu'est-ce qu'il espérait faire avec ces informations ? Récupérer son boulot ? Nous trouvions sa réaction injuste et disproportionnée.

« Tom Mota, encore, je le comprends, a dit Marcia à Benny. Il est frustré à mort à cause de tout ce qui s'est passé dans sa vie. Mais Chris Yop ? Lui, franchement, je vois pas. »

Nous avons fini par comprendre que la haine de Yop était toute naturelle. Nous avions encore un emploi, lui non. Il avait continué à travailler sur la campagne d'appel aux dons alors que nous savions, nous, qu'elle n'était plus d'actualité. Nous étions tous réunis au coffee bar, et lui ne faisait plus partie de la bande.

« Mais ce n'est pas pour parler de Chris Yop que je suis venue, si ? a dit Marcia.

— Je ne crois pas, non, a dit Benny.

— C'était pour quoi, déjà ? s'est-elle demandé. Qu'est-ce que je voulais te dire ?

— Je ne sais pas, a-t-il répondu, intrigué, plein d'espoir.

— Oh ! là là ! s'est-elle exclamée. Tu arrives à croire qu'il n'est que quinze heures quinze ? »

Certaines journées nous semblaient plus longues que les autres. Certaines nous semblaient longues comme deux journées. Malheureusement, ça n'arrivait jamais le week-end. Nos samedis et nos dimanches passaient deux fois plus vite qu'une journée de travail normale. Autrement dit, nous avions parfois l'impression de travailler dix jours de suite et de n'avoir qu'un seul jour de congé. Nous n'allions pas nous plaindre. C'était du temps de vie en rab. Mais nous avions quand même du mal à nous réjouir quand nous constations que les heures se traînaient. Nous étions entourés d'un nombre incalculable d'horloges, et chacune d'entre elles avait fait montre, à un moment ou à un autre, d'un merveilleux sens de l'humour. Nous finissions par vouloir hâter le temps, ce qui, sur le long terme, ne pouvait pas nous arranger la santé. Tout le monde était pris dans cette contradiction, mais personne n'osait jamais l'exprimer. Tout ce que nous disions, c'était : « Tu arrives à croire qu'il n'est que quinze heures quinze ? »

« Tu arrives à croire qu'il n'est que quinze heures quinze ? » demanda Amber à Larry Novotny. Et comment, qu'il arrivait à y croire. Il aurait cru qu'il était vingt-trois heures cinquante-neuf, que minuit allait sonner et que le gouverneur n'avait toujours pas appelé pour suspendre son exécution. Son temps était presque écoulé, à Larry. Allait-elle, oui ou non, se faire avorter ? Ce n'était pas quelque chose qu'il pouvait lui demander tous les quarts d'heure, et encore moins toutes les cinq minutes, même si pour lui, maintenant, le temps s'écoulait justement par intervalles de cinq minutes, à la fin desquels il délibérait de lui demander encore une fois si elle allait le faire ou quoi. Il décidait en général de ne pas lui reposer la question, étant donné qu'il la lui avait déjà posée douze intervalles de cinq minutes plus tôt, ce qui, avant que tout cela ne commence, ne représentait qu'une heure, mais qui, à présent, semblait plutôt en durer douze ou même quatorze. Amber avait été claire sur ce point : elle ne voulait pas qu'il lui demande toutes les heures si elle allait se faire avorter.

« Ils sont toujours là-bas ? reprit-elle. Qu'est-ce qu'ils font, à ton avis ? »

Larry se leva et, sortant la tête dans le couloir, jeta un coup d'œil vers le bureau de Lynn Mason, dont la porte restait fermée. Ils avaient vu Geneviève et Joe y entrer dix minutes plus tôt, ou presque deux heures plus tôt, selon la nouvelle horloge de Larry, et, au cours de ces dix minutes, il avait sérieusement délibéré en lui-même, à deux reprises, de remettre le sujet sur le tapis avec Amber. En revenant, il fit claquer trois fois sa casquette sur son jean puis se la vissa sur le crâne, avec un signe de tête affirmatif. Ils étaient toujours là-bas.

« De quoi ils parlent, à ton avis ? » demanda-t-elle.

À son avis, ils discutaient probablement de savoir si oui ou non Amber devait se faire avorter. Ils parlaient sûrement de la tuile que c'était pour lui, et du peu d'envie qu'il avait d'avouer à sa femme non seulement qu'il avait une liaison, mais qu'en plus sa maîtresse était enceinte et comptait garder l'enfant. Il n'y avait aucun moyen de présenter ça sous un angle favorable, aucun moyen d'annoncer joyeusement : « Charlie va avoir un demi-frère ! »

« Ça fait combien de temps qu'ils sont là-bas ? demanda Amber. Dix minutes ? J'ai l'impression que ça en fait vingt.

— J'ai l'impression que ça fait deux heures », dit Larry.

Il trouvait décevant et un peu irritant qu'Amber se soucie autant d'une crise qui se déroulait dans un autre bureau, alors que la seule crise qui comptait réellement avait lieu là, dans le sien. « Est-ce que tu as, euh... commença-t-il... un peu plus réfléchi à, euh... »

Elle avait commencé à tourner le petit remontoir blanc d'un jouet mécanique. C'était un cadeau de Happy Meal, un cheeseburger dans un pain au sésame avec toute sa garniture peinte au milieu. Il avait aussi une paire d'énormes pieds blancs. Au bout d'un moment le jouet était remonté à fond, alors elle se pencha en avant et le posa sur la moquette. Une légère imperfection du pied le faisait dévier dans sa marche, et il avança en suivant une ligne courbe, encore et encore, jusqu'à ce qu'il s'épuise, ramenant le silence dans la pièce.

Quand elle l'a enfin regardé en face, il a remarqué que ses yeux avaient rougi. Oh non, pensa-t-il. Pas ça, pas encore. De nouveau, il retira sa casquette et lissa ses cheveux en arrière. Puis il la remit.

« Je change d'avis tout le temps », dit-elle.

Jim Jackers bûchait dur sur les annonces bénévoles, auxquelles il s'était remis très sérieusement deux ou trois heures plus tôt, au retour de la pause qu'il avait prise pour aller aider Chris Yop à jeter son fauteuil dans le lac Michigan. Levant les yeux de la page blanche pour consulter l'horloge clignotante, il découvrit qu'il n'était que quinze heures quinze. Il se dit que cette journée était peut-être la plus longue de sa vie. Non seulement il s'était fait traiter de crétin par Yop, mais en plus il n'avait aucun moyen de le faire mentir, parce qu'il ne trouvait pas la moindre chose drôle à dire sur le cancer du sein.

« Quelle heure est-il, Joe ? » demanda Lynn Mason.

Joe regarda sa montre. « Quinze heures quinze », répondit-il.

Lynn se mit sur la pointe des pieds pour régler les aiguilles de la grande horloge. Celle-ci était accolée au mur du fond, à gauche du canapé en cuir blanc, et, indice parlant de l'état d'encombrement dans lequel se trouvait le bureau avant que Lynn et l'intendante ne fassent le ménage, aucun d'entre nous ne l'avait jamais remarquée. Elle s'était fondue dans le décor, comme tout le reste, ou peut-être qu'elle avait disparu derrière des boîtes de rangement remplies de vieux dossiers. Ou peut-être que nous n'étions juste pas très observateurs. Mais à présent, la couche de magazines, de dossiers périmés et d'autres articles du même genre avait été enlevée, et l'on voyait clairement que Lynn avait entrepris de transformer la pièce en un bureau digne de ce nom. Elle avait reculé son bureau de façon à pouvoir tout voir depuis son fauteuil : la porte, la table en verre à sa gauche, la bibliothèque et le fauteuil ancien à sa droite, et, face à elle, contre le mur du fond, le canapé et l'horloge. Dix minutes plus tôt, Geneviève et Joe l'avaient interrompue dans son ménage. Elle avait fait le gros du travail la veille, mais, dans l'après-midi, des réunions avec ses associés pour définir les stratégies à présenter aux deux nouveaux prospects l'avaient empêchée de fignoler. À présent, elle mettait donc les dernières touches à son ouvrage, un bureau transfiguré. En entendant frapper, elle avait répondu d'une voix forte, et Joe avait glissé la tête par l'entrebâillement de la porte. « Je suis avec Geneviève, avait-il dit. Vous auriez une minute ? » Elle lui avait fait signe d'entrer d'un coup de chiffon sale. « Bonjour, Lynn », avait dit Geneviève en s'avançant à la suite de Joe. « Entrez, dit Lynn, asseyez-vous. » Étrange vision que celle de Lynn Mason, pliée en deux, en jupe, un bidon de cire et un chiffon à la main, en train de faire briller le flanc de son bureau. Ils obéirent et s'assirent sur les chaises jumelles placées juste devant le bureau. Immédiatement, ils durent se tourner vers la gauche pour la suivre du regard tandis qu'elle continuait son lustrage, s'attaquant à la bibliothèque, puis à la marqueterie de son fauteuil ancien. Tout en frottant le bois, elle informa Joe que, sur sa requête, Mike Boroshansky allait affecter quelqu'un à plein temps à la surveillance de nos cinq étages.

« Un gardien ? dit Joe. Pourquoi ça ?

— Parce qu'on ne peut pas se permettre de prendre des risques. »

Geneviève trouvait que Lynn faisait les poussières comme tout le reste : avec un enthousiasme et une adresse incroyables. C'était la première fois qu'elle se sentait impressionnée par le talent de quelqu'un pour les poussières. Elle n'osait piper mot.

« Mais, Lynn, dit Joe, il n'y a qu'une ou deux personnes qui le croient vraiment dangereux. Pour les autres, c'est juste un sujet de bavardage.

— Ce n'est pas que moi, Joe. Mes associés s'inquiètent aussi. »

Laissant le fauteuil, elle s'avança vers le canapé et commença à l'essuyer à son tour. Joe se tordit sur sa chaise pour continuer à la voir. Geneviève choisit de garder les yeux fixés droit devant elle.

« Les e-mails qu'il a envoyés à Benny et à Jim, disait Lynn, la scène qu'il a faite en quittant l'agence, la façon dont il s'est comporté avec sa femme – c'est un type qui a quand même fichu en l'air toutes ses affaires à coups de batte de base-ball. Je ne suis pas persuadée qu'il ait l'intention de revenir, dit-elle en interrompant brièvement son époussetage pour lever les yeux vers Joe, mais comme il a parfois des idées fixes, et que dans ces cas-là il n'agit plus comme une personne normale, je préfère ne pas prendre de risques. »

Elle se repencha sur le canapé. « Mais qu'est-ce qu'un gardien tout seul va pouvoir faire contre lui, s'il revient ? » demanda Joe. Son esprit de contradiction étonnait Geneviève. Elle n'aurait pas cru qu'il y avait entre eux, en l'absence du reste de l'équipe, une telle liberté de dialogue.

Mais ce n'était pas ça, la vraie nouvelle. La vraie nouvelle, c'était que Lynn Mason jugeait maintenant possible que Tom Mota prévoie de revenir. Jusque-là, ce point de vue n'avait eu qu'un seul défenseur sérieux : Amber Ludwig, qui s'inquiétait pour tout. Les types de la Sécurité avaient affiché une photo de Tom sur le bureau dans le hall, mais tout le monde savait que c'étaient des rigolos. L'inquiétude de Lynn Mason donnait de la crédibilité à l'idée. C'était une évolution inattendue et préoccupante.

« On est en train d'essayer d'obtenir une décision judiciaire pour lui interdire l'accès aux locaux, dit-elle, mais en attendant, Mike nous prête un de ses gardiens, et on le met devant votre bureau.

— Pourquoi devant mon bureau ?

— Parce qu'il donne directement sur les ascenseurs, et que si Tom revient, à mon avis, il passera d'abord par cet étage. Et pour tout vous dire, Joe, je pense que vous devez être la personne à qui il en veut le plus. Après moi, peut-être.

— Je ne suis pas d'accord, dit Joe. C'est vrai qu'il ne m'aimait pas au début, mais je crois que j'avais fini par gagner son respect. Et pour tout vous dire, Lynn, je pense que cette histoire ne mérite pas qu'on en fasse une montagne pareille.

— Bon, dit-elle, le dos tourné. Il y aura quand même un gardien devant votre bureau. »

Ayant enfin terminé son ménage, elle ouvrit le battant vitré de l'horloge. Quand Joe lui donna l'heure, elle régla les aiguilles en conséquence et remonta le mécanisme avec une clé. Elle mit en route le balancier en cuivre, puis referma le battant et le regarda osciller. Geneviève, intriguée de ne plus entendre parler, s'était retournée pour voir ce que faisait Lynn. En la voyant à côté de l'horloge, elle s'était une nouvelle fois rendu compte à quel point elle était petite en vrai. Joe aurait sûrement pu la porter. Il n'était pas Musclor, mais il n'avait rien d'un ramollo non plus, et il aurait sûrement pu la prendre sous les bras et la soulever, très haut, peut-être, et à la pensée de Joe tenant Lynn Mason en l'air comme ça, comme une petite fille, et, avec un petit effort supplémentaire, la faisant même tourner, elle dut étouffer le rire qui montait dans sa gorge, car juste à ce moment-là, Lynn revenait à son bureau et tirait son fauteuil pour s'asseoir. D'un seul coup, elle lui apparut plus gigantesque et intimidante que jamais auparavant.

« Alors, dit-elle. De quoi est-ce que vous vouliez me parler ? »

« Ah, voilà, je me souviens ! » s'écria Marcia.

Ça lui était enfin revenu. Elle avait entendu dire que Benny avait décidé de vendre son totem et elle voulait l'en empêcher. « Qui t'a dit que j'avais décidé ça ? » demanda-t-il. C'était le bruit qui courait, le loyer du box avait augmenté et il ne voulait pas payer la différence. « Mais qui t'a dit que je comptais le vendre ? » insista-t-il. « Ne le fais pas, l'implora Marcia. Je t'en prie, Benny. Tu veux que ce soient eux qui gagnent ?

— Qui ça, eux ? demanda-t-il prudemment.

— Tous ces fils de pute », répondit-elle.

Elle avait momentanément oublié son serment de ne plus jamais rien dire de méchant. « Si tu le vends, Benny, tu donnes la victoire à tous les crétins de fils de pute de cette boîte. Tu ne peux pas vouloir faire ça, Benny, ce n'est pas possible. Et moi, je ne veux pas que ça arrive.

— La seule chose que je veux, dit Benny avec sincérité, c'est arrêter de dépenser tous les mois trois cents dollars que je n'ai pas pour un box de stockage – c'est ça que je veux vraiment.

— Je paierai la différence, dit-elle.

— Hein, quoi ?

— La différence entre ce que tu payais jusqu'à maintenant et ce qu'ils te demandent pour les mois à venir, dit-elle. Qu'est-ce que c'est ? Je la paierai. Je te ferai un chèque tous les mois.

— Pourquoi tu ferais ça ? » demanda-t-il.

En partie, expliqua-t-elle, pour réparer toutes les actions méprisables, détestables qu'elle avait commises depuis ce jour heureux où elle avait été embauchée. C'était un effort pour rétablir l'équilibre, pour reconquérir son droit à marcher la tête haute. Benny n'avait pas besoin qu'on lui rappelle que Marcia était une grande adepte des religions orientales. En fait, il s'était lui-même penché sur le sujet. Il avait étudié les Quatre Signes, l'Octuple Sentier et les Dix Perfections dans l'espoir de pouvoir les replacer dans la conversation. Il glissait des allusions à l'arbre Bo dans beaucoup de ses histoires. Mais Marcia n'avait réagi à aucune d'entre elles, soit parce qu'elle n'avait pas fait attention, soit parce qu'elle ne les avait pas comprises. Nous ne disions rien parce que Benny était juif, et qu'en tant que tel, supposions-nous, il en savait plus que nous sur la religion. Mais le fait est qu'il s'était fourvoyé, potassant les enseignements de Bouddha quand Marcia se considérait plutôt comme une disciple de l'hindouisme. La seule chose sur laquelle il ne s'était pas trompé, c'était l'exemplaire de la *Bhagavad-Gita* posé négligemment sur son bureau, sur une pile de papiers, le titre tourné vers elle.

« Donc, voyons voir si je te suis, dit-il. Tu veux purifier ton karma.

— Oui, dit-elle.

— Du bien vient le bien, et du mal, le mal. C'est bien ce que tu veux dire ?

— Oui ! s'écria-t-elle. C'est *exactement* ce que je veux dire. Mais d'où tu connais ça, toi ?

— Je m'y intéresse depuis quelque temps. »

Mais bon, il ne suffisait quand même pas qu'elle lui fasse un chèque, expliqua Marcia au néophyte. Le karma ne réagissait pas lorsqu'un don n'était fait que dans l'attente d'un retour. Il fallait que l'acte soit désintéressé, et procède d'un élan pur et vrai. « Et qu'est-ce que c'est, ton élan ? lui demanda-t-il.

— Ne pas laisser gagner ces connards », répondit-elle simplement.

Benny lui dit qu'il ne s'y connaissait pas assez pour l'affirmer, mais que ça ne lui semblait pas très pur, comme élan. Marcia lui rappelait les Indiens Yopéwoo. Les Yopéwoo avaient tourné en dérision toutes les souffrances endurées par les vraies tribus indiennes. Leurs plaisanteries avaient transformé une tragédie en farce. Marcia assura à Benny que son élan était d'une pureté absolue. « Je suis de Bridgeport, je n'ai jamais vu un Indien de ma vie, dit-elle. Mais tu vois, leur attitude m'a quand même choquée. Et puis je trouvais que ce que tu faisais avec – avec le totem de Brizz, je veux dire... Pour être honnête, je ne savais pas trop ce que tu faisais avec, mais en tout cas je trouvais ça plutôt... plutôt...

— Bizarre ?

— Non, dit-elle en secouant son adorable nouvelle coupe. Non, pas bizarre. Noble.

— Noble ? répéta-t-il. Tu trouvais ça noble ? »

Il se demanda brièvement où elle était, à ce moment-là, quand ils poussaient tous des cris d'Indiens en passant devant sa porte et déposaient des postiches ensanglantés sur son bureau, mais il garda cette question pour lui et accepta le compliment avec plaisir. Son estime valait bien trois cent dix-neuf dollars par mois – même si ce n'était pas pour elle qu'il l'avait fait. « Donc pour venger les Indiens, reprit-elle, pour ne pas laisser gagner ces connards, et pour t'aider à faire ce que tu crois bon de faire avec le totem du vieux Brizz, je te propose de me dire le montant de la différence, et je te ferai un chèque. » Il y avait une quatrième raison, bien sûr – son espoir d'améliorer son karma –, mais elle n'insista pas sur ce détail.

« Marcia, ce n'est pas nécessaire.

— Je sais que ce n'est pas *nécessaire*, dit-elle. J'ai envie de le faire.

— Écoute, malheureusement, je m'en suis déjà séparé. »

L'expert qui était passé au garde-meuble avait non seulement informé Benny de la valeur marchande du totem, mais l'avait aussi renseigné sur ses origines. Il s'agissait à son avis d'une pièce sculptée par une tribu dont les descendants vivaient encore dans le sud-est de l'Arizona. Ses membres avaient fait preuve, dans le travail du bois, d'une habileté restée inégalée, et avaient produit certaines des œuvres d'art indien les plus magistrales et les plus spectaculaires du monde, jusqu'à ce que leur population décline, qu'il leur devienne plus difficile de survivre et que leur artisanat en souffre. Le matin même, Benny avait reçu un coup de fil de l'expert, qui avait envoyé des photos du totem, prises au garde-meuble, aux membres de la tribu en Arizona. Leur chef avait confirmé, avec une certitude quasi absolue, que le totem leur appartenait. « Et il reste peut-être… dix de ces Indiens dans le monde, dit Benny. J'exagère, mais à peine. Et ils ne savent plus faire ces trucs-là – plus comme avant. Ce qui explique le prix exorbitant. C'est une pièce irremplaçable.

— Mais alors, dit Marcia, comment est-ce que Brizz a pu acquérir un truc pareil ?

— La question à soixante mille dollars, dit Benny. Ou pourquoi il ne l'a pas revendu quand il avait besoin d'argent ? Je n'en ai aucune idée – et je n'ai aucune idée non plus de la raison pour laquelle il me l'a légué à moi et pas à quelqu'un d'autre. C'est pour ça que j'ai voulu le garder, pour comprendre. Mais maintenant, je ne vois pas bien comment je pourrais refuser de le rendre à ces Indiens, sachant qu'il en reste si peu.

— C'est peut-être pour *ça* qu'il te l'a légué, Benny : parce qu'il savait que tu retrouverais les personnes qui méritaient vraiment de l'avoir.

— Peut-être, dit Benny. Mais je leur ai quand même dit une chose, aux Indiens : je ne paie pas les frais d'envoi. Ça, les gars, c'est vous qui vous en occupez.

— Tu leur as parlé ?

— Au téléphone, dit-il. À propos, je voulais te dire : j'aime beaucoup ta nouvelle coupe. »

Immédiatement elle se détourna et porta la main à ses cheveux d'un geste hésitant et gêné, comme si elle essayait de les lui cacher. « Ne me parle pas de mes cheveux maintenant, dit-elle.

— Pourquoi pas ?

— Parce que c'est débile. On est en train de parler d'autre chose.

— Elle ne te plaît pas ? » demanda-t-il.

Elle se tourna vers le mur opposé comme si elle s'attendait à y trouver une glace ou quelque objet brillant dans lequel se mirer. « Je ne sais pas, dit-elle. Parlons d'autre chose.

— Je trouve que c'est une super mise à jour », dit-il.

Elle se retourna vers lui. « Une "mise à jour" ? Attends, ça veut dire quoi, ça ?

— Non, je voulais juste dire...

— Mais quel commentaire de merde !

— Non...

— Je n'ai pas la moindre idée de ce que t'entends par là, mais c'est vraiment un commentaire de merde.

— Non, c'était juste pour dire que j'aimais bien.

— "Mise à jour", fulmina-t-elle. On ne dit pas "mise à jour", Benny, ce n'est pas le bon mot. »

Non ! NON ! Ça aurait dû lui faire plaisir ! Il avait envisagé d'autres possibilités, des expressions différentes, mais il pensait que celle qu'il avait choisie était parfaite. Il l'avait répétée encore et encore, s'entraînant à la dire avec nonchalance, puis il avait attendu le moment idéal – et il avait quand même foiré son coup ! Il aurait sûrement dû la soumettre à un rédacteur avant de se lancer.

Même avec les meilleures intentions du monde, il était impossible de ne pas nous offenser les uns les autres. Nous redoutions l'issue de chacun des innombrables petits échanges qui marquaient nos journées. Nous ne réfléchissions pas, les mots s'échappaient de nos lèvres, libres, inconséquents, et voilà, c'était fait, nous avions offensé quelqu'un par une remarque désinvolte et innocente. Nous avions pu sous-entendre que quelqu'un était gros, ou niais, ou hideusement laid. La plupart du temps, nous le pensions probablement. Nous travaillions avec des gros, des niais, et les hideusement laids étaient bien présents eux aussi. Mais nous ne voulions surtout pas en parler. Si une bonne grosse partie de nous-mêmes ne se souciait que d'arriver au bout de la journée sans se faire licencier, il y avait une petite partie qui espérait seulement rentrer chez elle le soir sans avoir apporté sa contribution au malheur quotidien de quelqu'un. Et puis il y avait Marcia, qui avait la capacité de transformer même un compliment en insulte et nous faisait tomber à genoux (Benny surtout), et face à qui la seule façon de gagner, de ne pas baisser la tête, était de ne rien dire, rien du tout – sauf bien sûr si ça nous donnait l'occasion de prélever un scalp et d'aller le déposer sur le bureau de Benny.

« Excuse-moi si je t'ai offensée, dit Benny. J'essayais juste de dire que c'était joli.

— Non, c'est moi qui m'excuse. Je ne prends pas très bien les compliments. Est-ce que je t'ai dit des trucs méchants ?

— Non, non, pas du tout », lui assura-t-il.

Soudain Geneviève apparut dans l'embrasure de la porte. Benny se tut. Marcia se retourna pour voir ce qui avait distrait son attention et l'aperçut à son tour.

« Marcia, est-ce que je peux te parler ? »

L'instant d'après, elle était repartie. Marcia se retourna vers Benny, puis vers la porte. « Bien sûr », cria-t-elle en se dépêchant de se lever. Benny ne l'avait jamais vue avec des yeux aussi ronds.

« Benny, chuchota-t-elle.

— Vas-y », dit-il.

Une fois Marcia partie, Benny téléphona à Jim pour lui apprendre la nouvelle, mais Jim ne répondait pas. Benny se leva et sortit dans le couloir. Tout était calme. Il rentra et rappela Jim. Toujours pas de réponse. Il retourna dans le couloir. Personne, pas un bruit. Aux deux bouts du couloir, les grandes plantes artificielles se dressaient, immobiles, et sur les murs, entre les portes, les cadres contenant les prix remportés par l'agence commençaient à se couvrir de poussière. Benny alla se rasseoir et appela Jim une troisième fois. Puis il lui envoya un e-mail pour lui dire d'écouter ses messages. Il attendit sa réponse pendant deux minutes puis décida de partir à sa recherche. Il fit un pas dans le couloir, mais s'arrêta en voyant arriver Karen Woo. Il n'avait aucune envie de lui annoncer que Geneviève était sortie du bureau de Lynn. Elle irait le répéter à tout le monde. Il leva donc les bras d'un air décontracté et attrapa le cadre de la porte au-dessus de lui, comme s'il était juste venu s'étirer un peu. Karen se rapprochait, et il se dit qu'après tout ils allaient peut-être se saluer et rien de plus. Et, de fait, à son plus grand soulagement, elle semblait n'avoir aucune intention de s'arrêter pour bavarder. Elle lui lança simplement, au passage : « Elle n'a pas de cancer du tout, en fait », puis, continuant son chemin, elle disparut au bout du couloir.

Marcia se tenait adossée contre la porte refermée tandis que Geneviève faisait les cent pas derrière son bureau, s'arrêtant de temps en temps pour agripper le dossier de son fauteuil comme si elle voulait l'étrangler.

C'était très simple. Lynn s'était assise à son bureau et Geneviève n'avait pas la moindre idée de par où commencer, de comment aborder le sujet. Par chance, Joe s'était mis à parler. Elle ne se souvenait plus de ses mots exacts, mais il avait été très direct. Geneviève était nerveuse. Elle devait sans arrêt se rappeler pourquoi elle était là. Cette femme qui dominait tout le monde dans tous les domaines – qui vous impressionnait même par sa façon de faire les *poussières* – était très malade à l'intérieur, et faible, et avait besoin d'aide, même de l'aide d'une subordonnée intimidée assise sans voix à côté de Joe. Si elle n'avait pas gardé ça à l'esprit, elle n'aurait pas pu rester ; elle était trop nerveuse. Joe expliquait, en gros, qu'une rumeur avait surgi, il ne savait pas d'où, selon laquelle on lui avait diagnostiqué un cancer. En général, il ne prêtait pas attention aux rumeurs, mais celle-ci la disant malade, elle comprendrait qu'il n'ait pas voulu la traiter avec la même indifférence. Certaines personnes étaient convaincues qu'elle avait rendez-vous la veille pour une opération importante, mais qu'elle avait manqué ce rendez-vous. Peut-être exprès. Sa phobie des hôpitaux, dont elle ne faisait pas un secret, pouvait expliquer cela. Il était là – puis il se souvint de Geneviève et se tourna vers elle. « Nous sommes là tous les deux, reprit-il en se retournant vers Lynn, pour vous informer que ces rumeurs existent, qu'elles circulent, et je ne connais pas leur degré de vérité, mais s'il y a quelque chose qu'on peut faire pour vous, si on peut vous aider d'une manière ou d'une autre...

— Ça y est, Joe, ils ont réussi à vous faire tomber dedans ? » demanda-t-elle.

Dedans ? Dans quoi, qu'est-ce qu'elle voulait dire ? se demanda Geneviève. Pendant que Joe parlait, le sourire malin que Lynn esquissait parfois pour exprimer ses doutes ou sa perplexité était apparu sur ses lèvres. Joe avait dû le remarquer lui aussi. Mais il ne s'était pas laissé démonter. Geneviève ne savait pas où il trouvait le courage de continuer avec Lynn Mason qui le regardait comme ça. Il s'était tu quand elle lui avait demandé s'ils avaient réussi à le faire tomber dedans, mais ensuite, quelque chose de tout à fait remarquable s'était produit. Il avait persisté.

« Non, je ne crois pas être tombé dans quoi que ce soit, répondit-il. Je ne suis pas ici pour eux. Je suis ici pour moi – et pour Geneviève – parce que je pense que, peut-être, vous n'allez pas bien.

— Je vais très bien, dit-elle simplement, en ramassant sur son bureau un coupe-papier en forme de talon aiguille.

— Que peut-être vous êtes malade, continua-t-il – Geneviève ne savait ni pourquoi ni comment et aurait tout donné pour qu'il se taise – mais qu'à cause de votre peur vous ne vous faites pas soigner comme vous le devriez.

— Je vais très bien », répéta-t-elle.

Joe se tut. Geneviève était prête à partir. OK, Joe, elle va bien – maintenant, on y va. « Quelqu'un qui aurait vraiment peur, reprit-il lentement, avec patience, comme s'il essayait de lui faire avouer quelque chose, quelqu'un qui serait paralysé par la peur affirmerait *justement* qu'il est en pleine forme, si ça signifiait qu'il pouvait continuer à vivre sans affronter cette peur. »

Lynn lâcha un petit rire inamical. « Excusez-moi, Joe, dit-elle. Vous avez accès à mon dossier médical ?

— Non.

— Non, dit-elle, non, c'est bien ce que je pensais.

— Non, ce sont de pures hypothèses, Lynn », continua-t-il.

Et Geneviève ressentit un besoin impératif de prendre ses distances. Elle n'est pas malade, Joe ! Tais-toi, *je t'en prie* !

« Des hypothèses probablement infondées. Mais si vous êtes malade, et que vous avez peur, et que ça vous empêche de profiter de l'attention médicale...

— C'était un grain de beauté », dit Lynn.

Toute trace de son sourire incrédule avait disparu. Elle affichait à présent une expression impassible, glaciale, *administrative*, qui signifiait, simplement : ce ne sont pas vos affaires. « C'était un grain de beauté dont ils craignaient qu'il soit cancéreux, et j'ai fait reporter le rendez-vous, si vous voulez tout savoir, à cause de l'urgence des deux nouvelles présentations. Geneviève, dit-elle en baissant les yeux vers le coupe-papier avec lequel elle avait joué pendant que Joe parlait, vous voulez bien nous laisser une seconde, s'il vous plaît ? » Quand Lynn releva les yeux vers elle, Geneviève dit que bien sûr elle pouvait et quitta le bureau silencieux en refermant la porte derrière elle.

« Un grain de beauté ? a dit Marcia. Toutes ces histoires pour un grain de beauté ? »

Quand Marcia est repartie, nous avons entendu Geneviève parler au téléphone avec son mari, lui *hurler* dessus, alors qu'il n'avait rien fait, le pauvre. Mais quelqu'un, quelque part, avait forcément fait quelque chose de très mal, elle n'avait pas de doutes sur ce point. Elle savait qu'elle était furieuse. Elle savait que quelqu'un méritait qu'on lui fasse quelque chose. Mais elle ne savait pas exactement quoi.

« C'est qui ? est-elle venue nous demander. Qui a été le premier à dire que c'était un cancer ? » Nous avons essayé de lui dire : Geneviève, personne ne sait qui c'est. Personne ne le saura sans doute jamais. « Qui a fait courir le bruit, alors ? a-t-elle braillé. Qui est responsable de ça ? » Elle était avec nous la veille quand nous avions essayé de résoudre cette énigme, et elle savait aussi bien que nous qu'il était presque impossible de dire qui était responsable. « Alors, qui a eu l'idée d'envoyer Joe lui parler ? Est-ce que c'était juste un énorme canular pour le détruire ? » Ah non, là, elle délirait, et nous le lui avons dit – avec délicatesse, et pas en ces termes précis, parce qu'elle était absolument hors d'elle. « Et *moi*, pourquoi je m'en suis mêlée ? s'écria-t-elle. Comment j'ai pu me laisser embringuer là-dedans ? » À présent, elle se parlait à elle-même, et nous ne connaissions pas les réponses à ses questions. Avec un geste exaspéré, elle a quitté nos bureaux.

Joe, de son côté, avait su conserver sa sérénité. À un moment, Jim Jackers l'a appelé en le voyant passer devant son box. Ils n'ont pas dit un mot de Lynn Mason. Jim voulait juste savoir si c'était vrai que les annonces pour les malades du cancer du sein allaient finalement paraître uniquement en espagnol. « Est-ce que ça veut dire qu'on doit adapter notre message à un marché latino ? a-t-il demandé.

— C'est la première fois que j'entends ça, a répondu Joe. Ça m'étonnerait beaucoup que ce soit vrai. De qui tu tiens cette information ?

— Je crois qu'ils me font une blague, a dit Jim.

— Oui, là, je crois que c'est une blague. »

C'était même la blague la plus drôle de tous les temps.

En fin d'après-midi, Geneviève nous a envoyé un e-mail groupé – la liste des destinataires faisait trente centimètres de long – qui dénonçait notre « tactique » et nos « émotions factices ». Nous étions « pathétiques » et « stupides », on nous avait « menés par le bout du nez » pour « tendre un piège à Joe ». C'était ridicule, car qui aurions-nous laissé nous mener par le bout du nez ? Elle avait l'air de nous considérer comme les exécutants naïfs d'un complot très sophistiqué. Elle ne le disait pas aussi franchement, mais nous avions du mal à ne pas lire entre les lignes. Comment pouvait-il s'agir d'un complot ? Était-il imaginable que quelqu'un – disons, Karen Woo – fût assez diabolique, assez rusé, assez habile à manipuler les circonstances pour réussir à nous impliquer avec une telle aisance dans un complot d'une extrême subtilité, en lançant une rumeur baroque mais éminemment *crédible*, puis en déformant la conversation qu'elle avait eue au téléphone avec l'infirmière de Northwestern de façon à nous ôter nos doutes sur la véracité de ses mensonges et à assurer le fonctionnement de son piège ? N'était-ce pas un peu tiré par les cheveux, même si, en fait, aucun d'entre nous n'avait entendu ce qu'avait dit l'infirmière – ou ne pouvait certifier qu'il y avait vraiment une infirmière au bout du fil ? Et quel genre de préjudice aurait-elle pu espérer lui causer ainsi ? Ce n'était pas, comme seul Hank pouvait le formuler, le meurtre de Desdémone par le Maure en furie. Non, pensions-nous, ça ne pouvait pas être Karen Woo. Si Karen avait voulu nuire à Joe, nous lui faisions confiance : elle l'aurait saigné à blanc. Et puis, il fallait que Geneviève regarde la vérité en face. Elle n'avait aucun moyen de prouver l'existence d'un complot. Nous ne pouvions dire qu'une seule chose : c'était ainsi que ces choses-là fonctionnaient, ici comme ailleurs. Des erreurs étaient commises. On ne retrouvait pas les responsables.

« C'est FINI », écrivait-elle en conclusion de son e-mail ; et d'énumérer tout ce qu'elle ne ferait plus avec nous à l'avenir. Déjeuner et prendre un verre après le boulot, principalement. Nous avions déjà entendu ça. Nous nous demandions combien de temps ça allait durer, cette fois-ci.

3

COMMANDER LE CÂBLE – RETOUR À LA CAMPAGNE CARITATIVE – ROLAND APPELLE BENNY – UN DESTIN INCERTAIN – LE DÉJEUNER D'ANDY SMEEJACK – CE QU'IL Y A DE BIEN AVEC UN SILENCIEUX – AMBER PANIQUE – CARL CHANTE – UNE QUESTION DE COURAGE – LA RÉVÉLATION DE LARRY – CARL CONFONDU – CONVERSATION SUR LE TRAVAIL – LA DÉBANDADE – MAINTIEN DE L'ORDRE À CHICAGO

La vérité a finalement éclaté au grand jour : Lynn Mason avait bien un cancer. Mais à ce moment-là, la question avait cessé de nous obséder. Nous étions passés, ou revenus, plutôt, à celle de qui était le suivant sur la liste. Car au lendemain de la crise de Geneviève, à notre réveil ici et là dans la ville et sa banlieue, nous n'avions toujours pas de concepts pour le projet bénévole.

Nous n'avons pas renoncé pour autant. Si rien ne nous venait à l'esprit dans l'heure qui précédait notre départ pour l'agence, il nous restait du temps dans la voiture et l'ascenseur. Nous buvions un café à notre bureau, confiants dans son alchimie galvanisante et révélatrice. Qu'est-ce qui les ferait rire ? Les malades, les nauséeuses, les pointillées, suturées, scarifiées, les intoxiquées, les irradiées

– qu'est-ce qui les ferait rire ? Qu'est-ce qu'il y avait de drôle dans la faiblesse et la malchance, dans le fait de rentrer chez soi en boitant pour attendre de mauvaises nouvelles, ou de se promener partout avec une perche à perfusion ? Qu'est-ce qu'il y avait de drôle dans l'idée de mourir, d'une mort parfaitement banale et par conséquent terrifiante ?

Nous nous sommes rassemblés devant le bureau de Lynn à l'heure convenue. La frayeur était palpable. Nous avons trouvé la pièce propre et en ordre. Lynn, assise à son bureau, inspectait le contenu du tiroir du milieu, à la recherche de ce qu'elle pouvait jeter. Elle nous a invités à entrer d'un geste muet ; elle était au téléphone. Elle a essayé un Bic qui ne voulait rien savoir et l'a envoyé dans la corbeille. Nous nous sommes assis, nous étions comme des condamnés attendant dans leur charrette leur tour de monter à l'échafaud.

« Je n'arrive pas à croire à quel point c'est compliqué de faire venir un technicien chez soi pour installer le câble, a dit Lynn après avoir raccroché. Le plus stupéfiant, c'est que les gens réussissent quand même à l'avoir. Vous l'avez, vous ? »

Nous avons tous répondu que oui.

« Et alors, il a fallu que vous restiez chez vous pour attendre le technicien ? »

Nous ne savions plus trop quoi dire. Une réponse honnête aurait révélé qu'un jour, dans notre ténébreux passé, nous avions pris une matinée pour attendre le technicien du câble au lieu d'aller travailler. Nous ne voulions pas qu'elle pense que nous étions du genre à faire passer le câble avant le travail. C'était le travail qui nous permettait de nous offrir le câble. Mais en même temps, il y avait des soirs où, en rentrant à la maison, nous avions vraiment besoin de nous affaler devant nos trois cents chaînes, et ces soirs-là nous rappelaient que nous aurions simulé une grippe pendant toute une semaine si ç'avait été nécessaire pour avoir le câble.

« Je veux dire, ce n'est pas possible, il doit exister une solution plus simple, a repris Lynn. Ils ne peuvent pas vous demander de rester chez vous un mardi entre dix heures et quatorze heures pour attendre le technicien, si ?

— Ils vous tiennent par les couilles », a dit Jim Jackers.

À Lynn, il a dit ça. C'était horrible. Nous voulions rentrer sous terre.

« Oui, a approuvé Lynn, ça on peut le dire.

— Vous n'avez pas encore le câble, Lynn ? a demandé Benny Shassburger.

— Je n'ai qu'une petite antenne intérieure. Je sais, c'est pathétique. Mais j'arrive quand même à voir les rediffusions des *Simpson*. »

Nous n'en revenions pas que Lynn regarde *Les Simpson*. Personne n'en revenait moins que Benny, qui lui a demandé quel était son épisode préféré. Elle n'a même pas eu à réfléchir. Ce n'était pas le même que Benny, mais chacun connaissait et respectait l'épisode préféré de l'autre. Bientôt, ils récitaient des répliques en chœur. Entendre Lynn Mason citer Homer Simpson, ça nous a choqués. Mais pas autant que la remarque qu'a faite Amber en les interrompant.

« J'attendrai le technicien pour vous », a-t-elle dit.

Lynn s'est tournée vers elle. « Pardon ?

— Si ça peut vous rendre service, a dit Amber. Je viendrai chez vous et je l'attendrai. »

Lynn a ri, mais sans moquerie. C'était l'expression d'une surprise amusée. « C'est bon, a-t-elle répondu, je vais me débrouiller. Je peux peut-être demander à mon portier de le faire entrer. »

La compassion d'Amber pour Lynn, apparue avec la nouvelle de son cancer supposé, avait si profondément imprégné son subconscient que même une fois la rumeur démentie, elle voyait encore Lynn comme quelqu'un de malade et qui avait besoin d'aide. C'était absurde et touchant. Lynn a changé de sujet.

« Je suis désolée, pourquoi est-ce que vous êtes là, déjà ? On avait une réunion de prévue ? »

Nous nous sommes tous tournés vers Joe Pope. Il lui a rappelé qu'elle avait demandé à voir les concepts pour la campagne bénévole...

« Oh, merde, l'a-t-elle interrompu. C'était aujourd'hui, ça, hein ? »

Joe a acquiescé.

Lynn a posé deux doigts sur sa tempe. « Ça m'était complètement sorti de l'esprit. » Elle a secoué la tête. Elle nous a regardés. « Excusez-moi. J'ai du mal à penser à autre chose qu'à ces nouveaux prospects.

— Vous préférez qu'on revienne plus tard ? »

D'un seul mouvement, nous sommes tous tombés à genoux sur la moquette rugueuse et nous nous sommes mis à prier. En moucherons misérables, nous nous sommes prosternés devant elle et avons imploré sa pitié. *Plus de temps – s'il vous plaît, donnez-nous plus de temps !* Il faut le dire : nous étions un peuple falot, craintif, invertébré. En réalité, nous sommes tous restés parfaitement immobiles, retenant notre souffle.

« Non, non, a-t-elle dit. Montrez-moi ce que vous avez.

— Eh bien, a dit Joe, après le changement d'objectif...

— Le changement ? Quel changement ?

— Vous savez, l'e-mail que vous m'avez fait suivre...

— Ah, oui, dit-elle. C'était quoi, déjà ? »

C'était quoi, déjà ? Qu'est-ce que c'était que cette histoire ? Nous avions passé des heures et des heures à nous interroger sur la nature de ce projet bénévole, et elle semblait à peine savoir de quoi il retournait. Joe lui a donc expliqué le changement, ainsi que les difficultés qu'il nous avait occasionnées. Il est même allé jusqu'à suggérer que le souhait actuel du client était peut-être impossible à réaliser, et que si nous voulions y parvenir, nous aurions de toute façon besoin de plus de temps.

« Oui, mais c'est justement ce qui nous manque, là, a dit Lynn. Notre priorité, c'est de gagner ces nouveaux budgets. On ne peut pas perdre plus de temps en œuvres de bienfaisance. »

Elle nous a demandé si nous avions trouvé des concepts pour la campagne d'appel aux dons. Nous avons tous répondu que oui.

« Alors, apportez-les-moi. C'est ce qu'ils nous avaient demandé au début, c'est ce qu'on va leur donner. »

Nous sommes donc repartis vers nos bureaux pour chercher nos anciens concepts. À notre retour, Lynn les a examinés rapidement et a choisi la campagne des « Êtres Chers » de Karen. C'était écœurant de voir l'expression de Karen à ce moment-là. Lynn lui a demandé de la lui faire suivre par e-mail. Elle l'enverrait elle-même au client en PDF. « Et s'ils ne sont pas contents, a-t-elle ajouté, ils n'auront qu'à se trouver une autre agence. Parce que nous, là, on a d'autres chats à fouetter.

— Lynn, a dit Karen, comment ça se fait que je ne trouve rien sur Internet au sujet de cette Alliance Contre le Cancer du Sein ?

— Karen, a dit Joe.

— Merci tout le monde, vous avez bien travaillé », a dit Lynn.

Et c'est ainsi que s'est terminé notre projet bénévole.

À cause des nouvelles compétitions, nous n'avons pas vraiment eu l'occasion de discuter entre nous de ce revirement de situation. Nous avions un brief en milieu de matinée sur la stratégie de communication définie pour l'embouteilleur d'eau caféinée, et un autre, immédiatement après, sur les besoins du fabricant de baskets. Puis, comme nous savions tous à quel point il était important que nous gagnions ces nouveaux budgets, nous sommes retournés dans nos bureaux et, chacun de notre côté, avons commencé à réfléchir.

Tout le monde était donc au travail quand, vers midi, Benny a reçu un coup de fil de Roland. Il l'appelait du poste de Sécurité dans le hall, où il faisait une journée double. Benny avait remarqué que quand Roland faisait autant d'heures, il avait les yeux rouges et voilés et la paupière en berne, qu'il bâillait toutes les trente secondes en renversant la tête en arrière comme un loup hurlant à la lune, et que, parfois, il s'éclipsait au cinquante-neuvième pour dormir vingt minutes. Il avait pris ce job pour compléter sa retraite insuffisante. Qui allait lui en vouloir pour vingt minutes ? D'après Benny, il avait vraiment besoin de ces siestes. « Un vendredi, nous avait-il raconté, il a passé sa journée à m'appeler Brice. Je n'ai rien dit parce que je sais qu'il connaît mon nom, et je ne voulais pas le mettre mal à l'aise, mais Brice ? Pourquoi Brice ? » Jim Jackers avait fait remarquer qu'une confusion avec « Lenny », ou même « Timmy », aurait été plus compréhensible. « Timmy, c'est quand même plus logique que Brice, avait dit Jim. Au moins ça rime avec Benny. » « Jim, *Nancy*, ce serait plus logique que Brice. Faut être cinglé pour appeler quelqu'un Brice. Enfin bon, je ne lui ai rien dit, et le lundi suivant il m'appelait de nouveau Benny. C'est ces journées doubles, mec. Ça lui embrouille le cerveau. »

Quand Benny décrocha, Roland lui dit qu'il était bien possible que Tom Mota soit dans l'immeuble. « Et peut-être même qu'il vient de monter dans l'ascenseur express », ajouta-t-il. « Comment ça, peut-être ? », dit Benny. En racontant cette histoire un peu plus tard, Benny jugerait tout à fait possible que Roland ait eu une hallucination, à cause de sa journée double. « Qu'est-ce qui te fait croire que c'était Tom ? » lui demanda-t-il. Mais au lieu d'écouter sa réponse, dans sa tête, il entendit Amber. Comme à chaque fois, il réduisit ses prédictions à des angoisses de pantouflarde. Il était convaincu que Tom avait un bon fond et ne s'inquiétait pas pour la sécurité de qui que ce soit. N'empêche que s'il était réellement de retour, certaines personnes voudraient absolument être prévenues. Après tout, peut-être Benny ignorait-il sous quelle épaisseur de décombres le bon fond de Tom était enfoui.

« Pourquoi tu me dis tout ça à *moi* ? », demanda-t-il soudain à Roland, en lui coupant la parole. « ... et il m'a dit qu'il avait un paquet à livrer, continua Roland, alors je lui ai dit de prendre l'ascenseur express. Parce que je n'arrive pas à joindre Boroshansky, ajouta-t-il en réponse à la question de Benny, et que j'ai pensé qu'il valait mieux que quelqu'un de chez vous soit au courant.

— Attends, Roland, tu es en train de me dire qu'il est venu te parler, que tu l'as vu de près, et que malgré ça, tu ne sais pas si c'était lui ou pas ?

— À cause du maquillage ! s'est écrié Roland, exaspéré.

— Quel maquillage ?

— Je viens de t'expliquer. T'as pas écouté ? »

Benny n'avait pas entendu un mot de ce qu'il avait dit. « Non, a-t-il répondu. C'est quoi, cette histoire de maquillage ?

— Ne quitte pas deux secondes, a dit Roland. J'ai Mike sur le Motorola. »

Benny attendit. Mais qu'est-ce qu'il attendait ? Des instructions d'un gardien sans formation ni dispositions pour son métier, aux yeux et à l'esprit embrumés par une journée double ? Il aurait mieux fait de raccrocher. Il attendit. Roland revint.

« Benny ? Ouais, c'est Roland.

— Qui tu veux que ce soit ? répliqua Benny avec impatience.

— Mike pense qu'il faut que tu préviennes tout le monde. »

Benny raccrocha. Il sortit de son bureau. À sa gauche, il aperçut Marcia qui, à cet instant, atteignait le bout du couloir, tournait à gauche et disparaissait, ne laissant derrière elle que le frisson poussiéreux de l'arbre artificiel. Il faillit se lancer à sa poursuite, mais fut distrait par un mouvement à sa droite. Hank avait surgi à l'autre bout du couloir, en synchronisation parfaite avec Marcia, et un instant plus tard il disparaissait lui aussi, dans son bureau. Benny se retrouva seul face à l'autre arbre en pot, reflet identique de celui qu'il venait de quitter des yeux. Pendant un très court instant, il resta figé sur place, à égale distance des deux arbres, en se demandant ce qu'il devait faire.

Roland n'avait pas pu lui assurer que l'homme qu'il avait vu était Tom, il ne pouvait donc assurer à personne que c'était Tom qui arrivait par l'ascenseur express. Et si c'était bien lui, rien ne prouvait qu'il veuille le moindre mal à qui que ce soit. Benny n'avait pas assez d'informations pour s'en remettre à son instinct. Est-ce qu'il devait se mettre à hurler ? Se planquer sous son bureau ? Ou est-ce qu'il devait aller attendre Tom à la sortie de l'ascenseur, pour être le premier à lui parler ? Pendant ce court instant, il lui sembla qu'une quiétude fantomatique avait envahi l'agence, comme si de part et d'autre du couloir et de tous les autres couloirs et de leurs ramifications et des passages entre les box, toutes les pièces s'étaient soudain vidées de façon irrévocable, que toute la vie humaine en col blanc qui naguère murmurait, caquetait, tapait, photocopiait, avait disparu sous l'effet d'un implacable archivage, et que toutes les journées passées là, les heures de travail, les moments de camaraderie, avaient été réduits à néant, victimes d'un destin malheureux, incertain.

L'instant d'après, il y eut une bourrasque d'activité. Hank ressortit de son bureau et disparut au bout du couloir, là où il était apparu un peu plus tôt, Marcia revint par l'autre bout du couloir, là où elle avait disparu un peu plus tôt, et Reiser, qui avait besoin d'une pause, ouvrit sa porte et s'avança en boitant à la droite de Benny. Il tenait à la main la batte de base-ball Louisville Slugger qu'il conservait dans un coin de son bureau, et il la tapota contre le talon de sa chaussure comme un joueur qui s'apprête à frapper. De l'autre côté, Larry et Amber jaillirent à leur tour dans le couloir, liés dans une tension silencieuse, violente, et Marcia, qui arrivait à leur niveau juste à ce moment-là, dut se glisser entre eux avec autant de précaution que si elle contournait une mine antipersonnel. Elle se préparait à présent à passer devant Benny sans rien d'autre qu'une grimace d'embarras, commentaire muet de sa délicate traversée. Benny jugea plus sage de chuchoter que de brailler, et, de façon très désinvolte, saisit donc le bras de Marcia à son passage. Elle portait le sweat à capuche rose qu'elle enfilait chaque fois qu'elle se plaignait d'avoir froid. Sous le tissu, son bras était doux et fin, et c'était bon de le sentir contre sa main.

« Marcia, dit-il. Il y a des chances que Tom Mota soit dans l'immeuble. »

Tom Mota prit l'ascenseur express jusqu'au soixante-deuxième. Les soixantième, soixante et unième et soixante-deuxième étages étaient reliés par un escalier intérieur, que tout le monde empruntait pour se déplacer plus rapidement entre eux. Personne ne vit Tom descendre de l'ascenseur.

Il partit probablement droit devant lui puis tourna à droite au bout, laissant derrière lui la salle d'impression. Il avança jusqu'au croisement des couloirs et choisit de prendre à gauche, dépassa les toilettes Messieurs et les toilettes Dames sur sa droite, tourna encore à gauche et longea ce nouveau couloir flanqué d'un côté par des box beiges et de l'autre par des bureaux à fenêtre convoités par les occupants des box beiges. Au-dessus de sa tête, les dalles de plafond alternaient : deux carrés blancs pour un carré de néons. En dessous, Tom progressait sur la moquette beige.

Andy Smeejack, assis dans l'un des bureaux à fenêtre, essayait d'écaler un œuf dur de ses doigts courtauds et malhabiles. Andy faisait partie du Commercial. Casser la coquille était facile : il lui avait suffi de soulever le petit œuf avec délicatesse et de le tapoter contre le bord de son bureau. Il avait disposé une serviette sur ses genoux pour y recueillir les morceaux de coquille, mais cet œuflà s'accrochait obstinément au moindre éclat comme à une mère patrie, et Andy devait faire de la chirurgie fine – vision comique, sûrement, que celle de ce colosse décortiquant avec patience ce repas terriblement frugal et décevant. Il aurait voulu n'abandonner aucune miette de blanc gommeux à la coquille ; malheureusement, ses doigts épais étaient bien plus adroits à empoigner des sandwichs italiens dégoulinants de jus ou d'énormes cheeseburgers graisseux, et à présent il arrachait dans sa précipitation de larges portions de son déjeuner, et finit par se retrouver avec un œuf criblé de cratères lunaires, assombri par le jaune grisâtre à l'intérieur. Quand il releva finalement les yeux, en croquant dans l'œuf, il aperçut le clown qui se tenait avec une incongruité sinistre et carnavalesque dans l'embrasure de sa porte. Il avait le visage peint en rouge et la bouche entourée d'une large bande blanche. Une grosse boule de mousse rouge cachait son nez. Sur sa tête s'épanouissait une masse de boucles jubilantes, couleur carotte, et il arborait une énorme cravate à rayures rouges et blanches. Il portait des bretelles et un grand pantalon bleu. Andy, interrompu dans son mâchonnage et incapable de vraiment dire quoi que ce soit avec la bouche pleine, regarda le clown de plus près. Il tenait un sac à dos dans une main, et dans l'autre…

Tom et Andy avaient eu une grosse engueulade un jour à cause d'un manque de communication qui nous avait fait rater un budget, et ni l'un ni l'autre ne l'avaient jamais oublié.

« Tu sais ce qu'il y a de bien avec un silencieux, Smeejack ? » demanda Tom en levant le pistolet. Il pressa la détente. « C'est silencieux. »

« OH MON DIEU, OH MON DIEU », répétait Amber. Elle posa les mains sur son ventre encore plat et tout ce qui commençait à grandir à l'intérieur. Ses genoux potelés fléchirent un peu, et Larry dut la soutenir. « Amber, dit-il. Amber, il faut qu'on bouge d'ici. Il faut qu'on bouge d'ici, Amber. » Benny et Marcia échangèrent un regard.

« Amber, répéta Benny, je ne suis même pas sûr qu'il soit vraiment dans l'immeuble, tu entends ?

— Oh mon Dieu, oh mon Dieu. »

Larry la tenait par le bras. « Amber, viens, on bouge, OK ? On ne doit pas rester ici.

— Je crois qu'elle fait de l'hyperventilation, dit Benny.

— Benny, dit Marcia. Il y a Joe, là-bas. »

Benny tourna la tête juste à temps pour voir Joe entrer dans son bureau tout au bout du couloir, devant les ascenseurs.

« Oh mon Dieu, oh mon Dieu. »

Elle débitait sa psalmodie d'une voix terrorisée et larmoyante, comme si elle avait été témoin d'une violence indicible.

« Écoute, Larry : Marcia et moi, il faut qu'on aille prévenir Joe, dit Benny. Donc c'est toi qui vas devoir la calmer.

— Qu'est-ce que tu crois que j'essaie de faire, là ? demanda Larry. Amber, tu entends ce que dit Benny ? Tu dois te calmer. On va prendre l'escalier de secours, d'accord ? Allez, on fait ça, on va prendre l'escalier de secours. »

Mais Amber ne voulait pas prendre l'escalier de secours. Elle ne voulait pas prendre l'ascenseur parce que Tom arrivait par l'ascenseur. Elle ne voulait pas retourner dans son bureau parce qu'il allait venir la chercher dans son bureau. Pour aller où que ce soit, elle devait prendre le couloir, et le couloir était le pire endroit de tous : on y était exposé et sans défense et facile à viser ; elle restait donc figée, tenant à peine debout et répétant en boucle : « Oh mon Dieu, oh mon Dieu » tandis qu'un torrent de larmes irrépressibles déboulait de ses yeux et que Larry essayait de l'encourager, de la convaincre, de la secouer, de la traîner – quelque chose, n'importe quoi, avant que Tom Mota ne se ramène.

Benny et Marcia les laissèrent pour se précipiter vers le bureau de Joe. Mais ils avaient perdu trop de temps avec Amber, et Joe était reparti.

Baissant les yeux sur sa chemise Oxford et sa cravate et l'endroit où il avait été touché, Smeejack fut stupéfait par la grande tache rouge et la vitesse à laquelle elle était apparue et la douleur aiguë qu'il ressentait en dessous, et tout à coup, au hasard, un souvenir extrêmement précis lui revint : il se rappela le jour où il avait acheté cette chemise à la boutique grandes tailles du centre commercial de Fox Valley, et la musique d'ambiance et les gargouillis de la fontaine, et le pop-corn et le bretzel chaud qu'il avait mangés, et il ne put réprimer cette pensée : « Mon dernier repas aura été un œuf. » Puis, à voix haute, il dit : « Oh, putain. » Et une miette de jaune d'œuf s'envola de sa bouche.

Il appela les urgences et se rendit compte qu'il ne pouvait pas parler. Il cracha l'œuf avec violence. « Envoyez une ambulance », dit-il. Puis il se mit à pleurer.

Tom, lui, était parti depuis longtemps.

Carl Garbedian chantait. Geneviève Latko-Devine en était sûre. Sûre que *quelqu'un* chantait, en tout cas, et de là où elle était assise, dans son bureau au soixante et unième, il lui semblait bien que ça venait de la pièce d'à côté – oui, du bureau de Carl. Qui chantait ! En fait, ça tenait plus du marmonnement atone, et elle ne l'avait pas remarqué tout de suite, absorbée qu'elle était par sa recherche de concepts pour l'eau caféinée. Mais, à un moment donné, le roucoulement était entré dans le champ de son radar, et elle s'était demandé : « Est-ce que Carl est en train de chanter ? » Elle se leva donc de son bureau, sortit dans le couloir et rasa le mur sur les deux mètres qui séparaient sa porte de celle de Carl. Elle ne s'était pas trompée : il chantait. Sa voix était plutôt morne, une bonne partie des paroles lui échappait et il répétait toujours le même couplet, mais c'était bien une chanson :

Il s'est offert la surprise du chef
Nin nin nin nin nin plein de sable
Et l'on croirait un nin nin nin
Dans sa main, ils sont semblables...[1]

Carl Garbedian chantait ! Il distribuait des bonjours le matin, lançait des au revoir le soir, et à présent, à midi, il chantait. Et ce n'était pas le miaulement effarant qu'il lui était arrivé de pousser à pleins tuyaux à l'époque insensée où il s'enfilait les pilules de Janine Gorjanc. Non, il chantait normalement, pour se passer le temps, comme un type heureux de vivre. Elle se dit que cette bonne humeur inhabituelle signifiait peut-être que Carl et sa femme étaient en train de se réconcilier. Si seu-

1. « He's got himself a homemade special/ (You know his glass is) full of sand/And it feels just like a (jay bird) the way it fits into his hand... », premier couplet de la chanson « Walking Spanish » de Tom Waits. (*N.d.T.*)

lement Carl avait su à quel point le fait de l'entendre chanter la ravissait ! Elle n'aurait pas la stupidité de l'interrompre pour lui expliquer : cela ne servirait qu'à gâcher ce moment et à les mettre tous les deux mal à l'aise. Mais si elle avait pu lui faire comprendre que son chant apportait quelque chose d'essentiel, quelque chose qui manquait cruellement dans la vie de tous les jours – que son chant représentait pour elle ce que la coupe de cheveux de Marcia avait représenté pour lui –, peut-être aurait-il organisé un spectacle d'amateurs et serait-il monté sur scène pour exécuter un numéro de *A Chorus Line* avec canne et haut-de-forme à paillettes dorées.

En fait Carl avait juste cette chanson dans la tête, et la chantait de façon purement mécanique. Le projet sur lequel il travaillait, cette nouvelle compétition, ce n'était vraiment rien de plus que la routine. Rien qui lui donne envie de chanter. Et avec Marilynn, on allait vers le mieux, mais ils avaient encore du chemin à faire, tous les deux : elle répondait encore au téléphone au moment où ils se disaient au revoir, et il vivait toujours tout seul dans leur maison de banlieue, pour laquelle ils cherchaient des locataires depuis des mois. Son traitement marchait, c'était certain, mais son existence continuait à lui sembler vide, du moins en comparaison avec celle de sa femme, et il n'arrivait toujours pas à comprendre comment, à trente-six ans, on pouvait encore ne pas savoir ce qu'on voulait faire de sa vie. Ce qui ne signifiait pas qu'il n'était pas, malgré tout, d'humeur chantonnante. Parce qu'il avait quand même un petit quelque chose à quoi rêver, tandis qu'il s'appliquait, méthodique et sans joie, à cette tâche fastidieuse et quelque peu angoissante : gagner de nouveaux budgets.

« Pourquoi ne pas démissionner ? lui avait demandé Tom Mota dans un e-mail reçu plus tôt dans la matinée. Je suis sûr que tu y as pensé un million de fois, et que tu as réussi à te trouver un million de bonnes raisons de ne pas le faire. Me laisseras-tu en deviner quelques-unes ? Tu n'as pas d'autre formation. Tu as laissé passer trop d'années pour apprendre un nouveau métier ou retourner à l'école. Et comment pourrais-tu laisser ta femme gagner seule le pain du ménage ?, etc. Mais j'ai la solution ! (Deux semaines que Lynn Mason m'a foutu dehors, et je ne peux toujours pas m'empêcher de parler comme une pub.) Enfin bon, je me demandais, l'autre jour : qu'est-ce que je vais faire, maintenant ? Qu'est-ce que j'ai ? Je n'ai pas de femme. Je n'ai pas d'enfants. J'ai au moins, bien qu'il soit sans avenir, répétitif, amollissant, obséquieux et à mourir d'ennui, un... oups ! Eh non, c'est vrai, je n'ai même plus de boulot. Un peu d'argent qui me reste de la vente de la maison, voilà tout ce que j'ai. Quand je l'aurai dépensé, qu'est-ce que je ferai ? Je me trouverai un autre boulot dans la pub ? Premièrement, dans le climat de l'emploi actuel, ça m'étonnerait beaucoup. Deuxièmement, Y A PAS MOYEN, PUTAIN, JAMAIS DE LA VIE ! Alors qu'est-ce que je suggère ? Je vais te dire ce que je suggère. Je me suggère de monter ma propre entreprise de paysagisme. Et je veux que toi, Carl, tu le fasses avec moi. Je pense qu'un peu de communion avec la nature, même si c'est juste avec les foutues pelouses de péquenauds de banlieue ou les pitoyables carrés de verdure des parcs industriels de Hoffman Estates et de Elk Grove Village, je pense que c'est peut-être exactement ce qui manque dans ta vie, Carl, ce qui te manque sans que tu le saches. Imagine. Le soleil sur ta nuque. Le goût de l'eau froide dans ta bouche quand tu as assez travaillé pour avoir vraiment soif. Les plaisirs d'une pelouse nette. Et le sommeil dont tu jouiras chaque soir quand tu auras épuisé absolument tous les muscles de ton corps. Je dois faire un saut à l'agence dans la journée pour parler à Joe Pope. Je passerai te voir. RÉFLÉCHIS-Y. Peace, Tom. »

Quand elle a été certaine que Carl Garbedian était bien en train de chanter, Geneviève a discrètement quitté sa porte et s'est dirigée vers la cuisine. Les placards contenaient une abondante réserve de poudres en sachet à zéro calorie, que nous rangions avec les soupes lyophilisées et les paquets de café argentés, et auxquelles il nous suffisait d'ajouter de l'eau de la fontaine pour nous faire des jus de fruits. Sur le chemin, Geneviève croisa un homme déguisé en clown. Elle essaya de ne pas le regarder. C'était sans aucun doute un type payé pour livrer un télégramme chanté ou quelque chose du genre, et il en avait sûrement ras le bol de se faire dévisager par tout le monde dans les couloirs de bureau. « Geneviève », dit le clown en passant, comme s'il avait soulevé son chapeau en la rencontrant dans une rue poussiéreuse du Far West. Elle tressaillit, s'arrêta brusquement et fit volte-face. Le clown continua son chemin sans explication. « Qui c'est ? » demanda Geneviève. Mais qui que ce fût, il ne se retourna pas, ne répondit pas et poussa la porte du bureau de Carl sans même prendre la peine de frapper.

Quand Benny et Marcia entrèrent dans le bureau de Joe et découvrirent qu'il n'y était pas, Marcia, qui n'avait pas quitté Benny d'une semelle depuis qu'il lui avait pris le bras, le regarda et lui demanda : « Qu'est-ce qu'on fait ? »

Là, sur le moment, il ne savait pas. « On n'est même pas sûrs que Tom Mota soit vraiment dans l'immeuble, dit-il. Si ça se trouve, on n'a aucune raison de paniquer. Tu sais, Roland, il est quand même pas très doué, il a pu se tromper.

— Mais, et s'il est *vraiment* là ?

— Même, dit Benny. Il vient peut-être juste dire bonjour.

— Mais, et sinon ? »

En un clin d'œil, elle avait perdu tout son cran, sa morgue, son air hautain et sa tendance à dire ce qu'elle pensait haut et fort, sans aucune modération ni aucun souci des autres. À la place de tout ça, il y avait maintenant dans le bureau de Joe une petite personne de cinquante kilos, avec un cou pâle et fluet et des yeux irlandais brillants, effrayée par la réaction hystérique d'Amber. Et elle lui demandait de l'aide à lui, Benny Shassburger, le Juif grassouillet au visage de petit garçon qui, malgré les périls largement documentés affrontés par son peuple au cours de l'Histoire, avait grandi à Skokie, dans la banlieue nord-ouest de Chicago, sans connaître plus grand danger qu'une balle courbe à la trajectoire inattendue qu'il s'était prise dans la tête pendant une partie de base-ball. Marcia Dwyer, qui s'était moquée de lui la veille parce qu'il ne connaissait pas la différence entre une clé Allen et une clé à douilles. Marcia, dont il était fou amoureux, lui demandait de prendre les choses en main ! Fais quelque chose ! Sauve des vies, si des vies doivent être sauvées ! Emmène-moi à l'abri ! Il faillit s'écrouler sous le poids de la responsabilité. Mais il reprit son sang-froid. Il se rappela soudain qu'ils étaient dans le bureau de Joe et que Tom et Joe n'étaient pas les meilleurs amis du monde. « Pour commencer, dit-il, on se tire d'ici. »

Comme ils quittaient le bureau, au milieu de la confusion et de la peur, il se sentit flatté. Marcia, mon amour, qui me demande de venir à son secours !

L'instant d'après, une terreur pure, glaçante, chassa tout autre sentiment. Les portes de l'ascenseur en face d'eux s'ouvrirent brusquement.

Ce n'était que ce gros bêta de Roland qui s'était enfin décidé à monter.

« Vous l'avez vu ?

— Tu n'es même pas sûr que ce soit vraiment lui ! s'écria Benny.

— Je sais, dit Roland en secouant la tête, profondément déçu de lui-même. Mais Mike préfère évacuer tout le monde, histoire de ne pas prendre de risques. Il m'a dit de faire descendre tout le monde par l'escalier de secours.

— Pourquoi pas par les ascenseurs ? demanda Benny.

— Parce que Mike l'a dit », dit Roland.

Alors Benny et Marcia filèrent vers l'escalier de secours. Comme ils commençaient leur descente dans la cage froide et résonnante, Benny ne put s'empêcher de penser – de la même manière qu'il n'avait pu s'empêcher de se sentir flatté quand Marcia lui avait demandé de l'aide dans le bureau de Joe – que, d'une certaine manière, ce qu'ils vivaient là était romantique. Dévaler l'escalier avec Marcia, le cœur battant ; fuir la mort ensemble. Il dut faire un effort pour réprimer l'envie de se retourner vers elle sur un palier, de saisir ses deux bras graciles et de lui déclarer enfin sa flamme.

C'était tout sauf le bon moment, et il était beaucoup plus probable qu'elle réponde non pas : « C'est vrai, Benny, je te plais ? » mais : « T'as pété un câble, ou quoi, pour me dire ça maintenant ? » Il le ferait quand tout cela serait derrière eux, il se le promit. Il prendrait finalement son courage à deux mains. Toute cette histoire sur le fait que Marcia n'était pas juive, c'était juste une façon de se protéger de l'humiliation d'un refus s'il s'avérait qu'elle ne ressentait rien pour lui. Du moment qu'elle acceptait d'élever leurs enfants dans la tradition juive, il se moquait bien de ce que sa tante Rachel, dans sa colonie en Cisjordanie, penserait de son apostasie.

Ils descendaient d'un pas rapide, sans se parler, mais Benny se réjouissait quand même de pouvoir l'accompagner hors de l'immeuble. Il était ravi que ce soit lui et pas quelqu'un d'autre, et la seule chose qui aurait pu rendre ce moment encore meilleur, c'était s'il avait eu le courage de la prendre par la main. Mais c'était le genre de courage qu'il lui fallait aussi pour lui avouer son amour : un courage qu'il ne semblait pas posséder. Du courage, pensa-t-il, et l'instant d'après il fut pris d'une pensée aussi déplacée que celle de révéler sa passion à Marcia : quand tout serait terminé, est-ce qu'elle le trouverait lâche de s'être enfui avec elle dans l'escalier, quand ce qu'il aurait *dû* faire, c'était rester avec Roland pour l'aider à faire évacuer les autres ? Il désirait par-dessus tout vivre cette expérience avec Marcia, cette fuite pour la vie. Combien de couples possédaient un souvenir comme celui-là ? Mais était-ce plus important que de lui prouver qu'il n'était pas un lâche ? Il regretta encore plus sa pensée suivante : n'était-il pas, en fait, plus important de ne pas se montrer lâche que de s'enfuir ? Sans qu'intervienne la question de son devoir ou de son courage, il avait suivi les instructions communiquées à Roland par Mike Boroshansky et était sorti en hâte par la lourde porte grise. Est-ce qu'il avait eu raison de faire ça ? Laisser le destin de tout le monde entre les mains de Roland, c'était sacrément risqué. Il lui vint alors une dernière pensée, plus incongrue encore que les autres, et il oublia complètement Marcia. Attrapant soudain la rampe pour freiner son élan, il s'immobilisa au milieu d'une volée de marches. Marcia descendit jusqu'au palier avant de se retourner, et là, à mi-chemin entre le quarante-huitième et le quarante-septième étage, elle leva les yeux vers lui et découvrit sur son visage une expression pleine de doute et de scrupule. « Qu'est-ce que tu as oublié ? » demanda-t-elle. Il resta figé quelques instants, les yeux perdus dans le vague. Puis, alors que les pas précipités des autres se mettaient à retentir au-dessus d'eux, il releva brusquement la tête et ouvrit des yeux ronds.

« Jim », dit-il.

Larry avait finalement réussi à faire entrer Amber dans la salle des serveurs au soixantième, où l'on se sentait plutôt comme dans une chambre froide. C'était une petite pièce lumineuse, bien isolée et maintenue à température constante pour empêcher les machines complexes qu'elle abritait de surchauffer. Larry avait entraîné Amber dans le fond, derrière la haute étagère en métal noir sur laquelle s'alignaient les processeurs, et essayait de calmer ses larmes de panique en murmurant : « Chuuut. » « Chuuut », répétait-il, tandis qu'elle se cramponnait à lui dans le recoin étroit où ils s'étaient glissés tant bien que mal, et où ils attendaient, accroupis, plaqués contre le mur par les énormes serpentins noirs jaillis de l'arrière des serveurs qui ronflaient sur l'étagère. « Chuuut », disait-il, tandis que, le visage pressé contre sa poitrine, elle sanglotait aussi silencieusement que possible, soulevée par les grandes vagues d'une peur irrépressible, jusqu'à ce qu'il sente son T-shirt trempé de larmes se rafraîchir contre sa peau dans l'air climatisé. « Chuuut », disait-il, alors même qu'un espoir mauvais s'insinuait dans son esprit, aussi sinistre et trollesque qu'un vœu perfide dans un conte de fées qui finit mal : peut-être que Tom Mota ne venait pas les tuer, mais lui sauver la vie en traumatisant Amber si violemment qu'elle en ferait une fausse couche. Ça, quand même, ce serait le pied. Parce que si le choc ne suffisait pas à les débarrasser du problème, et si finalement Amber faisait le mauvais choix, ce qui semblait chaque jour plus probable : en clair, si le bébé ne disparaissait pas, Larry Novotny avait peut-être tout intérêt à se ruer dehors et à hurler à Tom, où qu'il se trouve, de venir les arroser de balles automatiques, parce que sa vie était finie. Finie. Sa femme avait elle-même donné naissance à un enfant un petit peu plus d'un an auparavant, et leur mariage était trop fragile, trop jeune, trop troublé déjà pour survivre à la révélation d'une infidélité, même s'il ne s'agissait que d'une petite aventure au bureau qui ne signifiait rien – juré, Susanna : rien du tout. « Chuuut », répétait-il, de plus en plus en colère contre Amber et ses larmes. Encore une fois, elle se souciait d'une crise qui se déroulait loin d'elle au lieu de prêter attention à celle qui grandissait et se divisait, se divisait et grandissait à l'intérieur même de son corps, le corps de cette femme qu'il avait follement désirée, mais qui maintenant lui inspirait presque de la haine, cette femme qui pleurait et tremblait dans ses bras comme une enfant, mais comme seule une adulte peut trembler, pleinement consciente de la réalité de la violence et de la mort. « Chuuut », disait-il, quand tout ce qu'il voulait dire, c'était : « Écoute, il faut vraiment que tu me promettes une fois pour toutes de te faire avorter. » Parce que si elle voulait éviter le carnage et l'anéantissement, si elle se souciait un tant soit peu de limiter les dégâts, elle ferait quelque chose contre ces cellules qui se multipliaient en elle et ces organes qui se développaient – autrement, son mariage était en lambeaux. « Chuuut », dit-il, et cette fois-ci il ajouta : « Amber, chuuut. Pourquoi tu te mets dans cet état ? » Elle décolla la tête de sa poitrine et le regarda. Elle avait les ailes du nez rouge vif et ses joues pâles étaient humides et gonflées. « Parce que j'ai peur », murmura-t-elle, haletante, entre deux hoquets. « Mais on n'est même pas sûrs qu'il soit vraiment là. » « Je n'ai pas peur pour *moi*, dit-elle. On peut arrêter de parler, s'il te plaît ? » Mais il ne voulait pas s'arrêter. « Pour qui tu as peur ? demanda-t-il avec une inquiétude rampante. Pour moi ? Tu as peur pour moi ? » Elle reposa la tête sur sa poitrine et se remit à trembler. « Pour Lynn Mason ? » demanda-t-il. Elle ne voulait pas répondre. Il fit toute la liste. Est-ce que c'était pour Marcia ? Benny ? Joe Pope ? Comment un seul d'entre eux pouvait-il lui causer une telle émotion ?

Puis, soudain, il comprit. Le jour où elle avait décidé de garder le bébé était venu et passé sans qu'il en sache rien. Les larmes qu'elle versait étaient des larmes de mère, sa peur la peur d'une mère.

Tom entra dans le bureau de Carl sans même prendre la peine de frapper et alla s'asseoir en face de lui. Il le dévisagea sans dire un mot, avec un sourire satisfait, se délectant de son expression sidérée à la vue soudaine d'un clown, décidant de ne rien dire jusqu'à ce qu'il parle. Carl le regarda, le regarda de plus près. « Tom ? dit-il.

— Gagné », dit Tom.

Carl se renversa prudemment dans son fauteuil et survola toute la personne de Tom d'un œil hésitant et perplexe. « Tom, qu'est-ce que tu fais habillé comme ça ? demanda-t-il avec témérité.

— Carl, j'aurais cru que de tout le monde, ici, tu étais quand même le mieux placé pour saisir l'humour de la situation. Pourquoi tu ne rigoles pas ? Pourquoi ça te fait pas pisser de rire ? »

Si Carl était tenté de mouiller son pantalon à ce moment-là, ce n'était probablement pas de rire.

« Tu ne trouves pas ça drôle ? demanda Tom. Je reviens à l'agence déguisé en clown ! Pour ma première visite d'ancien ! Je trouve que c'est le genre de chose que tu devrais trouver drôle, Carl. »

Carl réussit à faire une sorte de sourire et reconnut que c'était drôle. « C'est les médocs, ajouta-t-il pour expliquer le retard dans son hilarité. Ils ont tendance à atténuer mes réactions. »

Tom détourna le regard, complètement déçu. Puis il se retourna vers Carl et lui demanda d'une voix exaspérée : « Personne n'a le sens de l'humour, ici ? » Une fois de plus, il se sentait offensé par nos faiblesses de caractère. « "TOM, C'EST TOI, TOM ? TU REVIENS NOUS MASSACRER EN COSTUME DE CLOWN, TOM ?" C'est tout ce que ça vous inspire ? Pourquoi vous flippez, tout de suite, quand vous me voyez habillé comme ça ?

— Parce que je crois que les clowns font un peu peur aux gens, risqua Carl. À moi, en tout cas. Surtout quand on ne sait pas ce qui a poussé quelqu'un à enfiler le costume.

— Mais, peut-être que je me suis trouvé un boulot de clown, dit Tom en écarquillant les yeux, ce qui fit ressortir leur blanc de façon surnaturelle au milieu de sa face rouge. Ça t'a pas traversé l'esprit ?

— C'est vrai ? » demanda Carl avec espoir.

Il voulait appeler sa femme. Dès l'instant où le clown était entré dans son bureau, Carl avait su que quelque chose clochait et avait voulu parler à Marilynn une dernière fois. Elle était si gentille. Elle avait un travail tellement difficile. Elle l'avait beaucoup aimé.

Tom posa son sac à dos sur la chaise à côté de lui et se pencha en avant, entrelaçant les doigts et posant ses mains fermées sur le bord du bureau de Carl. « Je vais te poser une question importante, Carl, et il faut que tu me répondes honnêtement, OK ? Tu me dis la vérité. Vous tous, là, bande de blaireaux, vous pensiez que j'allais revenir pour m'entraîner au tir, pas vrai ? Honnêtement, c'est ce que tout le monde prédisait, nan ? »

Confondu, et réticent à dire quoi que ce soit de peur de mal répondre, Carl resta silencieux.

« Réponds à ma question, Carl. C'est pas compliqué, comme question.

— Eh bien, commença Carl, quelques personnes...

— Je le savais ! s'écria Tom en bondissant de sa chaise pour venir flotter, menaçant, au-dessus du bureau de Carl. Putain, je le savais ! »

Il pointait Carl du doigt comme s'il était le représentant de tous les blaireaux de la terre.

« Tu ne m'as pas laissé finir, dit Carl.

— Ah, les blaireaux : vous croyiez vraiment que je comptais revenir pour trucider tout le monde, dit Tom en secouant ses boucles orange avec un désespoir théâtral et en frappant trois fois avec force sur le bureau de Carl. J'en reviens pas.

— *Pourquoi* est-ce que tu es revenu, Tom – est-ce que ce n'est pas une question qu'on peut se poser ? Et pourquoi déguisé en clown ? »

Tom se rassit sur sa chaise dans une attitude moins agressive qu'auparavant. Carl était soulagé. Jusque-là, Tom l'avait collé de beaucoup trop près pour le mettre à l'aise. « Je vais te dire pourquoi je suis revenu, dit Tom. Je suis revenu pour inviter Joe Pope à déjeuner. Ouais, Joe. Et puis cette autre idée m'est venue, et elle a fini par s'imposer comme un projet à part entière. C'est comme ça que je me suis retrouvé habillé en clown. Pourquoi ? Je vais te dire pourquoi », dit-il en attrapant son sac et en en sortant son pistolet.

Carl recula à toute allure sur ses roulettes, jusqu'au bac à dossiers, et jeta en l'air ses mains moites. « Eh, Tom », dit-il, tandis que des larmes lui montaient instinctivement aux yeux.

Il voulait tellement parler à sa femme. La situation lui rappela un épisode lointain, fantasmagorique de sa vie : il se revit devant le comptoir d'une armurerie, en train de tripoter un Luger. Il se souvint de la tonne de pilules qu'il avait achetée, et du jour où, assis dans sa voiture, dans le garage, avec la clé sur le contact et des serviettes de toilette colmatant tous les trous par lesquels le gaz aurait pu s'échapper, il n'avait plus qu'à trouver le courage d'allumer le moteur pour que tout soit fini. Qui était cette personne ? Pas lui, plus maintenant. Il voulait vivre ! Il voulait *paysager* ! Il voulait par-dessus tout appeler sa femme.

« Oh, baisse les mains, Carl, dit Tom. Je ne vais pas te flinguer *toi*, espèce de blaireau.

— Je croyais que tu voulais monter une entreprise de paysagisme, dit Carl. J'y ai pensé toute la matinée. Le soleil sur ma nuque, tu te rappelles ? Toi et moi – je pourrais trouver de l'argent, ça me tente vraiment. Tu ne voudrais pas gâcher tout ça hein ? »

Il jacassait sans réfléchir, en espérant que l'une de ses paroles ferait mouche.

« Écoute-moi, Carl, dit Tom. Carl, ferme-la ! Écoute-moi. Je suis habillé en clown parce qu'à un moment ou à un autre, vous vous êtes tous dit, tous, que Tom Mota n'était qu'un pauvre clown, j'ai pas raison ? Sois honnête avec moi, Carl, j'ai pas raison ?

— Pour être honnête avec toi… c'est dur d'être honnête avec toi quand tu as une arme braquée sur moi.

— Je ne vais pas te flinguer *toi*, Carl. Mais sois honnête. Tout le monde me prenait pour un clown, pas vrai ?

— Je pense, commença Carl en essayant de respirer, de contenir sa peur, d'évaluer ses possibilités d'action, je pense que tout le monde savait que tu traversais une sale période, Tom… et que, probablement… tu n'étais pas tout à fait toi-même. Je pense que c'est…

— En d'autres mots, un clown.

— Pas une seule fois je n'ai entendu quelqu'un employer ce mot-là, répondit Carl, les mains toujours en l'air.

— Carl, tu veux bien te détendre, bon sang ? Ce n'est pas un vrai flingue. Personne n'est donc capable de faire la différence ? Regarde… »

Il pointa le canon vers le coin de la pièce et pressa la détente. *Splat !* fit la balle, et une dose de peinture rouge s'écrasa contre le mur, formant un pâté rond et dégoulinant comme dans une BD. Carl contempla la tache avec des yeux ébahis, mais ne baissa pas les mains pour autant. Sa chemise était couverte de fines éclaboussures rouges projetées par le souffle du tir. Il se tourna vers Tom.

« Mais putain, t'es complètement fou !

— Non, je suis un clown. Et tu sais ce que font les clowns, n'est-ce pas, Carl ?

— Non, espèce de malade !

— Tout doux, Carl, dit Tom en désignant, du bout de son canon, le sac à dos posé sur le siège à côté de lui. J'en ai peut-être un vrai là-dedans.

— Qu'est-ce qu'ils font, les clowns ? » demanda Carl un peu plus gentiment.

Prenant des yeux de chien battu, Tom tordit sa bouche en une grimace amère et leva les sourcils pour compléter le tableau de la mélancolie. « Nous sommes en vérité des créatures si tristes, nous les clowns, dit-il. Les poches vides et l'âme en peine. Alors, pour nous remonter le moral – un grand sourire s'épanouit sur son visage comme une fleur tirée de sa manche – on fait des farces ! »

Joe avait besoin d'une pièce de cinq cents. Il aurait pu jurer qu'en quittant son bureau il avait toutes les pièces qu'il lui fallait pour acheter son soda au distributeur, mais, puisqu'il lui manquait cinq cents, il rebroussa chemin. Il les piocha dans le mug où il conservait sa petite monnaie et ressortit, apercevant dans le couloir Benny, Marcia, Amber et Larry qui, pour changer, avaient l'air en plein drame, c'est-à-dire pas vraiment occupés à travailler pour gagner les nouveaux budgets. Les portes de l'ascenseur ne s'étaient pas encore refermées, et Joe se précipita pour entrer dans la cabine. S'il s'était attardé dans le couloir pour essayer de comprendre pourquoi ils semblaient tous au bord de la crise de nerfs, ils l'auraient silencieusement accusé de les réprimander du regard, et il en avait assez qu'ils l'accusent de ça, même si, en cette occasion, ils n'auraient pas eu tort. Parce que, nom de Dieu, c'était pas assez clair peut-être ? Il fallait qu'on les gagne, ces nouveaux budgets !

Il redescendit à la cafétéria, au cinquante-neuvième, pour acheter son soda, et il allait partir quand il remarqua Lynn Mason, assise sous l'effroyable fluorescence des néons, à l'une des tables rondes au fond de la salle. « Qu'est-ce que vous faites là ? », lui demanda-t-il en s'avançant vers elle. Elle était seule et, malgré tout le bruit qu'il avait fait en glissant les pièces dans la machine et en faisant tomber la canette, elle semblait ne remarquer sa présence qu'à l'instant.

Elle le regarda approcher, deux doigts sur la tempe.

Il posa le soda sur la table. Du pied, elle lui recula une chaise. Il s'assit et ouvrit sa canette qui siffla et cracha, et il colla les lèvres dessus pour aspirer la mousse avant qu'elle ne déborde.

Ils restèrent silencieux pendant un moment. Puis elle lui reparla de choses dont ils avaient discuté la veille, après le départ de Geneviève : quel directeur associé allait superviser les efforts de l'équipe pour décrocher les nouveaux contrats, et la façon dont lui, Joe, allait devoir prendre la relève et assumer davantage de responsabilités.

« Je peux vous poser une question ? dit-il.

— Bien sûr.

— Pourquoi est-ce que vous avez menti à Geneviève, hier, alors que vous m'avez dit la vérité, à moi, dès qu'elle est partie ? »

Elle décolla les deux doigts de sa tempe, le temps d'esquisser un geste d'indifférence. « Je ne veux simplement pas qu'ils le sachent, répondit-elle. Ils finiront par l'apprendre, mais je veux être à l'hôpital et sous anesthésie avant qu'ils se mettent à parler. »

Il hocha la tête. « Je comprends.

— Et je sais que vous, je peux vous faire confiance pour garder le secret. »

Ils se turent. Seul le ronron réfrigérant des distributeurs, au loin, brouillait le silence.

« Non pas que j'aie l'illusion de pouvoir y échapper, reprit-elle. J'aurai beau me trouver plongée dans le plus profond sommeil, leurs voix me parviendront sûrement encore. »

Il sourit. « Sûrement, dit-il.

— Mais jusqu'à ce que je me débatte dans l'une de ces horribles blouses vertes pendant qu'on me traîne, hurlante, en salle d'opération, je préfère les laisser dans l'ignorance. Ou du moins dans l'incertitude. »

Elle se redressa sur sa chaise et glissa le bout de ses pieds nus dans ses escarpins. Elle se tourna vers Joe. « C'est très rapide, à ce qu'ils m'ont dit. On sort au bout d'un jour ou deux.

— C'est l'hôpital d'à côté ?

— Oui. C'est même la femme de Carl, en fait.

— Sans blague.

— Elle me fait peur.

— C'est pour ça que vous avez manqué votre premier rendez-vous ? »

Elle hocha la tête.

« Qu'est-ce qui a changé ?

— J'ai un ami, dit-elle. Il ne va pas me laisser m'en tirer comme ça cette fois-ci.

— Vous avez un ami. »

Il sourit.

« C'est si dur à croire ?

— Non.

— Ce n'est pas mon petit ami, dit-elle.

— Je suis content de savoir que vous avez un ami. »

Il y eut un silence, puis il reprit : « Vous vous sentez malade, Lynn ?

— Si je me sens malade... »

Elle réfléchit. « Oui, je me sens malade.

— Est-ce que vous aimeriez que je sois là pendant l'opération ? Ou est-ce qu'il y a quelque chose que je peux faire après ?

— Vous pouvez gagner ces nouveaux budgets, dit-elle.

— Pour vous, je veux dire.

— C'est pour moi que je vous demande de le faire. C'est tout ce que j'ai, Joe. C'est ça, ma vie. »

Il resta un instant silencieux. « Vous avez travaillé dur.

— Oui », acquiesça-t-elle.

Elle avait fini de remettre ses chaussures et se tenait droite sur sa chaise, les mains sur les genoux. « Trop dur ? »

Il y avait dans sa voix une note de vulnérabilité à laquelle il ne s'attendait pas. Mais il voyait aussi, à la façon dont elle le regardait, qu'elle voulait une réponse honnête. « Je ne sais pas, dit-il. Qu'est-ce que ça veut dire, trop dur ?

— Tous les gens, ici, il se passe tellement de choses dans leur vie. Chaque soir, chaque weekend. Des vacances, des activités. Je n'ai jamais été capable de faire ça.

— Et c'est pour ça que c'est vous qui dirigez l'agence.

— Mais qu'est-ce que je rate ? Qu'est-ce que j'ai raté ?

— Est-ce que vous êtes heureuse d'avoir fait ça ?

— Heureuse ?

— Satisfaite. Est-ce que ça en valait la peine ? Tout ce travail.

— Oui, dit-elle. Peut-être. Je suppose.

— Alors vous êtes mieux lotie que beaucoup d'entre eux. La plupart aimeraient mieux être ailleurs, et pourtant c'est ici qu'ils passent la majeure partie de leur temps. En pourcentage, il y a des chances que ce soit vous la plus heureuse.

— C'est comme ça qu'on mesure le bonheur ? C'est une histoire de pourcentages ?

— Je ne sais pas.

— Mais qu'est-ce qu'ils savent, demanda-t-elle, que je ne sais pas ? Qu'est-ce qu'ils savent qui me donnerait envie d'être ailleurs, moi aussi, si je le savais ?

— Peut-être rien », dit-il.

Pensait-elle à Martin, à une maison à Oak Park avec Martin, une Volvo garée contre la maison et, dans la cuisine, une bouteille de vin qui s'aère sur les carreaux en terre cuite du plan de travail, pendant que son enfant joue dans le jardin avec un ami ? Est-ce qu'elle pensait : Si j'avais tout ça, je ne serais pas malade ? Personne ne meurt à Oak Park. Tout le monde est heureux et personne ne meurt jamais.

« Ou peut-être tout, reprit Joe. Je travaille à peu près autant que vous. Moi non plus, je ne sais pas ce qu'ils savent. »

Ils se turent.

« Quand est-ce que vous voulez que je leur dise ? demanda-t-il.

— Mon rendez-vous est reporté à jeudi, dit-elle. Vous pouvez leur dire à ce moment-là. »

Elle marqua une pause. « Mais je vous ai déjà dit ce qui comptait le plus, Joe. Je le pense vraiment. Il faut que ce soit votre priorité. Gagnez ces nouveaux budgets. »

Tom Mota quitta le bureau de Carl et prit l'escalier intérieur pour descendre au soixantième, où se trouvaient, dans leurs petits bureaux bien rangés, la plupart des bougres qu'il avait envie de faire chier, comme ce blaireau de Jim Jackers, dont l'idiotie l'exaspérait, et Benny Shassburger, qui n'avait toujours pas répondu à l'e-mail où il lui racontait avec sincérité la mort pénible, affreuse, de sa mère. Il aurait voulu bombarder Karen Woo de boulettes rouges, et Dan Wisdom, peintre de poissons, et cet autre blaireau de Don Blattner avec ces citations de film à la con, et la vraie casse-couilles de l'agence, Marcia Dwyer. Malheureusement pour Tom, beaucoup étaient déjà en train de dégringoler les soixante étages de l'escalier de secours grâce au bon travail de Roland. Malheureusement pour les autres, chaque étage consistait en un embrouillamini de box juxtaposés, de couloirs ramifiés, de salles d'impression et de salles de montage – recoins facilement oubliés – et, comme l'avait prédit Benny, Roland en manqua beaucoup dans sa hâte de faire évacuer tout le monde. Nous étions donc un certain nombre à ne nous douter de rien, autant de malheureuses cibles pour Tom dans la débandade qui suivit son apparition, car, à nos yeux, les balles qu'il tirait étaient tout aussi réelles que celles des pistolets de la police de Chicago, dont les voitures venaient d'arriver devant l'immeuble, sirènes hurlantes.

« "Elle est venue en lui, la vie, déclama Tom au dos de Doug Dion qui se carapatait, elle l'a quitté, la vérité." » Il tira et Doug s'effondra, précipitant plusieurs d'entre nous dans le couloir par ses cris éperdus. Comme Andy Smeejack avant lui, Doug prenait une douloureuse éraflure pour un trou dans la peau. Tom n'avait qu'à se tourner pour trouver une nouvelle cible. « "Il lui est venu, le commerce, trompeta-t-il avec une solennité grotesque avant de tirer sur quelqu'un d'autre, elle l'a quitté, la poésie." » Et encore : « "La journée lui appartient, à celui qui travaille avec sérénité et de grandes ambitions." » Et, avec un sourire, il envoya une autre balle.

Ils le croyaient tous *vraiment* capable de tirer sur quelqu'un avec l'intention de le tuer. C'est dire si ces blaireaux le connaissaient mal. Il s'arrêta au milieu du couloir pour recharger son pistolet.

Nous avons réagi comme vous pouvez l'imaginer. Tout le monde a reculé ; ceux qui ne se sont pas blottis sous leur bureau en contreplaqué se sont tassés sous les tables de conférence comme des poulets à l'abattoir ou se sont rués dans les couloirs, fuyant la mort à toutes jambes. Amber Ludwig, dans la salle des serveurs, entendit les hurlements et se mit à trembler et à hyperventiler à la puissance maximum, tandis que Larry, qui venait de se détacher d'elle et s'apprêtait à sortir, dégoûté à l'idée, toute nouvelle pour lui, qu'Amber allait garder le bébé et convaincu qu'elle n'avait aucune raison de pleurer, s'immobilisait devant la porte. Il ne fit aucune tentative pour reprendre Amber dans ses bras. Elle l'aurait repoussé de toute façon. Il préféra se glisser derrière l'étagère la plus proche de la porte, en position pour la renverser sur Tom et lui fracasser la tête à coups de matériel informatique s'il lui venait à l'esprit d'entrer dans le local.

Benny trouva Jim exactement là où il pensait le trouver, assis à son bureau, ses écouteurs sur les oreilles, en train de travailler en musique sur les nouveaux projets. Ils quittèrent son box en essayant de partir dans la direction opposée à celle des cris terrifiants qui retentissaient dans une zone invisible de leur étage. En tournant le coin juste après l'arbre en pot à côté du bureau de Joe Pope, ils tombèrent nez à nez avec Geneviève, qui cherchait Joe depuis que l'inquiétant salut du clown l'avait poussée à retourner écouter à la porte de Carl, et qu'elle avait entendu Tom dire à Carl qu'il n'allait pas le flinguer *lui*. Elle avait peur que Tom ne compte s'en prendre à Joe et elle voulait le prévenir, mais comme elle n'avait pas réussi à le trouver et que tout le monde s'était mis à hurler elle s'était affolée, et maintenant elle était en larmes.

« Chuuut, calme-toi, dit Benny.

— On n'a qu'à prendre l'ascenseur », dit Jim.

Ils étaient juste devant.

« Non, on ne peut pas, dit Benny. Il faut prendre l'escalier de secours.

— Pourquoi ?

— Parce que Mike Boroshansky l'a dit. »

Ils partirent donc tous les trois vers l'autre arbre en pot, près duquel se trouvait l'escalier de secours, mais à mi-chemin, alors qu'ils arrivaient au niveau du bureau de Benny, la voix de Tom s'éleva derrière eux dans le couloir et Jim s'effondra soudain.

« "Je me contenterai du fait que notre système de commerce..." tonna Tom en avançant vers eux d'un pas décidé mais pas particulièrement rapide.

— Je suis touché ! cria Jim. Je suis touché ! »

Benny ouvrit vivement sa porte, entraîna Geneviève et la poussa derrière le bureau.

« "... est un système d'égoïsme..."

— J'ai mal, cria Jim en se tortillant. Oh, j'ai mal ! »

Prudemment accroupi dans l'embrasure de sa porte, Benny tendit la main pour attraper celle de Jim et le tirer dans son bureau.

« "... n'est pas dictée par les sentiments élevés de la nature humaine..." »

Sa voix de stentor, de petit homme puissant, se rapprochait. Tandis que Benny essayait de traîner Jim à l'intérieur, Tom lui tira dessus encore deux fois, une dans la poitrine et une dans la jambe. À côté d'eux, le squelette au pistolet supersonique observait la scène avec impuissance.

« Aah ! cria Jim. Oh ! »

Il ouvrait des yeux aussi ronds et apeurés que ceux d'un chien blessé.

« "... encore moins par les sentiments d'amour et d'héroïsme..." »

Intrigué, Benny s'interrompit pour regarder les blessures de Jim de plus près. Ce n'était pas du sang. C'était...

« "... mais est un système de méfiance..." »

Benny se releva et sortit dans le couloir. « Tom, dit-il, est-ce que c'est juste des putains de billes de peinture ?

— "... où l'on ne donne pas, mais où l'on profite" », conclut Tom en s'arrêtant à seulement soixante centimètres de Benny et en lui pointant son pistolet contre la poitrine.

À cet instant, Lynn et Joe sortirent de l'ascenseur et s'immobilisèrent devant le bureau de Joe, en cherchant à comprendre ce qui se passait dans le couloir. En apercevant le clown avec son pistolet, Lynn cria : « Qu'est-ce qui se passe ? Eh, qu'est-ce que vous croyez que vous faites, là ? »

Tom pivota pour leur faire face.

« Joe, dit-il en baissant son arme. Je suis venu pour t'emmener déjeuner. »

C'était trop tard. Dans un long hennissement, un Andy Smeejack torse nu était apparu à l'autre bout du couloir, et, au terme d'une course fulgurante rythmée par le rebondissement de ses seins mous au-dessus de son ventre blanc de baleine, avait sauté par-dessus Jim, Benny se reculant juste à temps pour lui laisser le passage, et s'était abattu avec une force écrasante sur la petitesse absurdement bariolée de Tom. Les deux hommes allèrent rebondir contre le mur et, avec une succession de bruits sourds presque inaudibles, roulèrent sur la moquette, Smeejack clouant Tom à terre avec son bide et lui balançant des bourre-pifs en cascade jusqu'à ce que Joe et Benny se précipitent pour le relever et l'empêcher de tuer l'autre salopard de ses gros poings amers mouchetés de peinture sèche, et alors, la police a débarqué.

4

LE RÊVE AMÉRICAIN ET POURQUOI NOUS LE MÉRITONS – QUI AURAIT DÛ MOURIR – « GARBEDIAN ET FILS » – MERDOUILLES – LA FIN D'UNE ÈRE – NOUS PRESSONS BENNY DE DIRE QUELQUE CHOSE – ROLAND TROMPÉ – MESSAGE À JIM – D.O.C. – JOE EST LÀ OÙ IL EST (« LÀ-HAUT ») – TOM AMOUREUX – VISITE À L'HÔPITAL – PLAGIAT – DÉPARTS

Nous nous en sommes remis. Certains ont démissionné. D'autres ont posé des vacances. Pendant deux ou trois semaines nous avons eu du mal à résister à l'envie de rejouer les événements. Tout le monde avait sa version. Les contradictions entre plusieurs récits n'en diminuaient pas la valeur ; elles ne faisaient qu'enrichir l'histoire. Nous réagissions de manière complètement démesurée, parce que personne n'était mort, mais nous en parlions comme si les décès imaginés étaient bien réels. Nous restions à l'agence le soir pour en discuter, ou nous prenions des jours de congé parce que c'était trop dur ; parfois, nous étions franchement au bord de la démission. Une fille de la Fabrication nous avait intenté un procès, invoquant la négligence. La situation était délicate parce que nous devions continuer à travailler avec elle. Elle nous a abordés un par un, devant la machine à café ou le micro-ondes, pour bien nous expliquer que ça n'avait rien de personnel. Elle attaquait l'immeuble aussi, de même que Tom Mota et le fabricant de pistolets de paintball. Oui, quand la fusillade avait commencé, elle était dehors, à deux blocs, mais qui étions-nous pour juger du poids des dommages psychologiques causés chez les autres par l'incident ? Est-ce qu'elle avait mérité ça ? Ce serait à un jury composé de nos pairs de trancher la question. Nous avions déjà tous témoigné dans le passé et devrions sans doute recommencer dans cette affaire. En attendant, nous avions nos récits contradictoires à peaufiner, et notre insatiable appétit à satisfaire en nous les répétant encore et encore.

L'eau caféinée et la basket ne faisaient pas le poids face aux extravagances de Tom Mota. Nous n'avions rien connu de plus excitant depuis la première saison des *Sopranos*. Et avant ça, il fallait remonter jusqu'à l'impeachment de Clinton et l'été de Monica. Et même tout ça, à côté, c'était de la gnognotte. Cette histoire-là nous était arrivée à *nous*. Et ce qu'il y avait de génial, c'était que nous pouvions en parler autant que nous voulions sans que plane à chaque évocation l'ombre des victimes et des graves traumatismes psychologiques qu'avaient provoqués les massacres de Columbine ou d'Oklahoma City. Nous nous imaginions avoir une idée, désormais, de l'horreur qu'ils avaient vécue. Peut-être était-ce le cas, qui sait ? Probablement pas.

Pendant toute la semaine qui a suivi et celle d'encore après, nous avons tous joué au jeu du Parfait Petit Créatif, mais ce qui nous occupait vraiment, c'était de nous repasser le film des événements et de réfléchir aux vraies conséquences de notre survie. Nous avons recommencé à penser à l'Inde. De nouveau, nous avons tenté de faire le point sur notre raison d'être. L'idée de sacrifice de soi, de bonnes actions accomplies dans l'ombre et d'une mort noble s'est de nouveau immiscée au plus profond de nous, dans ce sanctuaire habité d'ordinaire par le numéro de notre compte en banque et notre plan de retraite. Peut-être y avait-il autre chose que le rêve américain, autre chose que la richesse et la réussite ? Mais peut-être ce nouveau rêve était-il réservé à une autre génération, dans un ordre mondial futur. Peut-être resterions-nous coincés toute notre vie dans les ténèbres du luxe et du confort. Comment espérer en sortir, nous qui étions surpayés, assurés tous risques, et qui n'avions qu'à demander un crédit pour l'obtenir, nous à qui personne n'avait jamais montré le chemin de la sagesse qui consiste à se faire passer après les autres ? Pendant une fraction de seconde, quand Tom Mota avait mis nos vies en joue, nous avions eu la certitude ambiguë, inédite, déconcertante, que c'était tout ce que nous méritions. Heureusement, cette impression avait vite disparu, et quand nous nous étions relevés, vivants, pour repartir vers nos bureaux et, plus tard, vers nos lofts, nos copropriétés et nos villas de banlieue, c'était avec le sentiment que bien sûr, nous méritions tout ce que nous possédions : tout cela avait été gagné au prix de longues et dures heures de travail. Comment ce connard pouvait-il avoir l'audace de vouloir nous l'enlever ? Comme nous étions reconnaissants d'être en vie pour profiter de tout ce que nous méritions !

Nous essayions de deviner qui aurait dû mourir. Qui, en ce moment, aurait dû se trouver à l'hôpital dans un état critique, qui dans un état stable, et qui aurait été paralysé à vie ? Si Amber Ludwig avait été là, elle nous aurait demandé d'arrêter nos jeux morbides, mais son médecin lui avait diagnostiqué un stress post-traumatique et l'agence lui avait accordé un congé. Elle s'était retirée dans la maison de sa mère, à Cleveland, où elle pouvait passer du temps avec ses vieilles peluches et méditer sur le comportement de Larry dans la salle des serveurs. Nous aussi, nous aurions bien voulu un congé. Ils ne nous ont donné que l'après-midi du vendredi où ça s'est passé, et nous l'avons accepté de bon cœur, mais nous aussi, nous souffrions de stress et de toutes sortes de troubles et nous aurions aimé plus qu'un après-midi. Certains ont ironisé : l'après-midi du vendredi, wahou, ça c'est de la générosité. Mais d'autres ont essayé de se mettre à leur place. S'ils ne gagnaient pas les nouveaux budgets, ils étaient foutus. Et qui est-ce qu'ils foutaient dehors, s'ils étaient foutus ? Voilà, exactement. Nous nous sommes donc bousculés au bureau le lundi matin et avons fait semblant de reprendre le travail, tout en poursuivant la conversation commencée le vendredi après l'arrestation de Tom et prolongée pendant tout le week-end, au téléphone et au brunch, avec des proches et des journalistes ; et l'idée centrale que nous voulions faire passer, la morale de l'histoire et son noyau de vérité, c'était que nous étions vraiment soulagés de ne pas être morts au travail. La dernière chose que nous voulions, c'était bien expirer entre les cloisons du box ou à l'entrée du bureau où nous passions nos journées. Hank Neary avait une citation à ce propos et nous l'avons poliment invité à se la fourrer dans le cul. « Quand la mort viendra, qu'elle me trouve à mon travail. » Il a ajouté qu'il ne se rappelait plus si c'était d'Ovide ou d'Horace, et nous lui avons répondu que nous n'en avions rien à battre, d'Ovide le Vorace. Ovide le Vorace avait tout faux sur la mort et le travail. Nous voulions mourir sur un bateau. Nous voulions mourir sur une île, ou dans une cabane en rondins sur le flanc d'une montagne, ou dans une ferme de dix acres avec une fenêtre ouverte sur la prairie et une douce brise.

Carl Garbedian, Dieu le bénisse, a donné sa démission. Si vous voulez connaître la toute fin de notre histoire, histoire vécue entre les pages d'un catalogue Office Depot par des individus bien moins intéressants qu'un vieil homme et la mer, ou qu'un marin qui conjure son spleen en rejoignant l'équipage d'un maniaque à la jambe de bois, alors la voici : Carl Garbedian fut le seul d'entre nous à quitter la publicité pour de bon. Nous autres n'avions pas les moyens de conclure comme le héros d'un scénario de Don Blattner, en chassant notre ennui par un trek dans l'Himalaya à la recherche d'émeraudes et de gourous. Nous avions nos factures à payer et nos limites à prendre en compte. Nous avions nos familles à entretenir et nos week-ends pour nous distraire. Nous connaissions les mêmes pannes d'imagination que tout le monde, le sens du défi nous faisait défaut, et puis, nous étions presque satisfaits – pas assez, mais suffisamment pour ne pas prendre le risque de tout perdre. Il n'y a que Carl qui soit parti. Et attendez de savoir dans quelle aventure pleine de suspense il s'est lancé. Il a démissionné le lundi qui a suivi la fusillade, et, à la fin de ses deux semaines de préavis, il a commencé à élaborer un plan d'activité pour la création d'une entreprise de paysagisme en banlieue. Une témérité à faire passer n'importe quel héros blattnérien pour une lavette ! Tant mieux pour lui, pensions-nous. Si c'est vraiment ce qu'il veut. Il faut être fou pour renoncer à un bureau climatisé et s'exposer à la chaleur de Chicago en plein été, mais tant mieux pour lui. Nous lui avons demandé ce qu'il prévoyait de faire en hiver. « Pelleter la neige pour la ville », a-t-il répondu. Nous avons dit : tant mieux pour toi, Carl. Nom de Dieu ! avons-nous pensé. Pelleter la neige ? À trois heures du matin, en plein mois de février, dans un camion fouetté par un blizzard glacé ? Et qu'est-ce qu'il allait devoir dépenser en bakchich pour que la ville lui accorde un contrat de pelletage de la neige ? Nous lui avons demandé comment il allait appeler son entreprise. « Garbedian et Fils », a-t-il répondu. Sans blague ? Il se lançait dans les affaires avec son père ? « Non, non, a-t-il dit avec un large sourire. C'est juste un petit truc que j'ai appris dans la publicité. »

Le truc, c'était de ne pas s'embarrasser du sens des mots. Au bout du compte, si tout se passait bien, « Garbedian et Fils » signifierait que trois Hispaniques viendraient chez vous pour rafraîchir votre pelouse. Quand nous disions : « Ne ratez pas une affaire pareille ! », ce que nous voulions vraiment dire, c'était : Il faut qu'on écoule ces saloperies le plus vite possible. « Bénéficiez d'avantages incroyables ! » signifiait : Préparez-vous à payer la peau du cul. Avec nous, les mots et leur sens étaient presque toujours contradictoires. Nous le savions, vous le saviez, ils le savaient, nous le savions tous. Les seuls mots qui voulaient dire quelque chose, c'était : « Nous sommes vraiment désolés, mais nous allons devoir vous licencier. »

Ils ont licencié Marcia Dwyer. Ils nous l'ont arrachée avant même que les types de l'entretien aient fini de nettoyer les éclaboussures de peinture sur les murs et la moquette. Nous nous étions attendus à ce que Jim Jackers soit le suivant. Quelle personne saine d'esprit pouvait choisir Marcia plutôt que Jim ? Mais, pour des raisons qui resteront à jamais obscures, ils l'ont prise, elle. « Restructuration », ont-ils argué. « Perdu des clients. » Combien de fois avions-nous entendu ça ? Et ça ne nous disait pas pourquoi Marcia et pas Jim. C'était comme si nous leur avions demandé de nous expliquer la loi impénétrable et aléatoire qui régit l'attribution des maladies mortelles.

Ils lui ont donné une demi-heure pour rassembler ses affaires personnelles. En application d'une nouvelle réglementation concernant le départ physique des employés licenciés, Roland devait être présent : adossé contre le mur, les mains croisées, il surveillait en silence Marcia tandis qu'elle faisait ses cartons. Ils la traitaient comme une détenue du Joliet Correctional Center. Nous comprenions qu'après l'arrestation de Tom ils renforcent la sécurité, mais chez Marcia, la seule chose dangereuse, c'était son regard assassin. Est-ce que Roland avait vraiment besoin de rester là comme ça, comme s'il se tenait prêt à parer une attaque ? Nous avions vu ses capacités de réaction en situation de crise. Si Marcia avait soudain décidé de brandir une agrafeuse de façon vaguement menaçante, il aurait décroché son Motorola, fébrile, et aurait oublié jusqu'à son nom. La moindre des choses, ç'aurait été d'offrir son aide à Marcia. Et puisque ça n'avait pas l'air de lui venir à l'idée, il pouvait au moins s'asseoir et se détendre.

Marcia s'est mise à inspecter tour à tour son bureau, son bac à dossiers et sa bibliothèque ; elle a ramassé une pendule, une figurine, une pile de livres. Elle a débranché sa radio, enroulé le fil sur son boîtier en plastique marron et l'a rangée dans un carton. Puis elle s'est assise à son bureau et a sorti des tiroirs, une à une, toutes les cochonneries qu'ils contenaient, examinant chaque pochette d'allumettes, chaque carte de visite, élastique, pansement, boîte d'aspirine, flacon de lotion, paille en spirale, tube de multivitamines, magazine, lime à ongles, vernis à ongles, baume à lèvres et pastilles contre la toux qui languissaient là depuis Dieu sait quand. Est-ce que ça partait dans un carton ou à la poubelle ? Elle a décroché de son panneau de liège une mosaïque de photos, de tickets de caisse, de coupons, de factures, de pense-bêtes personnels, de citations, de carte de vœux, de talons de billets, et de dessins de sa main ou de la main d'artistes qu'elle admirait ; elle les a également jetés ou placés dans le carton. La pièce a repris un aspect anonyme – rien d'autre sur le bureau qu'un ordinateur et un téléphone, des murs vides, un panneau de liège piqueté de trous qui n'offrait plus aucun signe des deux mille jours qu'elle avait passés parmi nous. C'était une transformation subite et saisissante, déprimante à regarder.

Geneviève Latko-Devine est apparue dans l'embrasure de la porte, essoufflée et très pâle. « Je viens d'apprendre la nouvelle, a-t-elle dit.

— Roland, tu m'énerves, a dit Benny. Tu es vraiment obligé de rester planté là comme ça ?

— Désolé, Benny. Ça fait partie des nouvelles règles. »

L'ambiance était solennelle et mélancolique jusqu'à ce que Jim Jackers arrive et demande à Marcia si elle avait l'intention de revenir déguisée en clown pour tous nous terroriser avec un pistolet de paintball. N'importe quel autre jour, Marcia aurait fait taire Jim d'une bonne réplique cinglante, mais désormais ses remarques déplacées ne la touchaient plus. Le malaise qu'il faisait planer sur nous, elle en était libérée.

« Ça fait un an que je me comporte en vraie salope, a-t-elle dit en s'asseyant pour la dernière fois dans le fauteuil d'Ernie Kessler. Je vous détestais tous, et vous savez pourquoi ? Parce que je pensais que vous n'aviez franchement aucune raison de rester si moi je me faisais virer. Mais pendant tout ce temps, je ne me suis pas fait virer. Aujourd'hui, ça y est. En fait, j'avais peur que ça arrive, et ça me faisait détester tout le monde. Maintenant, je peux enfin arrêter de me comporter comme une salope. Vous n'imaginez pas ce que ça me soulage. Pourquoi ils ne m'ont pas virée il y a un an ? »

C'était l'une des réactions possibles : voir le bon côté des choses. En présentant la situation sous cet angle ingénieux, elle pouvait partir la tête haute. Nous n'avions aucun désir de dénoncer ce renversement ; nous avons donc tous convenu que c'était une bonne chose qu'elle arrête enfin de se comporter comme une salope. Si Amber avait été là, il y aurait eu des larmes.

« Vous vous rendez compte que depuis que les licenciements ont commencé, je n'ai pas pu apprécier une seule tasse de café au coffee bar ? J'étais toujours trop inquiète à l'idée que quelqu'un arrive, et me voie, et pense que j'aurais dû être en train de travailler et pas en train d'apprécier une tasse de café au coffee bar. Je peux à nouveau apprécier mon café », a-t-elle dit.

Un café bu sans plaisir au coffee bar, c'était toujours mieux que pas de café du tout. Vingt minutes plus tôt, Marcia aurait dit la même chose. À présent, une immense distance nous séparait. Elle avait basculé dans l'abîme ; nous étions restés sur le bord, et la regardions rapetisser. Bientôt, elle disparaîtrait complètement. C'était dur à voir, mais il fallait bien l'admettre : elle n'était plus des nôtres. C'était la fin d'une ère. L'ère des remarques acerbes, des sarcasmes, des descentes en flammes et des reproches. L'ère des atroces ballades braillées par des groupes de chevelus des années 1980 entendues en passant devant sa porte. L'ère des insultes blessantes, suivies d'excuses à n'en plus finir auprès de tout le monde, sauf de l'insulté. Nous ne pourrions plus nous réjouir chaque matin à l'idée de retrouver sa nouvelle coupe de cheveux. Pour être honnête, ça faisait déjà un petit moment que nous ne la remarquions plus vraiment.

« Tu veux qu'on mette ces cartons dans ma voiture ? a demandé Geneviève. Comme ça, je te les déposerai. » À notre avis, Geneviève ne se doutait absolument pas de ce qu'elle était en train de proposer. Elle vivait dans un somptueux loft de Lincoln Park avec son mari avocat. Est-ce qu'elle avait idée à quel point c'était loin, Bridgeport ? Est-ce qu'elle savait seulement qu'il existait des Quartiers Sud ?

« Pourquoi toi ? a demandé Benny à Marcia. C'est vraiment n'importe quoi. Pourquoi pas Jim ?

— Eh ! a dit Jim.

— Vous vous rappelez, a continué Marcia, avec une sincérité qui aurait impressionné le plus grand des sceptiques, quand je suis tombée sur Chris Yop dans la salle d'impression, la semaine dernière ? Et vous vous rappelez l'état dans lequel j'étais parce que j'avais le fauteuil de Tom Mota, avec le mauvais numéro de série ? Vous m'aviez dit d'aller l'échanger contre le fauteuil de Yop, qui en fait était celui d'Ernie Kessler, vous vous rappelez ? Parce qu'il valait mieux se faire choper avec le fauteuil d'Ernie qu'avec celui de Tom ? Vous vous souvenez de ça ? a-t-elle demandé. Vous vous rendez compte à quel point on est devenus fous ? »

Elle s'est levée de son fauteuil et, les mains à plat sur les hanches, a contemplé les cartons posés sur son bureau. Elle a parcouru une dernière fois la pièce du regard pour voir ce qu'elle avait pu oublier et n'a rien trouvé. « La vache, a-t-elle dit.

— Vous êtes prête ? » a demandé Roland.

Elle ne l'a même pas regardé. Elle ne nous a pas regardés nous non plus. Elle regardait, à travers nous, les surfaces poussiéreuses que ses objets avaient occupées, les murs stériles entre lesquels, pendant six ans, elle avait effectué le travail qui l'avait fait vivre. C'était tout, alors ? Ne devait-il y avoir aucune cérémonie : l'aide de Roland pour passer la porte, et rien d'autre ?

« Je vais te filer un coup de main avec ces cartons, a dit Benny.

— Tu sais quoi ? a-t-elle dit. Attends. »

Elle les a rouverts et en a inspecté le contenu pendant une ou deux bonnes minutes. « Je n'ai pas besoin de toutes ces merdes, a-t-elle conclu. Franchement, regardez-moi ça. C'est quoi, ça ? » Elle a tiré d'un carton une statuette en métal moulé de la statue de la Liberté. Puis elle nous a montré un petit livre intitulé *Cinquante conseils pour le publipostage*. « Roland, a-t-elle dit, vous voudrez bien vous occuper de faire partir tout ça aux ordures ?

— Oh là, attends une seconde, a dit Benny.

— Vous n'emportez pas vos affaires ? a dit Roland.

— Marcia..., a dit Geneviève.

— Ça s'appelle des merdouilles, Roland, a dit Benny. Et bien sûr que si elle les emporte. »

C'était du délire de partir sans ses merdouilles. On arrivait avec, on repartait avec, c'était comme ça que ça fonctionnait. Avec quoi encombrerait-on son nouveau bureau, si on n'avait plus ses merdouilles ? Nous revoyions le vieux Brizz avec son carton de merdouilles, qu'il portait en alternance sous un bras, puis sous l'autre, tandis qu'il discutait avec le type de l'entretien. Bien sûr, le vieux Brizz n'a jamais eu de nouveau bureau. Ses merdouilles étaient vraiment merdiques. Il aurait eu des raisons de les abandonner. Mais lui, c'était un cas. En général, il valait vraiment mieux emporter ses merdouilles.

« Marcia, emporte-les, a dit Benny.

— Je peux les déposer chez toi ce soir, a dit Geneviève.

— Mais je n'en veux pas », a dit Marcia.

C'était ce qui nous permettait de nous sentir désolés pour eux. Avant leur renvoi, nous ne connaissions que leurs tics, leurs geignardises, leurs ridicules complexes de supériorité, et la veille encore, nous nous disions que si tout cela devait disparaître, ce ne serait pas plus mal. Et puis nous les voyions partir vers l'ascenseur avec un carton plein de merdouilles, et ils redevenaient pitoyables et humains.

Mais Marcia a refusé, et après une tournée d'embrassades et d'au revoir, elle est partie vers l'ascenseur avec Roland, sans rien d'autre à la main que le truc en jean qui lui servait de sac. Avant même, sans doute, qu'elle ait atteint le rez-de-chaussée, Jim Jackers s'est mis à fouiller dans ses merdouilles.

Personne n'arrivait à croire que Benny allait laisser partir Marcia sans lui avouer son amour. Il s'était promis de le faire, et nous avait bêtement parlé de cette promesse, mais à chaque fois que l'occasion se présentait, il trouvait une nouvelle excuse. Le lundi après la fusillade, il était occupé à collecter des versions contradictoires des événements et à offrir la sienne, il n'avait pas le temps d'y penser. Idem le mardi, et, le mercredi, il était soi-disant occupé à travailler sur les nouveaux budgets. Le jeudi, Joe nous a dit que Lynn était à l'hôpital, et nous avons passé la journée à débattre de savoir si c'était, oui ou non, une bonne idée de lui rendre visite. Mais à présent on était vendredi, et soudain Marcia partait pour toujours, et Benny n'avait rien dit. Ça restait un mystère, pour nous, qu'un type qui racontait des histoires avec autant d'assurance et de vivacité puisse être aussi timide en amour. Jim est ressorti du bureau de Marcia avec la statue de la Liberté dont elle s'était moquée juste avant de s'en aller, un verre à shot et un numéro de *Vogue*.

« Benny, a-t-il dit, tu vas vraiment la laisser partir sans rien dire ? » Ça arrivait tout le temps. Peut-être quelqu'un ruminait-il un reproche légitime qui méritait d'être formulé. Peut-être quelqu'un pensait-il à un compliment qui aurait fait plaisir. Personne ne disait rien. À un de ces jours, on reste en contact : voilà ce que nous disions. Prends soin de toi, bonne chance. Nous ne parlions pas d'affection, de reconnaissance, d'admiration. Mais nous ne disions pas non plus dégage, maintenant, on n'a plus besoin de toi.

« Elle vient voir Lynn avec nous demain, non ? a demandé Benny. Donc je la vois demain. Je lui dirai à ce moment-là. Il n'y a pas de quoi en faire toute une histoire. »

Mais samedi est venu, nous avons rendu visite à Lynn, et Benny n'a toujours rien dit. Le lundi suivant, Marcia a débarqué dans le hall de l'immeuble, comme si elle avait décidé de s'inspirer des exploits de Tom Mota.

Roland était au poste de Sécurité et a refusé de la laisser monter.

« Je suis désolé, a-t-il dit. Depuis l'incident, l'accès de l'immeuble est interdit aux anciens employés. Normalement, vous n'avez même pas le droit d'entrer dans le hall. »

Marcia l'a convaincu d'appeler Benny. « Fais-la monter ! a braillé Benny dans le téléphone. C'est quoi, ton problème ?

— Je ne peux pas, Benny, a répondu Roland d'un ton désespéré, sous le regard excédé de Marcia. C'est interdit par le nouveau règlement.

— Bon, alors dis-lui d'attendre, a répondu Benny en se levant. Je descends. »

Il a arrangé ses boucles en se mirant dans le laiton brumeux des parois de l'ascenseur. En atteignant le rez-de-chaussée, il a rentré le ventre et il est sorti de la cabine avec plusieurs autres personnes. C'était l'heure du déjeuner. Des gens entraient et sortaient par les portes à tambour.

« Attends, franchement, mec, a-t-il dit en s'approchant de Roland. Regarde-la : tu crois vraiment que c'est une menace ?

— C'est le nouveau règlement, Benny !

— Ne t'énerve pas contre lui, a dit Marcia. Il ne fait que son boulot.

— Qu'est-ce que tu fais ici ? » lui a demandé Benny.

Elle était revenue, expliqua-t-elle, pour démonter le fauteuil de Chris Yop, qui était en fait celui d'Ernie Kessler, afin de pouvoir le jeter dans le lac, pièce par pièce.

« Mais oui, bien sûr, a dit Benny. Viens, on va discuter dehors. »

Et c'est ainsi qu'en partant déjeuner, nous les avons aperçus devant l'immeuble. Nous avons passé l'heure à nous demander pourquoi Marcia était de retour et de quoi ils parlaient tous les deux. Peut-être qu'*elle*, elle l'aimait. Peut-être Roland, à son poste dans le hall, se posait-il la même question, parce que même si Benny lui avait reproché avec agacement d'avoir retenu Marcia dans le hall en vertu du nouveau règlement, nous savions qu'ils étaient copains, et que Benny lui avait parlé, comme à nous, de son amour paralysant et sans retour. « Alors, qu'est-ce que tu vas faire, Benny ? » lui demandait-il à chaque fois. « Je vais lui dire, avait finalement annoncé Benny, après la fusillade. Je me suis promis de le faire et je le ferai. » Peut-être, pensait Roland, lui faisait-il cet aveu en ce moment même, devant l'immeuble. Il a recommencé à s'occuper de sa petite paperasse quotidienne. Quand il a relevé les yeux dix minutes plus tard pour voir comment les choses avançaient, Benny et Marcia avaient disparu.

Roland leur avait donné l'impression de regarder droit dans leur direction, mais ils avançaient au milieu d'un groupe d'avocats du cabinet d'en dessous qui rentrait de pause-déjeuner, et Roland avait fini par détourner les yeux. Ils avaient atteint l'ascenseur sans problème, et quand ils en étaient descendus au soixantième, ils s'étaient tranquillement dirigés vers le box de Jim.

Marcia voulait être sûre que Jim n'était pas là. Benny lui promit qu'il l'avait envoyé chercher des sandwichs au Potbelly, où il y avait toujours une file d'attente pas possible.

« Je t'assure, lui dit-il. Il en a pour des heures.

— Si tu parles de ça à qui que ce soit… », dit Marcia sur un ton grondeur qu'il connaissait bien.

Comme il aimait ce ton !

« Je ne me menacerais pas, là maintenant, si j'étais toi, dit-il. Il me suffirait d'un coup de fil à Roland pour te faire arrêter. »

Ils arrivèrent au box de Jim et Marcia plaça l'enveloppe sur son clavier, coincée entre deux rangées de touches, avant de remarquer sur son bureau le souvenir qu'elle avait acheté à la Statue de la Liberté à l'occasion d'une visite en famille. « Eh, mais qu'est-ce que ça fait là, ça ? » demanda-t-elle. Puis elle se rendit compte que Jim avait aussi son verre à shot des Fighting Illini, plusieurs de ses magazines et son porte-clés Scorpion avec, au dos, la liste de ses traits de caractère. Après son pillage initial, Jim était retourné piocher dans les cartons. « Attends, c'est quoi ce délire ? dit Marcia.

— Euh, ben, c'est-à-dire..., répondit Benny avec embarras. Tu avais dit que tu n'en voulais pas. »

Jim n'était pas le seul à s'être servi dans les affaires de Marcia. Si elle avait pris le temps de fouiller d'autres bureaux, elle aurait retrouvé bon nombre de ses merdouilles, partagées et dispersées dans toute l'agence. Les seules choses que nous n'avions pas récupérées, c'étaient ses tampons et ses manuels de marketing. Deux heures après son départ, ses cartons étaient nettoyés. Don Blattner avait pris sa radio. Karen Woo avait embarqué ses cale-livres. Quelqu'un de remarquablement discret s'était glissé dans son bureau et avait fauché le fauteuil de Chris Yop, qui était en fait celui d'Ernie, que Marcia avait échangé contre celui de Tom Mota, que Chris Yop avait jeté dans le lac. À présent, quelqu'un d'autre portait l'angoissant fardeau du mauvais numéro de série, en contrepartie du confort d'un chef-d'œuvre d'ergonomie.

« Je n'ai même plus envie de lui donner, dit Marcia en tendant la main pour reprendre l'enveloppe.

— Ne fais pas ça », dit Benny.

Elle laissa l'enveloppe où elle était.

Ceux qui n'étaient pas sortis déjeuner ce jour-là les ont vus discuter près des ascenseurs. Une majorité, en fait, vu le travail que nous avions avec ces compètes pour les nouveaux budgets. Nous nous sommes posé la même question que ceux qui les avaient vus en sortant déjeuner. Quand Marcia fut repartie, toujours au nez et à la barbe de Roland, fondue dans la foule qui traversait le hall, déguisée en l'une des nôtres, nous avons foncé dans le bureau de Benny pour lui demander de quoi ils avaient discuté. Il ne voulait pas nous le dire. « Ce n'est pas important », s'est-il contenté de répondre, d'un ton définitif. Nous nous sommes dit que ce n'était pas bon signe. Quelqu'un d'aussi loquace que Benny réduit à « Ce n'est pas important » ? Ça signifiait sans aucun doute qu'il s'était pris un râteau. Nous lui avons demandé une deuxième fois, puis une troisième. Un quart d'heure plus tard, nous sommes revenus à la charge en lui posant la même question de façon différente. Nous avons tenté les e-mails aussi. « Ce n'est pas important », répondait-il. Comme nous n'étions pas du genre à remuer le couteau dans la plaie, nous n'avons pas insisté.

En revenant dans son box, après avoir apporté son sandwich à Benny, Jim découvrit avec surprise l'enveloppe blanche dressée sur son clavier. Elle contenait une carte double Hallmark en carton recyclé, du genre bon marché, illustrée d'une photo de basset hound, dont la grosse truffe et les lourdes oreilles reposaient sur ses pattes croisées, tandis que son corps dodu et poilu s'étalait sur un fond noir. Au-dessus de sa tête penchée et désolée, une bulle en forme de cumulus annonçait : « Je suis déprimée... » Et à l'intérieur : « À l'idée de t'avoir si mal traité. » Il n'y avait pas de mot, pas d'évocation de souvenirs spéciaux, juste son nom, pour qu'il sache qui l'avait déposée. *Marcia*. Griffonné d'une main réticente. Il punaisa la carte sur la cloison de son box.

En attendant son jugement, Tom était détenu au dépôt situé près du tribunal. À la première audience, le jour de son arrestation, le montant de sa caution avait été fixé à vingt mille dollars, ce que certains trouvaient un peu beaucoup, et d'autres beaucoup trop peu. Mais cela n'avait pas vraiment d'importance, en fin de compte, parce que personne n'allait la payer pour lui, et qu'il ne voulait pas se séparer d'un centime de la petite somme qu'il avait mise de côté au moment de la vente de sa maison de Naperville. Ou du moins c'était ce qu'il avait dit à Joe, qui lui avait rendu visite. Les capacités de raisonnement de Tom étaient altérées par des convictions bizarres et tenaces, mais même lui devait savoir que les frais d'audience, les honoraires d'avocat et les amendes qu'il aurait à payer pour son petit numéro de clown allaient le mettre sur la paille pour toujours. Nous étions à peu près sûrs de comprendre pourquoi il avait décidé de rester ; son procès-verbal avait été dressé un vendredi, et s'il avait payé sa caution, tout ce qu'il aurait gagné, c'était un nouveau week-end vide, interminable, à traverser tant bien que mal en se soûlant et en harcelant les gardiens de sa résidence, et en écrivant des e-mails à des gens qui ne lui répondaient jamais. Alors il avait décidé de rester et de s'offrir quelques repas chauds aux frais de l'État avant sa comparution qui verrait son inculpation pour coups et blessures avec préméditation, destruction de biens privés et violation de la propriété.

Quand nous avons entendu dire que Joe Pope lui avait rendu visite, nous n'en avons pas cru nos oreilles. Nous étions surpris, déroutés, contrariés, curieux, titillés et abasourdis. Il nous a fallu toute notre volonté pour ne pas écarter d'emblée cette rumeur comme une invention absurde. Et pourtant, c'était vrai : Joe Pope lui-même l'a admis au début d'une réunion en salle Michigan. Nous nous préparions à discuter des détails d'une stratégie créative pour des bouteilles d'eau caféinée, et tout le monde redoutait que la soirée ne s'éternise. Comparer nos récits contradictoires et essayer, en même temps, de gagner les deux nouveaux budgets, ça commençait à nous épuiser. Si nous ne voulions pas partir trop tard, il valait mieux éviter de parler de quoi que ce soit d'autre que d'eau caféinée, mais c'était plus fort que nous, et quand Joe est arrivé, quelqu'un lui a demandé si c'était vraiment vrai. Était-il la nouvelle épouse dévouée de Tom, l'ange qui veillait sur lui dans l'épreuve ?

Joe a souri. Il a posé son agenda en cuir au bout de la table de réunion.

« Non, sérieusement, a dit Benny. Tu es allé le voir ?

— Oui, j'y suis allé.

— Mais pourquoi ? »

Joe s'est assis. « J'étais curieux.

— Curieux de quoi ? »

Joe nous a regardés. Nous nous taisions. « Vous vous souvenez de ce qu'il m'avait dit ? nous a-t-il demandé. Il était dans le couloir avec son pistolet, que je prenais pour un vrai, à ce moment-là, et il a dit, vous vous souvenez de ce qu'il a dit ? Il a dit : “Joe, je suis venu pour t'emmener déjeuner.” »

Certains se rappelaient l'avoir entendu dire ça, et d'autres l'entendaient pour la première fois. Ce dont nous nous souvenions tous le plus clairement, c'était du charabia insensé qu'il débitait en même temps qu'il pivotait, visait, tirait : un galimatias sans queue ni tête qui confirmait que nous étions en présence d'un fou.

« Eh bien, c'était après ça, a dit Joe. C'est la dernière chose qu'il a dite, juste avant qu'Andy le plaque au sol.

— Je ne me rappelle pas l'avoir entendu dire qu'il voulait t'emmener déjeuner, a dit Larry Novotny.

— C'est peut-être parce qu'à ce moment-là tu étais recroquevillé de trouille dans la salle des serveurs avec Amber », a dit Karen Woo.

Selon Joe, Tom l'avait dit de manière si calme et naturelle que c'était presque aussi choquant que le fait même de le trouver là. Ou plutôt, c'était la juxtaposition entre ce qu'il disait – « Je suis venu pour t'emmener déjeuner » – et ce qu'il faisait, déguisé en clown, pistolet à la main, qui était si étrange. Qu'est-ce que ça signifiait ? Est-ce que c'était un euphémisme ? Pouvait-on imaginer que Tom avait l'intention de le tuer, et que c'était juste une façon spirituelle de le dire ? Dans ce cas, pourquoi aurait-il gardé son arme pointée vers le sol en le disant ? Joe ne savait pas encore que ce n'était qu'un pistolet de paintball. Quand il avait appris ce détail, il s'était dit qu'en fait Tom avait peut-être vraiment dans l'intention de l'inviter à déjeuner.

« Il voulait t'emmener où, à ton avis ? a demandé Jim Jackers.

— Au Sherwin-Williams Café, a blagué Benny.

— Jim, a dit Karen en secouant la tête, tout le monde s'en fiche, de savoir ça.

— Quand la police est repartie, a continué Joe, Carl m'a apporté un e-mail que Tom lui avait envoyé. Il disait qu'il allait passer au bureau parce qu'il voulait me parler. Je suis allé le voir parce que j'étais curieux, je me demandais vraiment de quoi il voulait me parler.

— Et alors, de quoi ? a dit Benny.

— De Ralph Waldo Emerson.

— Ralph Waldo Emerson ?

— C'est le mec avec son étang ? a demandé Jim.

— Tu confonds avec Henry David Thoreau, a dit Hank.

— Il confond surtout avec les grenouilles Budweiser », a dit Karen.

Nous nous sommes souvenus du livre que Tom avait acheté à Carl Garbedian, et de ce qu'il avait dit à Benny le jour de son licenciement. Tom Mota, mesdames et messieurs : accro aux martinis, auteur d'e-mails hallucinés, artiste occasionnel de la batte en alu, grand mordu de jardins, terroriste aux billes de peinture, et éminent spécialiste d'Emerson. Il avait la manie agaçante, à l'époque où il travaillait avec nous, de punaiser des aphorismes au mur de son bureau. S'il y avait bien une chose que nous ne supportions pas, c'était les gens qui nous parlaient en citations choisies sur leur panneau de liège. Hank Neary était le seul à pouvoir nous parler de cette manière, parce que en général nous ne comprenions rien à ses citations ; nous supposions donc qu'elles devaient avoir un sens profond et nous nous émerveillions de leur obscurité. Mais les citations qui visaient à nous éduquer ou à réformer nos habitudes, comme celles que Tom nous servait, ça, nous détestions. Et venant de Tom, ça nous crispait encore plus, parce qu'il n'était pas vraiment bien placé pour nous apprendre à vivre. Franchement, regardez-le ! Un vrai désastre, ce mec. Ses citations ne restaient jamais bien longtemps sur son mur. Il lui fallait des jours pour remarquer leur disparition, et alors il sortait dans le couloir et braillait, avec son éloquence inimitable : « Qui est le connard qui m'a volé mes citations ? »

Joe et lui étaient claquemurés dans une petite pièce sans fenêtre. Nous nous attendions à quelque chose de différent : une enfilade de cabines en verre blindé, une paire d'écouteurs rouges. Mais, d'après Joe, le parloir n'était pas plus grand qu'un bureau moyen du soixantième étage. Nous arrivions presque à nous représenter leur improbable conversation, maintenant que nous savions qu'elle se déroulait dans un cadre semblable à celui où se déroulaient toutes les nôtres, les seules différences étant que la porte de cette pièce-là fermait à clé et que, comme les punaises étaient interdites, Tom ne pouvait pas accrocher au mur ses citations grotesques et cordiales. Joe était assis à la table quand Tom est entré, escorté de deux gardes. Il portait une combinaison orange avec les lettres D.O.C.[1] peintes au pochoir sur le dos, et des menottes. Les gardes les ont informés qu'ils avaient quinze minutes.

« Ça va, Tom, on te traite correctement ?

— Comment vont tous ces blaireaux ? demanda Tom. Ils arrivent à s'en remettre ? »

Joe lui fit un compte rendu rapide des événements depuis son arrestation. Tom était content qu'ils nous aient donné l'après-midi du vendredi. Puis ils parlèrent de la situation de Tom, de ce que les avocats disaient pouvoir faire pour lui s'il plaidait coupable et montrait des remords. Enfin, Joe lui posa la question qu'il était venu lui poser.

« J'ai juste dit : "De quoi tu voulais me parler, ce jour-là, Tom ?" Et il m'a finalement avoué que c'était lui qui avait marqué *PÉDÉ* sur mon mur.

---

1. Department Of Corrections. (*N.d.T.*)

— Tu rigoles, a dit Benny.

— Je croyais que tu avais écrit ça toi-même, a dit Jim Jackers.

— Non, a dit Joe.

— Jim, réfléchis deux secondes, a dit Karen. Pourquoi est-ce que Joe irait écrire ça dans son propre bureau ? Non mais je t'assure...

— Je lui ai demandé je ne sais pas combien de fois, Joe, a dit Benny. Je lui disais : "Allez, mec, sois honnête. C'est toi qui as écrit ça sur le mur de Joe ?" Et à chaque fois, il niait en bloc. »

Tom essaya de s'expliquer. « Je refusais de faire comme tout le monde, dit-il à Joe. Quand quelqu'un disait quelque chose de débile, les autres souriaient et secouaient la tête. Pas moi. Moi je disais que c'était débile. Et puis, putain, tout le monde écoutait la même station de radio. Ça me foutait hors de moi. Alors je restais le soir et j'allais dérégler les postes. J'ai porté trois polos les uns sur les autres pendant un mois, Joe, pour bien montrer aux gens que je ne me laissais pas avoir. J'ai appris tout ça en lisant Emerson. Faire comme tout le monde, c'est perdre son âme. Du coup, je sautais sur toutes les occasions de m'opposer aux autres, je leur disais d'aller se faire foutre, et j'ai fini par me faire virer, mais je me disais : Ralph Waldo Emerson serait fier de Tom Mota. »

Geneviève, à l'autre bout de la table, l'a interrompu. « Il est fier de ce qu'il a fait ?

— Non, il n'est pas fier, a dit Joe. Attends. »

« Mais ce que je n'ai pas su pendant longtemps, Joe, avait continué Tom, c'est que j'étais là. En bas. » Joe nous fit un petit mime pour expliquer ce que Tom avait voulu dire. Tom avait fait cliqueter ses menottes en jetant soudain les mains en l'air pour les précipiter, tournoyantes, dans un vortex qui s'arrêta juste au-dessus de la table.

« Tout en bas, en colère contre tout. La routine dans laquelle je m'enlisais. Mon salaire toujours trop bas. Les gens. Je traînais ma rage partout où j'allais. Je fourrais mon nez dans les affaires de tout le monde. Quand il y avait une insulte à cracher, je la crachais. Quand je pouvais dénigrer quelqu'un, je n'hésitais pas une seconde. J'ai marqué *PÉDÉ* sur ton mur. Et je me disais : je fais tout ça parce que j'emmerde le conformisme. Si ça leur pose un problème, ils peuvent me virer, parce que moi, je suis sûr que je ne pourrai jamais vivre comme tout le monde. Mais c'est là que tu es entré dans ton bureau et que tu as vu ce que j'avais écrit, Joe, et qu'est-ce que t'as fait ? Tu te souviens ? »

« Je ne me souvenais plus exactement, nous a dit Joe. Je me souviens que j'ai appelé Mike Boroshansky pour lui dire que quelqu'un avait vandalisé mon bureau. Mais ce n'était pas de ça qu'il parlait. Ce que j'avais fait après, il m'a dit. Après la notification officielle et tout ça. Est-ce que je me souvenais de ce que j'avais fait à ce moment-là ? Et je lui ai dit que je ne m'en souvenais pas précisément.

— Tu l'as laissé, dit Tom. *Tu l'as laissé.* Les types de l'entretien et l'intendante, je sais pas ce qui les retenait, ces blaireaux, mais putain, ça devait être sérieux, parce que c'est que le lendemain – tu te rappelles pas ? –, c'est que le lendemain qu'ils se sont occupés de le nettoyer. »

Nous avons demandé à Joe si c'était vrai. Il leur avait vraiment fallu jusqu'au lendemain pour retirer *PÉDÉ* de son mur ?

« Peut-être, a-t-il répondu. Je me souviens qu'il leur a fallu un moment. Mais pour être honnête, je ne sais plus trop, je répète juste ce que m'a dit Tom. »

« Je te le dis, reprit Tom. Ils ne s'en sont occupés que le lendemain. À chaque fois que je passais devant ton bureau, je glissais un œil à l'intérieur. Je m'attendais à te trouver hors de toi, en train d'engueuler quelqu'un au téléphone parce que c'était pas possible que ce graffiti soit encore là. Mais qu'est-ce que tu faisais, en fait ? *Tu travaillais.* Tu étais... je sais pas. À ta place, j'aurais appelé quelqu'un toutes les cinq minutes en hurlant jusqu'à ce qu'il se ramène avec un putain de pot de peinture pour me recouvrir cette saloperie, parce que j'aime pas me faire traiter de pédé, comme tout le monde, quoi. Mais toi ? Tu t'en fichais. Je ne pouvais pas t'atteindre. Parce que t'étais *là* Joe. Tout en haut. »

Joe nous a remimé ça. Tom avait levé une de ses mains menottées aussi haut que possible pour lui montrer où il était selon lui, son autre main n'ayant d'autre choix que de se laisser entraîner.

« Je croyais que j'étais là-haut, moi aussi, mais non, pendant tout ce temps, j'étais en bas, avec tous les autres – à tournoyer, à tourbillonner, à parler, à mentir, à m'enfoncer dans une spirale de folie furieuse que je relançais tout le temps. Je faisais la même chose que les autres, à ma manière, c'est tout. Mais toi, tu as toujours été là-haut, Joe. Tout là-haut. » De nouveau, sa main s'éleva avec vigueur, et l'autre, toujours solidaire, la rejoignit, agitée d'une violente secousse.

« J'ai essayé de lui dire que ce n'était pas forcément vrai, a continué Joe. Pour autant qu'il le sache, je pourrais très bien être là... » Il s'est baissé pour toucher le sol, le menton contre le bord de la table de réunion. « Mais il s'était fait son idée. J'étais tout là-haut. » Il leva le bras en l'air encore une fois.

« Je croyais que j'étais le seul à vivre comme il fallait, dit Tom. Que j'étais le seul à dire merde à toutes les misères de la vie de bureau. Personne ne pouvait résister au conformisme à l'intérieur de l'entreprise, sauf moi : moi j'y arrivais. Et tous les jours, je me débrouillais pour prouver à quel point j'étais meilleur que les autres, plus brillant, plus drôle. Et puis je t'ai vu, assis à côté du mot *PÉDÉ*, en train de travailler, *en paix*, et j'ai su que c'était *toi* qui étais tout ça. Pas moi. Jusque-là, j'avais pris ton attitude pour de l'arrogance. Mais à ce moment-là, j'ai compris que ce n'était pas ça. C'était juste ta nature. Et pour ça, je t'ai détesté. C'était un truc que t'avais, moi pas, et je te détestais. »

Nous avons demandé à Joe s'il s'était vraiment senti en paix le jour où il avait découvert *PÉDÉ* écrit sur son mur.

« En paix ? Je ne suis pas sûr que ce soit le mot juste. Tom croit me connaître, mais il se trompe. Et j'ai essayé de le lui dire, je lui ai dit : "Tom, tu n'as aucune idée de ce que j'ai ressenti quand j'ai vu mon bureau comme ça. Peut-être que j'étais mortifié. Peut-être que j'avais envie de mourir. Peut-être que je suis allé me cacher dans les toilettes pour pleurer." Mais il n'a pas voulu m'écouter.

— Tu as pleuré, Joe ? a demandé Jim.

— Jim, a dit Karen, s'il a pleuré, il ne va pas nous le dire.

— Je n'ai pas pleuré », a dit Joe.

« Je sais que tu n'as pas pleuré, dit Tom, parce que au fond, ça ne t'affectait pas. Et je n'avais pas d'autre choix que de t'admirer pour ça, même si je te détestais. Je te détestais encore le jour où ils m'ont licencié, et sûrement aussi le jour d'après, mais le troisième jour, ça a disparu, toute ma haine… juste… *pouf*, je ne sais pas pourquoi. Sûrement parce que je ne travaillais plus là-bas. J'avais du recul. Et tout ce qui me restait comme sentiment pour toi, du coup, c'était de l'admiration. Plus que de l'admiration. C'était de l'amour… »

Nous n'avons pas pu nous retenir, c'était tellement absurde, Tom qui disait à Joe qu'il l'aimait – nous étions tous écroulés de rire.

« Arrêtez de vous marrer, a lâché Joe. Vous vouliez que je vous raconte. Laissez-moi finir. »

Le silence est revenu.

« J'avais envie de te défoncer la tronche, dit Tom. Je ne pouvais pas t'encadrer. Je voulais m'en excuser. C'est pour ça que je voulais t'emmener déjeuner. Je voulais vraiment t'emmener déjeuner. Mais comme le dit si éloquemment ce blaireau d'Emerson : "Le caractère parle plus fort que notre volonté." Et avant de comprendre ce qui m'arrivait, j'avais le plan du paintball tout pensé dans ma tête et je ne pouvais plus m'arrêter. »

À ce moment-là, les deux gardes rentrèrent dans la pièce : leur temps était écoulé. Joe regarda sa montre ; il n'arrivait pas à croire qu'un quart d'heure était déjà passé. Il se leva, mais immédiatement l'un des gardes lui donna l'ordre de se rasseoir. « Il y avait toute une procédure, nous a-t-il expliqué. Tom sortait d'abord avec un garde, et moi, ensuite, avec l'autre. Je devais rester assis jusqu'à ce que Tom soit hors de vue. »

« Merci d'être venu, Joe, dit Tom. C'est sympa de ta part.

— Est-ce qu'il y a quelque chose que je peux faire pour toi, Tom ?

— Ouais. »

Sans prévenir, Tom leva un grand coup ses mains menottées. « Reste là-haut, espèce de blaireau », dit-il.

Aussitôt, le garde eut un mouvement pour le maîtriser et Tom baissa les bras.

Là-dessus, Joe nous a fait passer les documents. « Comme j'ai dit, a-t-il ajouté sans nous regarder, Tom Mota croit qu'il me connaît, mais il se trompe. Il ne me connaît pas vraiment. »

Nous avons tous pris un document.

« Bon », a dit Joe. Il s'est redressé sur sa chaise, et la réunion a commencé.

La visite que nous avons rendue à Lynn, à l'hôpital, a duré vingt pénibles minutes. Nous échangions des regards obliques, avec, tous, la même moiteur au creux des paumes, la même peur paralysante des blancs dans la conversation. À peine entrés, nous avions déjà du mal à respirer. Lynn, assise dans son lit, nageait dans sa blouse en coton bleu, un bracelet d'identification en plastique à son poignet d'enfant. Nous savions tous que si, par un curieux phénomène, elle prenait dans notre imagination des allures de géante invincible, elle était en réalité très petite. Elle paraissait minuscule à présent, perdue au milieu des couvertures et des oreillers, et ses bras, que nous n'avions jamais vus dénudés de la sorte, nous semblaient des esquisses, aussi frêles que ceux d'une petite fille.

Nous n'avions rien en commun avec les mourants, aussi ne savions-nous pas quoi leur dire. C'était comme si notre présence constituait une insulte vague et menaçante, susceptible de dégénérer en rire cruel. Finis les plaisanteries et le badinage. Rien n'aurait été moins approprié que de faire une entrée fracassante et de nous comporter de façon parfaitement naturelle, en l'encourageant avec enthousiasme à nous revenir très vite, parce que, sous nos paroles, la vérité grondait comme un torrent : elle ne serait peut-être plus jamais l'une des nôtres. Nous nous montrions donc discrets, furtifs même, nous avalions nos mots, nous tamisions, adoucissions, voilions nos voix, et elle a tout de suite vu clair dans notre jeu. « Entrez, avait-elle dit en nous voyant arriver. Mais entrez donc. Qu'est-ce qui vous prend d'être si timides ? » Les uns après les autres, nous avions passé la porte. Lynn avait les cheveux tirés en queue-de-cheval, elle n'était pas maquillée et nous ne voyions pas la moindre trace d'une paire d'escarpins couture. Elle venait de subir une grosse opération et souffrait de complications non spécifiées. Pourtant, dans la pièce, c'était encore elle qui générait le plus d'énergie. C'était une chambre individuelle qui faisait à peu près la taille de son bureau, et nous avions donc l'impression de pénétrer, tremblants, dans cet autre lieu inquiétant pour nous entendre annoncer que nous avions commis une erreur irréparable et dramatique aux dépens de l'agence. Nous lui avons dit bonjour. Nous lui avons offert nos fleurs. « Regardez-moi toutes ces mines d'enterrement, a-t-elle dit en promenant les yeux sur nous, à gauche, à droite, au bout du lit. On croirait que je suis déjà morte. Ça vous aurait tué de travailler votre expression devant le miroir avant de venir, Benny ? » Benny a souri et s'est excusé. Lynn s'est tournée vers Geneviève. « Et vous, est-ce que mes médecins viennent de vous apprendre quelque chose dont je devrais être au courant ? » Geneviève a souri à son tour et a secoué la tête. « Bon, alors, qu'est-ce qui m'attend, maintenant ? Vous allez me lire la Bible ? » Nous avons essayé de lui expliquer que nous avions hésité à venir. Nous nous disions que peut-être elle aurait préféré qu'on la laisse tranquille. « J'aurais préféré ne jamais mettre les pieds dans cet enfer, a-t-elle répondu. Mais si je dois être ici, c'est agréable de voir des visages familiers. Enfin il faudrait que quelqu'un se mette très vite à faire le con, parce que là, j'ai du mal à vous reconnaître.

— J'imite super bien James Brown en train d'imiter Clint Eastwood, a proposé Benny. Ça vous tente ?

— J'ai du mal à imaginer une chose pareille, a dit Lynn.

— Croyez-le ou non, c'est vrai », a dit Jim.

Benny nous a donc imité James Brown en train d'imiter Clint Eastwood, ce qu'effectivement personne, sauf ceux qui l'avaient déjà vu faire, n'aurait pu se représenter, mais qui a déclenché l'hilarité en quelques secondes, et a finalement brisé la glace.

Nous avons parlé de Tom Mota et de l'incident à l'agence, et Joe a raconté son entrevue avec lui en prison. Et nous avons parlé de la démission de Carl, qui a surpris Lynn. « Vous nous quittez, Carl ?

— Eh oui, a-t-il répondu.

— Ça alors, c'est formidable », a dit Lynn.

Nous étions choqués de l'entendre encourager Carl à partir comme ça, jusqu'à ce qu'elle développe. « La publicité, ce n'est pas votre truc. Ça ne vous rend pas heureux. » Carl a approuvé et lui a parlé de ses ambitions pour Garbedian et Fils. Elle lui a dit la même chose que nous : « Tant mieux pour vous, Carl. » Alors qu'elle pensait probablement : Comment peut-on avoir envie d'aller faire tournoyer un coupe-bordure sur les pelouses d'un lotissement en plein été caniculaire ? Jamais je ne renoncerais à mon fauteuil pour ça. Oh, qu'est-ce que je donnerais pour retrouver mon fauteuil – elle pensait probablement ça, aussi.

Après un moment, comme nous voyions qu'elle commençait à flancher, nous lui avons dit qu'il valait sûrement mieux que nous la laissions se reposer. Mais d'abord, Jim Jackers avait une présentation à lui faire.

Dès le début, l'idée nous avait paru épouvantable. Lynn nous avait demandé de travailler, dans le cadre d'un projet bénévole, sur une campagne d'appel aux dons pour la recherche contre le cancer du sein, soi-disant pour qu'une présidente d'association très insistante arrête de la harceler. Le lendemain, le projet se métamorphose en annonce de service public, avec un objectif extrêmement déroutant : faire rire les malades du cancer du sein. Qu'est-il arrivé à la campagne d'appel aux dons ? Personne ne sait. Et la présidente qui la harcèle, existe-t-elle vraiment ? Pas un mot là-dessus non plus. Seulement Joe Pope qui nous explique les changements. On dit OK, peu importe. On se met au travail. On lit, on fait des recherches. On trouve que dalle. On entre dans le bureau de Lynn, en file indienne craintive, à la onzième heure – elle n'a aucun souvenir du projet. On refile la campagne des « Êtres Chers » au « client ». Fin du projet. Tom revient et nous bombarde de billes de peinture.

Et puis nous avions découvert que Lynn avait vraiment un cancer. Jim avait alors suggéré que nous reprenions nos annonces si lamentablement ratées et que nous les lui présentions à l'hôpital, pour lui remonter le moral.

« Parce qu'on ne sait pas, elle a peut-être vraiment inventé ce travail, a dit Jim. Dans ce cas, vous ne croyez pas qu'elle aimerait les voir maintenant, plus que jamais : maintenant qu'elle est à l'hôpital ?

— Ne te fais pas plus bête que tu ne l'es, Jim, a dit Karen Woo. C'est évident qu'elle ne l'a pas inventé.

— Eh bien, on dirait que tu as changé de refrain, tout d'un coup, Karen.

— Oh, Jim, ne sois pas si borné.

— En quoi je suis borné ? Je dis juste : on ne sait pas. »

Il prétendait avoir un concept. Nous nous sommes dit qu'il devait s'être réconcilié avec son oncle. « Non, je l'ai trouvé tout seul, celui-ci. » Grognement collectif. En général, les concepts originaux de Jim étaient encore pires que ceux de Chris Yop.

« Mais ce n'est vraiment pas un mauvais concept, nous a dit Benny, son binôme. Je pense que ça devrait bien lui plaire. »

Nous lui avons demandé de nous l'expliquer, mais Jim lui avait fait jurer de garder le secret tant qu'ils n'en avaient pas parlé à Joe. Ils sont entrés dans son bureau, et Joe a dit, prétendument : « Je n'aurais jamais eu cette idée. Qui a trouvé ça ?

— Jim », a dit Benny.

Quand ils sont ressortis, nous avons demandé à Benny si Jim s'était réconcilié avec son oncle.

« Vous m'avez déjà demandé ça tout à l'heure, a interrompu Jim. Je vous ai dit que je l'avais imaginée tout seul, cette campagne. » Il nous a montré une des annonces. Nous la jugions sans imagination, à la limite du plagiat, et pas vraiment originale. Mais c'est tout l'intérêt, a dit Jim. C'est justement ce qui les *rend* originales. Nous avons dû convenir de ne pas en convenir, et, immédiatement, nous nous sommes mis à élaborer des stratagèmes pour nous échapper avant que Jim ne dévoile sa campagne.

Mais il s'est révélé difficile de prendre nos distances avec lui, dans la chambre d'hôpital de Lynn, quand il a annoncé que « nous » avions une présentation à lui faire. Lynn elle-même l'a regardé, depuis l'océan de son lit, avec une expression à mi-chemin entre la surprise et le scepticisme. Nous avons retenu notre respiration, en nous demandant avec inquiétude quel préambule déplacé allait s'échapper des lèvres de Jim. Il a rappelé à Lynn l'objectif du projet bénévole : redonner le sourire aux femmes atteintes d'un cancer du sein, à un moment où elles en ont grand besoin. Pour la première fois de sa vie, il ne l'a pas appelé le projet péné-folle.

« Et donc sans plus de cérémonie... », a-t-il annoncé avec une grandiloquence embarrassante, en faisant glisser la fermeture Éclair de son portfolio et en en tirant la première annonce.

Que pouvions-nous faire d'autre que rester là ?

Debout au pied du lit, il a levé l'annonce pour que tout le monde la voie. Chaque concept avait été collé sur du papier épais, à cinq centimètres des bords, ce qui le faisait vraiment ressortir. « Comme vous le constatez, a dit Jim, on a repris ici le visuel d'une pancarte toujours présente à l'hôpital ou dans le cabinet du gynécologue : une silhouette féminine en train de pratiquer un auto-examen du sein. Elle a un bras levé, plié au coude, l'autre main est sur son sein, qu'elle palpe. » Quelqu'un a ricané. Jim s'est tu, manifestement irrité. « Juxtaposé à cette image, a-t-il repris, on a placé la célèbre accroche des teintures Miss Clairol : "C'en est une... ou pas[1] ?" et comme sous-

1. « Does she... or doesn't she? » En français, la question, prononcée par deux femmes éblouies par l'incroyable couleur de cheveux d'une troisième, pourrait être : « C'en est une [une vraie blonde, brune, rousse]... ou pas ? » (*N.d.T.*)

titre : “Une tumeur si petite que le seul à savoir, c’est son cancérologue[1] !” »

Nous nous sommes tournés vers Lynn pour voir si elle réagissait. « Montrez-moi ça », a-t-elle dit. Jim lui a tendu l’annonce. Elle l’a prise, et ce que nous avons ressenti à ce moment-là n’était pas différent de ce que nous ressentions quand nous attendions dans son bureau qu’elle évalue, qu’elle juge, qu’elle prononce son verdict sur une vraie campagne.

« C’est drôle, a-t-elle dit.

— Mais vous ne riez pas, a dit Jim.

— Je ne ris jamais, Jim. »

Ce qui était vrai. Elle ne riait jamais. Elle disait seulement : « C’est drôle » et alors on savait que ça lui plaisait.

« Voici la suivante, a dit Jim en tirant la deuxième annonce de son portfolio pour la lui présenter. Vous reconnaissez cette photo célèbre d’un homme vêtu de noir, assis dans un fauteuil en cuir de la même couleur, en face d’une enceinte dont le souffle fait voler ses cheveux, sa cravate, son verre de martini et l’abat-jour de la lampe à côté de lui tandis qu’il se cramponne aux accoudoirs ? C’est celle de la vieille pub pour les cassettes Maxell. Sauf qu’ici, l’enceinte a été remplacée par le profil d’un sein géant qui émerge du bord gauche, sein que nous avons scanné dans un vieux *Playboy* de Benny. En titre, on a : “Aucune autre maladie ne vous offre un taux de guérison aussi haut[2].” Le mot *Maxell* dans le coin en bas à droite

1. Parodie du sous-titre de la même publicité pour Miss Clairol : « Une couleur de cheveux si naturelle que le seul à savoir, c’est son coiffeur ! » (*N.d.T.*)

2. Parodie de l’accroche d’une publicité pour les cassettes audio Maxell : « Après cinq cents écoutes, nos cassettes haute-fidélité vous offrent toujours un son haute-fidélité. » (*N.d.T.*)

a été remplacé par le mot *Mammaire*, et en petit, on lit : “Soyez soufflée par la vitesse de votre guérison.” Celle-ci, a conclu Jim, combine un peu d’humour avec un peu d’espoir.

— Je peux voir, Jim ? » a dit Lynn.

Nous avons observé sa réaction. « Je l’aime bien », a-t-elle dit en la tapotant. Et c’était plus d’enthousiasme qu’elle n’en avait jamais montré pour aucun projet depuis que Joe et Geneviève avaient dévoilé L’Homme au Bouton de Fièvre.

« Sur la suivante, a repris Jim, on a un très gros plan d’un homme, en masque et blouse de chirurgien, qui tient près de son visage un scalpel et une paire de ciseaux médicaux. Ce n’est pas une image connue, mais, subtilement, dans le coin en haut à droite, nous avons placé une virgule Nike (il l’a désignée), et en gros caractères, en bas de la page, on retrouve la célèbre signature de Nike : “Just Do It.” En sous-titre, on a : “Allez-y, coupez.” Et je vais vous lire la body copy : “Les triathlètes. Les nageurs qui traversent la Manche. Les alpinistes de l’Everest. Comparés à la femme qui doit faire face à une chirurgie du cancer du sein, ces gens-là sont des rigolos qui ne savent pas ce que c’est que la persévérance et le courage. Parlez donc à une femme qui a affronté *ça*. Elle connaît le sens du mot “gagner”. La survie, baby. *Just Do It.* »

Il y en avait plusieurs autres : l’annonce « Ça se palpe comme ça à l’hôpital », l’annonce « Absolut Ether » sur laquelle une main aux longs ongles peints se referme comme une serre sur le cou d’une bouteille de vodka à moitié vide. Jim les tendait toutes à Lynn après les avoir expliquées, et elle examinait chacune avec beaucoup d’attention. Quand elle est arrivée à l’annonce Absolut, nous avons eu droit à un véritable sourire.

Elle nous a remerciés, en continuant de sourire. Nous lui avons dit au revoir, en lui souhaitant de vite se rétablir. Dans le couloir, nous avons retrouvé les infirmières et l'ambiance de l'hôpital. Nous avons échangé nos points de vue : nous pensions que les annonces lui avaient plu. Nous avons demandé à Joe s'il pensait la même chose. Nous disions : On a mis dans le mille, pas vrai, Joe ? Pas vrai qu'on a mis dans le mille ? Tous ensemble, nous sommes arrivés au bout du couloir et avons pris l'ascenseur pour redescendre ; il n'y avait de place pour personne d'autre dans la cabine.

« Tu crois vraiment qu'elles lui ont plu, Joe ? a demandé Marcia. Tu ne crois pas que c'est le fait qu'elles soient aussi mauvaises qui la faisait sourire ?

— Eh ! s'est écrié Jim.

— Désolée, Jim, ne le prends pas pour toi. Je n'y peux rien si je les trouve mauvaises. Ce n'est pas ta faute, tu t'en es mieux sorti que nous tous. Je pense juste que c'était un travail impossible. »

Nous nous sommes tus, pensifs, jusqu'à ce que l'ascenseur arrive au rez-de-chaussée. Dans l'intervalle entre l'arrêt de la cabine et l'ouverture des portes, Geneviève a brisé le silence

« Peut-être que ce n'étaient pas les annonces qui la faisaient sourire. Peut-être que c'était nous. Ce qu'on a fait.

— Parce qu'elle a trouvé ça gentil, a dit Marcia.

— Ou peut-être, a dit Jim avec une conviction surprenante, que vous ne connaissez rien à la publicité. »

Quand, quelques semaines plus tard, ils ont licencié Jim Jackers, tout le monde racontait qu'ils l'avaient soulevé de son siège par le passant de son jean et l'avaient envoyé valser dehors. Nous disions que, dans son élan, il avait dévalé les marches trois par trois en tourbillonnant avant de s'écraser sur le trottoir, où, tout étourdi, il s'était relevé en passant les doigts sur son front à la recherche de gouttes de sang. Puis, il avait rassemblé ses merdouilles, qui s'étaient répandues partout au cours de son irrésistible plongeon hélicoïdal. Jim n'était pas du genre à partir sans un carton.

Quand, quelques semaines plus tard, ils étaient venus chercher Amber, tout le monde racontait qu'ils l'avaient catapultée ventre en avant dans le lampadaire devant l'immeuble sans se soucier des conséquences pour le bébé qu'elle portait. Nous revenions d'un déjeuner chez Friday's quand ils lui avaient annoncé la nouvelle. C'était à ce déjeuner que nous lui avions offert nos cadeaux pour le bébé – un sac à langer, une poussette – qu'ils avaient balancés avec elle. Elle était restée étendue, en attendant que sa tête arrête de tourner, sur le ciment humide, sous une fine pluie d'été. Nous disions que les gens qui passaient la dévisageaient et refusaient de l'aider, et nous imaginions que le clodo au gobelet Dunkin Donuts s'était approché, avait déplié la poussette et s'était sauvé avec.

Tout le monde racontait qu'ils avaient propulsé Don Blattner la tête la première dans la vitre d'un taxi à l'arrêt, et que l'impact avait été si violent qu'il avait fait volte-face, avait roulé des yeux une ou deux fois et s'était effondré dans le caniveau. Il était resté là, immobile, la tête pendante comme un gros melon, semblable à un ivrogne en train de cuver une biture monumentale. Nous disions qu'ils avaient décroché toutes les photos de films sous verre qui ornaient ses murs et les avaient jetées sur lui, en visant sa tête ballante. La plupart avaient éclaté contre le taxi, mais quelques-unes avaient atteint leur but, et le sang s'était mis à couler de ses blessures. Le reste de sa collection d'objets de cinéma – figurines, vieux numéros de *Vanity Fair* – avait suivi, et s'était échoué sur son corps gisant. Finalement, il s'était fait ramasser par des agents de la ville.

Ce ne fut que rire et jeux après leur départ. Plus facile de les transformer en personnages de bande dessinée que de nous demander, même l'espace d'un instant, comment Amber allait retrouver du travail avant la naissance du bébé, ou de nous indigner qu'ils l'aient licenciée elle et qu'ils aient gardé Larry. Plus facile de plaisanter que de nous sentir désolés pour Jim, sur qui tout le monde s'était acharné pendant si longtemps qu'il ne nous restait de lui que les souvenirs de nos brimades et de nos remarques cruelles. Aucun de nous n'osait faire revivre les bons moments que nous avions passés à nous moquer de lui, de peur qu'à présent notre rire ne nous reste coincé dans la gorge.

En réalité, quand nous avons appris la nouvelle de son licenciement, nous nous étions rendus dans son box, gonflés du bonheur misérable de savoir qu'ils l'avaient choisi lui et pas nous. Tous ceux qui avaient dit du mal de lui à un moment ou à un autre étaient là pour lui présenter leurs condoléances. Jim avait réagi de façon à la fois magnanime et pathétique. Quand les gens, en lui tendant la main, lui assuraient qu'ils étaient désolés, il hochait la tête avec un sourire en disant : « Merci », comme s'il venait de recevoir le titre d'Employé du mois. Il semblait presque y prendre plaisir, ce que nous avions trouvé étrange sur le moment, puis logique, finalement : c'était sans doute la première fois que tant de gens à l'agence se rassemblaient autour de lui, non pas pour le dénigrer ou le tourner en ridicule, mais pour lui témoigner un soutien unanime. Il n'avait pas dénoncé l'hypocrisie du geste, n'avait pas cherché à régler ses comptes. Il s'était contenté de boire notre attention, dépassant d'un quart d'heure sa demi-heure autorisée, et nous l'avions laissé faire avec une indulgence qu'il méritait, jusqu'à ce que Roland, qui attendait debout contre le mur comme il l'avait fait pour Marcia, lui dise qu'il devait vraiment quitter l'immeuble. Jim avait donc fini de dire au revoir, avait serré quelques mains et était parti, son carton sous le bras, pour ne jamais revenir.

Ça a été différent avec Benny. Notre chiffre d'affaires était au plus bas. Notre cours de Bourse était en chute libre. Nous étions sur le point de nous réveiller d'une décennie de rêve inaltéré. Benny a dû appeler son père pour qu'il vienne le chercher en voiture : il avait trop de merdouilles dans son bureau.

« Roland, a-t-il dit, tu devrais t'asseoir. Ça va sûrement prendre un bout de temps.

— Tu sais bien que je dois rester debout, Benny.

— Enfin, qu'est-ce qu'ils croient que je vais faire ? Te poignarder avec un surligneur ?

— Ils ne peuvent pas prendre de risques depuis l'incident, a tenté d'expliquer Roland, pour la centième fois. Je ne suis même pas censé discuter.

— Je parie que je peux te faire discuter. »

Bientôt, Benny et Roland discutaient de savoir si oui ou non Benny pouvait faire discuter Roland, jusqu'à ce que Roland s'aperçoive qu'il était tombé dans le piège : « S'il te plaît, Benny. J'essaie juste de faire mon boulot.

— Mais enfin, mec, a dit Benny. Je croyais qu'on était copains, toi et moi !

— Tu crois que c'est facile, pour moi ? » a demandé Roland.

Le père de Benny est enfin arrivé, et il a fallu aux trois hommes quatre voyages en monte-charge pour tout descendre. Le bureau était tellement encombré que c'était comme de déménager un appartement. Si nous avions tous ressenti de la tristesse quand Marcia, Amber, Jim nous avaient quittés, c'est un véritable brouillard de mort qui a envahi les couloirs pendant la dernière heure de Benny. Qui nous régalerait d'histoires, désormais ? Dans le bureau de qui irions-nous ragoter, chahuter, vider notre cœur ? Et qui, puisque Paulette Singletary était partie, elle aussi, pourrions-nous désigner d'un commun accord comme la personne qui, indéniablement, se démarquait de toutes les autres ? Volubilité et amabilité naturelle, c'était pour nous, à une époque plus innocente, révolue, l'essence de l'héroïsme, et quand ils ont pris Benny, ils nous ont pris notre héros.

Après ça, nous nous sommes abandonnés encore plus désespérément aux récriminations et aux chamailleries. Inutile de préciser que les types de l'eau caféinée ont choisi une autre boîte, et que ceux des baskets ont finalement décidé de ne pas changer d'agence. En l'absence de nouveaux budgets, la situation a empiré. Le peu de travail que nous avions encore n'était jamais drôle. Cet été-là, aucun de nous n'a profité de la ville ni de la proximité du lac pour aller faire une promenade à l'heure du déjeuner : nous étions trop occupés à nous demander à quel point les choses allaient mal et qui était le suivant sur la liste. Nous ne prenions plaisir à rien d'autre qu'à cette rumeur languide. Nos conversations ne concernaient jamais ce qui se passait derrière nos murs, des murs qui se resserraient autour de nous ; les événements du dehors, nous ne nous en souciions plus. Nous ne connaissions qu'un seul sujet, et il tyrannisait toutes nos discussions. Nous y revenions à chaque fois, à la manière des amoureux délaissés qui ne peuvent parler que d'une seule chose, à la manière des vrais raseurs qui ne transcendent jamais les piteuses limites de leur propre existence. C'était une période stridente, fielleuse, frénétique, il régnait une atmosphère plus vénéneuse que tout ce que nous avions connu, et notre souhait le plus cher était d'y baigner toute notre vie. Au cours de la dernière semaine d'août 2001, et pendant les dix premiers jours de ce mois de septembre, ils ont licencié plus de monde que pendant tous les mois précédents. Mais, par la grâce de Dieu, nous avons résisté, avec plus de haine les uns pour les autres que nous n'avions imaginé pouvoir en éprouver. Puis nous sommes arrivés à la fin d'un été lumineux et tranquille.

5

CINQ ANS PLUS TARD – QUI EST HANK ? –
LE JOUR DU PARRAIN – LES MONTAIGU
ET LES CAPULET – JIM VA À UNE RÉUNION –
QUANT À NOUS, NOUS N'ÉTIONS PAS INQUIETS –
LA LECTURE DE HANK – HARRY LE GUIDON –
À LYNN, ET, PLUS TARD, À TOM –
LE LAMA RECONVERTI – À LA FIN

Pendant l'été 2006, Benny Shassburger reçut un e-mail de quelqu'un dont il ne se souvenait pas. Le nom lui était familier, il savait qu'il aurait dû savoir à qui il appartenait, mais plus il le relisait, moins il voyait qui ça pouvait être. Il l'a prononcé à voix haute. Son voisin de box, un grand échalas insupportable qui avait toujours besoin de tout savoir, a passé sa tignasse cendrée de marmotte par-dessus la cloison du box. « Qu'est-ce que t'as dit ? » Benny n'avait pas vraiment le courage de lui expliquer. « Rien, je parle tout seul. » Ian lui a doctement expliqué que selon une nouvelle étude scientifique, à chaque fois que quelqu'un parlait à voix haute et qu'à la question : « Qu'est-ce que tu as dit ? » il répondait qu'il parlait tout seul, eh bien en fait il ne parlait pas du tout tout seul : il s'adressait très probablement à quelqu'un de précis, même s'il n'en avait pas conscience. Ian suivait avec beaucoup d'intérêt toutes ces nouvelles études. Benny se sentait fatigué.

Où avions-nous trouvé l'énergie ? Il avait fallu mettre à jour nos CV, repasser des entretiens, nous familiariser avec un nouveau trajet. Nous nous étions disséminés dans le monde de la pub : dans d'autres agences, des entreprises de design, des départements marketing internes – en général, dans la première boîte qui voulait bien de nous. Les moins chanceux ou les moins talentueux avaient rejoint des sociétés de publipostage ou s'étaient tournés vers des agences d'intérim qui leur trouvaient des vacations. Le plan de l'étage, la forme du bureau, le nom des gens et les couleurs du logo de l'entreprise étaient tous nouveaux et tous différents, mais c'était toujours la même histoire. Nous étions ravis d'avoir un job, et nous n'arrêtions pas de nous en plaindre. Nous nous promenions dans nos nouveaux bureaux avec nos doutes. Et puis il y avait tous ces nouveaux visages et ces nouveaux noms à mémoriser, ces cafetières déconcertantes, ces sièges de toilettes inconnus. Nous devions remplir un nouveau formulaire fiscal et ne savions jamais dans quelle case il fallait mettre un zéro ou un un pour récupérer le maximum d'argent. Les Ressources humaines étaient là pour nous aider, mais elles n'étaient jamais à la hauteur de nos vieilles Ressources humaines. Nous passions les deux ou trois premières semaines – voire, pour certains, les deux premiers mois – dans l'isolement et l'anonymat. Pendant un temps intolérablement long, le déjeuner restait une activité solitaire. Puis, lentement, nous nous retrouvions incorporés, et lentement, très lentement, nous voyions se dessiner en surface la nouvelle carte politique. Qui faisait des histoires et pour quoi, qui était obtus, arrogant, stupide, puissant, hypocrite, affable, fourbe, ou tout à fait exquis : tout ça a commencé à devenir clair. Mais ça ne s'est pas fait du jour au lendemain. Ça a pris des semaines, ça a pris des mois ; il fallait un sacré punch pour repartir de zéro, et notre réussite était un témoignage de notre ténacité. C'était le signe qu'enfouis sous toutes nos plaintes il y avait des aspects de ce boulot que nous adorions. C'était la preuve que nous avions besoin d'argent.

« Tu sais que je suis un mec sympa, a dit Benny dans le téléphone, en jetant un coup d'œil pardessus la cloison pour vérifier que Ian n'était pas revenu. Mais là, je ne peux plus tenir. Franchement, ce Ian, il est en train de détruire l'essence de ma personnalité. »

Certains s'étaient mieux adaptés que d'autres. Il y avait un avantage à repartir de zéro, parce que personne ne savait si on était obtus, arrogant, stupide, puissant, hypocrite, affable, fourbe, ou tout à fait exquis. On pouvait se réinventer. Cela ne faisait-il pas partie de la promesse de l'Amérique ? Quelques mois bénis s'écoulaient sans que personne puisse nous faire rentrer dans une case. Les leçons tirées de nos erreurs passées nous rendaient bien service. Certains ont vite compris comment en tirer profit. D'autres se demandaient ce qui avait bien pu se passer. « Quand je pense au *Mensch* que j'étais avant, a continué Benny. Tu te rappelles ? Les gens se pressaient dans mon bureau et je les régalais d'histoires. À part Paulette Singletary – et encore – c'était moi le préféré de tout le monde. Qu'est-ce qui a bien pu se passer ?

— Pourquoi tu ne viens pas dans mon bureau, on va en discuter », a dit Jim.

Quand Benny est arrivé, il était là. Jim Jackers. En train de rédiger un e-mail. S'il fallait en croire l'expression de son visage, a pensé Benny, le destin de toute l'agence dépendait de cet e-mail. Benny s'est assis en face de lui et a attendu. Il n'aimait pas se trouver de ce côté-là du bureau. Il voulait être de *l'autre* côté. Du côté de Jim.

« Bon, écoute, a dit Jim, une fois son e-mail-de-la-plus-haute-importance terminé. Le prochain bureau qui se libère, il est pour toi. Il faut juste que tu patientes.

— Comment tu sais qu'il est pour moi ?

— Je m'en occupe, ne t'inquiète pas. Mais tu dois attendre que quelqu'un parte. On ne peut pas virer quelqu'un d'un bureau comme ça pour l'envoyer dans un box.

— C'est bien ce qui m'est arrivé.

— Parce que tu as perdu ton boulot, a dit Jim.

— Simple détail technique », a répliqué Benny.

Il s'est renversé contre le dossier de sa chaise. « Comprends-moi bien, Jim. Je te suis éternellement reconnaissant de m'avoir embauché. Les boulots en free-lance, je n'en pouvais plus. Mais une petite agence ne me convient pas comme à toi. Je ne peux pas me contenter de voir tous les jours les trente mêmes têtes. J'ai besoin de plusieurs étages. C'est une chose que j'ai apprise sur moi-même. Je suis une créature qui vit sur plusieurs étages, c'est mon habitat naturel. Et j'ai *besoin* d'un vrai bureau. Mon vieux bureau me manque. Les gens me manquent. Tu sais qui me manque vraiment ? Je vais te dire qui me manque. Le vieux Brizz.

— Comment est-ce que le vieux Brizz peut te manquer ? a demandé Jim. Tu ne l'as jamais vraiment connu. Si tu as cette impression, c'est juste parce qu'il était vieux et qu'il est mort et que personne ici ne répond à ces critères.

— Jim, tu es devenu cynique, a dit Benny. Je blâme l'influence corruptrice du pouvoir. Brizz me manque parce que quand le pauvre vieux a cassé sa pipe, j'ai récupéré dix dollars par tête de vous tous, qui comptiez sur Charlton Heston. »

Il s'est rapproché de Jim et a baissé la voix. « Ce qui me manque, Jim, c'est le Jeu des Célébrités en Danger de Mort. Je n'arrive même pas à organiser des paris sur le Superbowl, ici. C'est quoi leur *problème*, à ces gens ? Je n'ai aucun succès avec eux et ça me rend fou. J'aimerais qu'ils sachent qui je suis. Tiens, d'ailleurs, à ce propos, tu sais qui c'est, Hank Neary ? »

Jim s'est figé en entendant le nom. « Hank Neary, a-t-il dit. Hank Neary. » Le front plissé, le regard lointain, il l'a répété lentement et méthodiquement, comme s'il psalmodiait un mot vide de sens. « Hank, disait-il. Hank. Hank.

— On a travaillé avec lui, non ?

— Hank Neary, a dit Jim. Hank Neary.

— On n'a pas travaillé avec lui, Jimmy ? Dans l'autre agence ?

— Attends. Donne-moi une minute, a dit Jim. On a travaillé avec lui.

— Neary, a dit Benny, en plissant les paupières pour l'encourager. Hank Neary.

— Hank Neary, a dit Jim. Ça m'échappe.

— Ma mémoire..., a dit Benny en secouant la tête.

— Et la mienne, a dit Jim. Tu sais quoi ? Appelle Marcia. Elle saura. »

Benny a fait signe que non. « Je ne peux pas l'appeler maintenant. Elle me fait la tête.

— Pourquoi ça ?

— Ah mais c'est vrai, Jim, j'ai une de ces histoires à te raconter ! s'est exclamé Benny. La meilleure que tu aies jamais entendue. Attends-moi là deux secondes pendant que je vais me chercher du café.

— Non, Benny...

— Quoi ?

— J'ai une réunion dans dix minutes.

— Ah.

— Attends, ne fais pas cette tête-là, a dit Jim en voyant la déception de Benny. Ça va, j'ai encore dix minutes.

— Bon, OK, je me passerai de café. Mais fais-moi une faveur, laisse-moi m'asseoir dans ton fauteuil pendant que je te raconte.

— Tu es sérieux ? »

Benny s'est levé. À contrecœur, Jim l'a imité et ils ont changé de place. Benny a souri. Il était de nouveau du bon côté du bureau. Il voyait les gens qui passaient dans le couloir et pouvait donc les appeler et leur dire de venir.

« Michael, a-t-il braillé, Michael, viens écouter mon histoire. Elle est géniale, tu vas l'adorer. » Michael s'est à peine arrêté pour passer la tête dans l'entrebâillement de la porte. « Peux pas, a-t-il dit. J'ai ma newsletter à boucler. »

Il est reparti sans tarder, et Benny s'est tourné vers Jim avec un geste d'incrédulité rageuse, paumes vers le ciel. « Tu vois ? Tu vois de quoi je parle, maintenant ? Ils ont un problème, non ?

— Benny, il a un travail à boucler.

— Et alors, il n'a pas dix minutes pour écouter une bonne histoire ?

— Benny, raconte-moi ton histoire. »

Et donc Benny a raconté à Jim pourquoi Marcia lui faisait la tête. Depuis qu'il avait recommencé à travailler à plein temps, Benny avait pris conscience d'un phénomène qui ne semblait se produire qu'au travail, ou qui, du moins, se produisait plus fréquemment au travail qu'ailleurs, et ce phénomène était le suivant : une personne A disait quelque chose à une personne B qui n'y comprenait absolument rien, mais qui, pour ne pas paraître impolie, ou pis, stupide, ou bien pour ne pas perdre de temps, décidait de hocher la tête ou de rire plutôt que de demander à la personne A ce qu'elle voulait dire. On observait surtout ce phénomène dans le cadre du papotage de couloir et des bavardages d'ascenseur, et de tous ces échanges quotidiens sans conséquence. Les gens se fichaient de ce qui était dit, ou avaient d'autres choses à l'esprit, ou partaient du principe que les conversations sur le lieu de travail se limitaient en général à des bafouillis d'imbéciles. « Alors je me suis dit : Est-ce que ça ferait vraiment une différence ? Est-ce que ça changerait quoi que ce soit si, au lieu de dire les choses que j'aurais dites en temps normal, je répondais à tout le monde avec des répliques du *Parrain* ? »

Jim était intrigué. « Comment tu pourrais réussir à faire ça ? » a-t-il demandé.

Benny lui a expliqué qu'il s'était donné une règle simple : rien ne devait sortir de sa bouche qui ne soit d'abord sorti de celle de Michael, Fredo, Tom Hagen, ou du Don lui-même – ou de n'importe qui dans les deux premiers films.

« Pourquoi seulement les deux premiers ? a demandé Jim.

— Enfin, Jim, tu sais pourquoi. Tu as besoin que j'appelle Don Blattner ?

— Parce que le troisième est pourri ?

— La vache, je le regrette, ce Don Blattner », a dit Benny.

Un matin, à la fin d'une réunion pendant laquelle il était resté parfaitement silencieux, comme tout le monde rangeait ses affaires, Benny s'était tourné vers Heidi Savoca et avait dit : « "J'ai passé ma vie à essayer de ne pas être négligent. Les femmes et les enfants peuvent être négligents, mais pas les hommes." » L'expression de Heidi indiquait qu'elle n'avait pas reconnu la réplique, mais elle était moins perplexe qu'indignée par la teneur de la remarque. « C'est très sexiste, de dire ça, Benny », avait-elle répondu. Plus tard ce matin-là, Seth Keegan était passé le voir pour lui demander son avis sur des corrections qu'il devait apporter à un projet sur lequel ils travaillaient ensemble depuis quelques semaines. « Tu as une minute ? » avait dit Seth. Benny avait pivoté sur son fauteuil pour lui faire face. « "Cette fois, avait-il dit, cette fois seulement, je t'autorise à m'interroger sur mes affaires." » « Cool, avait dit Seth en entrant dans le bureau. Je me demandais ce que tu pensais de ces ombres portées. Je me disais que peut-être on pouvait... » Benny l'avait laissé parler, en hochant la tête de temps en temps, et Seth était arrivé à une conclusion sans qu'il ait eu besoin d'ouvrir la bouche. Comme il repartait, Benny avait songé : Allez, un peu d'audace, et il lui avait lancé avec colère : « "Eh, c'est le mariage de ma sœur." » « Ah bon, avait dit Seth. Ta sœur se marie ? » « "Et quand le boss me dit d'appuyer sur le bouton, j'appuie sur le bouton." » Seth l'avait dévisagé. « Cool », avait-il dit. Il avait hoché la tête. Puis il était parti.

Dans l'après-midi, Carter Shilling était passé le voir, et Benny s'était dit qu'il ne pouvait pas continuer son petit jeu s'il devait parler avec Carter, son patron débraillé et strabique. Carter avait deux façons de communiquer : il grinçait ou il grondait, et là, en l'occurrence, il grondait, déblatérait contre le stupide client qui réclamait tous ces stupides changements dans son annonce. Pendant un bon moment, Benny n'avait pas eu à dire un mot. Puis, finalement, Carter l'avait regardé et lui avait demandé s'il était de son avis. « "Je crois que si nous avions un *consigliere* spécialiste de ce genre de crise, s'était-il entendu répondre d'une petite voix, nous ne serions pas dans ce pétrin." » Carter l'avait considéré d'un air interloqué. « Est-ce que vous êtes en train de me dire que nous sommes fautifs dans cette histoire ? »

« Et alors, là, je te promets, Jim, je prends mon expression la plus sérieuse, vraiment, le mec on ne peut plus professionnel, je le regarde droit dans les yeux, et je lui dis : "Carter, c'est le genre de chose qui doit arriver à peu près tous les cinq ans. Ça permet de se débarrasser du mauvais sang." Et tous les deux en même temps, on a baissé les yeux sur l'annonce, dont le client venait de faire des confettis, et il m'a dit : "Ouais, je suppose." Comme si ce que je venais de dire avait le moindre sens. "Bon, eh bien allez-y, faites les changements, il m'a dit. J'en ai plus rien à faire." Et il s'est barré en furie. C'était... »

Juste à ce moment-là, Benny a été interrompu par Carter Shilling lui-même, qui passait par le bureau de Jim avant d'aller en réunion. « Vous n'êtes pas Jim, a-t-il grincé en pointant le doigt vers Benny. Vous êtes Jim, a-t-il dit en pointant le doigt vers Jim. C'est quoi ce méli-mélo, là ?

— Oh non, Jim ! s'est écrié Benny en claquant des doigts façon zut-alors. Il nous a repérés. »

Sans altération visible de sa physionomie, Carter a ri par un hochement de tête. Il exprimait beaucoup de ses émotions ainsi. Il s'est détourné de Benny. « Vous venez à la réunion ? a-t-il demandé à Jim.

— J'arrive.

— Jim, c'était tordant, a repris Benny une fois Carter disparu.

— Benny, tu ne peux pas te comporter comme ça avec Carter.

— Joe Pope me manque, a dit Benny.

— Tu ne m'as toujours pas expliqué pourquoi Marcia te fait la tête », a dit Jim.

Benny était ravi de pouvoir reprendre son histoire là où il avait dû l'abandonner quand Carter était arrivé. Il a dit à Jim qu'au fur et à mesure de l'après-midi, sa tâche était devenue plus ardue. Ses souvenirs des répliques du *Parrain* commençaient à s'épuiser, et, vers trois heures, Marcia s'était mise à l'appeler avec une fréquence inhabituelle, presque toutes les dix minutes. Benny ne pouvait pas répondre parce qu'il n'aurait pas pu continuer à respecter les règles du jeu au téléphone, il avait donc décidé de laisser sonner, puis de consulter son répondeur. Mais Marcia ne laissait pas de messages. « Je t'ai parlé de ses frères, hein ?

— Ceux qui mangent du Juif au dîner ?

— Voilà, a dit Benny. C'est tous des pieds-de-biche ambulants, même le plus jeune. Au mariage, ça va être... C'est quoi déjà, les noms des deux familles dans *Roméo et Juliette* ?

— Les Montaigu et les Capulet, a dit Jim.

— Les Montaigu et les Capulet ! Exactement. Comment tu sais ça ?

— J'ai pris un cours sur Shakespeare, l'été dernier. Un truc de formation continue.

— Sans blague, a dit Benny. Enfin ouais, donc, au mariage, ça va être les Montaigu et les Capulet. Sauf que les Montaigu n'auront pas de poignards, ils auront des flingues, et nous, on n'aura que la Torah pour se défendre et les éclats du verre brisé qu'on pourra récupérer. Enfin bon. »

Il avait laissé le téléphone sonner tout l'après-midi, en s'étonnant que Marcia l'appelle sans laisser de message, et n'avait répondu, sur son portable, qu'une fois sorti de l'immeuble, après la fin officielle de sa journée de travail. Marcia était en pleine crise de nerfs. Son plus jeune frère, qui n'était encore qu'en troisième, avait été transporté d'urgence dans un hôpital des Quartiers Sud après une bagarre. La mère de Marcia pleurait, ses frères parlaient déjà de vengeance, et son père, qui avait travaillé la nuit précédente, dormait. Marcia avait essayé de joindre Benny pour qu'il l'aide à maîtriser la situation. Benny avait foncé à l'hôpital et s'était rué dans la salle des infirmières pour demander dans quelle chambre se trouvait le gamin.

« Quand je suis arrivé, il n'y avait personne. En fait, ils étaient en bas en train de parler avec le docteur. Je suis entré, j'ai jeté un coup d'œil à Mickey dans son lit d'hôpital – je peux te dire qu'ils l'avaient sacrément amoché. Bras cassé, deux coquards. Le menton tout entaillé. Mais il était conscient. Il allait s'en tirer. Et tu sais ce que j'ai dit ? Je n'ai vraiment pas pu me retenir. Je me suis précipité vers lui et j'ai dit : "Mon fils ! Regardez ce qu'ils ont fait à mon fils !" »

Plus tard, Marcia avait découvert pourquoi Benny n'avait pas répondu au téléphone de tout l'après-midi, et c'était pour ça qu'elle lui faisait la tête. Elle trouvait son jeu irresponsable et puéril – il ne fallait pas qu'il s'étonne d'être encore dans un box. « Pourquoi tu ne peux pas être un peu plus comme Jim ? » lui avait-elle demandé.

Carter Shilling est repassé. « Jim, vous venez ?

— Oui, Carter, a dit Jim en se levant au son de sa voix. J'arrive.

— Je t'assure, Jim, c'était tordant, a dit Benny, une fois Carter reparti.

— Il faut que j'aille à cette réunion », a dit Jim.

Il a ramassé quelques papiers avant de sortir, et Benny s'est retrouvé seul dans un bureau qui n'était pas le sien. Il essayait de décider s'il allait se lever ou non et retourner dans son box – il pouvait sûrement travailler un peu, si Ian ne venait pas le déranger – quand Jim est réapparu dans l'embrasure de la porte. « Bon, et alors ? a-t-il demandé.

— Qu'est-ce que tu veux dire ?

— Je veux dire que si tu t'en tires avec des répliques du *Parrain*, et que ce que tu dis ne compte pas, c'est plutôt triste, non ? Est-ce qu'on n'a pas envie de dire des choses qui comptent ? »

Benny a fait tourner sans effort le fauteuil qui n'était pas le sien et a regardé Jim avec des yeux surpris. Il a écarté les mains et haussé les épaules. « Tu me fais quoi, là, Jim, qu'est-ce qui te prend ? J'ai fait ça pour rire, c'est tout.

— Tu ne veux pas que les gens te prennent au sérieux, Benny ?

— Mais pourquoi tu présentes les choses comme ça ? Pourquoi Marcia doit me dire qu'elle aimerait que je sois plus comme toi, et pourquoi Michael ne peut pas s'arrêter dix pauvres minutes pour écouter mon histoire ? Qu'est-ce qui vous arrive à tous ? Vous êtes tellement sérieux. »

Jim restait dans l'embrasure de sa porte, perdu dans ses pensées, silencieux. « Pourquoi est-ce que tu as gardé le totem du vieux Brizz ? a-t-il finalement demandé.

— Hein ? a dit Benny. Qu'est-ce que tu racontes ? Je ne l'ai pas gardé. Je l'ai donné.

— Non, tu l'as entreposé dans le garde-meuble pendant six mois. Pourquoi tu as fait ça ?

— Qu'est-ce que c'est que cette question ?

— Je me suis toujours demandé.

— Mais pourquoi tu m'en reparles maintenant ?

— Est-ce que tu pensais que Brizz essayait de te communiquer quelque chose ? »

Benny a cessé de tourner sur le fauteuil de Jim et a agrippé les accoudoirs. « Comme quoi ?

— Je ne sais pas, a dit Jim. Je te le demande.

— Peut-être qu'il voulait juste me jouer un tour. Parce qu'il savait que je l'avais placé en tête de ma liste des Célébrités en Danger de Mort.

— Peut-être, a dit Jim. Mais Brizz n'était pas du genre à jouer des tours. »

Benny a approuvé d'un signe de tête. « Non, tu as raison.

— Et au bout du compte, ce truc valait beaucoup d'argent. Laisser beaucoup d'argent à quelqu'un, ce n'est pas très méchant, comme tour.

— Non, c'est sûr.

— Alors, pourquoi est-ce que tu l'as entreposé ? Pourquoi est-ce que tu l'as gardé pendant six mois ?

— Il représentait quelque chose pour moi, j'imagine.

— Quoi ?

— Je ne sais pas, a dit Benny.

— Tu ne sais pas ?

— Je sais et je ne sais pas. Tu vois ce que je veux dire ? »

Jim s'est mordu la joue. Lentement, il a hoché la tête en signe d'abdication.

« Hank Neary », a-t-il dit finalement, en soupirant. Il l'a répété : « Hank Neary. » Puis il a levé les mains en l'air, exaspéré, et est parti à sa réunion.

Il y en avait qui n'oublieraient jamais certaines personnes, certains se souviendraient de tout le monde, et nous serions en majorité oubliés les uns par les autres. Parfois, ça valait mieux. Larry Novotny voulait qu'on oublie son intrigue avec

Amber Ludwig. Tom Mota voulait qu'on oublie sa responsabilité dans l'incident des billes de peinture. Mais qui voulait qu'on l'oublie complètement ? Nous avions sacrifié des années de notre vie à cette boîte en imaginant que nous nous y ferions un nom : nous devions tous croire, au fond de nous, que nous étions inoubliables. Et cependant, qui voulait rester dans les mémoires pour son goût de chiottes ou sa mauvaise haleine ? En même temps, c'était sans doute mieux que d'être oublié car trop insipide pour marquer les esprits.

En d'autres mots : l'oubli de nos fautes nous enchantait, l'oubli tout court nous terrifiait.

Parfois, nous nous souvenions de façon sélective de telle ou telle personne, ses traits caricaturés par le souvenir, son nom perdu pour toujours. D'autres, en revanche, n'étaient plus que contours indistincts, comme si, au lieu d'avoir croisé ces individus des milliers de fois dans le couloir, nous ne les avions rencontrés qu'une fois dans la brume, avions marmonné quelques mots polis et avions continué notre chemin. Et puis, de temps en temps, un détail arbitraire – le timbre d'une voix, l'emplacement d'un grain de beauté – surgissait violemment de nulle part. Quelle étrange sensation c'était ! Enfin, il y avait des gens dont certains garderaient toute leur vie le souvenir. Janine Gorjanc garderait toute sa vie le souvenir de sa fille disparue. Benny garderait toute sa vie le souvenir de Frank Brizzolera, parce que Frank était mort en lui laissant un totem. Oncle Max se souviendrait toujours de son Edna.

Quant à nous, nous n'étions pas inquiets, personne ne nous oublierait jamais.

« Espèce de crétin, a dit Marcia à Benny plus tard au téléphone. Comment est-ce que tu as pu oublier Hank Neary ? »

Benny a couru trouver Jim. « Le Noir ! a-t-il crié. Avec le manteau en velours côtelé !

— Oh non, mec ! C'est ce que je voulais te dire ! »

Jim était en train de lire l'e-mail de Hank, qu'il avait reçu lui aussi, sur un compte qu'il consultait rarement. « Son visage vient de me revenir. Comment on a pu oublier Hank, Benny ?

— Je ne sais pas. J'imagine que ça arrive. »

Nous avions tous reçu le même e-mail que Benny et Jim, et nous nous demandions tous comment Hank avait réussi à retrouver notre trace, dispersés comme nous l'étions. La plupart se souvenaient très bien de lui et avaient immédiatement reconnu son nom, parce que ce n'était pas tous les jours qu'on travaillait avec un Noir habillé comme un professeur de poésie à Oxford. À l'époque, nous disions, pour plaisanter, que la seule chose qui lui manquait, c'était une pipe qu'il aurait pu coincer entre ses dents avant de se livrer à de pesantes considérations sur la mort lente du pentamètre iambique. Mais Hank n'était pas un poète, c'était un romancier raté, et son e-mail nous a fait le même effet que si nous venions d'apprendre qu'un des scénarios de Don Blattner avait été retenu par la Warner Bros, et que George Clooney tenait le rôle principal. De fait, Hank venait de publier un livre, et il nous conviait à la lecture qu'il allait en faire à la librairie du campus de l'université de Chicago. Nous étions intrigués et incrédules.

Nous remplissions la salle. Nous avions à peine eu le temps de dire bonjour à tout le monde quand il a fait son entrée, son livre à la main, en compagnie d'un monsieur voûté et barbu qui s'est a posé le livre et a repoussé ses cheveux blonds derrière une oreille. « Qu'est-ce qu'il y a ? » a-t-elle demandé. Amber est entrée et s'est assise, glissant l'une de ses jambes épaisses sous la cuisse de l'autre. « Tu ne sais pas pour le coup de fil que Karen a passé à l'hôpital, hier ? » Geneviève a secoué la tête et a pris une gorgée de son soda light. Elle n'était pas avec nous à ce moment-là. « Je vais te raconter ça », a dit Amber.

Ce qu'elle a fait. Elle s'est interrompue quand Larry est apparu, sa casquette des Cubs sur la tête, dans le creux de sa main des M & M's qu'il s'enfilait un par un. Puis elle s'est retournée vers Geneviève et a continué son histoire, et Larry est venu se placer juste derrière elle.

« Parle-lui de sa peur, aussi », a-t-il dit en lui coupant la parole. Le coup de fil de Karen à l'hôpital l'avait convaincu qu'en fin de compte le cancer de Lynn n'était pas qu'une rumeur.

Sur le moment, Amber l'a ignoré, mais elle a quand même fini par en venir à ce point crucial : la terreur que les hôpitaux inspiraient à Lynn. Il devait être extrêmement difficile, pour quelqu'un en proie à une telle phobie, de se rendre de soi-même dans un hôpital.

Benny Shassburger est arrivé à ce moment-là. « Vous parlez de Lynn ? » a-t-il demandé à voix basse. Geneviève a acquiescé de la tête, et Benny, son pantalon en toile bruissant à chaque pas, a traversé le bureau pour aller poser une fesse sur le coin du bac à dossiers. « Il y a un truc que je trouve quand même bizarre », a-t-il repris. Et il a rappelé à Geneviève que la campagne bénévole, qui avait pour objectif la sensibilisation au cancer du sein, leur avait été confiée pile au moment où Lynn devait entrer à l'hôpital. « Est-ce que c'était juste une coïncidence ?

— Où est-ce que tu veux en venir ? a demandé Geneviève.

— Au fait qu'elle a vraiment un cancer, a dit Jim Jackers, qui avait suivi la conversation depuis la porte. Et qu'elle veut qu'on le sache.

— Pourquoi est-ce qu'elle voudrait qu'on le sache ?

— Je ne sais pas, a dit Jim. C'est peut-être inconscient. »

Larry Novotny, qui venait de croquer le dernier de ses M & M's, s'est mis à masser les épaules d'Amber de ses mains libérées. Geneviève avait tourné son fauteuil vers Benny pour mieux discuter, mais Amber a attiré son attention quand, brusquement, elle s'est levée pour changer de chaise.

Larry, les mains suspendues dans leur position de massage, l'a regardée faire. Amber regardait Geneviève, qui regardait Larry, qui a soulevé sa casquette et a lissé ses cheveux en arrière. Il est parti, frôlant Jim qui se tenait dans l'embrasure de la porte.

Jim est entré et s'est assis sur la chaise qu'Amber venait de quitter. Hank Neary est arrivé et, constatant que toutes les places étaient prises, s'est accroupi contre le mur. Il a posé les coudes renforcés de son manteau sur ses genoux, tendant le velours des manches, et a ajusté ses lunettes. Benny a continué, et Geneviève s'est efforcée de reprendre le fil. « D'ailleurs, a dit Benny en faisant naviguer un doigt entre Hank et lui-même, Hank et moi, on pense qu'elle n'existe *même pas*, cette campagne caritative.

— Bien sûr, qu'elle existe », a dit Geneviève.

Hank a développé. Il se pouvait très bien que cette campagne existe. Mais, à notre avis, Lynn n'avait jamais donné de notre temps à ses organisateurs. Nous ne croyions pas à l'existence de cette installé derrière le pupitre pour le présenter. Il n'avait que des compliments pour Hank, dont nous avons remarqué le regard baissé, embarrassé, tandis que l'homme parlait. Nous avons tous également remarqué qu'au lieu de son manteau en velours côtelé il portait maintenant un T-shirt « Fruit of the Loom » blanc qui mettait en valeur ses bras sombres et son torse juvénile, un jean et une ceinture noire. Sans ses épaisses lunettes, son visage paraissait plus fin, plus beau. C'était un style qui lui convenait beaucoup mieux, et nous étions heureux de voir qu'il avait dépassé son look étrange de petit prof. C'est vrai que nous aurions pu lui en toucher deux mots à l'époque, mais nous n'en avions jamais trouvé l'occasion.

Comme la présentation se poursuivait, nous avons observé, autour de nous, les visages familiers. Amber Ludwig était assise au bout du troisième rang avec une petite fille sur les genoux, qui jouait de façon très concentrée avec une poupée très sale et sans vêtements. La pauvre enfant avait les traits masculins de Larry mais le gros corps de phoque d'Amber. Larry Novotny était quant à lui assis au fond, seul, caché sous une casquette des Cubs flambant neuve. Dan Wisdom était à côté de Don Blattner, et à droite, au premier rang, il y avait Geneviève Latko-Devine et son mari. Il tenait contre sa poitrine un bébé, qui a soudain émis une série de cris mécontents. Immédiatement, le père l'a doucement soulevé dans ses bras et lui a frotté le dos avec tendresse, et le bébé s'est rendormi en un rien de temps.

Tout le monde a applaudi quand Hank s'est levé et a pris place derrière le pupitre. Quelques larsens nous ont fait grincer des dents, puis Hank a réglé le micro, nous a adressé un sourire timide et s'est mis à parler avec une trémulation charmante dans la voix. Nous sentions qu'il était nerveux. De grandes vagues d'émotions contradictoires nous submergeaient. L'un des nôtres avait réussi : nous étions fiers, stupéfaits, envieux, sceptiques, vaguement indifférents, à l'affût du moindre signe de médiocrité, et sincèrement heureux pour lui. Nous étions toutes ces choses-là et d'autres encore. Avant de nous asseoir, beaucoup avaient pris un exemplaire de son livre sur le présentoir, et nous le parcourions à présent à la recherche d'erreurs. Nous lisions la page des remerciements pour voir si nous y figurions. Mais de quoi il parlait, ce bouquin, de toute façon ? Et qui, avec des heures de travail normales, avait le temps de lire ? Nous avons dû nous faire violence pour écouter Hank, qui avait fini de nous remercier d'être venus et s'apprêtait à démarrer sa lecture.

« "La veille..." », a-t-il commencé. Il s'est interrompu. La salle s'est figée d'angoisse. Il se cramponnait au pupitre, le bras tout raide, le poing serré et blanchi aux phalanges, et fixait le sol, l'air de ne plus savoir comment respirer. Il s'est éclairci la gorge. Il a bu une gorgée d'eau. Le verre tremblait dans sa main. Puis, avec une profonde inspiration, il a repris.

« "La veille de son opération, elle n'a aucun dîner d'association où se rendre, aucune cérémonie de remise de prix, aucune soirée de networking. Une idée lui vient impromptu comme elle monte à l'arrière du taxi et demande au chauffeur de prendre la voie intérieure. Elle s'imagine sur son canapé avec ses deux chats, un bon dîner livré à sa porte et la bouteille de vin qu'elle gardait en réserve. Ils vous disent d'arrêter de manger douze heures avant, mais enfin, ce n'est pas raisonnable, n'est-ce pas – renoncer à sa dernière chance de faire un repas normal pendant Dieu sait combien de temps..." »

La salle était silencieuse à l'exception de quelques bruits étouffés venus des caisses de la librairie. La voix enrouée de Hank, amplifiée par le micro, s'élevait, solitaire, portée par les salves de mots cotonneux qui s'échappaient de sa bouche sèche. Nous étions si nerveux pour lui que même une fois qu'il eut vaincu son trac, nous avions du mal à nous concentrer sur ce qu'il disait. Nous étions juste heureux de voir qu'il n'allait pas s'évanouir.

Il a basculé son poids d'une jambe sur l'autre, a détendu un peu ses bras ; il lisait maintenant sur un rythme plus souple, plus plaisant. « "... mieux d'y aller *avec* quelqu'un, cela dit. Seule, il y a ces dix minutes inconfortables entre le moment où l'on arrive et le moment où les lumières s'éteignent, où l'on est persuadée, contre toute vraisemblance, que la salle entière a le regard braqué sur vous..." »

Nous avons continué à chercher des visages connus. Benny Shassburger, toujours grassouillet, et Jim Jackers, avec ses taches de rousseur, étaient assis ensemble, et entre eux se trouvait Marcia Dwyer, avec une coupe de cheveux plutôt démodée. Carl Garbedian était là avec Marilynn. On le reconnaissait à peine. Son ventre avait disparu, et il était doré comme un brugnon. Il portait une veste en lin bleu marine sur une chemise au col déboutonné, et il avait fait quelque chose à ses cheveux. Jambes croisées, parfaitement immobile, il était tourné vers Hank et l'écoutait avec beaucoup d'intérêt.

« "... dans le couloir et se dirige vers le bureau d'un de ses associés. Est-ce qu'elle voudrait vraiment vivre *ça* avec lui ? Elle abandonnerait cet espace ouvert et plein de lumière, rempli des plus beaux articles du monde : chaussures, vêtements…" »

Karen Woo était là, et nous ne savions pas trop quoi en penser. Pas de Chris Yop en vue. Il ne nous avait visiblement jamais pardonné notre vieil affront. Pas de Tom Mota non plus ; nous imaginions qu'il devait être en taule quelque part, en train d'essayer de convaincre les gardiens de le laisser planter des tomates sur le bord du terrain de basket. Janine Gorjanc était là, différente. Elle portait des jambières en cuir sur un jean délavé et un gilet en cuir assorti. Des pendants d'oreille en argent, made in Santa Fe selon toute probabilité, brillaient sous ses cheveux, qu'elle avait laissés pousser et virer au gris. Avant la lecture, elle nous avait présenté son petit ami. Il arborait lui aussi un gilet en cuir, ainsi qu'une grosse moustache en guidon de bécane. Il s'appelait Harry, et nous avait serré la main beaucoup plus timidement que sa pilosité faciale aurait pu nous laisser supposer. Il avait amené Janine sur sa Harley ; ils avaient tous les deux sous le bras un casque noir ancien semblable à ceux des motards de la Seconde Guerre mondiale. Ça faisait bizarre de penser que Janine se passionnait pour les motos, maintenant. Quand la lecture avait commencé, elle s'était assise avec Harry dans l'un des rangs du fond.

« "… à l'intérieur, à présent, dans un endroit vaste et résonnant d'échos – rumeur de voix étouffées, claquements de pas sur des marches en marbre. Il lui ôte le bandeau et ils passent une heure à…" »

Si le vieux Brizz avait été là, il serait sûrement sorti faire une pause-clope, car la lecture de Hank s'étirait en longueur. Nous avions complètement décroché. Nos sempiternelles préoccupations avaient pris le dessus – détails de notre vie de famille, projets en cours au boulot, le week-end et ce qu'il nous réservait, un truc drôle entendu au déjeuner, le génie de telle règle de base-ball, jolie veste par ici, ouh les vilaines chaussures par là, il commence à faire vraiment soif – tout ça. La voix douce, régulière de Hank flottait au-dessus de nos têtes comme des nuages dérivant au-dessus du sommet des immeubles.

« "... ce ciel qu'elle regarde éclore par la fenêtre, il est d'une beauté qui la bouleverse, surtout après toutes ces heures de travail..." »

Et nous n'arrêtions pas de nous demander où était Joe Pope. Il nous avait toujours donné l'impression de bien aimer Hank. C'était bizarre qu'il ne soit pas venu le soutenir, comme nous. Et puis nous nous sommes dit : une petite seconde. Ces cinq années nous avaient-elles ravagé la mémoire au point de nous faire oublier où se trouvait Joe Pope à cette heure ? Il était encore au bureau, bien sûr, en train de travailler.

Enfin, Hank a refermé son livre et a dit : « Merci. » Nous nous sommes déchaînés en applaudissements approbateurs.

Après la lecture, tout le monde s'est dispersé, fourmillant, dans la salle. Nous avons acheté le livre de Hank. Nous sommes allés le féliciter. Nous nous répandions en poignées de main et en embrassades et il signait nos exemplaires avec pour chacun une dédicace personnalisée. Quelqu'un lui a demandé si ce livre était le même que celui qu'il avait en chantier à l'époque où nous travaillions ensemble, son petit livre en colère sur le travail. Ce que nos licenciements et nos recherches d'emploi forcées nous avaient permis de découvrir, c'était que toutes les agences avaient leur rédacteur frustré menant une vie parallèle de romancier raté et travaillant à un petit livre en colère sur le travail. Le monde du travail était un thème fétichiste pour certains de nos collègues, mais à la différence de Don Blattner, qui acceptait de nous faire lire ses scénarios à partir du moment où nous signions ses contrats de confidentialité, les écrivains cachaient leur jeu et finissaient en général par abandonner. Des pages et des pages de texte vociférant disparaissaient au fond des tiroirs de bureau, réduites pour de bon au silence. Des chevaux de bataille, longtemps enfourchés avec amour, partaient à l'abattoir. Nous leur en étions reconnaissants au nom de tous les lecteurs du monde.

« Non, a répondu Hank. C'en est un autre.

— Qu'est-ce qui est arrivé au précédent ? » a demandé quelqu'un.

Hank avait de si grandes ambitions pour ce roman.

« Mort et enterré. Après une longue agonie. Mais, et vous, nous a-t-il subitement demandé. Quoi de neuf, alors ? »

Nous sentions qu'il ne tenait pas à s'éterniser sur le sujet de son roman raté, et Benny et Marcia en ont profité pour annoncer qu'ils se mariaient à l'automne.

« S'il ne me fiche pas en rogne d'ici là », a dit Marcia en regardant Benny avec affection.

Elle avait au doigt un diamant dont la modestie faisait mal à voir, et elle a passé son bras sous celui de Benny alors même que celui-ci nous apprenait, nouvelle tout aussi incroyable, que Jim Jackers était son nouveau chef.

« C'est pas incroyable, franchement ? a dit Benny. Ce gars-là, devant vous ! »

Il a passé son bras autour du cou de Jim, en l'attirant vers lui comme s'il allait lui faire subir le supplice du shampooing. Jim a levé les sourcils, l'air faussement inquiet et prêt à se rendre, et, l'espace d'un instant, à se tenir tous les trois comme ça, Marcia, Benny et lui, ils nous ont fait l'effet d'une petite famille.

Carl nous a parlé de son entreprise de paysagisme, Garbedian et Fils, une petite affaire qui ne marchait pas trop mal. « Voyons, sois honnête », est intervenue Marilynn. Elle s'est tournée vers Hank. « Ça marche du tonnerre, oui !

— C'est vrai, Carl ? » a demandé Hank.

Nous l'avons tous pressé de nous en dire plus. « On travaille dans à peu près vingt banlieues », a-t-il répondu. Nous avons pensé : Merde alors ! Vingt banlieues ? Il devait se faire un de ces blés... Nous nous attendions à ce que Jim Jackers lui lance avec son tact légendaire : « C'est bien, mais ça ne vaut pas une carrière de médecin, hein, Carl ? », mais il n'a rien dit de tel, et Carl ne semblait même plus se soucier de ce détail. Il souriait en hochant la tête et il avait le bras autour des épaules de Marilynn, comme si le paysagisme avait changé sa vie.

Amber nous a présenté Becky, qui, intimidée, s'est cachée derrière la grosse jambe de sa mère. Nous avons cherché Larry du regard, mais il était parti. Nous avons évité le sujet en concentrant notre attention sur la petite. Puis nous avons fini par revenir à des conversations d'adultes, et Becky en a profité pour sortir de sa retraite et s'approcher de Benny. Elle semblait désireuse de lui présenter sa poupée crasseuse. Benny s'est penché pour lui serrer la main. Tout le monde a également félicité Geneviève pour son bébé, et son mari a répondu pour elle quand nous lui avons demandé quel âge il avait (dix mois), parce qu'elle était plongée avec Amber dans des histoires de mères.

Quand même, ce qu'il y avait de drôle, dans le monde du travail, c'est que le travail lui-même était très supportable. La tâche la plus fastidieuse était parfaitement supportable. Il y avait toujours un défi à relever, l'excitation de l'urgence et la satisfaction de la mission accomplie, et, jour après jour, ces choses rendaient le travail éminemment supportable, voire presque agréable. Ce qui nous avait toujours posé problème, en revanche, ce que nous n'avions jamais pu ignorer, ce qui nous rendait fous et nous emplissait d'une colère aveugle, c'étaient les gens ; les gens nous crispaient, nous indisposaient et offensaient les anges du ciel, ils s'habillaient n'importe comment et nous imposaient la vue de leurs visages haïssables ; ils ne méritaient d'un Dieu juste que le mépris, parce qu'ils étaient insipides, sans poésie, désespérément immuables et incapables d'actions grandioses. C'était peut-être la réalité, oui peut-être bien. Mais aujourd'hui, face à ces gens que nous avions tant haïs, nous avions du mal à y croire : ils nous paraissaient tous si sympathiques.

Sur la suggestion de Benny, nous sommes allés prendre un verre. Il y avait un pub irlandais à deux pas de la librairie, et nous avons rapproché des tables et Carl a offert la première tournée, ce qui était bien naturel étant donné ses vingt banlieues. Nous avons porté un toast à Hank et à son succès, et nous avons parlé de nos regrets et du bon vieux temps, en nous souvenant que tout n'avait pas été si noir. Cette première tournée nous a donné l'occasion de nous rappeler à quel point Benny était bon conteur, Jim Jackers beau joueur, et Geneviève ravissante. Quant à Lynn Mason, nous en avons tous convenu, c'était la meilleure chef que nous ayons connue. Assise à côté de Harry Le Guidon, qui, contre toute attente, avait commandé un déca, Janine sirotait son habituel jus de canneberge, ce qui avait quelque chose de réconfortant. Elle s'est penchée pour tapoter la main de Hank. « J'ai lu ton livre, a-t-elle dit.

— Ah, a dit Hank. Merci.

— C'est Lynn, le personnage, principal, n'est-ce pas ?

— Eh bien, je me suis inspiré d'elle, oui. »

Nous n'en croyions pas nos oreilles. C'était Lynn, le personnage principal ?

« Et c'est vrai ? a demandé Janine.

— Quoi, ce qui lui arrive dans le livre ? Non, ça, je l'ai... Enfin, ça dépend, de quelle partie tu parles ?

— N'importe.

— Parce que, en fait, je lui ai rendu visite plusieurs fois à l'hôpital. »

Oh là, une seconde, avons-nous pensé. Une seconde, une seconde. Il lui avait rendu visite à l'hôpital ?

« Dans le premier roman que j'ai essayé d'écrire, a-t-il expliqué, celui que j'ai abandonné, il y avait déjà un personnage inspiré de Lynn, et j'en avais fait un tyran. Je l'avais fait par principe, parce que, dans ce livre-là, le patron *devait* être un tyran. Quiconque croyait aux vertus du capitalisme, des grandes entreprises broyeuses d'âme, et du travail-travail-travail – quiconque croyait en tout ça ne méritait naturellement aucune sympathie. Mais quand j'ai décidé de laisser tomber ce livre, Dieu merci, et d'écrire autre chose, je savais qu'elle était malade, alors je suis allé la voir. Sans grand espoir, parce que qu'est-ce que j'étais pour elle, au fond ? Rien. On ne se connaissait pas, on n'était pas du tout proches. Mais il s'est trouvé qu'elle était tout à fait disposée à me parler, et pas seulement de sa maladie : de sa vie personnelle, aussi, de beaucoup d'autres choses. Elle était près de la fin, à ce moment-là...

— Comment ça, près de la fin ? l'a interrompu Jim Jackers.

— Lynn est morte pendant l'été 2003, a répondu Hank. D'un cancer des ovaires.

— Attendez, j'étais le seul à ne pas être au courant de ça ? a demandé Jim en nous regardant.

— Et je pense qu'elle savait qu'elle allait mourir, a continué Hank, et que, d'une certaine manière, elle espérait que j'allais écrire quelque chose de valable. Et je peux vous dire que je n'ai pas réussi. Ça, je peux vous l'assurer. Pas par rapport à elle, en tout cas.

— Ce n'est pas vrai, a objecté Janine. Je l'ai lu, ton livre, et je trouve que son personnage est formidable.

— Crois-moi, a dit Hank. Je n'en ai même pas capturé la moitié. »

Geneviève et son mari sont partis parce qu'ils devaient coucher le bébé, et Amber et Becky nous ont quittés elles aussi. Benny a tenté de les retenir – tous ses regards étaient embués par la nostalgie – mais ils ont insisté : ils devaient rentrer. Benny s'est tourné vers nous et a exigé que nous restions, alors nous sommes restés. La plupart d'entre nous n'étaient pas prêts à s'arrêter de boire, de toute façon. Marcia a flambé environ une semaine de salaire dans le juke-box pour nous jouer ballade à la guimauve sur ballade à la guimauve ; nous avions l'impression qu'il ne s'était pas écoulé une semaine depuis la dernière fois que nous l'avions vue. Jim Jackers a offert la deuxième tournée, ce qui était bien naturel étant donné son inexplicable ascension professionnelle, et le fait que nous ayons dû nous l'appuyer pendant toutes ses années d'adolescent mal sevré.

Nous avons porté un toast à la mémoire de Lynn Mason et évoqué les souvenirs que nous avions d'elle, souvenirs de rencontres et d'échanges qui nous revenaient bien plus facilement que ceux que nous avions, par exemple, du vieux Brizz : Lynn avait été notre chef, après tout, et nous avions tous vécu avec elle des expériences personnelles et mémorables. Aucun de nous ne pouvait oublier, par exemple, l'exaltation et la fierté que nous ressentions quand elle montrait un enthousiasme particulier pour un de nos concepts, et nous nous rappelions tous les détails du projet en question, pour quel annonceur c'était, et pour quelles raisons Lynn admirait notre travail. S'il y avait bien une personne dont l'approbation comptait, c'était elle, et rien n'était plus facile que de nous remémorer ses compliments. Nous avons aussi reparlé de ses chaussures chères et délicates, et du jour où elle était arrivée dans la chambre d'hôpital de Carl avec un bouquet misérable, et de celui où elle était venue coller des affiches avec nous après la disparition de Jessica, et Jim nous a raconté la fois où ils s'étaient retrouvés tous les deux dans l'ascenseur et où elle avait mentionné son passé de danseuse de hula. « Elle plaisantait, mais je l'ai prise tellement au sérieux... » Nous nous sommes rappelé que, malgré ses airs redoutables, elle avait beaucoup d'humour.

À la fin de la deuxième tournée, Sandy Green du service des Paies a dit qu'elle devait rentrer chez elle, et Donald Sato et Paulette Singletary se sont préparés eux aussi à partir. Benny les a suppliés de rester. Il voulait leur demander s'ils se sentaient bien dans leur nouveau boulot, ce qu'ils pensaient de leurs collègues, et s'ils avaient à se plaindre de quoi que ce soit. « Vous savez, a-t-il insisté, par rapport à avant. » Ils sont restés un peu plus longtemps, mais quand ils sont finalement partis, Benny faisait une tête d'enterrement. « Qu'est-ce qu'il disait, Tom Mota, à ceux qui démissionnaient ? Quelqu'un s'en souvient ? »

Personne ne voyait.

« C'était un toast, a repris Benny, quelque chose comme : "Alors, bonne chance..." Et là il finissait son verre, vous vous rappelez, avec un genre de rot. Et ensuite il le relevait, vide, et il disait : "Et puisque tu pars, va te faire foutre, connard." » Tout le monde a ri, même si ce n'était pas drôle à proprement parler – à vrai dire, ça nous mettait plutôt mal à l'aise. Quand les rires se sont tus, nous nous sommes demandé ce que Tom était devenu, et pourquoi il n'était pas là avec nous.

« Vous ne savez pas, pour Tom ? » a demandé Carl.

Personne ne savait quoi que ce soit.

« Vous ne savez pas qu'il s'est enrôlé dans l'armée ? »

L'armée ? Il nous faisait marcher.

« Non, c'est la vérité.

— Attends, tu plaisantes ? a dit Benny.

— Personne n'a reçu ses e-mails ? »

Personne n'avait rien reçu, non.

« C'est bizarre. Il écrivait à tout le monde, avant.

— Attends, a dit Benny. Ils ont laissé ce taré s'enrôler ?

— Adresse supérieure au tir », a simplement dit Carl.

Tout à coup, l'idée la plus folle nous paraissait presque plausible.

« Il risquait la prison pour l'histoire du paintball, a continué Carl, ça, vous êtes au courant. Mais sa femme, Barb, a témoigné en sa faveur. Et Joe Pope, aussi. Ouais, a-t-il confirmé devant notre expression incrédule. Et donc le procureur a accepté de requalifier les faits. Après, il est venu travailler pour moi, mais pas très longtemps. Il avait déjà envie de s'enrôler – après tout ce qui s'était passé, vous comprenez – et il en parlait sans arrêt. Ça l'obsédait. Mais il avait peur d'être trop vieux, et puis il avait peur qu'ils ne le prennent pas à cause de son casier. Je vous assure, ça le tourmentait. Il ne voulait même pas aller parler à un recruteur, de peur qu'il lui dise non. Il ne voulait pas que quelqu'un lui brise son rêve. Et puis finalement, un jour, il s'est lancé, il y est allé, et là, coup de bol, le courant est tout de suite passé avec le sergent recruteur. Tom lui a dit ce qu'il voulait faire, et à quel point il voulait le faire, et le mec, le sergent recruteur, s'est arrangé pour lui donner l'occasion de montrer ce dont il était capable. Et quand ils l'ont vu tirer, ils lui ont dit : "Si vous voulez vous engager, nous serions heureux de vous compter parmi nous." Alors il s'est engagé. »

Non, ce n'était pas possible, il plaisantait.

« Non, c'est vrai », a dit Janine.

Nous nous sommes tous tournés vers elle. Est-ce qu'elle avait reçu des e-mails de Tom, elle aussi ?

« Il m'a écrit quelques lettres, a-t-elle répondu.

— Il disait que c'était la meilleure décision qu'il avait jamais prise, a dit Carl.

— Et il ne l'a jamais regretté, a dit Janine. Il était heureux là-bas. Heureux de faire ce qu'il faisait.

— Il trouvait ça important, a dit Carl, de se battre pour son pays.

— Il l'appelait... et je ne manque pas de souvenirs de Tom, a dit Janine, mais il y a une chose qu'il a écrite que je n'oublierai jamais. J'ai encore la lettre. Il appelait ce pays la plus grande république qui ait jamais dépéri. Ce sont ses mots. Je l'ai encore. Il était très fier qu'ils l'aient placé dans une section spéciale de tireurs d'élite.

— J'imagine que ça ne surprend personne d'entendre que Tom était bon tireur », a dit Carl.

Les yeux de Janine, malgré ses nouveaux habits de cuir, s'étaient brouillés de larmes, comme autrefois. « Et c'était sûrement un bon soldat, aussi – tu ne crois pas, Carl ?

— C'était la discipline dont il avait besoin depuis trente-sept ans, a dit Carl. Du moins, c'était comme ça qu'il en parlait.

— Trente-sept ans, c'est vraiment trop jeune, a dit Janine.

— Oui, a convenu Carl. Bien trop jeune.

— Qu'est-ce qui s'est passé ? a dit Benny. Qu'est-ce qui lui est arrivé ? »

Tout le monde a commandé des martinis en l'honneur de Tom, et nous avons porté un toast au patriote et à l'érudit, au bon soldat, et à l'employé tout sauf modèle qu'il avait été. Nous l'avons remercié pour ses e-mails funambulesques, pour les bouffonneries inspirées par l'absorption de deux martinis au déjeuner, et pour toutes les conneries incroyables qu'il avait faites et qui, avec le recul, nous avaient bien divertis, avaient fait paraître nos après-midi moins longs, et nos vies moins mornes. Il avait été tué par un tir allié en Afghanistan.

« À Tom », avons-nous dit.

Nous avons levé nos verres de martini. « À Tom.

— Mon Dieu, a dit Janine en faisant la grimace. Comment est-ce qu'il pouvait aimer ces trucs-là ? »

Sans Don Blattner, nous aurions peut-être sombré dans la léthargie amère de l'alcool et des idées noires, mais Hank lui a demandé s'il écrivait toujours, et cela nous a permis d'apprendre que Don, grâce à une persévérance hors du commun, n'avait pas renoncé à travailler sur ses scénarios navrants et invendables. Là, justement, il était en train d'en écrire un qui, à son avis, avait un vrai potentiel. « Mais je dis ça à chaque fois », a dit Don. Ce qui était vrai. Il disait ça à chaque fois. Nous lui avons demandé de quoi parlait son nouveau scénario ; c'était, nous a-t-il répondu, l'histoire d'un lama tibétain hautement vénéré qui, lors d'une tournée de conférences aux États-Unis, se laisse séduire par le monde de la publicité et ses contrats lucratifs. Il joue dans quelques spots, et quand il propose des idées pour les améliorer, sa participation est accueillie avec la plus grande excitation par la malheureuse équipe créative, dont la morosité et le cynisme atteignent des sommets. Finalement, le lama comprend que son bonheur est dans la pub et abandonne ses fidèles obséquieux pour l'agence régénérée, dans laquelle il devient directeur de création, en charge des budgets Nike, Microsoft et BMW. Il couche avec des mannequins et s'éteint, heureux, en lisant le magazine *Time* dans un jacuzzi, à Crested Butte, dans le Colorado.

Nous pensions tous que ça allait faire un tabac.

« On verra », a dit Don.

Carl et Marilynn ont pris congé, en même temps que Janine et Harry, mus par le besoin de sommeil de l'âge mûrissant. Un autre type les a suivis, et Jim s'est tourné vers Benny. « Benny, c'était qui, le type qui vient de partir ? On a travaillé avec lui ?

— C'était Sanderson, a dit Benny. Bill Sanderson.

— Bill Sanderson ?

— Tu te souviens bien de Bill ?

— Je n'ai aucun souvenir de ce type.

— Mais si, Jim. C'est juste qu'il n'a plus sa moustache, c'est pour ça que tu ne l'as pas reconnu. »

Bientôt, Jim lui-même se préparait à partir. « J'ai cours, ce soir », a-t-il expliqué.

Cours ? Quand Jim Jackers était-il devenu si... si... *adulte* ?

« Ah non, Jimmy, tu vas pas partir, pas *toi* ! s'est écrié Benny.

— Benny, tu me vois demain.

— Ah oui, c'est vrai... Viens ici, mon vieux poteau. »

Jim, docile, s'est penché vers Benny, qui l'a serré dans ses bras. D'après Marcia, Benny finissait son verre et ils y allaient.

« Je vais décoller, moi aussi, a dit Reiser.

— Oh non, Reiser, tu peux pas partir ! a dit Benny. Tu nous as pas dit un mot sur les gens avec qui tu travailles maintenant. Ils sont comment ? Tu es heureux ? »

Reiser s'est levé sous cette mitraille de questions, répliquant à chacune par un haussement d'épaules indifférent.

« Mais est-ce que ça te manque ? a demandé Benny.

— Est-ce que quoi me manque ?

— Je vais vous dire ce qui me manque, à moi, a dit Benny en se contorsionnant soudain pour sortir son portable de sa poche. Appelons Joe Pope ! »

Nous avons regardé Reiser clopiner vers la porte du bar ; pour une raison ou pour une autre, nous trouvions réconfortant de voir qu'il boitait toujours. Dès qu'il fut parti, Benny a collé son téléphone contre son oreille.

« J'ai dû composer le mauvais poste, a-t-il conclu quelques instants plus tard en appuyant sur raccrocher. C'était un certain Brian Bayer. Ça dit quelque chose à quelqu'un ? »

Ça ne disait rien à personne. Ce type avait dû arriver quand nous étions déjà partis. C'était bizarre de penser qu'ils avaient recommencé à embaucher. Nous avions du mal à imaginer cet environnement familier peuplé d'étrangers : voix inconnues s'élevant derrière les cloisons de nos box, hommes et femmes non identifiés assis dans nos fauteuils.

Nous avons demandé à Benny quel numéro il avait fait. C'était bien ça, c'était bien le poste de Joe. Impossible de l'oublier : nous l'avions composé si souvent. Mais, de nouveau, Benny a raccroché. « Encore Brian Bayer. » Il a alors eu l'idée de génie d'appeler le standard. Le moment venu, il a pressé « P » pour Pope. « Il n'y a pas son nom », a-t-il dit au bout d'un moment.

Don Blattner, qui revenait des toilettes, a demandé à Dan Wisdom s'il était prêt à partir. Ils étaient venus ensemble.

« Il n'y avait pas son nom, a dit Benny.

— On ferait bien d'y aller nous aussi, Benny, a dit Marcia. Il commence à être tard. »

Don et Dan ont jeté de l'argent sur la table et nous leur avons dit au revoir. « Eh, attendez ! » s'est écrié Benny. Mais il était trop troublé pour lâcher son téléphone, et, finalement, ils sont partis.

« Mais où est-ce qu'il est ? a dit Benny en posant l'appareil et en se tournant vers nous avec un regard perdu. Où est-ce qu'il est, Joe Pope ?

— Allez viens, Benny, a dit Marcia. Je te ramène à la maison.

— Il n'est même pas dans l'annuaire des renseignements, Marcia. Où est-ce qu'il est ?

— Benny chéri, tu es soûl.

— C'est Joe, a dit Benny. Il ne quitte jamais son bureau.

— Benny...

— Où est Geneviève ? Où est-ce qu'elle est ? Elle saura où il est, elle.

— Geneviève ? Benny chéri, ça fait des heures qu'elle est partie. »

Elle l'a soulevé de sa chaise.

« Hank, tu dois savoir ce qui s'est passé, toi. Qu'est-ce qui est arrivé à Joe, Hank ? »

Mais si Hank savait quelque chose, il n'en a rien dit. Nous avons regardé Benny se mettre debout en titubant. « Mais c'est Joe, Marcia. Joe ne s'en va pas.

— Benny, a dit Marcia, parfois, on se perd de vue, c'est comme ça. »

Quelques instants plus tard, ils étaient dehors, traînant derrière eux les échos mourants de l'une des ballades braillardes de Marcia.

Nous n'avons pas tardé à les suivre, et, finalement, l'heure des dernières commandes a sonné. Les lumières se sont rallumées, le juke-box s'est tu. Nous entendions le tintement des verres dans le silence épuisé des serveurs qui commençaient à faire le ménage, essuyaient les surfaces brillantes, renversaient les tabourets sur le bar. Ils arrivaient au bout de leur journée de travail, ils pouvaient rêver à ce qui les attendait chez eux : un lit, un repas, un amant. Mais nous, nous ne voulions pas que la soirée se termine. Nous restions là, en attendant qu'on nous envoie l'armoire à glace qui, d'un mot, nous ferait lever le camp. Et nous finirions par partir. Dehors, sur le parking, avant de nous séparer : « Ça m'a fait plaisir de te revoir. » Et là-dessus, nous monterions chacun dans notre voiture, ouvririons les fenêtres et prendrions le large, en klaxonnant une dernière fois. Mais, en attendant, nous nous réjouissions simplement d'être encore assis là ensemble. Il ne restait plus que nous deux. Rien que nous deux, vous et moi.

Remerciements

Ce livre est redevable de son titre au roman *Americana* de Don DeLillo.

Un grand merci à mes premiers professeurs : Jane Rice, Anna Keesey et Brooks Landon. Un très grand merci aux codirecteurs du Master d'écriture de l'Université de Californie à Irvine, Michelle Latiolais et Geoffrey Wolff. Jim Shepard a fait de moi un meilleur écrivain et, de façon tout aussi importante, un meilleur lecteur. Merci aussi à Mark Richard et Michael Ryan.

Merci à Julie Barer, agent extraordinaire. À Reagan Arthur chez Little Brown et à Mary Mount chez Viking UK – merveilleux éditeurs. Un grand merci à toute l'équipe de chez Little Brown.

Merci à Kathy Bucaro-Zobens, Doug Davis, Amanda Gillespie, Robert Howell, Dave et Deb Kennedy, Dan Kraus, Chris et Keeli Mickus, Dave Morse, Barry et Jennifer Neumann, Arielle Read, Grant Rosenberg, Matthew Thomas, E-fly et Tere, et aux Kennedy de Naples, en Floride.

Merci au département de sciences humaines de l'UCI, et merci à Glenn Schaeffer, à l'Institut international de lettres modernes et au Centre international pour l'écriture et la traduction de l'UCI d'avoir créé le Glenn Schaeffer Award, qui m'a apporté un financement essentiel.

Et à ma famille, de l'Illinois à l'Indonésie, sans qui, pas de livre.